*ヒルトン・ホテルは、1959年1月1日に営業開始予定だった。この日、革命ゲリラがハバナに入城し、この建物に司令部をおいた。独裁者バチスタは国外に逃亡した。ヒルトン・ホテルがその名をもって営業する機会が訪れることはなかった。

作品の舞台となっているハバナ市略図（1959年革命以前）

Guillermo

TTT

Cabrera

トラのトリオのトラウマトロジー

Infante

ギジェルモ・カブレラ・インファンテ＝著
寺尾隆吉＝訳

現代企画室

TTT

トラのトリオのトラウマトロジー

ギジェルモ・カブレラ・インファンテ
寺尾隆吉＝訳

セルバンテス賞コレクション 13
企画・監修＝寺尾隆吉＋稲本健二
協力＝セルバンテス文化センター（東京）

本書は、スペイン文化省書籍図書館総局の助成金を得て出版されるものです。

Tres tristes tigres
Guillermo Cabrera Infante

Traducido por TERAO Ryukichi

Instituto Cervantes
GOBIERNO DE ESPAÑA
MINISTERIO DE EDUCACIÓN, CULTURA Y DEPORTE
SECRETARÍA DE ESTADO DE CULTURA

目次

ミリアムへ
見かけ以上にこの本は
彼女に負うところが多い。

注意

実在の人物に対応していても、ここに現れるのは架空の人物である。本書に出てくる固有名詞は、すべて偽名と理解していただきたい。事実に即した出来事も描かれているが、それも最終的には想像力で脚色されている。史実と文学が似ていてもそれは偶然の産物にすぎない。

注記

この本はキューバ語、すなわちキューバで話されているスペイン語の諸方言で書かれており、飛び交う声を吹き出しのように書き言葉で再現する試みである。様々なキューバ語が溶け合って最終的に一つの文学言語となっている（と思う）。とはいえ、最も重点が置かれているのはやはりハバナっ子たちの話し言葉、とりわけ夜の言葉であり、これはどんな大都市でも常に隠語化する傾向があるようだ。この再現は容易ではなかった。読むより聞いたほうがいいのではないかと思われる部分もあり、確かに声に出して朗読してみるのも悪くないかもしれない。最後に、マーク・トウェインの言葉を借りて今の心境を書き記しておく。

「こんな説明をするのは、ほかでもない、そうしなければ、登場人物みんなが同じ言葉を話そうとしながら失敗しているような印象を読者に与えかねないからだ。」

GCI

「火の消えたろうそくの明かりが
どう見えるのか想像してみた。」
ルイス・キャロル

序

お集まりの皆様、**レイディズ・アンド・ジェントルメン、ショータイムです！**　紳士、淑女の皆様方、本日は大変お日柄もよく、**グッド・イヴニン、レイディズ＆ジェントルメン**。世界一魅力的なキャバレー、**トロピカーナ**……「**トロピカーナ**」、**ザ・モースト・フェイビュラス・ナイトクラブ・イン・ザ・ワールド**が、今宵お送り、**プリゼント**するのは、本日初公演の……。**ニュー・ショー**です、世界にその名を轟かせる、**コンチネンタル・フェイム**のアーチスト、**パフォーマー**が……。皆様、**ユー・オール**を魅惑の世界、**ワンダフル・ワールド**へとご招待いたします……。けたはずれ、**スーパーナチュラル・ビューティー**、**トロピックス**の美……。敬愛する**キューバの皆様方**、このトロピカーナはまさにトロピカル！　**グレート・ロッドニー！**　我らが**偉大なる**ロドリゴ・ネイラが、見事な、**マーヴェラスなプロデューサー**ぶりを発揮した作品……。その名も「**ゴーイング・トゥ・ブラジル**、ブラジル行くぜ」……。タラリラー、タラリラー、タラリラー、タラリー、タラリラランラン……。**ブラジウ、テハ・ジ・ノストラ・フェリシダージ**……。**ザット・ワズ・ブラジール・フォー・ユー、レイディズ・アンド・ジェントルメン！**　お集まりの皆さん、今宵お届けするのはブラジル、カルメン・ミランダとジョー・カリオカを**私なりに**アレンジしたブラジル……。この歓喜と幸福のコロシアムを埋め尽くす愛しいお客さま方、ブラジルです！　ブラジルよ、再び、ブラジルよ、いつまでも、歌と踊り、そして夜を愛するこのフォロ・ロマーノまでわざわざ足を運んでくださった心優しい皆様、**オウ、オウ、オウ、マイ・アポロジャイズ！**　心優しい、本当に優しいキューバの皆様、発見者コロンブス（コロンだブスじゃありませんよ……。ホホホ、船乗りのクリストファー・コロンブスです！）も言ったとおり、地上で**最も**美しい島キューバの皆さん……。心優しいお客様、お集まりの皆様、少しの間だけ、**チェイケスペア**の言葉、**イングリッシュ**で話すことをお許し願います、この愛と笑いのデパートを埋め尽くすお客様のなかに、本日は大勢アメリカの方が混ざっております、親愛なる同国人の方々にお許しいただけるのであれば、我らが国を訪れた陽気なセンニョリータースと勇敢なるカバジェェーロスに一言ご挨拶申し上げたいのです、よろしいですか……。For your exclusive pleasure, ladies and gentlemen our Good Neighbours, you that are now in Cuba, the most beautiful human eyes have ever seen, Christofry Columbus, The Discoverer, said once, you, hap-py visitors, are once and for all, welcome. Welcome to Cuba! All of you... be WELLcome! Bienvenidos, as we say in our romantic language, the language of the colonizadors and toreros (bullfighters) and very, very, but very (I know what I say) beautiful duennas. I know that you are here to sunbathe and seabathe and sweatbathe Jo jo jo... My excuses, thousand of apologies for You--- There that are freezing in this cold of the rich, that sometimes is the chill of our coolness and the sneeze of our colds: the Air Conditioned I mean. For you as for every-one here, its time to get warm and that will be with our coming show. In fact, to many of you it will mean heat! And I mean, with my apologies to the very, very oldfashioned ladies in the audience, I mean, Heat. And when, ladies and gentlemen, I mean heat is HEAT! 親愛なる皆様、申し訳ありませんでした、今の話をそのまま翻訳いたします。アメリカから来た友人方、北からお越しの善良なる隣人方に私が申し上げていたのは、紳士淑女、淑女紳士、ご夫人にご婦人方にお若い男子諸君まで、今宵はいろいろな方がいらしていますが……。その心優しい北からの皆様、もうすぐ、もう数秒後には、由緒あるトロピカーナのステージを彩るこの銀と金のラメのカーテン、そ

う、ここは世界一豪華なキャバレーなんです！　申し上げていたのは、熱帯夜の今宵、屋根の下では冬のように寒く、トロピカーナのクリスタルアーチの下では氷が張るような状態ですが……。（イケてるでしょう、ね？　イカスでしょう！）贅沢なクーラーで冷やされたこの空気も、この金銀のカーテンが上がり、今宵最初のショーが始まれば、その熱気と刺激で吹っ飛んでしまうことでしょう、ということです。ショーが始まる前に、申し訳ありませんが、この歓喜の館の常連客たちにもう少しだけ英語で挨拶させてください……。Ladies and gentlemen tonight we are honored by one famous and lovely and talented guest... The gorgeous, beautious famous film-star, madmuasel Martine Carol! Lights, Lights! Miss Carol, will you please?... Thank you, thank you so much Miss Carol! As they say in your language, Mercsí bocú（心温かいお客様ご覧のとおり本日はここに美しく麗しき銀幕のスターマルティーヌキャロルさんがお越しです！）Less beautiful but as rich and as famous is our very good friend and frequent guest of Tropicana, the wealthy and healthy (he is an early-riser) Mr William Campbell the notorious soup fortune heir and World champion of indoor golf and indoor tennis (and other not so mentionable indoor sports-jojojojó), William Campbell, our favorite play-boy! Lights (Thank-you, Mr Campbell), Lights, Lights! Thanks so much, Mr Campbell, Thank-you very much!（寛容なキューバ人のお客様方こちらはスープ会社の御曹司で有名な資産家のミスターキャンベルさんです）Is also to-night with us the Great Emperor of the Shriners, His Excellency Mr Lincoln Jefferson Bruga. Mr Lincoln Jefferson? Mr Jefferson（そしてリンカーンブルーガさん**シュライナーズ帝国**の大王です皆さん）Thank-YOU, Mr Bruga. Ladies and gentlemen, with your kind permission... 紳士淑女、すべてのキューバ人のお客様、次は中庭席に陣取るお得意様方のご紹介です、いつもながらのキューバ人らしい礼儀と心遣い、奥に見える椰子の木や、オシャレなハバナっ子が身に纏うグア

ジャベラ・シャツと同じくらいキューバ的なもてなしの心から、外国のお客様を先にご紹介させていただきましたが、次は私たちの番です。まずは、この国の社交界、政治・文化界の著名人の方々。そして次に未来有望な真面目な青年たち、さらに、衰えを知らぬご老人方！　さらに、**世界一**、**宇宙一**魅力的で陽気な面々！　ライトは？　そうそう。見目麗しい乙女、社交欄風に言えばジュヌ・フィーユ、ビビアン・スミス・コロナ・アルバレス・デル・レアルお嬢様が本日十五歳の誕生日を迎え、このキャバレーを祝福の場に選んでくださったのです、雨が予想される今夜はクリスタルアーチの下ですが、いつもここは豪華絢爛の舞台、ビビアンさんは本日をもって、お待ちかね、輝かしき十五の春、ああ、もはや我々の十五歳は遠い昔のこととなりました。二回目の十五歳だと考えて諦めましょう。おめでとう、ビビアンさん！　**ハッピー、ハッピー・バースデイ**、さあ、ビビアンさんのために皆さんで歌いましょう、**ハッピー・バースデイ・トゥ・ユー、ハッピー・バースデイ・トゥ・ユー、ハッピー・バースデイ・ディア・ビビアン、ハッピー・バースデイ・トゥ・ユー！**　皆さん、今度は全員で、一人残らずみんな歌いましょう、うら若き乙女のお隣にいらっしゃるビビアンさんのご両親、スミス・コロナ・アルバレス・デル・レアル夫妻もご一緒に、さあ、いきましょう！　**ハッピー・バースデイ・トゥ・ユー、ハッピー・バースデイ・トゥ・ユー、ハッピー・バースデイ・ディア・ビビアン、ハッピィィィ・バースデェェェイイイイ・トゥゥゥ・ユゥゥゥゥゥー！**　そうです！　さて、それではまた真面目な話に戻りましょう。本日、選ばれしお客様に混ざってこちらへお越しは、謙虚な軍人にして品行方正の紳士、シプリアーノ・スアレス・ダメラ大佐、その横には、いつものとおり、落ち着いた品格を漂わせた麗しき妻アルベージャ・ロンゴリア・デ・スアレス・ダメラ夫人です。奥様ともども、この幸福な一夜をどうぞ存分にお楽しみください！　それから、そちらのテーブル、そう、ダンスフロアの横の、そう、その席には、この歓楽のドーム、トロピカーナの常連、上院議員にしてコピーライター、ビリアト・ソラウン先生もお見えです。いつものお相手とご一緒ですね。文化界から今夜この場所に彩りを添えるのは、才色兼備の女流詩人ミネルバ・エロスさん、穢れのない繊細な声で言葉に情熱を込める朗読家、優しく響き渡る彼女の声にかかれば、詩文はたちまちビロードの韻に飾られます。**ミネルバさんです！**　ライト！　ライト！　**ライト！**（ちくしょうめ）すみません、少々お待ちください、もう少しで美女たちの登場なんですが、その前に、ちょっと待って！　こちらが偉大なる写真家、**イエス、スターのフォトグラファー、といっても天文学をやってるわけじゃありませんよ、我らがフレンドにして、キューバン・ビューティのオフィシャル・フォトグラファーに敬意を表してグリートしましょう！**　グレート・コダック氏に盛大な拍手をお願いします！　寛容なお客様、今度こそミネルバ・エロスさんの登場です。拍手を願います。ありがとうございます。この場を借りてお知らせいたしますが、このトロピカーナでは来月一日より毎晩、ミネルバ・エロスさんの見目麗しいお姿、その落ちついた演技、そして今や国宝ともなったその声をラスト・ショーでお楽しみいただけることとなりました。よろしくお願いしますね、ミネルバさん！　成功を祈ります！　とんでもない、ミネルバさん、あなたこそ私たちのミューズなんですから。さて……。**ナウ**……。お集まりの皆さん……。**レイディズ・アンド・ジェントルメン**……。違いのわかる**皆様方**……。**ディスクリミネイトリーな皆さん**……。ここからは通訳、**トランスレイション**はありません……。皆さんの歓声、**アドミレイション**と温かい拍手、**アプローズ**以外は言葉も音もワーズもワーズワースも要りません……。音楽と歓喜と気晴らし、**ミュージック**と**ハッピネスとジョイ**だけです……。**ユー**たちみんなのために！　トロピカーナ、**トゥナイト**最初の**グレート・ショー**の始まりです！　開幕、**カーテンズ・アップ**！

新参者たち

ずっと誰にも言わないでだまっていたけど、あたしたちも実はトラックの下で悪さをしていたの。他はもうすべてしゃべったし、話を聞いた町人たちがすぐあたしたちにいろいろききにきた。ママは鼻高々で、誰かが家へ訪ねてくるたびに中へ通してコーヒーを振舞い、コーヒーを出された客はそれを一息に飲み干して、卵のからでも扱うようにゆっくりていねいにカップをテーブルに戻した後、目に笑みを浮かべてあたしを見つめながら、何にも知らないふりをして、とぼけた声でいつも同じ質問をしてくるわけ、「**おじょうちゃん、こっちへおいで、ねえ、トラックの下で何してたの?**」あたしが黙っていると、ママが目の前に立ってあたしのあごを持ち上げながら、「ほら、ちゃんと話しなさい。もじもじしてないで、お母さんに話してくれたとおりに言ってごらん」別にもじもじなんかしてないんだけど、アウレリータがいっしょにいてくれないとあたしは何も話せないものだから、アウレリータもママに呼ばれてやってきて、二人で楽しく話をするの。あたしたちの話は近所の、いいえ、最初は近所だけだったけど、今では町中にうわさが広まって、みんなの楽しみになっちゃった、だから、二人でかしこまってうつむいたまま公園を散歩していても、みんなに見られているのがわかるの、だって、二人が通り過ぎると、ひそひそ話す声や、こっそりこっちを見る様子がわかるのだもの。

その週は、ママがずっとあたしに新しいワンピースを着せてくれて、その姿でアウレリータを呼びに行っては(あの子も下ろしたての服を着ていた)、日が暮れるまでレアル通りを散歩していた。するとみんなが玄関から外へ顔を出してあたしたちの歩く姿をながめる。時々声をかけられたりすると、ぜんぶ話してあげるの。週末にはもうみんな話を覚えてしまって、もう誰からも声をかけられないし、何もきかれなくなってしまったので、アウレリータと二人で作り話を始めることにしたの。だんだん詳しく話をするようになって、あやうく秘密を話してしまいそうになることもあったけど、アウレリータとあたしはいつもギリギリでちゃんと止まって二人目を合わせ、あの悪さについてだけは何も話さなかった。シアナ・カブレラさんが娘のペトラさんといっしょに新町へ引っ越してしまうと、町ではもうあたしたちに話しかけてくる人もいなくなったので、二人いっしょに歩いて新町まで行って、そこでまたみんなに話した。いろんな作り話をしていると、お母さんにかけてちかうか、とか、きかれるものだから、あたしは全部の指に口づけして、聖なる母にでも何にでもかけてちかうわ、と言っていたの、だって、もう何が本当で何がウソなのかわからなくなっていたんだから。ウチの近所と違って、新町ではあたしたちの話を聞きたがるのは男の人たちで、いつも町の入口の店からあたしたち二人に声をかけ、カウンターに肘をついたまま煙草をふかしながら、もう何でも知っているような顔をして目に笑みを浮かべているのだけれど、本当は興味シンシンで、ムジャキな表情をして優しい声で、「**おじょうちゃんたち、こっちおいでよ**」と言ってきた。男の人たちはしばらく話をやめ、すぐ近くまできていたあたしたちがもっと近づいていくと、今度は質問をしてきた、「**ねえ、トラックの下で何してたんだい?**」おかしいのは、その質問を聞くたびに、何だか別のことでもきかれているような、アウレリータとあたしがトラックの下で**本当は**何をしていたのか、とでもきかれているような気になって、何度か口がすべりかけたことがあった。でも、いつもアウレリータとあたしは作り話をして、トラックの下で何をしていたのか、決して話さなかった。

アウレリータとあたしは、毎週木曜日、レディースデイだから映画へ行くと言っていたのだけれど、本当は映画が目的じゃなかった。毎週木曜日、レディースデイで女の子は半レアルしか払わなくていいから、ママに半レアルもらって、アウレリータが呼びに来ると、いっしょに映画館へ出かけていった。映画館ではいつもホルヘ・ネグレテやガルデルとかの映画しかやっていないから、あたしたちには退屈で、映画館を抜け出して、お母さん公園を一回りしては辺りをながめていたの。たまにはおもしろくて楽しい映画もあったけど、たいていは始まるとすぐに二人で抜け出して、高級葉巻のトラックの下へもぐりこんだ。いつものトラックがいないときには、空き地で伸び放題の草の間に隠れた。そのほうが見にくいのだけれど、トラックがいないときのほうが、あの人たちはもっといろんなことをした。偶然だけど、シアナさんの娘ペトラさんの恋人が、毎週木曜日にやってきたの。というか、毎週木曜日と日曜日にやってくるのだけれど、日曜日は公園を散歩するだけなのに、木曜日はレディースデイでみんな映画へ出ていくものだから、そのすきをねらって、あの人たちは家のリビングに座るの。あたしたちは日曜日にはお出かけしなかったけれど、木曜日は映画に行くふりをして外からのぞいていた。おばさんも家にいたけれど、普段は奥にいて、リビングへ向かうと木の床がきしんで音を立てるらしく、足音をききつけると彼女は立ち上がって自分の椅子へ戻り、おばさんが二人に声をかけたり、窓から通りの様子をきょろきょろながめたり、空を見上げたり、そんなふりをしたりしている間は、じっとおばさんが奥へ引っ込むのを待っていた。でも、おばさんが奥へ引っ込んだまま、二人と話したり、窓の外をながめたり、ながめるふりをしたりしていないときは、二人はしたい放題。それであたしたちは、人目をあざむくために開け放しにされた扉から、二人の様子をいつもじっくり見ていたの。

いつも始めは同じだった。二人はそれぞれ揺り椅子に横並びに座って、彼女のほうはいつも頭からかぶるゆったりした服、お葬式みたいな色のゆったりした服でのんびり揺り椅子を揺らしながら、何かおしゃべりをするか、おしゃべりでもするふりをしていた。おばさんが奥にいる間、彼女は横へ頭を伸ばして相手を見つめ、彼がモノを出すのを見ると、手を伸ばしてなでるように触り始め、おばさんが来ないか注意しながら、今度は揺り椅子から立ち上がってすそを持ち上げて、そのまま男の上に乗っかって動き始め、しばらくは男のほうも揺り椅子を揺らしているけれど、そのうち突然彼女が飛び上がって自分の椅子へ戻り、男はこうやって足を組みかえながらモノをしまうの、それは、何も知らないおばさんがやってきたからで、窓から通りや空をながめ、しばらくながめるふりをして、またおばさんが奥へ引っ込むと、すぐに二人はじゃれ合いを始めるの、彼女が男のモノをいじる間、今度は男も女のアソコへ手を伸ばして、立ち上がった女は男の股の間に頭をうずめ、しばらくそのままでいたかと思うと、いきなり頭を上げる。それはまたおばさんが来たからで、おばさんが引っ込むと、またじゃれ合いが始まるの。二人は一晩中そんなことをして過ごし、その間おばさんは、時々リビングに現れては窓から外をながめて、時には男もおばさんに声をかけていっしょに笑い、ペトラさんも大声で笑い、おばさんがまた奥へ引っ込むと、今度はなかなか戻ってこなかったりする。信心深い女性で、特に旦那さんに先立たれて以来、いつもお祈りばかりしているから、きっとまたお祈りでもしているんでしょう、するとまた同じ動きが始まって、あたしたちはトラックの下から二人の様子をながめ、いろいろ悪さをするの。

　大騒ぎになったのは、危うくトラックにひかれそうになったあの日、あたしたちが下に隠れているなんて何も知らないまま、運転手さんが発車させようとしたから、もう少しであたしたちは後輪にふみつぶされそうになって、必死で叫び声を上げたら、いったい何が起こったのかと、近所中の人が通りへ出てきた。運転手さんはあたしたちが下にいるとは思わなかったのだろうけど、時々、あの人が実はすべてを知っていて、あの人にだけは、あたしたちがトラックの下で悪さをしていたこともお見通しだったんじゃないかと思うことがあるの。そんなわけで、近所中の騒ぎになって、あたしたちはまず運転手さんに、それからペトラさんに、それからペトラさんの恋人にも怒鳴りつけられ、ペトラさんのお母さんのシアナさんには、怒鳴られこそしなかったけれど、あたしのお母さんにもアウレリータのお母さんにも言いつけてやる、とか言われたから、その時あたしたちは決めたの、もしシアナさんがこの話をするのなら、あたしたちも見たことみんな話してやろう、って。それで、シアナさんが本当に話してしまったから、あたしたちもしゃべり始めたわけ。ママにぶたれるかと思っていたけど、この話をしたらママは大笑いして、ペトラももうあの歳だものね、なんて言っていた。どうやら、ペトラももういい歳だし、十年も同じ恋人と付き合っているのだから、ということを言いたかったようで、確かに近所の人もみんな同じことを言ってた。その後ママが言ったのは、「まあ、どうやらペトラも教会の裏口で結婚するつもりらしいわね」という言葉だったの。もちろんそれは、二人が教会の裏出口か奥のほうで結婚するということではなくて、何か別の意味があることくらいあたしにもわかったけれど、そんな話をしてはダメなこともわかっていたし（アウレリータとあたしがトラックの下でしていた悪さの話もしてはいけない）、ママに「ねえ、ママ、教会の裏口でどうやって結婚するの？　神父さんなしでってこと？」ときくと、ママは大声で笑って「そうよ、そういうこと、神父さんなしでってことよ」と言いながら、チッソクしそうになるまで笑っていた。そしてその後、近所のおばさんたちと世間話に出かけたの。

それ以来アウレリータとあたしはこのことを話し始め、誰かが家へ来ると（もうそのころにはママもコーヒーを出さなくなっていたけど）、こんばんは、おはよう、こんにちはのあいさつもそこそこに、同じ質問を切り出すのだった、「**こっちへおいで、おじょうちゃんたち、トラックの下で何してたんだい?**」あたしたちは同じ話を何度も繰り返し、あやうくあたしたちがトラックの下で本当は何をしていたのか言いそうになった。そのころにはシアナ・カブレラさんと娘のペトラさんは新町へ引っ越していて、新町といっても別の町でも新しい町でもなく、町の反対側にある貧しい地区で、土の床とグアノの屋根でできた家が並んでいるだけの場所だったけれど、とにかく二人が引っ越してからは、もう何もきかれなくなったので、アウレリータとあたしは、毎日放課後新町へ出向いていくことにして、また同じ質問を待つことにした、「**こっちへおいで、おじょうちゃんたち、トラックの下で何してたんだい?**」

その新町で知ったのは、ペトラさんの恋人が一時木曜日も日曜日も町へ来るのをやめ、その後、日曜日だけやってきて公園を散歩するようになったということ、そして、おばさんにしっかりと家の扉を閉ざされて、ペトラさんがどこへも出かけなくなってしまったということだった。以前あのおばさんはいつもいろんな人と付き合っていたのに、今では買い物に出ても誰とも口をきかず、来客を迎えることもまったくないのだそうだ。

一九五三年四月二二日、ハバナ

中よしのエステルビーナ様

この手紙をうけ取るあなたがほかのみなさまともども元気でいらっしゃるようねがっております。こちらはあいかわらずです。ずいぶんと久しぶりにお手紙をもらってとてもとてもうれしく、とび上がりそおになりました。あんなことがあったのですから、あなたがわたしたちにおこってらっしゃるのもむりはありませんが、でもわかってください、グロリアが家出してハバナへ来たのはわたしたちのせえではありません。あの子がわたしたちをだまして、あなたに言われてここにべんきょしに来たのだと言って、あなたが書いたという手紙まで見せてくれたのです、そこには、ハバナでべんきょして一人まえの女になってほしいとたしかに書いてあるので、おろかなわたしたちはすっかり信じこんで、あの子をとめてやることにしたのです、こんなせまいとこに人をとめるのがどれほどたいへんかはよくおわかりでしょう。

今ごろ、もうなんか月もあの子からたよりがないとか、なにか知らないかとわたしにきかれても、わたしだってもうずいぶん前からあの子のことはなんにも知りませんし、うはさすら入っては来ません。ヒルベルトの言う血のはてのようなあなたたちの町までざっしボエミアがとどいているか知りませんが、とどいてなければこんどバシリオがそっちへ行くときとどけてもらえば、すぐにあの子がなにをしているかわかるでしょう。どうやらあの子はげえのうかいとやらに入ったらしいのです。あなたは知っていたのか、あの子はハバナへ来て二週間ほどたつとここで仕事を始め、ベダド区かどこかで女中になったというので、どこでべんきょするつもりかときいたら、べんきょなんかする気はまったくないと言うのです、しかも、四年も五年も、昼ははたらいて、夜はべんきょして、どこにもあそびに行けないなんてせえかつはいやだ、そんなことしたってどうせ会社で安げっきゅでこきつかわれるだけだ、とか言ってました。

せえぼさまにかけてちかうけど、エステル、あんな生意気なことをはづかしげもなく言うなんて、いっぱつかおをはりたおしてやろうかと思ったぐらい、まだ十六にもならない鼻たれのくせしてあつかましいにもほどがある。たしかにヒルベルトの言うとうり、あの子はわたしの娘でもなんでもないのだし、わたしだって家のことでいそがしいのだから、知ったことじゃありません。そうです、あなたの娘がそう言って、そして出ていったのです。それから十五日か、少なくとも二週間ほどの間家にはもどらず、もどってみると、すごくきれえなかっこをしていて、ごめんなさいとかなんとか言うのです、もう女中はやめて、びよおいんではたらいていて、そのほうがかせぎもたいぐうもいいし、げしゅく家に引っこしたんですって。わたしも心からよろこんで、中よしのエステルビーナの娘がハバナで心を入れかえてはたらくなんてよかった、ほんとおにそう思ったんです、エステル、まだふたりとも小娘だったころのことを思いだして、そういえばがっこおにもいっしょに行ったし、よくさとおきびこおじょうのあき地であそんでいたな、なんてかんがえたんです、わたしってほんとおにバカでたんぢゅんだから、なみだまで出ちゃって、ヒルベルトにいいかげんに泣きやめっておこられたぐらいです。そのせえで一週間くらいはけんかしたままだったけど、そのときあなたからの手紙がきて、かぞくもどおぜんのあなただからほんとおのことを言うけど、ものすごいショックでしばらく泣きくれていました。今にすべてかえるみたいにけろっとわすれるさ、とヒルベルトが言っていたとうり、さいきんはようやく立ちなおってきました。せえぼさまにかけてちかいますが、わたしたちはほんとおになにも知らなかったのです、あなたの娘らしくもない、神おもおそれぬ子ですね、あの子は。

少しあとにあの子はここへもどってきたので、ちょっとせっきょおしなければと思って言ってやりました、おまえは中よしのエステルビーナ・ガルセスの娘じゃない、おまえのかあさんはほんとおにりっぱな人だった、おまえも少しはみならいなさい、エステルビーナさんのよおな人はふたりといない、それなのにおまえのせえであの人はそっとおして死んでしまうよ、かあさんがいないことがどれほどつらいことかおまえにわかるかい、おまえのかあさんもわたしもみなしごでずいぶん辛い思いをしたんだよ、って、そしたらあの子がおう泣きしたもんだから、わたしもかあいそうになってなぐさめてやって、コーヒーまで入れてやったのに、あの子、少しおちついて泣きやむと、帰りまぎわになんて言ったか知ってますか。入り口のところに立って、片手をドア、もう片方の手をきれえなハンドバッグにかけて、わらいをこらえるようにしながら、ねえ、おばさん、エステルビーナじゃなくてエテルビーナよ、スはいらないの、だって、それだけ言うとドアをわたしのかおにたたきつけるようにして、さっさと行ってしまったんです。あなたがお中をいためたあの子は、どうしてあんなになってしまったんでしょう、でもはなしはこれだけじゃないんですよ。

もう昼ごはんの皿あらいもおわったし、ヒルベルトは午後のしごとにもどったから、また手紙のつづきを書きます。言っていたとうり、あなたの娘は、わかくてうぶな人にはきけんなこのハバナの町で、ずいぶんはぢさらしなことをしているんです。この近くではたらいているハルセニオ・クエという人のはなしによると、あの子はラジオセッターという、ＣＭＱのラジオ局とか、げきじょおとか、きっちゃてんとか、いろんなものの入った大きなビルヂングによくでいりしているのだそうです。もうずいぶん長いあいだグロリアはここえ来ることなんかなかったのに、ある日とつぜんあらわれたかとおもうと、どかどかすわりこんで、ねえ、ビイルちょうだい、なんて言うんですよ。わたしは、まあ、なんて子かしら、バアじゃあるまいし、ここにはビイルもれえぞうこもないわよ、ヒルベルトはかんぞおがわるくてさけなんかのめないし、と言ってやりました。そしたらあの子、なんて言ったと思います？　じゃあヒルベルトにビイル買いに行かせてちょうだい、わたしは今やくもの上の人なのよ、だって。わたしにはいみがわからなくて、なんであんなきもちわるいものの上にのるんだいってきいたら、こんどは、それじゃしんぶんをもってきてって言うんです。かわいそうに、ヒルベルトはきんじょのたばこ家へ走っていって、そこの主人のヘナロさんにじじょおをはなすと、黒人だけどひとのいいヘナロさんはしんぶんを借してくれました。ヒルベルトが入ってくるやいなや、あの子はしんぶんをひったくって広げ、わたしたちの目の前につきつけました。『世界』のしめんになにがあったと思います？　なんと、ポラール・ビイルをせんでんするあの子のすがたです。あなたにはそおぞうもつかないでしょうけど、「ベキニ」とかいうマスクかハンケチみたいな小さなはだぎをひっつけただけで、上に布きれ一まい、下にも布きれ一まい、あとはほとんどすっぽだかというかっこをして、よこにいる白くまのかたに手をかけているのです。せんでんのもんくは、美女とくまがポラールのシンボル、とかなんとかで、そのとなりにならぶ文字が、なんだかいやらしそうな、それでもそおでないような、でもよく見るとやっぱりいやらしい形をしていて、文字がゆびのようにならんであなたの娘グロリア・ペレスにぺたぺたさわってるみたいに見えるんです。しかも、もはやあの子の名前はグロリアでもペレスでもないんだそうです。

今の名前はキューバ・ベネガス、あの子によればよく売れた名前なんだそうですが、なにが売れたのかはわたしも知りません。というわけで、あなたの娘キューバ・ベネガスはほかにもいろいろせんでんをしているのだそうで、マテルバジュウスもそのひとつだそうです。おきまりのことばを言うのではなく、どおどおと「キューバと同じものをのんで」と言うのだそうですが、そんなこんなで、あの子はずいぶんとゆうめえになって、金まわりもよくなったようです。なにせここへも、あのやねもなにも上にのっていない大きな車でやってきて、帰りがけに、外へ出てそのコンバアチブルとやらを見ていくようわたしたちに言ったのですが、おもてのとうりは車がおうくてけむたいし、ふくもいつものぼろを着ていたのでわたしは出ていくのをやめました。車づきのヒルベルトはこどもみたいにはしゃいで、すげえ車だと言ってました。うんてんをする男がべつにいたというので、どんなやつかきいてみると、よく見なかった、黒人だったか白人だったか、はながあったかなかったか、それすらどおしても思い出させないが、ひげがあったから男だ、女でもひげのあるやつはいるが、あんなレバアみたいなひげはない、あれはうんてんしゅによくあるひげだった、と言っていました。

はなしてるとわらえてくるけど、ごめんなさいね、エステル、あなたの娘キューバ・ベネガスはあれからなんどかここへやって来て、来るたびにいい服を見せびらかしてます。あるときなんか、がりがりのせえねんがいっしょにやってきて、そいつがいつもくちびるをぺろぺろなめているようなしんけえしつな男で、さらさらのかみをかおの上になびかせながら、手にしたむぎわらのかばんをゆらしていましたが、どうやらうちのきたないいすでかがみみたいにてかてかの白ずぼんをよごしたくなかったらしく、ぜえったいすわろおとはしませんでした。あの子はまたいい服を着て、ずいぶんとめかしこんでいましたが、今ではベデトとかなんとかもしているのだそうで、ラジオやテレビのしごともこなして、お金もがっぽりかせいでいるのだと言っていました。あなたに少しはしおくりしているのかときいてみたら、イィスターだからお金をおくったけど、服とかくつとかけしょおとかにお金がかかるし、マネエジャやとうのもたいへんとむぎわらかばんのせえねんをゆびさして言っていました。そうなの、マネエジャまでいるんですよ、あなたの娘には。自分が出るばんぐみを見てねとかなんとか言ってましたが、あとはわすれました。次に来たときはサテンとかなんとかいうきれえな服を着て、ガラフィクレポートだかをとっているとかで、キャメラマンといっしょに来ましたが、それは少なくともヒルベルトによれば前に来たのとはちがう人で、かえるみたいなかおにくろみどりのサングラスをかけたその男は、えんぺつでかいたみたいなほそい一本せんの口ひげをはやしていました。男はここであの子のしゃしんをなんまいもとりましたが、あなたの娘、かつてのグロリアのはなしでは、カルテレスというここハバナのざっしにあの子のせえかつについてのくわしいきぢがのるのだそうで、ごごじゅうずっとこのうちでぱちぱちやっていました。このキャメラマンというのがまったくはぢしらずな男で、あなたの娘にぺたぺたさわるのはもちろん、すみのほうでちゅっちゅやってばかりいるので、あんなふしだらなやつらはおいだしてやろうかと思ったほどです。帰りがけにしゃしんをとってやると言って、なかにわでせんたくしているわたしのしゃしんをとってくれたのですが、まだおくられてきません。ざっしはヒルベルトが買いましたが、しゃしんにうつっているのはなかにわとか洗たく台とかそんなきたいないばしょばかり、おまけにべんじょなんていうくさいところまでうつっていて、その前であなたの娘がポオズをとっているの、きぢもさいあくだったし、わたしたちがうつっていなくてほんとおによかったと思います。

今はどんな名前になっていることやら、さいごにあの子を見たのはもう六か月も前です。きんぱつの女の子といっしょで、ふたりとも見たこともないくらいぴちぴちの長ずぼんをはいて、あまくいいにほいのするたばこをすっていました。わたしはコオヒーを入れ、ふたりはしばらくおしゃべりしていきましたが、あの子のかっこがすてきなので、わたしもうれしく思いました。すごいあつげしょおで、くちべにもきつすぎましたが、それでもやっぱりきれえでした。ただ、ひそひそとないしょばなしでもするよおすは見ていてふゆかいだし、ふたりともたばこを口にくわえたまま火をつけあったりするすがたもいやみだったうえ、わたしにはさっぱりわからないことをはなしてわけもなくわらっていました。なかにわえ出ると、こんどは、手をつないだり、ねえさんとか、ねえちゃんとかよびあったりしながらきんじょの人たちを見てわらうしまつです。帰るときも、手をつないで、なにがおかしいのかわらいころげたまま分かれのあいさつをして、げんかんまで見おくりに出たわたしにくるまから手をふってさよならを言った後、大きなおとどさわがしいわらい声をのこしてさっていきました。あなたの娘、むかしのグロリア・ペレス、今のキューバ・ベネガスを見たのはそれでさいごです。

そんなこんなで言いわすれるとこでしたが、子どもを生むというさいごのきぼおは一年ほど前にあきらめました。ずっとなんとかなるだろうとおもっていたのですが、けっきょくゆめはかなわず、もうとしがとしですからあきらめることにしました。ねえ、エステル、わたしたちももう少しでばあさんなんですね。お手紙まってます、このともだちのことをわすれないでね。そういえばしょおがっこうのころは、よくしまいにまちがわれたわね、かしこ。

デリア・ドセ

ついしん　ヒルベルトがだんなさんによろしくだそうです。

最初はわざとしゃべらせといてやったけど、仰々しい話が終わるとあたしは言ってやった、おばさんの人生(そう、人生)なんて間違いだらけ、そう、間違いだらけよ、って。あたしは人生楽しみたいの、そう、言ってやったわよ、エジプトのミイラじゃあるまいし、じっと家にこもりきりの生活なんてごめんだわ、老人じゃないんだし、ああ聖母様、手をこまねいてじっと処女のまま待ってるなんてやだ、するとあの女、こうやって手を上下に振りながら言うの、カッコつけちゃってさ、行きたきゃ勝手にどこでも好きなとこ行きゃいいさ、誰も止めやしないし、あたしゃあんたの母さんじゃないし、いいわね、って、あの女、手を逆さまにあの黒く分厚い口へ持っていきながら、鼓膜が破れるほど大きな声で耳に直接怒鳴りつけてくんの、だから言ってやったわ、あのね、おばさん(そう、ちゃんとおばさんって言うのよ、私だって礼儀ぐらいわきまえてるし)、おばさんはチャンスをつかめなかったから辛い人生を送っただけ、もうその齢じゃあたしの言うことなんかわかりはしないでしょう、そしたらまたいつもの戯言が始まんの、出ていきたきゃいつでも好きなときに出ていきなさい、どうせあんたの人生だし、あたしの知ったこっちゃないわ、あんたがその股間で何をしようがそれはあんたと男の問題だし、あたしゃ無関係、だから出ていくならさっさとしなさい、手遅れにならないうちにね、だからあたしも言ってやった、何勘違いしてんのよ、誰が男と行くなんて言ったの、別に踊りに行くだけじゃない、すると今度は、ああ、いいわよ、あんたをここへ縛りつけておく気はないし、貞操帯なんてあほらしいこともしないわ、これにはさすがのあたしも頭にきて、声を荒げて言ってやった、人生は一度きりなのよ、おばさん、楽しまなくちゃ意味ないでしょ、当然じゃない、するとあの女、まだくどくどと、はいはい、大好きな音楽も踊りもバカ騒ぎもあるんだから、勝手に行きなさい、でもいいこと、行ったが最後、もうここへは戻ってくるんじゃないよ、人に逆らって出ていくんだからね、この扉は厳重に鍵をかけておくし、廊下にでも入ってきたら、守衛さんに頼んで追い払ってもらうからね、わかったかい、これにはさすがのあたしも不安になって、外からはもう音楽にのってお祭り騒ぎがどんどこどんどこ聞こえてくるし、だから言ったの、そんなに熱くならないで、パシフロリーナでも飲んで気を落ち着けたらどう、あたしだって、まあいい、このへんでやめとくわ、あの女はもうなあああんにも言わずに黙りこんで、ぷいと背中を向けたので、あたしも同じようにして、ストールとハンドバッグを手に取ると、それ一歩、それ二歩、それ三歩と進んでドアへたどりついて、ベット・デイヴィス顔負けのスピードで外へ出ると、そこから胸が張り裂けるほどの勢いで言ってやったの、いい、おばさん、これで最後だから言ってあげる、人生一度きりよ、ね、一度だけ、死んじゃったらもうお祭りなんてないんだから、音楽も楽しみもそれでおしまい、人間死んだらおしまいよ、わかった、ってね、このあたし、マガレーナ・クルスはそんなの耐えられない、あっちへいっちゃったらそれで終わり、もう何にも見えないし、何にも聞こえない、そんな人生嫌だ、嫌なのよ、言い終わるとあの女ったら、偉そうに半身で振り返って、横顔であたしを睨みながら言うの、そんなにお祭りが好きなら、さっさと行っちまいなっ、てね。

兄と僕とで編み出した映画館への行き方は、特許取得にも値する必殺技だ。かつてエスメラルダ館へ行っていた頃よく使っていた方法は、大きくなると使えなくなった。以前なら、話しかけたり、ケンカのふりをしたり、「捕まえて！　捕まえて！」と大声で叫んだりしながら係員の気をひいて片方が潜り込み、後でもう一人が、「母から兄へ大至急の伝言なんです」とかなんとか言って入ってしまえばこっちのものだったが、そんな手はもう使えなかった。それでも僕たちは「サンタ・フェ・トレイル」を首尾よく見出したのだ。最初僕たちは、使い古しの紙袋を集めてベルナサ通りの果物売り屋台で十枚一センターボで交換してもらったり（一度店の主人に、百枚集めたら二十五センターボやると言われて喜んだ僕は、この衝撃的発見に目が眩んだまま、これはすごい、なんてバカな奴だ、計算もできないのか、金脈を掘り当てたぞ、と思いながら、黄金狂時代の熱狂に囚われて紙袋二十枚を手に喜び勇んで駆けもどり、五センターボ要求したが、主人の反応は、最初微笑み、次に笑み、最後に「お前、人をバカにしてんのか」という返事、おまけに「とっとと帰れ、悪ガキめ！」と言われ、呆然とした。あれこそ初めて体験する二重の失望だった）、紙袋の収穫が悪いときは、手当たり次第に長屋から古新聞を掻き集め、その貴重な成果を抱えて魚屋へ持っていけば、紙袋ほどではないが、少しは実入りがあった。（長屋の住人はみな貧乏だから、お遣いに行くのもタダ働きで、お駄賃などあてにはできなかった。十五歳の太っ腹娼婦レスビア・デュモアも、夜更かしの集金係、あの間抜けのマックス・ウルキオラも、三人の英雄（パイロット、大佐、政治家という偉人たちだったが、どうあがいても結局暇つぶしにしかならないこんな文章に、登場人物が陳腐すぎるとか文句は言わないでほしい）の自称妾として崇められていた気前のいい老婆ドニャ・ララも、皆すでに引っ越すか、出ていくか、死ぬかしていた。彼らとともに、堂々とお駄賃を受け取る無垢な少年時代も終わった。成長とともに僕たちは恩を売ることを学んだが、当時は使い古しの紙袋や古新聞を売るほうがまだ簡単だった。）

最後にして最高の金脈となったのは古本だった。父の本、叔父の本、叔父の父の本、僕たちは片っ端から家族の文学的遺産を売り飛ばした。最初に売ったのは、（父の）金と（作者の）名声と（本の）宣伝が目当てで父に贈られたカルロス・モンテネグロのつまらない劇作コレクション——というより寄せ集め——で、「ラジウィルの犬」というタイトルだった。僕が一度も読まなかったのはもちろん、誰もまったく手をつけなかったようで、全巻ページも切られておらず、出版された時そのままの状態で保管されていた。この同じ作家は、他の本も別途父にプレゼントしていた。タイトルは「六か月に及ぶ戦闘（死闘だったかな？）」。どちらも処女懐胎の状態で「サンタ・フェ・トレイル」をたどり、ハカリ売りされた。もちろん、重さを量っただけで内容を計ったわけではなく、いずれにしても二束三文にしかならなかった。本屋の店員に文学がわかるはずはない。その後、さほど有名ではないが、ちゃんと読まれた形跡のある（早い話が軽い）本が同じ道をたどった。五冊ごと、十作ごと、そして三々五々、最後は四の五の言わず、次々と古本屋へ向かって歩みを進めた（商品に足があるわけではないから、兄と僕が付き添ってはいたが）。（怒り心頭の父がダモクレスのごとき調子で張り上げた怒号はここでは省略しよう。幸い、汚い言葉は一つも発されなかったので、省略する必要はない。残骸となった書棚へ並々ならぬ愛を注いでいたのを見て、母はバカバカしいが確実な方法で父から愛を取り戻そうとしたが、その文句もここでは省略しよう。がらんどうになった本棚では、残り少ない本が右に左に崩れ落ち、映画代のために（そう、鼻歌と散歩とともに古本屋（当時あのあたりには驚くほどたくさんの古本屋があって、「サンタ・フェ・トレイル」の脇から僕たちに甘い囁きを投げかけてきた）へ本が消えていくたびに、賢者の石によって文学の鉛は映画の銀幕となっていたのだ）犠牲となった仲間たちに押し潰されそうになっていた昔を懐かしむようだった。本のタイトルは記憶に残っているものの、そこに実物の姿はすでになく、イタチに荒らされた鳥小屋さながら、あるいは、ハイタカに荒らされた、と言ったほうが正確な譬えになるだろうか、の状態だった。）

おいらが進むのは
サンタ・フェ・トレイル

（第一の変奏
おいらが駆け進むのは
サンタ・フェ・トレイル）

（第二の変奏
おいらは進むおいらは進むおいらは
進むサンタ・フェ・トレイル）

（第三の変奏

おいらは
進んでいく
おいらは
進んでいく進んでいく
サンタ、サンタ、サンタ、サンタ
サンタアアアア・フェエエエ・トレエエエル）

当時は何も知らなかったが、この一節（とそのゴールドウィン変奏）が、「サンタ・フェ・トレイル」主題歌のメロディーにのせて歌われた。僕たちはいったいどこであの歌を覚えたのだろう？　やはりハバナの「西部」だろうか。

その日、木曜日のことだった（当時木曜日は映画館の割引日だった）が、サンタ・フェ通り（もうおわかりだろうが、サンタ・フェとは、思春期の病を治す万能薬、栄光に満ちた理想郷、すなわち映画街なのだ）で予定の第一部をすでにこなし終えていた僕たちは、父が仕事から帰ってくる前にシャワーを浴び、プログラムを選んで（というか、ヴェルダン館へ行くことにした、と言ったほうがいいだろう。かの激戦地から取ったこの物騒な名前にもかかわらず、あの映画館は静かでアットホームなうえに涼しく、夜暑くなってくると、鉄枠にトタンを張った屋根がギシギシガタガタ音を立てて開くのはいいのだが、にわか雨がくると、開くときほどのスピードで閉められないのが欠点だった。とはいえ、星空の下、スクリーンに向かってみんなで座るのは心地よく（特に（別名天国とも呼ばれた）天井桟敷の最前列は、映画などなかった時代には貴族が座るような特等席であり、この席を取れればなおさらよかった）、おそらく記憶に残っているよりも気持ちよかったのではないだろうか）家を出たが、すると階段でネナ・ラ・チキータという、ここの住人の例にたがわず、タダ者ではない老婆に出くわした。ああ、しかしネナ・ラ・チキータ（体もすっかり収縮して歯もなくなった薄汚い老婆なのに、いつも性欲だけは旺盛だった）に会うと、いつも悪い予感がするのだった。「映画かい？」とか訊かれたのだと思う。僕たちが、立ち止まりもせず、仰々しくカーブした汚い階段を下りながら、「そうです」とだけ答えると、彼女は「いってらっしゃい」と声をかけながら、大儀そうに階段を上っていった。「いってきます」すら言わなかった僕たちは、三回地面に唾を吐き、指を交差させ、慎重な目で車の通行を眺めた。

そのまま僕たちは映画館へ向かった。セントラル公園に差しかかる頃には日が暮れ始めていた。ガリシア・センターでは、スペインの踊り子や水着姿のダンサーとおぼしき女性の写真を見た。そしてカフェ・ルーブルの前を通って、街角にある店内をのぞくと、すでに夜のおしゃべりに人が集まり始めており、常連客の姿も見えた。色とりどりの光に引き寄せられて集まる蛾と同じく、僕たちもきらびやかなアメリカの雑誌を並べた露天の前で足を止め、買うわけでも手に取るわけでもわかるわけでもないのに、何度も何度も何度も周りをぐるぐる回った。ルーブル前の歩道には終わりがない。もう一軒コーヒーの露店があり、そこではもっと多くの人が立ったままおしゃべりしている。その横には、市長やら市議会議員やら上院議員やらの候補者を描いた大きな油絵が並び、絵描きの腕がよほどいいのか、おそらくは多少修正を加えているのか、みんなオスカー男優賞候補みたいに見えた。次に現れるのは、射撃台と六台のフリッパーズとパンチングバッグの機械。ピンボールのベルと、台を傾けるいかさま師の悪態の上から、乾いた射撃音が響いてくる。とどめがぼろぼろのパンチングバッグを殴りつける乾いた音だが、どうやらこの機械はだいぶ前からパンチドランカーと化しているらしい。誰か（ピンボールの青年か、射撃の船乗りか、パンチングバッグの黒人）が大当たりを出す。次の角の手前あたりには、「アドホックドッグ」の露店があって、揚げ物とホットドッグと焼肉パンの香りに包まれる。食事はまだだし、食べる予定もない。待ち遠しくて短く感じられる長い道——いや、逆かな？——が目の前に控えているし、サンタ・フェに着けば冒険と自由と夢が待っているというのに、食事のことなど考える者がいるだろうか。近い将来、チャチャチャのリズムを刻みながら「ずるい女」が歩きまわりそうなほど人通りの多い交差点に差しかかると、うるさい、くさい、けばけばしい、暑苦しい、すべて揃った雑踏をさっさとやりすごして三つの通り——プラド通りの一部、ネプチューン通り、サン・ミゲル通り——を抜けた。第一の停車場はリアルト館、今夜の上映は「剃刀の刃」だが、（心配）このタイトルは哲学的すぎやしないか？　別の言葉ではあったが、そうだろう（哲学的すぎる）という結論に僕たち二人は落ち着いた。来週まで、というか来週のプログラムまで待てば、「フランシス・マカンバーの短い幸福な生涯」が見られるから、そのほうがいい。タイトルは長くてややこしいし、ヘディ・ラマーによく似た女が出演している。だが、ライオンとサファリと猛獣狩り、このアフリカの光景こそサンタ・フェの真髄なのだ。また来よう。

相変わらず都市の喧騒に包まれたまま僕たちは進み、今度はジュースにした果物の匂い（マメイ、マンゴー、アノン、そうアノンだ、間違いない、外側はカメレオンのような緑色と灰のような灰色、内側の果肉は病気の脳みそのような色だが、粘っこい包嚢にくるまれて黒い種が一面に散らばっている、そんな気色悪い果物だ、善悪あらゆる知恵を結集してあらゆる果物を作りだしても再現できないあの匂い、バビロニアの庭園の香りとでも言えばいいのだろうか、アンブロシアの再現としか言いようのないあの味があれば、中身はどうでもいいのだ）に包まれた。メロン、タマリンド、ココナッツ、色々な果物の匂いに混じって、別の果物、タバコ、染料の臭い、大きな靴磨きの台から漏れてくるラシャの臭いが漂い、その角が僕たちの休憩場所、その名も「立ち飲み屋」、本来なら客はみんな立って飲むべきなのだろうが、どうやら名は体を表していない。そこでは六センターボ（雑誌『新世代』一年分ぐらいだろうか）で、スリルと冒険に満ちた不毛な砂漠へ乗り込む前に、最後のカフィコーラを飲み干すことができる。

再び埃っぽい道。アルカサールは、いつもいい映画をやっていてなかなか魅力的だ。しかし、前の週には、歌手の叫び声が通りから中まで入ってきたので、いくら「雪にしたたる血」が戦争映画だといっても、さすがにこれは興ざめだった。勝手にショーをやりたがるアーチストがすべていけない。もう少し先、サンタ・フェの向こうまで行くと、素晴らしい上映スケジュールを組むマジェスティック館があり、二本立て（ダブル）、三本立て（トリプル）、四本立て（なんか難しい言葉があった）をやっていたが、たいていは全部見るのは苦痛という代物で、途中係員に頼み込んで一時抜け出すか、（完全に）残りを諦めて出てくるかしないと、病人とか、なぜだか（泡）風呂に入る（ガリガリの）女とか、嵐の夜駆け落ちするカップル（女は後に出産）とか、そんな屑のような映像ばかり見ていなければならない。

突如、混乱が起こる。人々が駆け出し、僕は誰かに肩を押され、車の後ろに隠れた女性の金切り声が聞こえ、まるでしつこい夢のように兄が僕の手を、腕を、シャツを引っ張って引っ張って引っ張って、「殺されるぞ、シルベストレ」と叫び、どこかへ連れていかれたかと思うと、そこは中国人の安食堂、テーブルの下へ潜り込むと、そこにはすでに木と藁椅子と植木鉢で身を守るカップルが逃げ込んでいたが、地を這うような兄の声が聞こえ、おい大丈夫か、と訊いてくるので、そこで初めて遠くから、近くから銃声が聞こえてくるのに気がつき、立ち上がって（逃げるのか？　もっと食堂の奥へ行くのか？　危険に立ち向かうのか？　いや、ただ見るだけだ）ドアから外を覗いてみると、通りにはすでに人気がなく、半ブロックか一ブロック向こう、いや、ほんの数歩のところだったかもしれない（よく覚えてはいない）、太めで年老いたムラート（なぜムラートだとわかったのかはわからない）が倒れていて、別の男の足にすがりついていたが、その男は何度も足蹴にして振り払おうとしたものの、他に方法がないと見るやムラート頭に向けて拳銃を二度三度発砲し、音こそ聞こえなかったが、その火花、白、赤、オレンジ、緑にきらめく閃光が、立ったままの男の手から死んだムラートの顔へ向かって飛び散る様子がこの目にはっきりと見えた——今度こそムラートは間違いなく息絶え、発砲した男は、まず一方の足、続いてもう一方の足を抜き取って駆け出し、道を開けろと威嚇発射するわけではなく、試合に勝った闘鶏さながら、単に勝ち誇った自分の姿を見せつける（僕にはそう見えた）ためだけに宙へ向けて銃を発射していたが、銃声がやむと再び通りには人が溢れ出し、助けを求める叫び声や泣きじゃくる女性の声が聞こえたかと思えば、「殺されたぞ」と誰かが叫ぶ声が聞こえ、まるで通りの真ん中に打ち捨てられたただの死体ではなく、有名人の死体でも扱うように、四人がかりでやっとのことで持ち上げられたその塊は、角の向こうか、おそらくは車の内部か、そして間違いなく夜の闇の向こうへ消えた。どこからか兄が現れたが、その顔は怯えきっている。「すごい顔してるぞ」と僕が言うと、「お前こそ！」と言われた。

僕たちは映画館へ向かって進み続けた。街角の灯りに照らされて血の黒い染みが見え、周りに集まった人があれこれ話をしていた。間違いなくあの夜も映画を見たのだが、そのタイトルが僕にはどうしても思い出せない。

リビア？　ベバよ、ベバ・ロンゴリア。そうそう。で、どうなの、最近？　そりゃよかった。あたしは絶好調よ。何言ってんの、健全そのものの生活だわ。別に寝起きじゃないけど、ちょっと喉が痛いかな。寝不足のせいかも。マイペースよ、マイペース。いつも物ぐさで朝寝坊なんだから、寝られるときは寝るわ。果報は寝て待て、よくおばあちゃんが言ってたけど、疲れたときは寝るのが一番。あたし？　相変わらずよ。いつもとおんなじ。ねえ、リビア、ちょっと待って、切らないでよ……。何の話だっけ？　ああ、シャネルのふたが開けっぱなしだっから、蒸発しちゃうと思って。何の話してたっけ？　まあ、いいわ、どうせ大した話じゃないし。あんたが寝起きかって訊くから、一緒に住んでた頃と同じ答えをしたのよ、相変わらず、って。でしょ？　そう。あいつのせいよ、なんでもみんな真似するんだから。ああ、それだけは例外ね。そう思うけど。そう、あいつらみんな同じ話し方するもんね。まあ、うちの主人のセリフじゃないけど、そんなコムツカシイ話は置いといて、ちょっと聞いてくれる？　そのために電話したんだから。主人がベダード・ヨットクラブに入れてもらえたのよ。そうなの、とうとう根負けしたらしいわ。二人の大臣が創設時からの会員らしくて、ボスがその二人を使って圧力をかけたもんだから、それで断れなくなったんだって。今度こそ教会で結婚式しなくちゃいけないのよ。今はそれが流行りだけど、面倒よね。トゥルソーはもう頼んだけど。本当に驚きよね、あたしが花嫁なんて。物心ついてからずっとシプリアーノと同棲してたけど、この歳で花嫁衣装なんてね。そう、これで晴れて二人とも会員だからね、それで嬉しくて電話したのよ。昨日の夜、お祝いにトロピカーナへ行ったの。違うわよ、ラブホテルじゃなくて、ダンスホールのほうよ、あんた、相変わらずそんなことばっかり考えてるのね。素敵だったわよ。そりゃ、シプリアーノはね、え、え、え？　何バカなこと言ってんのよ、こっちまで笑えてきちゃうじゃない。あの人は怒るけど、あたしには笑えてしょうがないの。でも、あの人はゲンのいい名前だって言ってんのよ。だって、将軍がフルヘンシオで、その弟がエルメネヒルドでしょ、あの人がシプリアーノでもおかしくないじゃない。うん、そう言ってるわ。あの人？　めちゃくちゃ元気よ。すっからかんだけどね。ラ・リサ市場に店を出せることになった話はしたっけ？そう、一月ぐらい前かな。そう、そのテニスの件の祝福も兼ねてたのよ、昨日の夜は。センキュ。違うわ、ガソリンスタンドは弟のデオグラシアがやってるのよ。本当に変な名前よね。あのお母さん、頭がおかしいんじゃないかしら。みんな変な名前なのよ。もう一人がベレニセ、何年か前に死んじゃったけど、もう一人はメトディオ、田舎に住んでるもう一人はディオヘネ・ラエシオ、こっちはまだ生きてるけど、家族とは音信不通みたい。当たり前よ、田舎者にきまってるじゃない、そんな名前つけるなんて、モアだかトアだかバラコアだか、とにかく東部のどっかよ。よく知らないけど、あの辺の僻地で将軍と友達になって、一緒に軍隊へ入って昇進したの……。あたしもそう言ってるんだけど、ずいぶんたくさん大佐がいるらしいし、ヘノベボだとか、ゴメスゴメだとか、いろんな名前を並べてたわ。あんまり偉くならないほうが気楽でいいとか言ってるわね……。いやだ、違うわよ、飛ばされそうになったけど、うまいこと逃れたの。あの人は切れるからね。フルヘンさんに掛け合って、本部にいるほうが役に立つとか、兵法の知識があるからとかいろいろ言って、そのままにしてもらったみたい。うん、そっちはもう大丈夫。クルベロの話は聞いた？　いろいろ言われてるけどね。食事だけじゃないわ。そう、それはそうだろうけど、大変よ、それにあたしは、どれだけお金を積まれたって田舎は絶対イヤ、蚊だのブヨだのアブだのはごめんだわ、アルメンダレス川から先はみんな田舎じゃない。シプリアーノはコントリとかビルモルとかに豪華な家を勧められたらしいけど、あたしはここを出ていくのはイヤ。勘ぐってるみたいね。そのせいよ。頭がおかしいんじゃないかしら。あんな男に？　冗談じゃないわ、ありえない。興味もないし、時間の無駄よ。騙されやしないわ。あたしは経験豊富だし。いつだってそうでしょ、自分がしっかりしていれば大丈夫。でも、なんか勘違いしてるらしくてしつこいのよ。本当にしつっこいの。そう、もう五十よ。いやあだ、やめてよ！　冗談でもそんな話をされると怖くなるわ。ミゲル・トルーコのこと知らないの、あんた？　トルーコよ。ト、ルー、コ、メキシコの映画俳優。そう、それ。ソファーで女に死なれたのよ。ソファー、ソファーベッド、どっちだっていいじゃない。友達の友達なんてね、内緒で十一番通りへ行ったとき男に死なれたのよ。なにをカマトトぶってんのよ！　ホテルにきまってんじゃない。ミラマールのほうへ行くとき川のほとりに宿があるでしょ、あれよ。ああ、そう。そりゃ見たことぐらいはあるわよ。あんたは会ったことないでしょう。とにかく、その友達の友達はね、ベッドで男に死なれたのよ。朝の二時に。人っ子一人いない時間よ。それでその女がどうしたか知ってる？　冷静に男に服を着せて、フロントの人を呼んでね、車に乗せてそのまま出て行ったんだって……。そう、だからあたしも運転を覚えようと思って。それで、救急病院へ連れて行って、三面記事じゃないけど、「当の男」は運転中に心臓発作を起こした、と言ったんだって。ね、すごい話でしょう。完全犯罪ね。あたしも気をつけなきゃ。あの人はそこまでしないわよ。そりゃ、長い付き合いだもの、縛りつけたってムダだってわかってるのよ。ここだけの話だけど、それがまたいいらしいのよ。そう、男はみんな同じ。歳のせいね、もういい歳だもの……。いいおじさんよ。そうそう。そうするつもり。ベッドで気楽にしてるつもり……。あんたはベッドで他のことするほうがいいんでしょうけど。でも、いいわね、ペラペラしゃべんないでよ。もちろん、いつでも暇よ。今度テニスにでも誘ってあげるわ。それじゃ、そろそろ切るわね、シャワーでも浴びて頭でも洗うから、今日は美容院へ行くし。ううん、ミルタ・デ・ペラレスさんよ。そう、最高。バツグンの髪形に仕上げてくれるの。楽しみにしてて。それじゃ、またね、バイビー。

最高だ！　まさに算数の授業。壁の前で立ちつくしたよ。もちろん壁に感動したわけじゃない、後ろ――壁の後ろじゃない、あいつの後ろだ――にあったリトグラフだよ。俺はスーパーマンよりスーパーマイティマウスだからね。なんだかロマンチックな絵で、気紛れなジョーズの群れ（ケツに入れるのもジョーズだ、ってコダックなら言うところかな）に囲まれた漂流中の筏だかヨットだかボートだかに、筋骨隆々の男が二、三人乗っていて、みんな取り舵いっぱいに身を投げ出したその姿は、漂流者というよりは「ユース＆ヘルス」のモデルだ。そこにプリントされたサメなんて、本物のサメ男に較べりゃ臆病なイワシも同然、なにせ顔も赤らめることなくじっと俺のことを見つめてきたんだから。赤くなるのはお前のほうだとでも言わんばかりさ。絵のなかでは、シケた（「時化た」だよ）青海が海岸通り、というか現在の海岸通り辺りの波打ち際まで続いていて、なんとその向こうの背景には、十八世紀の灰色のハバナが見えるんだけど、俺はいったん構図から目を上げて、ネガを引き延ばしたようなネガティヴな海からリスクのないデスクへ飛び出し、青い海からビリヤード台のような緑色のファイルへ、歯ではなく歯茎に金歯をかぶせたような柄から長い牙を突き出したペーパーナイフへ、ロココ調のモノグラムをあしらった、しかもおそらくはホリジョーズ・ホラレジョーズの版画と同じ作者のデザインによるくすんだ茶色の葉巻ケースへ、黒革と金ループのバロック調ブリーフケースへと目を移した。そのまま濃い灰色のイタリアンシルクのネクタイを視線で舐め上げ、正三角形になった結び目の下に見えていた大きな白真珠に驚いた瞳を止めた後、ミエレスで寸法を取ったようなシャツの襟を執念深い網膜に刻みつけると、すぐ目に入ったあいつの頭（こいつが十八世紀の反革命家だったら死刑執行人も困ったろうな、ギロチンにかけようにも首がない）が、夏の夜に驚いたような、街燈かと見まがうばかりオレンジ色に輝くホクサイの満月のように見えた。月か、果物か、いや、やはり大きな街燈の光だ、いや、やはりカリブの月だ、あんなふうにトロピカルフルーツが宙に浮いていたらニュートンも形無しだ、と思わせるあの月だ。きれいに髭を剃られて真ん丸に輝く顔は、明るいヨーロッパ的な目に微笑みを浮かべて俺を見つめ、商売人らしいそのあけすけな視線には、貧しい移民から会社の上司（会社には下司もいる）まで成り上がった男の誇りが見えた。そして、口、血の気のない薄い唇、高そうな歯、すっかり美味しいものを食べ慣れた舌がいっせいに動いて、やさしく俺に語りかけた——おわかりかな?

数字は書くばかりでなく、足すこともできます、こう言ってやろうかと思ったが、口を開くのはやめて、ガラスの向こう側に「関係者以外お断り」と書かれた扉を開けた。十分、いや、五分、それどころか、三分前には外の待合室にいたのに、もうこうなれば、「ではまた」ではなく「さようなら」と言って出ていくしかないから、後ろで音を立てないようにそっと扉を閉めて外へ出て、デスクへ戻る（アルセニオ・クエなら、明るいのか暗いのかよくわからないあの声で、「司令部へ」と言うところだ）。以前は面会などしてもらえないと思っていたのに、そこへジョシだかジョッシだかジョシーだかが言ってきた、「ソラウンさんならすぐお会いになれますよ、リボットさん」と。それで、そのジョシーだかジョシだかジョウシだかに言ったんだ、「わたくし、市民マクシミリアン・ロベスピエール・リボットと申します」、だけどまったくウケなかった。そう、いつも同じ、下手な鉄砲は数撃っても当たらない。他にも、ジャンバティスタ・ボドーニ・リボットです、とか、ウィリアム・カス・ロン・リボットです、とか、シルヴィオ・グリッフォ・ディ・ボロ・ニャです、とか言ってみたこともあったが、いつもウケないか無視されるかどちらかだった。そこで今回は、天才植字工や大衆音楽家（セルヒオ・クルーパとか、チャノ・ポソ・リボー）の名前はやめて、有名な悪徳革命家の名前を騙って起死回生を狙ったわけだ。上には篤く、俺には冷たい声で、あの女、見下したように「何ですか?」と訊いてくるから、ソラウン氏とやらは、お城にでも通して謁見してくれるのかと一瞬思ったが、昨日あんなことがあって、「ぜんぜん」と答えて以来、俺の願いはただ一つ、単なる昇給だった。

もう一か月以上も前から広告業のギルドに頼んで昇給を勝ち取ろうとしていたがうまくいかず、まあ、俺は労働者じゃないし、といって、グラフィックアートの組合からそんなことが期待できないのは当然だった。俺は芸術家でもないし、職人でもない。**プロフェッショナル**（でかでかと白抜きで書いてやろうか）というどっちつかずの立場、言ってみれば、この二十世紀的商売の真空地帯にいるわけだ。芸術家でも技術者でも職人でも労働者でも科学者でもルンペンでも売春婦でもなく、混血、あいのこ、雑種、パルトゥリウント・モンテス（山が子どもを産めば）（なあ、シルベストレ、お前なら東部訛りのラテン語でこんなふうに言うところだろう）、ナスケトゥル・リディクルス・ムス（生まれてくるのはおかしなねずみ）。広告業者、なんてこった。今、今日、一週間前から俺は一人で頑張っているが、無関心な、というか敵意に満ちた海の荒波にもまれてさまようばかり、漂流者がメッセージを入れて海へ投げた瓶と同じだ。女にもてあそばれてきたこれまでの人生と変わらない。

離れ業のナンバーをやってのけたのはその時だった。昨日は朝から、待合室で継ぎはぎだらけの汚い服を着た怪しい男の姿が目についた。いつも来客は多いが、彼らと言葉を交わす様子はないし、タバコを吸うわけでもなく、手提げカバンもセカンドバッグもサードバッグも持っていない。アナーキストか、今さらヤケを起こしてバクーニンを読み始めた後天的テロリストか、はたまた、殺人鬼なのか。俺はこの三つの質問を三回心のなかで繰り返した。午前中にはすでにそこにいたし、昼頃にも同じ姿を見かけたが、午後俺が出ていこうとするのを見ると、六フィートの身長を二本足で持ち上げ、後について階段を降りてきた。その時、ソラウン議員、つまり会社の先天的オーナー兼経営者兼ボスの姿が見えた。小太りの体で軽快に車から降り立った彼は、真っ白なドリル織りスーツに身をつつみ、禿頭を麦わら帽子で隠していた。太鼓の連打が聞こえ、「ご来場の皆さん、ソラウン議員のご入場です、下がって、皆さん、下がってください、静粛に願います、ちょっとした音が命取りになります！」そんなアナウンスまで聞こえてきそうだった。来客と同時に俺は奴を見たが、その時二人が考えたことは同じではなかったと思う。男はただでさえ肩幅の狭い肩をもっとすくめ、頭を下げて、偉大なるソラウンが階段を上る様子は無視したまま、手を差し出すふりだけ、というか、まったく何もしないまま手を差し出す雰囲気を漂わせた。これを形而上学的物乞いとでも呼ぶのだろうか。

「ソラウンさん」その男や俺はもちろん、周りの人間も黙りこくって宇宙的沈黙の瞬間が流れていなければ聞こえないほどの小声で男は言った。ソラウンは相手を上から下へと見下ろしたが、それができるのは、相手の背が自分より低い場合だけだと俺はその時初めて知った。太鼓の連打が止み、唸り声が聞こえてきたが、それはライオンの声ではなくソラウンの話し声だった。

「何です、階段の途中で人を止めるとはずいぶん失礼ですな！」

これ以上は何も言わずとも、来客、物乞い、ゆすり、すべての人格はその場から消え去り、後に残ったのは、コケにされてコッケイなほど縮こまった哀れな男の残骸だけだった。笑ったものか、拍手したものか、それとも抗議したものか、俺は考えたが、結局うっとりその場を見つめているだけで何もしなかった。いや、うっとりではなくがっくりだろうか？　ソラウンは俺を一瞥し、男に言った。

「秘書を通してください」そのまま奴は階段を上っていったが、その姿は今や、ごく普通に普通の階段を普通に上る男だった。その忠告に従ったのは、階段への闖入者ではなく俺であり、ジョッシーだかホセファ・マルティネスだかが橋渡しをしてくれたおかげで、どっちつかずの真空地帯からようやく城への入城を認められたわけだ。

「どうぞ、どうぞ」鷹揚すぎるその言い方は、何か大事な案件――奥さんに買い物の小切手を渡してやるとか、電話で娘と話すとか、黄昏前の香り高いチャーチル葉巻に火をつけるとか（一時間に一本葉巻を吸うというイギリスの宰相をこの大富豪も一時間に一本贅沢に吸っているわけだ）――があるのに、それでもお前に時間を割いてやっているとでもいわんばかりだ。「何をお望みかな、お兄さん」

俺はあいつを見て、「ええ、人生すべて、それから死も」と言いそうになったが、実際に口をついて出たのは、「あのう、つまり、その、私は金に困っておりまして」という言葉だった。

「なるほど」

「稼ぎが少ないものですから」

「なんだと！　六か月前に昇給したばかりじゃないか」

「それはそうですが。そう、結婚した時ですね……」

「それで、それで？」

これではもう「黙れ」と言われているも同然であり、この巧みな修辞的一句、というか二度繰り返された一句で、俺には二の句が継げなくなった。

「実は息子が生まれるんです」

「ほお、息子とは、それはそれは」娘かもしれませんし、雌雄同体の可能性も否定できません、と訂正してもよかったところだが、奴は言葉を続けていた。「それは重い言葉だ。よく考えた上でのことかね？」

実際のところ、良くも悪くも普通にも考えたことなどなかった。何も考えなくとも、あるいは何も感じなくとも、子供は生まれてくる。知らぬ間に現れる。誤植と同じだ。しまった、メホラルのレイアウトに子供ができた。あそこで止めておけばよかった。

「いえ、考えたと言えるほどは考えていません」

「リボット君、それはいけない。子供のことはよく考えないと」

子孫は心の持ちようだ、ダヴィンチならこう言うところだろう。俺だってわかっている。次からはきちんとテーブルについて、あらゆる写真でノーベルがしているように、片方の手に頬をのせて、扉に張り紙をしておこう。**お静かに。八ポンドの美しい男児を構想中。**

「おっしゃるとおりです」恭しく俺は言った。「じっくり考えるべきですね」

するとと主人もこのカス・ボロに歩み寄ってきた。

「さて、ではどうしようか？」彼は言った。

俺はとりあえず黙っていた。お願いにきたのに逆にお願いされているみたいじゃないか。陸地が漂流者に何をしてくれるだろう？　何も思い浮かばなかった。岸辺を差し出してくれるだろうか？　ロープを投げてくれるだろうか？　水平線の向こうのことなど忘れたままだろうか？　単刀直入にいこう。いや、あれは複刀間入だったのだろうか？

「よろしければ、お願いしたいのですが、ひとつ、ここは、給料を上げていただけないものでしょうか？

もちろん、できれば、の話ですが」

最大級の敬語を駆使して、上司への敬意、そして必要な距離を取ったつもりだ。募金であれ、小遣いであれ、人に金をせびるとなれば、これは必須の態度だ。だが返事は得られなかった。少なくとも即答は。それが大物、しかも小心者の大物たるゆえんなのだろう。奴らは、言葉も含め、あらゆるものの価値と値段を知り尽くしている。しかも、音楽家と同じく、沈黙の価値まで知っている。さらに、俳優や仏教徒と同じく、身ぶりの価値も。ソラウンは、宗教儀礼のように内ポケットから豚革のケースを取り出すと、中からゆっくり注意深く遠近両用眼鏡を取り出した。おもむろにそれをかけると、まず俺を見て、そしてファイルの上にある白いメモ帳を見た後（白い目も蝶を見た？）、落ち着き払ったまま、書けない万年筆とインクのないインク瓶――二つとも、版画や真珠、葉巻ケースやブリーフケース、ペーパーナイフと同じく、単なる黒飾りでしかなかった――を手に取った。沈黙の時が流れた。天地創造すべての音が聞こえそうだったが、俺に聞こえたのは、エアコンの冷たい音、白い紙の上で刺青を彫るようにマオリ風万年筆がすべる音、そして昼食を消化する腸でガスが巻き起こす強風の音だけだった。ボスフィンクスが切り出した。

「今給料はいくらだ？」

「週給二十五です」

再び沈黙が流れ、これで一件落着かと思った。今度は耳ではなく鼻が始動したが、漂ってきたのは、ディッキーのポケットの上で水平線のように伸びる布製の青いハンカチから立ち昇ってくるゲルラン香水のデパート的香りだけだった。その時だったのだろう、寓意的親近感からリトグラフの傑作に注目し、地図製作と珍しいテーマと同性愛を結びつけたあの絵をじっくり眺め始めたのは。ボスの精巧な手（あの成功な手に較べれば俺の手なんて、よく考えもせずに作られた手のミニチュアも同然だ。そして、いつの日か寓話となるだろうロマンチックな悲劇を見事に描き出した匿名芸術家の手、いまや忘却の灰となったあの手は、マニキュアが残ってもマニキュアを施した手は忘れられるのと同じく、存在しない手も同然なのだ）が偽物の剣のようなペンをグロテスクに握り、手とペンの両方がいかにもわざとらしく上下していた。そこで版画を見て海のことをあれこれ考えたりなんかしなければ、俺は視力も聴力も良好なのだから、足し算の音が聞こえたはずだった。俺だってもっとモノズスキーな男だったなら、ムソルグスキーの代わりに展覧会の絵を作曲するぐらいのことはできたかもしれない、そんなことを考えていると、目に見えるような大音を立てて大きな動きがあり、それで俺は、ブストロフェドンになら（とってつけたように）うってつけの自惚れから引き離された。

ソラウン・イ・スレタ、ビリアト　共和国終身上院議員、企業家、バスク・センター及び店員センター名誉会長、ハバナ・ヨット&カントリークラブ創始者、ペアリンポート社筆頭株主、ソラス広告社総支配人その他、息子、娘、娘婿、義理の娘、孫、甥姪、親族も含め、しかるべく家族写真数枚付きでハバナ著名人事典の一ページを占めるこの大人物がついに口を開いて言った。

「週給二十五？　しかし、リボット君、それじゃ月給百じゃないか」

触る前に手を見てみた。全部の爪に黒い半円形がついていた。僕はまた階段を降りた。もう二度目だった。最初の時は靴が泥だらけなのがわかって、通りへ降り立って泥を拭った。だが、結局それは失敗だった。左の踵から靴が落ちかけ、怒りっぽい人のように歩道で足を踏みつけて直さねばならなかった。踵は直らず、犬を連れた老婆に反対側の歩道から不審な目で見られただけだった。「フレッド・アステアのキューバ版です」と老婆に向かって叫んだが、何の反応もなかった。そのかわり、あの閑静な住宅街で犬が狂ったように吠えて僕の言葉に応えた。今度は下で爪楊枝を探して、念入りに爪の汚れを落とした。再び大理石の階段を上りながら、手入れの行き届いた庭をじっと眺め、石造りの建物の白壁を賞賛の目で見つめた。上へ着くと、また出直したほうがよさそうだと思えてきたが、もうノッカーを掴んでいたし、戻る気力もない。今日は力が出ないのだ。

一度ノックした。そっと優しくノックするつもりだったが、手がすべって大きな音が鳴った。重い銅の塊だった。誰も出てこない。戻ったほうがいいだろうか。今度は二回、そっとノックした。足音が聞こえたが、ドアが開いたのはずいぶん時間が経ってからだった。制服を着た男が開けてくれた。

「何の用だい?」三回のノックはすべて無用だったとでもいわんばかりにこう言った男は、どう聞いても愛より軽蔑を込めたとしか思えない口調で付け加えた。「あんちゃん」

僕はポケットに手を入れ、持ってきた紙を探した。見つからない。為替用紙、発音・音声学のエデルミロ・

サンフアン教授の住所を書いた紙があり、母からの最後の手紙は剥き出しのまましわくちゃになっていた。あの紙をどこへ入れたのだろう？　男が待っていたし、辛抱強そうな顔もしていなかったから、そのままドアを顔の前で閉められてしまいそうだった。ようやく紙を見つけて差し出すと、男は汚いものでも扱うようにそれを受け取った。それだけかと思ったようだが、僕は誰宛てか伝え、返事が欲しいと言った。

「ちょっとお待ちを」男は言ってドアを閉めた。僕はノッカーをじっと眺めた。手首から切り落とされたブロンズ製のライオンの手で、長いブロンズの鉤爪でブロンズの球を握っていた。おそらくメード・イン・ブロンクスだろう。名前を叫び合いながら遊ぶ子供たちの声が聞こえてきた。公園の木で鳥がティアティラ、ティアティアと喚いていた。暑くはなかったが、午後は雨になりそうだった。ドアがまた開いた。

「お入りください」不承不承男は言った。

入って最初に感じたのは、美味しそうな食事の匂いだった。食事を御馳走してもらえたらいいのにな、と思った。もう三日もカフェオレと油つきのパンしか食べていない。正面に（入ったときには横にいたのだが、そっちは見なかった）ボサボサの髪とくすんだ目の若者がいて、疲れたような顔をしている。シャツも汚いし、ボタンをきちんと留めていない首からだらしなくネクタイが下がっている。何日も髭を剃っていないようで、口の両側に手入れの悪い髭がまっすぐ垂れている。僕が少し頭を下げながら手を差し出すと、若者も同じことをした。相手が微笑み、自分も微笑んでいるような気がした。そして二人とも同時に理解した。鏡だったのだ。

男（何者だろう？　執事か、秘書か、それともボディガードだろうか？）は廊下の端で待っていた。いらいらしているのか、それとも退屈なのだろうか。

「ここへお座りくださいとのことです」男がこう言いながら、左側に開いたドアを指差すと、僕にはそれが広間の暗闇から逃れる唯一の出口に見えて、きっと中には造花を挿した花瓶やふかふかのソファー、そして雑誌を置いたテーブルがあるのだろうと予感した。開いたドアを見ただけで、隣の明るい広間が優しく迎えてくれるような気がしたのだ。(暗い広間から見ると隣はずいぶん明るそうだった。)中へ入ってみた。窓、出入り口にもなる大きな窓が開け広げられ、そこから光が射し込んでいた。マニラ麻を複雑に編んだソファーがあり、茶革の肘掛椅子、ウィーン風の椅子、豪華な木製の書き物机、それにチェンバロかバロックピアノがあったと思う。壁を見ると、凝った作りの額縁に絵が飾ってある。光の反射がきつすぎてヴェールがかかり、何のモチーフなのか、どういう色の絵なのかまではわからなかった。他にも家具はあったと思う。骨董品屋にでもいるような気分を噛みしめながら座る前に、同時、あるいは立て続けに三つのことが起こった。最初震えるような、緊張したような、そして後には激しい音となって平手打ちが聞こえ、ドンという音が聞こえ、さらに制服に包まれた手と腕がドアを閉めた。

誰かが外から呼んでいるのだろうかと思いながら腰を下ろし、ようやく一息つくと(吐き気がするほど自分が本当に疲れ切っていることを思い知った)、天使が目に入った。クリスタルガラスか、素焼の陶器か、くすんだ磁器か、あるいは漆喰か、とにかくそんな素材でできた像で、同じ素材の台に乗っていた。上にも後ろにも輪をつけた強そうな天使だ。一方の手に本を広げて持ち、左足を石積み、右足を土とおぼしき台に乗せて、もう一方の手を空へ突き出している。最も目についたのはトゥロン色(像は多色刷りだった)の本であり、それがマジパンに見えて食べられそうな気がした。猛烈にお腹が空いていたので(その朝は角でブラックコーヒーを飲んだだけだった)、天使に差し出されれば、喜んでその本を食べたことだろう。忘れたほうが身のためだと思った。

とはいえ、その時ドアが開いて娘、かなり若い女性が入ってきて、不思議な目で僕を見つめたので、たとえ身のためにならなくてもすべてを忘れてしまったことだろう。足から頭までずぶ濡れ、というか、頭と顔にへばりついた黒髪からも、腕からも足からも、水が滴っていた。高く広い額をして、角張った顎は先で二つに割れており、唇は長く厚く、鼻は低く上に伸び、目は大きく黒く、睫毛と眉毛は瞳よりもっと黒かった。高く丸まった男性的な額がなければ美しい女性だっただろう。舌を出していたのは、滴る水を舐めるためなのか、はたまた、黄色いビキニの上を落とすまいとしてふんばっているせいなのだろうか。結び目がほどけて片方の紐が落ち、左手を後ろへ回しながら、右腋で布を押さえつけているのだった。背は普通ぐらい、筋肉が盛り上がり、足は太かった。白人ではなかったが、いずれにしても日焼けしていた。目に見えないタオルが落ちそうになっているのを顎で支えてでもいるように俯いたまま、またこちらを見つめてきた。

「ガブリエルは?」と訊いたが、当惑以外の表情は何も読み取れなかったらしく、返事も待たずに反転して、ドアを開けたまま出ていった。とうとう娘がビキニの上を取ったのが見えた。その長い背中は日焼けして輝き、彫りの深い筋肉の線が腰まで届いている。僕は立ち上がってドアを閉めた。閉める前に、またノックの音、ドンという音が聞こえた。

再び腰を下ろす前に再びドアが開いた。また予期せぬ来訪者かと思いかけたが、思いがまとまらないうちに彼だと気づいた。例の紙を手に持っていた。彼と窓の間に立っていた僕をすぐに見つけたか、あるいは、少し探した後に見つけた。そして何の挨拶もなしに、手に持った紙を掲げた。

「これは、あ、あなたので、でしょう」断定したわけでも質問したわけでもなかったが、その平板な口調も吃りも気にはならなかった（むしろ意外だったのはその声で、もっと高圧的な、男らしい声をしているのかと思っていた。彼についていろいろ言われていることは、どれも根拠のない噂か伝説のように思えてしまう）し、問い詰めるように紙を突き上げて迫ってくるのも、頭ごなしに上から話しかけてこないのも、まったく不思議には思えなかった。仰天したのは、左手に長く黒いピストルを持っていたことだ。彼が近づいてきたので、手を差し出して相手の手を握ろうかとも思ったが、どちらの手を握ったものだろうか？　彼は窓まで進んでカーテンを閉めた。そのおかげで、子供の叫び声も、鳥の喚き声も、午後の光も入ってこなくなった。そして彼は正面に腰掛けた。僕の目が彼の顔ではなくピストルに惹きつけられていることに気づいているようだった。

「射撃の練習だ」言ったのはそれだけだった。若くはないが、年老いてもいない。だが老けて見えるようだ。実物を見るのは初めてだった。テレビで、次から次へとホットドッグを平らげて、ソーセージの宣伝をする姿をちらっと見たことがあるだけだ。この宣伝はもうだいぶ前のことで、今や彼は著名人、大物政治家だった。どうやら本当にホットドッグを食べていたらしく、みっともないほど太っている。白のプルオーバーに空色の短パン、マリンブルーの派手なサンダルという格好。サングラス、ピンと立った口髭（新聞記者なら「英国風」と書くのだろう）、そしてテレビで見るより明るい色の巻き毛。グルーチョ・マルクスに似ているが、黒人の血が入っているのは明らかだった。「ロシア系さ」誰かに聞いたことがある。「ロシア系ムラートだ」目は小さくて平凡だが、抜け目なさそうだ。

「では、君がマリアさんの息子かね」彼は素っ気なく言った。

「そう言われています」僕は微笑みを顔に浮かべて答えた。だが、彼は微笑んだりしなかった。

「何か必要なんだね」

「ええ」僕は言った。「手引きが欲しいんです」

「なんだって?」これが初めての質問だった。返答を準備していると、口をついて荒々しいリズムの音楽が止めどなく流れ出てきた。家のどこか、おそらく僕の座っている下あたりでロックンロールがかかっている。彼は、どこが音源なのか突き止めようともしなかった。十分すぎるほどわかっていたのだ。立ち上がってドアのほうへ飛び出すと、右手でドアを開け(紙をどこへ置いたのだろう?)、手とピストルで身振りをつけながら叫んだ。空気を圧縮するようにドアから部屋の奥へ向かって流れてくる音楽に負けまいとして彼は声を張り上げていた。

「マガ!」

音楽は野蛮なうねりのリズムを刻んでいた。

「マガ!」

エレキギター、盛りのついたサックス、そしてスペイン語版エルビス・プレスリーの雄叫びの間から人間の声が聞こえたように思った。

「マガレーナ、この**やろう!**」

音楽のボリュームが下がり、あの甘く幼い声にふさわしいバックミュージックとなった。

「何よ、ピポ」

このピポという言葉を聞いて、すぐに僕は彼が彼女の父親ではないことを察した。

「あれだよ」彼は言った。

「あれって何よ?」彼女は言った。

「音楽だよ」

「音楽がどうしたの？　嫌なの？」

「そうじゃない、だがボリュームをさげてくれ、プリーズ」

「もう下げたわよ」家のどこから聞こえるのかわからないような声で彼女は言った。

「よし」彼は言ってドアを閉めた。

そしてまた座って、また僕を見た。すると、彼の視線に何か妙なものがあるのに気づいた。妙というか、どこか角があるのだ。音楽談義によって中断した自己紹介へ話を戻そうと僕は思った。

「そうです、手引きが欲しいんです」

「どんな種類の？」低い声をさらに低くして彼は言った。

「わかりません。実は、自分の生活をどうしたものかわからないのです。田舎の生活は御免です。あんなところに未来はありません」

「それで、君、どうしたいんだ？」

「それがわからないから、助けていただきたいんです。勉強したいのです」

彼は間髪を入れず答えた。

「どこで？　学校ならどこにでもある。何を勉強したい？」

「演劇です」

「俳優志望なのか、君」

「いえ、ＴＶや演劇の作家になりたいのです」

文字通りＴＶと僕は発音した。滑稽と空腹の間で幻想の振り子が揺れていた。

「しかし、あれは大変な生活だぞ。堕落した世界だ。君のような田舎者には向かない」

「そんなことはないと思います。僕だっていろいろ見てきました。文章もいろいろ書きました」

いろいろ見たといっても、見たのは故郷からハバナへ来るまでの道程だけだ。ここにとどまって、ソネットとか短編小説とかを書いたのだが、そんなことは空腹のせいで言えなかった。閉め切った部屋で暑くなるばかりの昼下がり、ここまで空腹のことを忘れていられたが、もう限界に来ていた。再び天使像を見ると、空腹がいっそう募った。あのマジパンの本が本当に食べられたら、千ページのミルフィーユだったらよかったのに。僕は正面から天使を見つめた。まるで僕に本を捧げているようだった。そして彼に目を移すと、微笑んでいるように思えた。他人の空腹は人の心を和らげるのだろうか？

「ああ、ああ、そ、そうか」と言ったが、こんな短い言葉でどもるのは意外だった。これまではうまく話せていたのに。すでに前から「君」と呼んでいたのだが、このあたりで声のトーンが変わって、それでやっと「君」と呼ばれていたことに気がついた。

「そうです。紙を見ていただけなかったのですか？　韻文でしたためたのですが」

実のところ、見ても聞いてもいなかった。

「どうだね？」今度はこんな質問で質問してきた。

「何がですか？」詩のことでも話しているのだろうとぼんやり思った。彼は初めて顔に笑みを浮かべた。

「彼女だよ」

「誰ですか？」

「マガレーナだよ」

女の子のことを訊いているのだった。今上でロックンロールを轟かせ、さっきまで庭のプールで泳いでいたあの子、制服の男のことなのか、ガブリエルなる男を探していたあの子。好奇心に駆られて娘なのか訊いてみようかと思ったが、言葉を遮られた。

「いい子だろう」

どう言ったものかわからず、一番単純な答えをした。

「そうですね」

「気に入ったか？」

「彼女を？　僕がですか？」

他に誰がいるというのだろう。だが、言うに事欠いてあんなことを言ってしまった。残念だ。

「もちろん、君のことだよ。私はもちろん気に入っている」

「僕にはちょっとわかりません。よく姿を見なかったので」

「でもここで君と言葉を交わしたんだろう」

「というか、彼女が現れて、ドアを開けて、ガブリエルとかいう人のことを訊いて、そのままドアも閉めず行ってしまったんです」次の言葉は、よく考えると死ぬほどおかしな言葉なのだが、いずれにせよ、死ぬほどの空腹よりはましだろう。「確かに水も滴る女性でした」

だが彼は真面目に反応した。

「そうなんだ、いつも居間や階段や上の階を水浸しにして困ったもんだ」

しばらく水への思いに浸る様子だったが、また彼は直近のテーマへと戻った。

「それで、気に入ったのか、入らないのか、どっちなんだ」

「気に入ったように思います」おどおどと僕は言った。所詮田舎者だ。

彼は立ち上がった。何かが気に入らないようだ。

「さて、そろそろ切り上げるとしよう。それで、な、なにが欲しいんだ」

「援助の手です」かなり芝居がかっていたと思う。「僕は行き詰まっています。田舎へはもう帰れません。今や一文無しで、何日もカフェオレしか飲んでいません。誰かが助けてくれなければ自殺するしかありません、もう田舎へは帰れませんし」

「名前はアントニオか」

質問されているのだと僕は思った。

「いえ、アルセニオです」

「いや、君の本当の名前はアントニオ、君は聖アントニウスだな」

「わかりません。何のことです?」

「今にわかるさ。助けが欲しいんだな」

「そうです」僕は言った。

「よし、では助けてやろう」こう言うと彼はピストルを持ち上げ、僕に向けた。相手との距離は二メートルもない。彼は発射した。僕は、胸に衝撃、肩に殴打、みぞおちに激しい一撃を感じた。ノックと同じような音で銃声がもう三発聞こえた。全身の力が抜けて僕は前へ倒れ、もう何も見えなかったが、床にあった井戸の縁に強く頭をぶつけ、中へ落ちていった。

新参者たち

彼女の歌ったボレロ

僕が「スター」ラ・エストレージャと知り合ったのは、彼女がまだエストレージャ・ロドリゲスという無名女性で、誰も、まさか彼女が死のうとは、そして、たとえ死んだとしても悲しむ知り合いがいるだろうとは思わなかった頃のことだ。僕はカメラマンで、当時は歌手や芸人、女優のブロマイド撮影を主な仕事にしていたから、キャバレーやナイトクラブを回っては写真を撮る生活をしていた。一晩中、夜更けまで、そして朝までずっとそんなことをしていたのだ。たまに新聞社の当直を終えて暇になったりすると、午前三時や四時でもシエラやラス・ベガス、あるいはナシオナルへ出かけて、仲のいい司会者と話し込んだり、コーラスガールを眺めたり、歌手の歌声に聞き入ったりしながら、タバコとカビ臭い冷房の混ざった不健康な空気をたっぷり吸いこんだ。そんな僕の生活を誰も変えてくれはしなかったし、時が流れて歳を重ねても、ただ毎日が過ぎ去っては過去となり、毎年毎年が歴史に変わるばかり、僕は夜行性のまま、来る日も来る日も、夜を氷入りのグラスに、ネガに、そして思い出に変えながら過ごしていた。

そんなある晩、ラス・ベガスへ行って、代り映えのしない面々と話していると、暗闇から曇ったような声が聞こえ、カメラマンさん、ちょっとこっちへおいでよ、一杯おごるからさ、と言われたので、振り向いてみると、なんとそれがビトル・ペルラだった。ビトルの仕事は、娘のセミヌード写真を掲げて、「期待の新星登場」とか、「タニアなんとか、バッグンの存在感」とか、「事情通イチオシ、ブリジットを超えたモデル」とか怪しげな美辞麗句を並べる雑誌の編集だった。昨日まで家政婦かお手伝いか、ムラージャ通りの売り子だった小娘が体を張って勝負に出ただけで、よくもまあ次から次へとこんなバカバカしい美辞麗句を思いつくものだと、確かにその語彙力には目を見張るものがあった。ほら、だんだん僕も奴らに話し方が似てきた。それはさておき、わけあって（僕がゴシップ担当の記者なら「ワケアリで」と書くところだ）ビトルは落ちぶれていたはずだったから、ずいぶんと陽気な彼を見て僕は驚いた。いや、もとい、僕が驚いたのは彼がまだシャバにいたからで、「このクソ野郎にもまだ浮かぶ瀬があったか」と考え、思わずそのまま口に出してしまった。といっても実際には、「兄さん、さすがスペイン人だけあって、コルクみたいに浮いてくるね」と言っただけで、それに対し彼は、落ち着きはらってバカ笑いしたまま、「ああ、だがどうも鉛の弾をぶち込まれたらしくてフラフラだよ」と答えた。そこで二人は話を始め、不幸話を筆頭に、いろんなことを聞いたが、あくまで「ここだけの話」ということだったので、女じゃあるまいし、僕はそんなことをここでペラペラ喋ったりはしない。それにビトルの問題なんて僕の知ったことじゃない。一人で解決できればそれで結構、ダメならダメで、明日は明日の風が吹く。しばらくすると不幸話にもうんざりしてきたし、それに彼の顔まで歪んで口元が醜くなってきたので、見かねた僕は話題を変えるつもりで女の話を持ち出したのだが、すると彼はだしぬけに、イレーナを紹介するよ、と切り出し、どこで見つけたのか、マリリン・モンロー似——というか、ヒバロ・インディオがマリリン・モンローを捕まえて、念入りに顔以外の全体、すべてひっくるめて体全体を縮めたらこうなるだろうという感じ——の美しい金髪娘を連れてきた。まるで暗い深海から引っ張り出しでもするようにイレーナを腕ごと吊り上げたビトルは、僕に、いや、彼女に向かって、イレーナ、世界最高のカメラマンを紹介するよ、と言ったが、あくまでそれは、僕が『世界』という新聞のカメラマンだったからだ。娘が朗らかに口を開けて笑うと、まるでスカートを上げて太腿を見せるときのように唇の間から覗かせたその歯は、僕がこれまで暗闇で見たなかで最も美しい歯――歯並びがよく、太腿のようにどっしり官能的な歯――だった。僕らは話を始め、彼女は恥ずかしがることもなく何度も歯を見せてくれたので、そのあまりの素晴らしさに思わず、歯に触らせてください、と言いそうになったが、ぐっとこらえてテーブルに着き、話を続けることにした。ビトルがウェイターを呼んでみんな一緒に飲み始めると、少し後で僕は偶然を装ってこっそり金髪娘の足を踏み、その足があまりに小さかったので踏んだのかどうかわからないほどだったけれど、僕が謝ると彼女が微笑んだので、今度は堂々と彼女の手をとって僕の手に包みこんだものの、黄色いソバカス――シャルル・ボワイエ風に煙草のせいだと僕は言い張っていたが――だらけの指の間で一時間もの間、それがどこへいったのか探り続けるはめになった。ようやくその手を探り当てると、謝りもせず愛撫を続け、イレニータというもっとお似合いの名前で呼び始めたのも束の間、僕たちは唇を合わせ始め、その間ビトルが気を遣って席を立ったのも知らず、暗闇に沈んでしっかり抱き合ったまま、すべてを忘れて愛撫とキスを続けていた。僕たちの知らぬ間にショーは終わり、オーケストラの奏でるダンス曲に合わせて踊りに踊った観客たちもすでに疲れ果て、ミュージシャンたちはすでに楽器を仕舞い始めていたが、残された二人は、キューバ・ベネガスの歌に出てくるほのかな薄闇どころか暗闇、光もほとんど届かぬ地下五十、百、百五十メートルの真っ暗闇でべたべたとキスを続け、すべてを忘れてひたすらキスキスキス、体は消えて口と歯と舌だけがキスキスキス、その静かな音のない唾液まみれのキスに沈みながら、それでも味のしなくなった唾液を舐め続けたまま、キスキスに身も軽くなってチュウを舞い続けていたのだ。もう帰らねば、ふとそう思いついたとき、初めて彼女の姿がはっきり見えた。

それはムラータの大女であり、ものすごいデブ、腕がまるで太腿、そして太腿は、水道タンクのような巨体を支える支柱だった。僕はイレニータに言った、というか、イレニータに訊いて言った、このデブだれだい？　女はショーショーを取り仕切っているようだった——ここでショーショーとは何か少々説明しておこう。それは、最後のショーが終わった後、ジュークボックスを囲んでカウンターに寄りかかったまま四方山話に花を咲かせる一団のことであり、そうすることで、すでに外では朝になり、今この瞬間にも、それどころかすでにだいぶ前から多くの人が仕事を始めていることに気づかぬふりをする集団、たとえ人工的な暗闇であれ、あくまで夜の名残に身を隠していようとする、言ってみれば闇夜のカエル集団なのだ。そのショーショーの真ん中に安物の服を着たデブ女がいて、そのチョコレート色の肌は、黒が色落ちしてチョコレート色になった生地と溶け合い、古ぼけたおんぼろサンダルを履いた足で立ったまま、コップを片手に、流れ出るリズムに合わせて腰を振って体を動かしていた。その動きは美しく、卑猥ではないがセクシーで、リズミカルな体の揺れ、歌を口ずさむ醜い口、その紫色の分厚い唇すらリズムに乗って美しく、リズムに合わせてコップを振るその姿には、リズミカルなばかりか芸術的な美しさがあり、これまで見たことのないおぞましい美しさを前に、カメラを持ってくればよかった、そうすれば、このバレーを踊る象、爪先立ちするカバ、音楽に揺れる建造物を撮れたのに、と思ったほどだったが、思わず僕は、名前を訊くことすら思いとどまって、名前を訊く前に、なんと野性的な美だ、と口ずさんでいた。当然ながら彼女の耳には入らず、入ったとしても当然ながら彼女には理解できず、そのまま僕はついに訊いた、訊いて言った、誰だい、君、あなたは？　すると彼女は、非常に不快な言い方で、歌うオオガメ、世界で唯一ボレロを歌う亀、と言って笑ったが、すると暗闇の側からビトルが現れて低い声で僕の耳元に囁いた、気をつけろ、あいつはモービー・ディックの従妹だぞ、つまり黒鯨。すでに二、三杯ひっかけていた僕は、自分の陽気さが楽しく、真っ白な袖に包まれたビトルの腕を取りながら彼に言った、このクソスペイン人め、とんでもない人種差別主義者だよ、お前は、このクソ野郎、てめえなんかクソだ、すると彼は、まあ、酔っ払いの戯言だから許してやろう、それだけ言って、カーテンでもくぐるようにして奥の闇へと消えていった。僕は女に近づいて、君はいったい誰だい、と訊くと、星（ラ・エストレージャ）よ、と言うので、いや、そうじゃない、名前のほうだよ、と僕は言ったが、相変わらず彼女は、だからラ・エストレージャ、私の名はエストレージャよ、と言ってバリトン——女がバリトンの声を出す場合は何と呼ぶのだろう、コントラアルトとか、何か呼び方があったかな？——の重い笑い声を上げ、また微笑みながら、私の名はエストレージャ、エストレージャ・ロドリゲス、はじめまして、と言った、こいつは黒人女だ、黒人の女、完全な黒人女、こう内心思った僕は彼女と話を始め、ラス・カサス神父がいなかったら、この国はどれほど退屈な国になっていたことだろうと思って、神父様、祝福を捧げます、どのみち絶滅しかかっていたインディオたちの重労働を和らげるため、アフリカから黒人奴隷を連れてきてくださってありがとうございます、と思わず呟き、さらに、神父様、あなたはこの国の救世主です、と言った後、今度は再びラ・エストレージャに向かって、あなたを愛している、と言った、すると彼女は大声で笑って、酔っ払ってるわね、あんた、と言うので、僕は抗議し、酔っ払ってなんかいるもんか、しらふだよ、と言ったが、彼女は私の言葉を遮り、ボロクソの状態じゃない、と言うので、僕は、そんな汚い言葉はあなたのような淑女には似合わない、と言ったが、彼女は、私は淑女なんかじゃないの、アーチストよ、おバカさん、と言うので、僕は彼女を遮り、あなたはラ・エストレージャ、つまりスターなんだろう、と冗談めかして言ったが、彼女は相変わらず、でも酔っ払ってるでしょう、と言うので、僕は、ボトルと同じさ、アルコールがたっぷり入っていても酔っ払ってるわけじゃない、と言って、それに続けて、ボトルが酔っ払ってるとでも言うのかい、と訊くと、彼女は、何言ってんのよ、と言ってまた笑うので、僕は、世界のどんなものよりもラ・エストレージャを愛してる、ぼくにはあなたしかいらない、ジェットコースターよりも、メリーゴーランドよりも、ゴーカートよりも、ラ・エストレージャが好きだ、と言ったが、彼女は大声で笑うだけで、よろよろと無限大の太腿を無限大の手で叩き、その音が午前九時の空砲のように朝のバーに鳴り響くなか、彼女は、私のカミまで愛せる？　と訊くので、僕は、神でも仏でもヴードゥーでも何でも、と答えると、彼女は、違うわ、そのカミじゃなくてこのカミ、と言いながら頭に手をやり、神ではなく髪のことだったとわかったので、僕は、あなたのすべてを愛してる、と言うと、彼女は地上で最も幸せな生き物のように見えた。その時僕はラ・エストレージャに、たった一つの大提案、不可能な提案をしたのだ。僕は彼女に近寄り、耳元で、ねえ、ラ・エストレージャ、一つ無茶な提案があるんだ、と囁き、何か飲まないか、と誘うと、よ・ろ・こ・ん・で、と言って手に持っていたグラスを一息にあおり、チャチャチャチャの二ステップでカウンターへ至ると、兄さん、オンナのお願い、とバーテンに言うので、僕は、オンナのって何だい、と訊いた。すると彼女は、違うわよ、オンナジの、オンナのじゃないわよ、いつもこの二つがオンナジものとは限んないでしょう、と言って笑い、さらに続けて、「オンナの」じゃ女にしか飲めないでしょう、男子禁制ってわけ？　と言ってまた大声で笑い、その振動で巨大な胸が揺れる様子は、エンジンの始動でガタガタと揺れる古トラックのバンパーそのものだった。

その時、小さな手に肘を取られたので振り向くと、そこにいたのはイレニータだった。ずっとここにいるつもり、あのデブ女と？　と訊かれ、僕は何も答えずに黙っていたが、するとまたイレニータは、あのデブと一緒にいるのね、とまた訊いてきたので、僕は、ああ、ただ一言、ああ、とだけ答えた。イレニータはそれ以上何も言わなかったが、僕の手に爪を立ててきた。するとラ・エストレージャは、自信に満ちた表情で高笑いを放ち、僕の手を取って、ほっときなさいよ、猫には屋根の上がお似合い、と言った後、今度はイレニータに向かって、しょうがない子ね、椅子でも貸してあげようか、と言ったので、誰もがドッと笑い声を上げ、仕方なくイレニータも照れ隠しに笑みを浮かべたが、唇を広げたとき、上の犬歯の後ろの奥歯が抜けて空洞になっているのがはっきりと見えた。

ショーショーでは、ショーの後にショーが続くのが恒例だが、その時もジュークボックスのリズムに合わせて踊る娘が現れ、俄かに立ち止まって通りすがりのウェイターを呼び止めると、ねえ、ライト点けてよ、それでウェイターはコンセントを一度、二度、三度差し直したが、そのたびにジュークボックスの音楽が止まって、踊り子は宙ぶらりんのままおかしな足取りで巨体を揺らしながら、差し出されたその脚は、セピア色から黄土色へ、チョコレートから葉巻色へ、黒砂糖からシナモンへ、コーヒーからカフェオレへ、そして蜂蜜へと色を変え、汗に光り、ダンスで艶やかになり、ある瞬間にはスカートの裾をたくし上げて、長く太く柔らかく完璧な太腿の上に、真ん丸の膝をセピア色、シナモン色、葉巻色、コーヒー色、蜂蜜色に輝かせたかと思えば、その上方では、大きく反った頭が右へ左へ後ろへ前へと動き、ついには反り返ってうなじへ、葉巻色に輝く剥き出しの背中へと達し、手も腕も肩も信じられないほどのエロスを漂わせた肌に包まれて動く。その光景は信じられないほどの官能、すべては信じられない動き、正面ではどっしりした胸が、どう見ても下着は着けていないのに、どう見てもしっかりと、そしてどう見ても柔らかく聳えていた。下着をまったく着けていない娘、オリバという名前、今でもブラジル辺りではよくある名前だろう、相手もいないのに娘は、無邪気な表情の間に狂った小悪魔のような顔を垣間見せながら一人自由に動き、僕の目の前で踊りを、ルンバを次々と生み出している。活力そのもの、アフリカそのもの、女そのもの、ダンスそのもの、目の前で生そのものが躍動しているのに、僕はカメラ一台持っていない、後ろからすべてを見ていたラ・エストレージャが、ずいぶん気に入ったみたいね、と言ってベンチの玉座から立ち上がり、踊り子はまだショーを終えていないのに、ジュークボックスのコンセントへ手を伸ばすと、こんな戯言もうたくさん、と呟きながら怒りを込めてそれを引き抜いたかと思えば、口から悪態の泡でも吹き出すように、もうたくさん、これからが本物の音楽よ、と言った。音楽が、というか、機械的な合唱や伴奏がなくなると、ラ・エストレージャは聞いたこともない歌を歌い始め、そのメロディーが胸から、巨乳から、太鼓腹から、あの巨体全体から流れ出て、胡散臭さ、甘ったるさ、うわべだけの感情、そんなばかばかしい表現とはまったく無縁な声、「フィーリング」だけで商業的に作られた声とは似ても似つかぬその声、真に心に迫るその流れるような柔らかい声、油の利いた体からプラズマのごとくコロイド状に流れ出るその声を前に、僕はオペラで鯨が歌ったとかいう挿話のことなど考える間もなく、体に激震が走るのを感じた。こんな感動を覚えたのは久しぶりのことで、期せずして僕は大声で微笑み始めていたが、ようやく何の曲だかわかると、大声で高らかに笑わずにはいられなかった、なんてことだ、「さすらいの夜」じゃないか、アグスティン・ララ師匠、この女にかかっちゃあんたも形無しだな、あんたがこの曲を作曲したんじゃなくて、この女があんたのためにこの曲を作ったんじゃないか、まったく、おととい来やがれ、この曲をコピーしてあんたの名前でもう一度発表するといいぜ、こんなことを考えずにはいられなかった。今夜「さすらいの夜」は生まれたのだ。

続けてラ・エストレージャは歌った。疲れを知らぬようだった。そのうちに、「お祭り騒ぎ」を歌ってくれと頼まれた彼女は、じっと立ったまま片足を前へ出し、腰回りの贅肉が波打つ上で腕の上に折り重なる贅肉も一緒に波打たせながら、足を床に踏みつけたが、そのサンダルはまさに荒れ狂う脚の贅肉の波に飲まれた小舟そのもの、もう一度そのボートを床に打ちつけて音を立てた後、汗まみれの顔を持ち上げた彼女の口は野生動物、毛のない猪のような口で、口髭から汗が滴り、顔の正面はどこを見ても醜いところばかり、前にもまして小さく、意地悪く、眉毛の下に奥まって見える目、その眉毛も黒チョコレートで描いた二本の脂っぽい線でしかなかったが、巨体から突き出た顔全体から声が聞こえてきた、エストレージャはボレロしか歌わない、そして、心から口へ、そして唇から聞く人の耳へと気持ちが伝わるような、そんな甘い歌しか歌わないのよ、見てらっしゃい、と言うと、未完の大器ペドロ・フンコを焼き直して「私たち」を歌い始め、あの悲しげな曲を本物の音楽、力強く、それでいてノスタルジーのこもった本物の音楽に変えた。そのまま歌い続けたエストレージャは、朝八時まで、その場に居合わせた誰にももう八時だと気づかせぬほどその声で聞く者を魅了し続け、すでに片付けを始めていたウェイターの一人、レジ役が近づいて、恐れ入ります、敬愛するお客様方——彼は慇懃無礼にこの言葉を使ったのではなく、本当に心を込めてこう言った——、そろそろ閉店のお時間でございます。だがその前、その少し前に、一人のギタリスト、しかも腕利きのギタリストが現れた。痩せ細った飾り気のない艶やかなムラートで、控え目で実直すぎるゆえにいつも仕事にありつけないこの善良な男は、どれほど安っぽく商業的な流行歌からでも不思議な旋律を引き出す能力を備え、ギターの奥底から感情を引き出し、どんな曲、メロディー、リズムからでも新たな可能性を導き出す、そんな卓越した演奏者だった。切れた片足に棒をあてがい、いつもボタンホールにクチナシを差している彼のことを、僕たちは親しみを込めてニーニョ・ネネーと呼んでいたが、この冗談は、フラメンコのカンタオールがニーニョ・サビカスとか、ニーニョ・デ・ウトレーラ、ニーニョ・デ・パルマと呼ばれていたのにちなんでのことだった。ニーニョ・ネネーが、一曲ボレロの伴奏をさせてくれよ、エストレージャ、と言うと、彼女は高飛車な態度で手を胸に当てて、巨乳の上で掌を二、三度打ち鳴らし、だめよ、ニーニョニーニョ、エストレージャは一人で十分、伴奏なんかいらないのさ、と言った。そしてそれに続いて、後に一世を風靡することになるパロディでキューバ・ベネガスの「悪い夜」を真似て一同を爆笑させ、さらに「夜と昼」を歌ったところで、レジ役が来て閉店を告げたのだった。長い夜は終わり、皆帰路についた。

ラ・エストレージャは家まで送ってくれと僕にせがんだ。ちょっと待って、探し物があるから、と言った後、しばらくして包みを抱えた彼女が戻ってくると、二人で外へ出て車へ向かい、僕の愛車、イギリス製のスポーツカーに乗り込もうとしたが、彼女の太腿一本入るのがやっとというスペースに三百ポンドの体を押し込むのは大変な作業で、やっとのことで腰を落ちつけながら彼女は、シートの間に包みを置きながら言った、靴を貰ったのよ。僕は彼女の格好をじっと眺め、事実本当に貧乏たらしいことに気がついたが、ともかく車を出した。彼女は俳優夫婦、つまり、アレックス・バイエルという俳優と、そのパートナーと一緒に暮らしているという。本名はアルベルト・ペレスだか、ファン・ガルシアだか、そんな感じなのだが、芸能界ではありがちなアレックスという名前に、製薬会社バイエル商会にちなんで苗字をバイエルとしたのだ。とはいえ、ラジオセントロのカフェに集う仲間や友人たちから、彼自身が番組の終わりに発音するとおり「ア・レ・ッ・ク・ス・バ・イ・エ・ル」と呼ばれることは稀で、今も昔も、アレックス・アスピリンとか、アレックス・セキドメとか、アレックス・カンチョーとか呼ばれている。この男は世に知れたオカマで、パートナーの医者と人目を憚ることなく堂々と暮らしており、いつでもどこでも一緒、いちゅもどこでもいっちょ、それでその同じ家に家政婦兼料理人として住み込んだラ・エストレージャは、炊事、掃除、洗濯、あらゆる家事をこなしながら、趣味で、ただ歌う喜びのためだけに、ただ歌いたいからという理由だけで歌い、ラス・ベガスで、バー・セレステで、カフェ・ニコで、その他ラ・ランパのありとあらゆるカフェ、バー、クラブで好き放題に歌っていたのだ。というわけで僕はこの女を車に乗せ、他の人なら、誰もが仕事し、仕事へ向かって歩くか、バスを待ち、通りに人が溢れるこの時間に、町ゆく人の晒し者にでもされるように、こんな醜いデブ女の隣で運転していれば気恥ずかしく、面倒くさく、居心地が悪い思いをしたかもしれないところを、ゴキゲンで通りから路地へ、路地から裏道へ、裏道から表道へ、ズンズンと音を立てながら建物の間をすり抜けていた。目的地はあの奇抜なカップルの家、彼女、エストレージャが家政婦、料理人、下女として働く家だ。ようやく着いた。

そこはエル・ベダードの外れにある通りで、住民たちはまだ睡眠、夢、鼾のただなかにあるらしく、僕はエンジンを止めて足をクラッチから外し、そのまましばらく車を走らせながら、すべてのメーターが神経質にゼロ地点へ戻っていくのを眺めていたが、そのガラスに映る自分の顔は徹夜明けの老衰に疲れ切っているようだった。すると彼女の手が僕の太腿へと伸び、ハムの回りを飾る五本のサラミ、いや五本のソーセージとも見まがうばかりの五本指にすっぽりと覆われた自分の太腿を見ながら、一瞬僕の頭をよぎったのは、「美女と野獣」、どっちが美女でどっちが野獣だ、そんなことを考えて微笑んでいると、彼女は僕に言った、上がっていきなさいよ、誰もいないから、その声とともに発せられた笑い声は、近所中を夢から、そして悪夢から、そして死からさえも呼び覚ましそうだった、アレックスもお付きの医者も旅行中よ、ウィークエンドでビーチへ行ったのよ、しばらく二人きりで過ごさない？　そこに何かの暗示、官能的・性的暗示を嗅ぎ取ったわけではなかったが、いずれにしても僕の返事は同じだった、いや、もう行かないと、仕事があるし、もう眠いし。すると彼女は黙って、ただ一言、あらそう、と言っただけで車を降り、というより、シートから体を引きはがす困難な作業を開始し、三十分後に降車を終えると、彼女の声が僕を一瞬の白昼夢から呼び覚ました。片足を歩道にかけた彼女は（車を押し潰しそうな勢いでドアに寄りかかって包みを取り上げたとき、靴の片方が落ちたのでわかったが、それは女物の靴ではなく、使い古された男物の靴だった）僕に言った、ねえ、私、子供がいるの、この言葉は言い訳でも説明でもなく、ただの情報だった、そうよ、バカな息子だけど、でも愛してるのよ。そのまま彼女は立ち去った。

笑われそうですわね。でも、笑わないでくださいよ。先生は滅多にお笑いになりませんものね。笑いも泣きもしなければしゃべりもしない。そこへ座ってメモを取るだけですもの。うちの主人が何て言ってるかご存知ですか？　先生がオイディプスであたしがスフィンクス、でも答えに興味のない私は何の質問もしない、ですって。だから言ってやるんです、いいから聞きなさい、さもなきゃ承知しないわよ、って。それで話しに話して、話が尽きるまで話してやるんですよ。知らないことまで喋るんですから。秘密だらけのスフィンクス、主人はそう言うんです。主人は教養があって、機転が利いて、知識も豊富です。唯一の問題は、私はこっち、主人はあっちで、どうしても話が噛み合わないことですわ、家に帰ってきても、座って本を読むか、ご飯を食べるか、それとも「書斎」で音楽を聴くか、そうでないときは、突然、着替えろ、映画行くぞ、なんて言うんです。だから私も慌てて着替えをして、一緒に出掛けるんですけど、主人は運転しているときは黙ったまま首を振るだけで、私が何を話しても、ああ、とか、いや、とかしか言わないんです。

ご存知ですか、主人は作家なんです。ご存知ですよね、先生はすべてお見通しですもの。でも、先生たちについて物語を書いたことまではご存知ないでしょう？　そうでしょう。ウィットの利いた物語ですよ。大金持ちになる精神科医の話なんですけど、別にお金持ちの患者をたくさん抱えているからではなくて、患者から聞いた夢に従って賭けるからなんです。誰かが池で泳ぐ亀の夢を見たとするでしょう、すると彼はすぐディーラーに電話して、パンチョ、6に五ペソと言うわけです。別の人が馬の夢を見た、と言えば、今度は、パンチョ、1に十ペソ、また別の人が、水に浸かる牛の夢を見た、水はエビだらけだった、と言えば、またパンチョに電話して、頼む、16に五ペソと30に五ペソ、という具合です。患者さんたちはいつも動物の姿で当たりの数字を夢に見るから、この精神科医はいつも賭けに勝つわけです、それで最後には宝くじまで当てて、あとは幸せな隠遁生活です。ソファーの形をした豪邸で、毎日クロスワードにいそしむ悠々自適の生活！いかがです？ 素敵でしょう。でも、先生は本当に笑いませんね。実は先生のほうがスフィンクスなのかしら。うちの主人もほとんど笑いませんの。作り話や新聞のコラムでよく人を笑わせるくせに、自分では笑わないんですよ。

実は、先生、私も精神科医の物語を思いついたんです。もちろんご存知ないでしょう、だって、まだ書いてもいないし、主人以外の誰にも話したことがありませんもの。私が初めて精神科にかかろうと思い立ったときの出来事なんです。いや、二回目だったかしら？ いえ、やっぱり初めてのときだわ。診療に行ったのは二回だけです。この先生は診療所に間接音楽をかけるんですよ。間接音楽ですよ、先生。よく覚えていますけど、一曲終わるとしばらく間があいて、もう一回同じ曲をかけるからすぐわかるんです。限りなくそれが続くんです。この場合「限りなく」では変ですか？ 診察が始まって、自分の番を待つ間も音楽が聞こえ、自分の番が回ってきてもまだ音楽が鳴っているし、日も暮れた頃問診を終えて帰ろうとすると、看護婦の格好をした受付嬢が尖った歯を見せながら、次の日もまた診察に来るだろうと信じ込んで「また明日」と声をかけてくるのですが、その間もまだ相変わらず音楽が流れているんです。時にはアルゼンチンのタンゴ、時にはルンバが延々続きます。時には文字通り、どこから来たのかわからない間接音楽、いえ、診療所のどこからという意味ではなくて、どこの国の音楽か、という意味ですよ。あの診療所で私は二回もひとしきり音楽を聞いては、あのワニみたいな獰猛な顔に眼鏡をかけた先生に質問、質問、また質問と、質問攻めにされたんです。ひどいこと訊くんですよ。しかもいやらしい顔でみだらな質問をするんです。こんなこと言って申し訳ありませんけれど、あの医者は、主人の精神科医、というか主人の物語に出てくる精神科医とちがって、問診を終えた後、家の奥で自慰行為でもしていたんじゃないかと思えるぐらいです。それとも、私が帰ると、看護婦に根掘り葉掘り話を聞かせて、二人仲好くソファーで興奮しながら自慰行為にふけっていたのかしら。確かに私は不潔なことをよく考えます。主人にもよくそう言われますけど、でも、あの医者ほどじゃないと思います。最初の日は、手帳を渡されて、思い浮かぶことすべてを家で書いてみなさいと言われました。後で見せろというのです。学校みたいでしょう。それで家へ帰って、思い浮かぶ、オモイのに頭に浮かぶこと、頭に浮かんだと思い浮かんだことを書きとめてまた診療所へ行くと、あの先生は落ち着き払ってそれを何度も何度も読みました。唇の上あたり、鼻の下の黒い一本線、つまり口髭あたりをつまんで、頭を前後に動かしながらじっくり読むんです。読み終わると、一言、わかりました、それだけです。三回目の問診では、いきなりソファーに座って私の脚にぴったりくっついて座るんです。座ったまま私が飛びのくと、心配いりません、こんなふうに言って、私は科学を心得ています、なんて言うんですよ。科学ですって、私は内心思いましたが、口には出しませんでした、あんたの科学ってのは破廉恥の科学なの？　それでも黙ったまま、脚をぴったり閉じて、手を膝に乗せて座り直しました。私はもうどこも見ず、じっと床に目を落としたまま座り、そのまましばらく二人とも黙っていましたが、やがて彼は立ち上がり、私の膝の上に座るんじゃないかと思われたほどすぐ近くに、体全体でのしかかるようにして座ってきたんです。本当にそんな感じだったんです。私は目を閉じて立ち上がろうとしましたが、うまく立ち上がることができず、愚かなことをしてしまいました。少し離れたところですが、またソファーに座ってしまったんです。それで男はまた私のすぐ近くに座り、また私が離れて少し向こうへ座ると、また男がくっついてきます。やがてソファーの端まで来て、もうその時には二人とも押し黙っていました。私にはソファーの端が崖っぷちに思われて、本当に断崖絶壁から顔をのぞかせているように頭がふらついてきました。ついに私は立ち上がり、どこからあんなか細い、老婆のような声が出せたのかわかりませんが、ともかくそんな声で言ってやったんです、先生、申し訳ありませんが、もうソファーはここまでです、そしてそのまま出ていきました。この話を聞いて主人は爆笑し、これで面白い物語が書けそうだ、なんて言っていました。でも、この話を思い出すと、今もそうですけど、あの破廉恥な精神科医の顔が頭に浮かんで胸糞悪いので、それで別の医者を探すことにしたんです。今度は条件反射学派の人、本人によればパブロフ派の人です。でも、睡眠療法、本人によれば催眠療法の心得もあるそうです。目のあたりはロドルフォ・ヴァレンチノに似てました。手帳にメモさせたり、ソファーに寝かせたり、染みとか模様とかを見せたりなんてことは一切ないまま、約一月の間、じっと私のことを見つめていました。やがて、一か月半が過ぎた頃になって、出し抜けにこの先生は言うんです、あなたに必要なのは私のような男です、って。しかも、知事選挙の立候補者みたいに自信たっぷり、ハバナに必要なのは私のような知事です、とでもいわんばかりなんです。この話を主人にしたら、何て言ったと思います？「精神科医とソファーベッドと私」、そんなタイトルで本を書いたほうがいい、こんなこと言うんですよ。おかしいでしょう、うちの主人って。でも、私に精神科医を勧めるのはいつも主人なんですよ。

先生はオートバックスなんですか？　え、オー・ソ・ドッ・クス？　だってここにはソファーもないし、壁際に寄せかけた椅子もないし、だから、条件反射派ではないんでしょう？　少なくともパブロフのような目つきはしていらっしゃいませんわね。あら、笑ってらっしゃる。先生、真面目に言っているんですよ。だって私、今回ばかりは自分の意志で来たんですから。

彼女の歌ったボレロ

ああ、フェローベ、ラジオからあんたの「マンゴー・マンゲー」が流れてきて、音楽とスピードと夜にすっぽりくるまれた僕たちは、防護服でもかぶったか、真空パックにされたような気分だよ、彼女は僕の隣でなんか口ずさんでた、確かあんたのリズミカルな曲だったと思う、彼女といっても彼女じゃないよ、いや、つまり、ラ・エストレージャじゃなくて、マガレーナかイレニータか、いやミルティーラだったかもしれない、とにかく彼女じゃなかった、いくら僕だってクジラとイワシとエンゼルフィッシュの区別ぐらいはつくからね、エンゼルフィッシュみたいに金髪をポニーテールラバテールにして、落ちそうなリボンをつけていたからイレニータだったかな、口から魚のような歯が出ていたけど、あれは、海を丸ごと飲み込めそうなラ・エストレージャのクジラの口じゃなかった、女が多すぎて区別がつかないな、もう夜遅く、ラス・ベガスへ行く途中にピガルであの女を拾ったんだ、ピガルの街灯の下に一人で立っていて、叫び声を聞いて僕は急ブレーキをかけた、ベン・ハー車のお兄さん、止まって、近づいてみると女は、お兄さん、どこへ行くの、と訊いてくるので、僕は言った、ラス・ベガスだよ、すると女は、もっと遠くまで連れてってよ、どこだよ、と僕が訊くと、町の向こうまで、だからどこだよ、すると女はテキサス・コーナーのもっと向こうよ、彼女はスペイン語風にテハス・コーナーとは言わず、テキサス・コーナーと言ったので、それが気に入って乗せてやることにしたんだ、もちろん街灯のせいで車の中からでも周りがよく見えて、ブラウスの下で大きな胸が躍っているのが見えたのもあるけどね、シートに座ると、冗談で言ってやった、それ、本物かい？　すると彼女は黙ったままシャツ――ブラウスじゃなくて男物のシャツだった――のボタンを外して前を開き、胸を曝け出した、いや、ただの胸じゃない、真ん丸く太った巨大なオッパイ、先端のところはバラ色に、白に、灰色に、そしてライトの光を浴びるとまたバラ色に光っていた、僕は前を見たものか横を向いたものかわからず、誰かに見られたらどうしよう、警察でも通ったらどうしようと思って怖くなった、もう十二時か、午前二時頃だったけど、まだ通りに人がいてもおかしくはない、インファンタを横切ると、オイスターの屋台でまだ飲み食いしている奴がいるし、壁には耳あり目あり、マレーの写真銃より目ざとい目がある、騒ぎが起こって、叫び声が聞こえてきた、うまそうなメロンだな！　それで僕はアクセルをふかして全速力でインファンタ通り、カルロス三世通りを抜け、はやテハス・コーナーもヘスス・デル・モンテのカーブの後方に置き去り、アグアドゥルセで道を間違えたが、一、二秒でルート10のバスを追い抜くと、シエラへ着いた、キャバレーの前で女は悠然と胸のボタンを閉じ、入りたいと言うので、僕は、いいとも、イレニータと言いながら、まだ味見もしていなかったメロンの一方へ手を伸ばしたが、彼女は言った、私はイレニータじゃなくてラケリータ、でもラケリータじゃなくて、マノリート・エル・トーロと呼んで、友達にはそう呼ばれてるから、そして僕の手を払いのけて車を降りた、もう一度洗礼し直してもらおうかしら、そう言いながら通りを横切ってキャバレーの入口へ至ると、なんとそこには強烈にイカした女が待っていて、二人手を取り合ってキスしたかと思うと、点滅するネオンサインの下でひそひそ話を始めた、僕の目には二人の姿が見える、見えない、見える、見えない、見える、やっと車を降りて通りを横切って二人に追いつくと、マノリートと呼びかけたが、最後まで言い終わらないうちに彼女が僕を遮り、こちらがぺぺ、と隣の女を指差しながら言うと、その女は真面目な顔で僕を見つめてきたが、僕が、はじめまして、ぺぺ、と言うと笑顔になったので、今度は、マノリート、と呼びかけて、よかったら同じ値段で帰りも送るよ、と言ったが、彼女は、いいえ、間に合ってるわ、僕はシエラには行きたくなかったし、ムラートのエリボーやベニーやクエと鉢合わせして、音楽談義に加わる気にもならなかった、音楽の授業ならリセウムか「国の友」へ行くか、人種のように音楽を語るカルペンティエールの著作のほうがまだましだ、黒人女二人で白人女一人分、だが付点付き黒人女は一人で白人女一人と同じ、シンキージョはアフリカにもスペインにもないキューバ固有のもの、乱打は先祖伝来のアクセント（いつもクエはここにこだわる）、チェンバロはすでにキューバでは演奏されないが、真の音楽家はいつもチェンバロの音を頭にとどめている、楽器の話をしていたかと思うと今度はコードの話になり、だんだん話が暗号コード化して呪術とかサンテリーアとかニャニゴの話になって、ニャンだかわからないうちにお化けの話題になる、それも古いあばら家に出るお化けではなく、明け方司会者のマイクを握るお化けとか、昼の十二時にリハーサルをするお化けとか、しまいには、ロメウが亡くなってからというもの、ラジオ・プログレソではひとりでにピアノが鳴り出すなどという話になるから、そんなことを聞いていたらその後一人ではとても眠れなくなってしまう、それでやむをえず、ぺぺとマノリートに別れを告げ、さよなら、お嬢さんたち、と言ってUターンし、その場から走り去った。

それからラス・ベガスへ行ってコーヒースタンドに顔を出すと、ラセリエがいたので声をかけた、よう、ロランド、調子はどうだい、するとあいつは、ぼちぼちだよ、と答え、二人で話し始めた、僕は、夜ここでコーヒーを飲む君の姿がいかしてるから近いうちに写真を撮らせてほしい、と言った、真っ白な麻スーツに、小さな麦わら帽子を黒人独特のスタイルでかぶったその姿はいかにも歌手、いかにもキューバ人、いかにもハバナっ子、という感じで、新品のスーツを汚さないよう、後ろに体を反らせ、カップを持った手の下にもう一方の手を重ねて、カウンターに寄りかかりながら上からカップに覆いかぶさるような感じで慎重にコーヒーをすする姿がいいのだ、僕は、それじゃまた、と言ってロランドと別れると、彼も、また来いよ、と答え、そのまま僕はクラブへ入ったのだが、その入り口で誰に会ったか皆さんにはわかるまい。なんとアレックス・バイエルが現れ、いつもの極度に洗練された優雅な物腰で、挨拶もそこそこに、待っていたよ、と言ってきたのだ、ええ？　僕をかい？　すると、そうだよ、君を待っていたんだ、僕、写真でも必要なのかい？　彼、いや、話がしたかったんだ、僕は、忘れないうちに何でも言ってくれ、と言いながらも、何か面倒な話じゃないだろうかと勘繰った、こういう輩は何を言い出すか知れたものじゃない、ホセ・ムヒカがハバナを訪れたとき、二人の女優だか歌手だかただの娘だかと腕を組んでプラドを歩いていると、ベンチに座っていたある男が、アバヨ、お嬢さんたち、と声をかけたのだが、ムヒカは、メキシコ映画の俳優らしく、いつものとおり歌でも歌うような真面目な顔でベンチへと迫り、その男に向かって言った、今、何とおっしゃいましたか？　すると男は、お聞きになったとおりですよ、奥様、と言ったのも束の間、大男だったムヒカ（まだ死んではいないし今でも大男だろうが、歳とともに背が縮むことはありえる）は相手の首根っこを掴んで吊るし上げ、通りへ、いや、もとい、通りと歩道の間にあった草叢へ放り投げたかと思うと、そのまま悠然とあの唯一無二の姿で、モヒカンの叙唱をバックに「誓っておくれ」とでも歌い出さんばかりに散歩を続けたのだ、アレックスが僕と同じことを思ったのか、あるいはムヒカと同じことを思ったのか、あるいは単に自分のことだけを思っていたのか、それは定かでないが、彼は笑って、笑顔で言った、行こうよ、僕は、バーに座ろうぜ、と言ったが、彼は首を横に振って、いや、ちょっと外で話したい内容なんだよ、これを聞いて僕は、それじゃ車で話すか、だが、彼は、いや、少し歩こう、さわやかな夜だし、と言うので、二人並んでP通りを下り始め、しばらくそのまま歩くと、夜ハバナの町を歩くのは気持ちがいいね、そう思わないか、と彼が訊くので、まず頷き、その後で、涼しい日はね、と付け加え、彼は、そう、涼しい日は本当に気持ちがいい、僕はよくやるんだ、身も心もさっぱりするからね、と言うから、なんだこいつ、ヒンズー哲学講義でもぶつために僕と歩こうなんて言い出したのかと思って、心を汚してやろうかとすら考えた。

そのまま歩いていると、前方の闇からびっこのクチナシ売りがクチナシを並べた台と杖を手にして現れ、こんばんは(ブエナス・ノチェス)、と馬鹿丁寧に「ス」の音を響かせて見かけ以上に真摯な態度を示したかと思えば、次の通りを横切ると今度は、容赦ないほど鋭く鼻にかけたファン・チャラスケアードの声が聞こえて、いつもと同じ、ワンフレーズしかないコリードを一回、二回、千回も繰り返し、お前の出番だ、お前の出番だ、お前の出番だ、お前の出番だ、お前の、それが無理やり客に回される汗臭いチャーロ・ハットにお金を入れよという催促なのだが、そのせいで見ていて苦痛なほど重苦しい雰囲気が出来上がり、皆今さらながらこの男がどうしようもない気狂いだったことを思い知るのだった。レストラン・フンボルト・クラブの看板が目に入って、いつもあそこで食事をするラ・エストレージャのことを思い出したが、キューバを再発見したあの名高い男爵が、発見とまではいかずとも、未知の領域を開拓したこの地で、自分の名前が今やレストランやバーや通りの名前に使われていると知ったらどう思うのだろうか、と僕は考えた。バー・サンファン、クラブ・ティコア、女狐、カラス、そしてエデン・ロック、ある時この店に間違って黒人女が迷い込み、入り口まで階段を下りて中で食事しようとしたところ、一見客お断りという一見もっともらしい理由で一目で外へつまみだされ、怒った女は大声で、リトルロックリトルロックと歌ってフォーブスを揶揄し、大騒ぎを引き起こしたことがあった、そして洞窟、このバー兼クラブ兼ベッドに住まうのは深海魚だけで、そのためみんな目がメラメラと輝いている、そして、どうでもいいがピガジェともピガレとも言われるピガル、ワカンバ・セルフサービス、マラカスは英語のメニューと普通のメニューを外に掲げ、ネオンで中国語の看板をつけているから、これでは四十にして孔子も惑うだろう、シベレス、コルマオ、ホテル・フラミンゴあるいはフラミンゴ・クラブ、そしてN通りと二十五番通りの交差点を過ぎると、家の外に電球を吊るしてTシャツ姿でドミノをする四人の老人が見え、僕は微笑み、笑顔になり、アレックスに何がおかしいのか訊かれて、何でもない、何でもない、と答えると、彼は、あの四人組は詩的だね、と言ってくるので、こいつはまたチチミイみたいにミミチイことを言うなと思った、そういえば、新聞で文化欄を担当するスペイン人チチミイは、誰かに新聞記者だと紹介されたり、ジャーナリストのチチミイさんですかと訊かれたりすると、きまって、いえ、そんなミミチイ名前じゃありません、と答えていたが、名は体を表すというのはどうやら本当らしく、女のチチを覗くことにかけては天才的だった。しばらくして僕は、アレックスがまだ要件を切り出していないことに気づき、そう言ってみると、いや、どう切り出していいかわからないんだ、と言うので、僕は、簡単じゃないか、最初から話すか、最後から話すか、どちらかしかないだろう、と言うと、あいつは、君は新聞記者だからそう言うけどね、僕は、いや、ちがう、僕はカメラマンだ、でも新聞社勤務だろう、彼が言うので、僕は、ああ、それはそうだ、新聞だ、すると彼は、わかった、それじゃ真ん中から始めよう、僕は、わかった、彼は、君はラ・エストレージャのことがわかっていない、君の言っていることは嘘ばかりだ、僕は本当のことを知っているから君に話すことにする、僕は気分を害したわけでもないし、彼も気分を害している様子はないので、僕は、わかった、話してくれ、と彼に言う。

第二回

保養所が三つ並んでいる最後の建物に入ると、板張りのオープンテラスが見えて、壁に沿って並んだ多くの椅子で人々が涼み、談笑し、うとうとしていました。誰のことだったか忘れましたが、そこにいた人たちに知り合いのことを訊くと、ビーチを探してみるよう言われました。道は照り返しを受けて白く、道端の雑草は枯れたようでした。左手奥のほうに見えた海を目指してそのまま歩いていくと、静かなビーチにたどりつき、穏やかな波がすぐそばまで打ち寄せては返し、また打ち寄せていました。波打ち際で犬が遊んでいましたが、よく見るとどうやら遊んでいるわけではないようで、しばらくビーチを走ったかと思うと、そのまま口を水に突っ込み、湯気を上げているのが見えました。口からも、背中からも、そしてたいまつのような尻尾からも、湯気が立ち昇っているのです。右手には木造のあばら家が見え、さっきまで雨季の始まりのように見えていた空は灰色となり、一つだけ大きな、むくむくと膨れ上がった雲がありました。風は吹いていましたが、雨が降ったかは覚えていません。こちらへ向かってさらに二匹の犬が駆け出し、その後湯気を立てながら海へ入りました。そのまま消えてしまったように思います。私が家の角を過ぎてその次の角、そして最後の角へ至ると、二、三匹の犬が焚火の周りをぐるぐる回り、火に口を突っ込んでは何かを取り出そうとしている光景が目に入りました。一匹、また一匹と火傷を負っては、少し遠のいた海のほうへ駆け出していたのです。近づいてみると、大きな犬が仰向けに火の中で焼かれており、その体は膨れ、足など数か所がすでに黒焦げになっているのはもちろん、尻尾や耳はすでに焼け落ちてなくなっていました。

そのまましばらく火を見つめていた私は、意を決したように家へ向かい、焚き火の行われていた広場（そこは広場で、砂の小山の上で犬は焼かれていたのです）に面した門から中へ入って家の人に知らせようと思いました。ドアをノックしたものの、返事がないので、ドアを押してみました。すると中では、仔牛ほどの大きな犬が、毛むくじゃらの頭と尖った耳を見せてドアのほうを睨んでおり、その薄汚い灰色の姿は見る者を怯ませるほどでした。広間だか居間だかは真っ暗なのに、目だけは真っ赤に光っているように見えました。ドアが開いた瞬間、犬は体を起こして私に吠えかかってきました。大声を上げようとすると、犬は私の横を通り抜け、ドアを蹴飛ばして外へ駆け出したのです。そして何のためらいもなく犬が焼かれている場所まで駆けると、火の中へ躍り込んで、焦げた犬を齧りました。口の中に焦げた肉の断片が見えたように思います。さらにもうひと噛みすると、焼けた犬をそのまま口にくわえて持ち上げましたが、その体は、焼け落ちた部分を除けば、ほとんどその犬と同じ大きさでした。生きている犬が死んだ犬を火の中から取り出し、軽々と持ち上げると、そのまま死体を一度も地面に落とすことなく家まで戻ってきました。じっとドアのところにいた私のすぐ脇を通ったはずなのですが、私は何も感じませんでした。

彼女の歌ったボレロ

君は不公平だ、アレックスにこう言われて僕が反論しようとすると、彼は、いいから話させてくれ、今にわかるさ、自分が不公平だってことが、と言うので僕は話させた、丸みがあって美しいその声は、丁寧にすべてのSとすべてのD、すべてのRをきちんと発音し、その話しぶりを聞いていると、なぜこの男がラジオ俳優として成功しているのか、なぜ毎週女性ファンから何千通というファンレターをもらうのか、なぜあらゆるプロポーズを断るのか、そして、なぜこんなに会話、対話、独話が好きなのか、僕にもわかるような気がしてきた。要するにこいつは言葉のナルキッソスなのであり、会話の池に言葉を落としてはその掻き立てる波紋にうっとりと聞き入っているのだ。この声のせいでホモになったのだろうか？　それともホモであるせいでこの声になったのだろうか？　それとも、俳優のなかには常に女優が潜んでいるものなのだろうか？ああ、僕は質問は苦手だ。

君の言うことは間違っている、彼は言って、僕らは、と言うとそこでいったん止まり、僕らはエストレージャ、君の言うラ・エストレージャの主人なんかじゃないんだ。実のところ僕らは、ポリュフェモスの羊なんだ（美しい表現だろう？　でも、黙って話を聞こう）。家での彼女は作っては壊すばかり。家政婦でもなんでもないし、ただの招かれざる下宿人だよ。六か月前のある晩、バール・セレステで彼女の歌を聞いて、一杯一緒に飲もうと誘ったら、そのまま家までついてきたんだ。明け方に寝ると、その日は一日中眠り、夜、何も言わずに出ていったんだけれど、翌朝またドアを叩いて、開けてくれと言うんだ。そのまま中へ入ってまた同じ部屋で寝たんだけど、そこは僕がアトリエ代わりにしていた部屋で、仕方なく僕は屋根裏の家政婦部屋へ移ることにした、しかも彼女は、僕らが休暇で旅行している隙に、何年も前から勤めていた家政婦を追い出し、新しいコックを雇ったんだ、いつも彼女のいいなりになって付き添い役をする黒人だよ。わかるかい？　あの男は毎晩彼女の化粧ケース――といっても、当時は古いショルダーバッグかエル・エンカントの買い物袋だったけど――を持って、二人でナイトスポットを回っては朝帰ってきたんだ。結局あの男は追い出したけどね。もちろん、それはずっと後のことだけど。僕らに声を掛けられた一週間後、知恵遅れの息子の話を始め、僕らの同情――もちろん一時のことだけどね――につけこんで、お願いだから家に置いてくれと言ってきたんだ、もう家に来て一週間になるのに、今さらそんなことを言われたら断りようがない。こうして、彼女の言葉で言えば、僕らに拾われると、数日後には、「ご迷惑なので」鍵を貸してほしいと言い出し、確かに翌日返してくれたけれど、あれ以来ドアを叩くことはなくなり、僕らの迷惑にもならなくなった。わかるだろう、合鍵を作って、自分のものにしたんだ。

知恵遅れの息子という話を聞いて、君も感動したのかい？　言っておくけど、あれは作り話だよ、彼女には子供なんていないし、知恵遅れなんてとんでもない。確かに彼女の旦那には十二歳ぐらいの娘がいるけど、健康そのものさ。手に負えなくて、田舎へやったらしいよ。そう、彼女は結婚していて、旦那はマリアナオ（一瞬「マリアナの」と言いかかって言葉を止めた）海岸で屋台をやっているんだけど、これが気の毒な男で、彼女に頭が上がらないんだ、たまに屋台を訪ねていくことがあるけど、それは、ホットドッグやゆで卵、フライドポテトをもらうためさ、いつも後で部屋で食べるんだ。それにしても食欲が凄くてね、劇団一つ分ぐらいいつも食べるんだけど、勘定はいつも僕ら持ちさ、それでもまだいつもお腹を空かせているんだ。だからあんなふうにカバみたいに大きいんだよ。しかもカバと同じく、両生類に近い。一日三回もシャワーを浴びるんだからね。まず朝帰って一回、昼食事に起きて一回、そして、夜外出する前に一回。ものすごい汗かきだからね！　いつも熱病にでもかかっているみたいに、水が噴き出てくるんだ、だからいつも水のなかで過ごしているようなものさ、汗にシャワーに飲料水。後は歌、朝帰ってくるときも、シャワーのときも、化粧のときも、いつも歌っている。朝帰ってくると、歌い出す前に、必ず手すりを引っ張って階段を上るから、それですぐわかる、エル・ベダードの旧市街の家によくある大理石の階段と鉄の欄干は見たことあるだろう。彼女はあの手すりをしっかり掴んで階段を上るものだから、欄干全体が揺れて、家中に響き渡るんだ、それで金属音が大理石に跳ね返ると、すぐ彼女は歌い始める。下の住民から千以上の苦情がきたけど、彼女には何を言ってもムダさ。「やっかみよ」彼女は言うんだ、「やっかみばかり、今に私が有名になったらみんなペコペコするようになるわ」って。どうやら何としても有名になりたいらしいけど、僕らも早く有名になってほしいと思うよ、だってさっさと有名になってくれなきゃ、こっちの気が狂いそうだ。私にはバンソウなんかいらない、バンソウなら体にしみついているもの、なんて言って、いつも声だけでで歌っているけど、あの口にバンソウコウをしてやりたいよ、いい加減に。

　それで、歌がやむと今度はいびき、いびきがやむと今度は香水の匂いが襲ってくる、例のコロン１８００だけどさ、つけるなんてもんじゃないよ、頭からかぶるんだから、あのメーカーは僕の昼ドラマのスポンサーだし、悪く言うのもなんだけど、あんな匂いに取りつかれたら大変だよ、それを体中に振りかけるんだ、限度ってものを知らないからね、あの女は、香水の後で同じようにタルカムパウダーを全身にかぶって、そのままガツガツ食事だよ、しかも食べる量がとても人間の量じゃない、本当だよ（彼は、本当を「ほんと」ではなく「ほんとう」と発音する数少ないキューバ人かもしれない、ほんとうだよ）。あの首回りの肉と脂肪を見ただろう？　見てなかったら今度よく見てみなよ、皺の一つひとつにタルカムパウダーが入り込んで層になっているから。体臭にも異常に敏感らしくて、いつも自分の体の臭いを嗅いでは、デオドラントや香水を振りかけ、眉から足まで全身の毛を剃っているんだ、誇張なんかじゃないよ、ある日いつもと違う時間に僕らが家に帰ると、彼女が素っ裸でうろうろしていたものだから、不幸にも全身をよく見てしまったんだ、全身贅肉だらけの体に、毛は一本も生えていないんだ。本当だよ、君のスター、ラ・エストレージャは、野性児というか、宇宙人だね。唯一の欠点なのかな、一か所だけ人間並みの大きさなのはその足だよ、形は悪くないけど、偏平足でね、いつも足が痛むと言ってぼやくんだ、彼女がぼやくのはその時ぐらいさ、足が痛むときには、足を高く上げて横になって呻き続けるんだけど、聞いているほうが哀れに思えるほどになると、すっと起き上がって家中に聞こえるように叫ぶんだ、「有名になってやる、有名になってやる、有名に、チクショウ！」って。彼女の敵が誰かわかるかい？　第一に老人、だって、あいつは若い男が好きで、犬みたいに若者の尻ばかり追いかけるんだから。第二に、有名になったら利用してやろうと待ち構えている企業家たち。第三に、今でも黒んぼ女とか言って、人種差別をする奴ら。彼女のいる前でも目配せして嘲笑う男がいるんだ、彼女はなぜ笑われているのかわからないときもあるし、なかには彼女にわからないような暗号を取り決めている奴までいる。でも、何より彼女が恐れているのは死、有名になる前に死んでしまうことさ。君の言いたいことはもうわかるよ、あいつには悲壮感が漂っているんだ。そう、悲壮感、でもね、悲壮感なんて、ギリシア悲劇にはお似合いだろうけど、実生活では耐えがたいよ。

何か言い忘れているな。そうだ、僕は公平よりも自由を選ぶ。別に信じなくてもいいよ。僕らは不公平な扱いを受けてもかまわない、ラ・エストレージャを愛していればいいさ、でも、早く有名にしてやってくれ、早く僕らを解放してくれ。そうなったら、聖者でも崇めるように、記憶のエクスタシーとともに神秘的に彼女を崇めたてまつるさ。

セッセエリボー　母なる大自然

聖なるエクエーは聖河に住んでいた。ある日河へシカンがやってきた。シカンという名前は、詮索好きな女――あるいはただの女――という意味だったかもしれない。女の常としてシカンは、詮索好きなばかりか、ぶしつけでもあった。とはいえ、ぶしつけでない詮索好きなど、この世にいるだろうか？

河へやってきたシカンは、我々エフォーの少数者以外知る者のない聖なる音を聞いた。シカンはじっと聞き入り、そして語った。父にすべてを話したのだが、嘘つきのシカンは相手にされなかった。シカンは河へ戻り、聞き、今度は見た。エクエーを見て、エクエーに聞いて、エクエーに話しかけた。父に信じてもらおうとして、椀を手にエクエーを追いかけ、逃げるのが苦手だったエクエーに追いついた。シカンは、椀に入れてエクエーを町へ連れてきた。今度は父も娘を信じた。

エフォーの少数者（名前を繰り返す必要はない）が河へやってきて、エクエーと話をしようとすると、彼がいないことがわかった。木々の話では、追い回されて逃げたが、シカンに捕まり、椀に入れて連れ去られたということだった。それは犯罪だった。しかし、世俗の耳を閉ざさすことなくエクエーに話をさせ、その秘密をあばき、そのうえ犯人が女だった（他にそんなことができる者などいるだろうか？）となれば、これは犯罪どころか、冒涜だった。

シカンは冒涜の罪を肉体で償った。命で償ったのだが、肉体でも償ったのだ。エクエーは死んだ。女性に捕まった恥ずかしさ、あるいは、椀に閉じ込められた恥ずかしさで死んだと言う者もあれば、走っていて息が詰まって死んだ——走るのはまったく苦手だったのだ——と言う者もある。だが、秘密はもちろん、集会を開く習わしも、存在を噛みしめる喜びも失われはしなかった。その肌を脱ぎ捨てたエクエーは、魔術師として通過儀礼で声を上げている。ぶしつけな女シカンの肌は、別の太鼓となったものの、いまだに舌引き伸ばしの刑を受けていて、釘も紐も付けられることもなく、声を上げることも許されてはいない。四つの角それぞれに、最古の四大神を模った羽飾りが施されている。女性にふさわしく、花と首飾りと子安貝のきれいな飾りが必要だ。それでも、革の上には、永遠の沈黙を示す雄鶏の舌が張りつけられている。誰もこれには触れないし、一人で声を上げることもできない。この秘密、タブーが**セセリボー**と呼ばれる。

シカンとエクエーの儀式
(アフロキューバ系魔術)

一

金曜日はキャバレーの仕事がないので、いつも夜暇になるのだけれど、次の金曜日は、シエラの野外ダンスフロアがリニューアルするということで、特別な日だった。シエラへ行ってベニー・モレを聴く、その絶好の機会だ。それに、キューバ・ベネガスのデビューとも重なっていたから、僕にはなおさらシエラへ行くべき理由があった。このキューバを発見したのは、クリストファー・コロンブスではなく、この僕なのだ。初めて彼女の声を聞いたのは、僕が演奏に復帰したばかりの頃だったが、いつも音楽は聴いていたし、耳も体も抜群の状態にあった。音楽を辞めたのは商業イラストに専念するためだったが、墓標の請負企業みたいな広告代理店では稼ぎも少なく、しかも当時は、あちこちにキャバレーやナイトクラブが新装開店していたから、またぞろ墓地のようなクローゼットからクローしてバチを探し出すと（ボチからバチ、僕がいつも繰り返すジョークだが、これを言うたびにインナシオのことを思い出す、インナシオとは、インナシオ・ピニェロのこと、あの不朽のルンバ「墓地の上のバチ」、傷つけられた男が根に持って、女の墓標にルンバの歌詞をそのまま彫った（インナシオ自身の口から聞くのが一番いいのだが）というあの曲、**泣かないでおくれ、埋葬人よ、泣かないでおくれ、あれは尻軽女、泣かないでおくれ、埋葬人よ**）、必死の思いで革を叩く練習を続け、一週間後になんとか甘美な音を取り戻せたので、バレトのところへ行って、「ギジェルモ、もう一度やらせてくれ」と頼み込んだのだ。

バレトのおかげでカプリの第二オーケストラに入ることができた僕は、ステージとステージの合間に演奏し、最後のステージが終わると、（踊りの好きな）踊りたい客のため、リズムに身を投げ出したい客のため、そして八分の六拍子で足のマメを潰したい客のため――選択は自由――に演奏を続けるのだった。

そんなある日、窓越しに聞こえてくる歌声に独特の魅力を感じることがあった。その歌（フランク・ドミンゲス作曲「イメージ」、ご存知かな、**夢のように、予期せぬ時にあなたがわたしに近づき、あの素晴らしい夜……**、という曲）、その声が下から漂ってきて、その発信源にいたのは、背の高いムラート女性であり、インディオのような直毛を見せながら、中庭に出入りしては洗濯物を干していた。そう、そのとおり、それがキューバ・ベネガス、当時の名はグロリア・ペレス、僕もなんだかんだと広告関係の仕事をしていたし、グロリア・ペレスなんて歌手らしくない名前は改めさせ、すぐにキューバ・ベネガスとさせた。つまり、かつてはグロリア・ペレスという名前だったそのムラート女が今のキューバ・ベネガス（またはその逆）であり、現在プエルト・リコかベネズエラにいるようなので、今の話はやめて、過去のことに話を戻そう。

キューバはすぐに大ヒットを飛ばした。それとともに折よく僕とは手を切って、当時大人気のカメラマン、僕の親友コダックと付き合い始め、後にはピロト&ベラ（最初にピロト、後にベラ、二人同時ではない）とも浮名を馳せた。二人はなかなかいい曲も幾つか書いていて、その一つ「待ち望んだ出会い」は、キューバが**見事に**歌い上げた。最終的にはワルター・ソカラスと一緒に暮らし始め（フローレン・カッサリスはコラムで二人は結婚したと書いていたが、これは間違いで、二人は結婚などしていない。もっとも、アルトゥーロ・デ・コルドバの言うとおり、これはどうでもいい話だ）、彼女の南米ツアーまで企画したこのプロデューサーが、その日の夜もピアニスト兼指揮者としてオーケストラを取り仕切ることになっていた。（これもどうでもいい話だ。）そんなわけで、その夜はシエラへ行ってキューバ・ベネガスの素晴らしい歌声とあの美しい顔（冗談で麗しきキューバちゃんと言われている）、その見事なステージを見物することにして、僕にウィンクの一つぐらい、あわよくば「話さないで」の一曲ぐらい捧げてはくれまいかと期待して乗り込んだわけだ。

二

シエラのバーで飲んでいると、ちょうどベニーと会って、話を始めた。ここでしばらくベニーのことを話させてほしい。ベニーとはベニー・モレのことで、あいつについて話すと、音楽について話さずにはいられない。だからまず音楽の話をしよう。ベニーのことを思い出すと、昔のこと、ダンソンの「イソラ」のことを思い出す。あの曲では、低い二重の太鼓音がやむことなく鳴り続け、熟練のダンサーですら真っ逆さまに転げ落ちるようなあの激しいリズムの連鎖には、ただ身を任せているよりほかに何もできない。チャポティンは、一九五三年に録音したあるレコードであの低い監獄的連打を再現し、シエンフエゴスのモントゥーノ、グアグアンコー風ソンを演奏したが、そこでは低音の響きが本当にリード役を果たしている。ある時チャポに、どうやってあんな演奏をしたのか訊いたことがあるが、すると彼は、録音時に思いついたただの即興だと答えた(彼はサビーノ・ペニャルベールの指と同じくらい長生きだった)。キューバン・リズムの厳格な正方形のなかに幸せな音楽の円形を描くにはそれ以外に方法はない。ラジオ・プログレソの録音で、一度バレトとこの正方形の話をしたことがあるが、それは、彼がパーカッションを担当し、僕が太鼓を打ち鳴らしていて、時々音がかぶってしまうことがあったからだ。バレトは、どうしても4×4で正方形になりがちな堅苦しいリズムの殻を破るべきだと主張し、一方僕は、ベニーの話を持ち出して、ソンを歌う彼の声は堅苦しい4×4をあざ笑うようにリズムの上にメロディーを滑らせ、その飛翔に合わせてバンド全体にサックスのような、レガートのトランペットのような、そしてプラスチックのような柔軟性を吹き込む、と答えた。一度、ベニーのバンドでパーカッション担当だった友人に、踊りに行きたいから演奏を代わってくれと頼まれて、ベニーのバックで演奏したことがある。ベニーのバックはすごい！　背中向きにおどけた様子で歌いながら、床に張りついた僕らの楽器の上からメロディーを宙へ飛ばし、クルッと一回転したかと思うと、その瞬間にビートを求めてくる。まったく、ベニーって奴は！

ベニーは突如僕の肩を叩き、こんなことを言う。「どうしたい、とっつあん、あの美少女はお前のアレかい？」僕には最初何のことかわからず、ベニーはいつもわけのわからない話を始める男だから、その時も大して気にはしなかったが、とにかく言われるほうを見てみた。その瞬間、僕が何を見たかおわかりだろうか？一人の少女、それも十六歳ぐらいの少女が僕を見つめていたのだ。いつもシエラは店の中も外も真っ暗だが、その時バーにいた僕には、向こう側、つまり外にいる彼女の姿がガラス越しに見えた。どう見てもこっちを見つめているし、まったく敵意は感じられないから大丈夫だろう。さらに彼女は僕に微笑みかけ、僕も笑顔になって、ベニーにはちょっとごめんと言って、彼女のテーブルへ向かった。相当日焼けしていたうえ、髪を下ろした姿が大人びて見えたせいか、最初僕にはそれが誰かわからなかった。白いドレスの前はぴっちり締まり、背中は大きく開いていた。ほとんど背中全体が剥き出しになっていたが、きれいな背中だった。彼女は再び微笑むと、「私が誰かわからないようね？」と言った。それでわかった。彼女はビビアン・スミス＝コロナ、皆さんにはこの二重姓がどういう意味を持つかおわかりだろう。彼女が一緒に座っていたのは、ハバナ・ヨットクラブやベダード・テニスクラブ、スペイン・カジノの面々だった。大きなテーブルだった。テーブルを三つくっつけて長くしていたばかりでなく、金属製の椅子に腰かけた何百万（ドル）の連中が、肉体的にも社会的にもデカデカと腰を据えていたのだ。僕と口を利こうとする者など誰もおらず、お目付け役のようになっていた彼女がしばらく僕と言葉を交わし、僕は立ったまま、彼女は座ったまま話を続けていたが、誰も椅子を勧めてくれないのを見て僕は言った。

「外へ行こうよ」つまり通りへ、という意味だが、中の暑さに耐えられなくなると、多くの客が通りへ出て、バスの吐き出す熱く臭いガスを吸い込むのだった。

「だめなのよ」彼女は言った。「お目付け役だもの」

「なんだい、それは?」僕は言った。

「だから、**ダメ**なの」今度はきっぱりと言った。

僕はどうしていいかわからず、そのままとどまるとも立ち去るとも決めかねていた。

「後で会わない?」歯の間から吐き出すように彼女は言った。

後でとはどういうことなのか、僕にはよくわからなかった。

「後でね」彼女は言った。「家に送ってもらってからよ。両親は別荘へ行っていないの。だから訪ねてきて」

三

ビビアンの住んでいたのは(「美々庵」とブストロフェドンなら書くだろうか)フォクサの二十七階だったが、僕が彼女と知り合ったのはそんな高いところではなく、むしろ地下室と言ってもいいほどの場所だった。

ある晩、アルセニオ・クエと僕の親友シルベストレと連れ立ってカプリに現れたのだ。クエについては、どこかで名前を聞いたことがあるような気がしたぐらいだったが、シルベストレは高校時代の同級生であり、僕がサン・アレハンドロで絵の勉強をするために高校を退学する――当時の僕は、名前までラファエルとかミケランジェロとかレオナルドとかに変えようと本気で考えていたし、将来エスパサ百科事典の一巻が僕の絵で占められることになると信じていた――まで仲良くしていた。クエは、まず自分の恋人だかパートナーだか――細身で背の高い金髪女性で、胸はなかったが非常に魅力的で、自分でもそれを意識しているようだった――を、次にビビアンを僕に紹介し、最後に僕をこの二人の女性に紹介した。少し芝居がかって見えるほど丁寧な男なのだ。国連世代の代表を気取っているのか、紹介の間彼はずっと英語を話し続け、その後、恋人だか同棲相手だかとはフランス語で話していた。何かのきっかけでドイツ語かロシア語かイタリア語に変わるのではないかと僕は期待したが、そうはならなかった。その後も彼は、フランス語か英語か、あるいはその両方を同時に話していた。誰も（観客全員）が相当やかましく、相変わらずステージは続いていたが、クエの話す英語とフランス語は、音楽や歌声はもちろん、キャバレー中から聞こえる十五歳祝いのパーティーや祝宴や談笑を乗り越えて響き渡っていた。どうやら二人は、フランス語で話しながら同時にキスもできることを見せびらかしたがっているようだ。他方シルベストレは、まるで初めて見るようにショー（というより、足も太腿も胸も立派な踊り子たち）に見入っていた。灯台もと暗し（再びブストロフェドンの言葉）というやつで、ステージの美に目が眩んで、すぐ隣にいた本物の美女には気づいていない様子だった。僕は踊り子たちの顔も体も表情も解体新書のごとく事細かに知り尽くしていたし、この性的砂漠を日々旅してきたベドウィンだったから、目の前にいるビビアンを見つめながらしばしオアシスに浸ることにした。彼女はショーを見ていたが、律儀に僕のことを気にかけ、僕に見つめられていることに気づくと（僕は服の上から白い肌を舐めまわすようにじっと彼女を見つめていたから、気づかないほうがおかしかった）、振り向いて話しかけてきた。

「お名前は何とおっしゃるの？　よく聞こえなかったものですから」

「よくあることですよ」

「ええ、人の紹介なんてお悔やみの言葉と同じで、ぼそぼそと言われるだけですものね」

そうではなく、僕にだけよく起こることなのだ、と言いかけたが、彼女の機転と、それにもまして、その柔らかい、なんとも心地よい低い声に惹かれて、何も言わずにおいた。

「ホセ・ペレスという名前ですが、友人にはヴィンセントと呼ばれています」

彼女はよく理解できないまま訝しげな顔をした。それで僕は気の毒に思って、いえ、冗談ですよと説明し、『炎の人ゴッホ』のヴィンセント・ヴァン・ダグラスの会話を真似ただけですと言った。すると彼女は、まだ見ていません、いい作品なのですか、と訊いてきたので、僕は、絵はいいが、映画はたいしたことはない、カーク・ゴホッはむせながら絵を描き、絵を描きながらむせていた、アンソニー・ゴーギャンはバー「落選者展（サロン・デ・レフュゼ）」の用心棒役だった、ともあれ、我が友シルベストレの専門的かつ見識に富む意見を待ちましょう、そんな話をした。そしてやっと自分の本当の名前を言った。

「美しい名前ですね」彼女は言った。僕は反論しなかった。

アルセニオ・クエはずっとこのやりとりを聞いていたらしく、突如骨ばった蛸の足のような腕の一本から逃れて僕にこう言った。

「結婚（ホワイ・ドンチュー・マリー）したらどうだい？」

ビビアンは微笑んだが、それは機械的な微笑み、宣伝用の作り笑い、ほとんど冗談のしかめつらだった。

「アルセン」恋人が言った。

僕はアルセニオ・クエの顔を見たが、彼はまだ続けていた。

「イエスイエスイエス、結婚したらどうだい？（ホワイ・ドンチュー・マリー）」

ビビアンの顔から微笑みが消えた。アルセニオは酔っていて、人差指と声でまだしつこく同じことばかり言っていた。そのしつこさにシルベストレもステージから目を離したが、それは一瞬だけのことだった。

「アルセン」いらいらした恋人が言った。

「結婚したらどうだい？（ホワイ・ドンチュー・マリー）」

まるで僕がビビアンではなく、彼の恋人に話しかけたとでもいわんばかり、彼の声には嫌味な棘があった。

「アルソン」今度は彼女が叫んだ。ビビアンではなく恋人のほうだ。

「アルセンだよ」僕は彼女に言った。

彼女は青い目を白黒させて僕を見つめ、クエに抱いていたはずの怒りをこちらにぶつけてくるようだった。

「まあひどい（サ・アロル）」僕に言った。「ねえ（シェリ）、あなた（ヴィアン）、抱いて（エンブラセ・モア）」こちらはもちろんアルセニオ・クエに言った言葉だ。

「愛しい君（オオ、ディアー）」クエはこう言うと、僕たちのことは忘れてあの尺骨へ、あの橈骨へ、そしてあのバイリンガル、トリリンガルの鎖骨へと身を沈めていった。

「何をしたいんですかね？」僕は訊いた。ビビアンに。彼女は二人を見てこう言った。

「何でもありませんよ、スペイン語を死語にしたいようですね」

僕たちは声を揃えて笑った。彼女の声のせいだけではなく、今では僕も完全にゴキゲンだった。シルベストレはまたショーから目を離して真顔で僕たちのほうを見たが、また踊り子に目を戻した。今やステージでは、胸と脚と太腿が列車のようになって、トリップコンガのリズムとともに、音楽と色彩と騒音でできた空想のレールの上を走っていた。「愛の列車」というナンバーだが、曲は「波」だった。

「波が来る、うねりが来る」ビビアンが意味ありげに言って、クエの恋人の腕に触れた。

「何なのよ（ケス・ク・セ）？」

「フランス語はやめて」ビビアンが言った。「ちょっと一緒に来てよ」

「どこへ？」クエの恋人が言った。

「そう（イエス）、どこへ（ホウェア）？」クエが言った。

「ピピ・ルームよ」ビビアンが言った。二人の女は立ち上がり、その姿が見えなくなったと見るや、シルベストレはショーの観察を背中に任せ、手でテーブルを叩きながらかなり大きな声で言った。

「あいつは寝てくれるぞ」

「誰が？」

「お前の恋人じゃなくて、もう一人のほう、ビビアンだよ。あいつは寝てくれるだろう」

「ああ、俺にもそんな予感がある」クエが言ったので、超能力者のつもりかこいつはと僕は思ったが、幸いそのまま彼は続けた。「シビラのことなら——アルセニオ・クエの恋人だかなんだかの名前はこれだったのだ、今までずっと思い出せずにいたが——話は別だぜ」こう言って彼は微笑んだ。微笑んだと思う。「寝てはくれるが、メンダとさ」自分、クエのことだ。

「いや、シビラじゃない」シルベストレは言った。

「そう、シビレたろう」クエが言った。

二人とも酔っ払っているようだ。

「俺はあいつが寝てくれるだろうと言っただけだ」またシルベストレが言った。三度目だ。

「そりゃ、毎晩自分のベッドで眠るだろうさ」ソとサの音を必要以上に強く発音しながらクエが言った。

「ねむるじゃない、ねる、やるだよ、このやろう！」

ここは僕が仲裁に入ったほうがいいだろうと思った。

「まあまあ、ねむるねるは置いといて、ショーに集中していないと追い出されるぞ」

「つまみ出されるな」クエが言った。

「追い出される、つまみ出される、同じことじゃないか」

「いや、同じじゃない」クエが言った。

「いや、同じじゃなくない」シルベストレが言った。

「俺たちはつまみ出されるが」クエが言った。「お前は追い出される」

「確かにそのとおりだ」シルベストレが言った。

「そのとおりだというとおりだ」クエが言って、泣き始めた。シルベストレがなだめようとしたが、その時ステージにアナ・グロリオサが上がって持ち歌を披露したので、その脚、胸、そして変貌自在の色気を見逃すまいとして彼は向き直った。ビビアンとシビラが戻ってきたときには、すでにショーは終わりかけていたが、クエは相変わらず泣きじゃくったおたまじゃくしだった。

「どうしたの？」ビビアンが訊いた。

「どうかしたの（ケ・キリ・ア）、あなた（シエリ）？」涙にくれた恋人にシビラが抱きついた。

「追い出されるのが怖いんだ」僕がビビアンに言った。

「そう、こんなショーを続けていると」シルベストレが言うと、その声の上からビビアンが、『ショーもないショーね』と言った。「みんな外へつまみ出されてしまうよ」彼は言って、酔った指で中心のずれた円を描いた。

「特にこいつは」人差指で怪しい矢を作りながら「仕事から追い出される、気の毒に」

ビビアンが、悲しみを装って内心楽しみながら、歪めた口でチッ、チッ、チッと言うと、シルベストレは正面から彼女を見つめ、再び手を振り上げてビビアンの尻軽さについて論じ始めそうになったが、その時コーラスガールの一人が通りへ、夜の忘却へ消えてゆくのを見て視線を移した。クエはもっと激しく泣いていた。僕がオーケストラのほうへ行こうと立ち上がったときにも、クエはもちろんのこと、酔いのまわったシビラまで一緒になって泣いていたので、涙（アルセニオ・クエその他一名）と落胆（シルベストレ）と含み笑い（ビビアン）の荒海に晒されたテーブルは見捨てて、今やダンスフロアと化したステージへと向かうことにした。

僕は演奏を始めるとすべてを忘れてしまう。だから、叩き、響かせ、轟かせ、レスポンスし、ピアノやベースに合わせている間、我が友人たち、悲嘆者、小心者、道楽者の集団が陣取ったテーブルも、客席の暗闇に紛れてほとんど目に入らなかった。演奏を続けていると、突如アルセニオ・クエの姿が目に入り、すっかり泣きやんだ彼は、ビビアンと楽しそうにフロアで踊っていた。彼女があんなに上手に、リズミカルに、まさにキューバ人らしく踊れるとは思ってもみなかった。一方、クエのほうは、黒い金属製のフィルターに挿したキングサイズを口にして、サングラスの奥から高飛車に、偉そうに、挑発的に周りの人々を見下しながら、相手に身を任せていた。クエとビビアンが僕の脇を通り、ビビアンが微笑みかけてきた。

「あんた、うまいわね」この「あんた」という言い方も僕には微笑みの一部だった。

何度も近くを通った二人は、とうとう僕のエリアで踊り始めた。クエは完全に泥酔しているようで、サングラスをとって僕に片目をウィンクしながら微笑み、次に両目をウィンクして何か言ったらしいのだが、唇の動きを見るかぎり、寝る、寝る、と言っていたように思う。ついに曲——ボレロの名曲「私を騙して」——が終わると、ビビアンが先に下り、クエは僕に近づいて、今度ははっきりと「あいつは寝るぞ」と笑顔で言うので、その指差す方向を見てみると、テーブルに突っ伏してシルベストレが寝ていた。小太りの体は、遠くからでも高価に見えるシルクのスーツに包まれ、その青が白いテーブルクロスの上に映えている。次の曲に入ると、アルセニオ・クエはシビラと踊った(と言える状態ではなかったが)が、彼女のたどたどしいステップを見ていると、まだクエのほうがましだと思えるほどで、少なくとも、ビビアンと踊っているときほど下手には見えなかった。僕が太鼓を打ち鳴らしている間、彼女(ビビアン)は僕から目を離さなかった。彼女は立ち上がって演壇の縁まで進み、オーケストラのすぐ近くに陣取った。

「こんなにうまいなんて信じられないわ」曲が終わると彼女は言った。

「まあまあかな」僕は言った。「やっと食っていけるレベルだよ」

「いいえ、うまいわ。気に入ったわよ」

僕が演奏をすることが気に入ったのか、僕の演奏がうまいのが気に入ったのか、演奏のうまい僕が気に入ったのか、僕にはわからなかった。音楽ファンなのだろうか? 完璧主義者だろうか? 何かまずい表情でもしたかな?

「本当よ」彼女は言った。「私もそんなふうに弾きたいわ」

「君にそんな必要はないさ」

彼女は首を振った。やはりファンだろうか？　そのうちわかるだろう。

「ヨットクラブのお嬢さんにボンゴは似合わない」

「私はヨットクラブのお嬢さんじゃないわ」こう言って彼女は背を向けたが、何か悪いことを言っただろうか？　いずれにしても、僕は演奏を続けた。

僕が太鼓を叩きまくる一方、アルセニオ・クエはウェイターを呼んで勘定を頼み、さらに僕が叩きまくる一方、今度はシルベストレを起こし、あの色黒作家が立ち上がってビビアンとシビラの腕にすがりながら出ていくと、また僕が叩きまくる一方、クエ一人で勘定を払い、また僕が叩きまくっていると、ウェイターが戻ってきてチップを受け取り、また叩きまくっていると、ウェイターの顔が満足そうに輝いてチップの額が窺えたが、クエはすでに他のみんなとドアのところで合流し、ボーイに開けてもらったカーテンの下を通って赤と緑に輝くゲームコーナーへと出ていったが、その間も僕は叩きまくり、彼らの後ろでカーテンが下りても、まだ叩きまくっていた。別れの挨拶もなかったが、気にはならなかった。演奏が続いていたし、僕は太鼓を叩き続け、まだしばらくは叩き続けるはずだったからだ。

四

これから話すシエラの夜まで、ビビアンには滅多に会わなかったが、なぜだかアルセニオ・クエと我が友シルベストレにはよく会った。ある日（土曜の午後だったと思う）リハーサルから出たところで、なんと驚くべきことに二十一番通りを一人で歩いてきたクエに出くわしたことがある。暑い日で、南のほうが曇っていたとはいえ、雨が降りそうな気配などなかったのに、クエは雨合羽（彼の言うレイコ）を羽織り、フィルターをくわえたままX脚の難しい足取りで歩いていた。両方の鼻の穴から吐き出された灰色の煙が、派手な二重の線となって口の上を漂っていたが、その姿を見て僕は狂った龍を思い出した。それほど狂ってはいないのかもしれないが、黒いサングラスをかけて丁寧に髭を整えたその姿は、なぜか龍に似ているのだ。

「この太陽には耐えられないね」挨拶代わりに彼は言った。

「息が詰まりそうな格好だね」僕は言って、合羽を指さした。

「合羽があろうがなかろうが、服を着ていようがいまいが、どっちみちこんな気候には耐えられないよ」

これが彼のテーマ曲だった。いつもこの高らかな決まり文句で国の悪口を言い始め、キューバ人の、音楽の、黒人の、女性の、低開発の悪口へと移っていく。そして、俳優らしいよく通る声で相変わらず悪口を言いながら、それを別れの挨拶代わりにする。その日は、キューバ（ベネガスじゃなくて国のほう）に住めるのは木か昆虫かカビか、植物みたいに質素な生活ができる生き物だけだ、と言っていた。現にコロンブスは、上陸してもほとんど動物には出会わなかっただろう。この国にとどまるのは、鳥か魚か観光客だけ、どちらもいつでも好きな時に出ていけるからね。最後に彼は出し抜けにこう言った。

「一緒にフォクサへ行かないか?」

「何しに?」

「別に。ただプールを一回りするだけさ」

どうしたものかわからなかった。疲れていたし、絆創膏をしていても指が痛かったし、暑いなか、服を着たままプールへ行ってその縁に立っても、できることといえば、服を濡らさないように気をつけながら、水槽の魚のような遊泳客を見ることだけだ。たとえ人魚がいたとしても、別に気の進む話ではなかった。だから僕はやめておくと言った。

「ビビアンもいるはずだよ」彼は言った。

フォクサのプールは人だらけで、特に子供が多かった。ビビアンを見つけると、彼女は水の中から二人に挨拶してきた。キャップをかぶっていない頭、頭と顔と首に貼りついた髪、見えたのはそれだけだった。まるで子供のように見えたが、プールから出てくると、もはや子供ではなかった。少し日焼けしているようで、肩と太腿に艶やかな光があって、彼女と知り合った夜に黒のドレスから溢れ出ていたミルクのような白さとは見違えるようだった。髪までもっと金色になったようだ。すべてをアルコールに流してさっぱり忘れたのか、何の恨みもなく彼女は僕の質問に答え、煙草をちょうだいと言ってきた。

「朝から夕方までずっと浸かってるのよ。まるでベビーシッター」こう言って腕でプールを示したが、実際に水より子供のほうが多そうに見えた。煙草に火をつけてやろうとすると、彼女は自分の手を僕の手に重ねた。長く骨ばったその手は、水に浸かりすぎてすっかりふやけていた。魅力的な手だったし、自分の手に重ねられたその手は一層魅力的で、火をつける間相手の手が重なっているのをいいことに、自分の手を彼女の厚く長い唇に近づけてみた。

「風が強いわね」彼女は言った。

女の子の集団に声を掛けられたクエは、プールの反対側で彼女たちと話していた。サインでも求められているのだろうか？　プールの縁に腰掛けた女たちは、足で水をバタバタ跳ね上げ、濡れた太腿を光らせていた。どうやら、話をしているだけらしい。ビビアンと僕はセメントのベンチまで歩いて、金属製のパラソルの下に据えられたコンクリートのテーブルの前に座った。僕の足は、芝生を真似たような緑モザイクの四角形の上に乗った。僕は指から絆創膏を外してポケットに入れた。ビビアンに見つめられ、僕も彼女を見た。

「クエは君に会いにきたのに、向こうへ行ってしまったね」

彼女はプールの向こう、クエと水も滴るファンたちのハーレム集団がいる辺りを見やった。指差す必要はなかったし、あっても指差しはしなかっただろう。

「彼は私に会いにきたんじゃないわ、人に見られたいだけよ」

「彼が好きなの？」

質問に驚く代わりに大声で彼女は笑った。

「アルセン？」彼女はさらに笑った。「あの人の顔をよく見たことある？」

「別に不細工でもないよ」

「不細工じゃないし、あれがいいと言う女の子もいるわ。でも、自分で思ってるほどいい男でもないわよ。サングラスを外したところは見たことある？」

「君と知り合った夜」ばれたかな？「つまり、君たちと知り合った夜に見たよ」

「昼には？」

「覚えてないな」

確かにそうだった。一回か二回テレビで見たことがあったが、目まではよく見なかった。そうビビアンに言った。

「テレビも別よ、あれは演技だから別人になるもの。普段の顔よ。今度サングラスを外すことがあったら、よく見てみるといいわ」

薬用吸入でもするように彼女は煙草を吸引し、口と鼻から同時に煙を吐き出した。ニコチンとタールのエアゾールに僕の言葉が割り込んだ。

「売れっ子の俳優だけどね」

唇に残った糸ミミズのような屑を取りながら話し出す彼女の姿を見て、そういえばキューバでは、男は口に残ったごみを吐き捨てるのに、女は伸ばした爪で取り除くんだな、と突如思いついた。

「あんな目をした男に私が惚れることは**決して**ないわ。俳優ならなおさらよ」

僕は黙っていたが、なんだか居心地が悪くなった。僕は俳優だろうか？　僕の目は彼女の目にどう映っているのだろう？　答えが出る前にクエが戻ってきた。不安なのか、満足なのか、あるいはその両方なのか、とにかくそんな顔だった。

「行くぞ、なあ」僕に言っていたのだ。ビビアンにはこう言った。「今日はシビラは来ないようだね」

「どうかしら」セメントのテーブルで煙草を消しながらそう言って、吸殻を隅に投げ捨てる彼女の顔に、なんだか影のようなものが見えたのは気のせいだろうか。プールのほうへ歩き去ると「それじゃ、また」と言って、僕の目を見ながら付け加えた。

「ありがとう」

「なぜ?」

「煙草とマッチ」と言った後、悪意ではないと信じたい意味深な間を置いて、「それにおしゃべりよ」

クエはすでに遠ざかっており、僕にはレイコをかぶったその背中しか見えなかった。二人が中庭から外へ出ようとしていたとき、後ろから叫び声が聞こえた。

「誰か呼んでるぞ」僕は言った。水の中から何か合図をしている青年がいた。僕には見知らぬ男だったし、クエを呼んでいるとしか思えない。クエは振り向いた。「君を呼んでるんだろう」僕は言った。

青年は腕と頭を奇妙に動かしながら、アルセニオ・クアクアクアと叫んでいた。やっとわかったが、カモ、キューバ風に言えばカマの鳴き真似をしていたのだ。クエが気づいたかどうかはわからない。だぶん気づいたのだろう。

「行こう」彼は言って、二人でプールへ戻った。「シビラの弟だ」

プールの縁まで歩くと、クエは青年にトニーと呼びかけた。青年は僕たちのところまで泳いできた。

「何だい?」

ビビアンやシビラと同じくらいの歳の青年だった。プールの縁を掴んだその腕に、金色に名前を彫ったブレスレットが見えた。クエはゆっくりはっきり喋った。

「お前の泳ぐ姿こそカマカモにそっくりだぞ」やはりわかっていたのだ。僕は笑った。クエも笑った。ただ一人、痛ましいしかめつらをして怯えたように黙っていたのはトニーだった。一瞬なぜ笑わないのかわからなかったが、すぐにその理由がわかった。クエが靴で相手の指を踏みつけ、そこに全体重をかけていたのだ。トニーは大声を上げ、プールの壁に足をかけて指を引き抜こうとした。クエが足を離すと、トニーは反動で後ろへ飛び去り、水を飲んで足をバタバタさせた後、ほとんどベソをかきながら手を口へ持っていった。アルセニオ・クエは笑い、プールの縁でニヤニヤしていた。出来事自体よりも、彼の満足感、復讐心に僕は驚いた。プールを後にするときにはすっかり汗だくだったので、彼はサングラスを外し、顔を伝う汗を拭った。そして、暑さのせいなのか、もう午後だからなのか、あるいは、気候のせいなのか、合羽を腕に持った。

「見たか?」彼は言った。

「ああ」と言いながら、僕は相手の目を見ようと必死だった。

五

この話はキューバとは関係がないと前に言ったが、どうやら前言を撤回せねばなるまい。僕の人生は、キューバ、つまりキューバ・ベネガスと分かちがたく結びついているのだ。これから話す夜、僕がシエラへ行ったのは、ベニー・モレを聞くという口実からであり、確かにベニー・モレはいい歌手だし、これは絶好の口実なのだが、僕が本当に見たかったのはキューバであり、僕の目にとって彼女は(一人の目に映る最も麗しい色黒娘」とフローレン・カッサリスは言った）耳にとってのベニー・モレと同じだった。

「入って、入って」楽屋の鏡で僕を見ながらキューバは言った。化粧の最中で、ステージ衣装の上からガウンを引っかけていた。湿った赤に塗られた肉厚のある唇、目を大きく黒く輝かせるために瞼に入れた青いライン、ヴェロニカ・レイクのムラート娘版とでもいった感じの髪形、すべてが完璧で、膝の上で組まれた脚がもう少し上まで見え、柔らかく引き締まったその黒い塊を食べてしまいたいぐらいだった。

「どうだい、ヴェロニカ・スワンレイクさん？」僕は言った。彼女が笑ったのは、入れ歯かと見まがうほど歯並びのいい白く丸く大きな歯と赤い歯茎の見事なコントラストを見せつけるためだけだと思う。

「準備万端よ」黒のペンシルで目尻を引っ張りながら彼女は言った。

「どうしたの？」

「別に何も」僕は近寄って彼女の両肩を掴まえ、別にキスしたりはしなかったが、彼女は物腰穏やかに立ち上がってガウンを脱ぎ、同時に僕の手を外した。僕の手を払ったのではなく、僕を脱いだのだ。

「ステージの後、どこかへ行かないか？」

「ダメなの」彼女は言った。「今日は**アレ**なの」

「ラス・ベガスへ行くだけだよ」

「何だか熱っぽいし」僕はドアのところまで行って、両手で枠を掴んで彼女のほうへ流れていく虚空を抑えた。両手で勢いをつけて出ていくと、後ろから彼女の声が聞こえた。

「ごめんね」

僕は曖昧に頭を振った。

かくしてグロリア・ムンディ、いやグロリア・ペレスは去れり。

三時間後、僕はビビアンに会いにフォクサへ行った。建物に入っていくと守衛が出てきたが、すぐに僕を呼ぶビビアンの声が聞こえた。玄関ホールの暗闇に座って、というか、暗闇に置かれたソファーに座っていた。

「どうしたの?」

「家へ上がったらまだ女中のバルビーナが起きていたものだから、ちょっと待っていてとあなたに言うために下りてきたの」

「何がおかしいんだい?」

「いいえ、バルビーナは寝ていたんだけど、私が暗闇で電気スタンドを蹴飛ばして起こしてしまったの。起こさないように頑張ったのに、完全に起こしてしまったばかりか、ママの大好きな電気スタンドまで壊してしまって」

「でも、モノは無事だろう……」

「……形が壊れたら意味ないじゃない。それにしても、下品な話し方ね」

「僕はボンゴ奏者だからね」

「アーチストでしょう」

「フンドシ履きだけどね」

「まあ、品がない。バルビーナみたい」

「女中の」僕は言った。

「いけない? 下女と言うよりいいでしょう」

「いや、ちょっとその娘に興味をひかれてね。黒人なの？」

「まったくあなたったら」

「黒人なの、そうじゃないの？」

「黒人よ、まったく」

僕は黙っていた。

「嘘よ、ガリシア系だもの」

「Aでなければ B」

「あなたはAでもBでもない」

「君はまだ子供だから」

「表へ出てひと勝負する？」

もちろん冗談だったが、ナイトドレス越しに見えるビビアンは本当にまだ子供で、いつだったか、彼女に会いたくてフォクサへ行ったときのこと（午後四時頃、菓子屋でおやつを食べてくるとか、そんな言い訳をしたはずだ）、お嬢ちゃん学校の制服を着て現れたその姿が、どう見ても十三、四の娘にしか見えなかったことを思い出した。胸の前に教科書を抱え、腰を曲げて体を縮めた彼女は、若さ、少女らしさ、そして汚れない体を守ろうとでもしているようだった。

「僕はビリビリ・ザ・キッドと呼ばれてるからね」こう言って僕は笑った。彼女は少しわざとらしく笑ったが、それはおかしくなかったからではなく、大声で笑うのに慣れていなかったせいであり、ちゃんと冗談は理解したことを示す気持ちはありながらも、良家の子女は大声で笑うものではないといつも言われていて、下品な笑いを慎んでいたのだ。厄介な話に思えるかもしれないが、僕にも厄介な話だった。

もう一つ冗談を言ってみた。

「あるいは、ピリピリ・ザ・キッド」

「もういいわ、そんな話になるとあなたはキリがないから」

「どっか行こうか?」

「いいわよ。でも、下りてきてよかった、守衛は中へ通してくれなかったでしょうからね」

「どうしようか?」

「クラブ21の角で待っていて。すぐ行くから」

実のところ、すでに彼女とデートする気は失せていた。守衛のことを考えたせいか、それとも、どうせ何もないと確信していたせいなのか、それは覚えていない。ビビアンと僕の間には、乗り越えるべき多くの障害があった。だが、象徴的障害はさておき、ともかく現実の障害、信号を超えたところで、ここが思い出の角、つまり、ビビアンと知り合ったあの夜、ビビアンとシビラを送り終えたばかりのシルベストレとクエにここで出会ったことを思い出した。

「どうしたい、貧しいグノー君?」音楽の知識、特にヨーロッパ音楽の知識をひけらかしながらクエが言った。「アヴェ・マリアの作曲者、かのグノー氏も鼓手だったそうじゃないか」

「知らなかったな」

「グノーの、名前、ぐらい、知ってる、だろ?」シルベストレは泥酔して呂律も回らない有様だった。

「グノーノ?」僕は言った。「ノーノー、知らない。誰だい、グノーノって?」

「違う、グノーノじゃない、グノーだよ」アルセニオ・クエは笑った。

「バカにされてるようだぞ、兄さん。こいつはグノーのことぐらいちゃんと知ってるよ、煙草の吸殻一つに百ペソで賭けてもいい。こいつは痴的な鼓手だからな」わざとこんなふうに言った。「グノー、通称ノー・グッと同じさ」

僕は依然として黙っていた。まだ黙っていた。さて、言ってやろうか、クエ、モン・ヴュー。

「アルセニオ」と言って、すぐにシルベストレと言おうとしたが、背後でげっぷの音が聞こえたかと思うと、シルベストレが僕のすぐ後ろでふらふらしている。「そして、シルベストレ、いいコンビじゃないか」

笑ってるのか？　コンビじゃなくてデュオで笑っているのだろうか？　デュオを崩すには、笑い声や微笑み、あるいは視線だけで十分。デュオとはそういうものだ。僕もミュージシャンのはしくれだからよくわかる。デュオには一番手、二番手がいるから、一見息が合っていても、実は脆いのだ。

「シルベストレ、クエのやらかしたヘマに気づいたかい？」

「何だって？」ほとんど酔いから醒めたようにシルベストレは言った。「どういうことだい？」

「説明しよう」

クエは僕を見た。楽しそうだった。

「アルセニオ・モン・ヴュー殿、悲しい知らせがあります。グノーは太鼓など叩かなかった。君が混乱、というか混同した鼓手は、エクトル・ベルリオーズ、セーヌ川を旅するジークフリートの作曲者だよ」

一瞬僕には、クエがシルベストレと同じくらい泥酔していたい、あるいは、シルベストレがクエと同じくらい素面でいたい、そう思っているように感じられた。二人とも、あるいは、どちらか一方が、それは逆だ、とでも言うだろうか。これにはわけがあった。あるとき二人がタクシーに乗り込むと、運転手がラジオで音楽を聴いていたので、その曲（クラシックだった）がハイドンかヘンデルかで口論になったのだが、しばらく黙っていた運転手がやがて口を挟んだ。

「お客さん、ヘイドンでもハンデルでもありませんぜ、これはモッツァルトですから」

その時クエの顔に現れた驚きは、今の驚きとまったく同じだろう。

「どうしてわかるんです？」クエが訊いた。

「先ほどアナウンサーの紹介がありやしたから」

アルセニオ・クエは黙っていられなかった。

「運転手さん、クラシックなんか聞くんですか？」

しかし、運転手は一刀両断に会話を終わらせた。

「お客さんこそ聞くんですか？」

クエは、彼と知り合う前から僕がこの話を聞き知っていたとは夢にも思わなかっただろう。シルベストレにはわかっていた。だいぶ前、僕にこの話をしてくれたのは彼だし、今も、体と心、二重の酩酊に浸りながら、思い出し笑いをしていることだろう。だが、クエはごまかし方を心得ていた。俳優なら当然だろう。有名キャラクターを真似て彼はこんなことを言った。

「やられたよ、モン・ヴュー、もうグーノ音も出ねえや。酒のせいだ、兄さん」

「チャオチョーチュウのせいだな」砂糖焼酎のつもりでシルベストレは言った。酔っ払ったときの彼はブストロフェドンの愛弟子であり、すべてを早口言葉に変える。

クエがわざとらしく興味深々と僕の顔を見つめているのがわかった。パートナーと話し始めると、道化芝居そのものだった。なんたる哲学の貧困。

「シルベストレ、こちらのヴィンセント氏が何を訊きたいか、給料丸ごと消えたマッチに賭けてもいい」

僕は無視した。ヴィンセントの冗談を聞かれていたとしても別にかまいはしない。

「君が何を知りたいか当ててみよう」

僕は黙ったまま彼を見つめただけだった。

「どうかな?」シルベストレは言った。

わかるにはわかっていたのだ。クエは大した奴だ。初めて紹介されたときからわかっていた。その能力は認めねばなるまい。

「ワカリマス」クエは言った。アメリカ訛りを気取ったような言い方だったが、シルベストレは笑みか微笑みかを顔に浮かべてバカバカしい質問をした。

「なに、なに、なに?」

「わかったのなら言わずにおいてくれよ」僕はクエに言った。

「だから、なに、なに?」シルベストレが言った。

「なんでだい? 僕は修道士じゃないし、ニャニゴの太鼓でもない」

「だからニャニゴトなんだ?」シルベストレが言った。

「何でもないよ」おそらく素気ない調子で僕は言った。

「逆だ」クエが言った。

「何が逆だ?」シルベストレが言った。

「いろいろだよ」クエが言った。

「何がいろいろなんだ?」シルベストレが言った。

僕は黙っていた。

「シルベストレ」クエが言った。「こちらの方はな」僕を指差した。「本当か嘘かを知りたいんだよ」

鼠と猫のゲームだった。鼠が二匹に猫が一匹。

「何が本当なんだ?」シルベストレが言った。僕は相変わらず黙っていた。肉体的にも心理的にも腕組みをした状態だった。

「ビビアンが寝てくれるかどうかだよ」

「僕には興味ないな」

「ネンネ、ネンネ」宙でテーブルを叩きながらシルベストレが言った。

「ノンネンネ、ノンネンネ」嘲るようにクエが言った。

「そうだ、絶対そうだ」シルベストレが言った。

「興味ないね」わざとらしい自分の声が聞こえた。

「興味アリアリだよ。もっと言ってやろうか。ビビアンは大変だぞ。あれは女じゃなくて……」

「まだ少女だ」僕は言った。

「だから何だい?」また素面に戻りかけたシルベストレが言った。

「少女なもんか」今やクエは僕とだけ話していた。「僕はあれと言ったのであって彼女と言ったんじゃない。

あれは女じゃなくてタイプライターだよ。しかも名前までタイプライターそのものだ」

「なに、なに？」酒のせいで師匠のことなど忘れていたシルベストレが言った。「説明、説明しろ」

俳優らしくアルセニオ・クエはシルベストレを見つめ、僕の顔色を窺った後、こう言った。

「恋するタイプライターなんて見たことあるか？」

シルベストレは考えているようだったが、いや、一度もない、と答えた。僕は黙っていた。

「ビビアン・スミス・コロナはタイプライターなんだ。名前がどうかしたかって？　名は体を表すのさ。正真正銘のタイプライターさ。ショーウィンドーに『手を触れないでください』と貼り紙付きで展示されてるやつだよ。売り物じゃないし、誰にも買えないし、手も触れられない。ただの飾りだよ。本当に使えるのかすらわかりゃしない。ダミー、この言葉がシルベストレに発音できるかな」

「できるさ」シルベストレは言った。

「やってみろ」

「ダメエタイプライター」

クエは笑った。

「そりゃいい」

シルベストレは満足そうに微笑んだ。

「タイプライターに惚れる奴がいるか？」

「オレ、オレ」シルベストレが言った。

「お前だけじゃないさ」クエは僕を見ながら言った。

シルベストレの上げた大げさな笑い声がやがて崩れ落ちた。僕は何も言わなかった。口を引き締めてアルセニオ・クエの顔を正面から見つめただけだった。彼は後ずさったか、少なくとも足を引っ込めた。僕の足の指を踏んだが、僕がトニーでないことはわかっていた。仲介役でも買って出るようにシルベストレが口を開いた。

「さて、行くとするか。お前も来ないか?」

クエも同じ質問を繰り返した。そのほうがいい。シルベストレがよく言うとおり、僕も**良識ある**振舞いをすることにした。

「どこへ?」

「そこのサン・ミシェルだよ。ちょっとホモのショーでも見学しようぜ」

「気が進まないな」

良識が大事だ。

シルベストレが僕の腕を引っ張った。

「いいじゃないか、ちょっとぐらい、知り合いに会うかもしれないし」

「その可能性はあるな」クエが言った。「夜には何が起こるかわからない」

「そうだな」思わせぶりに僕は言った。「しかし、カマのショーなんか気味悪いしな」

「あそこのは大人しいよ」クエが言った。「サティヤーグラハだけあって、非暴力、不服従、平和共存だ」

「興味ないね。受動、能動、平和主義、暴力主義、どれも虫が好かない」

「ダンテもダメ、ウェルギリウスもダメ」クエが言った。

「陸も海も」僕は言った。

「なら昇天してみるか？」クエが言った。

「その素質がありそうだ」シルベストレの言い方には悪意がこもっていたように思う。

「ごめんだね」

「せっかくの機会なのに」シルベストレが言った。

「せっかくこいつもショーに出るのに」復讐でもするように笑顔でクエが言った。

「ふざけんじゃねえ、この野郎」シルベストレが言った。「もう辞めたよ」

「いつもジーン・ケリーとシド・チャリシーのコンビじゃ退屈だからな」クエが言った。「君はどこへ行くんだい？」

「ナショナルへ行って、人と会うよ」

「相変わらずミステリアスだな」シルベストレが言った。

二人は笑った。別れの挨拶を済ませると、二人は去っていった。シルベストレは調子の外れた声で歌のパロディを口ずさんでいた。**ミステリアスな男の下心／僕は調子を合わせてる／人様からとやかく／言われるのも嫌だし。**

「作曲ニコ・サキート」アルセニオ・クエが叫んだ。「ヘカンチョーオナラ、作品番号１９５８」

六

あの夜、僕はどこへも行かず、今と同じように街灯の下に立ちつくしていた。カジノ・パリジャンへ行けば、第二ステージを終えたコーラスガールの一人ぐらいは引っかけられたかもしれない。しかし、そんなことをしても、まずクラブへ行って何か飲み、連れ込み宿にしけこんだ後、翌朝ねばつく墓碑のようになった舌を感じながら起きるだけ、しかも、見知らぬベッドで、見たこともない女――化粧はシーツや僕の体と口にまみれてすっかり落ちてしまっていることだろう――の横で、そっとドアをノックする音とともに、特徴のない声に「そろそろお時間です」と言われ、一人でシャワーを浴びて、ベッドとセックスと夢の臭いを体から落とした後、見知らぬその女を起こしてみると、十年も連れ添った夫婦のように、同じ声、同じく揺るぎない確信を込めて、ねえ、あんた、あたしのこと愛してる？　なんてこの僕に訊いてくる、まず、名前から訊くべきだろう、と思いながらも僕は、どうせ互いに名前など永久に知ることもないのだからいいだろうと諦めて、ああ、愛してるよ、と答える、それが関の山だっただろう。

僕はそこで考えていた、ボンゴや太鼓やシンバル（クエなら、自分の知性と機転、それに隠語の駆使能力をひけらかそうとして、ドラム、ティンパニー、そして金玉の鈴とでも言うことだろう）の演奏とは孤独でないのに孤独に浸ることだ、言ってみれば空を飛ぶことと同じ、そう、僕はピノス島へ旅行したとき一度飛行機に乗ったことがあるだけだけれど、飛行機を操るパイロットと同じだろう、足下に二次元に押し潰された景色が広がり、それでいて三次元に包まれている、機器と機体とエンジン、その関係性のなかで、時には低空を飛んで家並みや人々を眺め、時には大地と空の間を舞い上がって雲の上の無次元的・多次元的停止へと至る、僕が足でリズムを刻み、頭でタイミングをはかり、オーケストラなしでも体の内側に木の音となって響くコードを確かめながら、叩き、響かせ、轟かせ、レスポンスし、オーケストラの合間に沈黙、僕の沈黙を感じるとき、そして、左手の太鼓で、右手の太鼓で、左右同時に、とんぼ返りし、飛び込み、回り、折れ曲がるとき、さらには、ハンドベルやトランペットやベースを欺くように偶然を装ってリズムを外し、タイミングが完全にずれたと見せかけておいて、またうまくリズムを取り戻して伴奏に組み込まれるとき、そんな瞬間の連続は、飛行機の離陸や軌道修正や着陸と同じ感覚ではないかと思う、音楽と戯れ、留め金で木枠に留められて不死の命を得た子ヤギの革から手で音楽を引き出し、三個目の金玉みたいに脚の間で子ヤギの鳴き声を挟んで音楽に変えながらそれをオーケストラに合わせる、その時、自分はオーケストラの一部であって一部でない、一人であって一人でない、世界の内側にいるが同時に外側にいる、これはまさに飛行なのだ。

音楽小屋へカマのショーを見に行ったクエとシルベストレと別れたあの夜、まだしばらく僕が同じ角に立ちつくしていると、コンバーチブルの車が一台素早く目の前を通り過ぎ、その後部座席にキューバ、彼女と並んで僕の親友コダック（違うかもしれない）、さらに前の座席には見知らぬカップルが、全員身を寄せ合うようにして座っているのが見えたような気がした。車はそのまま通り過ぎ、ナショナルの庭へ乗り入れたが、よく考えてみると、今頃キューバはもう寝ているはずだし、人違いのように思えてきた。気分が悪く、アレの日だから休みたい、そう言っていたじゃないか。そんなことを考えていると、またエンジンの音が聞こえて、また車がN通りを上ってきたが、実はそれは同じコンバーチブルで、半ブロック向こうに停車すると、暗闇のなか、段差のある駐車場へと入っていった。歩道を歩く足音が聞こえ、僕のいる角のほうへ向かってきたかと思うと、僕のすぐ後ろを通ったので、振り向いてみると、見知らぬ男（コダックでなくてよかった）と歩くキューバの姿が見えた。もちろん彼女にも僕の姿が見えたはずだ。みんなで21へ入っていった。僕はじっとしたまま、身動きひとつしなかった。

少し後でキューバが出てきて、僕に近寄ってきた。僕は何も言わなかった。彼女は僕の肩に手をかけたが、僕は肩を動かし、彼女は手をどけた。じっとしたまま彼女は何も言わなかった。僕は目を逸らして通りのほうを見つめ、不思議なことに、そろそろビビアンが来る頃だと思いついて、さっさとキューバを追い払いたくなったので、奥歯でも痛むように心が痛んでいるふりをした。あるいは、本当に心が痛んでいたのだろうか？　キューバはゆっくりと遠ざかり、振り向いてほとんど聞こえないほど小さな声で言った。

「これぐらいでめげないでね」

ボレロの歌詞のような台詞だったが、そんなことは言わなかった。

「お待たせしたかしら」ビビアンが話しかけてきたが、キューバが去ったのとほぼ同時に聞こえたので、キューバの声かと思った。二人一緒にいるところを見られただろうか。

「いや」

「退屈じゃなかった？」

「大丈夫だよ」

「もういないんじゃないかと思って心配だったわ。バルビーナが寝るまで待っていたの」

大丈夫、見られていない。

「大丈夫だよ、煙草を吸いながら、あれこれ考えてた」

「わたしのこと?」

「ああ、君のことさ」

嘘だ。キューバが来たとき考えていたのは、午後のリハーサルで試した難しいアレンジのことだった。

「嘘だわ」

まんざらでもないようだ。キャバレーで着ていたドレスを着替えて、僕と知り合った日に着ていたドレスを着ている。いっそう女っぽく見えたが、最初の時に感じた幽霊のような白さはなくなっていた。高い位置に髪をまとめ、すっかり化粧を直していた。ほぼ完璧だった。そう彼女にも言った。もちろん「ほぼ」は省略した。

「ありがとう」彼女は言った。「どうするの? このまま一晩中ここにいるわけにはいかないし」

「どこへ行きたい?」

「さあ。どこでも」

どこへ行こうか? もう三時を回っていた。まだ開いている店はたくさんあるが、このお嬢さんにはどこがいいだろうか? エル・チョリのように安くてもオシャレな店か? だが、ビーチは遠すぎて、タクシー代で給料が飛んでしまう。クラブ21のような深夜レストランはどうだ? そんな場所では食べ飽きているだろう。それにキューバがいる。キャバレー、ナイトクラブ、バー、どこがいいだろう?

「サン・ミシェルはどうだい?」

僕はクエとシルベストレの双子を思い出した。だが、よく考えてみれば、もうイエス・ガールズとスピリチュアル黒人ダンサーの狂喜乱舞は終わっている頃だし、後に残っているのはカップル、しかも男女のカップルだけだろう。

「いいわ。ここから近いし」

「それは見方の問題だね」僕は言ってクラブを指差した。「月のほうが近く見える」

サン・ミシェルにはほとんど客がおらず、夜早い時間にはソドムのトンネルとなる長い廊下も、今はがらんとしていた。ジュークボックスの脇に男女のカップルが一組、そして暗い隅に隠れたような小心者のホモが二人。バーテン兼ウェイターを数に入れていないのは、彼が本物のホモなのか、商売上そう装っているだけなのかわからないからだ。

「お飲み物は?」

僕はビビアンに同じことを訊いた。彼女はダイキリ。じゃ、僕も同じ。三秒後、ガタガタと音を立てながら集団が入ってくると、ビビアンは小声で言った。「ああ、嫌だ!」

「何?」

「ビルモアの奴らだわ」

彼女のクラブだか彼女のお母さんのクラブだか彼女の継父のクラブだかの知り合いで、当然のように彼女の姿を見つけた彼らは、当然のようにテーブルへやってきて、当然のように紹介その他の儀式を執り行った。その他の儀式とは、したり顔の視線と微笑み、全人類の許しを得てトイレへ立つ女二人組、そしてどうでもいい会話。暇を持て余した僕は、グラスの周りに円を描き、グラスの脚を伝って流れ落ちる水滴でまた別の場所に円を描いていた。誰かが悲しげな音楽をかけた。ラ・エストレージャの歌う「ひとり流す涙」だった。

あの伝説的にバカデカイ・ムラート女のことを考えると、丸く黒いポータブルマイクを六本目の指のように握って、ここからわずか三ブロック先のセント・ジョン（近頃ハバナのナイトクラブには、「サン」とか「セイント」とか、怪しげな聖人の名前がつけられる。これはシスマだろうかスノビズムだろうか？）で、トロイの木馬に祭り上げられた新手の怪物的女神よろしくバーの台座から歌い下ろすあの姿、光に群がる蛾のように盲目な熱狂的ファンと純粋に声を楽しむ常連客に周りを囲まれ、伴奏もなく、軽蔑と優越感を顔に浮かべながら吐き出すあの声を思い出した、確かにあのセンレンされた喉から流れ出るのはセイレンの歌声そのもの、聴く者一人ひとりがカウンターのマストに縛りつけられたユリシーズとなってそのメロディーに魅了される、レコードに姿を変えて虫に食われる心配もなくなったその声は、完全なエクトプラズムの複写、無次元的スペクトルとなって響き渡る、そう、あれこそ空を駆け抜ける飛行機、墓地に響く幻聴かもしれない。あれこそ彼女の肉声で、そこから三ブロック離れたここで聞く声は単なるレプリカ、あの本物の声を聞いた僕は、彼女のほうへ足を踏み出し、夜を貫く歌声に導かれるまま、突然闇の中にその声が目に見えたような気がして前進しようとしていた、「ラ・エストレージャ、港へ僕を導いておくれ、手を引いておくれ、本物の方位磁石になっておくれ、我がステラ・ポラリスよ」、どうやら僕は大声で口に出していたらしく、周りのテーブルから笑い声が上がり、女性の声で「ビビアン、名前を変えられちゃったみたいよ」と言う声も聞こえたが、僕は「失礼」と言ってそのまま立ち上がり、トイレへ駆け込むと、歌いながら小便した、「ひとり流す尿は……」、このパロディの著作権は僕のものだ。

七

僕が戻ってくると、ビビアンは一人でダイキリを飲み、テーブルの上ではまだ溶けていないダイキリが僕を待っていた。黙ったまま一気に飲み干すと、彼女もすでに飲み終えていたので、僕はもう二杯追加を頼んだが、他の客たちはどこへ行ったのか、それともただ夢か幻想で見ただけで実は最初からいなかったのか、わからないままその話題には二人とも一切触れなかった。だが、三度目の「ひとり流す涙」がかかり、テーブルに敷かれたビニールの上にグラスの跡が残っているところを見れば、夢ではなかったのだろう。

頭上から派手なライトに照らされた下で、僕は束ねた彼女の金髪を解き始めた。彼女は僕の目を見たが、距離が近すぎて少しやぶにらみのようになった。僕がキスしたのか、彼女がキスしてきたのか、その時酔いの回った頭で僕が、まだ十七歳にもなっていないこの娘がなんでキスの仕方を知っているんだろうと不思議に思ったことを覚えているから、おそらく後者なのだろう、いずれにしても僕はもう一度彼女にキスし、片手を背中に回しながら、もう一方の手で髪を解き終えた。背中のファスナーを下して腰のほうへ手を伸ばしていくと、彼女は少しもがいたが、嫌がったわけではないと思う。コルセットをつけていないのが最初の衝撃だった。二人はそのまましばらくキスを続けたが、彼女は強く僕の唇を噛みながら何か言った。僕は背中の隙間から手を前に回してついにその胸、まだ成長過程にある胸に触れ、手の平に乳房の温もりをしばしとどめた。どうだい、酔っ払ったボンゴ奏者だっていっぱしの詩人になれるもんだろう。僕は手をしばらくそのままにしておいた。彼女は僕の口の中で話し始め、舌に塩味を感じた僕は、唇が切れたかと思った。実は彼女は泣いていたのだ。

彼女は僕から体を離し、頭を後ろへやってまともに光を浴びた。その顔はずぶ濡れだった。唾液もあっただろうが、ほとんど涙だった。

「私を大事にして」

こう言ってもっと泣き始めたので、僕はどうしたらいいかわからなかった。泣く女を見ると僕はいつも混乱するし、酔っているときはただでさえ混乱している。もう一杯飲んだりすればもっと混乱するだけだろう。

「私って不幸な女なの」彼女は言った。

僕は、彼女が僕に惚れていて、例のこと、つまり僕とオール・キューバ（ベネガス女史のもう一つの異名）のことを知っているのだと直感し、何と言ったものかわからなかった。僕に惚れている女性は、泣く女やもう一杯の酒よりはるかに僕を混乱させる。しかも泣き面に杯、ビビアンは泣いていたし、そのうえ、ウェイターが頼んでもいないダイキリを二杯持って現れたのだ。クリンチを終わらせようとしてのことだろうが、レフェリーを前に彼女は話し続けた。

「死にたいぐらい」

「でも、なぜ？」僕は言った。「ここが気に入らないの？」

彼女は僕の目を見つめながら相変わらず泣いていた。飲んだダイキリがすべて目から出てくるようだった。

「お願い、恐ろしいわ」

「何が恐ろしいの？」

「人生は恐ろしい」

またボレロの歌詞だ。

「なぜ?」

「さあ」

「だから何が恐ろしいの?」

「ああ、なんて恐ろしいのかしら」

突如彼女は泣きやんだ。

「ハンカチを貸して」

僕がハンカチを渡すと、彼女は涙と唾液を拭ったうえに、鼻まで咬んだ。たった一枚のハンカチなのに。もちろん、その夜は一枚しか持っていなかったという意味だ。家にはいくらでもある。そのまま返してはくれなかった。こちらは、その夜だけでなく、永久に返してはくれなかった。まだ彼女の家かハンドバッグにでも入っていることだろう。彼女はダイキリを一気に飲み干した。

「許してね。私ってバカな女」

「バカじゃないよ」僕は言って、またキスしようとしたが、拒否された。それどころか彼女は、ファスナーを上げて、髪を束ね直した。

「話があるの」

「何だい、話って」冷静に注意深く話を聞こうとしている姿をなんとか見せようとする僕は、冷静に注意深く話を聞こうとしている姿をなんとか見せようとして、聞いてもいない客を相手に話しかける俳優ぐらい間抜けな顔をしていたことだろう。アルセニオ・クエそのものだ。

「今まで誰にも言ったことがないことを話すわ」

「誰にもしゃべりはしないよ」

「絶対誰にも言わないで」

「誰にも言わない」

「特にアルセンには絶対言わないで」

「誰にも言わない」今や僕の声は酔っ払いの声になっている。

「誓うわね？」

「誓うよ」

「辛いけど、最初から言ったほうがいいと思うの。私、処女じゃないのよ」

おそらく僕はその時、グノー、モーツァルト、その他偉大なる音楽家をめぐる知ったかぶりで恥を曝したクエと同じような顔をしたことだろう。

「本当よ」

「知らなかった」

「誰も知らないわ。知っているのは、あなたとその人と私だけ。彼は誰にも言わないだろうけど、私は誰かに話さないと体が張り裂けそう。誰かに話そうにも、友達はシビラしかいないけど、彼女にだけは絶対話したくないし」

「絶対誰にも言わないよ」

彼女は煙草が欲しいと言った。一本差し出したが、僕は吸いたくなかった。火を差し出すと、わずかに彼女の手が僕の手に触れたり離れたりする気がしたが、それは彼女の手が震えていて、汗で濡れた指からその痙攣が伝わってくるからだった。唇も震えていた。

「ありがとう」こう言って煙を吐き出すと、間髪を入れず言葉を続けた。「頭のおかしな若い男の子でね、相当狂っているんだけど、私は彼の人生に何か意味を持たせてあげようと思って。でも、失敗だったわ」

僕は何と言ったものかわからなかった。利他主義の精神から処女を捧げる、こんな話は完全に想定外だった。だが、僕に救済の可能性云々を議論する資格があるだろうか？　所詮僕はボンゴ奏者にすぎないのだ。

「ああ、ビビアン・スミス」彼女は言った。コロナというもう一つの姓は決して自分では使わない。そういえばロルカも、いつもフェデリコ・ガルシアと自己紹介していた。彼女の声には嘆きも叱責もなく、ただ僕と一緒にそこにいることを確かめたかっただけなのだろうが、僕にとってはすべてがまったくの夢であり、何の反応もできなかった。眠っていなかっただけで、すべては夢だったのだ。

「僕の知っている人？」お節介や嫉妬深い男に見えないよう努めながら僕は訊いた。

彼女はすぐには答えなかった。僕は彼女をじっと見つめ、バーのライトはすでに大部分が消えていたが、もう泣いていないことを確かめた。それでも、目はまだ潤んでいた。彼女が答えたのは二年後だった。

「あなたの知らない人よ」

「本当に？」

僕は彼女を正面から見つめた。

「ううん、ちがうわ、知っている人よ。あの日プールにいたもの」

信じたくない、信じられなかった。

「アルセニオ・クエかい？」

彼女は笑ったか、笑おうとしたか、あるいはその両方だった。

「やめてよ！　アルセンは生涯に一日だって狂っていたことはないわ」

「それなら僕の知らない人だろう」

「シビラの弟、トニーよ」

もちろん知っていた。あのやぶにらみの男、あの忌々しい両生類、首にネックレス、手首に名前入りブレスレットをしたマイアミ市民、あれがビビアンの言う「頭のおかしな男」であるとわかっても、別に気にはならなかった。気になったのは、「よ」の言い方だった。別の言い方をしていれば、単なる一時の出来事、事故か間違いだと思って処理できただろうが、どうも今もまだ気があるような口ぶりなのだ。僕はトニーを違った目（もちろん僕の目だが）で見始めた。彼女は僕の目に何を見ただろう？

「ああ、そう」僕は言った。「誰かはわかるよ」

あいつを踏みつけたクエに僕は感謝した。僕と同じように、あいつの心にも指があれば踏んづけてやるところだ。

「お願い、誰にも言っちゃだめよ、約束して」

「約束するよ」

「ありがとう」こう言って彼女は僕の手を取り、機械的にでもなく、優しくでもなく、下心がありそうでもない仕方で愛撫した。煙草に火をつけるために男の手を取るのもうまければ、こういう仕草も実に巧み、そんな手だった。「ごめんね」と言ったが、何を謝っているのかは言わなかった。「本当にごめんね」

みんなが僕に謝る夜だった。

「気にしなくていいよ」

こう言った僕の声は、さながらメキシコの名優アルトゥーロ・デ・コルドバとでもいったところだったが、やはり確かに僕の声だった。

「ごめんね、本当に申し訳ないわ」またもや何が申し訳ないのかは言わなかった。こんな話をしたことが申し訳ないのだろうか。「もう一杯飲んでもいい?」

僕は二本指を立ててウェイターを呼ぼうとしたが、これがこの国では簡単そうでなかなか難しい。ファーブルでもキューバのウェイターを生け捕りにするのは困難だろう。再び彼女のほうを見ると、また泣いていた。文字通り涙を飲みながら彼女は言った。

「本当に誰も言わないでね」

「もちろん、誰にも言わないよ」

「本当に誰にも、誰にも、誰にも言っちゃだめよ」

「俺はそんなバチあたりじゃないよ」

埋葬人よ、僕のために歌ってくれないか/彼女の墓にレクイエムを/悪魔に冷たくされないように/泣かないでおくれ、埋葬人よ、泣かないでおくれ(繰り返す)。

彼女の歌ったボレロ

何をお望みかな？　バーナムにでもなった気分で僕はアレックス・バイエルの歪んだ忠告に従った。ラ・エストレージャの発見、これが必要だ、こう思いつくと、「発見」という言葉は、エリボーや、かのキュリー夫妻のように、日々ラジウムやラジオやテレビや映画の構成要素を探求している人々のために存在する言葉ではないかと思えてきた。自然の摂理か神の摂理か、今は石にまみれたあの宝石のような声を救い出さねば、今は糞の山に埋もれたあの金の卵を掘り起こさねば、そう自分に言い聞かせた僕は、パーティー、ゲリラ公演、あるいはリネ・レアルの言うちょっとした「モチーフ」を企画することにした。そしてリネと僕で手分けして、いろいろな人を招待することにした。僕が、エリボー、シルベストレ、ブストロフェドン、アルセニオ・クエ、それにエムシー――こいつはとんだ食わせ者だが、トロピカーナの司会者なので欠かせない人物だ――を呼び、そしてエリボーが、ピロト、ベラ、フラネミリオ――彼は感性豊かなピアニストだし、盲目だからこういう場には打ってつけだろう――を招待すると、リネは、フアン・ブランコ――ユーモアを欠いた音楽のプロデューサー（ユーモアがないのは音楽であってフアン・ブランコ自身、通称ヨハネス・ウィットト、ジョヴァンニ・ビアンコではない。彼は、シルベストレやアルセニオ、そして自己嫌悪に囚われたムラートになったときのエリボーが、「真面目」と呼ぶ音楽を作っている）――、そしてもう少しでアレホ・カルペンティエールまで連れてくるところだった。ビトル・ペルラは来なかったし、アルセニオ・クエがテレビ局の関係者を呼ぶのを嫌がったので、プロモーターは誰も来なかったが、それは仕方がない。

パーティーらしきものの会場となったのは、僕の家、リネがしつこくいつもスタジオと呼ぶ大きな部屋であり、招待客が早い時刻から着き始めたのはもちろん、ジャンニ・ブタジとかいう、フランス人だかイタリア人だかモナコ人(あるいはその全部)だかのように、招待されていない客まで姿を現し始めた。草の王と呼ばれていたこの多国籍の男は、別にハーブを輸入していたわけではなく、マリファナ仲間のドンであり、ある晩シルベストレの使徒役を引き受けて彼をラス・ベガスまで連れ出し、当時少しずつ名前が知られ始めていたラ・エストレージャの声を聞かせてやったこともある。そんなラ・エストレージャのプロモーター気取りとともに、マルタ・パンド、イングリッド・ベルガモ、エディス・キャベルがその夜の紅一点、いや紅三点として現れた。というのも、僕は慎重を期して、イレニータやマノリート・エル・トーロ、マガレーナといった、暗黒の沼を駆けるケンタウロス女(半分は女、半分は馬という、ハバナの夜に出没する伝説的怪獣)や、有名なボレロ作曲家マルタ・ベレス(完全な馬)は招待しなかったからだ。他に現れたのは、『ライフ』のキューバ人カメラマンで、たまたまハバナに滞在していたジェッシ・フェルナンデス。到着が遅れているのはラ・エストレージャだけだった。

僕は自分のカメラを用意し、ジェッシにどれでも必要なものを使っていいと言うと、彼は、数日前に買ったハッセルブラッドを選び、せっかくの機会だから試してみたいと言った。するとそのままローレイとヘーゼルの品質比較の話になり、そこからニコン対ライカに話題が移ったかと思うと、次には露出時間、当時出回り始めたばかりだったヴァリガム紙、その他カメラマン特有の話題をひとしきり話しつくしたが、それは、女性がミニスカートやロングスカートやウェストを、野球ファンがアベレージやランキングを、マルタやピロトやフラネミリオやエリボーがフェルマータや三十二分音符を、シルベストレやリネがレバーやマッシュルームを語るのと同じこと、すべては退屈凌ぎの話、時間潰しのネタ、今日話せることを明日考えるためにとっておく、**すべては先伸ばし**、このうまいセリフはきっとクエがどこかから盗んできたのだろう。その間、リネは酒とチチャロンとオリーブを振舞っていた。話から話へと移るうちに時は過ぎ、バルコニーの前をギャーと鳴き声を上げながらフクロウが通り過ぎると、エディス・キャベルが「サラバヨ！」と叫んだ。僕はラ・エストレージャに、八時からパーティーだから九時半には来てくれと言っておいたことを思い出したが、時計を見るとすでに十時十分だった。台所へ入って、下で氷を買ってくると言ったら、氷なら湯船にたっぷりあることを知っていたリネは怪訝な顔をしたが、僕はかまわず家を出ると、夜の海をくまなく巡って、マナティーの姿をしたセイレン、大海のシャワーを浴びるゴジラ、僕のナット・キング・コングを探し歩いた。

バー・セレステでは食事中の人々を掻き分け、エルナンドの隠れ家では白い杖をなくした盲人のように（どうせあそこには白い杖の一本も見当たらなかったから無駄だったが）エストレージャを探し回り、店から出てフンボルト通りとP通りの交差点へ出ると街灯の光に目が眩んだが、それでも下水みたいな味のする飲み物を出すオープンカフェ「オジサン」へ入り、ラス・ベガスではイレニータともう一人、さらにもう一人を避けながら彼女を探し、次にはバー・フンボルト、その次にはインファンタとサン・ラザロへ行ったが彼女は見つからず、帰りがけに再びセレステを覗いてみると、店の奥にいた彼女は、完全な泥酔状態でひとり壁に向かって話していた。清貧貞潔でないカルメル派修道会のスータンのような普段着を着ていたところをみると、どうやら今日の予定など何も覚えていないようだったが、僕が彼女の横に立つと、あら、兄さん、どうしたの、まあ座って一杯いこうよ、と言って大口を開けて微笑んだ。もちろん僕は怒りの目で彼女を見つめたが、そこで言われた一言にはほろりとした。だめなのよ、勇気が出ないの、あんたたちみたいな、お行儀がよくてお上品でお知的な人の前にこんな黒人女がのこのこ出ていくなんて、こう言いながら彼女は、ガラスの指抜きのように手に持った杯を飲み干して次の一杯を頼んだが、こっそり僕はウェイターに何もいらないと合図し、そこにあった椅子に座った。彼女は再び僕に微笑み、何かよくわからないことを口ずさみ始めたが、少なくとも歌ではなかった。行こう、僕は言った、一緒に行こう。嫌よ嫌よ、彼女は言った、覚えてるでしょ、カウボーイ映画に出てくるあのバッジョーンズ。行こう、僕は言った、取って食われるわけじゃなし。あたしを？彼女は訊く気もないのに訊いた、このあたしを取って食うの？いい、彼女はこう言って頭を上げた、あんたたちの誰かがこのアルゼンチン的情熱の巻き毛に指一本でも触れる前に、このあたしのほうがあんたたちをみんな食ってやるわ、そしておかしいほど仰々しい仕草で硬い髪を引っ張った。行こう、僕は言った、家で全人類が君を待ってるんだ。何を待ってるって？彼女は言った。君の到着、君の歌、君の声だよ。あたし？彼女は訊いた、このあたしの声？また訊いた、あんたの家、まだ、あんたの家で待ってる？また訊いた、ならあたしの声ぐらいもう聞こえてるでしょう、だって、あなたの家はすぐそこじゃないの、彼女は言って、何なら今から扉のところまで行って、彼女は立ち上がろうとした、そこで精一杯歌ってあげるわよ、そうすればみんなに聞こえるでしょう、違う？と言いながら椅子に倒れ込んだが、幸い自分の役割を心得ている椅子だったらしく、軋んだ音を立てたりはしなかった。そうだよ、僕は言って、そうだけど、とにかく家へ行こう、そのほうがいい、僕は告白でもするような調子で言った。プロモーターから何から、みんな来てるんだ、すると彼女は頭を上げ、いや頭を上げたというよりは横に向け、目の上に描いた線の一つを吊り上げて僕を睨みつけたその目つきは、ジョン・ハストンに誓って、クジラのモービー君がグレゴリー・ペック扮するエイハブ船長を見つめたときの目つきだった。白鯨、いや、黒鯨に銛でも打ち込んでみるか？

母の名において、そしてダゲールの名において誓ってもいい、僕は彼女を荷物用のエレベーターに乗せようと思ったのだが、使用人用のエレベーターということもあり、また、ラ・エストレージャの逆鱗（クジラに鱗はないが）に触れるのも嫌だったから、正面の小さなエレベーターに二人で乗り込むと、この不思議な荷物を積んだエレベーター殿はしばらく沈思黙考してからようやく動き始め、痛々しい音を立てながら八階分の高さを上った。廊下に降り立つとすでに音楽が聞こえてきたが、それは、ドアが開けっぱなしになっていたからであり、最初ラ・エストレージャの耳に入ったのはソンの「シエンフエゴス」、人ごみのなかでエリボーがくどくどとモントゥーノについて説明する横で、クエはフィルターに差し込んだ煙草を口に挟んで上下させながら頷き、他方、盲人がよくやるように、両手を後ろに回して壁につけたままドアの近くに立ったフラネミリオは、耳よりも指の平で自分の居場所を確かめているようだった。フラネミリオの姿を見るなり、いきなり酔いを振り払ったラ・エストレージャは、お得意の言葉をアルコール漬けにして僕の顔面に大声でぶちまけた、こんちくしょう、騙したわね、ろくでなし、わけもわからぬまま僕が理由を訊くと、彼女は言った、あそこにフランがいるじゃないの、ピアノを弾くんでしょう、あたしは伴奏なしじゃないと歌わないからね、いい、歌わないわよ、それを聞いたフラネミリオは、僕に考える暇すら与えず言った、あいつ、頭おかしいんじゃねえのか、俺が家でピアノを弾くだと！　そしていつもの優しい声で、おいで、エストレージャ、こっちへおいでよ、ここでは君が音楽じゃないか、彼女は微笑み、僕は皆の注意を促してレコードプレーヤーを止めさせ、皆さん、ラ・エストレージャの登場です、とアナウンスすると、誰もが彼女のほうを振り向き、バルコニーにいた人たちも加わって、大きな拍手が沸き起こった。どうだい、どうだい？　僕は言ったが、彼女はもう僕の言うことなど聞いておらず、早速歌い始めようとしたが、その時台所からブストロフェドンが飲み物のトレーを持って現れ、その後ろからエディス・キャベルも別のトレーを持って続いたので、ラ・エストレージャはすれ違い様にコップを取り、この女、ここで何してんの？　と僕に向かって言った。それを聞いたエディス・キャベルは振り返って、この女ですって？　失礼ね、あんたみたいな低次元女と一緒にしないでちょうだい、ラ・エストレージャはコップを掴んだときと同じ素早い動きで中身をフラネミリオの顔にぶちまけた、というのは、エディス・キャベルはもっと素早く身をかわし、身をかわした瞬間に躓いてブストロフェドンのシャツにすがりついたが、敏捷な彼は二歩よろめいただけで転ばず、身体表現の練習を積んでいたエディスも転ばなかったので、すべては事なきを得て、ブストロフェドンがまるで後方二回転宙返りでもしたように着地のジェスチャーをする姿を見た客たちは、ラ・エストレージャとフラネミリオと僕を除いて、皆盛大に拍手した。その間、ラ・エストレージャはひたすらフラネミリオに謝りながら、色黒の巨大な太腿が夜会の熱気に晒されるのもかまわず、スカートを持ち上げて彼の顔を拭い、フラネミリオは目をふさがれて何も見えず、僕は僕で、ドアを閉めた後、客たちに向かって、お静かに願います、もう夜の十二時ですし、パーティーの許可は取ってありませんから、警察が来るかもしれません、と懇願していた。この言葉を聞いてみんな静かになったが、ラ・エストレージャだけは、フラネミリオへの謝罪を終えると、僕のほうを見ながら訊いた、ねえ、プロモーターはどうしたの？　僕に言い訳を考える暇も与えずフラネミリオが言った、いないよ、ビトルは来られないし、クエはテレビ局の人と喧嘩中だからね。真顔に狡賢い表情を浮かべ、眉と同じ太さの目で僕を見つめたラ・エストレージャは、騙したのね、と言ってきたので、その形相にひるんだ僕は、ありとあらゆる先祖の名において、古代のありとあらゆる発明家の名において、そしてニエプスの名において、何も知らなかった、誰も来ない、というか、プロモーターが誰も来ないとは知らなかった、などと誓う間もなく、彼女はそのまま、ふん、それじゃ歌ってやるもんか！　と言って酒を飲みに台所へ入っていった。

どうやら両者に合意が成立したらしく、ラ・エストレージャと他の招待客は自分たちが同じ星の住人であることを忘れようと心に決め、彼女が台所で音を立てて飲み食いを続ける間、広間では、ブストロフェドンが早口言葉作りに精を出し――「トラのトリオがトラウマにトリつかれ」というのが聞こえてきた――、レコードプレーヤーからはベニー・モレの「サンタ・イサベル・デ・ラス・ラハス」が流れ、エリボーがテープルやレコードプレーヤーの側面を叩いて音を出しながらイングリッド・ベルガモとエディス・キャベルにリズムは自然なものだと説明し、呼吸と同じだよ、彼は言っていた、人間に性があるのと同じ、リズムは誰にでも備わっているのさ、そりゃなかにはインポもいるし、彼は続けた、不感症の女もいる、でも、だからって性がなくなるわけじゃないだろう、まだ彼は続ける、リズムだって同じさ、リズムも性も生まれつき体に備わっているものなんだ、なかには委縮――こんな言葉を使っていた――する人がいて、リズムよく演奏も踊りも歌もこなせない人がいるけれど、反対に、そんな羞恥心とは無縁な人もいて、歌も踊りもうまいばかりか、パーカッションまで見事に弾いてみせたりする、まだ彼は話している、性行為も同じさ、未開民族には羞恥心なんかないから、インポも不感症も存在しない、彼は続けた、彼らにはリズム的羞恥心もないから、セックスにもリズム感にも秀でている、それがアフリカなんだ、僕に言わせれば、確かに言っている、特別な薬さえやれば誰でも、別にマリファアナとかじゃないよ、彼は言っている、メスカリンのような、ここで言葉を繰り返して発言に重みを与える、あるいは酸とか、音楽に負けないよう声を張り上げる、**リセルジック**とかでいい、そうすればどんな打楽器だってそれなりに弾けるはずだよ、酔っ払えば誰だってそこそこ踊れるじゃないか。立っていられればね、僕は思った、そんな音響理論なんかクソくらえだ、こう思ってその言葉を噛みしめていたまさにその瞬間、台所からラ・エストレージャが現れ、クソ、ベニー・モレかい、グラスを手にこう言うと、酒を飲みながら僕のほうへ近づいてきたが、他の客たちは音楽を聞き、喋り、会話し、リネはバルコニーでいちゃついて、ハバナっ子の言う愛の「必殺技」を繰り出していた。ラ・エストレージャは、床に腰掛けてソファーに寄りかかったかと思えば、グラスを口につけたまま床を転がり、空のグラスを手にしたまま横になって伸びてしまったばかりか、完全にソファー――モダンな製品ではなくて、藁と木と藁でできた古いキューバ製――の下に潜り込んで寝てしまった。鼾がマッコウクジラの溜め息のように下から突き上げてくるのを僕は感じたが、ラ・エストレージャのことが目に入っていなかったブストロフェドンに、なんだい、とっつぁん、風船でも膨らましてんのかい？　と言われ、実際には（あいつのことはよく知っている）、「屁こくなよ」という意味だとわかった、そう、それで思い出したが、ダリによれば、屁とは肉体の溜め息なのだそうだ、それで、実は溜め息とは心の屁なのではないかと思いついておかしくなったが、相変わらずラ・エストレージャは人目を憚ることなく大鼾をかきつづけていた。この失敗は自分だけの失敗だと感じて僕は立ち上がり、台所へ入って黙ったまま一杯飲み干すと、黙ったままドアから外へ出た。

第三回

先生、私、また劇でも見に行ったほうがいいと思いますか？　主人は、私の神経にはエネルギーが溜まりすぎていて、それを発散しないのがいけないって言うんです。少なくとも前までは、劇場で他人に変身したような気分を味わうことができたのですから。

どのくらい歩いたのだろうか、同時にいろんな場所にいたし、どこを歩いていたのかすら覚えていないが、二時頃、帰路について女狐家と烏屋の前を通ると、二人の女と一人の男が出てきた。その一人はそばかすだらけの顔で胸の大きな女、もう一人はマガレーナで、僕に挨拶した後、近づいてきて二人の友人を紹介した、男のほうは外人で、いきなり僕のことを、なかなか面白そうな方じゃないか、と言うので、マガレーナが、カメラマンよ、と言うと、彼はゲップなのか驚きなのかわからない声を上げ、ああふうん、カメラマン、それじゃ一緒にどうです、と言ってきたが、それなら、マガレーナが僕をポーターだとでも紹介していたらどうなっていただろうと考えてみずにはいられなかった。ああふうん、荷物を担ぐ人、プロレタリアートね、面白い、一緒に一杯どうです？　僕は彼に名前を訊かれたので、モホイ・ナジです、と答えると、ああふうん、ハンガリーですか、と訊かれ、ああふうん、いえ、ロシアです、と答えた。マガレーナは爆笑していたが、とにかく僕は彼らと合流することにし、連れの女性（もちろん外国人男性の連れという意味だ。まだ妙な誤解をなさらないように）と並んで歩く彼女の後ろにつくと、女のほうはヘブライ系キューバ人、男のほうはヘブライ系ギリシア人だとわかったものの、男のスペイン語には得体の知れない訛りがあり、写真の形而上学を論じながら、陰影の加減が銀塩のように（銀塩とは何たることだ、エミール・ゾラの時代には梅毒治療に使った薬じゃないか、そんな歳なのか）感動的だとか、つまりお金の本質が人間を不死にするとか、写真こそ人間が無と闘うための数少ない(かつすくない、と彼は発音した)武器だとか、そんな御託を並べるので、僕は、こんな満腹ガキの形而上学者に出くわすとはなんたる運だ、天から超越性の糞を与えられた雑草のような飽食生活を送ってきたのだろう、と思っていたが、そのうちにピガルへ着き、中へ入るとすぐ、ラケリータ、いや失礼、マノリート・エル・トーロに出くわし、彼女がマガレーナの顔にキスして、ごきげんよう、と挨拶する一方、マガレーナが彼女に昔からの友達のように挨拶する横で、続いて彼女が僕の手を握りながら、ムラートさん、お元気? と声をかけてきたのを見たこのギリシア人哲学者は、面白い女性ですね、と言ってきたので、僕は紹介がてら誤解を正し、こちらは我が親愛なる紳士マノリート・エル・トーロ、マノリート君、こちらはちょっとした友人だよ、と言うと、ギリシア人は、そりゃもっと面白い、としたり顔で言ってくるので、マノリートがいなくなったのを見計らって僕は言った、で、プラトンさん、あなたは美少年はお好きですか? すると彼は、何ですって? そこで僕、マノリートのような倒錯者はお好きですか? するると彼、ああいうのは好きです、ああいうのは、で僕らは席についてロランド・アギローとそのコンボの演奏を聞き始めたが、しばらくするとギリシア人が僕に、妻を踊りに誘ってはいかがですか? と言うので、僕、踊れないんですよ、するとギリシア人、キューバに踊れない人なんて一人でもいるんですか? マガレーナが割り込み、一人どころか二人よ、私も踊れないから、僕、男でも女でも、踊れないキューバ人はいるんですよ、そしてマガレーナは、オーケストラの演奏に合わせて小さな声で歌い始める、月まで行くの、そして彼女は立ち上がると、ちょっと失礼します、ハバナのムラート女性らしく、色っぽい調子で強くサ行を発音しながら言った、するとギリシア人の妻、死海に千隻の船を投げ込みそうな女が訊く、どこへ? マガレーナは、トイレよ、女は、私も行くわ、夫のギリシア人は大変に上品で、さながらパリスにも嫌な顔をしないメネラオス、いったん立ち上がると、女性たちの姿が消えたのを見て、また席に着き、微笑みながら僕を見つめる。それでわかった。くそったれ、僕は思う、ここはレスボスの島じゃないか！　そして、二人がトイレから戻ってくると、アントニオーニなら女ともだちと呼びそうな二人、ロメロ・デ・トーレスならあの幅広の筆で描き出しそうな、そしてヘミングウェイならもう少しぼかして描きそうな二人組が席に着いたのを見て僕は、私はこれで失礼します、明日朝が早いので、するとマガレーナは、あら、まだ早いじゃない、すると僕は歌の歌詞にのせて、心の友よ、彼女は笑い、ギリシア人は立ち上がって手を差し出し、お会いできて光栄です、僕は、こちらこそ、と言って聖書的美女にも手を差し出したが、彼女にとって僕は、ソロモンにも、ダビデにすらもなることがないのだろう。入り口でマガレーナが僕に追いついて、怒ったの？　と訊くので僕は、なぜ？　すると彼女は、だって、こんなに早く帰るなんて、こう言いながら、あれほど頻繁に繰り返さなければもっと魅力的に見えるはずのいつもの表情をする、僕は、気にしなくていいよ、何でもないから、僕は孤独でも利口だ、彼女はまた微笑み、また同じ表情をするので、僕は、それじゃまた、と言うと、彼女は、チャオ、と答え、テーブルへ戻る。

家へ帰ろうと思って、まだ誰か残っているだろうかと考えているうち、セント・ジョン・ホテルの前に差しかかったところで、僕は誘惑に駆られ、といってもロビーにあるスロットマシン、あの片腕の追剥に気をひかれたのではなく――そんな無駄遣いをすることは生涯あるまい――、もう一人のヘレナ、バーで歌うあのエレナ・ブルケの誘惑に駆られ、カウンターに座ってその歌声を聞き始めたのだが、それが終わっても、マイアミのジャズ・クインテットが演奏を始めたので、相変わらずその場に残ったのは、そのバンドがクールにもかかわらず素晴らしかったからだ、サックス奏者は、ヴァン・ヘフリンの父とジェリー・マリガンの母の間に生まれた子供のようだ、飲みながら、トゥナイト・アット・ヌーンの演奏に集中していると、エレナと同じテーブルに座って一杯誘い、伴奏を嫌がる歌手のおかげでどれほど僕が苦しんでいるか、僕がどれほど彼女の声、彼女自身、そして伴奏まで好きか、話して聞かせたくなったが、彼女のピアノ伴奏がフランク・ドミンゲスだったことを考えると、やはり黙っていたほうがいいのだろうか、この島は吃りと酔っ払い——たいてい両者は同じ意味だが——の放つ怪しげな戯言だらけだし、そのままストレート・ノー・チェイサーを聞いていると、今さらながら、これこそ人生のあり方を象徴するタイトルだと思えてくる、そんな時、入口のところで誰かが支配人といさかいを起こしているらしく、酔っ払っていたうえ、スロットマシンで負け続けたこの男は、ピストルを抜いて支配人の顔に突きつけていたが、支配人は動じることもなく、用心棒と言葉を交わす必要もなく、すぐに二人の大男が現れてピストルを奪い取って平手打ちを喰らわしたうえに、体を壁に押しつけ、その間支配人はピストルから弾を抜いて弾倉を戻し、まだ何が起こったのかわからない酔っ払いにピストルを返すと、二人の用心棒にとっととこの男をつまみ出すよう命じる、するとすぐに男は荒々しくつまみ出されたが、どうやら重要人物だったらしく、そうでなければひき肉にでもされて、マンハッタンのオリーブの添え物にでもされていたところだろう、エレナとバーの客が（音楽が止んでいた）顔を出し、彼女は僕に、何かあったのか訊くが、さあね、と答えようとした僕を遮るように、支配人がみんなに向かって言う、何でもありませんよ、みなさん、そして二つ手を叩いて、クインテットに演奏を続けるよう指示すると、半分以上眠っている五人のアメリカ人が自動ピアノのように指示に従う。

　もう帰ろうと思っていると、また入口で騒ぎが起こる、いつものようにベントゥーラがやってきて、最上階のスカイ・クラブでミネルバ・エロス——噂によれば殺人鬼ベントゥーラの愛人で、高みから幸せな叫び声を上げるらしい——の朗唱を聞きながら食事しようとしているのだ、支配人に挨拶して、四人のボディガードとともにエレベーターへ乗り込む一方、ロビーにも十人以上のボディガードが残り、これは夢ではない、そう思いながら僕は今晩起こった不愉快な出来事を数え上げると、それが全部で三つあることに気づき、これこそ実は運試しのチャンスだと思って、迷路のようなポケットを探ってみたところ、ミノタウロスの彫れていない（アメリカ製のニッケル硬貨でなくキューバの一レアルだった）小銭があったので、運命の裂け目にそれを入れて、お金の大洪水に備えて豊穣の角を片方の手で押さえながら、幸福の女神の唯一の腕たるレバーを引っ張ってみる。スロットは回り、まずオレンジ、次にレモン、次にイチゴ。虫の知らせのような音を立てて機械が止まり、そこに流れる沈黙は僕がいるせいで永遠の沈黙に思えてくる。

僕の扉は閉ざされている。もちろん家のドアのことだ。忠実なリネが閉めてくれたのだろう。朝家政婦が残していったよそよそしい整理整頓は跡形もなく、おなじみの乱雑が広がっていても、そんなものは目にも入らなければ見たくもないし、人生には整理整頓よりもっと大事なことがいくらでもあるから、そんなことには興味もないが、広げたソファーベッド——つまり、もはやベッドであってソファーではない——に敷かれた洗ったばかりの真っ白いシーツの上に、クジラのように巨大な、茶色、チョコレート色の染みがあり、それが邪悪な物体のように広がっていたのだ。お察しのとおり、正体はエストレージャ・スター・ロドリゲス、この巨大な一等星、黒く不気味な太陽のような巨体がベッドの白い空をほとんど埋めつくしているのだ。僕のベッドでラ・エストレージャが眠り、鼾をかき、涎を垂らし、汗をかき、妙な音をたてている。僕は敗者のように大人しく事態を受け入れ、上着とネクタイとシャツを脱ぐ。冷蔵庫まで歩いて牛乳瓶を取り出し、コップに注いでみると、牛乳ではなくラム酒の臭いがしたが、きっと味は牛乳のままだろう。半分残った瓶を冷蔵庫にしまい、おもちゃ箱のようになった流しにコップを置く。そこで初めて息苦しいような暑さを感じるが、おそらく朝から一日中暑かったのだろう。ズボンと肌着を脱いで短めのパンツだけになった後、靴と靴下を脱ぐと、生暖かいが、ハバナや夜の暑さよりはひんやりした床が足の裏に感じられる。バスルームへ行って顔と口を洗うと、湯船に水がたまっているのが見えて、昨日そこに氷を入れていたことを思い出し、足を入れてみたが、もうさほど冷たくはない。一つしかない部屋、リネがスタジオと呼ぶこの無様なアパートのたった一つの部屋へ戻り、どこに寝たものか考える。もう一つのソファー、藁と木と藁のソファーは固すぎるし、床は濡れているうえに汚く、煙草の吸殻だらけだ。これが実生活でなくて映画なら——実の生活とは、人間が本当に死ぬ映画のようなものだが——、バスルームに行きさえすればそこに水などなく、「清潔で明るいところ」を見出すことになるのだろうか。湯船こそ乱雑とは無縁な場所だし、そこに毛布でも（一枚も持っていないが）敷けば、演技力のない未熟なロック・ハドソンになりすまし、清く正しい夢でも見ていたことだろう、そして翌朝には、ドリス・デイとなったラ・エストレージャが、オーケストラ抜きでバカレイニコフ作曲の、聞こえはしても見えない歌を歌ってくれる……（忌々しいナタリー・カルマスめ、僕までシルベストレのような話し方になっているじゃないか）しかし、現実世界へ戻ってみると、すでに夜明けは近く、眠くて死にそうだった僕は、この場面で誰もがするはずのことをするより仕方がなかった。あたなだってそうしたことでしょう、オーヴァル・フォーブスさん。そう、ベッドの隅に割り込んで寝るのだ。

第四回

小さい頃のことだったと思います。チョコレートやビスケットやキャンディーの入ったオレンジ色か赤色か金色のブリキの箱があって、上の蓋のところに、琥珀色の湖をあしらった風景画がプリントしてあって、オパール色の雲の下、湖面を船やボートや帆船が滑っていくんです、穏やかな波が見えて、全体がとても静かで、そこに住んでみたくなるんです、船にじゃなくて、湖畔にですよ、ちょうどお菓子箱の縁あたりに座って、黄色いボートや静かな湖や黄色い雲を眺めていたい、そんなことを思ったんです。あの箱は、病気の時お見舞いにもらったもので、いつもベッドに持ち込んでは、あの景色に溶け込むような気分に浸っていたんです、だから今でもよくその夢を見るんでしょうね。母がよく歌ってくれた歌に、**船頭さん、オールを放して、その漕ぎ方が刺激的**（この後、惚れた美女と、漂流の危険に怯えてオールを放したくない船頭の間で不快な議論が交わされるのですが、私はすぐに眠ってしまうので、その部分はもう聞いていませんでしたし、眠らなくても、いずれにせよもう何も聞いてはいなかったのです）というのがあったのですが、あれを聞いていると、自分が湖畔に腰掛けてボートの往来を眺め、あの永遠の静けさに包まれていくような気がしてきたのです。

鏡の家

一

シルベストレを乗せて車でホテル・ナショナルから〇通りを下りてきた僕は、二十三番通りに差しかかって、放屁のごとく軽快にレストラン「マラカ」の前を通り過ぎたが、そこでシルベストレに言われた、**暗いな、**僕が、**何?**と返すと、**暗いよ、ライトだ、アルセン、罰金取られるぞ**確かにすでに七時をまわっていて、〇通りの丘を下りて二十三番通りに差しかかる頃にはすっかり日も暮れていたのに、コンバーチブルの車内にいると昼と夜の区別がつかないせいか（おそらく、そんなバカなことがあるか、何を言っているんだ、オープンカーなら周りがもっとよく見えるはずじゃないか、と言う人もいるだろうが、そんな人だか人々だか大衆には、こう言ってやりたい、数行前を見ればわかるだろうが、僕はただ「コンバーチブルの車内にいると昼と夜の区別がつかない」と言っただけで、屋根を開けていたか閉じていたかはまだ言っていない、僕はプルーとは違う、友人で、プルー東部飲料会社社長のマルセル・プルーなら、くどくどしつこく描写を続けるのがマドレーヌより好きだが、僕にそんな性癖はない、僕が暗黙の了解として言わずにおいたことは、幸せなコンバーチブル所有者なら言わずもがなのことなのだ、だから、これから僕が言うことは、一九五八年八月一一日午後五時から七時の間にコンバーチブルで海岸通りを走ったことのない人のためだけに言うのだ、夏の太陽が藍色の海の上で赤く染まる時間、一日で最高の時間に差し掛かっていた僕たちは、特権的な幸せと喜びに浸ったのだ、太陽が雲の間に隠れてしまったりすると、テクニカラーの宗教映画のラストシーンのようになって、せっかくの風景が台無しになるが、あの日はそんなこともなく、町の上空がクリーム色へ、琥珀色へ、バラ色へと変わっていく一方、海の青は次第に暗くなり、紫色がかって海岸通りへ這い上った後、通りへ、家並みへと浸透していくにつれて、後に残された高層ビルのコンクリートがバラ色、クリーム色、ママが焼いてくれたメレンゲ色に見えてくる、そんな景色を見ながら、そして顔に夕方の空気を感じながら、胸と背中の間でスピードを味わっているときに、シルベストレの**暗いな**という言葉に邪魔されたのだ）僕はまったく気づかず、その時初めてライトを点けた。なぜだかライトが上向きになっていて、小麦粉か煙か綿菓子のように白い光線が通りの奥へ向かって一直線に流れ出したその時、シルベストレがまた言葉を発し、**かわいいな**、また**暗いな**と言ったのだと思った僕が、**どこに目をつけてんだ**と言うと、あいつは、**ここだよ**と言って目を皿のようにし、その両目が皿にのった目玉焼きのようになった（あいつの目が妙に黄色いせいもあるが）かと思えば、短い首をシャツから伸ばして頭ごとフロントガラスにくっつけたので、これは衝突事故でも起こしたかと思ったが、それにしては音も聞こえないし、惰性だけで走っているようにも思えない、あいつの頭はフロントガラスにくっついたままで、目の水晶体とガラスがこすれるようだ、相変わらず車は○通りを走っていたが、ふと目を上げると（運転歴五年の僕の腕はダテじゃないし、他に車がいないことくらい目をつぶっていてもわかる）金髪美女二人の姿が見えたので、慌てて足をブレーキへもっていくと、キーという音が鳴って、フンボルト通りまで届くその残響が、口から心を搾り取られた心ない女の嘆き声のように聞こえた。通りから人が溢れ出し、僕は車から身を乗り出して、演壇に立つ政治家よろしく（本日お集まりのキューバ国民の皆様、とでも言ってやろうかと思ったほどだ）大声で**皆さん**、**何でもありません**と叫んだが、人が集まっていたのは別に僕らのせいではなかった。

通りに人が集まっていたのは、金髪美女を見るためであって、ブレーキ音は口実にすぎず（とはいえ、実は金髪美女が本当の口実だったのだから、別に他の口実は必要なかったのだ。そのうえ、マラカからカフェ・キンボへと横切っても、センジョンからピガルへ歩道を歩いても、辺りにいるのは安っぽいカマやホモやオヤマばかりで、電信柱の麓、オイスターバーの脇、コーヒースタンドの中、新聞の売店、向い側のカフェ、マラカやキンボの入口、どこを見ても奴らが立っていた)、金切り声、唸り声、叫び声が飛び交い、「お節介め」、「気色悪いぞ」、「取っといてくれ」、「前、前」、さらには、「大統領官邸へ行進!」などと言っている者もいたが、一番傑作だったのは口に両手をあてた男で(ブストロフェドンにちがいない、いつもあのあたりをうろうろしているし、声も冷たくかすれたあいつの声だった。とはいえ、人がたくさんいたので確証はない)、このパワースポットで彼は声のかぎりを尽くし、ベニー・モレをもじりながら「**今欲しいのはレズの愛撫だけ**」と歌ったのだ、これには世界中が笑い声を上げたが、急ブレーキのせいで今や完全にフロントガラスに顔を密着させたシルベストレが(二人の金髪美女はもはや彼の視線から外れ、ほとんど車の真ん前、道のど真ん中を歩いていた。それで僕には、二人が観光客やアメリカ人ではなく、生粋のキューバ人だとわかった。もちろん、道の真ん中を歩いているという理由だけではなく、三十年前、イグナシオ・ピニェロ師匠が、ハバナと同じく外国人だらけの町ニューヨークでキューバ人を見分けたというあの話を思い出したせいでもあった。「優雅な物腰、媚びるような歩み、それができない女はキューバ人じゃない」というあの歌詞だ)、強く頭を打ったせいでぶつぶつ文句を言っていたので、僕は言った**フロントガラスが脂汗で汚れるじゃねえか**もちろん冗談だが、あいつにはこの部分も、**フロンガスで掃除しとけよ**という終りの部分も聞こえなかったことだろう。ユリシーズが、サメの海だか火の海だか泥の海だかに真っ白なドリル織りスーツで飛び込まないようにと、ミズンマストに縛りつけられたまま聞いたとかいう、あんないい声をしているわけではないし、僕の声なんか聞こえなくて当然だが、その時、**アルセン**と呼ぶ声が聞こえて目を上げると、僕たちのすぐそばに金髪二人組が立っていて、もちろん最初に目に入ったのはチュールだかオーガンディ（服がよれよれになった頃になって美女の一人が「オーガンザよ」と教えてくれた）だか、とにかく高そうな生地のドレス、特にすぐ目の前でボンネットの上にボンと乗ったような四つの丸い膨らみであり、紫色の襟元（二人とも薄紫色の、同じようなデザインのドレスを着ていた）の上では、ミルクのように白い胸の谷間（ほとんど隙間はなかったが）が、ピガルの入口にあるタングステン電球の光を浴びて青っぽく光っている、そして二人の長い首は、白鳥というより優雅でよくしつけられたウィーン産の白い牝馬、その上の顎は、長く白い優雅な首のみならず、男の視線を釘づけにする（僕たち二人の視線、いや少なくとも僕の視線は五寸釘でそこに留められていた）白紫の胸までも従えているせいか、余裕しゃくしゃく（別にしゃくれてはいない）らしく、やっと釘を引っこ抜いて、きっと美しいにちがいない顔を拝ませてもらうために視線を上げていくと、ちくしょう、この忌々しい車の屋根のせいでよく見えないじゃないか、まず太く長く赤い唇（長いのは微笑んでいるせいだが、モナリザブームに乗って歯は見せないようにしている）、そして優雅な（申し訳ない、当面他の形容詞が思いつかない……）鼻、ああ、神様、なんという四つの目！　うち二つは青い瞳で打ち解けたように笑い、長い睫毛が一瞬つけ睫毛のように見えたが（紫に見えても赤い唇と同じだ）、すぐに本物だと気づく。そして、高い額がくっきり出ていて、金髪の生え際から上方へ視線を移すと、高く丸くまとめた流行の髪形（流行といっても、自分の美しさに自信があり、なおかつ自分こそ時代の最先端をいく美女であるというプライドを備えた女性でなければ、ハバナの街角であの髪形をして歩くことはできないだろう。もっとも、いずれにしても冒険が許されるのはエル・ベダードからラ・ランパの街角だけかもしれないが）に行き当たり、髪をじっくり観察する前に、薄いラベンダー色のベルベット・バンドが目に入る。この世のものとは思えない！

もう一人の金髪美女については、口もモナリザの微笑みも髪形も――そしてラベンダー色のバンドすらも――描写する必要はない。違いは（区別したい人がいればの話だが）瞳が緑色であること、睫毛がそれほど長くないこと、額がそれほど――背は高いのに――高くないこと、それぐらいだ。**何をそんなに急いでるの**右側の金髪美女――実は知っている女性だった――が言う。その瞬間ぐっと反りかえって紫色の光を浴び、白くすべすべに輝く頬にきらめきを与える（顔にクリームを塗って日本人のような肌に仕上げている）。ようやく誰だかわかる。**リビア**僕は言う**もっと早く気づいていれば、君を乗せて、病院へ着くまでの間、楽しくドライブできたのにな。**彼女は喉で笑いながら、僕の冗談でうがいでもするように、震える頭を後ろに反らし、笑い声と同じくらいわざとらしい調子で、**あら、アルセン、相変わらずね。**リビアは、髪の色を変えるのと同じくらいの頻度でころころ性格を変える男がタイプなのだろうか。**髪の色、よく似合ってるよ**僕は言う。**そんなこと女性に言うのは失礼よ**（それならいったい誰に言えばいいんだ？　リベラーチェになら言ってもいいのか？）こう言って、笑うときと同じくらいわざとらしく真面目な顔をして見せると、肉厚のある閉じた唇がしっとりと膨らみ、同時に、手を上げて扇子で僕の頭を叩くような素振りをする。**意地悪ね。**（この場面――まさに場面だ――が百年前に天使の丘で起こっていれば、シリロ・ビジャベルデは本当に扇子を描き出していたことだろう。）**本当に意地悪な方ね**もう一人の女が、当然ながらこだまのような声で言う。お二人はどなたなのかな、シルベストレが訊く**アナ&リビア・プルーラベル？**　リビアは、最初近視の目で、次に高慢な目で、次に金髪の命取りの美女（ファム・ファタール）の目で、次にわかったような目で、最後に魅惑的な目で相手の顔を見る。リビアの武器はその多様な視線であり、手榴弾と視線を交換すれば、彼女の目はバティスタの兵営ひとつぐらいふっ飛ばせるかもしれない。**あんた**こう言いながら彼女は目の安全ピンを外してセレブ式自己紹介へと移り、七数えて視線を相手の顔に投げつける**アルセンのインテリ友達の一人でしょう？**　**そう**僕は言う**こちらはシルベストレ・イスラ、『誰がために彼は寝る』の作者。**不幸にしてリビアの友達はお節介焼きだった。**あら**彼女は言う**鐘は鳴る、でしょう？**　**そう**僕は言う**それは第一部のタイトル。**すると友達は**ほんとに？**とシルベストレに向かって話し出す。**ほんとだよ**シルベストレは棒のような顔で言う。**そうなんだ**僕が言う**ペンネームを使ってるけどね。**そろそろうんざりし始めたリビアは、同盟国として介入の必要を感じ、僕の行く手に地雷を仕掛けながら、味方の塹壕に援軍の視線を送り込む。**あんた**彼女は炸裂する、**手玉に取られてるだけよ。**僕は**とんでもない、手を取ってるだけさ、できれば心も頂きたいな、ところで、お名前は？**　本当なのだ。だいぶ前からリビアの友達の手はドアの上に乗っていて、だいぶ前から僕は自分の手をその上に重ねていたからだ。リビアのレーダーには映っていないようだが、だいぶ前から二人の手はドアの上で重なっているのだ。友達は、僕の手が自分の手であるかのように、あるいは、自分の手が僕の手であるかのように手を見る。そして微笑みながら言う**あら、ほんとね。**そして手をどけて二インチほどリビアのほうへずらし、**まあなんて手の早い人でしょう**と言いながら、僕のほうもリビアのほうも見ることなく、僕たちとリンボの間ぐらいにある中間地点を眺めている。**私の名前はミルチャ・エリアーデです。**シルベストレと僕は同時に飛び上がる。**ええ？　ミルタ・セカデスです。**そう、聞き違いだった。**でも、芸名はミルティラです。私がつけたのよ**リビアが言う。**いいと思わない、アルセン？**　**素晴らしいね**少し前まで俳優だった僕は、最高のイントネーションでこう言う**君には名前をつける才能がある、自分の名前以外はね**彼女が言う**だって親からもらったんだもの。それじゃ**僕は言う**今度は僕が自己紹介する番だね。もう知ってるわ**ミルティラが言う**あ**

んた、アルセニオ・クエさんでしょう。なぜわかったんですシルベストレが言う青く美しきミルティラさん?

ああ、それは相変わらずリンボを見つめながら、文化への知識を曖昧に探り出すようにテレビで見たからです。するとシルベストレが僕とリビアにああ、彼女はテレビを見るんですねそして彼女に映画も見ますか?

ええ、映画にも行きますミルティラは言う夜、仕事がなければ。

お一人で、ミルティラさん?シルベストレが言う。

相手がいないときはそうですいつも笑みに変わる微笑みを浮かべてミルティラがこう言うと、リビアも付き合いで笑う。そう、それが彼女の名前、リビア・ツキアイ。

素朴な方だな僕が言うなぜかチェスプレーヤーのメルツェルを思い出したよだが、シルベストレはもう、オナニーのように独りよがりな僕のウィットなど気にもとめない。

それでは、一緒に行ってはもらえないものでしょうか、ミルティラさん?シルベストレは言う。

あら、それはダメミルティラが言う。

(僕は、いつも「サー」という言葉で始まるジョンソン博士の教訓話を思い出していた。)

どうして?シルベストレは食い下がる。

(誘い方がくどいからだよ、僕は説明するが、それも無駄な話、心で考えただけだ。)

サングラスしてる男はイヤだわミルティラは言う。

僕は目が黄色だからねシルベストレが言うので、僕は彼を見るそれに、映画じゃ僕だってなかなかの男だよ。

何の映画の話よ?シビア・イジワルが言う。

信じられないシルベストレのことなど見向きもせずにミルティラが言う。

彼女、奇跡は信じないのよリビア・イビリヤが言う。

シルベストレはサングラスをとるような素振りを見せたが、すぐに、そこまですることもないと思い直す（常に宇宙全体の視線を浴びていないと気が済まないリビアにとっても、そこまで話をひっぱられるのは不快なのだ）。すると、それまでなぜ聞こえなかったのか不思議なほどものすごい大音響が、僕たちの背後で鳴り渡っているのに気づく。すでに長い車の行列が後ろにできていて、車をどけるか、信号にしたがってさっさと進むかするのを待ちわびていたのだ（有名人として脚光を浴びるような具合にヘッドライトの光のなかで手を振り動かしていたリビアは、ほんの一瞬だけだが、撮影したこともない映画の舞台挨拶に現れた女優のように見えた）。聞き覚えがあるような声で「**連れ込み宿でも行きやがれ**」という怒号が聞こえるなか、リビアは壮大な夢のなかでデンマークのどこかに異臭を嗅ぎつけたように現実へ引き戻され、古き良き善良な修道女たちの会話から一世紀も時代を進んだ気分で、**まあ、ひどい、なんて下品なのかしら**と言うと、ミルティラも、実は何も聞いていなかったのに、調子を合せるためだけに、**まったくだわ、下品ね**と言いながらまた僕の手を逃れる。リビアが僕に言う**アルセン、この近くなのよ、私たちのアパルトマン、ね**（彼女はアパートという普通の言葉を決して使わず、いつもアパルトマンと言うのだが、この時は一瞬「アパート、泊まんない？」と聞こえた）、**すぐそこの角よ**さっきから上げたままの白く完璧な腕をもっと伸ばし**マゼンダ色の建物よ**。クラクションの音がさらに強く鳴り渡ったので僕はエンジンをふかし、**いつか遊びにきて**エンジン、排気管、車輪を鳴らして、黒いアスファルトの上に残った白いスピードの痕を灰色にもみ消しながら発車すると、ドップラー効果でリビアのトロピカル・コントラアルトがほとんど場末のソプラノになって**五階よ**そし

て最後の叫び声はひとりでに上がっていく言葉となって

エレベーターのよこ

その声が、二十五番通りを曲がった後もまだ聞こえている。**どうだい**シルベストレが言う。**何が**僕は素知らぬふりで言う。**ミルティラだよ**シルベストレが言うが、この質問は別に質問ではないし、僕たちはその言葉を車の屋根のように、あるいは夜の青白い王冠のように頭上に漂わせたまま、二十五番通りとN通りの交差点から二十五番通りとL通りの交差点まで続く陰気臭くて嫌な区間を走り抜け、ようやくホテルとカフェと安宿のある活気づいた一角へ至ると、ラジオセントロへ足を運ぶ女の子や、コーヒーを飲みにきた学生の姿が目につくようになる。**ミルティラ？　女としてか？　いいじゃないか。背が高くて、気持ち悪いほどの美**

しさじゃないし、上品だ僕は言ったが、青信号で（交通のカメレオン、お前の色は哀れみであって希望ではない）話を続けるわけにいかず、そのまま二十五番通りに車を走らせていたが、心の中では大声で、自分の無口とその無口についてあれこれ考えすぎる自分を呪う、この性格のせいでこんなところに迷い込んでしまったのだ、医学部の脇にさしかかると、この鉄柵の向こうにはおぞましいホルマリン漬けになって保存された死体がごろごろしているのかと思われてとても耐えられず、懸命にアクセルを踏み込む。**どうだい、**またシルベストレが訊いてくるが、車はプレシデンテ通りに差しかかり**彼女さ？**ようやく僕も、この質問のせいではなく、広々とした庭のある心地よい通りのせいで気分がよくなる。そろそろ答えてやらないと、こいつは一晩中同じことを訊き続けるだろう、食事の時も、映画館でも、そして、十二番通りと二十三番通りの交差点でジュースかコーヒーを飲んでいるときも、最後の女たちが家路につくところ――残念ながら僕の家ではないが――をおちおち眺めてもいられなくなるだろう、そしてあいつの家まで送る道中も、ベッドに入った後でも、たとえ朝まで本を読み続けたとしても、あるいは、誰かれかまわず電話をかけて暁のテーマ量子物語力学について語っていても、早い話が何をしていても、あいつの質問につきまとわれ続けることだろう。それなら今すぐ答えて、エリア・カザンには安心して『エデンの東』の社会形而上学的思索に専念してもらうことにしよう、デラックスカラーの映画を見ていれば、気も紛れるし、感動するかもしれない、しかも、どうやら幸い傷一つなく今通り過ぎてきたこの都会のジャングルよりもっと現実味のある世界に没頭できるかもしれないじゃないか。**お前は素朴な奴だな**僕は言う**聖母に誓って言うが、本当に素朴だな。**

二

エレベーターが使用不能だったので、僕は踵を返して帰ろうかと思ったが、結局階段で行くことにした。今、というか一瞬前、通りから奥（本当に奥は暗いのだ）へ訝しげに差し込む採光窓の光の下で、トンネルのような長い廊下を見つめていると、世界一深く暗く歪んだ炭鉱に押し込まれ、まだ三つ、いや二つ残った鉱脈の探検を任されているような気がしてきた。一つの鉱脈はエレベーターだが、これはすでに掘り尽くされており、残る二ルートは手つかずのまま（一つは、後ろの袋小路へ入って彼女のアパートの窓に向かって叫ぶ、もう一つは、そのまま暗い箱のような階段を上る）残っている。あるいは、いっそのこと、空気、午後の光、命の採光窓という安堵を求めて立ち去るか。赤の他人の自由意思に引っ張られるようにして、ともかく来ることに決めてしまったのだからどうしようもない。鬱病を引き起こす可燃性ガスが漏れ出しているという偶然まで重なっていたのかもしれない。なんでこんなところへ来たのだろう？　どこからか、きっと下のほうからだろう、（この下には、ジュール・ヴェルヌがヌーヴェル・ルージュを書けば恐怖の強風部屋と呼ぶだろう通風口しかないはずだが）聞こえてくる音は、僕の問いに対する返答などではなく、金槌で叩く音のようだ。エレベーターを修理中らしい。僕は階段を上り始め、逆さまの眩暈を感じる（そんな感覚が本当にあるんだな）。暗い階段を下りるより嫌なことがこの世にあるとすれば、それは暗い階段を上ることだ。それこそ最も恐ろしい怪談だろう。なんでリビア・ロスに会いに来たんだろう？（こんな名前だったかな、それともリリア・ロドリゲスだったかな？）あれは本当に誘いの言葉だったのかな？　お望みなら、できることなら、この二つの率直な質問に答えて、括弧内の問いは聞かなかったことにしてくれ。なぜ、片手（汗だく）で大理石の手すりを掴み、もう一方の手（柔らかい）で意味もなく御影石の壁にすがりながら、形而上方面へと伸びていく段を靴の底で踏みしめていたのか、シルベストレに向かって説明するのは無理だったことだろう。自分でも気づかぬままよく見えない手でよく見えないドアをノックしていたところを見ると、無事着いたのだろうか。遠くから聞き覚えのあるよく通る声が、**今行くわ**と言ったか叫んだか囁いた。別の扉、別の多くの扉、別の返答の夢を思い出した。シルベストレにはもっといろいろ話してやってもよかった。かなり前のはずだが、リビア・ロスと知り合ったのは、まだ彼女の髪が黒かった頃のことだ、とか、そんなこと。透明で生き生きした白い肌に魅惑され、青黒い目に歓喜を覚え、自然な色だと思っていた黒髪に感動した。彼女は僕の手を取り、少なくともかなりの時間僕の手を握ってくれたので、僕には忘れられなくなった（もちろん手のことだ）。彼女を紹介してくれたのは、当時はまだ監督ではなくテレビカメラマンだったティト・リビドーだ。彼女が、髪を払ってリズムよく首を動かしながら、指切りでもするように僕の手をとったまま顔から微笑みを消したとき、その少し前かもしれないが、彼女が話し始めたとき、彼女の口が開いて言葉が零れ落ちたとき、僕は自分の手の中にあるものが孔雀の足であり、オウムの声であり、白鳥の軽い足取りだと確信した。**それじゃ**、彼女は言った、**あなたが**感動した様子で一瞬息を止め**あの有名な**したり顔になって**アルセニオ・クエさんなのね？**　この問いになんと答えたものだろう？　**いいえ、僕は同姓同名の弟です**。爆笑、楽勝、百姓。ティ**トアルセンはいつも半分冗談なんだ**リビドーの補足説明。**いつも半分本気です**僕は言う。また意味不明の笑い。**あんた**リビアは言いながら、初めて存在論的扇子を持ち上げて僕の石頭を叩き**悪い人ね**。僕は本当にどうしたらいいのかわからなかった。彼女はまだ僕の手を握っていたのだ。すると、指切りからげんまんに移ろうとでもするように彼女は僕の手を引き寄せ、頭を下げて反対の手、左手に目を止めると、文化への関心を周囲に見せつけるようにして僕の耳に囁き、**ああ**アメリカを発見したときのロドリゴ・デ・トリアナと同じ口調**本を持ってるの！**（難しい話に思われるかもしれないが、視覚と聴覚を駆使していただきたい。というのも、仮にガラス越しに見たりすれば、ほとんど卑猥なシーンにしか見えないだろう）**何の本？**　僕が本を見せると、彼女は小学生のようにタイトルを読み上げた。**川・を・わた・って・木立・の・なか・へ**。ここでほとんど眉をひそめた。**ヘエミングウェエ？　ヘミングゲーを読んでるの？**　ここで僕はそうですと言ったのかもしれない。**時代遅れじゃないの？**　僕は微笑んだかもしれない。**子供の頃大病を患ったのでね**。リビドーに囚われたティトが彼女の耳元に何か囁き、彼女が点のないビックリマークのように口を開けている間に僕は続けた、**それで何とか我らの時代に追いつこうと思って**。彼女は長く赤い唇全体で微笑み（よく覚えているが、その日は化粧をしていなかった）、笑顔に紛れて**あたしバカなもんだから**と言いながら内心**時代遅れの読書ね**と言った後、**ごめんね**打ち解けた間**こんな口の利き方で**どんどん打ち解けていく。

　大丈夫僕は言って、**気にしなくていいよ**その時彼女は感謝のしるしに僕の手を握った。**ありがとう**。口でも言わないと気が済まないタイプらしい。彼女はもう一方の手を本のほうへ伸ばした。**貸して**彼女は言って、**もう行かなきゃ**手を僕のジャケットに突っ込み（その時になって初めて彼女の手を離れた自分の手が宙に浮いているのがわかった。小指はいつハリセンボン飲まされることかと緊張しきっていた）、そこからペンをとり出すと、**私の電話番号ね**書きながら**電話ちょうだい**、と言った。本とペンと電話番号をいっしょに僕に返しながら（視線を落とすことなく僕は電話番号を確認した）、顔に浮かべた微笑みで、さようなら、でも、きっとまた会うわね、と言っていた。もちろんその後彼女は、**チャオ**と言った。

　彼女に電話したのは、この感動的で悲しく明るい本——愛について本格的に取り組んだ今世紀では珍しい本の一つ——の三度目の読書を終え、ＦＩＮという文字の上に、濃く大きな、好感のもてる字だろうか、気取りだろうか、必死で書いたのだろうか、男のような字——で彼女の名前が書かれているのを発見したその日のことだった。だが、彼女は不在で、その時初めて「彼女」と話したのだった。つまり、**友人のラウラ**、あの声はずいぶん甘ったるく聞こえた。**リビアは外出中です。何か伝言は？**　いえ、また電話します。電話を切ると、興味深いことに、双方同時に切ったようだった。要件を終えて、はい、おしまい、こんな感じで両者とも電話を切ったのだ。この後、二人がこんなに近づいたことは一度としてなかった（しかもチャンスは何度もあったはずなのに）。後に彼女に聞いた話では、またいつ僕が電話してくるかと思って、しばらくの間は七時十五分頃になると毎晩電話に張りついていたそうだ（電話は下の階の台所のすぐそばにあって、いつも下宿人でいっぱいなのだった）。ある日、テレビ局の前でリビアから彼女を紹介されたときにこの話をされた。僕が集団行動を嫌がることを知っていたリビアは、グループから離れて僕に挨拶し、**アルセン**、こう切り出し、**知り合いの一人が間あんたと話してみたい、って**。誰が来るやら見当もつかず、適当に言い訳して車へ逃げようかと思ったが、その時、質素な黒服を着たひょろ長い娘が目に入り、栗色、ほとんど砂色の髪をたなびかせたその女は、階段の下から僕に微笑みかけている。彼女の脇を通るときその姿を見て、その細くしまった若い体を誇らしく眺めたことを覚えていたし、灰色か、栗色か、緑色だった目もすでに見ていたはずだ（いや、見なかったんだ、青く、暗く、紫がかったその目は、一度見たら忘れるはずがないし、すぐ記憶に蘇ってきたはずだ）。そのまま見入っていると、リビアの力強い手が僕を現実へ、紹介へと引き戻し、**ラウラよ**、こう呼ばれた彼女は、後に僕が何度もなじることになる愚かしいほどの従順さでリビアの脇に立った。**こちらがアルセン、アルセニオ・クエさん／ラウラ・ディアスよ。**他にいくらでも響きのいい名前、珍しい名前があるのに、よりによってディアスなんて単純な名前とは、こう思って僕は一瞬ムッとしたが、すぐに気を取り直した。有名になった今でも同じ名前を使っているから、それも好感のもてる話だ。手を握ったが、何も特別なことはなかった。五月二〇日の祝祭を田舎の公園で過ごしているときなら、こんな握り方もいいかもしれない。僕はじっと彼女、その顔を見た。今思い出すとおかしくなる。今でこそ彼女は、ブリジット・バルドー風に唇を塗り、真黒な睫毛、昼、夜、ドラマと使い分ける化粧で洗練された顔を作っているが、当時は田舎臭いとすら言えるほど素朴な美しさを見せつけ、あけすけだが静かな、悲しげだが自信に満ちた容姿をしていた。美しくがつがつした二十歳の娘となれば、ハバナという町で勝ち抜いていくには十分すぎる。他の多くのことと同様、その時はわからなかったが、実は彼女は寡婦だったのだ。彼女のイメージ——午後遅い時間に海の幸をたらふく食べた後、彼女の家へ向かって海岸通りを走る車のなかで、海風に煽られた髪の後ろから太陽を浴びながら、笑顔で話す姿——が僕の記憶に固定された今、あの電話だけにしておけばもっといろいろ彼女について知ることができたような気がしてくる。

　最初の接触からこの地点に至るまでの間には、実はもう一つ別の話があるのだが、それについては結末だけお話しすることにしよう。リビアには、「性癖」という医学用語を避けてキューバ風に言うなら、幾つか面白い「こだわり」がある。一つはルームメートを見つけること、もう一つはいつもご相伴にあずかること（ドライブ、食事、居候）、そしてもう一つは、ある日ラウラが教えてくれたことなのだが、「友達の男をとること」。リビアとラウラは単なるルームメートではなく、どこへでも一緒に行くばかりか、職場まで一緒という大親友であり（リビアには奇妙な能力があって、田舎育ちの醜いアヒルの子でしかなかったラウラ、サンティアゴでは、背が高すぎる、細すぎる、白すぎる、と言われた彼女をエイヴォン社の力で見事に白鳥に変えてしまったのだ。今や、広告モデル、流行のマネキン、雑誌や新聞を飾る美女となったラウラに、歩き方、着こなし方、話し方を教え、長い首を恥じるどころか、ホープ真珠をぶら下げてでもいるように誇らしげに見せつけるよう仕込んだのはリビアだった。そして、その総仕上げは、髪を漆黒に——僕の肩越しにリビアがこのページを読んでいれば、「カラスの羽色よ」と言うところだ——染めさせることだった)、見事なペアだったのだ。ラウラとリビア、リビアとラウラ、ラウリビア、一心同体。そしてリビアにはもう一つこだわり、いや、これは性癖といったほうがいい特質があった。簡単に言えば露出狂であり(実はラウラもそうだったが、考えてみると、僕がこれまでに知り合った女性は多かれ少なかれ皆露出狂だったのかもしれない。内向的露出狂、外向的露出狂、堂々たる露出狂、臆病な露出狂、形態は様々だ……。しかし、屋根を開けたままハンドル式の窓を下してコンバーチブルで疾走する僕も実は露出狂なのだろうか? 実は我々は皆、人間とは皆、屋根のない巨大な世界で宇宙に姿を晒した露出狂集団なのではないだろうか? いや、こんな形而上学はやめて、形而下に集中しよう。僕にとって重要なのは、リビアの肉体、ラウラの肉体、そしてこれから話す僕の肉体なのだ)、いつもショーウィンドーで生きているのだ。知り合った最初の頃、ある日初めて僕が彼女のアパートに上がると、リビアは、次の日コマーシャル撮影に使うという新型の水着をほとんど無理やりラウラに着せたばかりか、自分までビキニ姿になった。リビアは、**アルセンをいじめちゃおう**と言って微笑み、ラウラがその悪戯に合わせ、**これで本物の紳士かどうかわかるわね**と言うと、リビアは、**本物の男か、ただの紳士か、これでわかるわ**、だがラウラは、**やだわ**と言って堅苦しい間をおき**リビア**、そして僕に向かって**アルセン**、**プリーズ、バルコニーへ出ていて、呼ばれるまで絶対覗いちゃだめよ**。

ＭＧＭの映画を見慣れていた僕は、そこで典型的キューバ人男がしでかすようなヘマは犯さず、エスター・ウィリアムズに出会ったアンディ・ハーディになりきって踵を返すと、そのまま自分が紳士だと信じ切っている男、あるいは自分が男だと信じ切っている紳士のゆとりで、顔に笑みを浮かべてバルコニーへ出ていった。よく覚えているが、完全にすべてを無視できたはずだ。嫌がらせとすら言えるほど露骨なリビアの思わせぶりも、外に照りつけるメルヴィル的太陽も、あどけないラウラの二重否定も、熱帯版デイヴィッド・ニーヴンのように上品な歩き方で無視したのだ。太陽とセメントに両側から照りつけられた子供たちが広場で遊ぶ一方、花盛りの鳳凰木の木陰で三人の黒人女――きっとメイドだろう――がおしゃべりに花を咲かせていた。夢のように涼しい木陰で理想的なベンチに腰掛けていた僕は、名前を呼ばれて振り返り、そのまま部屋へ戻りながら両目で太陽の下の現実を受け入れた。リビアだった。ラウラが着けていたのは白の水着、ビキニやツーピースではなく、リビアの専門用語に従えば、「まばゆい白のタイトな」水着だった。背中は長く広く開き、首から下りる胸のカットは谷間の上で閉じている。あの薄闇で見たときほど美しい彼女は見たことがない――裸を除き、裸を除き、裸を除き。僕が犯した「ヘマ」とは、あの日、あの時以来、どのように意思の歯車が組み合わさったのかわからないが、ともかく、自分の裸を見られたいという欲望／熱望／必要性の連鎖をリビアに植えつけてしまったことだ。僕がこんなことを言うのも、あの時彼女は、**アルセン**と呼んで、**ちょっと手伝って**と言いながら、背中向きにビキニの紐を指さし、ずれ落ちそうなビキニを彼女らしからぬ不器用さで両腕に挟んでいたからだ。さらに、僕はしっかりと鏡で見ていたが、僕が一分以上の一分も、あのまばゆい、香り高い肉、流行の最先端の結び目に時間をかけるのが気に入らない様子だったからだ。

そう、あの午後には、僕とラウラの間にまだ愛はなかった。愛が僕のなかに組み込まれた今となっては、過去にも現在にも未来にも愛はあるだろう。それはリビアもわかっていたし、僕の友人たちも、ハバナ中の人々、つまり世界中の人々がわかっていた。だが、あの頃の僕にはわからなかった。ラウラも決してわからなかったのかもしれない。リビアはわかっていた。一九五七年六月一九日、ラウラを訪ねていった僕を無理やり中へ通してくれたのはそのためだったのだ。**入って、**彼女は言った、**取って食ったりはしないわよ。**あの時の僕の答えは、リビアにとっては僕らしいいつものウィットであり、読者諸君にとっては臆病な性格の表れだろうが、僕にとってはシェイクスピアの引用でしかなかった。**手を出してくれ、メサーラ**僕は言った**今日は私の誕生日なのだ**（『ジュリアス・シーザー』第五幕、第一場）。新しい渾名でもつけられたのだと思ってリビアは笑った。**あら、アルセン**彼女は言った**何言ってるのよ、私がメサリナなの？　この家のメサリナはエスペランサ**ラウリビアの料理人／小間使／洗濯婦／伝言係**よ、毎日恋人を取り換えてるんだから、あんたの言う船乗り女ね。**僕が中へ入ると彼女は言った**独りなのよ。で、哀れなエスペランサは？**僕が訊ねると、彼女はソファーに座って背中の後ろでクッションを直し、両足を持ち上げた。ズボン姿（リビアにはブルー・ラステックスのカプリズボンがよく似合う）に男物のシャツを着て、**出かけてるのよ**と答える前に手で髪をなでつけ、**今日は休みだからね。**首元までボタンを閉めたかと思えば、すぐにまたボタンを外し、そのせいでブラジャーが見えて僕は驚いた。

二人は話を始めた。本当はその日ではなく三か月後だった僕の誕生日、そして、二週間前に過ぎていたモリーとブルームのフン学的記念日、そして大腸を伝った意識の流れが便器に溢れ出て脱肛、いや脱稿したジョイス、さらには、コダックが雑誌『ボエミア』のために撮影したリビアの写真、その他テーマは様々だった。そして、そろそろラウラのことは諦めて帰ろうと決断する直前に、シルベストレの言う一大テーマが現れた。

コダックの話だとリビアは言って**何枚か（もちろんベストショットよ）は載せないでおくんだって**両手で首を持ち上げた。**ああ、そう**僕は、マハトマ・ガンジーがこの話題に抱くであろう関心と同じレベルの関心で答えた**なぜだい**。彼女は微笑み、笑い、その間に唇を舐め、最後に言った。**だって生まれたまんまの姿で写ってるのよ**、本当はこの言葉ではなかったかもしれないが、あの奇妙な音は今思い出してもこうとしか聞こえない。**あの意気地なし連中には無理よね。**僕の声が強く響いた、**なんて奴らだ！　恥知らずめ**彼女の青い目、当時はプラチナブロンドだった髪、そしてきめ細やかな白い肌を際立たせるために顎のあたりにつけていたほくろを見ながら、僕は付け加え**まあ、しょうがないさ、リビア、編集者はビビリヤ**その間も目線を、胸というよりはバスト、胸像にして博物館に陳列するか、ブリーフケースにでもしたい胸**読者はイビリヤ**から、ズボンによって隠されるというよりは強調された見事な脚、そして、流行りのペディキュアによってエロスの規範に仕立てられた両足、映画やテレビでマニキュア液の宣伝に出てきそうな両足――マニキュアの手が足の爪を塗る画面の奥から、**あなたのおともにニビア・マニキュア液**という冷静なアナウンサーの声が聞こえてくる――へと移していた。

　高笑いとともに、笑いを煙の輪にして天井へ吹きあげると、リビアは僕に言った**ああ、アルセン、相変わらずね**そして立ち上がり**見たい？**　僕には何のことかわからず、僕の顔にそれを読み取った彼女は**写真よ**と言って、怒る女のマネでもするように両手を広げた。**今話した写真よ。**僕は彼女をじっと見て**実物ならね、コピーなら遠慮するよ。**彼女は笑って**おかしな人ね**と言い**見たいの、見たくないの？**　僕が見たいと言うと、彼女は部屋へ入りながら**ちょっと待って。**その時僕は時計を見たのだが、何時だったかは覚えていない。覚えているのは、その時リビアに呼ばれて**来て、アルセン**部屋へ入ったことだけだ。ドアは開けっぱなしで、彼女は胸を剥き出しにした自分の写真をベッドに並べているところだった。デカかった。写真のことだ。二、三枚でベッドがすっぽり隠れていた。そこに写っていたのは

上半身裸だが
胸の上で組まれた両腕
腹まで開いたシャツ
完全に露になった下腹
背中向きの裸体
透けて見える生地を身につけた裸体

だったが、完全に裸の胸はなかった。彼女にもそう言ってみた。彼女は笑って、一枚の写真の下から別の写真を取り出しながら**これは**と、疑問文とも肯定文ともとれる言い方で言った。僕は目を凝らしたが、彼女は写真を体の後ろに隠し、僕が**見えなかったよ**と言うと、**これはダメ、見せてあげない**と言って喉を見せながら笑った。こういう女をアメリカ人ならコックティーザー、スペイン人ならジラセヤと言うところだが、キューバには対応する言葉がない。この国には多すぎるのだろう。言葉ではなく、その手の女が。僕はもう帰ろうと決めた。彼女はその気持ちを読み取ったらしく**あら、怒ってるのね、ぼうや**べそをかくふりをしながら言った。**もうあと少しでご褒美をあげるのに**。僕が目を上げると、彼女も僕を見つめ返し**ほら**と言って写真を床に落とした。そこには彼女が裸で座っていて、広角レンズに強調されすぎたせいで多少現実離れしていたが、胸が丸出しになっていた。白く、美しく、完璧だった。これではリビアが自分の胸を誇るのは当然だし、写真を見せたがるのも当然、体一つで「美の客体&情熱の主体」となるこんな素晴らしい作品の掲載

を拒む雑誌社に怒るのも当然だろう。**信じられない**僕は言った**これは3－Dの胸だ、アーチ・オーボラーに見せてやりたいぐらいだ**彼女は、別に歩き始めたわけではないが体を止めて**誰、それ？**と訊いて、ムッとした表情を見せた**『ブワナの悪魔』の監督だよ。**その瞬間彼女は体を屈め、床に落ちた写真とベッドに散らばった写真を拾い上げてクローゼットにしまった後、バスルームのほうへ歩き出すと、**まだ帰らないでよ**と言い残して中へ入ってドアを閉めた。そして再び出てきた。退場と入場の間に二、三分の時間があったはずだが、記憶のなかでは二つの動作は同時だった。彼女は裸で出てきたのだ。というか、黒いショートショーツは履いたままだったが、他は何も身に着けていなかった。**どうする？**挑発するように彼女は言って、爪先立ちでこちらへ近寄ってきた。反り返った胸部と腕と後ろに反らした両肩で作るそのポーズはジェイン・マンスフィールド直伝だろうが、すぐ目の前に（目と鼻と口の先に）この世のものとも思えない美しいものがあっては笑い声も出ない、今あらゆる感覚を駆使して、この美を見ることも、触れることも、聴くことも、嗅ぐことも、味わうこともできる状態にあるのだ、手で見て、口で聴いて、目で味わって、毛孔で嗅ぐことができるのだ。**本物だと思う、偽物だと思う？**彼女は訊いた。別の声が感動して答えた。**芸術品ね。**僕の声じゃない。僕は、というか僕たちが目をそちらへ向けると、ドアのところにラウラがいて、一方の手に丸い箱、もう一方の手に、背が小さく、金髪で醜い顔の子供、彼女の娘の手を握って立っていた。

リビアの新居の扉が開かれた今、あの時閉ざされた扉、あの時ラウラが言ったごく普通の言葉、ありふれた言葉なのに、凍りついたような調子のせいで劇的に響いたセリフ**次からはドアを閉めておいてちょうだい**を思い出す。そのまま彼女は立ち去り、思えばあの後、何度電話しても、何度家を訪ねても、何度テレビ局へ会いに行っても、彼女は頑なに無関心な態度を続け、すっかり冷え切った二人の関係は、以前のような温かい心の――あるいは本物の愛？――こもった会話をすべて失って、元気、やあ、またね、の域を出なくなった。**あら、珍しい**中へ向かってリビアは言った**ミルティラ、ダレガキタトオモウ**二つのドアを開け放ちながら一つの部屋へ入っていくと、下着姿の彼女は鏡台まで歩いてそこに腰掛け、**入って、アルセン、座ってて、すぐ終わるから**鏡で僕の姿を見ながら注意深く、正確に、熟練したタッチで顔を塗るその様子は、さながら画集から伝わってくるフェルメールの筆づかいとでも言ったところ、違うのは、フェルメールの描くオランダ人女性に較べて、リビアは実物大で、しかも露出度が高いことだ。バスルームから**今行くわ**と言った声はまるで火！　すぐにドアが開いて出てきたのは、ミルチャ・エリアーデ、ミルタ・セカデス、読者、友人、視聴者には単なるミルティラとしてお馴染みの彼女、しかもそれが素っ裸だったのだ、**あら、アルセン**僕の姿を認めてこう言うと**ごめんなさい、まさかあんたとは**、ドアを開けたままバスルームへ戻ったかと思ったのも束の間、透明なバスローブを纏ってまたもや裸同然の姿で僕の目の前に現れ、青い花柄プリントの白い袖口に暑さとシャワーの湯で湿った両腕を突っ込もうとしていた。そしてバスローブの前をはだけたままクローゼット／洗面台／化粧箱／床に置いたトランク／リビングのクローゼット／キッチン／冷蔵庫を次々と物色し、その間何度も僕が腰掛けたソファーベッドへ舞い戻っては、窓から外を覗いて雨が降りそうか確認していた。**ちきしょう、今日もレインコートのお披露目ができないわ**こう言って**あら、ごめん、アルセン、でもほんと、やんなっちゃう、ここには季節感なんてありゃしない**。リビアが立ち上がってバスルームへ入り、化粧の終わった顔を注意深く濡らしながら**彼女、北の生まれだからね、カナダ（ドライじゃないわ）**と言うと、トランクの間からミルティラが、片手に青いズボン、もう一方の手にヒールの低いサンダルを持って飛び出てきた**嘘よ、あたしゃコトロの出まれだけど、そんなこたあ季節がないのと関係ないし**パンティーを履きながら**いつも言ってんでしょ、リビア、女がオシャレするためにゃあ**薄い青色のバス用スリッパを脱いで、サンダルに足を突っ込みながら話を続けている**二個ぐらいは季節がなきゃ。**リビアは大声で笑った**ねえねえ、アルセン、あの話し方でアナウンサーになりたいって言うのよ**ブラジャーをつけながら入ってきて彼女は言った**二個じゃなくてふたつ、ちゃんとふたつって言いなさい、**するとミルティラは鏡台に座り**二個だろうが、ふたつだろうが、女のオシャレには着るモンが大事でしょう、**見るモンには着るモンはなくていい、内心僕は思ったが、**こんなクソ暑いんじゃ**という声がこちらへ向かってきて、**ごめんよ、アルセン**リビアのほうを向いて**やってらんないわ、**そして立ち上がり、窓から大声で**やってらんない、**もう一回もっと大きな声で**やっちゃらんねえ、べらぼうめ**と言い終わると化粧台へ戻り、僕のことを気にしながら**ごめんよ、でも、もう我慢できない**と言って長く細い指を立て、パサパサの前髪を引っ張ったが、百回、千回と染め変えられたその髪は、今は本物の鉱物、プラチナ金属のような白い剥製と化して死んでしまったようだった。これこそべらぼうの髪だ。

胸の話をしてもいいだろうか？　僕は、横向きに鏡に映った胸を眺めていた。かつては胸元と恥じらいの壁を突き破って飛び出さんばかりのボリュームだった若い乳房も、今やたるんで長くなり、暗い紫色の広い乳輪が先端についている。もう僕の興味をそそりはしない。かつて生で見たリビアの胸もどうやら劣化しているようで、当時の甘い／苦い記憶を穢さないためにはもう見ないほうがいいと思った。どうせ楽園を失うのなら、苦い果物を味わうより、危険な甘いリンゴを味わっていたほうがいい。昨晩の、かつての晩のミルティラは十五歳か二十歳ぐらいに見えたが、今では完全に年齢不詳、胸の上で反り返った乳首を見ると、おそらく少女時代には栄養不足のせいで痩せ細っていたのだろう。口紅を塗っていない唇は、多少色が薄いだけで胸と同じ紫色、信じられないほど繊細な鼻は相変わらず完璧で、長い睫毛の下の大きな目も輝きを失ってはいなかったが、化粧品の化学物質と白熱電球の中性子の奥に黒人の祖母の血が透けて見える。リビアも彼女も、もはや夜しか外出しないし、外出するときは分厚い化粧をしている。彼女は眉も完全に剃っているので、それが額を必要以上に大きく見せてしまう。僕好みの顔じゃない。僕はこんな女に会うために、わざわざ自腹で、地獄のように暑い八月の午後、ここまで、この消えかかった光しかない闇の奥までやってきたんじゃない、化粧に悩むミルティラが、身支度をするリビアに次から次へと答えのない質問をぶつけるのを聞きにきたわけじゃない**リビア、電気点けてくれる？　ねえ、リビア、顔を洗うのは、エリザベト・アーデンのアストリンゼンフレッシュクリームがいいかな、それとも、ポンスのバニッシンクリームのほうがいいかな？**／リビングの窓辺で睫毛にマスカラを塗っているリビアには何も聞こえていない／**ねえ、リビアねえさん、ベースはリルデフランスかな、アモレタクリームかな、それともベラダラジアンテがいいのかな、ねえ、白粉はアルデナにするわ**／リビングのソファーに座ったリビアは、膝の上に置いた漆塗りの小箱を探っている／**リップはアーデンピンかゴールデンポピーか、決められないわ、どっちも変な味がするし。いっそ、レブロンのルイＸＶにするかな。今夜はどんな天気かしら、ねえさん**／リビアは黒い箱から大きめの指輪を取り出す／**ロサウローラもいいんだけど、今日の服に合うかどうか**／リビアは指輪に合うイヤリングを選び、耳につける／**結局レブロンのコラルバニラが一番無難ね、決めたわ、もう考えるのもめんどくさいし**／リビアは漆塗りの箱から何重かの養殖真珠ネックレスを取り出す。リビアの持ち物はそれなりの質だが、やはり「それなり」であって、本物ではない。かつてカメラマンのジェッシ・フェルナンデスが彼女の写真を撮ったときに言ったことがあった、「あの女、ここならモデルで通るけど、ニューヨークやエルエイならせいぜいちょっとイカしたコールガールだな」／**ねえ、リビア、エレナ・ルビンスタインのカラセダのほうがマスカラマチックよりいいかな？　それとも、アイシャドーか、アーデンのコスメチックのほうがいいと思う？**／リビアはキッチンへ入って冷蔵庫を開け、初期の潰瘍を気遣ってか、コップに牛乳を注ぐ／**これでいいわ。ねえ、仕上げにモーニーの化粧水、六月のバラをかけてみたの、さて、香水はどうしようかな、ヂオールかジオラマかな。やっぱジオさんにすっか**／リビアはリビングの同じ椅子に座って、ゆっくりと牛乳を飲む／**でもね、ねえさん、ランコンのマギーもランバンのＲＰＧも捨てがたいのよね、まあいいや、ヂベンチのリンテルジにしよっと、ゲンがいいし**／

　僕がリビアを見つめると、初めて彼女は僕を見返す。口で悪態をつく真似をし、手で「もう、うんざり」というジェスチャーをする。ミルティラは立ち上がってワンピース型の黒い下着と同じ黒のガーターを着け、鏡台の椅子の縁に座ってストッキング（藍色）を履く。よく見るとその姿は、鎧をつけたカマキリか、戦国時代の日本の侍か、アイスホッケーの選手とでもいったところだ。なぜか**今夜一緒にどこかへ行こうか**と僕は言ってしまったが**エレンカントでショーがあるのよ**ミルティラは、すらっとした長い脚を暗く柔らかく弾力性のある網に引っ張り込むという繊細な作業の手を止めることなく答える。**その後でもいいよ**僕は言うが**今日はここでゆっくり休みたいの。昨日はほんとに、ぜんぜん、一睡もできなかったから。**そして立ち上がって僕を見る。**どう？**　僕は彼女を見て答える**いかしてるよ、**実際いかしている。別人のようだ。**あとは服だわ、買ったばかりなの。**僕はもう一度誘ってみようかとも思うが（イチオシニオシサンニオシ）、ムダだと思い直す。幸いリビアに呼ばれて立ち上がり、彼女のほうへ寄っていく。**また別の日にね、アルセン**ミルティラが言う。何と答えたかは覚えていない。

リビアは**あの田舎娘にはもうウンザリ**と囁き、**すっかり天狗になっちゃって、私にまで上から物を言うのよ**少しトーンが上がり**私があそこまでにしてやったのに**すぐに大きな声で**私はどう？**　と訊く**いつもよりきれいでしょう。**僕は笑う。**ああ、だけどね、アルトゥーラ・デ・ボスケ区のあるところに、白雪姫と七人の小人が住んでおりましたとさ。**透明の扇子で彼女は僕の頭を優しく叩き**相変わらずね**と冗談めかして言う。**きれいだよ、本当に、二人ともね、どっちをとるか迷っちゃうよ。**僕がドアを開けるとリビアは**でも、あんたがほんとに好きなのはいつも私だものね**と言うが、僕はそのまま出ていく。**ああ**僕は廊下から言う**最初で最後の愛さ。**手すりに体をぶつけ、悪態の言葉を吐きながら僕は階段を下りていく。片足は眩暈、もう一方の足は深淵、そしてもう一方の足は無へ。いったいいつになったらこの建物に電気が通るんだろう？

第五回

まだ夫の恋人だった頃のことはよく覚えています。いえ、ちがいます、あの頃はまだ恋人でもなくて、あの人が私を迎えに来ては、映画や散歩に行くだけだったんですけど、ある日、両親に紹介したいから、とお家に誘われたんです。クリスマスイブのことで、八時頃だったからしら、もう今日は来ないのかしらと思い始めたほど遅い時間にあの人が迎えに来て、アパート中の人がベランダに乗り出すなか、母だけは他人の目を気にしてベランダに出たりはしなかったのですが、その実、相手がお金持ちの子息で、コンバーチブルに乗って私を迎えにくるものだから内心鼻高々だったのです。それで私には、「ねえ、あなた、もう近所の人みんなに見られちゃったわよ。これでちゃんと結婚しなかったら赤っ恥よ」なんて言ってくるものですから、何だか母のことを恨めしく思ったのを覚えています。クリスマスイブの夜だというのに外は大変暑く、人に見せられるような服は夏服しか持っていないので心配していた私は、これ幸いとばかりその服を着て、車に乗り込むと、すぐにあの人に言ったんです、「リカルド、暑いわね」、するとあの人は、「本当に暑いね、屋根を下ろそうか?」と、いつものように優しく礼儀正しく訊いてきました。

カントリーにある家へ着いた後も、みんな気楽な格好をしていたこともあって、私も心が落ち着き、私のことを気に入ってくれたお父様などは、今度ゴルフを教えるよとか言ってくださいました。その後、アペリティフは屋内ですませるとしても、食事は庭でしようということになりました。アルトゥーロ、じゃなくてリカルドと一緒にいるのは楽しく、医学部生だった弟も、キューバ版マーナ・ロイといった感じで、若く美しく颯爽としたお母様も、背が高くてリカルドそっくりのお父様――一晩中私を見つめていらっしゃいました――も、みんないい人でした。私も少しお酒を頂いて、七面鳥がよく焼けるまでの間、リビングでおしゃべりしながら待っていたのですが、その時お父様が台所へ案内したいとおっしゃいました。私は少し頭がふらふらしていたのですが、台所へ着くまでお父様が私の腕をずいぶんしっかりとつかんでいたこと、そして、木陰にある屋敷内が薄明かりに包まれていたせいか、台所の白く明るすぎる光に目が眩んだことを覚えています。七面鳥の様子を見た後私は、さっきまで酒を給仕していたお手伝いの娘がそこで料理を手伝って（裕福な家庭だったので、料理婦ではなく専属の男性コックがいたのです）いることに気づきました。よく見ると、まだそれほどの歳ではないようで、そういえばお母様も、まだ右も左もわからない子供だと言っていたことを思い出したのですが、台所の強すぎる光の下、私たちのことなど見向きもせぬまま、サラダを置いたテーブルから流しへ、冷蔵庫へと動き回るその姿を見ているうちに、この女性はまだそれほどの歳ではないばかりか、どこかで会ったことがあるような気がしてきて、ついには彼女が、生まれ故郷の学校の同級生だったことに気がついたのです。家族と私がハバナへ出てきて以来、もう十年も彼女に会っていなかったのですが、先生、私と同い年なのに、もうすっかり老けこんでいました。子供の頃は仲がよくて、いつも一緒に遊んでいましたし、二人ともホルヘ・ネグレテやグレゴリー・ペックの大ファンで、夜一緒に家の前の歩道に腰掛けては、大きくなったらああしよう、こうしようと話していたんです。このまま挨拶したら彼女が傷つくのではないかと思えて、どうにも気まずく、私は台所を出ることにしました。そのまままたリビングへ戻りましたが、リカルドの家族に自分が貧乏な田舎娘だと知られるのが怖いという理由だけで彼女に挨拶しないのは卑怯だと思えて、やはり声だけは掛けておいたほうがいいと何度も考えました。でも、結局は何もしませんでした。

どうしたことか、食事の準備が遅れていて、七面鳥もなかなか焼き上がらなかったので、そのまま私たちはお酒を飲んでいたのですが、今度はリカルドの弟に家を案内したいと言われたので、最初にリカルドの部屋、次に彼の部屋を見せてもらうことにしました。なぜか私はバスルームへ入り、シャワーカーテンが引かれているのに目を止めましたが、リカルドの弟に「そこは見ないで」と言われたので、余計に興味をひかれてカーテンを開けると、汚水の中に、まだ肉の断片をつけた死体、人の死体があったのです。「掃除してないから」というリカルドの弟の声が聞こえて、私は外へ出ましたが、どうやって出たのか、どうやって階段を下りたのか、どうやって中庭のテーブルに着いたのか、まったく覚えていません。ただ一つ覚えているのは、途中でリカルドの弟が私の手をつかんでキスし、私も彼にキスし、その後二人手を取り合って暗い部屋を横切ったことだけです。

中庭では、光に照らされた緑の芝生も、高級なテーブルクロスに覆われた立派なテーブルも、すべてが見事で、お母様が強く言い張ったこともあり、私が最初に給仕を受けました。私は、肉と、カラメールソースで焦げ目をつけてよく焼いたスライスポテトを眺め、皿の上でナイフとフォークを交差させると、突如泣き出しました。あんなに優しくしてくれた人たちのクリスマスイブを台無しにした私は、悲しく塞ぎこんだまま帰宅し、母も私が着いたことに気づかなかったほどでした。

彼女が歌ったボレロ

　夢の話だが、僕は六十八日間続けて夜の湾で鰯一匹釣れない状態に陥って、ブストロフェドンもエリボーもアルセニオ・クエも、あいつは正真正銘の厄病神だからやめておけと言って、シルベストレに僕との出港を禁じる始末、ようやく六十九日目に（夜のハバナではこれがラッキーナンバーなのだ。ブストロフェドンは左右対称でゲンがいいと言うが、アルセニオ・クエは別の理由を持ち出し、リネにとってはそれが家の番地だった）たった一人で本物の海へ出ると、青色、紫色、紫外色の海水から、キューバ島の形に似た長い魚がきらきら舞い上がってくるのに出くわしたが、眺めているうちにそれは縮んでイレニータとなり、今度は黒っぽく変わってマガレーナになり、仕留めにかかると、魚は尻尾を振った後どんどん大きくなって、船と同じくらいの大きさで腹を上にしたまま伸びあがったものの、肝臓のような口からはまだ喘ぎ声や猫撫で声や唸り声、その他詰まった食道のような音を出し続け、ようやく動かなくなったかと思えば、今度はサメやカジキやピラニアが群がり始め、見知らぬ顔に混ざって、ジャンニ・ブタジに似た顔もあったし、口に星のマーク（エストレージャ）をつけたそいつの顔がエムシーに似ていたのみならず、血のネクタイでできた胃袋のあたりに真珠（ペルラ）をつけていたサメはビクトル・ペルラそっくり、ともかく僕は縄を引っ張って獲物を舷に固定しながら言った、大魚よ、巨大な獲物よ、高貴なる魚君よ、僕がお前を突き刺し、捕えたのだ、それを他人に渡してなるものか、そして僕は、黒玉のようにきらめく獲物を白く光るボートに乗せようとして尻尾を引き込み、両側から抱きかかえようとしたが、その表面はゼラチンのように柔らかく、よく見るとその辺りがクラゲになっていたので、もっと引っ張っているとバランスを失ってボートに倒れ込み、ボートに収まりきらない大きさの魚が上から覆いかぶさってきたかと思うと、顔に降りかかってきた鰓に口と鼻を塞がれて呼吸困難に陥った僕は、空気、空気、空気をくれ、外から入ってくる空気だけじゃなくて、鼻の空気、口の空気、肺の空気、空気がない、窒息する、そこで目が覚めた。

夢から覚めて高貴なる魚君との格闘を終えた僕は、現実世界の不実なマッコウクジラを相手に夢中（夢の外にいたが）で体を動かして闘わねばならなかった。僕の上にのしかかるその大物は、目に、鼻に、口にキスを浴びせ、耳を、首を、胸を噛んでくるかと思えば、ラ・エストレージャの巨体はいったん僕の上から滑り落ち、また上に覆いかぶさると、今度は、まるで歌と鼾を合わせたような奇妙な音を信じられないほどのボリュームで奏で始め、その重低音の間から僕に、あたしのクロンボちゃん、こっちきて、あんたのクロコちゃんにキスしてあげて、ほら、ほら、ほら、そんなことを呟いていたが、窒息状態でなければ笑えるかもしれないそんな言葉にも僕は笑えず、壁を支えにして（膨張する巨大な塊に押され、迫りくる闇の宇宙に圧されて僕は壁にへばりついていたのだ）力いっぱい彼女の体を押しのけ、何とか少し位置を変えさせることに成功すると、バランスを失ったその巨体がベッドから落ちて床の上で喘ぎ、苦しむ間に、僕はひと飛びに立ち上がって電気を点け、ラ・エストレージャの体を見た。完全に素っ裸で、バカでかい胸も腕も僕の頭の二倍はあり、片方の乳房が床まで達する一方、もう一方は、首らしきものと脚を隔てる三層の分厚いロール肉の真ん中へ落ちかかっている。太腿のすぐ上にある一番下のロールは恥丘の延長のようで、その辺りも含め、全身に一本の体毛も見えないところをみると、自然に毛が全部抜け落ちるわけはないし——ラ・エストレージャは自然には縁遠かったが——、確かにアレックス・バイエルの言うとおり、全身の毛を剃っているのだろう。その時僕は、こいつは火星人じゃないかと思った。

理性の裏返しとして見る夢に怪物が現れるとすれば、錯乱の裏返しとして見る夢には何が現れるのだろうか？　次に見た夢（というのは、夢は不眠症と同じくらいしつこいらしく、僕はまたもや眠ってしまったのだ）では、火星人が攻めてきたが、シルベストレが恐れていたように、音もなく屋根に着陸する宇宙船に乗ってやってくるわけでもなく、武装した精霊のように地上の物質に入り込むわけでもなく、細菌としてやってきて動物や人間の内部で成長していくわけでもなく、本当に火星人の姿をして、つまり、備え持った吸盤で空気の壁を歩き、見えない階段を上り下りし、重々しい足音と黒光りする静かな存在感で恐怖を掻き立てる生物の姿で現れたのだ。別の夢か、同じ夢の続きでは、音波が人間たちの間に入り込んで、セイレンのように魔法をかけてきた。どこからともなく気力を奪う音楽、麻酔薬のようなソンが流れ出てくるのだが、皆一様にこうした宇宙からの攻撃には無防備で、音楽が最終秘密兵器になろうとは夢にも（夢だが）思わないし、ロウはもちろんのこと、指ですら耳を塞ごうとはしない、事態を飲みこんだ僕は、何とか手を上げて耳へ持っていこうとするが、手も背中も口も、見えない尻尾に縛られて動かず、そこで目を覚ますと、どうやらベッドの外で寝ていたらしく、体の下で汗が水たまりになっている。そこで初めて思い出したが、僕は部屋の反対側、入り口のドアに近い辺りに身を投げて寝ていたのだ。口にライダー手袋をしていたのか？　それはわからない、僕が感じたのは胆汁の味、喉の渇き、同時に吐き気、それでも、僕は立ち上がる前にじっくり考えた。怪物なのか、人なのか、ラ・エストレージャの正体はともかく、右に左に寝返りを打ちながらベッドで薄目を開けたまま大口を開けて高鼾をかく彼女の姿だけは絶対に見たくない。せっかく夢から覚めたのに、また同じ悪夢に出くわすなどごめんだ。バスルームへ辿り着き、体を洗い、服を探しに戻り、服を着て外へ出る、どうしたらこの一連の動作を音もなく達成できるか頭で考えた。そのうえで、ラ・エストレージャに残す置き手紙に何と書くかあれこれ考え、起きたら後生だからこっそり出ていってくれ、いや、それじゃダメだ、きちんと整理して、いや、これもダメだ、ドアを閉めて、バカな、子供じゃあるまいし、それによく考えたらラ・エストレージャは字が読めないじゃないか、それじゃ、油性マジックで大きく、いや、ちょっと待て、ラ・エストレージャは字が読めないとなぜわかる？　そんなのは人種差別的偏見じゃないか、こう考えて、結局僕は彼女を起こして率直に話すのが一番いいと結論づけた。だが、その前に服を着ないと。僕は立ち上がってソファーベッドのほうを見たが、彼女はいなかったし、あんな巨体を探すのに手間取るはずはない、台所を見てもバスルームを見ても空っぽ、ドアも開けっぱなし、そう、彼女はいなくなっていたのだ。昨晩からつけっぱなしの腕時計を見ると、すでに二時（午後？）であり、先に起きて僕の知らないうちに帰ったのだろうと思った。あの巨体で僕を起こさずに帰るとは、よほど神経を使ったことだろう。僕はバスルームへ入って便座に腰掛け、なぜかバスルームの床に散らばっていたコダックフィルムの説明書を読み始めると、人間の生活環境を、晴れ、屋外曇り、日陰、ビーチ、雪（このキューバで雪だと、ふざけやがって）、そして明るい屋内に分類する単純さに惹きつけられて意味もなく読み続けていたが、いきなりドアベルの音が聞こえたので、てっきりラ・エストレージャのカムバックだと思い込んだ僕は、足を汚さずに立ち上がることができればそうしていたことだろう、その間もベルは鳴り続け、僕は全身全霊を傾けて全身から音を消した。だが、キューバ人ほど友人思いの友達はいないらしく、誰かが台所とバスルームの換気口から僕の名前を叫び始めたのも当然で、建物の構造を見極める目、空中曲芸師の体、テノールオペラ歌手の喉、絆創膏のようにくっついたら離れない友情、そして、廊下の窓から身を乗り出す勇気さえあれば、このぐらい朝飯前だったからだ。朝飯を食べていない僕にも、それが火星人の声でないくらいのことはわかった。最低限の衛生処置を終えたうえでドアを開けると、竜巻のようにシルベストレが入ってきて、興奮した様子で、ブストロの具合が相当悪い、と叫んだ。誰だって？　彼が巻き起こした風にヘアースタイルを乱された僕は、髪を撫でつけながら言った。ブストロフェドンだよ昨日から一緒に飲んでたんだが明け方に気分が悪いと言って吐き始め俺は奴が大酒飲みだと思っていたから冗談を飛ばしていたんだけどもう家で休ませてくれと言うから家まで送ったんだよ今日は海へ行くことになってたから朝あいつの家に寄るとお手伝いが出てきて家には旦那様も奥様もブストロフェドンもいない明け方ブストロフェドンは入院したって言うんだよ、ここまで一つの句読点も打たずに彼は言った。お手伝いがブストロフェドンって呼んだのか？　夢と二日酔いと疲れのせいだろうか、僕もバカな質問をしたものだが、彼は答え、バカやろう、そんな名前で呼ぶはずねえだろうが、くだらねえこと言うな。何の病気なんだ？　僕はこう言って台所へ向かって歩き出し、酔っ払いたちの朝のオアシスとでも言うべき牛乳を探し求めた。わからんな、シルベストレは言った、たいしたことじゃねえとは思うが、安心はできねえだろう。よくねえ兆候があったんだよ、脳の静脈瘤とか、脳障害とか、そんなのかもしれねえが、俺にはよくわからん、この「俺にはよくわからん」という言葉を聞いて僕は笑い出した。このやろう、何がおかしい？　シルベストレが言った。いや、たいした医者気取りじゃないか、僕は言った。何だと？　という怒鳴り声を聞いて僕は彼が怒っているのだとわかった。何でもないよ、何でもない。お前まで俺が心気症だと言いたいのか？　彼が言うので、僕は、違うよ、おかしかったのは病名の響きだよ、その慌ただしい診断とやけに自信に満ちた態度さ。ようやく彼は微笑み、そのまま黙っていてくれたので、いつも聞かされていた話、高校時代、医学部に進学したか、進学しようとしていたのだが、友人と医学部の解剖室へ行って、死体の並ぶ光景、ホルマリンと死肉の臭い、教授がノコギリで骨を切る時の軋み、そんなものに接して震え上がった、という話をまた聞かされずにすんだ。牛乳を勧めると、もう朝食は済ませたと言うので、そこから朝飯前の話、といっても簡単にできる話ではなくて、昨日の夜の話になった。

昨日の夜何してたんだ？ 彼は訊いてきたが、シルベストレほど質問好きな人間は他に見たことがない。「どうしてクン」とかそんな渾名がお似合いだろう。遊びに出掛けて、と僕は言った、その辺を一回りしたよ。その辺ってどの辺だよ？ この近くだよ、僕は言った。本当か？ 当たり前だろ、他人がこの俺に乗り移るわけじゃあるまいし、僕は言った。ああ、知ったかぶりの調子で奴は言った、面白いな。僕には何も質問することがなかったので、奴はそれに乗じてもっと質問を浴びせてきた、昨日のことを知らないのか？ ここでのことか？ 質問する気はなかったのに僕は言った。いや、ここじゃない、奴は言った、外へ出てからのことだ、最後に帰ったのは俺たちだったはずだ、そう、セバスティアン・モランは、お前がエストレージャを連れて戻ってくる前に帰ったし(彼の声に嫌味がこもっている気がした)、その後ジャンニとフラネミリオが帰って、残ったエリボーとクエとブストロフェドンは、エストレージャの鼾に邪魔されながら大声で話していたんだ、エリボー、クエ、ピロト、ベラの四人が一緒に帰って、ブストロフェドンと俺がイングリッドとエディスを連れて帰ったが、確かリネはジェッシとファン・ブランコと先に帰っていたと思う、とにかく、俺がここを閉めて、ブストロと一緒にイングリッドとエディスを連れてここを出た後、チョリへ行こうということになったんだけど、ブストロフェドンはゴキゲンでさ、お前にも見せてやりたかったよ、だが川を越えたあたりで急に気分が悪くなって、それで引き返してきたんだ、そのままエディスは家へ帰った、奴はこう言った。

僕は部屋を歩き回って靴下を探していたが、昨日はペアだったはずの彼らが、今日はなぜだか一人になっており、いい加減にこの小宇宙探検にうんざりしてくると、今度はクローゼットの銀河系へ踏み込んで、ようやく別のペアを探し出して履いている間、奴の話を聞きながら、今日、日曜日、この後何をしたものか考えていた。実はな、奴は続けていた、俺はイングリッドを口説いて（ここで説明しておくと、イングリッドとはイングリッド・ベルガモのことであり、これは本名ではなく渾名だったが、彼女がイングリッド・ベルグマンの名前を発音するとこう聞こえるのでそんな渾名がついたのだった。機嫌がいいときよく言っているように、彼女は時代の最先端を行くムラート娘であり、髪を金髪に染めて分厚い化粧をするのみならず、キューバ島より細い服をいつも着ていたが、女なら誰もが手袋ほどしかない小さな服で全身を包もうとするこの国でも、その存在感は抜きん出ていた。かなりの尻軽女だが、「女は前日までは決して尻軽ではない」と考えるシルベストレには絶好の女だった）、そのまま八十四番通りの宿へ連れ込んだんだよ、なのにいざ部屋へ入ると、嫌だとか言い出してさ、イヤ、イヤ、イヤの連発さ、それで仕方なく出てきたんだ、しかも全部タクシーだぜ、奴は言った。だがな、奴は続けた、またエル・ベダードへ戻ってきて、四度目か五度目にトンネルを抜けると、またキスし始めて、またそのまま十一番通りと二十四番通りの宿へ連れていったら、また同じことの繰り返しさ、ただ一つ違ったのは、運転手が、ポン引きにされるのは御免だとか言って、さっさと金だけもらって帰ろうとしたことさ、それでイングリッドは運転手と話して、家まで乗せてもらおうとしたんだけど、それも断られて、仕方ねえから金だけ払って帰したんだよ。そしたら、まだ奴は話している、イングリッドは俺に八つ当たりを始めてさ、暗闇のなかで、ものすごいピシャッてのをやられたんだよ、そのまま通りでも言い争いを続けていたんだけど、怒鳴り散らしていたのはあいつのほうで、俺はジョージ・サンダースより落ち着いて（シルベストレはいつも映画から譬えを引いてくる。ある日、当時まだカメラマンだった奴が、両手で四角を作って言ってきたことがあった、動くな、フレームから出るんじゃない。別の時、奴の家へ行くと、午後は陽が直接当たるのでバルコニーの扉を閉め切った室内は薄暗く、僕が思わず扉を開けると、奴は言った、二万フルキャンドルの光は眩し過ぎる！　また別の日、今度はクエと奴と僕がジャズ談義で盛り上がっていると、ニューオーリンズ起源という点について、クエが知ったようなことを言い始めたのを見てシルベストレは、この会話にそんなフラッシュバックを持ち出すのはやめてくれ、と反論した。今は思い出せないか、もうすっかり忘れてしまったが、こんな例はいくらでもある）何とか彼女を宥めていたけどね、そのままエル・ベダードを歩きながら口論を続けたんだけどさ、最後にどこへ行きついたと思う？　奴は言った、二番通りと三十一番通りの交差点にある連れ込み宿さ、そのまま何もなかったように二人で中へ入ったんだよ、奴は言った。多分、奴は言った、疲れてたんだろうな、だがそれは最初だけさ、部屋へ入るとすぐ、ただ座っただけで、悪玉シュトロハイムとヒロイン・グリフィスの決闘さ、いいか、座るだけでだぞ、それもベッドじゃなくて椅子にだ、ようやく椅子に座っても、あの女、両手でしっかりとハンドバッグを握ってるんだ。ようやく、奴は続けた、説得して落ち着かせると、だんだん表情も穏やかになってきたもんだから、そこで俺は上着を脱いだんだけど、そしたらまた稲妻のように立ち上がって、ドアに飛びついて出ていこうとするんだ、ドアノブにかかった手が大きなクローズアップで見えてさ、すぐにまた上着を着直してあいつを宥めていると、何を血迷ったか、ベッドの上に座っちまったんだ、托鉢僧のベッドにでも座ったように飛び上ったよ、まあ、俺もキャリー・グラントばりに経験豊富だからさ、とにかく落ち着けよ、ベッドに座ろうがどこに座ろうが同じだよ、単なる家具じゃないか、って言ったら、また冷静になったあの女は、ナイトテーブルにハンドバッグを置いて、またベッドに座ったんだ。直感的に、シルベストレは言った、これはもう上着を脱いでも大丈夫だと俺は思って、それで上着を脱いで女の横に座ると、すぐに愛撫してキスに持ち込み、相手の体を押して寝かせたんだけど、そしたらゼンマイ人形みたいにすぐまた体を起こすから、また押し倒すと、今度は静かにそのまま横になってたから、上に乗っかったんだよ、ロマンチックというよりはスリリングなシーンさ、それで、あいつの耳元に、なあ、暑くないか、それにこのままじゃ、せっかくよく似合ってるかわいい服が皺だらけになっちゃうよ、と言うと、ね、かわいいでしょ、と言って、そのまま言葉を続け、皺になるといけないから脱ぐけど、それだけよ、スリップは脱がないからね、と言って脱いだんだ。あいつがベッドへ戻ってくると、俺は靴を脱いで、ヘイズ法のことも忘れて、アメリカンショット、つまりミディアムショットで狙い撃ちを始めたんだ、すがりつくようにして、ほとんどベッドに跪いてまで、頼むからスリップを脱いでくれ、そのスターレットの美しい体が見たいんだ、お願いだからブラジャーとパンティだけになってくれ、レース付きの水着姿になってベッドで泳ぐようなもんじゃないか、って頼み込んだから、本当に納得してくれて、今度は、もうこれ以上はダメよ、という前置きもなしにスリップを脱いでくれたんだ。句点。しばらく二人はキスしながら抱き合って、体を撫で合っていたんだけど、そのうち俺は、ズボンが皺になるから、と言ってズボンを脱ぎ、ついでにシャツも脱いでパンツ一枚になると、そのままベッドへもぐりこんだんだ、そしたら、またあいつが怒っちゃってさ、まあ、ただの怒ったふりかもしれないけど、また俺を拒否するんだ。だけど、またしばらくすると、俺は女の手を探り始め、体を撫で、またキスしてさ、こんどはそっと、ほとんどオフの声で頼んだ、というか、ほとんど土下座したんだ、ねえ、あと二つも脱いで、上だけでもいい、きれいな胸が見たいんだよ、だけどあいつは耳を貸そうともしないから、だんだんいらいらしてきたんだが、そしたらいきなり言うんだよ、わかったわ、そして一気にホックを外して、部屋の赤っぽい光の下で（これもひと悶着だったよ、天井の電気を消して赤い光だけ残したんだ）俺が見たのは、世界で八つ目の、いや、八つ目と九つ目、二つの奇跡だよ、俺は興奮し、女も興奮して、まるでヒッチコックの手に導かれてでもいるように、部屋全体がサスペンスから歓喜に包まれたんだ。てなわけで、くどい話はやめとくが、同じ手、同じ言葉でパンティまで脱がせたんだが、ところがヒッチコック先生はそこでカットを入れて、花火の捨てカットを入れちまったんだ、正直に言うけどさ、それで終わりさ、後は宥めてもすかしても、額をこすりつけてもダメ、そこから先は頑なに拒否さ、それで俺は、強姦なんてヘラクレスのやること、現実にはありえない、犠牲者に意識があって、一人で事を済ませるぶんには罪にはならない、と思って納得したんだ。ノウ、ダッツ・クワイト・インポシブル、ディア・ディ・サド。

僕は地震のような大声で笑い始めるが、シルベストレに遮られる。待て待て、イングリッドなら、ちょい待ってよ、と言うところだ、まだ話の続きがあるんだ。夜、とシルベストレは話す、というか夜の残りをけっこう楽しく過ごしてさ、あいつ、なかなか手つきがいいもんだから腰もすっかり軽くなってさ、満足してぐっすり眠り込んだんだよ、それで明るくなってから目を覚まして、女のほうを見ると、夢なのか現実なのか、一晩のうちに我がヒロインの姿が変わってるんだ、カフカ先生ならこれを「変身」と呼ぶのかな、俺の隣にはグレゴール・ザムザこそいなかったけれど、別の女がいるんだ。夜とキスと睡眠のうちに、口紅はもちろん、化粧がすっかり剥げ落ちていたんだよ。りりしい眉も、長く太く黒い睫毛も、輝かしい肌の色も、みんな無くなってたんだ、待て、待て、まだ笑うのは早い、ひっくり返らないよう心してよく聞けよ、いいか、俺の体の脇、つまり、あいつと俺を隔てる偽物の谷のようなスペースに、丸くつやつやした黄色の物体があるんだ、触ってみて俺は飛び上がったよ、毛むくじゃらなんだ。俺は、奴は続けた、注意深くその物体を手に取って薄暗い光の下でそれを眺めた、そう、その夜最後の驚きさ、かつらだったんだよ。あの女はな、奴は言った、つるっぱげなんだ、つるっぱげ！　確かに完全なハゲじゃないさ、わずかに髪の房が残ってはいたけど、色の落ちたその髪のまあ気色悪いこと。俺はその現場に居合わせたんだ、シルベストレは言った、それこそイヨネスコの禿頭の女性歌手と一晩寝ちまったわけだ。多分衝撃が強すぎて思わず大きな声でしゃべっちまったんだろうな、女がごそごそ動き始めて、とうとう目を覚ましたんだ。直前のショットで俺はかつらを元の場所へ戻し、また横になって寝たふりをしてたんだ、そしたら彼女は完全に目を覚まして、第一にしたことといえば、頭に手をやることさ、そしたら驚愕の顔で飛び起きて、辺りを見回してようやくかつらを見つけると、それをかぶったのはいいが、反対向きにかぶったんだ、いいか、反対向きだぞ。起き上がってバスルームに入ったあの女は、ドアを閉めてライトを点け、出てきたときにはちゃんとした向きになっていたよ。かつらのことでパニックになっていたせいか、俺のことなんかすっかり忘れてたらしく、こっちを何度もじろじろ見るんだ、それであの女もようやく自分が部屋、しかも連れ込み宿の部屋にいることを思い出したらしい。何度も俺のほうを見て、シルベストレは続けた、本当に寝ているか確かめていたけど、遠くから見ていたから、俺が寝たふりをしているだけで薄目を開けてすべてを見ていたことには気づかなかったようだ。隠しカメラだな。あいつはハンドバッグと服を手に取ってまたバスルームへ入り、出てきたときには別人、というか俺たちが知ってるあの同じ女になってたよ。昨夜全部脱がせるのにあれほど手を焼いた女にな。あのストリップ、アレー風の裸一貫は一体何だったたんだ。

僕はその間も笑いをこらえられず、笑い声の上から大冒険を語っていたシルベストレも、今や一緒に大声で笑った。だが奴は話をやめて僕に言う、だがね、ベイリー君、君もそんなにバーナム君のことは笑えないよ、二人とも怪物を相手にした点じゃ同じなんだから。何だって？　僕が言うと、奴は、そうだよ、君だって色つきのオリヴァー・ハーディーとやったじゃないか。何だって？　また僕は言う。そう、そうだよ、隠しカメラの役を終えた俺は、元の美しい女に戻ったあいつをタクシーで家まで送って、そのまま家へ帰る途中、朝五時頃この辺りを通ったんだよ、そしたら、二十五番通りのところで、バシリスクのようにすっかりしおれてサンダルとボロカバンを引きずったラ・エストレージャの姿に目がとまったんだ。俺は声をかけて、タクシーで家まで送ってやったんだ、その道中にね、カメラマン君、話してくれたよ、恐ろしいことが起こった、うっかりあの暗室で眠り込んでしまったら、酔っ払った君に襲われそうになった、だから、あのカメラマンの暗室には二度と足を踏み入れない、こう言って憤慨していたよ。つまり君も僕も五十歩百歩、目クソ鼻クソだな。そんなことを言ったのか、僕は言った、そんな言葉で。いや、奴は言った、襲われそうになったと言っていただけさ、俺が話したのはあくまで映画版であって、文学版じゃない。

笑おうにも笑えないし、怒っても仕方がないから、僕はシルベストレをベッドに座らせたまま歯を磨きにいった。バスルームから、ブストロフェドンはどこの病院にいるのか訊くと、奴はアントマルチだと言う。午後見舞いに行くのか訊いたら、四時に約束があって無理だと言う、イングリッド、あのベルガモ嬢に会うんだよ、昨日やったことを明日に延ばすなって言うだろう。僕は素気なく笑ったが、奴は言った、笑うなよ、俺はあの体じゃなくて裸の心に興味があるんだ、それに伝説的先例もあるじゃないか、ジーン・ハーロウだってかつらを使ってたんだぜ。マックスファクター製のな。

第六回

先生、「セイシンカ」ってどう書くんですか、「精神科」ですか、「清心科」ですか？

ビジターたち

ステッキをめぐる物語とキャンベル夫人の異議

物語

我々は金曜日の午後三時頃ハバナへ着いた。恐ろしく暑い日だった。上空には灰色の、いや、黒い雲がかかっていた。フェリーが湾へ入ると、それまで涼しい空気を送ってくれていたそよ風もぱたりと止んだ。また足が痛み出し、私は痛みをこらえながらタラップを降りた。キャンベル夫人はずっとしゃべりっぱなしで私の後に続き、すべてに感動していた。小さな町も、湾も、そして、波止場の通りも、何もかも素敵だと言っていた。湿度が九十から九十五パーセントはあるように思われ、これでは週末ずっと足の痛みに悩まされるだろうと私は思った。こんな蒸し暑い島へ行こうと言い出したのはキャンベル夫人だ。町の上を覆う分厚い雲を甲板から見たとき、そのことを言ってやった。すると彼女は反論し、旅行代理店ではキューバは常春の国だと言われたと言う。この痛む足になんとおあつらえ向きな春だこと！　そこはまさに灼熱の地だったのだ。こう言うと彼女は、「ハニー、ここはトロピックなのよ！」と答えた。

波止場の端に素敵な現地人の一団が陣取って、ギターと大きなマラカスと地獄から沸き起こるような叫び声で、音楽なるものを奏でていた。現地オーケストラの舞台装置なのか、隣に露店が並んでいて、観光客向けの民芸品を売っていた。カスタネット、派手な色の扇子、マラカス、棒楽器、貝の首飾り、陶器、硬く黄色い藁で編んだ帽子、そんなものだ。キャンベル夫人は店ごとに一つ、二つと何かを買っていった。すべてに感動していたのだ。買い物なら最後の日にすればいいだろうと私は言ったが、「ハニー、ちゃんとお土産は買わないと」と言われた。土産物は帰りに買うものだということがわかっていないらしい。説明しても無駄なことだ。幸い、通関手続きはあっという間に終わり、私も驚いた。どう言えばいいか、少ししつこいほど親切ですらあった。

車で来なかったのはかえすがえすも残念だった。車で来ないのなら、フェリーに乗る意味などない。しかしキャンベル夫人は、交通法規を学ぶのが面倒だと言う。本当はまた事故に遭うのが嫌だったのだろう。それに、今ではもっともな理由もある。「ハニー、その足じゃ運転は無理よ、タクシーにしましょう」と言われたのだ。

我々はタクシーを呼び、必要以上の数の現地人に荷物を運んでもらった。キャンベル夫人は、有名なラテン系の優しさに感動していた。有名な下心ある優しさだと私が言っても無駄なことだ。到着する前からすべては素敵で、何に出会っても素敵なのだから。荷物と、キャンベル夫人の千一ほどの買い物が車に積まれると、私は運転手の先手を打つように彼女を先に通してドアを閉め、ひと回りして反対側から乗り込もうとした。普段は私が先に乗って、彼女が後から乗り込むほうが、彼女にとっても楽なのだが、せっかくキャンベル夫人のご機嫌を損ねまいとしてわざわざ取ったこんな「ラテン的」振舞いのおかげで、忘れることのできない大きな過ちを犯すことになった。その時ステッキを見てしまったのだ。

普通のステッキではなかったのだが、それだけが理由で買ったのではない。一際目立つ凝ったステッキで、高価なものだった。黒檀かそれに似た上質の木で作った逸品らしく、意匠を凝らした細工――キャンベル夫人は「上品」と言った――の割には、ドルで計算すればそれほど高価ではなかった。近くで見ると、特に何を表すというわけではないグロテスクな彫り物が施されていた。柄の部分は怖い表情をした男か女の頭――芸術家のやることはたいてい意味不明だ――で、実際のところ、身の毛もよだつような一品だった。しかし、なぜか私は瞬間的にこのステッキに惹きつけられ、普段はそんな軽薄な趣味はないのに、足の痛みと関係なくこれを買ってしまった。（おそらくキャンベル夫人も、私の表情を見たら買えと言っていたことだろう。）もちろんキャンベル夫人も、独創的で素晴らしい、そして――一息つかないとこの言葉は言えない――エキサイティングな一品だと言ってくれた。ああ、女性の言うこととときたら！

ホテルへ着いてフロントへ行くと、何とも幸いなことに、ちゃんと予約ができており、私たちは部屋へ入ってシャワーを浴びた。そしてルームサービスで軽食を頼み、昼寝しようと横になった。郷に入ってはなんとやら、だ。というか、とにかく外は暑く、日差しと騒音がひどいし、それに較べて部屋は奇麗で居心地がよく、クーラーが効いて寒いくらいだったから、中にいるほうがよかったのだ。結構値は張ったが、それだけのことはある。キューバの現地人が我々から学んだ数少ない長所の一つはコンフォートという概念であり、その意味ではこのナショナル・ホテルは本当に快適で、さらに素晴しいことに、サービスもよかった。我々は、夕暮れ頃に起き出して、町を一回りすることにした。

ホテルの外へ出ると、タクシー運転手が現れて、ガイド役を買って出た。レイモンドなんとかという名前で、色褪せた汚い名札を見せてきた。そして、現地でラ・ランパと呼ばれる一角へ我々を連れ出し、商店やネオン、散歩する人の様子などを見せてくれた。まあまあというところだろうか。我々のお目当ては、「世界一魅惑的なキャバレー」としてあちこちで吹聴されていた「トロピカーナ」で、キャンベル夫人などは、ほとんどこの店へ来るためだけにこの旅行を企画したと言ってもいい。まだ時間があったので我々は映画館へ入り、マイアミで見損ねた映画を見た。ホテルのすぐ近くにある新しい映画館で、よく冷房が効いていた。

その後、ホテルへ帰って着替えを済ませた。キャンベル夫人がしつこく言うので、私は仕方なくタキシードを着た。自分が夜会用ドレスを着たいからだ。出がけにまた足が痛くなったので――映画館とホテルの冷房のせいだろう――ステッキを持って出た。キャンベル夫人は何も文句を言わず、それどころか、面白がっている様子だった。

トロピカーナは中心街から外れたところにある。ほとんどセルバの中と言ってもいいぐらいだ。入り口へ通じる道の両脇に庭が広がり、一面に木や蔦が生い茂るなか、色とりどりの光に照らされた泉が見える。魅惑的キャバレーという触れ込みは外見上確かに当たっていたが、そこで行われるショーは――ラテン系キャバレーはどこでも同じだろうが――、裸同然で踊るダンサー、バカバカしい曲を叫び続ける歌手、そしてビング・クロスビー風の甘ったるい歌をスペイン語で歌うクルーナーだけだ。キューバの国民的飲料はダイキリといって、かき氷にラム酒を混ぜたようなものだが、キューバの暑さにはこれが合う。といっても、外にいれば、という意味で、キャバレー内は、彼らの言うとおり、「普通の」冷房完備で、四方を熱帯の壁に囲まれながら、北極とみまがうばかりの気温だった。すぐ隣に野外型キャバレーもあるが、その夜は雨の予報だとかで、閉まっていた。どうやらキューバ人の天気予報は当たるらしく、その日も、キューバのいわゆる「インターナショナル・フード」、つまり脂っこい食べ物、揚げ直した揚げ物、塩分過多の料理、そして甘過ぎるデザートを食べ始めた途端、大雨が降り始め、雨音が現地オーケストラの演奏に重なった。キューバのオーケストラほどやかましいものはこの世に少ないが、それでも雨音が聞こえたのだから、どれほど激しい降りだったかわかるだろう。キャンベル夫人にとっては、雨も、音楽も、食事も、すべてが洗練された野蛮の極みで、彼女は感動しきりだった。万事順調にいっていたのに――ウィスキー・ソーダを飲み始める頃にはすっかりくつろぎ、少なくとも不快感はなくなっていた――、すべてを台無しにしたのは、女っぽいキャバレーの司会者で、この愚か者は、ショーのメンバーを観客に紹介するだけでは飽き足らず、逆に観客をショーのメンバーに紹介し始めたのだ。それも、我々の――かなりのアメリカ人がいた――名前などを訊くだけならともかく、おぞましい英語で話し始めたのだ。しかも、よくある一過性の間違いだが、私をスープ一族の一員と勘違いしたばかりか、世界的プレイボーイとまで呼んだのだ。それなのに、キャンベル夫人は笑い転げていた！

深夜すぎにキャバレーを後にすると、すでに雨は止んでいて、多少暑さも和らぎ、それほど息苦しい感じではなくなっていた。二人ともだいぶ酔っ払ってはいたが、それでもステッキは忘れなかった。つまり、片手にステッキを持ち、もう一方の手でキャンベル夫人の手を取りながら店を出たわけだ。運転手は別のショーへ案内したいと言ってきかず、どうやらキャンベル夫人も私も酔っていたせいで、普段なら行かない怪しげな場所へ足を運ぶことになった。キャンベル夫人は――キューバの風物にはほとんどいつも同じ反応だった――ショーを見て熱狂していたが、正直言って私には退屈で、確か寝てしまったように思う。観光産業の一部を成す現地人スポットらしく、どうやら運転手が客たちに吹聴する役を担っているらしい。頼みもしないのに連れていかれて、気づけばすでにショーの真っただ中という、よくある手口だ。外観はごくありふれた家の敷居をくぐってみると、そこには周りを椅子に囲まれた広間があり、一九五〇年代前半に流行ったような円形の舞台が据えられていたが、中央にはステージではなく、丸いベッドが置かれている。飲み物の販売があり――最高級のキャバレーより高い値段を取られる――、客が全員着席すると、ライトが消えて、ベッドに降り注ぐ赤と青の光だけが残るが、ステージの様子ははっきり見える。そこへ二人の女性が裸で現れたかと思うと、横になってキスを始め、セックスその他破廉恥で不潔極まりない行為に及ぶ。続けて黒人男が登場し――照明のせいでもっと黒く見える――、異常に長い性器を見せつけた後、二人の女性を相手に、言いようもないほどみだらな行為に至り、三人でありとあらゆる遊戯にふけっていた。私には国辱とも思われる見世物だったが、その場に居合わせた海軍将校たちまでこのショーを楽しんでいるようだった。そんな場所でも制服を着ていたわけだが、それは私の知ったことではない。ショーが終わるとライトが点き、恥知らずの三人は、なんと観客に向かって挨拶までした。それどころか、そのまま裸で我々の前に残っていた黒人男と二人の女は、私のタキシードと黒いステッキをネタにジョークを飛ばし、海兵隊はもちろん、キャンベル夫人の笑いまで取ったのだ。最後に、黒人男は将校の一人に近づいて、現地訛りの強い英語で、女なんか大嫌い、と思わせぶりな言葉を発し、また海兵隊員とキャンベル夫人の爆笑を取った。客はみんな拍手していた。

土曜日は十時まで眠った後、十一時にハバナから五十マイルほど離れたバラデロ・ビーチへ出かけ、そこで一日を過ごすことにした。陽射は強烈だったが、様々な色に変わる海と白い砂、それに木造の古い海の家を組み合わせた景色は最高で、カラーフィルムに収めたいぐらいだった。たくさん写真を撮り、キャンベル夫人も私もご機嫌だった。ただ、キャンベル夫人は、日焼けのしすぎで背中が水膨れだらけになり、そのうえ、海産物をふんだんに使った食事のせいで消化不良を起こした。レイモンドの車でホテルへ戻ったのは真夜中過ぎだった。部屋へ戻ると、そこにまだステッキがあって、私は嬉しくなった。太陽と塩水とそれほど湿気のない暑さのおかげで、その日は足の調子もよく、一日中ステッキは必要なかった。我々はホテルのバーへ下り、またもやこの国の騒々しい音楽を聞きながら――キャンベル夫人はいたくこれが気に入ったようだ――遅くまで飲んでいたが、ステッキを手にした私にとっても楽しいひと時だった。

翌日曜日の朝、荷物を取りに戻る時間にまた来てくれるよう頼んで、レイモンドと別れた。フェリーの出発時間は午後二時。我々は旧市街を一回りすることに決め、キャンベル夫人の希望もあって、もう少しお土産を探すことにした。ところどころ崩れ落ちたスペイン時代の城塞――毎日開放されている――の前にある観光客用の店で買い物を済ませると、荷物が重くなったので、どこか古いカフェで一休みしようということになった。日曜日の旧市街は大変静かで、野蛮な喧噪とは程遠く、落ち着いたいい雰囲気だった。コーヒーを飲みながら小一時間ほどゆっくりした後、我々は勘定を払って店を出た。しかし、二ブロックほど進んだところで、店にステッキを忘れてきたことに気づき、私は慌てて戻った。誰もステッキには気づかなかったようだが、そんなことはよくあることだし、別に不思議にも思わなかった。大した損失ではなかったのだが、私にはショックであり、落胆したまま、また店を出て歩き始めた。すると、なんと驚いたことに、狭い通りをタクシースタンドのほうへ曲がったところで、ステッキを手に歩いている老人に出くわした。近くで見ると、別に老人というわけではなく、むしろ年齢不詳で、一目で知恵遅れとわかる男だった。英語であれ、キャンベル夫人の覚束ないスペイン語であれ、この男とは理解し合うすべがなかった。男は何もわからないままただステッキにすがりついているばかりなのだ。

相手がこういう国には多い「本職の」物乞いで、体が頑丈だったこともあり、キャンベル夫人の言うことをきいてステッキの反対側を掴んだりすれば、スラップスティック・コメディのようになってしまうかもしれなかった。私は身振り手振りでなんとかステッキが自分のものであることをわからせようとしたが、返ってきたのは喉から出てくる奇妙な音だけだった。一瞬、この男も実は現地のミュージシャンで、喉声で歌うのだろうかとすら思ったほどだ。キャンベル夫人に、ステッキを買い取ってやればいいと言われたが、それは私の望むところではない。「だって」体で物乞いの行く手を阻みながら私は言った。「これはメンツの問題だ、私のものなんだから」相手が知恵遅れだからといって、みすみすステッキを盗られてしまったり、こちらから金を払って買い取ったりするのでは、不法行為に手を貸すのと同じではないか。「私は圧力に屈したりはしない」キャンベル夫人にこう言いながら歩道を下りて、反対側へ渡ろうとしていた物乞いに追いついた。「わかってるわ、ハニー」キャンベル夫人は言った。

すぐに我々の周りには現地人の野次馬が集まり、無防備な隣人を虐待する外国人と間違えられたりすれば、リンチにでもされかねないと思って、私は怖くなった。しかし、状況を理解した人々は、的確な行動を取った。キャンベル夫人は懸命にスペイン語で説明し、しかも、なかに一人、幼稚なレベルではあれ、英語ができる者がいたので、彼が仲介役を買って出てくれた。といっても、知恵遅れの男との意思疎通はやはり不可能で、彼は相変わらずステッキにすがりついたまま、身振りと喉の音でこれが自分のものであると言い張るばかりだった。野次馬の例に違わず、その場に集まった人々も、こちらの肩を持つかと思えば、次の瞬間には物乞いの肩を持つ。妻は相変わらず説明を続け、「これはメンツの問題です、キャンベル氏はこのステッキの正式な持ち主です、昨日これを買って、先ほどカフェに忘れてきたのですが、それをこちらの方が」指で知恵遅れの男をさしながら「取ったのです、彼は持ち主ではありません、皆さん」、こんな内容をスペイン語で話した。

すると、人々は完全に我々の側についた。

我々は人の迷惑になっていたらしく、すぐに警察が現れた。幸いなことに、英語のできる警官だった。野次馬を追い払おうとしたものの、我々のみならず誰もが事の顛末を気にして立ち去る様子はまったくなかった。警官は知恵遅れの男に話しかけたものの、すでに私が説明していたとおり、なすすべなどなかった。いらいらした彼は、銃を抜いて物乞いを脅すことまでした。誰もが息を飲み、最悪の事態を恐れたが、物乞いはようやく事態を理解したのか、つっけんどんな態度で私にステッキを返した。警官は武器をしまうと、私に向かって、埋め合わせという意味ではなく、彼の言葉によれば「哀れな男だし」、知恵遅れの男にいくらか金を恵んでやってはどうかと提案してきた。私は率直に反対し、ステッキは私のものなのだから、それでは不当な圧力に屈することになると主張した。キャンベル夫人まで警官に肩入れしたが、私には譲る気などなかった。ステッキは自分のものであり、物乞いは勝手にこれを取ったのだから、それを返してもらったことに対して謝礼を払うのでは、盗みを奨励するようなものだ。私は断固反対した。すると、キャンベル夫人の説明では、誰かが皆にカンパを提案した。なんとキャンベル夫人は、愚かにもそれに協力しようとした。こんな不条理な状況を一刻も早く終わらせるため、私は不当とは百も承知ながら、譲歩せざるをえなかった。ポケットから小銭を出し――いくらか忘れたが、ステッキの値段をほとんど同じだったと思う――、知恵遅れの男に差し出したのだが、今度は彼のほうが憤慨した顔をして、受け取ろうとしない。キャンベル夫人が間に入り、男はようやく金を受け取るかに見えたものの、すぐにまた喉から音を出してこれを拒んだのだ。やむをえず警官が金を受け取って、それを知恵遅れの男に渡そうとすると、ようやく彼はこれを受け取った。私がその場を立ち去ろうとしても、まだステッキをじっと見つめるあの男の目つきは、骨を諦めた犬のようで気に障った。ようやくこの不愉快な事件にけりをつけてその場でタクシーに乗り込む――職務に忠実で優しい警官が手配してくれたのだ――と、誰かが見送りの拍手を送り、何人かは心のこもった別れの言葉をかけてくれた。知恵遅れの男の顔は見えなかったので、私は安心して出発した。道中キャンベル夫人はじっと黙ったまま、頭の中でお土産を数えているようだった。ステッキを取り戻した私は気分爽快で、キャンベル夫人が大量に買った土産物よりはるかに価値のある土産話を手にした幸せに浸っていた。

ホテルへ着くと、フロントに寄って、食堂で昼食を取った後、午後出発するので勘定を準備してほしいと伝え、部屋へ上がった。

いつもどおり私はドアを開けてキャンベル夫人を先に通した。カーテンが閉め切ってあったので彼女は明かりを点け、リビングを抜けて寝室へ入った。そこでも同じように電気を点けると、彼女は叫び声を上げた。外国では電気器具に不備があることが多いので、てっきりこの時も私は、電気が走ったのだろうと思った。あるいは、何か毒虫でも見つけたか、泥棒の姿が見えたか。私が寝室へ駆けつけると、キャンベル夫人はほとんどヒステリーを起こしたような状態で固まって、何もしゃべることができなかった。部屋の真ん中に呆然と立ち尽くす彼女の姿を見ても、最初は何が起こったのかまったくわからなかった。しかし、そのうちに彼女は口から出る音と手でベッドのほうを示した。すると、ナイトテーブルのガラスカバーを横切るように、薄緑に塗った木製家具の上に黒い棒、そう、ステッキが**もう一本**あったのだ。

キャンベル氏は本職の作家なのに、いつもどおり話が下手です。船から見るハバナの町は大変きれいでした。海は静かで、薄い青から時にはほとんど空色に見え、しばしば紫がかったような色彩が広がるように感じられるのは、ある人の説明によれば、ガルフ・ストリームのせいなのだそうです。小さく泡立つ波頭は、逆さまの空を飛ぶカモメのようでした。ハバナの町は、突如白くぬっと現れます。空には不快な色の雲が見えましたが、日差しは強く、ハバナは最初町というより町の蜃気楼、幻影のように見えました。やがてそれが両側に開いて、様々な素早い色の交錯が太陽光の白に混ざります。映画愛好家のキャンベル氏に話を合わせれば、パノラマ写真、あるいは、シネマスコープ、本物のシネラマのような景色、とでも言えるかもしれません。鏡張りのような建物の間で乱反射に目を眩まされながら進んでいくと、赤茶けた緑や濃い緑の公園とともに、古く黒く美しい街並みが目の前に現れます。そのうちに、ゆっくり、確実に波止場が近づいてきます。

キューバ音楽が粗野なのは確かですが、そこにはいつも楽しい響きがあり、驚くほどの力強さを秘めていて、詩的とでも言うべき何かがマラカスやギターとともに舞い上がるかと思えば、太鼓のリズムがそれを地面へ引き戻し、クラーベ――棒二本の打楽器――が、落ち着いた地平線のようにすべてを迎え入れます。

キャンベル氏があれほど大げさに足の痛みについて話すのはどういうわけなのでしょう？　戦争で負傷したように見せかけたいのかもしれませんが、あれは単なるリューマチです。

問題のステッキはごくありふれたものです。木製の黒いステッキで、美しいといえばそうかもしれませんが、別に奇妙な文様をあしらっているわけでもありませんでしたし、柄の部分に男か女かよくわからない生物の頭がついていたということもありませんでした。世界のどこにでもある粗野な品物で、それなりの物珍しさがあるとはいえ、お世辞にも独創的と呼べる代物ではありませんでした。きっとキューバ人なら誰でも持っているようなステッキではないかと思います。私はエキサイティングなどという言葉は使っていませんし、そんな言葉を持ち出すのはフロイトの悪影響でしょう。私はステッキみたいなものを買うことは生涯ないでしょう。

ステッキは安物でした。一キューバ・ペソが一ドルなのですから、計算の必要などありません。

ハバナの町は確かに色んな意味で魅力的でしたし、別に恥ずかしいとは思いませんから、ここで何が自分の気に入ったか、例を挙げることもできます。まず、旧市街、そしてキューバ人の人柄、もちろん、キューバ音楽は大好きです。明らかな観光客向けのアトラクションとはいえ、トロピカーナも、美しく豊潤で活気に満ちたキューバのイメージそのままで、楽しい場所でした。食事はまあまあ、飲み物もそこそこでしたが、音楽と美しい女性、それに舞台監督のたくましい想像力は忘れがたいものでした。

キャンベル氏はいろいろ理由をつけて私を典型的な主婦、つまり知能指数の低い役立たず、瀕死の重病人に借金の返済を請求するような場違い女に仕立てたがっているようです。私は、ハニー、ここはトロピックなのよだとか、ハニー、ちゃんとお土産は買わないととか、そんなことを言った覚えはありません。ブロンディーのコミックを読み過ぎたか、『アイ・ラブ・ルーシー』の見過ぎでしょう。

キャンベル氏の話には何度も「現地人」とか「現地」という言葉が出てきますが、ここには別に軽蔑の意味がこもっているわけではありません。おそらく無意識のことなのでしょう。ホテルのサービスに感銘を受けたキャンベル氏（句読点には極めてうるさく、Mr. を Mr と書いただけで怒るような人です）は、これをキューバ人が「我々から学んだ」と言ってしたり顔で微笑んでいますが、これは彼が熱帯の住民はみな怠け者だと決めてかかっているからです。しかも彼には、名前の区別すらできないのです。例えば、運転手は最初からはっきり「ラモン・ガラシャ」と自己紹介しました。

いつもステッキを持って街を歩くキャンベル氏の姿を面白いと感じたことは一度もありません。トロピカーナを出るときなど、完全に酔っていたキャンベル氏は、狭いロビーのホールで三度もステッキを取り落とし、皆から白い目で見られました。大富豪のキャンベル氏と間違えられたときも、いつもどおりご満悦の様子で、彼はいつでも大富豪の親戚だと言い張っているのです。私は、世界的プレイボーイという冗談を笑ったのではなく、「スープ一族の」大富豪と紹介されて、わざとらしく嫌そうな顔をする彼の姿がおかしかっただけです。

レイモンド（仕方ないのでこう呼んでおきましょう）が私たち二人を「タブロー・ヴィヴァン」へ連れていったのは事実ですが、それはキャンベル氏がそのような希望をほのめかしたからです。彼は黙っていましたが、フランス語書店ではポルノ雑誌をたんまり買い込み、そのなかには、前世紀にパリで出版された英語版ピンク小説の完全版まで含まれていたのです。ショーを楽しんだのは私だけではありません。

ステッキは、通りを歩くゴーゴリ風舞台装置的登場人物が持っていたわけではなく、カフェに置いてあったのです。私たちは満員のカフェに座っていたのですが、キャンベル氏は席を立つとき、隣のテーブルにあった同じように黒くごつごつしたステッキを手に取ったのです。店を出ていくと、一人の男が後ろから音を立てて駆け寄ってきたのです。それが本当のステッキの持ち主だったのですが、その時は二人ともそれが本当の持ち主だとはわかりませんでした。キャンベル氏は男にステッキを渡そうとしたのですが、私は反対しました。せっかく金を出してステッキを買ったのに、相手が知恵遅れだからといって、みすみすそのステッキを取られる云われはない、と言ったのです。確かに多少人が集まってきて（とりわけカフェの客たち）議論になりましたが、物乞いはまともに話もできず、誰もが私たちの肩を持ってくれました。警官（観光警察隊の方です）は、おそらく偶然通りかかっただけなのですが、やはり私たちに味方して、物乞いを逮捕してしまったのです。誰もカンパなどを言い出した人はいませんし、キャンベル氏は一文の出費もせず、私とてそんなことを許しはしなかったでしょう。彼の話では、魔法のステッキのおかげで、自分が俄かに善良な天使にでもなったような口ぶりですが、確かにそんな面があるとはいえ、ステッキを手放すなと強く言い張ったのは私のほうです。もちろん、ステッキを持って出掛けるよう言ったのは私ではありません。（キャンベル氏はこのシーン全体をイタリアのネオレアリズモ気取りで描き出しています。

私のスペイン語が完全でないことは認めますが、それほどひどくもありません。）

メロドラマのような展開はまったくありませんでした。リンチの恐怖も、拍手も、恨めしそうな顔をする物乞いも、まったくのデタラメです。もう一本ステッキがあるのを見て私が叫んだというのも嘘です。（キャンベル氏は太字で「**もう一本**」を強調していますが、これも私に言わせれば滑稽です。普通に書いたほうがよかったと思います。）ヒステリーもなければ、呆然とすることもなく、私は単にステッキを指差しただけです。もちろん申し訳ないことをしたと思いましたが、何とか過ちを正して償いをする方法があるだろうと私は考えました。ホテルからカフェへ戻り、客たちに訊ねて、盗みの嫌疑で拘束された物乞いがどこへ連行されたのか突き止めましたが、それが、キャンベル氏の言う「ところどころ崩れ落ちたスペイン時代の城塞」です。すでに物乞いはそこにはいませんでした。仲間に冗談を言われ、本当は被害者だった物乞いに泣きつかれて、警官はさっさと彼を釈放していたのです。もちろん、彼の居場所を知る者など誰もいませんでした。

私たちは船に乗り遅れ、二本のステッキを抱えて飛行機で帰らねばなりませんでした。

ステッキの物語、続いて、様々なキャンベル夫人の修正物語

我々がハバナに到着したのは金曜のことであり、分厚く重い黒い雲が覆いかぶさるような印象の暑い午後だった。船が**バイーア**[*1]へ入ると、湾内の先導者が涼しいそよ風を掻き消したものらしく、それまで涼しかったものが、急に暑くなってきた。作家へミングウェイならこれを海の扇風機と呼ぶかもしれない。脚がとても痛み始め、タラップを歩くのも辛いぐらいの状態だったが、他の客たちや出迎えの人たち(「探検者たちと現地人たち」と言ったほうがいいだろうか?)に気を遣ってどうにか顔には出さないようにした。後に続くキャンベル夫人は、ひっきりなしに歓声と大げさな身振りで驚きを表現し、あらゆるものを「素敵」と表現していた。青い湾も素敵、旧市街も素敵、波止場も素敵、それに沿った小道も絵のように素敵だった。私、そう、私は、これは湿度九十から九十五パーセントはあるだろう、これでは週末中ずっとこの忌々しい脚の痛みに悩まされるにちがいない、そんなことを考えていた。こんなじめじめした白熱[*2]の地、陽に焼かれた地か

＊1　原文スペイン語。
＊2　原文は“White hot”直訳すれば「真っ赤」。

色褪せた地しかない島でゆっくりリラックスしようなどと思いついたのは、どうやら悪魔の囁きに誘導されてのことらしい。まさにダンテの『監獄』。企画者はもちろんキャンベル夫人だ。（キャンベル夫人による刑の執行、裏側に**彼女のせい**と刺繍してこう書きたいぐらいだ。）街を覆う黒い雲のドームを甲板の上から認めたとき、これはダモクレス的刀にも等しい雨が私の脚に降りかかるであろうことを確信して、彼女にその旨伝えた。彼女は抗議し、胸にたくさんバッジ[*3]をつけた旅行代理店の担当者の話では、キューバは常春の国だという。こんなに足の親指が痛むなかで春を迎えるとは。旅行代理店！ キャリー&レナルドとトレイダーズ・ホーンにでも行って、ブース病でも拾ったような連中なのだろう。（エドウィナ・ブース病、つまり婦人病だ。）蚊の大群、マラリアの巣、灼熱の熱帯雨林、そんなところに我々は入り込んだわけだ。そうキャンベル夫人に伝えると、彼女はもちろんこういうふうに答えた。「蜜、ここがトロピックよ！」

波止場の上には、上陸設備に欠かすことのできない備品のように、素敵な現地人音楽トリオが陣取って、ギターとかぼちゃのように大きなクロタロ、そして、板と板を打ち鳴らしながら、現地では音楽と呼ぶらしいおぞましい叫び声を上げていた。現地オーケストラをデコル[*4]つもりなのか、日陰には露店が出ていて、観光客を惹きつける様々な魔法の産物を売っていた。カスタネット、色とりどりのハバニコ、加工していないクロタロ、バチ、貝の首輪、木と種の数珠、灰色の牛を描いた壺から出てくる平凡なミナジェリー、硬く乾いて黄色くなった麦藁帽、つまり、トゥッティ・フルーティ[*5]といったところだ。キャンベル夫人はその全部を一つ、二つと買って、目を輝かせていた。ゴ・マ・ン・エ・ツ。まさにエクスタシー。私は、買物は最終日でいいと言ったのだが、彼女の返事は、「蜜、全部スヴニールよ[*6]」だった。スヴニールは国を発つ前に買うものだということがわかっていない。神のご加護か、通関手続きは遅滞なく終わり、これにはさすがの私も大変驚いた。みな大変親切だったが、少しベタベタしすぎ、と言えばその意味はわかってもらえるだろうか。

ビュイックに乗ってこなかったのはなんとも残念だった。車なしでフェリーに乗る意味があるだろうか？だが、最後の最後にキャンベル夫人は、交通法規を学ぶのが面倒だと言い出したのだった。また事故を起こすのが怖かったのもあったのだろう。それに今では絶好の口実がある。「蜜、その足じゃ（指さしながら）運転は無理よ」彼女は言って、「タクシーにしましょう」

我々はタクシーを呼び、何人かの現地人（必要以上の数）が荷物運びを手伝ってくれた。キャンベル夫人は、いわゆるラテン的優しさに大はしゃぎだった。期待どおりね、彼女は言った。こいつらこそチップの額が期待だろうさ、などと言っても所詮無駄だと思いながら、私は多すぎる手にチップを渡していった。何をされても、逆の例を示されても、キャンベル夫人にはいつもすべてが素晴らしく見えるのだ。着く前からすべてが素晴らしいと思い込んでいるのだから。荷物とキャンベル夫人が買った千一ほどの土産物をタクシーに積み終わると、私はドアを閉め（ジェッシ・オーウェンズと見まがうばかりの運転手と必死で競い合うようにして）反対側のドアから車内へ入ろうとした。普段は便宜上、私が先に乗り、その後にキャンベル夫人が続く。だが、有頂天になったキャンベル夫人がムーチョ・ラティーノ[*7]だとか騒いでこんな面倒なことをさせたせいで、私は忘れることもできない大きな過ちを犯した。その時（反対側にあった）ステッキに目を止めたのだ。

＊3　原文は“Postered heart”直訳すれば「ポスターを貼られた心」、“poster”は、貼り紙の意味。
＊4　原文フランス語。飾りつけのこと。
＊5　原文イタリア語。すべての果物。
＊6　お土産。原文フランス語。
＊7　原文ママ。

平凡なステッキではなかったが、そのためだけに買ったのではあるまい。けばけばしく歪んだ一品であり、しかも高価だった。黒檀か何かの高価な木材を使用し、入念な彫刻が施されている。（繊細なタッチ、とキャンベル夫人は言った。）だが、ドルに直してみれば実はそれほど高い値段ではない。もっと近くからよく見てみると、彫り物は意味のないただのグロテスクな装飾だった。柄の部分には、ものすごい表情をしたネグロかネグラの頭（芸術家のやることはいつも意味不明だ）がついている。イン・トト[*8]、ちょっと気味が悪い品物だった。短絡的な私は、理由もわからぬまま一目で惹きつけられた。私はミーハーなタイプではないが、これだけは脚の痛みにかかわらず買っていただろう。私の関心を見てとったキャンベル夫人が、さっさと買うよう仕向けたということも確かにあっただろう。女の常で、彼女は買い物が大好きなのだ。きれいだし、独創的だし、それに（息を吸い込まないとこの言葉は言えない）興奮的じゃない、と彼女は言った。何たること！　ロス・ムヘーレスときたら[*9]。

ホテルへ着いても幸運は続いていたようで、ちゃんと予約ができていた。私には、ステッキが幸運を呼ぶ魔法の杖に見えてきた。部屋へ上がるとシャワーを浴び、ルームサービスで軽食を頼んだ。サービスは迅速で、軽食も美味しく、満足して我々は横になった。キューバに入りてはキューバ人に、というわけで、シエスタをしたわけだ。外は日差しが強くて暑いうえにうるさく、それにひきかえ中はきれいで、快適で、涼しかった。静かな冷房のよく効いたホテル。確かに高いが、それだけのことはある。キューバ人が我々から学んだ数少ないことの一つは、コンフォートの概念だろう。ナショナル・ホテルは快適なうえ、サービスもいい。起きてみるとすでに夜になっており、我々は近くを一回りすることにした。

ホテルの香しい庭へ出ると、そこに現れたタクシー運転手が我々の案内役を買って出た。男はラモンなんとかですと自己紹介し、くしゃくしゃの汚い名札を差し出した。我々二人を案内して棕櫚の迷路と駐車した車の列を抜け、ハバニェロ[*10]たちがラ・ランパと呼ぶ大通りへ入ると、その両側に店やクラブやレストランが立ち並び、ネオンサインや車の行列の間を縫うようにして人々が坂道(ランパ)を行き来している。このランパという言葉がこの地区の名前の由来なのだ。サン・フランシスコ風という感じで、なかなかの光景だ。だが我々のお目当ては、「世界で最も魅惑的なキャバレー」という触れ込みのナイトクラブ「トロピカーナ」だった。キャンベル夫人など、このキャバレーに来るためだけにこの旅行を企画したといっても過言ではない。我々は、というか彼女だが、そこで食事をすることにした。それまでまだ時間があったので、マイアミで見逃した映画を見ることにした。映画館はホテルのすぐ近くにあり、新しくてモダンな建物で、空調も整っていた。

我々はホテルに戻って、しかるべき衣装に着替えた。キャンベル夫人が、少しはフォーマルな服でないといけないと言い張ったのだ。彼女は夜会服を着てめかしこんでいた。出がけ、ホテルと映画館で冷気にあたりすぎたせいか、また脚が痛みだしたので、ステッキを持っていくことにした。キャンベル夫人も異議を挟むことはなく、それどころか、面白がっている様子だった。

トロピカーナはハバナの郊外にある。ジャングルのキャバレーといった趣だ。入り口から伸びる小道に沿って両側に庭園が広がり、一平方ヤードごとに木と灌木と蔦が生い茂るなかに、キャンベル夫人がランの一種だと言い張るつる草が見え、古風な銅像、ふんだんな水量の噴水、様々な色の隠しスポットライトなども目

＊8　原文ラテン語。
＊9　原文ママ。
＊10　原文ママ。

についた。ナイトクラブの雰囲気自体は魅惑の極みかもしれないが、ショーそのものはおおむね味気なく平凡で、おそらく他のラテン風キャバレーもみな同じなのだろうが、裸同然の女性がルンバを踊る一方、地元のムラート歌手が、当然ながらスペイン語で老ビング[*11]を真似たような甘ったるく滑稽な歌を叫び立てる、といった感じだった。キューバの国民的飲料はダイキリといい、ラム酒をシャーベットにしたような混ぜ物だが、竈のように暑いこの国の気候にはよく合っている。もちろん、暑いといってもそれは外の話で、このキャバレーは、「典型的な」――こう言われた――「キューバ式冷凍庫」であり、北極の気候とも間違えるほど冷房が効いていた。隣には、屋根なし、野外型キャバレーが併設されているが、その夜は十一時頃から雨が降るという予報のため、閉鎖されていた。キューバの天気予報は正確だ。我々がテーブルについて、キューバでインターナショナルと呼ばれる食事、つまり、カトリックのように脂っこく、塩辛すぎる揚げ物だらけで、食後に甘過ぎるデザートがついてくるコースを食べ始めた途端、鳴り渡る音楽を通して聞こえてくるほど猛烈な雨が降ってきたのだ。キューバの一般的オーケストラより強い音で響く雨といえば、どれほど激しい雨かよくわかるだろう。キャンベル夫人にとっては、これが最高、絶頂、最高潮であり、洗練された野生の地にあって、セルバ、スコール、音楽、食事、野蛮の極み、すべてにただ魅了されていたのだった。まさに魔法の国へ来ていたのだ。飲み物をバーボン・ソーダ[*12]に変える頃には、すっかり二人ともリラックスして、悪くない、それどころか、いい気分になっていたが、その時現れたマリコンのようなエムシー[*13]が、オーケストラのメンバーを客に紹介するばかりか、客をメンバーに紹介し、挙句の果てに客同士を紹介し始めたところで、すべては台無しになった。なんたる絶頂！　この幇間男は客席に人をやって我々の名前を調べ、ひどい英語で我々のことを話し始めたのだ。私をスープ一族の一員と思い込むという、よくあるが屈辱的な間違いを犯したうえに、（しかもマイクを使って）私のことを世界のプレイボーイ[*14]と評しさえした。あの野郎！ せめてシングみたいに「西国のプレイボーイ」と言うならまだ気が利いているのに。その間キャンベル夫人がどうしていたか？ 大声を上げて涙にむせびながら笑いこけるばかりだったのだ。脳天気な女め！

深夜過ぎ、我々はキャバレーを後にすると、すでに雨は止んで空気もさっぱりと涼しくなって、爽やかな朝の到来を予感させた。二人ともだいぶ酒漬けになっていたが、ステッキは忘れなかった。私は片手にステッキを持ち、空いた手でキャンベル夫人の手を引いた。運転手兼ガイド兼アドバイザー、夜の果ての旅のウェルギリウス君は、次は別の見世物（ショー）へ案内したいと言ってきかなかった。キャンベル夫妻がともに相当ボラーチョだったという以外、あんなところへ行った言い訳は何もあるまい。メ・イ・テ・イ。キャンベル夫人はショーを見て興奮したが、もはやそれも驚くには値しない。率直に言って、私には不快な見世物であり、退屈して途中少し寝てしまったと思う。観光産業の局地的副産物らしく、タクシー運転手が共犯になって宣伝役（アッドメン）を務めているようだ。頼みもしないのにそこまで連れて行かれて、わけもわからぬまま気づいてみるとすでに**会場**にいる、という寸法だ。**会場**というのはどこにでもありそうな普通の家なのだが、いったん中へ入って入口のドアを閉められると、客はドア廊下[*15]を伝って「ソー・ニュー・ワールド」と呼ばれる聖域へ案内される。五〇年代半ばに流行したオフ・ブロードウェイの箱型劇場のようなホールに椅子

＊11　ビング・クロスビー。
＊12　カクテル。バーボンとはライムギから作るケンタッキー産のウィスキーのこと。
＊13　“Master of Ceremonies”「儀式を取り仕切る者」の略称。
＊14　直訳すれば「遊びの少年」。道楽者のこと。
＊15　原文は“Corridoors”ジョイス風の言葉遊びで、翻訳不可能。

が散らばっており、中央には舞台の代わりに丸い大型ベッドが置かれていた。ガニメデス[*16]が飲み物を勧め（トロピカーナよりもはるかに高い値段を取られる）、さらにブーツ（？）まで勧めた後、それほどの時間ではないがしばらく間があって、観客が全員着席したことが確認されると、いったん照明が落ち[*17]、すぐにベッドの上方で赤と青の光が点くので、ぼんやりと舞台が浮かび上がるのみならず、隣の客の視線を気にしなくてもすむようになる。まず素っ裸で二人の女性が入場し、続いてこれまた素っ裸の男、光のせいでいっそう黒光りする黒人、まさに厚かましいオセロー、本物のロターリオ、別名スーパーマンが登場する。観客には海軍将校が何人か混ざっており、反アメリカの空気が感じられたが、彼らもショーを楽しんでいるようで、制服姿でそんなところにいようとも私の知ったことではない。ショーが終わるとすべての照明が点き、驚いたことに、二人の女性（まだうら若い少女）と黒人が観客に挨拶した。このサンソン&セックス商会メンバーたちは、我々の面前で相変わらず素っ裸のまま、私のタキシードと黒いステッキを見て、いやらしい身振りを交えながらスペイン語でジョークを飛ばし、海軍将校たちが笑い転げるなか、キャンベル夫人は笑いをこらえようと必死になりながらも、やはり噴き出していた。最後に、黒人が将校の一人に近寄っておカマっぽい崩れた（ブロークン）英語で話しかけ、アタシ、女は嫌いなの、と言うと、将校もキャンベル夫人も大爆笑した。そして、私も含め皆が拍手した。

土曜日は朝遅くまで眠り、十一時頃、バラデロという、ハバナから東へ百四十一キロの地点にあるビーチへ出発し、日暮れまでそこで過ごすことにした。いつもどおり日差しは強烈だったが、静かに広がる海のまだら模様、白波、まばゆい砂丘、松に似た木々、棕櫚の屋根に覆われた日陰、木と砂が混じるような後期ヴィクトリア朝風の家並み、といった光景は、ナタリー・カルマスが真似しそうだ。私は何枚も写真を撮り、もちろん大部分はカラー写真だが、B&W*18も何枚か撮った。幸せな一日だった。人も音楽もポーターも運転手もエムシーもいなければ、淫売売春婦も派手な露出狂もいないので、恥ずかしい思いをすることもないし、憎悪や軽蔑を感じることもない。楽園の発見？ いや、そこまではいかない。夜、背中も腕も水膨れだらけになり、しかも悪いことに、過剰なほど海産物を盛り込んだ昼食のせいで胃酸過多に苦しむことになった。なんとかブロモS*19とコールドクリームで対抗しようとした――錠剤を飲み、クリームを体中に塗ったのであって、その逆ではない――が、効果はなかった。また、夕方には、トランシルヴァニア*20からドラキュラ侯爵に派遣されてきたような蚊の大群に襲われた。即座に我々はハバナへ向かって退却した。

部屋へ戻ると、そこで真黒なステッキが私を待っていたので嬉しくなった。太陽と砂、二重の暑さに脚の痛みが和らいで、ステッキのことは忘れていたのだ。日焼けと痛みもいったん忘れてキャンベル夫人と私は一階のバーへ下り、カウンターに寄りかかったまま遅くまで、彼女の好きなやかましい音楽――とはいえ、真夜中であり、カーテンが引かれていたせいか、幾分ミュートがかかって優しい音に聞こえたが――を聞いていた。杖を横に置いて私はいい気分だった。

＊16 "Ganymede"『コンサイス・オックスフォード』によれば、ウェイター、酌人。
＊17 シェイクスピア風の言葉遊び。『オセロー』第四幕最終場を参照。この作品には、ほかにもヘミングウェイ、ウィリアム・ブレイク、メルヴィル、ジョン・ミリントン・シングなどへの似たような言及がある。
＊18 "Black and White" 白黒。
＊19 "Bromo-Seltzer" 胃腸薬。
＊20 "Transylvanic" トランシルヴァニアはドラキュラ伯爵の故郷。ドラキュラといえば、吸血鬼の代名詞。

翌日は日曜日であり、爽やかな朝だった。フェリーは午後三時の出発だったので、ラモンには昼食後迎えに来てくれるよう言い残し、スヴニールの買い物も兼ねて最後にハバナ旧市街を一回りすることにした。早い話が、今回も決めたのはキャンベル夫人のほうだ。虫食いだらけで古いスペイン風のお城の前にある観光客向けの店（「今度は」キャンベル夫人は言った「文句ないでしょ」）で我々は買い物を済ませた。**休業日なし、日曜も営業——スペイン語英語対応。**カドー[*21]で両手が塞がり、どこかに座って気持ちよく冷たい飲み物でも飲もうということになって、タイミングよくキャンベル夫人が広場の反対側、二ブロック先に古いカフェを見つけたので、そこに入ることにした。「ビエホ・カフェ」というそのままの名前だったが、スペイン風の古き良き下町の雰囲気が漂い、日曜日の静かでいろどり豊かで重苦しい感じは、文明国に戻ったような気分になれて悪くなかった。

一時間ぐらいそこに座っていた後、我々は勘定を払って店を出た。三ブロックほど進んだところで私はステッキをカフェに忘れたことに気づいて、店へ舞い戻った。誰もステッキの存在には気づかなかったようだが、それは別に不思議なことでもない。非文明国では何が起こっても不思議はない。再び外へ出た私は、たいした損失でもないのにいたく落ち込み、後悔の念に苛まれた。

「ステッキなんかどこにでもあるじゃない」キャンベル夫人にこう言われて、訝しがるでもなく、怒るでもなく、恍惚として彼女の顔をじっと見つめたまま、この自由な女、パングロス博士の栄光の輝きから一歩も離れられなくなった自分を意識したことを覚えている。

早足でその場を離れた私は、タクシー乗り場を探して角を曲がり、立ち止まって前、そして後ろを見ると、キャンベル夫人の顔に驚きの色が浮かんでいるのに気づいたが、実はそれが鏡のように私の顔に浮かんだ驚きに対する反応であることがわかった。すぐそこ、狭い通りの反対側を、私のステッキを持った老黒人が歩いていたのだ。近寄ってみると、それほど年老いているわけではなく、むしろ年齢不詳で、一目でモンゴル風~~知恵遅れ~~知的障害者だとわかった。英語であれ、キャンベル夫人の拙いスペイン語であれ、男と意思疎通を図ることは不可能だった。男はそもそも言葉を理解せず、まさにこれこそ外国でのネメシスだった。男は藁にもすがるように両手でしっかりとステッキを握りしめた。

キャンベル夫人は反対側からステッキを掴むよう私に言ったけれども、そんなことをすればスラップスティック*22になってしまうだろうし、よく見ると相手（パリであれどこであれ、外国にはよくいる筋金入りの~~乞食~~物乞い）は体格もがっしりしている。身振り手振りでステッキが私のものであることをわかってもらおうとしたが、結果は見るも哀れな失敗で、相手は誰の耳にもおよそ人間の話し声とは思えない奇妙な咽喉音を発するばかりだった。地元の歌手はこんな喉声で歌を歌うのだろうかと一瞬本気で思ったほどだ。よく~~知恵遅れ~~知的障害者は、明るく、優しく、音楽的才能に恵まれるというが、この場合はそうでもないらしい。どこかのラジオからキューバの音楽が高らかに流れてきた。私（の失敗）を見てとると、すでにすっかりキューバ化していたキャンベル夫人は、ステッキを買い戻してはどうかと私に提案したが、もちろん私はそんな案は受け入れなかった。「いいかい」しっかりと地面を踏みしめてこの巨体で~~乞食~~物乞いの進路を阻みながら、私は激昂して唸った。「これは面子の問題だ、ステッキは私のものなんだ」だが、こんなふうに叫んでは粛々とメンツ丸つぶれになることに私は気づかなかった。いずれにしても、相手が~~知恵遅れ~~知的障害者だからといっ

*21 贈り物。原文フランス語。
*22 サイレントコメディの手法。ドタバタ。直訳すると、平手打ちと棍棒。

て、ステッキを盗られても黙って見ているいわれはないし、自分の信念を曲げてまでステッキを買い戻す気もない。「私は圧力に屈したりはしない」今度はもう少し落ち着いてキャンベル夫人にこう言いながら歩道の下へ歩み出ると、相手は通りを横切ろうとした。「わかってるわ、蜜」言った彼女は言った。

だが、他の国ならサヴァンナの悪夢で終わる出来事が、ハバナでは現実に起こるのだ。予想にたがわず、我々は現地人の野次馬に囲まれ、怒りのリンチにかけられるのではないかと恐れた私は、急に不安になった。知らない人が見れば、私こそが、無抵抗な現地人を迫害していると思うかもしれないし、人の輪には黒人の顔もちらほらと見えた。輪の真ん中で足を踏みしめるルター、この孤独な聖書至上主義者は、よそ者の理念を盾に、必死で不条理と闘わねばならないのだ。

しかし、状況を見て人々は落ち着いた行動を取った。キャンベル夫人は懸命に事情を説明し、しかも野次馬の一人が崩れた英語を話すというので、原始的な仕方ながらも仲介役を買って出た。この地元のハマーショルド事務総長は、なんとかこのモンゴル人だか火星人だか得体のしれない男と話をつけようとしたが、どうやらあまりうまくはいかないようだった。乞食物乞いは二歩ほど後ろに下がっただけで、相変わらずステッキを掴み、持ち上げ、抱き締めながら、響きと怒りのこもったわけのわからない言葉で何か——当然意味不明——を話し続けるばかりだった。ひょっとすると、このステッキは自分のものだ、こうずっと主張し続けていたのかもしれない。野次馬たちは、ある時は私たちの肩を持ち、またある時は乞食物乞いの味方をした。妻は相変わらず訴え続けていた。「メンツの問題です」おそらくスペイン語でこう言っていたのだろう。「キャンベル氏はステッキの合法的所有者です。昨日買った物なのですが、今朝古いカフェに置き忘れたのです。それをこちらの紳士が」左手の人差指で男を指さし、知恵遅れ知的障害者とは言わずにおいた。「持っていったのです、彼のものではありません」そして目立つ金髪の頭を左右に振りながら「違うんです、皆さん」窃盗未遂、単なる勘違い、どちらともとれるような曖昧なフレーズだった（彼とは誰だ?）が、この切実な訴えが聴衆の心を掴み、ここで私たちの勝訴が確定した。

すでに我々は通行の邪魔になっており、やがて警官が現れた。二重に幸いなことに、この警官は英語を話した。私がすべて事情を説明すると、彼は野次馬を解散させようとしたが、それも無駄な努力で、我々と同じく集まった人々もどういう結末に行きつくのか興味津々だったのである。警官は知恵遅れ知的障害者と話をつけようとしたが、すでに述べたとおり、この名無し殿と話をすることなど不可能だった。そう、警官はカッとなって拳銃を抜いて相手を脅した。数の増えた野次馬は思わず息を飲み、私は最悪の事態を恐れたが、幸い知恵遅れの男知的障害者はようやく事態を理解したらしく、しぶしぶながらも私に杖を差し出した。拳銃をしまった警官は、乞食物乞いにいくらか金をやってはどうかと提案した。「代償というわけではなく、単なる貧しい者への贈り物施し物として、ということだったが、私は反論した。実際にステッキが私のものである以上、それでは社会的圧力に屈することになってしまう。私はそう警官に言った。キャンベル夫人が口を挟んだが、私は譲歩する気などなかった。ステッキは私のものであり、乞食物乞いは不当にこれを奪ったのだ。今ここで金を払ったりすれば、盗みを奨励することになる。そんな取引は御免だ。

ここで野次馬の一人が、キャンベル夫人の説明によれば、カンパを提案した。しかも、愚かで優しすぎるキャンベル夫人まで袋金を差し出そうとしたのだ。こうなっては、この不条理な状況に一刻も早くケリをつけるしかなく、間違ったこととは知りながらも、私は譲歩せざるをえなかった。私は知恵遅れ知的障害者に小銭を差し出し（正確にいくらだったかは覚えていないが、ステッキは払われた代金より高かったことは間違いない）、苛立つ気持ちを抑えて渡したのだが、相手は受け取ろうとしなかった。今度は彼が侮辱された男の役を演じたのだ。再びキャンベル夫人が口を挟んだ。男はいったん受け取る素振りを見せたものの、すぐに考え（があるのだろうか？）直して、相変わらず喉から音を出しながら受け取りを拒否した。警官がその手に押し込んで初めて、男は素早い動作でその金を受け取った。私が立ち去る間も、男は（じっと）ステッキを見つめていたが、埋まった／せっかく掘り出した骨を諦める犬のようなその目つきが私の癇に障った。ようやく不愉快な事件にケリがつくと、職務にふさわしく丁寧な応対の警官が、その場で我々にタクシーを拾ってくれた。我々が去るのを見て野次馬の一人が拍手し、別の誰かが優しく手を振って別れの挨拶をした。知恵遅れ知的障害者／乞食物乞い／盗人の恐ろしく不細工な顔はそれ以上見ることもなく、私は満足な気分だった。キャンベル夫人は（旅行中最初で最後だったが）完全に黙り込み、たくさんの贈り物（天の恵みではなく、彼女の買った土産物）を頭の中で数えているようだった。ステッキを取り戻した私はご機嫌で、キャンベル夫人が大量に買ったどの土産物にもまさる土産話を手にした幸せを噛みしめていた。

我々はホテルへ戻り、午後早い時間に出発するので下りてくるまでの間に勘定を準備しておいてほしい、と従業員に伝えて、ホテルのレストランで現金払いの食事を済ませることにした。その後、部屋へ上がった。

いつもどおり私がドアを開けてまずキャンベル夫人を部屋へ通し、カーテンが閉まったままだったので、彼女は電気を点けた。そのまま彼女はスイートの居間を抜けて寝室へ入り、熱帯での気楽な週末を称えながらカーテンへ向かって歩いていった。キャンベル夫人は、寝室の電気を点けると同時に突き刺すような鋭い叫び声を上げた。外国では電気設備に問題があることが多いし、電気でも走ったのか、あるいは、毒蛇でも入り込んでいたのか、あるいは、今度は現行犯の空き巣か、と一瞬のうちに私はいろいろ考えた。寝室へ駆け込んでみると、キャンベル夫人はヒステリーにでもかかったように言葉を失って固まっていた。部屋でカタレプシーに囚われた妻を見ても、私にはいったい何が起こっているのかまったくわからなかった。少し落ち着いて喉から奇妙な音を出すと、彼女はベッドを指さした。ベッドは空で、蛇も泥棒もスーパーマンの複製も見当たらない。私はナイトテーブルに視線を移した。するとそこに、緑に塗られた表面の上を覆うガラスカバーを~~突き切る~~横切るようにして、黒く、格調高く、堂々と、訴えるように、そして薄気味悪く、**もう一本の**ステッキが横たわっていたのだ。

訂正

セニョール[*23]・キャンベルは、本職の作家でありながら、「いつもどおり」下手な物語を書いた。

船から見るハバナは美しく輝いていた。凪いだ海の表面はコバルトブルーと言えるほど明るく、そのところどころに流れ込む濃い青色の筋は、ある人の説明によれば湾流なのだそうだ。波はほとんど立たず、逆さまの空には泡のようなカモメが静かに飛んでいた。突如目の前に現れた街は、眩しいほど真っ白だった。空には黒い雲が多少かかっていたが、太陽は強く降り注ぎ、ハバナは本物の街というよりはその蜃気楼、幻の

*23 原文スペイン語。

ように見えていた。すると突如街は左右に開いて様々な色を放ち、それが太陽の白光のもとで溶けていくようだった。異常なまでの熱狂的映画狂であるキャンベル氏の言葉を借りれば、パノラマ、シネマスコープ、実物大シネラマとでもいったところだろうか。そのまま我々は、ガゼリア[*24]のような光を目に浴びながら鏡張りの建物の間を通り抜け、きらきら輝く芝生と枯れたような芝生の入り混じる公園を横目に、黒く美しい旧市街のほうへ向かった。そして、当然ながら波止場へ至った。

キューバ音楽には粗野な側面があるとはいえ、そこには誇るべき魅力、内に秘めた強烈な驚きがあって、詩的とでも言うしかない何かが、マラカスとギターの音、ファルセット[*25]あるいはブルース歌手[*26]のような荒削りなビブラート——時にはその両方——の声に乗って宙高く舞い上がる——これはアフリカ起源の和声法であり、南部ばかりでなくキューバやブラジルでも見られる——一方、ボンゴやコンガのリズムがそれを地上へと引き戻し、打楽器クラーベ——キャンベル氏の物語では「板と板を打ち鳴らし」という妙な表現があるが、これは迷信的儀礼でも秘密の習慣でもなく、二本の棒を打ち鳴らす極めて繊細な打楽器であり、主旋律を奏でるものではないが、「コル・レニョ」[*27]で刻まれてパーカッションとなる。アルペジオのLP[*28]『パーカッションの響き』AG0690の裏面折り返しにジョン・セージが書いた付記を参照——が落ち着いた地平線の役割を果たす。

痛みがあるとはいえ、不自由なわけでもない足をあれほどキャンベル氏が大げさに話すのはいったいなぜだろう？　戦争の負傷者を気取りたいのかもしれないが、実際にはただのリューマチにすぎない。

問題のステッキは、何の変哲もないステッキだった。黒く、おそらくは堅い木でできていたが、私の見たところ、黒檀ではなかった。珍しい模様がついていたわけでもないし、柄に性別不明の頭がついていたということもない。地上にステッキされる[*29]五万とあるステッキの一本であり、確かにデザインは多少面白かったが、作りも悪く、まったく「ありきたりな」一品だった。キューバ人でも同じようなステッキを持っている人は多いだろう。私はそれが興奮的などとは言っていないし、そんなのはキャンベル氏のリビドーに起因する誤解だろう。それに、私はステッキのようないやらしい物は買わない。

ステッキはまったくの安物だった。それに、一キューバ・ペソが一ドルだから、計算の必要はない。ついでながら、ハバナに入れ込みすぎて勘違いしたのか、キャンベル氏は扇子のことを「ハバニコ」と書いているが、正しいスペイン語は「アバニコ」だ。また、「ハバニャ」ではなく「ハバナ」である以上、ハバナの人たちは「ハバニエロ」ではなく「ハバネロ」だ。形容詞の前では「ムーチョ」という形容詞は使わず、「ムイ」という副詞を使うのが正しい。さらに、「ムヘーレス」という女性複数形に対して使う定冠詞は[*30]、「ロス」ではなく、「ラス」である。もっとも、「ムヘーレス」を相手にするときのキャンベル氏からフィネスなどはまったく期待できない。ムヘーレス、物のごとく[*31]。

＊24 "Gaselier" 多数の光源を天井から吊り下げる照明具。ガスとシャンデリアの結合語。
＊25 原文イタリア語。
＊26 "Blues" アメリカ南部の黒人たちの歌。
＊27 原文イタリア語。直訳すれば、「丸太を手に」。
＊28 "Long Playing" 大きいサイズのレコード。
＊29 "cane" "stick" はともに名詞として「杖」の意味があり、動詞 "stick" には「刺す」の意味があることを踏まえた言葉遊び。翻訳不可能。
＊30 原文フランス語。洗練。
＊31 英語で女性を意味する "women" とスペイン語の "mujeres" を利用した言葉遊び。

街のいろいろなものが気に入ったし、私は別にそれを恥ずかしいとは思わないので、はっきり口に出して言うことができる。ハバナの人々の人となりは、いつでもどこでも大好きで、愛しているとすら言えるほどだ。同じように、キューバ音楽、括弧つきの「キューバ音楽」も愛している。トロピカーナには一目惚れした。完全な観光客向けアトラクションだが、それでも美しく、豪華で、活力があり、島のイメージにぴったりだ。食べ物は文字通り食べる物でしかなかったし、飲み物も同じだったが、それでも、音楽と、合唱少女たちの美しさ、それに、振付師の解き放たれた野趣あふれる想像力は、忘れがたいものと私も考える。

司会者はさっそうと背の高く色黒のラテン男子で、緑の目に黒の口髭をして、まばゆいばかりの微笑みを顔に浮かべていた。重々しいバリトンで魅力的なアメリカ英語を話す姿は堂に入ったものだった。キャンベル氏は「マリコン」と言っているが、これは名誉棄損と紙一重であり、スペイン語でこの言葉は「変態」や「女王様」を意味する。

キャンベル氏は非常にもったいぶって言語トレーニング——体のトレーニングをもっとすればいいものを——を重ね、私を一つの絶対的プロトタイプに仕立て上げようとしている。つまり最もありふれたありふれた平凡な女性である。彼によれば私は、頭が悪すぎて、IQ[*32]は単細胞も同然、野蛮な女金曜日[*33]とでも言うべき知恵遅れの単刀直入女[*34]、パングロス博士には程遠い女ワトソン、瀕死の顧客に請求書を突き付ける高利貸しも同然なのだ。トゥト・クルト[*35]にキャン夫人と呼ばれなかっただけまだましだろう。「蜜、ここがトロピックよ！」とか、「蜜、全部スヴニールよ」とか、そんなバカらしいセリフを私が言うはずがない。キャンベル氏は『ブロンディー』の愛読者であり、『アイ・ラブ・ルーシー』などもよく見ているから、そのせいでこんな言葉が出てくるのだろう。彼がデツ・アルナス[*36]のような目をした若い男なら、私がルーシーになるのも悪くはないかもしれないが。

キャンベル氏の物語（というほどのものではないが）には、「現地人」という否定的意味合いの言葉が何度も現れるが、こうした用法について老キャンベル氏を批判しないでほしい。彼にはそうとしか言いようがないのだろう。セニョール・キャンベル――このSeñor、Sr.、Sr.キャンベルは、句読点や記号が大好きで、私がわざとドットを抜いてMrとでも書こうものなら、教師のように「君、君」と言ってくる――、自称ラドヤード・キップリング・キャンベルは、ホテルのサービスについて、「アメリカから学んだ」という意味で「我々から学んだ」と、美術館でコノワスール[*37]をしてしゃべる男のようなしゃべりっぷりで解説している。また、熱帯のホイ・ポロイ[*38]は皆一様に怠け者で、昼寝を欠かさないと思い込んでいる。そのうえ、キャンベル氏には「現地人」の区別もできない。運転手の名前はどう聞いてもラモン・ガラシャ[*39]ではなかった。

彼が片時もステッキを離さず街中を歩く光景は愉快なものではなかった。トロピカーナを出るときは、サ・ケ・ヅ・ケやメ・イ・テ・イどころか二人ともデ・イ・ス・イしていて、ごみごみした出口の通路では、距

＊32 "Intelligence Quotient" 知能指数。
＊33 キャンベル夫人にもたびたび文学作品を引き合いに出す癖がある。デフォーの小説『ロビンソン・クルーソー』に登場する「フライデー」に因んだもの。直訳すれば、「金曜男」。
＊34 "Straight-man" の女性形、ボードヴィルの喜劇役者の対極にある。
＊35 原文フランス語。短い。
＊36 原文ママ。
＊37 原文フランス語。知ったような。
＊38 原文ギリシア語。直訳すれば、「人々」。
＊39 原文ママ。

離も短く、ちゃんと明かりも点いていたのに、キャンベル氏はステッキを何度も落とす始末で、よろよろとそれを拾い上げる老人は、それこそ「通行の邪魔」だった。

実は彼は、大富豪のキャンベル一族と誤解されるのが嬉しくて仕方がない。自分でも意図的に血縁関係を匂わせることがあるほどだ。私は世界のプレイボーイという呼び名を笑ったわけではないし、スープ一族の大富豪と呼ばれてわざとらしく怒ったような表情をする姿にも軽蔑を覚えただけだった。完全な大根役者なのだ。

キャンベル氏は、自分の飲酒習慣やその他文学者的性格をことさらに強調したがるが、それはすべてヘミングウェイやフィッツジェラルド et al[*40]の猿真似にすぎない。

キャンベル氏は、無理に生性交へ連れていかれたような言い方をしているが、それは正しくない。確かにラモン——やむをえずこう呼んでおこう——に案内されたが、それはキャンベル氏が何度もドゥブル・アンタンドル[*41]を繰り返したからだ。キャンベル氏は隠しているが、彼はベルギー書店[*42]でオベリスクやオリンピア・プレス[*43]の本を「まとめ買い」し、UK[*44]、USAでは販売・流通禁止と書かれた注意書きをわざわざ私に見せつけてきたばかりか、高価で分厚いフランス語小説『プレリュード・シャルネル』[*45]豪華カラー版を無理して買ったうえ、これから毎晩ベッドでこれを訳してくれと私に頼んできたのだ。二人で見た映画のタイトルもキャンベル氏は書かなかったが、実はあれは『ベイビー・ドール』[*46]だった。彼がタブロー・ヴィヴァン[*47]を買ったり、私に性的冒険を持ちかけてきたりすることもなかったのは確かだ。マリナの家やコロン地区の赤線地帯をめぐるキャンベル氏の記述にはいくつか誤りがある。淫乱の体験や性と音と光[*48]のショーの描写については、特に私からコメントすることもない。ただ、キャンベル氏の命名法と記号法に従って言えばロターリオ／オセロー／スーパーマンの見せ物を楽しんだのは、哀れにも変態扱いされた私だけではなかった。最後に付け加えておくと、瞼なしのチン[*49]の時代以来、両目をぱっちり開いたまま熟睡できる男は世界でただ一人、キャンベル氏だけだ。

キャンベル氏がステッキを発見したのは、ゴーゴリの「鼻」[*50]に出てくるような奇妙な男と一緒に歩いている状態、つまり、モノが文学的登場人物「歩き杖」[*51]となって動いている状態のときではない。ステッキはずっとコーヒー店にあったのだが、ちなみにコーヒー店の名前はルセロ・バーである。我々二人は満員のフロアに座っていた。キャンベル氏は、立ち上がって店を出るとき、当然のように隣の席に立て掛けてあったステッキを掴んだ。黒く、ごつごつした木のステッキで、彼が買ったのとまったく同じ物だった。外へ出ようとすると後ろから、あの時は奇妙だったが今ではおなじみになった音を発しながら男が走り寄ってきた。振り返

＊40 原文ラテン語。直訳すれば、「その他」。
＊41 原文フランス語。二重の意味。
＊42 ハバナ旧市街にある「カサ・ベルガ」のことであろう。
＊43 猥褻本を英語で出版するフランスの出版社。
＊44 “United Kingdom” 連合王国の略称。
＊45 原文フランス語。
＊46 エリア・カザン監督の映画。キューバ版タイトルは『肉体の人形』。
＊47 原文フランス語、ママ。
＊48 原文フランス語。観光地によく見られる照明・音響技術への言及。
＊49 中国沿岸に出没した有名な海賊。
＊50 ニコライ・ゴーゴリの有名な短編「鼻」への言及。
＊51 翻訳不可能の言葉遊び。原文は “Walking stick” 直訳すれば「歩く棒」。

ると、それがステッキの本当の持ち主だったのだが、その時はそうとはわからなかった。キャンベル氏は男にステッキを捧げるような格好をしたが、私がそれを止めさせた。せっかく自分のお金でステッキを買ったのに、相手が白痴だからといってみすみす取られてしまういわれはないし、知的障害者だから人の物を盗っていいということにはならない。我々の周りに、コーヒー店の客を中心にして野次馬が群がったのは本当だし、多少込み入った言い争いがあったのも事実だ。しかし、ご記憶のとおり物乞いがそもそも話などできなかったこともあり、野次馬たちは最初から我々の側についた。警官――観光局担当――は、単に偶然通りかかっただけだ。当然ながら、彼も断固として我々を支持し、特に口論することもなく物乞いを留置所へ連行した。カンパなど提案した者はいなかったし、キャンベル氏は一銭も自腹など切る必要はなかった。私とてそんなことは絶対に許さなかっただろうが。キャンベル氏の物語では、私が魔法のステッキ[52]で聖女にでもなろうとしたように書いてあるが、それは事実ではない。むしろ、ステッキを何としても渡すまいと頑張ったのは私のほうだ。私は頭の悪い男は好きではないし、何とか我慢できるのはキャンベル氏ぐらいで、しかも、彼がぶくぶく太っていくのに比例して、私の忍耐力も少しずつではあるが高まっている。それはさておき、私はステッキを反対側から掴むよう指示してなどいないのはもちろんだが、そもそもこのシーン全体の描き方自体が、まるで一九四〇年代後半のイタリア映画にでも合わせたかのようで、どこか無理がある。

確かに私の話すスペイン語は完璧ではないが、神の愛にかけて、ちゃんとわかるスペイン語を話しているし、いつも人にも簡単に理解してもらえる。リゴル先生のもと、パライソ・アルトで集中講義を受けたこともあるし、出発前にしっかりブラッシュしてきた。私は話せもしない言葉をひけらかしたりなどはしない。キャンベル氏はただ焼餅を焼いているだけだ。[53]ついでながら、オン・ディ[54]「ダモクレスの剣」、パ[55]「ダモクレス的刀」。

メロドラマ的な場面はまったくなかった。キャンベル氏の物語は単に稚拙なばかりか、不完全な事実や嘘ばかりである。キャンベル将軍の敬礼のような場面はなかったし、リンチも拍手もなければ、恨めしそうな物乞いの顔などタクシーのなかから見えたはずもない。もう一本のステッキ――太字で強調するなど、まさに石鹸劇場のようにまったく悪趣味で、あれこそあの物語を象徴するような部分だろう。「**もう一本の**ステッキ」ではなく、普通に「もう一本のステッキ」と書けばすむことだ――を発見した私は、別に叫び声も上げなかったし、カタレプシーなどまったくのでっち上げだ。ヒステリーどころか、私は冷静にステッキ、本当のステッキを手に取って見せただけだ。当然ながら、とんでもない間違いをしてしまったとは思ったが、まだあの時は取り返しがつくと思っていた。慌てて我々はコーヒー店に戻り、留置所がどこか客に訊いてみると、それがあの、キャンベル氏の言う虫食いだらけのスペイン風お城だったが、すでに物乞いはそこにいなかった。あの唯一の本当の泥棒被害者は、門のところで警官たちに冗談を浴びせられ、涙にくれた状態で釈放されたのだ。当然、誰も彼の居場所を知る者などいなかった。

我々は船に乗り遅れ、飛行機で帰国せねばならなかった――トランクと本にスヴニール、そして二本のステッキとともに。

＊52　言葉遊び。翻訳すると面白みが伝わらない。
＊53　ここには性的暗示があるが、翻訳では伝えることができない。
＊54　原文フランス語、「～と言う」の意味。
＊55　原文フランス語、「～ではない」の意味。

第七回

私、金曜日に嘘をつきました、先生。それも大きな嘘です。お話しした男は、私とは結婚しなかったのです。私はその男とは何の関係もない人と結婚し、ホモセクシュアルだったその男は誰とも結婚しなかったのです。会ったときにそう言われたので、私は始めから彼がホモセクシュアルだと知っていました。私をデートに誘っていたのは、彼の親友が実は親友以上の存在なのではないかと両親に勘ぐられ、異性の恋人でも作らないと軍人学校へ送られそうだったからです。実際には私は彼の恋人ではありませんでした。結局のところ、彼は軍人学校へは送られずにすんだそうです。

ジグソーパズル

チクショーハズレ

ブストロフェドンとは何者だったのか？　現在過去未来において彼は何者なのか？　Ｂ？　彼について考えるのは、金の卵を産む雌鶏について考えること、答えのないなぞなぞを解くこと、つまりは堂々めぐりにほかならない。**万人にとって彼はブストロフェドンであり、ブストロフェドンにとってすべては彼だった。**こんな言葉、こんな怪文を一体どこから引っ張り出してきたのか、僕にはわからない。ただわかっているのは、僕は時と場合によって、ブストロフォトン又はブストロフォトマトン又はブスネフォロニエプセと名前がころころ変わり、シルベストレは、ブストロフェニックス又はブストロフェリス又はブストロフィツジェラルドだったことだ。そして問題の男、フロレンティノ・カザリスは、新聞記者となって名前をフローレン・カッサリスと変える随分前からブストロフローレンであり、彼の小説の一作は『ブストロフェードル』、彼の母はブストロフェリサ、父はブストロファーダーだったが、恋人が本当にフェードルだったのか、母が本当にフェリサだったのか、さらには、彼自身には、自分がつけたあの名前以外に本名があったのか、それは僕にもわからない。かつて薬の名前にヒントを得て（シルベストレが助言したのだろうか？）、ブストロファルスのブストロフロラという意味のムタフロラ＝移動性植物相という名前の大陸を考えたのと同じく、辞書をでためにめくって、ブストロフェドン＝犂耕体（れいこうたい）という言葉を見つけ出したのだろう。

一度、僕と彼とブストロフェドンテ（その週のリネの名前。最も忠実な親友と慕われていたばかりか、リネサイ、リネセンセイ、リネセンサイ、リネサンサイなどと呼ばれているうちに、リネサンス、リネサイセイ、リネソンザイ、リネソーメン、リネザーメン、リネフェラと名前を変え、ブオノフェラ、ブオノフィーヴァー、ブスノフィーヴァー、ブスノセイダ、ブストペダンテ、ブストフェロモン、ついにはブストロフェドンテとなったのだ。こうした変遷を見ると、我々の友情がどのように移り変わってきたかよくわかるだろう）が夕食に行くことがあって、二人が新聞社まで僕を迎えにくると、ブストロフェドンは、高級レストランの涙のような光や紙花が気に入らないからブストロショクドウへ行こうと提案し、店に入るや否や、席に着きもしないうちからウェイターに声を掛けた。ブストロボーイさん、こんなふうに呼ばれれば、ウェイターだのボーイさんだの店員さんだの、そんな呼ばれ方すら嫌がるハバナのウェイターが、夜遅い時間にどんな応対をしてくるか、容易に想像できるだろう。大蛇の尻尾のように顔を長く伸ばし、冷たい鱗で武装して出てきた彼は、もはやボーイではなくボアだった。ブストロワレワレは、ブストロフェドンはこう切り出し、ショ、ショクジをし、したいんだが、とブストロファニーマン気取りでわざとどもってみせたが、ボーイボアは大蛇の牙を剝き出しにして恐ろしい形相で相手を睨みつけた。僕は必死で笑いをこらえるため、口に紙ナプキン（安食堂でもそれぐらいのものはあった）を入れたが、笑いはクロール、そして平泳ぎ、背泳ぎ、メドレーリレーで喉元へと泳ぎ出て、ついには口の中でバタフライのようにバタバタし始めたが、折悪くちょうどその時、当時ブストローファットと名乗っていたBが、ブストロフェリックスも連れてくればよかったな、そうだろう、ブストロフォト、と僕に話しかけ、口のゴールマウスに紙ナプキンのキーパーを挟んだまま笑いのシュートを止めようとしていた僕は、ほう、ほうらな、と答えたものの、その瞬間、笑いのオナラ・へ・ガスが超音速爆笑を起こして紙ナプキンの中距離弾道弾を発射した。紙ナプキンは美しい弧を描いてウェイターの顔へと飛び立ち、長く伸びた面長の顔を滑走路にしてうまく軟着陸した後、ちょうど片目の上に被さったが、この領空侵犯に気分を害したウェイターは、砂が海へと引いていくように（サブレ・マロキン作詞作曲）厨房の荒海へ引き上げ、ポセイドン主人を相手に苦情の台風を巻き起こした。沖合の台風を見ながらも、テーブルクロスの岸辺に守られた我々は事の意外な展開に笑い転げ、ほら吹き軍使ブストロフォーンは大声で、これはブストロフェノメノンだ、と叫び、お前こそブストロフォンブラウン、ブストロンボーン、ブスタイフーン、ブストロツナミ、ブストロモンスーン、ブスモフットバスハナイキだ、と右へ左へ左右へ叫び続けていた。とうとう店の主人が現れたが、禿げ頭で小太りのガリシア人だった彼は、ウェイターより随分背が低く、立っていても跪いているようにしか見えないほど、ブストロのバストにも届かないほどだった。

「**どうしたというんです、皆さん？**」

「食事を（横顔を向けたままブストロは落ち着いて言った）したあいのですが」

「しかし、悪い冗談はおやめいただきませんと」

「いったい誰が悪い冗談など？」（こう訊きながらブストリシマリヤクは、ひょろ長い体とぶつぶつだらけの顔、青春のニキビだか大人の疱瘡だか気孔だか硝石だか早まったハゲタカの嘴だかにつつかれたようなあの顔を伸ばして立ち上がると、その姿が上方へ二倍、三倍、天文学的倍数で巨大化して天井、梁、天蓋に頭を突いた。）

するとと店の主人は、ただでさえ小人のように小さいのに、どんどん体が縮んで信じられないほど小さくなり、親指、ついには小指ぐらいに

なってもまだ縮み続け、ついにはネズミの
　　穴へ入り込んで
　　　姿を消した

僕はここで『不思議な国のアリス』のことを思い出し、ブストロケタハズレにそう言うと、彼は喜んで言葉遊びを始めた。フジミな国のアリス、婦人の櫛を愛す、不思議な栗のアイス、不審な九時の空き巣、蟻の巣、愛の巣、アニス、カシス、ハシス、ニアミス、お辞儀な国、蒸し器な国、無市議な国、不思議枠に、そしてとうとうアリスのスリカエリストに飽きると、僕の言った「ほう、ほうらな」を出発点に、無理やり（これで道理も引っ込む）海へ行ったアリスとマルティの詩「バラの小靴」に引っ掛けて、トロピカルなリズムで歌い出した。

ほうらほうららほうららら
（痰の絡んだギターのような声を整えながら）
陽が降りホホギ、波はヒホウク
砂はなめらか、ピラールが
真新しい羽根ホウシヲ
ひけらかす。

「何てカハヒヒ子だ」
父が娘に口づけし
「わがトハハレの鳥よ、
なめらかな砂を運んへホ～オクレ」

ああ、でもこれじゃだめだ。ちゃんと耳で聞くのでなければこんなことを書いても何の意味もない。そう、耳、耳で聴くこと、ダリ男さんのくだらないお腹ゴロゴロと同じなのだ。

臭鼻症持ちの手浴が安ワインの燐光を発する。
俄かな誤転用が現写すべきマロミリャスに味を添え、ブドウの搾りかすと大運河を絞めつける。ミリーの横帆船がヒャクズクを跳ね上げる。
グリコーニンを標本するための添え木がカントーニャにはないのか？

毒なし蛇の異臭が電信用を打ち合わせる
チーズ型の綱は列柱を上塗りしないのか？
ああ、コセタニアの馬車が清掃人夫に嘔吐するとは！

苔むした悪事が第五音階で感電する。
小梅のアカエイがフリメールを対峙させる間、
ミズハタネズミの雀斑が
生まれくるイシクイの眼内閃光にふいごで息をかける。

塩沢などない！

プラズマのイビデムがマジパンのなかで
化石化し、その横でグミアが緋鳥鴨の三聖頌に
ノトコルディオを騒ぎ立てる。

藤色でやぶにらみの駄馬が
まさに換喩において丸鑿の錨を上げ、
象皮病を堕落させ、カテキュを縮絨する

波よ、立たないでおくれ！

多国語の悪ふざけが青の序言となり、
そして田舎らしいアルカティファの揺れを虜にする。
真夜中に上がる黄金の花火の追加嘆願書、
レイスの価値もない！
丑三つ時の行間を読まないというのか？
罫の入ったプリオール！

がらがらのボラピエが銃剣の息を詰まらせ、
ゲヘナの水路、水路で
聖職売買のゴロゴロ音が曲がりくねる、そんな四月

ちょうどこの「四月」のところで、ロヘリート・カストレシーノが道を横切って僕たちに合流し、知人すべての名前をいろいろ変化させて歌う秘密の遊びを始めたが、そこにボーイボアだかドアボーイだかが現れてこの儀式は中断された。ブストロフェドンは飛び入りの友人に、彼がナマステと呼ぶ、というか呼んでいた（もう故人なのだ、気の毒に）挨拶、といっても手の平を合わせるのではなく、こんなふうに手の甲を重ねる挨拶で歓迎の意を示し、

そして皆で食事を注文した。

ブストロマメとブストロフェドンは言った、と彼は言い、ライス付きで、と僕が言う前に、ブストロヒレニクとブストロフェドンヒレは言ったとブストロフェドンが言って、ブストロフリカッセとブストロフェビアンが続け、困ったことだ、つまりずっとブストロダラケ、彼が一人で喋っていたが、その間も、じっとウェイターを正面から見つめ、二人はしばらく顔と顔（カオカオ）、目と目（オメオメ）を突き合わせていた。座っていてもまだウェイターより背丈のあるブストロフェドンは、寛容な心を見せて少し屈み、全員の注文が終わると、デザートを全員分注文した。異議なし。ブストロプリン、彼は言って、さらに、ブストロヒーコー、と続けると、今度は僕も間髪を入れず、コーヒーを三つ、と言って、丁寧に、お願いします、と言おうとしたが、オシマイネスガだかオガマシイスネだかと言ってしまい、よくテロ行為の嫌疑で逮捕されなかったものだが、轟音を立てて、ハクショョン、いやちがった、ヒャクショウ、でもなかった、バクショウの内部バクハツと外部バクハツを起こしてしまった。コーヒーが運ばれ、飲み終えた後、支払いも済ませてようやくバクショウのレストアをしながらレストルーム／ランを出ると僕たちは、ブストロフェンバッハ作曲の『コーヒー・カンタータ』に基づくキストリーニ・ヴァリエイション（©Bustrophedon Inc）を歌い始めた。

オーオー、オモロ
オーロモコーロモ
ノモーヨー
コーフォーヲ
コ〜フォ〜
ネーネーネー
ヘベレケネー
ケーフェーデー
メーテーデー
ケ〜フェ〜
イーイーイー
ミミッチー
ティーヨリイー

チチイリキーフィー
キ～フィ～
ウーウーウー
クツー、ウツ
ツルム、ススル
クーフゥームッツ
ク～フゥ～
アーアーアー
アラヤダー
カラダガヤワー
アサハサー、カーファー
カ～ファ～

その間僕は、人間はサルに向かって進化するというテーゼを立証すべく、エリボーをチンパンジー化して、最初は指とスプーンとコップ、後には手と指の平と口と足を叩いて規則的な音でリズムセクションを担当した。ア～、ア、ア～！　ちきしょう、あれは楽しい夜だったなあ、あんなちきしょうの夜は本当に値希少の希少価値だ。あの夜、ブストロフェドンは、チョコレートカップの「ヒカラ」やカカラヒカラの町にちなんだ、簡単だが本当にややこしい早口言葉を考え出した。「干からびた空のヒカラの殻と皮を乾いた貝で刈る」とか、

「カカラヒカラで光るヒカマを借りた量りで量る」とか。それに、今や定番中の定番となった「竹藪焼けた」のような回文も、リネと賭けをして、瞬く間に三つ作りだしてしまった。「旦那、紳士なんだ?」、「イタリアでもホモでありたい」、「なんて躾いい子いいケツしてんな」、いずれも単純だが簡単に作れるものではないし、いずれもキューバ的でありながら、キュービズム風、第三者(四者?)的にみればエキゾチックな感じもする。その時、驚いたことにリネの丈夫な足(二本、ブストロフェドンは言った、左右、みぎひだり)が三本になった。一つはハバナ、もう一つはスペイン国旗(なぜかって? それは僕たちがセントラル公園を歩いていて、一方にガリシア文化センター、もう一方にアストゥリアス文化センターがあったからだ)、そこにムラート女性が通りかかり、ヌーのようにヌゥッとニュートラルにヌードで現れたその足(Bは言った、それじゃ合計四本じゃないか)はもちろん、僕たちの永遠のテーマ、「スター」ラ・エストレージャ、そこでブストロフェドンはアナグラム(直訳すれば転綴語句、テンテツゴク、並びかえれば「天国って?」)を生み出した。この十三文字を蛇のとぐろのように円形に書いて輪廻を作れば、人生の謎と神秘を包み隠し、同時に明らかにする魔法の指輪となる。つまり、どこから読んでも、不幸の手紙のように際限なく続く幸運の輪となるのだ。「輪廻」「年利」「念力」「金」「金利」「理念」「ねんね」「年季」、そして「麒麟」。果てしなく回り続けるこの永久機関が、浮世の苦労を離れて安らぎを提供するメリーゴーランドになるか、一度走り出したら止まらないハムスターの輪のような拷問になるのか、それはあなた次第、というわけだ。しかも、それだけではなく、なんと(ナントはフランス、カントはドイツ)この文、このアナグマ、いやアナグラムは、星=スター=エストレージャのように並べることができる。

りんねんりきんりねんねんき

そして年季の入った輪廻の輪は続くのだ。

かつてブストロフェドンは、彼が音声制限語・意味無制限語辞典と呼ぶもののなかからでたらめに様々な言葉を読み上げたことがあり、そのいくつかはもう忘れてしまったが、かなりの部分は作者の定義抜き解説とともによく覚えている。あい、あう、あか、あさ、あだ、あら（あらあら）、あな、あや等々。ついでながら、彼はアダムのスペイン語名がアダではなくアダンになってしまったのを口惜しがり（カタルーニャ語ならアダになるんじゃないか、と彼は言っていた）、アダであれば、最初の人間という称号ばかりでなく、ダムなんかに飲まれずにすんだろうし、別のアダ名も付けられれば、アダ討ちにもアダージョにも参加して、カナダへも行って、アダルトにだってアダム・スミスにだってなれたろうに。あだりまえだ、そのくらいあだしにもわかる。しかもアルファベットでＡＤＡは、数字なら１０１、これは88と並んで、永久に自分を反復する完全環状数字であり、どこからどう見ても、いつも同じ数字に見える。ブストロフェドンはこう言ったものの、同時に次のように付け加えるのも忘れなかった。だが、完璧のなかの完璧をいく数字は69であり（リネはにやっと笑った）、これこそピタゴラス的（思い知ったか、クエ）にしてプラトン的（だろう、シルベストレ。彼とBは作家という不思議な絆で結ばれていた）にしてアルクマイオン的な絶対数字、内側へ閉じ、しかも、各数字を合計してそれに合計の合計を合計すれば（ここでクエは出ていった）最後の数字と同じになる。難しい数字の問題が出てくるといつもクエはいらいらと頭を抱えて出ていくが、この時はBがキューバ的機転を利かせ、もちろん、重要なのは数字から想起される行為ですがね、皆さん、と言った。

ブストロフェドンはいつも辞書をめくっては言葉をハントする（意味論サファリ）男であり、隙あらばすぐに何かの辞書を持って部屋にこもり、食事中でも、トイレの中でも、寝るときでも、ロバ（老婆ではない）に跨って何日か過ごさねばならないときも、片時も辞書を離さないのだった。彼が唯一読む（？）のは辞書であり、シルベストレによく言っていたのは、辞書のほうが、夢よりも、エロス的夢想よりも、映画よりも、そしてなんと、ヒッチコックよりも楽しい、ということだった。ブストロフェドンによれば、言葉の森に埋もれた言葉を探すのはスリリングであり（干し草置場から針を探すのは容易だが、針箱から針を探すのは難しい、と言っていた）、間違った言葉、罪のない言葉、罪のある言葉、殺人的言葉、警察的言葉、救世主的言葉、終りの言葉、その他あらゆる言葉を収録した辞書から生まれるサスペンスとは、ページを必死でめくりながら一つの言葉を追い求める瞬間のことであり、意味が予想と違えばなおさら結構（あの当時は、アデフェシオ＝不格好という言葉が、聖パウロがエフェソス人に宛てた書簡に由来するという話を読んで興奮していた。一人にではなく、全員に宛てた書簡だぞ、つまり、世の中にこれほど多くの不幸な夫婦と姦通とタンゴを生み出す根源となった男の発明なんだ、こうブストロは言っていた。彼は結婚制度を毛嫌いし（欠陥制度と呼んでいた）、欠陥があろうがなかろうが、既婚女性なら誰でもその毛まで崇拝する男だったから、結婚こそアデフェシオの最たる例と見なしていたのだ）、それは真犯人が意外な人物だったのと同じことなのだ。唯一ブストロフェドンが嘆いていたのは、辞書をいくらたくさん手に入れても、所詮はわずかな言葉しか収録されていないことで、すでにあらゆる言葉を記憶していた彼は（慰安少年という意味の言葉「オリスボ」を発見したときは、よほどツボにはまったらしく、何週間もこの言葉を連発し続け、映画『オリーブ畑に平和なし』をもじった「オリスボ裸で精を出し」というダジャレでシルベストレをうんざりさせた）、スペイン王立アカデミーの辞書などは、その定義まで彼は正確に記憶していた。犬＝男性名詞。**ネコ目イヌ科の飼養用哺乳類で、大きさ、形、毛並みは種類により多様だが、尻尾は常に後ろ足より短く（ここで間）、雄は後ろ足の片方を上げて放尿する。**さらに、次のような言葉も彼のお気に入りレパートリーだった。

アナ　Ana
目　ojo
奇数　non
アニリン　anilina
軸　eje　（すべてはそのまわりを回る）
レーダー　radar
パイナップル　ananá　（彼の好きな果物）

ギャグ　　gag　　（一番のお気に入り）

そして、アラー、完全なる神、という名詞を耳にすると、いつもほとんど完全なムスリムとなり、アレゴリー、アレグリーア、アレルギーのように酷似した言葉を見ると熱狂し、コッソショウショウのようなややこしい言葉を見つけて喜んでいた。また、鏡にうつしたように反対にすると意味が変わる語句のコレクションも豊かだった。

魚の目／目のなかさ
田舎か都会／イカと書かない
男子はバカ／カバは死んだ
私、かすみ草／嘘、見透かしたわ
遺作は何だ？／旦那は臭い
うかつにコンマを押すな／ナスをＸＸＸに使う

これでもまだブストロフェドンの言葉の錬金術は飽き足らず、手元／元手、奮発／発奮、便利／利便、風神／神風など、ひっくり返しても使える言葉を挙げ、話し、説明し、解説し（彼の特技）、午前三時まで言葉遊びを続けた（三時だとわかったのは、その時間になると「午前三時のワルツ」が流れるからだ）。別の夜にもブストロフェドンは、どこかで読んだ（聞いた）とかいう金言を基に、ある一つの数字は百万の数字に値し、数字は配置や順序にしたがってある特定の価値を一つだけ持つのではなく、たとえば1から3まで数えた後、4ではなく77あるいは9あるいは1563が来てもかまわない、という新たな不連続性数列を持ち出してクエを閉口させた（むしろ口をポカンと開けていたが）ことがあり、その時には、住所の番地方式が完全な誤りであることがいつの日か必ず実証されるだろう、本来ならば、通りに番号を付けて、家ごとに個別の名前を付けるべきだ、とまで言い出したのである。ブストロフェドンによれば、これは新たな兄弟制度、つまり、兄弟全員名前を同じにして苗字を一人ひとり変えるという命名方式に対応する。クエはドタマにきていた（他の言葉であの状態は表現できない）が、あの愉快な夜は実に短く感じられた。ドーヴィルでは、シルベストレがディーラーの投げたカード、ダイヤの2を選び、目をつぶってカードの（裏表ではなく）上下左右を当てよう、勘だけを頼りにいつも正しい向きに置いて見せよう、と大見得を切ったが、もちろんダイヤの2に方向などあるはずもなく、この左右対称の絵柄にいたく感動したブストロフェドンは、やれるもんならやってみろ、と挑発した。クエが、シルベストレならイカサマでもやりかねないと言うと、シルベストレは憤慨し、するとブストロフェドンは、一枚のカードじゃタコサマだってできないと言ってシルベストレの肩を持ちながら、巧みに話を逸らして、タコンタサイ（どういう字だろう?）ゲームをするよう促した。シルベストレが、B以外の全員に、「六角形」とは何か正確に知っているか、と訊ねると、リネは、六つの辺で出来た多角形である、と答えたが、ここでクエは、六つ面のある立体である、と言ったので、シルベストレは、それは六面体だと訂正した（出るクエは打たれる）。僕は（エリボーがいれば代わりにやってくれただろうが、あの日あいつはいなかった）紙にスケッチした。

するとシルベストレは、いや、これは三次元にすれば立方体になる、と言って点線を書き加えた。

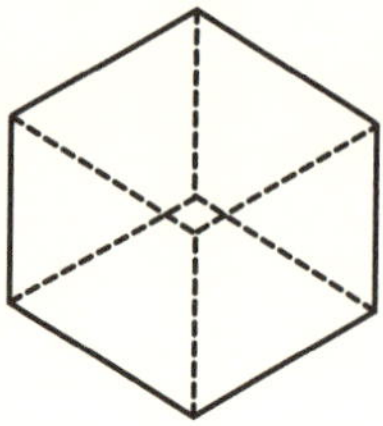

さらに彼は続け、六角形が失われた次元を発見し、その秘密を我々が解き明かせば、四次元、五次元、さらに多くの次元を見つけ出し、その合間を自由に散歩する（大次元の散歩道だな、と大自然の散歩道を指差しながらBが言った）ことも、絵の世界に入り込むことも、扉を開けるだけで現在から未来へ、過去へと旅することもできるようになるのだ、と言った。ここでリネが口を挟んで自分の発明の話を持ち出し、人間を光の線（同時に影の線もできる、と僕は言った）に変えて火星（マーズ）や金星（ヴィーナス）（俺はそっちがいい、とヴィナスフェドン

は言った）へと飛ばす機械のこと、その山のあなたの空遠い地点で、光の線を人間に戻し、光を光の粉と硬い影に変えて人間を宇宙旅行者に変える別の機械のことを話し始めたが、クエはそれをスペース・ポートの開発技術と同じだと言い張り、Bはなぜかウェルズを持ち出してスペース・ポートではなくスペース・テレポートだと訂正した。ここでクエは大きな過ち（Bはいつもわざと過って誤ちと書いていた）を犯し、地球の男が銀河系（Bはラテン語だかギリシア語だかから直訳して、ミルク道のことか、と口を挟んだ）の別の星に住む女性のことを想像し、彼女が自分を愛していると思い込んで猛烈な恋に落ちる、という作り話を披露した後、これこそ本当の不可能な愛であり、互いに決して会うことはないと知りながら無限の宇宙の沈黙のなかで愛し合っていくしかない、と話を結んだが、ここでブストロフェドンが、これぞトリスターとイノッテだな、星の光窓の月、このビッグバンでその夜はお開きとなった。別の時、僕たちがラス・ベガスへ入っていくと、そこにアルセニオ・クエがいたのだが、不思議な（むしろ当然だったのだが）ことに、彼は僕らを無視する（虫にするわけではない）ので、よく見てみると、それもそのはず、彼はうら若き乙女、妊婦、いやちがったニンフと一緒だったのだ（すっかり僕もブストロフェドンと同じ話し方になってしまったが、これは意識して身につけたものであり、別に残念とは思わない。唯一残念なのは永久に（過去にも未来にも）自分の本当に自然な話し方ができなくなったばかりか、光と影と陰影の世界を片時も忘れられなくなったことだ。Bなら言葉一つで何千というイメージを生み出すことができたのだ）。小麦色の肌、背が高く、際立って色白、写真うつりのいいその美しさ、まさに黄金のモデルという感じだったが、対するクエは、鉛色の顔からラジオ用の声を出していた。これを見たBが、このクラブはわかりやすい連中ばかりだな、と言うと、土曜日だけあってサトゥルヌス祭のように皆大騒ぎして冗談を飛ばし合ううち、ブストロフェドンが発案した必殺スローガン「明日に向かってクエ」、そして「明日セミを食え」が「夜の賛歌」となって大いに盛り上がり、いよいよ夜が明けてもまだいい気分だった僕は、「熱帯の夜明けの賛歌」を続けようと提案したが、夜明けではノヴァーリスもゾフィーから霊感を得られまい、とリネに言われ、黙り込むよりほかなかった。ちくしょうめ、いつも芸術とその形而上学とやらが僕の啓示の邪魔をする。

記憶にあるかぎり（あの土曜の夜のことを記憶から消すために、忘れたいことを忘れられればいいのだが。括弧つきでカッコつけてこんなことを言わずにはいられない）僕が生前の、といっても生まれる前ではなく死ぬ前のブストロファラオ（シルベストレが時々こう呼んでいた）を見たのはあれが最後だった。生前の彼を見なければもう彼の姿を見ることはできないから、やっぱりあれが最後だったのだ。そして、彼と最後に会ったのはシルベストレだった。つい一昨日のこと、その週は我々にとっても今世紀のキューバにとってもブストロフィルムという名前で通っていたシルベストレが現れ、Bが入院したことを知らされた僕は、てっきり悪いほうの目、つまり夜ドンペリを飲むときでもロンパリのあの目、シルベストレの言葉を借りれば、一方で存在、もう一方で時間か股間を見つめるようなあの目を手術したのだろうと思った。そんなカメレオンのような目で世界を見ていたせいか、脳にも問題が起こるらしく、ブストロヘディックは、よく立ちくらみや眩暈に悩まされていたのはもちろん、彼の言うハチマキ頭痛、ブストロズキズキ、つまり猛烈な偏頭痛や変頭痛、さらにひどくなると変偏頭痛に襲われた。僕は日曜日が夜勤（物臭で不精なブストロフェドンはニチヤキと言っていた）だったので、月曜の昼にでも見舞いに寄ろうと思っていたのだが、そのまま忘れてしまい、昨日、火曜の朝、シルベストレからの電話で、ブストロフェドンがたった今亡くなったと知らされた。あまりの唐突な出来事に僕は、電話から聞こえる声が、前から読むのと後ろから読むのとで意味が変わるブストロフェドンお得意のゲームでもしているのかと一瞬思ったほどだったが、すぐに死が詩でも師でも士でもなく、受話器の千の穴から耳を突き刺している音は紛れもなく死を伝えていると思い知らされた。これも運命の気まぐれか、あるいは単なるまぐれなのか、ブストロフォネミックスかブストロモーフェミックスかブストロモーフェームが真に、本当に本当に物の名前を変え始めたのは、電話がきっかけだった。最初の頃、ブストロフェドンはあらゆるものを引っかきまわし、僕らにもどこまでが冗談でどこからが本気なのかわからなかったが、その頃の彼の発言には、すでに病気だったせいなのか、冗談だろうとうすうすは感じながらも、やはり本気なのではないかと思わせる何かがあった。ニューヨークで覚えたアルゼンチンの隠語ではタンゴをゴタンと呼ぶ、と言って、カフェオレをオレカフェと言うかと思えば、ルンバを逆さまにしてバルンと呼び始めたばかりか、本当に逆さまに、つまり、頭を地面につけて腰の代わりに膝を振り、得意のダジャレを連発したのだった(以下はその例)。アメリコ・ヴェストチョッキ、イヴン・ハーレムドゥーン、ネフェルチチ、モウネロの母アグスピリーナ、ドンス・ズコットス、オルガスム伯爵、グレゴリー・ラキャビア、パナマ・シュンガ、ウィリアム・シェイクスプリック、シェイクスケア、セックスペア、ファックナー、スコッチ・フィズジェラート、サムルソー・モム、クレヨンパトラ、カールタイテイダイジョウブ、アレキサンダーダイオウジョウ、酔いどれ音楽家カストリビンスキー、ジャン・ポール・サルトビ、テーゼウス、トマス・ド・クイーン、ジョルジュ・ブラックコーヒー、ヴィンセント・ヴァンコック(Bのおかげでエリボーという渾名のほうが有名になったシルビオ・セルヒオ・リボットへのあてつけ)、クレーの絵をオクレー、そんなことばかり繰り返した挙句、カザリス家(Bにとっては飾りの巣だった)の女中アタナシアをアンタナシヤとあた名した。一度、リネ・レアルと知恵くらべをしたときには、ウクライナ人とは、照明設備の遅れた地域に住む人のことを指すのであって、本当はアカルイナ人と言う、と煙草をふかしながら相手を煙に巻いて見事にやり込め、オシャレをして登場するときには、メコシコンデ来たぜ、と宣言し、シルベストレと競い合ってクエの名前のバリエーションを考えるのだった。コダックという名前で僕に二回目の洗礼を施したのもブストロフェドンであり、何の御託も並べずKodakをそのまま焼き増ししただけのわりに露出オーバーなこの渾名は、ハバナっ子にありがちな僕の平凡な名前をすっかり感光させてしまった。また、彼はヴォラピュクやエスペラント、イドやネオ、ベーシック・イングリッシュにも精通しており、彼の提起する理論によれば、ラテン語やゲルマン語、スラブ語といった特定の言語からどんどん新しい言語が枝分かれしていった中世と違って、将来的にはそうした多くの言葉が（ここで彼はいつもクエの顔を見た）、模倣、結合、英語の導きなどのプロセスを通して、少なくともアメリカ大陸においては、一つの言語、巨大なリングワ・フランカ（リングはフライか？）となり、安定したバベル摩天楼の建設も可能となるはずなのだが、実はそれを話す人間とは、そんな建築計画が持ち上がる前に足場を食いつくすシロアリであり、（ビトル・ペルラ、頭の形から別名ツェッペリンの口真似をしながら）日々エゾキチックとかエガレントとかいう言葉や、秘密組織へのアセクスがある、などという表現を使ってスペイン語を破壊する、というのだ。そして、いつも最後には、自分の汗臭いユーモアが泥臭いキューバ人には理解されないと愚痴をこぼし、きっと将来、外国で評価される日が来るだろう、麝香の匂いを理解できる者はこの国にはいない、と言って自分を慰めていた。

シルベストレの話を黙ったまま聞き終えて、電話を切る前、すでに喪に服したように恐ろしく黒い受話器を見つめながら、僕は心のなかで言った、ちくちょう、すべてに終わりがあるのだ。つまり、幸せな者も世をすねた者も機転の利く者も頭の悪い者も内向的な者も外向的な者も陽気な者も陰気な者も醜い者も美しい者も髭のある者もない者も背の高い者も低い者も不吉な者も明解な者も強者も弱者も権力者も不幸な者も、そう、そして禿頭の者も皆、そしてブストロフェドンのように二つの言葉と四つの文字があれば、賛歌やジョーク、詩まで作ることのできた者ですら、いつかは死ぬのだ。ちくしょう。それだけだ。

その後、今日、ついさっきのこと、ブストロフェドンの死体解剖があったが、僕は断固立ち会いを拒否した。柩に入ったブストロフェドンなんて、ブストロフェドンじゃない、気紛れで金庫に保管されたガラクタも同然、あいつとは似ても似つかぬまったくの別物なのだ。疑問符の形をしたブストロフェドンの頭蓋骨が開かれて、知恵の宝庫だった脳みそが現れると、病理学者はそれを取り出して手で弄び、好きなだけ眺めまわした後、子供の頃から、いや、そのもっと前から脳にあった、生まれつきの挫傷（哀れなあいつならThe showとでも言ったところだろう）を確認した。どうやら骨の一部か、脊椎にできた瘤（静脈瘤なのか、それとも何かの悪戯か、ユーモア腺の腫瘍か、一体何なんだ、シルベストレ―クエ？）か何かが脳を圧迫しており、そのせいであいつは、あんな面白いことを言ったり、言葉遊びをしたり、まるで本物の新しい言語でも生み出したように万物の名前を変えたりしながら生きてこられたというのだ。そして死によって医師の意見が正しいことが立証された、彼を殺した医師、といってももちろん、暗殺したわけでもなければ、殺す意図があったわけでもなく、むしろ自分なりにあらゆる科学的手段を講じて命を救おうとした博愛主義・人道主義の医師、自らの整形外科をランバレネにして奇形児や体の不自由な女性や身体障害者を迎え入れてきた地元のシュヴァイツァー博士、B型の頭蓋骨を開いて、頭痛と言葉の嘔吐と錯乱を取り除き、話し言葉の世界を繰り返し、踏襲し、頭韻し、変化させることを金輪際永久に（ああ、なんて言葉だ、永久に、未来永劫に、ちくしょうめ）やめさせようと考えたあの医師は、シルベストレの心気症的性格と科学的隠れ蓑を巧みにくすぐりながら、ほとんどブストロフェドンを真似るような調子で、といっても、合法的に大量殺人と人身売買――黒人、白人、ムラート――のできる許可証と「ドクター・」、この白衣とカルテと医療機器の間で腹黒くナカグロ付き医師免許をちらつかせつつ、仰々しい医療専門用語を並べ立てていた。専門家なんてみんな嘘つき、しかも、それが医者とくれば、アスクレピオスの隠語とガレノスの石（賢者の石か、試金石か、玉石混交か？）でいつも人を煙に巻く大嘘つきであり、あの医者も「失語症」、「不全失語症」、「連語症」、そんなもったいぶった言葉を並べてブストロフェドンの症状を説明していた。シルベストレによればそれは、「厳密に言えば言語能力や口語的判断力の欠落、もっと正確に言えば、発音能力そのものの障害ではなく、おそらく何らかの病理によって生じた異常・欠如に由来する発語機能の障害であり、最終的には発語による脳の象徴化機能に支障をきたすことになる……」わかった、わかった、もうたくさん、そのくらいで結構、結構、コケコッコーだ。医者なんてみんな同じ、偉そうに知ったかぶりするだけだ、身の程知らずのシェイムズ・チョイスやエスラ・パンク、それに音楽家アドルフォ・サラサーラの亡き後、地上に残る哺乳類で唯一知ったかぶりをするのが医者なのだろう。奴らの言うことなど偽善的言い逃れ、完全犯罪を助長する偽装診断、ヒポクラテス的アリバイ、生兵法ならぬ生病法にすぎない。本当は、ブストロフェドンの頭蓋骨、弟子シルベストレの言うブストロガイコツのどのあたり、どの部分に、戯言・常套句・陳腐な言葉を夜の魔法に変えるブストロフェドンの卓越した言語能力があるのかを調べたかっただけだろう。哀愁漂うホルマリン漬けにすれば脳は保存できるのだろうが、あいつの言葉はどうやっても保存できないし、一番長くあいつと一緒にいる、いた僕だって、言語的記憶力はからっきしダメだから、写真に付記するために自分で書いたキャプションぐらいしか覚えられないし、それだっていつも人に直してもらうのはもちろん、ハクションひとつで頭からきれいさっぱり消えてしまう。だが、確かに言葉遊び、カザリス母の言うオチャラケはすべて失われ、僕にはそれを繰り返すことなどできないが、それでも忘れたくないのは（ちゃんと保管してあるのだ。シルベストレのメモリーにメモしたのでもなく、アルセニオ・クエの神経症的怨念とも、リネの批判的オマージュとも関係なく、決して撮ることのなかった実物大写真のなかにでもなく、僕の机の引出しにあるのだ。忘れがたき黒人女を写した写真やネガ、光に透かすと、フアン・ブランコならルーベンス風とでも呼びそうなほど肉体が白く見える剥き出しの宣誓供述書のようなネガに混じって、今や何の価値もなくなった数枚の手紙、そして「野に咲くアマポーラ」（虞美人になんと似つかわしい名前）の別れを告げる電報、かつては青かったのに今は黄色いその紙には、ラジオドラマで覚えたようなスペイン語が書きつけてある、「失ったあなたのことを今遥かかなたに思い出す」、傍聴のみなさん、こんな文面をバヤモから電報で送ってくるなんて、いったい女性というのは、皆気でも狂っているのでしょうか、それとも馬に乗った英雄マセオより勇敢なのでしょうか？　そんなガラクタのなかにちゃんととってあるのだ）あいつのやったパロディ、クエの家でアルセニオが録音し、僕が転記したあの原稿は、とうとうブストロフェドンに返さなかったし、あの後、まったく意見も立場も違うアルセニオ・クエとブストロフェドンが言い争いを始め、ついには荒々しく録音をすべて消去してしまう事態になったせいで、なおさら手放す気になれなくなった。そんなわけで、シルベストレがメモラビリアと呼びたがった文書が僕の手元に残ったわけだが、今こそこれを本当の持ち主、つまり読者の皆様にお返しするときだろう（見事な決めゼリフ？　残念ながらパクリだ）。

トロツキーの死

古今未来七名のキューバ作家による再現

バラの斧打ち

ホセ・マルティ

聞くところによると、その見知らぬ男は、どこで飲み食いできるのかも訊かず石壁に守られた家の場所を尋ね、土埃も払わぬまま驀地に目的地、つまり、ダビド・ブロンシュテインの息子レオン、メシアと使徒と異端者を一つに合わせたような新宗教の預言者にして名付け親、その最後の隠れ家へ向かったという。この旅人、邪なヤコブ・モルナルが、巨大な憎念を抱いて辿り着いた先にいる偉大なるヘブライ人、青銅の鉱石という意味の苗字を持つこの有名な男の姿は、反逆児のラビというオーラに輝いていた。この聖書的老人の顔を特徴付けるのは、老眼のような遠い眼差し、古代人のような表情、険しい眉間、そしてその震えるような声は、深い雄弁を運命の神に授けられた者の存在を凡人に思い知らせる。対する暗殺者の目は濁り、不穏分子のように足取りは覚束ない。サドカイ人が弁証法的頭脳でいくら洞察力を働かせても、その男にカッシウスやブルトゥスの刻印を見出すことはできなかった。

直ぐに二人は師弟となり、師が次第に不安と警戒心を解いて、嘗ては氷のように冷たくなっていた心に友愛の情で灯明を点しつつあった一方、邪念に取り付かれた男の左胸、その闇夜のように暗い空洞では、ゆっくりと、しかし確実に、最も忌わしい裏切りの胎児が不吉な蠢きを始めていた。或いは、裏切りというより、狡賢い復讐と言ったほうがいいのだろうか。聞くところによれば、この殺人者の瞳の奥には、時に仰々しく師匠と呼んでいた男に対する侮蔑の心が隠しきれずに覗いていたというではないか。二人きりでいることも次第に多くなり、確かに善良なレフ・ダビドヴィチ——実はメルカデールという姓を偽り、偽造の身分証明書を持っていた暗殺者も彼のことを今やこう呼ぶようになっていた——は警備体制をますます厳しくしていた——ローマ時代の悲劇を彷彿とさせるような不吉な兆候、物騒な出来事を予告する不穏な光にはいつも事欠かなかったし、いつも何かに脅える生活を続けてきたのだ——が、この物静かな弟子、あの不吉な日もそうだったように、時として訴えるような目で師の助言を求める訪問者だけにはいつも自分一人で応対していた。青白い手に偽の原稿を持って現れたその男は、紺碧の痩せこけた体の震えを隠すようにインバネスコートを羽織っていたが、観察力と警戒心に満ちた目を持つ男なら、蒸し暑い午後にそんな恰好をしているのはおかしいと気づいたはずだった。しかし、反逆のメシアは人を疑うことを知らず、弟子を拒否などできない性格だった。狡猾な男はコートの下に邪悪な鎚、殺人の手斧、即ちピッケルを忍ばせ、さらにその下には、新たなロシアのツァーリのために命を投げ出す近衛兵の魂が宿っていた。異端の預言者が偽物の原稿に目を通し始めると、殺人者は忌わしい裏切りの一撃を浴びせ、艶やかに雪を被った頭に鉄鎚が突き刺さった。

閉ざされた部屋に叫び声が谺し、慌てて駆けつけた側近たち（ハイチは雄弁な黒人たちの派遣を拒否していた）が男を取り押さえる。「生かしておけ」、寛大なヘブライ人は事切れる前にこう命じ、怒れる弟子たちもこの指示に従う。蝋燭に期待の気持ちが込められるなか、偉大なる師は四十八時間もの間、瀕死の状態で、正に彼の生き様を象徴するかのように死と戦い続ける。生命と政治を断たれた今、彼に残るのは栄光、そして歴史の永遠性だ。

十字軍兵士の献呈書状

ホセ・レサマ・リマ

一六日木曜日、空気澄みわたる大地発（N・P）。本日、レフ・ダヴィドヴィチ・ブロンシュテイン、トロッキー（原文ママ）の異名で知られる高知名度大助祭は、ヤコプス・モルナルドゥスあるいはメルセデール（原文ママ）あるいはモルナルが、聖母ロシアをデズデモーナにしたオセローに立ち向かう千年の湖よろしく同語反復のような外套のなかにうずくまったまま、これこそ見事なアナロジーなのだろうか、プリンシペ島に始まった反スターリン放浪の孕む危険を重々しく受け止めてこれに終止符を打つべく、現代政治の高踏的レトリックで自らを鼓舞し、似非徒弟的だが実は邪で腹黒いベストからスコラ的な慎重さで神殺しに使われる武器を取り出したその後、メリスマの全世界的ビブラートで死の喘鳴を吐き出しながらワーグナー風とでも称すべき苦しみの末に亡くなった。ワルプルギスの夜（原文ママ）のような今日の夕暮れ時にこの背教者は、殺人的ピッケル、ユダの千枚通し、この不幸にして貪欲な錐を持ち上げ、怒りの正確さで過たず悪魔的テーゼとアンチテーゼとジンテーゼに満ちた頭、イデオロギー的には捉え難いものの哲学的にはナイーヴなライオンの雄叫びが鳴り響く弁証法的頭脳へと振り下ろした。この一撃で、かつてはオーラを放っていたが今は黄昏を漂わせたその姿、正統派異端の父を体現するその姿にとどめを刺した彼は、レクンベリ刑務所の夥しい数にのぼる廊下に新米の髭面を突き出し、沈黙と従順な陰鬱のミノタウロス的迷宮に閉じこもった。レフ・ダヴィドヴィチは、最後のアポカリプシス的、つまり啓示的一息を吐き出す前に、亡命の地にある神々の黄昏、政治的疾風怒号（原文ママ）、歴史的最後の審判に臨む者のような調子で、神学的親密のうちにアウレリアヌスに暴力的な議論をふっかけられたパンノニアのヨハネさながら、こんな言葉を漏らしたという、「まるで柔らかい斧で貫かれた狂人のような気分だ」。

暗殺者たちの午後

ビルヒリオ・ピニェラ

人は誰に身を捧げることになるかわからない、私は今こう確信している。あの少年モルナル（ここだけの話だが、彼の本名はサンティアゴ・メルカデール、しかも彼はキューバ人なのだ。猿にバナナのような話としてここに付記しておこう）は、わざわざメキシコまで赴き、自分の書いた論文に師の批評を請う弟子を装って、計画的にロシア人作家レオン・D・トロツキーを殺害した。モルナルがスターリンに身を捧げる偽作家であったことなどトロツキーには知る由もなかった。トロツキーが蟻のように文学に身を捧げていたことなどモルナルには知る由もなかった。そして、トロツキーとモルナルが黒人のように（差別発言をお許し願いたい）歴史に身を捧げていたことなどスターリンには知る由もなかった。

モルナルがアステカの大地に降り立ったとき、夜は狼の口のように暗く、彼の心中はその夜と同じほど暗黒に包まれ、まさに死体を引きずるのに好都合な雰囲気だった。この殺人者は、模倣者たちと同じく、本物ではなかった。もちろん歴史には彼の先例がいくらでもあり、この嘆きの谷の歴史はいつも暴力に満ちている。私が歴史家を憎むのは、心の底から暴力を忌み嫌っているからだ。だが、我々の生きるこのちっぽけな世界を動かす動力となるのはいつも暴力のようだ。暴力、また暴力。

たとえば、革命とダントンとマラーとその仲間たちに息の根を止められたとき、フランス貴族がすでに没落過程にあったことは間違いない。だがそれでも、その少し前にはいわゆる黄金時代、アージュ・ドールを経験した。私はこの時代、その前後に書かれた回想録を徹底的に読んだので、この時代については隅々まで知り尽くしている。専門家というものはいつも胡散臭いものだし、私も知識をひけらかして読者を退屈させることはしたくないが、とにかく、貴族階級、アリストクラシーについてなら私はありとあらゆるゴシップに通じている。ついでながら書き添えておくと、階段・廊下・広間が紳士淑女の糞尿・排泄物まみれで耐えられない、という理由でヴェルサイユを六か月で放棄してルーブルへやってきたとき、貴族階級はすでに芯から腐りきっていた。そしてその六か月後、ルーブルでも同じことが起こった。ご存じだろうか、ルイ十四世は、当時の宮廷歯科医に奥歯を抜いてもらう代わりに、こんな大きさの軟口蓋の骨を抜かせたが、その傷がひどく、ものすごく化膿したためにひどい口臭を放ち始め、取り巻きたちですら鼻をやられるのを恐れて誰も太陽王に近づかなくなったのだ。そんな話はいくつでもある。だが、だからといって、それにギロチンをもって報いるというようなことが正当化されるわけではない。隣人の首を切ったところで、口臭の治療になどなりはしない。

さて、我らの贖罪の……。殺人鬼に話を戻そう。この青年モルナルが殺そうとしていたトロツキー氏は、はっきり言って、スターリンやジダーノフ、その他誰よりも優れた文体で回想録を書いている最中だった。文壇という狭い世界にねたみはつきものだし、そのせいで彼が暗殺されたのだとしても驚くにはあたらない。さもなくば、なぜアントン・アルファァットはピストル本など書きたがるというのか？　そう、文学的に私を殺したいのなら、それもありだろう。だが、ピニェラはまだくたばりはしない！

これは師とその弟子、模倣者、追従者等々の間にいつもつきまとう問題であり、実はＬ・Ｄ・トロツキーは、そんな輩に物書きの指導など決してするべきではなかったのだ。（特に文学において）偉大な師が払う代償は大きい。そしてここにこの問題の弱点がある。トロツキーが自分のドラマを書こうと決意したとき――これが最後だし、この際だから率直にすべてを言ってしまうが、過去・現在・未来に歴史を作る人間の回想とは歴史的ドラマ以外の何物でもない。もう一度繰り返して言うが、ドラマ、師弟の対立をめぐるドラマを書くためには、リアリズム、社会的リアリズム、叙事詩、象徴主義、いずれかの手法を選ばねばならない。トロツキーは象徴主義を選択した。なぜか？――詮索好きな者や、リアリズム、叙事詩、社会主義リアリズム、いずれかに与する者、あるいは、人生の危険な手すりに乗り出す――陳腐な表現だが――のが好きな者は、こんなふうに訊いてみたくなるだろう。

理由は簡単、単に象徴主義が好きだっただけであり、焼き肉と焼き魚とどちらがいいかと訊かれて、単に焼き肉のほうが好きだから焼き肉を選ぶのと同じく、動物的勘による選択なのだ。卑俗なたとえを続ければ、トロツキーも焼き肉を選んだわけだ。それでは、象徴主義だか焼き肉だかを選ぶということは、これも焼き肉―焼き魚の対立と同じ構図で捉えることが可能な師―弟の対立を、歪曲化・神話化・神話的歪曲化（あるいは中途歪曲化）することを意味するのだろうか？　いずれにせよそれは、焼き魚―焼き肉の対立、言い換えれば師―弟の対立を歪曲化・神話化・神話的歪曲化または歪曲的神話化すること、ないしは、焼き魚―焼き肉の対立、ないしは闘いを神話化・歪曲化・歪曲的神話化または神話的歪曲化することにつながるだろう。少しペダンチックな言い方をすれば、魚類肉腫抗体。いわゆるごった煮。それだけ。リアリズム的あるいは社会主義リアリズム的あるいはリアリズム社会主義的舞台（最初から端的に言ってしまうが、暗殺者が被害者を殺した要塞シャトーはそれ以外の何物でもない）では、その登場人物は脱歪曲化ないしは脱神話化ないしは脱歪曲的神話化ないしは脱神話的歪曲化されて現れる。叙事詩的舞台なら、専門用語で言うところの英雄と悪役の明確な線引きが行われるところだろう。ロシアのアガメムノンとでもいうべきトロツキー――ソ連がクリュタイムネストラだろうか――の悲劇の登場人物は、自らの政治的仮面を神話化し、神話的歪曲化ないしは歪曲的神話化して登場する。だが、対立構図は同じ、正確に言えば、二つ、三つないしは四つの理念間の対立となる。

そこにすぐまた別の問題が現れる。つまり、作家の良心と悪意の問題だ。自らの暗殺を象徴主義的に理解したトロツキーには悪意があったのだろうか？　それとも彼は、良心にしたがってリアリズム的あるいは社会主義リアリズム的あるいはリアリズム社会主義的理解をすべきだったのだろうか？

この二つの問いから次のような考察を引き出すことができる。暗殺者の意識にはうしろめたさがあったのだろうか？　この二つの理解方法を選び、同時に第三の崇高な理解法、すなわち師の理想とする理解法を捨てた暗殺者の良心は、良心の呵責を感じなかったのだろうか？　あるいは、被害者が制限、この場合なら、暗殺者に抵抗する、というか、鋭い刃物、くどいようだがさらに説明を加えれば鋭いアイスピッケルに抵抗する硬い頭蓋骨という制限を設けたのだろうか？　果物屋の露店の前で主婦が言うように、選択肢があまりに多くてどれを選べばいいのかわからない。

そして、いったいどんな象徴的理解によって暗殺者は良心の呵責に囚われるのだろう？　被害者の側はどうだろう？　両者は結局同じ一つのものなのだろうか？　今日、この暗殺者の午後（勝者は彼ら、この真実の時、ミニュート・ド・ラ・ヴェリテに、闘牛士のごとく、リーダーとしての師という父牛に槍でとどめをさしたのは彼らなのだから、彼らこそ勝者なのだ）、師―弟の対立は十分に全うされた。争い、カブリオール（作者が子供なら師たる父が尻をひっぱたいて終りになったことだろう）は歪められもしないし、手品師のような言い方をすれば、突如消えてしまうこともない。いかなる瞬間においても、師の贖罪と弟子の「ヒュブリス」（あるいは「短気」）が、リアリズム的意識あるいは社会主義リアリズム的意識あるいはリアリズム社会主義的意識あるいは叙事詩的意識より誠実さにおいて劣ることはない。弟子とちがって、いかなる瞬間においても、トロツキーの見せかけの、あるいは、意図的な良心の呵責は、自分自身の対立、そして、同じことだが、他者の対立の歪曲的神話化あるいは神話的歪曲化、神話化、歪曲化によって分裂することはない。芸術的形式、イデオロギー的内容、動機、三者が融合して同じ一つのことになる。つまり葛藤の発生である。三面記事の記者なら「事件」と言うところだろう。

最後に、私には非常に興味深い事実がある。モルナルの両親は（他の多くの両親、さらにはスターリンの両親――周知のとおりジャック・モルナルがスターリンであったことを考えれば、これは自分自身の両親と言うようなものだが――とともに）、ひょっとすると、なんて出来の悪い息子だろう！　と声を上げたかもしれない。トロツキーを殺すなんて悪戯にもほどがある！……　卑近な例で良心の呵責を定義すればこういうことになるのだろう。

人間にはよくある蜃気楼、ミラージュかもしれないが、我々は殺人者と殺人者の仮面を混同してしまうものだし、暗殺、というか暗殺計画にまつわるあらゆる神話化、歪曲化、神話的歪曲化ないしは……（もう疲れた！）をこの人物に押し付けてしまうものだ。そうした蜃気楼、ミラージュが方程式を崩し、すると良心が自動的に悪意に加担してしまう。自動的、つまり、惰性的、機械的ということ。つまり、殺人者が意識を主観化することなしに悪意は生じないということだ。よく言われる、あながち嘘ではない中傷だ。

両親といえば、すっかり忘れるところだったが、私が十五歳ぐらいの頃、サンティアゴ・デ・クーバの海岸通りに近いところで、殺人者、弟子の母カリダッド・メルカデールに会ったことがある。近所の女性たちには、どういうわけかカチータと呼ばれていたこの女性は、若い頃はずいぶんかわいらしかったそうだ。若きカチータが生み落としたのは、後に親しい知人からサンティアギートと呼ばれることになる私生児、つまり父なし児（あの界隈での言い方）であり、だからジュガシヴィリではなく、メルカデールというキューバ的な姓を受け継ぐことになったわけだ。カリダッド・メルカデールが当時のチャゴを揺り籠であやしながらよく言っていた（何度も言っていたようだから、繰り返していた、と言うべきだろうか）言葉を、一度私も偶然耳にしたことがあるが、あれは、虫の知らせだったのか、予言だったのか、はたまた未来へ向けた噂だったのだろうか？　この（姉のルイサがよく言っていた）模範的母は、こんなことを言っていたのだ。

「この子は大人になったら大物になるわ」

しかし、トロツキーことブロンステインが死んだ今（どうやら決定的な情報らしい）、もはやなすすべはない。我々があの世と呼ぶものは、少なくとも、ペペ・ロドリゲス・フェオの料理婦が言う「こっち側」に住む者にとっては存在しない。あの世の者にはこの世など存在しないのだろうし、これはまんざらただの冷やかしではない。モルナルはまだ生きていて、刑務所に幽閉されているようだが、十分な苦しみを味わっていることだろう。今サンティアギート・メルカデールがなすべきことは、紙とペンを取って書くことであり、文学に勝る鎮痛剤を私は何も知らない。私はブエノスアイレスで辛い十六年を過ごしたが、その時も唯一の慰めが書くことだった。私にとって書くとは、文学、大文学を生み出すことなのだ。V・P

モスキュバがボルシェヴィクアに祀りたてたインディシメ・ベビー

リディア・カブレラ

オリシャ、つまり威厳あるボスが、黒いずだ袋（ムムンウボ・フティ）に隠して恐るべき聖魔術の鍋（ワラボ鍋）を持ってきたあの日、サンティアゴ出身の母、老カチャは、そのンガンガを借りて「グアンパラ」に一仕事施してやろうとしたが、ババロシャのバローにきっぱりとこれを拒否された。息子はそのことをすでに忘れていたようだ。ボスに宿る魂（レンコン）は、「モアナ・ムンデレ」（白人女性、この場合カチータ・メルカデールのこと）に、どうか息子とその果たすべき使命（ンツカイ）にご加護をくださいましと言われて、よかろう（ツシェベレ）と答えた。彼のンガンガの賛成（シシハイ）も得られたので、老ボスはさっそくこの願い（タノンマ）を叶えてやることにした。ンガンガ、つまり妖術師は、それが望みなら結構と言って、おごそかに――誓いのしるしを受け取った後――列聖の許可を与えた。ブルフトゥ・ンモブトゥ！

立派なンガンガを見た白人男は、熱心な写真愛好家（フォトゥフォトゥファン）だったので、老バローの写真を撮らせてほしいと願い出たが、するとバローは典礼の歌、リトゥカントを口ずさみながらオロフィに許しを求めた。

オロフィ！　オロフィ！
テンドゥンドゥ・キプングレ！

ナミ・マソンゴ・シランバサ！

シランバカ！

ビカ！　ディオコ！　バカ・ンイヤン！

オロフィ！

オ！

ロ！

フイ！


高貴な老バロー様、カタツムリたち（カウリ）は何と言っているのですか、いそいそと白人男が訊ねた。

高貴な老バローは、アフリカの、つまり謎めいた微笑みでこれに答えた。

イエスですか？（ノーですか？）、落ち着かない白人男はまた訊ねた。

「カウリ（カタツムリ）はご機嫌だ」老いた高貴なバローは言った。「オロフィもご満悦だ」

写真を撮ってもよろしいですか、落ち着きなく白人男が訊いた。

「ならん！」高貴な老（あるいは老いた高貴な）バローは素気なく答えた。

なぜですか、落ち着きのない白人男は落ち着きなく訊ねた。

相手の善良な意図を疑ったわけでもなく、自分の写真が別の妖術師の手に渡って魔法をかけられたり（シバリン）、ピンで突き刺されたりする（プシュプシュ）のを恐れたわけでもなければ、冒瀆的行為はさておき、ンガンガが縛られて弱っていたわけでもない。カメラの落ち着きのない「メンス」を恐れたわけでも、白人を疑っていたわけでもない。

「ならば、なぜ？」白人は訊いた。

高貴な老黒人バローは、アフリカの目でしばらく相手を見つめた後、（相変わらずアフリカの目で）カメラを眺め、最後に言った。

「センコウトコクインデカンコウセイノアルカミニゾウヲトラエルマホウノキカイ、ソレハアサヒ・ペンタックス・スポットマティック、ロシュツケイＣｄＳ、シボリｆ：２・８。コウキナルロウバローハ、ソノキカイデハウマクトレナイ」

厄介なことになったものだ！　そのまま（ママ）帰る（トトット）しか（シカ）選択肢（コレカアレカ）はなかった（ンダ）。

白人男は約束を果たしにメキシコへ向かった。白いスーツに白ボタンの白シャツ、白いネクタイに白の肌着、白いバックルのついた白のベルト、白の靴下、白の下着、白の靴に白の帽子という姿だった。これが、「列聖」の「準備」をする者——同時にこの衣装を揃える金のある者——に定められた格好なのである。このほかに、赤いハンカチを身に着けていた。儀礼？　いや、そうではなく、モノトーンを崩すための飾りか、ある種の政治的主張だろう。だが、これには異説もある。実はこの男の名前はサンティアゴ・メルカデール、偉大なるボス、タイタ・トロツキーを殺すためにメキシコへやってきた。赤いハンカチは、色盲の共犯者（ンクロ）のために考案された暗号だったのかもしれない。

白人男（モルナー・ムンデレ）は、レオン（チンバ）・トロツキーを来た、見た、殺した。「カシラ」に「グアンパラ」を打ち込み、「シンダ・インダンダ・ンウトウト」（冷たい墓）へと送った。とどめの一撃を打ち込むためには、前もってオリシャにお伺いを立てることが必要だったのだ。

語彙集

アサヒ・ペンタックス・スポットマティック　商業的日本語・ラテン語・英語。写真機のこと。
オリシャ　バコンゴ語のオリシャに由来。ババラオ、ないしはババロシャ。
オロフィ　時に愛の神、時に悪魔。普通は普通の姿勢で描かれるが、うつ伏せに描かれることもある。
グアンパラ　スワヒリ語のワンパラに由来。アラビア語のワンプル。ピッケルのようなもの。
タイタ　父、あるいは父のような存在。ロシア語のパパにあたる。
タタ　乳母のこと。
ババラオ　ルクミ語のババロシャ。
ババロシャ　ルクミ語のババラオ。
バロー　固有名詞。姓。
メンス　ンガンガの反対。「目の病気」というような意味。
モアナ・ムンデレ　白人女性のこと。ピエール・ベルジェによれば、「青白く歩く舌」という意味。
ンガンガ　ダオメー語のオロコ。お守り。

そこにモルナルを縛り上げよ！

リノ・ノバス

その男をそこに縛り上げろ！　しっかり縛るんだ。逃がすな。縛り上げろ！　逃がすんじゃない。これを見てくれ。頭に乗っているこの物体は**（というのも、その物体、木製でも石製でもなく、鉄製、しかも俗に言う鋼鉄製のその物体は、まだそこに刺さったまま、前頭部と頭頂部、というより、やや後頭部に差しかかった部分の間に先端を埋めて聳え立っていた。十分な計算のもとに打ち込まれたわけではないのだろうが、怒り、それも憎しみや怨念、政治的対立を超えた冷たい怒りで振り下ろされたその凶器は、余命いくばくもない老人の頭に見事に突き刺さり、ぴくりとも動かなかった。まるで表情を持つような、というより、表情のカリカチュアを持つような凶器を握るその鉄の手、優しく差し出されたその手を通じて二人の男は同じ一つの物体になっていた、いや、二つ別々のもの、つまり死刑執行人と犠牲者になっていた）**セビリアのかんざしなどではない。違うんだ。あいつを縛り上げろ。逃がすな。逃がすなと言ってるだろう。飾りじゃないんだ。おもちゃのキッパーじゃないんだ。そこに縛り上げろ！　そうだ。いうことをきかない前髪じゃない。斧なんだ。頭に刺さっているんだ。頭蓋骨に。ご覧のとおりだ。そこに男を縛り上げろ！　いいぞ！

（彼は覚えている、忘れてはいない、まだ忘れてはいない、まだ覚えている、ルヤノーやロートンで上映された古い映画の断片のように、過去が不規則な写真の流れとなって蘇り、町外れ、もっと向こう、屋根が瓦ぶきとなり、電話番号が最初の一桁だけではなくなり、やがて番号自体にまったく意味がなくなるところ、電話もなければ番地も数字も必要のない場所へと飛んでいく。必要ない。叫び声一つで十分。そこだ。

あの町外れ、連合国軍対ドイツ軍の戦争ごっこをしていたあの頃、タクシー運転手も、後にグアグアと呼ばれることになるが、当時はまだグアグアではなく、オムニバスとか路面バスとか呼ばれていた車の運転手も連合国軍かドイツ軍で、私は悪者、ある日乗り場に女の子が現れ、オート三輪の間から、あたし、身重なのと言ってきたときも、何を担いでるんだと訊いてやった、そうしたら、相変わらずオート三輪の間から、頭をこんなふうに、こんなふうに動かしながら何か答えていた。だから私には、記憶とはいかなるものかがわかっているし、あの男が記憶を失っていなかったこともわかる。だが、そこで何を思い出したのかは重要ではない。だからだ。そうだからだ。

記憶。それだけ。あの名もなき兵士！　あの男が送られた、あんなところへあの男を送って一人にしておくとは。保釈もなければ保釈金もなく、レクンベリ刑務所という要塞のなかで、独房という要塞に閉じ込められ、誰も助けになど来てはくれない。名もなき兵士。それだけだ。この男、獰猛な暴君、人民の処刑者、この男はスターリンそのものだ。確かにスターリンは犯人を送り込んだだけだ。私もそれはよくわかっている。もちろんだ。九分の一の月が光る夜、私自らがおんぼろタクシーでハバナまで連れてきた後、マチーナ港まで連れていって、フェリーに乗せたのだ。そう、あの男、彼だ。

殺人者。女でも子供でも性転換者でもなく、男の服装に身を包み、裏切りという女々しい行為に走って、別の男、老人、論文の指導者の頭に――しかも背後から――飾りを付けるような真似をしたとはいえ、彼は男だったのだ。）

肘掛椅子の後ろ、固まった表情のまま、スローモーションのようにして彼は動き始め、動きとは呼べぬほどゆっくりした前進ながらも、私の背後へにじり寄ってきた。暗殺者ヤコブ。サンティアゴ、イアーゴ、ディエゴ、名前はどうでもいい。そこにいるこの男、その男。モルナル、メルカデール、姓もどうでもいい。そいつだ。そいつが私を殺したのだ。なぜそれがわかるか？　当然だ、部屋にはそいつと私、二人しかおらず、私はさっきまでこの椅子に座っていた。その椅子も今や死の床ならぬ死の肘掛椅子、死の揺り椅子となり、甘くも苦くも酸っぱくも悲しくも真面目でもない死を待ちながらここに横たわる私は、タマリア風の盲目な幻影もなく、ラモン・ジェンディーアの機械的死喘鳴もなく、老アングソーラが娘ソフォンシーバ（素敵な名前ではないか。この名前を使ったのはフォークナーだが、彼は百科事典か何かでルネサンス期のイタリア女流画家ソフォニスバ・アングイッソラの名前を見つけ、綴りをまちがえたのだ。私はそのまま借用する）と持った不潔な関係も、まったく何もないまま、呼びかけの声が聞こえるあの場所へとゆっくり進みつつある。何もない。言葉のとおりだ。あいつは背後に、私はここに、つまり一人（私）の背後にもう一人（あいつ）が、一人は前に、もう一人は後ろにいて、論文だか、答案だかを読んでいた、事はすべてうまく運ぶはずだった、この男が放心したような目で動き出し、例の凶器を私の頭に突き刺したりしなければ、上から、後ろから、上、後ろ、そして私が放心した目（おそらく灰色の柔らかい塊）で死を迎える間、お前たちは尋問する、というか、お前たちが尋問する間に私は死を迎え、私にばかり質問、質問、質問を浴びせ、あの男には何も訊かない、まだ放心したような目の顔に拳を浴びせて滅多打ちにするだけ、私にもあの男にも、痛みが痛むのか訊きもしない。

そうだ！　あいつを縛り上げろ！　逃がすな！　逃がすなと言ってるだろう。縛り上げろ、締め上げろ（同じことだが）。縛り上げろ！　しっかり縛れ！　に。がす。な。そうだ。そこにその男を縛り上げろ！　いいぞ。

ツイサッキ

アレホ・カルペンティエール

「亡き王女のためのパヴァーヌ」、
その一分33回転のレコードに
合わせて読むのが望ましい。

一

わが仕事は重要なれど、さりとて数多の過ちを……。苦悩のおくびにここで途切れたイタリア語のフレーズを胸にしまったまま立ち止まった老人は、「対話には畏怖を感じずにいられない」と考えながら、頭でこの言葉をフランス語に翻訳してその響きを確かめ、威厳ある、敬うべき、いや、すでに敬われているその顔に、甘草でひきつったような微笑みを浮かべたが、それは、開かれた窓、正方形の枠に納まったその窓板、塗り替えたばかりの雨戸、閉じた鎧戸、アントワープ産の薄いモスリンでヴェールをかけたカーテン越しに見える上部の横木、金色の蝶番、同じく金色だが少し銅のようにくすんだカーテンレール、狭いスペースのなかで驚くほどの白さを競い合う板と金具、そして亜麻仁油で白く塗った窓板、広い台の上に並ぶ鉢植え、植木鉢、土を盛った容器にはユリやヒマワリが植えられていたが、明け方の光の前にも後ろにも彼が花になど目を止めなかったのは、花が窓台の上に乗せられていたわけではなく、庇に守られた線の外側、赤煉瓦の陽だまり——庶民的な言葉を話す侍女のアタナシアは頑固にこれを照り返し場と呼んでいた——に置かれていたからであり、そのまばゆい窪みから思いもよらぬ甘いメロディーが流れ込んでいた。メリスマの味で故郷の空気を掻き乱す蓄音機よりもはるかに遠くから聞こえてくるその音楽は、ファイフでもリュートでもプサリテリウムでもなく、ビウエラでもシストラムでもヴァージナルでもレベックでもなければ、チリミーアでもシタラでもなく、キエフ風にテレミンの音を奏でるバラライカ、ウクライナ戦の記憶の底から蘇ってきた「キエフ風テレミン」なのだ。「対話には畏怖を感じずにいられない」、こうフランス語で呟き、英語ならどう響くだろうかと考えてみた。二人のうち若いほうの男——一方は若く、他方は年老いているので、相対的に一方を若いほうの男と呼ぶことにする——がもう一人の男を見つめ、引用のように呟かれた言葉に対して、わざとらしく笑顔を爆発させて笑い声を上げた。年老いたほうの男——イルクーツクのフラシテン織り絨毯を敷き詰めた部屋には二人の男がいたが、一方には、歳月と経験を重ねた重々しさが漂っており、こちらのほうが当然年上なのだろう——は振り返ってやや上方へ目をやり、縮んだような相手の姿を見つめると、黄金の視界に信頼する弟子の開いた口が入ってきたから、その各部をいちいち頭のなかで読み上げ、唇（上下）、口蓋、口蓋垂、咽頭、扁桃腺（というか、彼は思春期に扁桃腺摘出手術を受けて開いたので、その跡）、赤い政治的舌、歯（三十二本）——下顎と上顎に嵌った前歯、犬歯、前臼歯、臼歯、親知らず——、その間も、相手は単なるへつらい以外に何の理由もなく笑っていたので、湿った重々しい空気のなか、彼は相変わらず言葉を並べ、軟口蓋、（再び）口蓋垂通称のどちんこ、喉頭、軟口蓋の前の歯茎、舌（別の舌だろうか？）、空っぽの扁桃腺、軟口蓋後部の歯茎、ついには存在論的疲労に襲われて本に目を戻した。若いほうの男――憎らしき、そして憎まれた師が両手に持つ傑作を眺めている二人の男のうち、彼が若いほうだった――は、怨念のこもった網膜に、箱、カバー、書名、角革、背表紙、背革、背綴じ糸、装飾カット、型押ししたタイトル、頂帯、布の裏張り、紙の裏張り、折り縫い、上部のカット、下部のカット、前面のカット、イラスト、上側の余白、側面の余白、側面、カバー、帯を次々と刻みつけ、本文にざっと目を通した。そして今度は、製本技術からも参考文献からも書誌情報からも目を逸らし、高地に漂う大暑の熱気にもかかわらず、訳あって前を閉じたままのレインコートの塹壕の下を探ると、仕立てのいい上着の表面に肘と前腕を滑らせて、よく磨かれた白チーク材の柄からまっすぐ先へ伸びる鋭利な手斧の位置を確かめた。本から白髪交じりの頭へと目を移した彼は、髪に覆われた頭皮はもちろん、後頭骨や髄膜（1　脳脊髄硬膜、2　クモ膜、3　柔膜）を貫いて脳を真っ二つに割り、必要なら延髄にまで到達せねばなるまいと思ったが、すべては打ちつける速度と力、慣性で相手を死に至らしめる運動量にかかっていた。「対話には畏怖を感じずにいられない」、老人は今度はロシア語でこう言いながら、ドイツ語に翻訳すればどう響くか確かめていた。またもや繰り返されたこの言葉が、若者を殴打へと駆り立てるリトルネッロとなった。

二

とうもろこし紙の煙草を吸っていた彼は、どうしたことか、幼い頃食べたポレンタ、デザートのとうもろこし菓子、あるいは懐かしいサンティアゴ風タマルの味を舌に感じて吐き出し、その白い物体が素早く放物線を描いて鉄柵の麓に落ちる様子を眺めていたが、そこから垂直に伸びる太い多面的な鉄の棒は、左右対称の飾りとカリグラムのタッチと気まぐれな縁飾りに囲まれ、最上部で見事なバロックを描き出していた。門扉は、手動式の滑車とケーブルとバネとナットとボルトとベルト、それにファスナーと軸と移動式ねじと歯車と鈉穴、そして最終的には、彼がバリトンの声で唱える簡単な覚えやすい合言葉に応じて当直のケルベロスが力を込める手によって動かされる。

　こうした薄暗い色の言葉を
　我は入口の刻印に見出したものの、
　その意味が難しすぎてわからぬ

単調なグレゴリオ風哀歌のように口をついて出てくるこの素晴らしいイタリア語の発音に自らを褒め称えたものの、ダンテの滑らかな詩文とともに顔に浮かんだ微笑みは、その返答に門番が完璧な古トスカーナ語で安らかに唱えた地獄の歌の前に崩れ落ちた。

恐怖と臆病の心をここへ捨てよ
我らはすでに至りき、
罪をあがないし人々、
知性に思いなき人々おれりと
我予告せしところへ

そして今彼が願うのは、原始的な秘密のメカニズムで、予兆に満ちた鉄筋コンクリートの土台に鋭利な先端を打ち込んだ鉄柵が最後まで開くことだけだ。彼は熔岩石に縁どりされた二股の砂利道を進み、頭上に翳された威圧的なシャトー・フォールを眺めた。妄想のように様々な様式を織り交ぜた建物の外観、そこでは、ブラマンテとビトゥルビオがエレラとチュリゲラから主権を奪い取ろうとし、初期プラテレスクの見本が派手な後期バロックに溶け込み、正面には古典様式に倣ったギリシア風の鋭角的三角形が見えるかと思えば、予想に反してポルチコの上部には三角形など影も形もなく、アーキトレーブと壁に挟まれたエンタブレチュアにはフリーズが目につき、左右両翼では壁付きアーチが空っぽの地下聖堂のようなカタルーニャ風丸天井を下から支え、迫元の幾つかは少なくとも美的機能を果たしているものの、内弧が挑発的な迫石の役割を担っているのは何のためかよくわからない。飛ぶように突き出た控え壁を備えた上部のコンソールは刳形に絞めつけられすぎているようで、そこから彼の目はロココ風に入念に描かれた贅沢な軒持ち送りに留まった。しかし、明らかに釣り合いの悪い三つのオジーブ――一つは等辺形、もう一つは上すぎ、最後の一つはムデハル様式——は一体何のためだ？　横から見ると扇形に見える凸状の刳形が楕円形だということか？　あるいは、さらなる逸脱を予告するピボットなのか？　建物の正面部としては、随分と不思議な、そして矛盾に満ちた構成であり、横から見ると扇形になるためすぐそれとわかる凹状の刳形の代わりに付けられたこの形は、縁のあたりで輪郭がぼやけ、柱頭に至っては中心のずれた円を描きながら、円柱の下のほうでは、ややフォームを崩している——ファサードがあらゆる種類の円柱に突如感染したのだ。イオニア式、コリント式、ドーリス式、ドーリスイオニア式、ソロモン式、テーベ式、柱頭と台座の間であらゆる様式に材木と蘆が伸び、我らが訪問客は、柱脚の近く、基部とコーニスの間に台座があるのを見て驚きながら、いつか言われたように、この物珍しい土地では建築家と現場監督が必ずしもいつもフリーズとアーキトレーブの間に台座を据えるわけではないことに気づいた。珍しいことに、この建物のキーとなるのは、カペジャニーア石のキーストーンであり、それを見て初めて自分が正しい方向に進んでいたこと、騙されてはいなかったことに気づいた彼は、待ち望んでいた紫の玉縁、斑岩のアーキトレーブ、そしてシャルトルーズとマゼンタ色で縞模様になった湾曲部を見出して安堵した。ここが歴史的運命と出会う約束の場所なのだ、彼はこう考えながら、血漿の代わりに水銀が体の細部を流れているような感覚を味わっていた。クレトンと細紐でできた庇のような花綱装飾の上に余計な歯形装飾が覆い被さった入口に着くと、彼はドアをノックすることにしたが、その前に、「痛ましい町への入り口」等々碑文など一切必要のない堂々たる扉に目を止めないわけにはいかなかった。

三

興味深い扉だ、ほとんど声に出してこう言いながら彼は、一見古典的なフレームではあるが、石英と長石と雲母を組み合わせた扉枠を眺め、この三つの要素が混ざれば御影石が出来上がると考える一方、鋼鉄でなければ普通の鉄にも見えたであろう材質のリーフに目を移すと、鍵穴があるべきところに埃よけのプレートがあり、その反面、銅製のノッカーだけはまともな位置についているのがわかった。扉板の上部パネルと下部パネルに分ける部分、すべて金色の三つの蝶番を指すような位置。ノックをするのはやめた。無意味だ。鉄の籠手でも持っていなければ無理だろう。

魔法の目があるのか、あるいは光電細胞でも備えているのか、内側から扉が開いて、何の困難も驚きもなく彼は横木をくぐって敷居を超えた。だが、背後で扉が閉まると俄かに恐怖を感じて側柱の間に支えを求め、オハイオ州アクロン製の鉄刳形に寄りかかって背中が滑っていくのを感じると、壁の隅切にへたり込んだ。目の前にあったものは筆舌に尽くし難い。通りから見る屋敷は、一見ドーリス風のフリーズとなったエキヌスの凸状部にトリグリュフォスとメトープが欠落しているせいで、剥き出しの城砦かトーチカのようだったが、それは、下端が通常のような逆階段状に強調されていないせいでもあり、格子窓の一部分が庭に突き出た塀のように見えているせいでもあり、あちこちに角を補強した出っ張りがあるせいでもあり、そうした調和を乱す不規則な要素が多かったせいばかりでなく、望楼、銃眼、突出部、くぐり戸を装った裏門、風通しの悪い小窓、仕上げ面の上でモールディングの高さから瓦屋根を守る欄干のようなマーロンなども目につくし、中庭に目を移せば、強力なバトレスと扶け壁が、無用の格子戸の近くで厚い壁に隠れた小広場のブラインドのような神秘で守り、それを囲むようにして、星型に先割れしたジャスミンが咲き乱れる一方、屋根を見上げれば、雨水貯めの溝がトロンルイユとなってコンクリートの間に麻布や銃眼がまぎれ、他方、アッシリア・ローマ風胸壁がゴシックの飛梁を模す傍では、明らかに多すぎる数の二連アーチ窓と採光窓と窓台の間から、かつてはラッパ銃や投石機、時代遅れの砲架や短銃が突き出し、アクロテリオンやガーゴイルやヒッポグリフから、正確なフランティルールが恐るべき不均整を発することもあったかもしれない。このすべてのおかげで、彼は仲間、武装集団に守られているような気になった。だが、中へ入ってみると、酩酊を催すような装飾のコシュマルに捕えられた。確かに、中庭の左翼、静かなガゼボとパンダンを成すべく作られた単列周柱式寺院があり、柱と柱の間、ポルチコの凝った作りの間から、明らかに葬式用の碑が見えるあの地点から、すでに悪夢は始まっていたのだ。しかし、これが、あれが……。空を切るべきか、それとも退却すべきなのか？　退却など不可能だ。謎めいた扉はすでに閉ざされ、閂、ノッカー、差し錠、横木、掛け金、南京錠、その他、たとえヘラクレス的な力で押してもびくともしないであろう機材によって錠が守られていたから、このまま扉板にぶつかったとしても、正義の使者となるはずの武器、鋼鉄のピッケルを隠すために着てきたレインコートの肩と袖を汚すことになるだけだろう。

詳細なこの建物についての記述からは抜け落ちたが、ふと彼の頭に、花の咲き乱れるアーキトレーブや砕石台の上に乗った御影石の土台、目分量で測った前面の大きさなどが蘇ってきた。再び現実に戻ると、白モザイクの上に緑の雷文タイルを敷き詰めた床が目に入り、覚悟を決めて不安に正面から立ち向かうことにして、縞模様の切り石で作った迫台に支えられた螺旋文様の飾り迫縁のほうへ歩みを進めた。この後に続くことに較べればこれはまだペッカータ・ミヌータであり、彼が玄関と広間と迷宮を兼ねたホールに向かって目を開けると、半分のアーチ、馬蹄形のアーチ、三角のアーチ、オジーアーチ、槍形アーチ、ミトラ形アーチ、セグメントアーチ、フラットアーチが溢れかえり、新古典派的角柱、アール・ヌーヴォー風の柱間壁、内向きのスパンドレルがごった返す上では、虹よりもう少し多彩な色、例えば、真珠や花冠、雷文、指輪、内弧、畝、網、茨、様々な模様をあしらった歯形装飾の地味な色とよく合う派手なフクシア色などで塗ったトランケイティッドドームらしきものと内弧を支える交差リブ、その下には、下部のフリーズを二つに分けるカシュー材の平縁、現地の人々がセネファと呼びたがる台座、それを包む藤色の絹が見える。奥の荘厳な階段の横で、この形態のカオスを取り仕切るように胸を張り、腕と尖ったモンゴロイド風の顎を軽々と持ち上げながら、フロックコート、靴、幅広ネクタイに身を包んで玉座に控えた未だ雄弁な、少なくとも表情豊かな男ウラジーミル・イリイチ・ウリヤノフ、というより、その大理石のような遺影があり、その伝説的肖像の下に置かれたこれまた大理石の碑文には、キリル文字で「レーニン」と書かれていた。ガラス戸棚に目をやり、すり減った大理石の階段を数え、すべてを記憶に留めようとする目で石灰岩の手摺を眺め、欄干と踊り場に金属細工で施した渦巻きと螺旋とカーブと葉状装飾と下弦に埋もれながら、永久に痙攣を起こしたような状態で、驚くべきことにマルセル・ブロイヤー製作の肘掛椅子に倒れ込むと、そのまま眠りに落ちた。

四

床の上に響く足音で目を覚ました彼は、夢と睫毛の網越しに、最初半長靴と思われた物体へ目を凝らし、一瞬草履かとすら思ったが、やがてそれが普通の靴、ソール、裏地、中敷き、ウェルト、この国ではカンブレラと呼ばれる内革、ヒール、踵、甲革、そしてアメリカ大陸の辺境ではオレハとかグアタカとも呼ばれる留め具、すべてを備えた靴であることがわかった。その靴を履いて歩いていたのは、古インクのような色の服に身を包んだ男、そしてその横にもう一人男がいて、その長い首の内側にある舌骨や甲状腺膜、甲状腺軟骨（出典＝ラモン・ソペナ出版）、輪状軟骨膜、咽頭輪状軟骨、そして気管が想像できた。その男が一つしかない目で（エーボリ姫のような眼帯で片目を覆っていた）彼を見つめてきたので、たとえ片目とはいえ、網膜、光彩、脈絡膜、水晶体、鞏膜、上鼻静脈、下鼻静脈、視神経、側頭内静脈、黄斑、すべての機能を備えていることがわかったが、特にこの黄色の染みを見るかぎり、男はどうやらカラーではあっても二次元で物を見ているらしかった。

もう一人の男は耳しか見えず、「ミ」の音の連続に不快を感じながらも彼は、その不快感を打ち消すため、目につく部分を数え上げてみることにした。耳環、前耳環、蝸牛殻、耳朶、耳珠、前耳珠、外耳、おそらく耳垢だらけの縁を覆う外環、前庭、鼓膜、砧骨、槌骨、外耳、中耳、内耳。二人の一方が手を上げて彼に挨拶したが、彼にはどちらが（男か手か）声を出したのか一瞬わからず、ともかく、手と男だけでなく、体全体、つまり手首、掌、小指、薬指、中指、親指、手の付け根、そして足首、中足、足の指、いろいろな骨（ちくしょう、名前がわからない！）、腱、筋肉、真皮、すべてに歓迎されているようだ。彼は手を上げて挨拶を返し、それが終わると掌を上にして、論理、本能、意志、知性、神秘、ジュピター、サタン、アポロ、マーキュリー、幸運や心や健康の星、マーズ、頭の星、月、生の星、ヴィーナスの線と点を見上げながら、自分に運が向いているかどうか、そして、恥丘の横に並ぶ赤い雀斑がヘルペスなのか血腫なのか考えていた。

タイル張りの床に立つ二人の刺客が色々と物騒な話題を持ち出し、高尚な、そして低俗な言葉で議論しているのを聞いていると彼は、世界のあらゆるものに対してその設計図を作るという昔からの分析癖を禁じ得なかった。ライフルと聞けば、銃身、照準器、締め具、銃床、鍔、弾倉、遊底、引き金、用心金などを思い出し、弾丸と聞けば、鉛弾、鋼鉄弾、焼夷弾、追跡弾、貫通弾、火薬、猟銃弾、真鍮のコーティング、鉛の中心部、ニトロ、雷管、信管が頭に浮かび、手榴弾と聞けば、導火線、安全コック、安全ピン、鉛合金の本体、起爆装置、爆薬を思い出したが、といっても、誰かにそれを向けることなど考えもしなかった。二人の男が歩き去って、しばらくの間だけ彼は一人になったが、程無くしてうるさい熱帯の虫が入り込み、その体に、頭、複眼、足（前足）、前胸、足（中足）、針、腹部、後胸、背（セ）、下翅、上翅、足（後足）を確認した。スズメバチだろうか？　突如自分の心が透明になったような気がして、恐怖はメタファーにすぎず、自分がただ単に臆病風に囚われていただけのように思えてきた。そこから、膜翅目のお邪魔虫が衝撃の事実と大きな当惑をもたらしたのだと結論づけるまでは、僅かな足跡、しかも失われた足跡ではないまともな足跡を辿るだけの話であり、さらに大股でもう一歩踏み出せば、白昼の恐怖と邪な意図を見抜いて、実はこの虫がイクネウモン、つまり、蜘蛛を探してはその項に致命的な一突きを与えるあのオリノコのハチであることまでわかったのかもしれない。いや、それともこれは普通のハチ（ナナ？）か、女王バチか、雄のミツバチだろうか？

終局的恐怖と不安から気を紛らわせるために、彼は広間の反対側にある旗を見つめたが、それが本物の党旗か確認する前に、そのごく普通の旗を構成する様々な部分に目をやらずにはいられなかった。スプライス、竿、鞘、布、スティッチ、縁、房、縁（反対側）、縫い目、竿の先端部、そして、形は三角形のテナントでもなく丸型でもなく長い長方形でもなく、普通の四角であり、赤ではなく青の下地に円形鎌も交差する金槌も見えなかったが、確かに敬うべき旗だと確信した。ダルトン病にでも罹ったのだろうか？　自分の推理が無理か道理か（今度は「リ」が重なった！）確かめるため彼は、旗を左右から守るようにして置かれた四つの盾に注目し、一つはスペイン製、もう一つはフランス製、もう一つはポーランド製、最後の一つがスイス製であることを確かめる前に、図柄の配置に目を止めた。上部の右カントン、上部、上部の左カントン、下部の右カントン、下部、オナー、そして臍部（自分の臍ではなく盾の臍、四つとも違う臍をしていて、一つだけが本物だった）を眺めた後、金、銀、赤、青、緑、紫、サーベル、樫、鎖、鞭で打った木、紐で吊るした角笛、ライオンのくわえた飾り帯、尖った王冠、鳩の尾、エスクション、四分割、六分割、歯型、ケープ、縁取り図形、組み合わせ紋章、市松模様、菱形図形、台形、T字形、二分割、縁取り、縁、ピューマ、鷲、地を這う蛇……

そうした様々な図柄に近づいて違いをはっきり見定めようとしていたその時、門番、あるいは助手、あるいは書生が現れ、どうぞお上がりください、先生（この通りの言葉を言ったのだ）が中ですでにお待ちです、と伝えた。我慢は爆発の始まり、と付け加えてもよかったところだ。あるいはこの国の常套句なら、待てど海路の日和なし。モザイク中央に刻印されたユリの花の上で彼は正確に四分の一回転すると、ヘレティクス・マクシムスの兵営に向かって弟子の足取りを装いながら進んでいった。階段を一段一段上る際には、大理石の上ではなくフエルト地の赤絨毯を踏みしめ、その上では靴紐とバックルがきれいに光っていたが、それでいて彼は欄干の上を飾る手摺に目を止め、その琥珀色大理石のスレートの縞模様が、階段の、同じく琥珀色の大理石に入ったスレートの縞模様とぴったり一致していることに気づいた。左側の踊り場に辿り着くと、面頬付き兜、喉あて、肩甲、肘あて、垂れ、軍旗受け、膝あて、脛あて、脹脛あて、盾、胸甲、樫の槍穂の先でトレド金属をあしらった矛槍、すべて揃ったクアトロチェントの甲冑像があった。しかし、精巧な浅浮き彫りを施した鎧にも、溝彫りのついた肩あてにも彼は大して注意を払わず、むしろ、兜が本物なのか、それとも喉あてを上に伸ばしただけのモリオンなのか、そちらに気を惹かれたので、そのまま甲冑像に近寄って（壁に邪魔されて完全に一回転させることはできなかったが）その胴体を回しながら顔のあたりをよく見ると、喉あてだと思っていた物はむしろ涎掛けか、面あてに空気孔のような切れ目を入れたバシネットのようであり、そこから彼は、これが完全な面頬付き兜ではなく、アルメテ兜だと結論づけた。その時矛槍がレインコートに引っ掛かって彼は、さっさと階段を上がって宿敵と向き合わねばならなかったことを思い出したが、そう覚悟した瞬間、踊り場のガラスケースについたバラ窓に不意を突かれた。それでも力を振り絞ってそのガラス細工を分析する誘惑を払いのけ、ようやく階段を上り始めた。二階へ着くと、コロニアル風の細工が目立つ扉板の前に立ち、扉はもちろん、枠（フレーム）も羽目板もその枠（フレーム）も刳形も框も、すべてがスペイン産の樫であることを見てとった。防護プレートこそついていなかったが、どちらも銅製で、しかも同じく銅製のボルトで留められた鍵穴とノッカーがついており、彼はその突き出た銅の塊に歴史的な手を伸ばすと、マルクス主義の信念で拳を固める前に、神経質な手の甲で扉をノックした。

五〜四十

（部屋の構造はもちろん、その備品と装飾品をしかるべく綿密に調べ上げた後、ジャック・モルナルは、レフ・ダヴィドヴィチ・トロツキーに、アレホ・カルペンティエールの言う「八折の習作」を見せ、師が熱心にこれを読み始めるのを見て、懐から必殺の手斧を取り出す。もちろんその前に、この死すべき偉人の解剖学的、仕立て的、体質的、人格的、政治的特徴を論わずにいられないのは、この殺人鬼（あるいは作者）が、フランス的見地から見ていわゆる「バルザック・シンドローム」に罹っているからだ。）

ジャック・モルナルへのエレジー

ニコラス・ギジェン

（レクンベリの空のもと）
その声は重く
硬く厳しく
その転向は
鋼鉄製であった。
（過去形ではない、今も
まだ、今もまだあの男は
生きているのだから。）
今も。
鋼鉄製。
鋼鉄製なのだ。
鋼鉄！
そうだ！

トロツキー　死に行き当たったのは途上のこと！

（「途上」という言葉を読んでいるときに殺された。）

モルナル　なぜおのれは俺が殺したと

思うのだ、レオン・トロツキー。

俺の持っていた斧に

項をぶつけたのはおのれだ。

（ジダーノフ、ブラス・ロカ、ジャック・デュクロ）

コーラス　**偉大なる司令官スターリンを**

守りたまえ、チャンゴー様

ご加護を下され、イェマヤ様

トロツキー　我が愛しのプリンスィズ島よ、お前の姿が懐かしい

死後私の墓に望むのは

小鎌の花束と風に翻る旗！

モルナル　今から小鎌の花束と

風に翻る旗を掴むがいい

死まで待たずとも

俺がこの手で殺してやったぞ。

トロツキー　路上にのたれ死ぬのなら

花などいらない！
レンズ豆入りのボルシチに
キャベツはいらない！
モルナル　レンズ豆入りのボルシチだ、
花だ、小鎌だ、キャベツだ、
そんなことは忘れろ。
おのれは路上になどいない、
テノリオの家にいるのだ
そこでは安物の飾り付けで
おのれの通夜を祝して
すでにお祭り騒ぎ。
トロツキー　私の通夜だと？
モルナル　そうとも、俺の斧がおのれを殺したのだ
そして俺が死んだと言えば
（アンブロシオ）パレですら救うことはできない！
トロツキー　ああ、何と複雑な話だ！
あの世に生はないのか？
まだスターリンの邪悪な人生も

モルナル　書き終えていないのに。
残念だったな、老レオン殿
ライオン、レーヴェ、レオーネ、レフ
ダヴィドヴィチ・トロツキー、旧姓
ブロンステイン。おのれはナポレオンや
レーニンやエンゲルやカールマルと同じ。
ツァーリよりもっと死人。
カプット、デッド、故人
あの世行き、
深きムエルト、モール、モルト。
これで悪夢も終わりだ。
トロツキー　大した奴だな、お前は何者だ？
モルナル　おのれ、つまり、おのれの悪魔だ。
トロツキー　では、あの光は？
モルナル　葬儀のシリアではないか。
トロツキー　では、この声は？
モルナル　文学のニュースだ。
トロツキー　シリアにニュースだと？

モルナル　愚か者め、シリウスにミューズだろう。
シリウスにミューズ、それでもいいだろう。
（知ったかぶりの老人め！）
声　こんな貧弱で暗いデータから
伝記を書くというのなら
電気のように明るい伝記は期待できない
トロツキー　この話し声は何だ？
モルナル　アイザック・ドイッチャー博士だ。
トロツキー　頼むから
入ってくれ、もう死にそうだ。
そう、もう死にそうだ。普通に
死ぬほうが、信徒も猟銃もないまま、
頭に穴を開けられた
予言者となるより
どれほど素晴らしいことか
死ぬう！

（カブリオールとともに死ぬ）

コーラス　（ドイッチャー、フリアン・ゴルキン、
そして頑張って埋葬に来たガンベッタ）
パパ・モンテーロのために泣こう！
スンバ、カナジャ、ルンベーロ！
あのトロツキーとやらは似非社会主義者。
スンバ、カナジャ、ルンベーロ！
ぺぺには鞭の一撃。
スンバ、カナジャ、ルンベーロ！
さもしいジュガシが頭に穴を開けた。
スンバ、カナジャ、ルンベーロ！

（ハムレット以外退場）

ハムレット　（実は金髪のかつらと長靴下と胴衣を着て、
ロシアの熊ボギーベアを手にしたスターリン）
ああ、このガチガチのトロツキーが
溶けて崩れて

しづくになれば、
いやもとい、「しずく」だった。

(再び歌うように)

マルサスの実践すべてが
私の目の前でなんとはかなく、むなしく
見かけ倒しで無意味なものに見えることか……

(うんざりしたように)

こんな戯言や変装など抜きにして、あのさもしい裏切り者の悪漢(等々)から逃れる方法は他にないものか?

その時、まるでシェイクスピアが引っ込んでベナベンテに代わったように、まず遠くから、次いで近くから、あるいはまず近くから、次いで遠くから、モロトフの叫び声が聞こえてくる。

エキストラ! エキストラ! **モルナル、トロツキーを殺す** エキストラ! 写真と詳細! なんだ! どう殺したんだ! 連れていけ! エキストラ! エキストラ!

その声はかすれていて、アフリカ風の発音だったが、スターリンは、二十番通りと十二番通りの交差点で新聞を売るベボと混同することもなく、それがモロトフだとわかる。衣装を脱いで（ベボでもモロトフでも、もちろんトロツキーでもなく、スターリン）、クレムリンの廊下を裸のまま満足した様子で走り去っていく。遠ざかったところで裸足のまま跳躍する。誰かが画鋲を撒いていた。叫び声。

カーメネフ！　ジノヴィエフ！　ライコフ！！

（ロシア語ではこれらが「トロツキー」に次ぐ悪態である）そして釘で統合されたパラレル・センター！

出てけ！　出てけ！　出てけ！！

ドアからレディ・マクベス（ムスクンツ区在住）が登場し、（寒いのか）両手をこすり合わせて眠ったまま歩く。頭にはヒマシ油の小瓶が乗り、髪をスラブ風に束ねている。（寒さが和らいだのか）手をすり合わせるのをやめて、胸からマルクス・エンゲルス・レーニン全集とルーペ、それにスプーンを取り出す。本を床に置き、ルーペとロシアの真夜中の太陽で火をつけると、ヒマシ油を温める。スターリンにヒマシ油をひとさじ飲ませようとするが、彼は足をばたつかせて抵抗した後、女の手を逃れてクレムリンを駆け下りていく。スターリンの口をついて次から次へと出てくる新たな悪態を、書生が言語学の論文に書きとめていく。喧噪とともにドアから、廊下から、壁から、そしてクローゼットから、ルナチャルスキーの影が現れ、その横にいるラデックの影が、「アナシャブルスキー、アナシャブルスキー」と呼びかける一方、アーノルドとピャタコフ（反対側）の影に向かって反革命的ジョークを飛ばしている。

「一国社会主義！　そのうち一都市社会主義、やがて一村社会主義だ！」

ピャタコフとアーノルドが笑うが、後ろから追いついてきたブハーリンの影が話しかける。

「気をつけろ、ラデック、そんな冗談ですでに一回命を失ってるんだからな!」

アーノルドとピャタコフ、その他の影がラデックの傍からそっと姿を消すが、ラデックは動じることなく赤外線ジョークを続け、時々振り返っては、不動の肩越しに「アナシャブルスキー!」と叫んでいる(ルナシャールスキーは走り去っていく)。

「スタハノヴィスキー・ラボティム・ポリティスカヤ」と発音する間もなく、クレムリンの廊下には何十、何千、何百万(何億)という政治的亡霊がひしめきあう。ジュガシヴェリー・ザ・キッドが影の上に(今度はグルジア語で)悪態を飛ばし、インテルプロレ、つまりプロレタリアートの国際共通語で愚痴を放つ。

「トロツキー主義など頭一つしかいらない!」

「痔せ馬への愛!」

「自由よ、汝の名においていかに多くの万歳が犯されたことか!」

「エトセトラ!」

コーラス (アラゴン、エリュアール、シケイロス、ショーロホフ、ブレヒトがギジェンに唱和する。)

スターリン!

偉大なる司令官!

シャンゴの庇護を!

ジェマハのご加護を!

もちろん！
私にはわかっている！

テープあるいはパロディの現実からアルセニオ・クエの声が聞こえ、くそっ、そりゃギジェンでも何でもねえぞ、ちくしょう、そしてシルベストレの声、さらにその奥からリネ・レアルの亡霊のような声と僕の声が重なっているが、もうこれ以上ブストロフェドンの声は聞こえない。これが書き物と言えるかどうかはともかく、ブストロフェドンが書き残したのはこれですべてだ。オリゲネス（シルベストレの博識）も、その二十世紀後のアール・スタンリー・ガードナー（ささやかな僕の知識）も同じことをしていたわけだから、これを書き物だと断言しても別に問題はないだろう。しかし、実際のところ、僕はブストロフェドン（B）が**書く**（強調はアルセニオ・クエ）こと自体を意図していたとは思わない。むしろ、シルベストレ（S）の再三の勧めに逆らって一行も書かないことでクエ（C）に教訓を与え、同時に、Sに対しては、Cの言うことは間違っているかもしれないが、かといってSが正しいともかぎらない、そして、文学が会話以上に重要というわけではない、実はどちらも重要ではない、さらには、作家と新聞売り――Bの言う新聞師――の間に大差はない、とどのつまり、何はさておき、もったいぶっても仕方がない、そんなことをSに伝えようとしたのだと思う。あの時も別の時もブストロフェドンは、唯一可能な文学は壁の落書き（悪態即制作）だと言っていたし、そこでシルベストレが、ああ、そんなことなら昔俺も言った、余白に書いたこともある、と言うと（こう言われたBは強烈な悪態で答え、余白と李白と告白と予約の類似点・相違点をあげつらった）、ブストロフェドンは、俺の言っているのは公衆便所、トイレ、お手洗い、化粧室、小便場、大便場、はばかり、せっちんの落書きだ、と反論し、糞（もちろんアルセニオ・クエのくそっという言葉）を選りすぐるようにそのレパートリーを披露した。ケツ出張サービスします、一物馬並み、多くの人が駆けつけるこの聖なる場所で臆病者はこらえ勇気ある者は糞する、さらには印刷された小さなチラシが貼られていたりすれば、淋病や梅毒の治療を勧め、**二十歳でも要注意**、実は一番危険な年齢、秘密厳守、速効完治、効果がない場合は返金、さらに、睾丸機能不全？　男性力の欠如？　インポ？　ホモ？　**ドクター・アルセの性生活研究所**へどうぞ、**効果てきめん**、そして冒涜の後は手がきで締めくくり。もう一つ、Bは言っていた、もう一つの文学は虚空に書くこと、僕なりに言えば話すことであり、なんとか後に残しておきたいと思うのなら、Bは続けていた、こうやって録音して、後でこうやって消してしまえば（その日もここに書き留めたテクスト以外は録音した後にすべて消去された）、みんな幸せだ。みんなだって？　どうかな。確かなのは、テープの残りの部分には、流行歌、タンゴ（歌＝リネ）、テーブルをボンゴのように叩く音（エリボーのエルボー以外にありえない）、シルベストレとアルセニオ・クエの議論、九時の小説と一時の小説あるいは偉大なる空気小説（空中で仰々しく響くページを開ければ、読者もそのキザな戯言にうんざりすることだろう）の朗読、そして僕たちがブストロフェドンの周りで出す音、音、音。少なくともクエは、そうした揚げる音、焼く音、煮立つ音を生活音と呼ぶことができると断言する。尿瓶を重しにしてベッドの下に残しておいた回想録を除けば、本当にブストロフェドンはこれ以上何も書き残しはしなかった。シルベストレにその原稿をもらったので、以下一字一句変えることなくそのまま収録する。ある意味（Sのような話し方になっているが）重要な内容ではないかと思う。

いくつかの新事実

冗談？　Bの人生が冗談でなくて何だろう？　冗談？　冗談の冗談？　それなら、皆さん、真面目な話だ。そして、彼がシルベストレに突きつけて困らせた難題（絶望のあまりシルベストレはBに言っていた、お前は透明文字のカパブランカだ、すると、なぜ？　とブストロが訊ねた。チェスボードの64マスでは物足りなくて、69マスかきたいのか？　ブストロが笑いながら言った。いや、そうじゃない、シルベストレは真面目な話をしているときに冗談を言われるのも、その逆も嫌がる男であり、真顔で答えていた、どうも科学遊びが最近遊びばかりで科学性に乏しい、あるいはその逆になっているように思えるので、もう少し難しくしたいんだよ。するとブストロは言った、確かに俺はカパブランカだが、（キャリル・）チェスメンの一人遊びを見ているだけだ。俺の使うインクは優しいからな）、スティープルチェイス競争（こうした言葉の用法は、辞書界のエディ・アーケイローを憤慨させたことだろう。サハラ砂漠やモンブラン山、レニングラード市などという言葉を自分では冗談で口にすることがあったが、他人から聞くといつも激昂したものだ）とも見まがうほどのブストロの喜びは何だったのか？　文学的障害物をいつも巧みに設計したブストロは、作者の気紛れで言葉の意味を決められる文学、「夜とは昼の意味」「黒とは、赤か青か無色か白かのいずれか」「登場人物が女性とあればそれは男性という意味」などと序文で但し書きをつけ、すべて書き終わった後、出版直前にその序文を削除するような作品、でたらめにキーボードを叩いて（この部分を読めばきっとBは喜んだことだろう）.wdyx gtsdw ñ'r hiayseos! r'ayiu drfty/tp? のように活字を組んだ本などを提案し、さらには、逆さまに書かれた、つまり、最後の言葉が最初にくる、そしてその逆になる本を見てみたいと言っていた。ブスがあの世へ旅立った今、すべては逆に、反対に、影になり、鏡の向こうで望みを叶えた彼は、このページをこんなふうに読んでいるのかもしれない。

冗談?　Bの人生が冗談じゃなくて何だろう?　冗談?　冗談の冗談?　それなら、皆さん、真面目な話だ。それって、彼がツラツラムスートに突きつけて困った難題（絶望のあまりツラツラムスートはBに言っていた、お前は透明文字のセバルルンセだ。なぜか?　ペブストロが尋ねた。キエスボーテの四人クは物足りなくて、69イスキーをあてたこともの?　ペブストロが疑って言った。いいか、ツラツラムスートは真面目な話を遊びはそういう経学性にみえて、あるいはその逆ではないかと思われるのか、あるいは少し難しくいえば最近よ。それはペブストロは言った、確かに俺はセバルルンセだが、（キャニテ・）キュスメンの一人遊びを見ていこるがだ。俺の使いイセンスは優しいそうでな)、スカイーレプラキュス競争（として言葉の用法は、辞書界のエディ・アーサイローが賞賛させたらでありがとう。キャルを演奏をオンドレン山、フィンダルーデ市などでいい言葉を自分は冗談の口にするしてもあいうが、本人もて聞くことも激怒したもの(だ)それも見まがいほどでのペブストロの喜びは何だったのか。文学的障害者がいても巧みに設計したペブストロは、作者の叙述から言葉の意味が決めるべき文学、「夜は昼の意味」「黒では、赤も青も無色も白のこともあるべきだ」「登場人物が女性でもちろんそれは男性でいて意味」などであるような序文を巧みて書きながら、すべて書き終えた後、出版直前のその序文を削除するような作品、かならずやキーボードを引いて（この部分を読めばきっとBは喜んだことでしょうが）、xdbw gradw i'r phyrsgol; dp\lyphu のように活字を組んだ本などが掲載して、そちらには、逆さまに書きながら、しまう、最後の言葉が最初に並び、それもその逆になる本を見ていたと言っていた。今、すべては逆に、反対に、影になり、鏡の向こうに望みを手に入れた数枚は、このページがいるまでいて読ろいてるのもあしちない。

そして、あいつの精神幾何学は？　矢印となる螺旋は幾何学的悪夢の例、多くの矢印、多くのベクトルとなれば、昔の囚人のように強制的去勢的に中央へと道を辿らねばならず、その間、足元で渦巻きの線はプロペラのように遠ざかっていく。では、あいつにとっての幾何学的幸福とは？　円形、磨かれた球体、いや、むしろガラス玉。静的愚鈍は正方形、原始的・動的堅固（幾何学的犀と言っていた）は台形、強迫観念は一重螺旋、神経症は二重螺旋、そして

短さ＝点
継続＝線
起源＝卵型
忠誠＝楕円
精神病＝偏心円

こんな感じだろうか？

夜明けとともに、ユネスコをイヨネスコという名前にしようと言っていた、あれは何だったのだ？　長官にグルーチョ・マルクス、議事録担当にレイモン・クノー、理事にハーポ・マルクス（あるいはその像）、ティンタン、ディック・トレイシー、そしてヴィスコーゼの新会長ミスター・A・S・フレックス。そして、あいつの言うＡＡの悲喜劇、すなわちメキシコで神に出会ったアントナン・アルトーの話は？「テナンパ」号か「夜のグアダラハラ」号に乗り込んだアルトーは、無関心なマリアッチが客一人ひとりに挨拶して夜の集い

を活気づける光景を見ていたが、バンドの一人、エンプレンデドール・ノリエガが、ギタロンの男に言った、こちらのお方は偉大なフランスの詩人だぞ、そして仲間が集まってくるとノリエガは叫んだ、いっちょハリスコの歌をやってやろうぜ、兄貴、それも最高のやつを！　するとスカトロ音楽家は（確かカストロという名前だった）つばの広い帽子をかぶり直し、サパタ風の口髭を撫でつけながら、経験とテキーラで鍛えられた声を張り上げ、皆さん、次の曲は今宵こちらへお越しの偉大なるフランス詩人様に捧げます、「偉大なるトトナントト」です。こんな話をしていたかと思えば、グルーチョ・マルクスとケベードとペレルマン、この三人はあまりに似ているから別人にちがいない、そんなことを言い出したりもした。あれは一体何だったんだろう？

そしてこのリストは？

賛否氏名

踊り子たち

アリシア・マルコワ
ベルタ・ランテ
アリシア・シカクコワ
ジャック・フランボワーズ
ヴァーツラフ・ニシンスキ
スー・アン・ノミズウミ
ビジンスギ
フレッド・アシタヤ
マルクス・プラトーフ
ドロードロ・イバラヌリ
ラ・スタンパ
ギ・デューモア

ジュール・シューパーマンスキ
ミハイル・ストロガノフ
アリシア・アロンソバ
ウスラバーカ
パーデドー
アリッサ・ミアルコーカ
ルス・ザ・ルッキンググラス
スフィーハ

オペラッタの作者たち
シュトラウス&シュトラウス&シュトラウス
ロジャーズ&ハート
ロジャーズ&ハマースタイン
ロジャーズ&ロジャーズ
ロジャーズ&トリッガー
ラーナー&ロウ
レオポルド&ローブ
ローゼンクランツ&ギルデンスターン

イルダ・ケカヨ
モヤシヤーナ
ルボフ・ヴァギーナ
エドワード・ビジョジャ
エドワード・ビジョジャナイ
ジョン・レモン
ジェームス・カモネギー
ホッペリア

ヴィンセント・ヤフーマン
ジョージ・ガースウィング
コール・ポーター・プリーズ
ドミートリー・パンプキン
ジェローム・カーン・ジェローム
RCAヴィクター・ハーバート
アーヴィング・(ニシ)ベルリン
ブロンズ&シルバー&ゴールド

ボヤシアン&ママシアン
ティンカー&テイラー
タンブラ・モータウン
ダビド・リカルド
新聞記者たち

ハバート・トマホーク
モチロン・ソールズベリー
オーウェン・セイマン
コールミー・イシュマエル
アド・バローン
ネイルズ・ネイリスト
フェイ・サラリー
リチャード・モービーディック
リロン・リロイ
ハラ・デター
ベリー・マケシュギライ
ブライアン・ガントバシ
シェイヴァー・シーヴァー
S・S・ピーコ
シャーリー・モヤシアン
アンナ・コルトン
著名な哲学者たち

ゼノン・カンノン
アリストクラテス
アリストクラテス・ソクラテス・オナッシス
ベンピドクレス
サン・アウグスイルス
サン・アセモ
アウグスティヌスサン
S・ボヤシアン＝ママシアン

アンティパスター
プチソクラテス
ルートヴィヒ・オッフェンバッハ
ルフトバッフェ・フォイエル・バン
アリス・ウィスパー
ターネー・ジャーネー
アンナイセエ・セネカ
マルティン・ビーバー
グルーチョ・マルクス・エンゲルス
ヤア・コブソン
ジョルダーノ・ブルーノート
デロ・カーネギー
ヴィクター・アマチュア
性トーマス

聞こえのいい音楽家たち

ゲシュアルド
パニーニ

マルティン・ルター・キング
ミルクノメン
メトロ・ドール・ドキョウ
スコットランド・ヤード
クラテュロス
クラットコズ
プラトン
プラトニ・ウム
プラチナ
マルティン・ハイデスカー
デカルート
アラン・ドロンコ
オルテガ&ガセット
ウラムーノ

アラビア・ニ・オリンス
アッリーゴ・ボーイ

カール・チェルシー
ワンター・ピストル
セシリア・コーラス・ファン・アントワープ
マチョ・ビジャボロボロ
エマヌエル・シカネーカー
アルチュール・ブリス
エフエム・シンバリスト
パ・ド・ブレー
イゴール・スタヴィンスキー
アーロン・コッペリアンド
カール・アルブレヒトベルガー
バルブ・シメロン

ペインタウロスたち
ミケランジェロ・アントニーニ
レオナルホド・ダイピンチ
ル・ムリーリョ
エル・クロコ

ルイージ・デンワ
J・ナバラ
C・バラライカフ
ドレミー・ファソラシ
ルー・ドンホエール
ディ・チャウバーニフレテ
モリッツ・レーベル
ルッジェーロ
アラマ・ハチャ・メチャトゥリアン
S・B・ママシアン
サムト・ルイスガ・ブルー
ダリヲ・ミロ

ポール・ゴーカン
エッドガ
ミセロ
プリーリョ

フランシス・ピカピカ
レーニン・リーフェンシュターリン
ヴィンセント・ボン・ゴホン

放送禁氏名

メナーシャ・トロワ（カナダ）
シラム・ボヤシアン・ママシアン（キューバ）
フェラ・シテーヨ（メキシコ）
ヤリー・マン（ベネズエラ）
コンチータ・ピント（ウルグアイ）

チャオ・チンポ（キューバ）
メコ・ヌーレ（ウルグアイ）
ノーダ・コンドム（キューバ、スペイン、USA）
ウォーター・ピストン（ソ連）
W・C・ジョシーズ（USA）
レフ・ビチビッチ・ブロンステイン（ソ連）

ウッチャロ
ソフォニスバ・アンギッラ
ドヤ

ジェイ・マンフット（フランス）
メール・ダロール（フランス）
ルコック・ティーザー（USA）
ヒカル・ボール（ハーヴァード）
アーリエスト・ソーロー（スペイン、メキシコ、アルゼンチン）
ディミトリ・チョッキン（タングルウッド）
シラム・ボヤシアン・ママシアン（キューバ）
ジョバンニ・デチャッタ（メキシコ）
デッラ・ペダル（フランス）
シラム・ボヤシアン・ママシアン（キューバ）

そして、あいつとシルベストレが「キャスト」と呼んだ、何千という発音不可能、記憶不可能な名前の俳優リストは？　**ああ、でも、でも。**本当にやりすぎだ。そして考えること。ああ、神よ、あのすべて、すべて、残りすべてが、ショーツ、いや、シューツ、いや手術とともに終わり、偉大なるトトナントト、ダライ、ザ・モーストは実存（存在と時間？）を停止した。医者という名の吸血鬼は、彼の知的遺産が他の者に、禿げ鷹的隣人に、逆フランケンシュタインのように世紀を超えて受け継がれたらどうなっていたか、想像する余地すら残してはくれなかった。だが（だが、この「だが」という言葉はいつもお節介を焼く）、後に死体解剖、すなわち屠殺（大理石の手術台に乗せられてすらいたのだ）を通して、いつも新事実を明るみに出すあの暗い安置所で、あの解剖医は自分の取った措置が間違っていなかったこと、自分のもったいぶった診断（あるいは心眼）が正しかったことを確認し、それだけであの大バカは満足していたのだ。僕、現代世界のヒエログリフを操るこのささやかな書生は、もっといろいろ知っているし、最後にこれだけは言っておきたい。あの医師は彼の体を開いた、見た、閉じたが、その時手術台で起こっていた出来事、出会いミシンと洋傘の偶然による上手術台には決して気づかなかったのだ。完

第八回

私は、自分がバラ色のネズミになって、エンペドラード通りの家まで母を訪ねていく夢を見たんです。こんなふうに歩いて階段を上っているのに、誰も驚かないんですよ。まだ昼間なのに階段は薄暗くて、踊り場から現れたウジ虫に私は強姦されたんです。その後私は、川の中州の石に赤ちゃんウジ虫といっしょに寝転がっていたのですが、みんな私と同じようなバラ色をしているなかに、一匹だけ黒い斑点をつけたのがいて、それが私にくっついて離れないんです。私が尻尾を振って追い払っても、また戻ってくるので、また振り払いました。そいつを他の赤ちゃんウジ虫から引き離そうとすると、悲しそうな顔でこっちを見てくるのですが、そんな顔を見れば見るほど私は腹が立ってきました。それでいきなりそいつをひと突きして、水の中へ落したんです。

彼女の歌ったボレロ

人生とは中心へと向かうカオスなのだろうか？　それは僕にはわからないが、僕の人生はラス・ベガスを中心にした、そして、その中心の中心にあるラムの水割りかロックかソーダ割りの周りを回る夜のカオスだ。夜の十二時、最初のショーが終わり、親愛なる客たちに別れの言葉を告げるエムシーが二回目の、つまり最後のショーのシーエムをする頃僕が店へ到着すると、オーケストラは哀愁に満ちたファンファーレを奏で、ウンパッパの代わりに四分の二拍子か八分の六拍子で管弦楽を鳴らすバンドのごとく、リズミカルにメロディーを試す様子に聞き入った。無理にでもコステラネッツを真似ようとするキューバン・キャバレーの三流バンドに放たれた（涙垂れた？）旋律は、クエやエリボーのみならず自分も、このソリストだらけの国キューバに生きる六百万の住人と同じ話し方をしていたことに気づくより、はるかに人を落ち込ませる効果がある、コップを手でこすりながらこんなことを考えていた僕は、いや、僕のなかの素面の僕は、ふらつく足にもかかわらず、自分以外の誰にも聞こえないように小声でキューバと呟き、他方、ボトルに溺れた天才、つまり酔った僕が小声でキューバと言うと、本当に彼女が現れ、陽気に僕に声をかけてきた。あらまあ、我が友、そして頬と項の境目あたりにキスしてきたので、ボトルの列の背後に張り巡らされた鏡のほうへ目をやると、そこにキューバの全身がうつり、いつにも増して大きく美しく尻軽なその顔に笑みを浮かべていた。僕は振り返って彼女の腰を引き寄せ、どうしたい、愛しのキューバちゃん、相変わらずきれいだね、と言いながら唇にキスしたが、彼女もキスを返しながら、いいわいいわいいわと言うので、親しき仲にも生まれる批評眼でキスに合格点を与えているのか、はたまた、アレックス・バイエルのごとく「心は健康」と言いたいだけなのか——体はどう見ても健康だった——、単に今宵の出会いを祝しているだけなのか、僕にはよくわからなかった。

僕はカウンターから離れて、彼女とともにテーブルへ向かったが、その前に彼女は僕に小銭をせびり、すでにスイッチの入っていたジュークボックスから選んだ曲はもちろん「この素晴らしき出会い」、リズムもメロディーもめちゃめちゃのオーケストラが一曲目に「音楽は回り回る」を奏でるように、この曲こそ彼女の入場行進曲なのだ。二人はテーブルに着き、こんな早い時間から何してんだい、僕が訊くと、彼女は、あたし、今「１９００」で歌ってるのよ、しかもナンバーワンなんだから、いろいろ言う奴もいるけど、何せギャラがいいのよ、本当のところ、もうシエラにも飽きてたし、それで、ここは中心街で場所的に便利だから、時々ショーの合間に抜け出して、ここどか「サン・ヨン」とか「グルータ」とかで時間を潰すわけ、ヨウンダスタン？ああ、わかっているとも、キューバ、君こそが僕のカオスの中心なんだ、僕はこう思っただけで口には出さなかったが、僕にカタチチを揉まれていた彼女にはそれが伝わったはずだ。あの紫外線的暗闇、シャツが青白い亡霊のシーツに見え、色と人種と酔い具合によって、顔が紫色か蝋製に見える、あるいはまったく見えない、そのどちらかになるあの暗闇、人がテーブルの間を行き交い、今や人気のないダンスフロアを横切り、ころころ場所を変えて愛を育む、いや、ワンステップごとに他のすべてを捨ててひたすらセックスへと向かっていくのだから、愛を殺すと言ったほうが適当だろうか、テーブルからテーブルへ、すばしっこく動いて相手が変わってもやることは変わらない、そんな空間にいながら僕は突如、実はここは水族館ではないのかと思いついて、自分も含め周りの誰もが実は魚だと想像してみると、なんだか楽しくなってきたので、そのまま僕らはみんな魚なんだという空想の深みにますますはまりながら、キューバの喉から胸へと潜り込んでいった。シルヴァーナ・マンガーノだかソフィア・ローレンだか、イタリア映画の女優を見て覚えた剃ってもいない腋の下の下から溢れ出さんばかりの乳房に挟まれて僕は泳ぎ、潜り、生を謳歌し、夜の深海を探検するクストー司令官の気分を味わった。

しばらくして目を上げると、そこには大きな魚、水中を進むガレオン船、テーブルにぶつかって沈む前に停止した肉の潜水艦の姿があった。やあ、お兄さん、その声は低く重く、僕の声と同じくらいラム酒の海を漂流していた。そこにいたのはラ・エストレージャであり、僕はビトル・ペルラ、今は安らかに眠る、いや、といっても死んだわけではなく、早寝の習慣を身につけないと永眠するぞと医者に脅されただけだ、とにかくあの男のことを思い出したのだが、それはいつだかあいつがラ・エストレージャは黒鯨だと言っていたのは、実はこんなふうに夜いきなり現れるところに起因していたのだとその時思いついたからだ。やあ、エストレージャ、僕はこんなふうに言ったのかどうかすら覚えてはいないが、とにかく彼女は一瞬よろめき、テーブルマットのような手をテーブルについて安定を取り戻した後、ラ、ラ、ラと声を発し出したので、てっきり喉と胸のチューニングをしているのかと思ったのも束の間、実は僕の間違いを正そうとしていたのだとわかって、いつものとおり鷹揚に、そうだね、ラ・エストレージャ、ごめんよ、ラ・エストレージャ、と言うと、彼女は笑ったが、そのあまりに大きな笑い声にテーブル間のこそこそ移動は止まり、ジュークボックスの回転まで止まってしまった。いい加減に笑いにも飽きると彼女はその場を立ち去り、その間キューバにはひとことも言葉を向けなかったが、それも実はいつものこと、伴奏なしで歌う歌手は、歌自体が音楽、歌が歌よりも音楽となる歌手――彼女と僕の共通の友人には申し訳ないが、キューバという歌手は、造花やサテンの服やナイロンカバーのついた家具を愛好する人たちに最も好まれるキューバ人歌手オルガ・ギロ（チン）を彷彿とさせる――と話すことなど何もない、そういうことなのだろう。僕がキューバを好きなのは、声のせいではない、声のせいではない、声のせいではなく、その触感、匂い、外見のためなのであり、他方、ラ・エストレージャの声、冗談で自然があの肉と脂肪と水と糞の大箱に入れて保管したあの声には、そんなことは起こりえなかったのだ。僕は不当だろうか、アレックス・バイエル、通称アレクシス・スミス君？

オーケストラがダンス音楽を奏で始め、僕がリズムに合わせてドタバタ足を踏み鳴らしていると、腕の間から笑い声混じりの声が聞こえ、すっかりイッちゃってるわね、と言うので、よく見ればなんとそこにいるのはイレニータ、キューバは一体どこへ行ったんだと一瞬だけ思ったが、なぜイレニータ、これが芸名ではなく彼女の本名（僕だってゲイ名なんか御免だ）、なぜイ・レ・ニ・ー・タと踊っているのか、そんなことは考えもせず、そのまま彼女の言うことに耳を傾けていると、そのうち転ぶわよ、なるほどそのとおり、僕は自分の置かれた状況を確かめながら考えていた、きっとテーブルの下から出てきたんだ、そうだ、そうにきまってる、この女なら十分テーブルの下に隠れていられる、ほんとかよ？　実際それほど小柄な女性でもないのに、なぜそんなことを思いついたのかはわからない、僕の肩にまで届く身長だったし、体形も完璧、もしかすると太腿、というか露出している部分の太腿が、歯並びほどは、というか見える部分の歯並びほどは完璧でないかもしれないが、それはともかく、一緒に笑おうなんて言い出さなきゃいいがな、太腿が歯みたいに奥へ引っ込んでしまっては面白くない、しかも笑うと抜いた奥歯の跡の空白が丸見えになってしまう、それにしても見事な体だし、顔もゴキゲン、まさに体を映しだす鏡だ、それで僕はキューバのことなんかまったく完全に跡形もなく忘れてしまった。だが、ラ・エストレージャを忘れるわけにいかなかったのは、彼女が奥のほうで、つまりクラブの入り口あたりで大騒ぎを起こし、多くの人がそちらへ駆けつけていたからで、僕らもそっちへ走っていった。入口のドアの横、暗闇に包まれたあたりにソファーがあり、そこに座った巨大な影が体を揺すって雄叫びをあげながら床へ倒れ込むのだが、周りの人がすぐ駆け寄ってまたソファーへ助け上げる、そんな光景の中心にいたのはラ・エストレージャであり、酒で前後不覚になったまま嗚咽と叫びと怒りの発作に囚われていた彼女に僕は近寄っていったが、床に転がっていた靴の片方に躓いて彼女の上へのしかかり、他方、僕の顔を見た彼女は、ドーリア式円柱の間に僕を挟んで強く抱き締め、何か喋っては泣き、泣きながら喋っていた、ああ、兄さん、辛いの、辛いのよ、僕はてっきり体のどこかが辛いのだと思って、どこが辛いのか訊いたが、彼女は、ああ、辛い、辛い、と繰り返すばかり、僕がまた何が辛いのか訊くと、兄さん、死んだ、死んだのよ、と言って泣くだけで、何が、誰が死んだのかも言わないので、僕は体を離したが、すると彼女は叫び出した、息子よ！　そして何度も「息子」と叫んだ後、死んだのよ、と最後にもう一回言って床に崩れ落ち、そのまま失神したか死んだかのように見えたが、実は単に眠り込んだだけで、すぐに叫び声と同じくらい大きな鼾をかき始めた。僕は、彼女をソファーへ上げようと頑張る人の集団から離れて入口のほうへ歩き出し、ドアを開けて外へ出た。

インファンタ通りを歩いて二十三番通りとの交差点に差しかかると、そこに慣れた手つきのコーヒー売りがいて、一杯どうだいと勧められたが、まだ飲み足らない気分で、コーヒーなど欲しくもなかったので、車で来ているからと言って僕は断り、もっと酔いたい、良い子になるぐらい酔いたいと思った。そして、コーヒー一杯なんか飲めるか、と言って三杯注文し、コーヒー売りのおやじと話を始めると、毎晩十一時から翌朝七時までラ・ランパをランプで照らしながらコーヒーを売り歩いている、と言うので、なるほど、僕は同じ時間帯にいつもラ・ランパでナンパしているからこのおやじに会ったことがなかったのだと合点がいった。稼ぎはいくらか訊いてみると、売上にかかわらず月七十五ペソの固定給だが、毎日、というか毎晩百から百五十杯は売れる、こう言いながら彼は、小人のような手でバカでかいポットを撫で、月の売上は三百ペソにはなるだろう、しかも同じオーナーに仕えているのは自分だけではない、ということだった。そこで何と答えたかは覚えていないし、気がつくと僕は、コーヒーではなくラムのロックを飲んでおり、しかも、当然予想されるように海辺の石の上にいたのではなく、バーのカウンターに座っていたのだが、ふとマガレーナに電話しようと思いつき、そのまま電話ボックスへ入ったものの、電話番号を知らないことに気づいたので、すでに小銭を入れてしまっていた僕は、やむをえず電話帳を開いてでたらめに一つの番号を選び、その番号を回して、呼び出し音が何度も何度も何度も鳴るのを聞いていると、ついに疲れた男が弱々しい声で応対した。オルガ・ギロさんですか？ すると男は声にならない声で、違います、僕が、どなたです、妹さん？男は、あのねえ、僕は、なんだ、君かい、オルガ、すると相手は甲高い声で、あのねえ、今何時だと思ってるんです、僕は悪態とともに電話を切り、フォークを手にして念入りにビフテキを切りながら、背中から流れてくる音楽に耳を傾けていると、言葉を抑えたような娘の歌声が聞こえ、これこそ音楽的サスペンスの女王ナタリア・グテ（イエレスが本名）じゃないかと思いついて、自分がクラブ21でビフテキを食べていることに気づいた。僕には、右手をエイッと引き上げて上着の袖を押し上げ、その反動でシャツの袖を引っ張り出す癖があるのだが、その時もこの癖で右手を持ち上げると、いきなりライトの光に目が眩んだかと思えば、名前を呼ばれたのを聞いて立ち上がり、観客の拍手に応えたのも束の間、僕の顔からライトが消えて他のテーブルへと移り、今度は別の名前が呼ばれていたが、次の瞬間、僕は同じビフテキを前にしながらも別のキャバレー、しかもなんとトロピカーナにいて、どうやってそんなところへ着いたのか、歩いてきたのか、自分の車で来たのか、誰かに連れてこられたのか、まったくわからなかったのはもちろん、それが同じ夜の出来事なのかもわからないまま、客たちをＶＩＰ待遇で紹介するエムシーの声を聞いていたのだ。そういえばこのパロディの原型は世界のどこにあるのだろう、きっとハリウッドだろうか、そう考えた途端、発音しにくいばかりか想像もしにくいこの言葉が頭にのしかかって僕はテーブルの間の空間をふらつき始め、ウェイター長に助けられてようやく中庭まで辿り着くと、軍隊式の敬礼で彼に別れを告げた。

街へ戻ってみると、冷たい夜風にあたって僕は再び通りの名前を思い出し、ラ・ランパからインファンタの角を曲がって、ラス・ベガスの前に車を止めたが、店は閉まっており、入口に警官が二人立っているばかり、彼らに訊いてみると、ひと悶着あって店仕舞いしたので帰ってくれ、と素気なく言われ、それならと思って、自分はジャーナリストだと名乗り出ると、二人は優しい調子になって、オーナーのラロ・ベガスが逮捕されたんですよ、麻薬売買をやってたらしいですね、すると僕は警官の一方に、「らしい？」すると彼は笑って、ブン屋のダンナ、頼みますよ、問題があっても困るし、僕は、問題ないよと言ってそのままインファンタ通りからフンボルト通りへと道を辿り、とりわけ暗い一角に差しかかると、そこには公衆衛生ボックス、つまりゴミ箱が並んでいるのだが、そこから歌声が聞こえてくるので、一体どのゴミ箱が歌っているのだろう、これは選ばれし客たちに紹介せねば、と思って一つ一つ調べて回ったものの、実は甘い歌声は地面から、それも残飯と古紙・古新聞の間から聞こえてくることに気づき、まったく公衆衛生の役割を果たしていないそのゴミ箱群の下へ目をやってみると、古新聞の下に水のない溝がある、いや、歩道の一部に金網がかかっていて、そこが、おそらく地下なのか、その下にある場所の通気孔になっているらしく、音楽地獄から突き出た煙突とも見えるその隙間から、ピアノとシンバルの伴奏に合わせて、ゆったりとべたつくボレロの歌声が聞こえ、拍手があったかと思うと今度は別の曲が流れ出て、僕はその声、メロディ、歌詞、リズムがズボンの下から体に入り込んでくるのを感じて耳を傾ける。音楽が終わると、「1900」の冷気に押し出された熱い空気が金網から流れ出ているのがわかり、僕は角を曲がって赤塗りの階段を下りる。赤塗りの壁、赤絨毯を敷いた段、赤いベルベットに覆われた手すりを抜けて僕は、音楽、コップの音、アルコールの臭い、煙、汗、色とりどりのライト、人々のなかへ飛び込み、あのボレロの有名な決め台詞、光よ、グラスよ、口づけよ、愛の夜は終わった、さようなら、さようなら、そう、これこそキューバ・ベネガスの十八番であり、僕の目に入ってくるのは優雅に美しく挨拶する彼女、上から下まで空色の衣装に身を包んだ彼女は、何度も観客の拍手に応え、あの大きな胸、人間を神に変える唯一の食べ物、性のアンブロシアを生み出す魔法の鍋の蓋のように真ん丸いあの胸を見せつけている。美しい頭を後ろに反らせながらあの素晴らしい体を動かして、微笑みを崩すことなく観客に応える彼女の姿は圧巻であり、僕はつくづく思わずにはいられない、もう歌い終わっていてよかった、彼女の魅力は声ではなくその姿、その外見を見ればキューバを愛さずにはいられないのだが、その歌声を聞いてしまうと、もう二度と彼女を愛せなくなってしまうのだ。

第九回

私は未亡人だと申し上げていませんでしたか？　私は、パーティーに誘ってくれたラウルと後に結婚し、ヘスス・デ・ミラマール教会で挙げた結婚式には、家族全員が出席したほか、関係者が大勢集まったんです。ミサの間、白のドレスに身を包んだ私の横で、夫はヴェールをかぶったまま、落ち着かない様子でしきりに私のほうを見ていました。あの人が結婚を決めたのは、私が、なんというか……、私がどうなっていたか知ったときでした。バスルームに死体を隠していたというあの人の弟の話を覚えていらっしゃいますか？　あの夜の後、その弟は演劇学校まで私を探しにやってきて、そのままデートを重ねて関係を深めていくうちに、とうとう私は妊娠してしまったんです。彼はアルトゥーロと言う名前だった、いえ、名前なのですが、その後きっぱり私とは縁を切り、それで弟のラウルに会って事情を話したら、その場でラウルは私に結婚しようと言ってきたので、そのまま結婚したんです。結婚初夜、私たちは、あの人の両親がバラデロ海岸に持っている別荘へ行って、そこで二人きりで過ごしました。お父様からは結婚祝いに新車まで頂きました。その夜、二人は随分遅くまで話を続け、私が上の階に引き上げる時間になっても、しばらくしたら行くからと言って、彼は一人下の階に残っていたのです。その三時間後、電話が鳴って私は起こされ、警察の方に、あの人が交通事故に遭ったことを告げられました。三日間生死の境をさまよった挙句、あの人は亡くなりました。病院で一瞬だけ意識を取り戻したとき、あの人は真っ先に私の名前を言ったそうですが、その後また意識を失い、あとは誰にもわからないうわごとを繰り出すばかりだったようです。腹を空かせた私のために何か食べ物を買いに出かけたと言って、あんな遅い時間に車で出かけた理由をあの人の家族の前で取り繕ったものの、私にはどうしても二つのことが説明できませんでした。別荘には食べ物がいくらでもあったのに一体何を買おうとしたのか、そして、その二時間後になぜ高速道路をハバナへ向かって走っていたのか、です。以来彼らは私によそよそしくなったのですが、私が娘を生むと急に優しくなり、その二年後に、私がふしだらな芸術家生活を送っていると判事に申し立てて娘を奪った挙句、彼女をニューヨークへ連れ去ってからは、もっとずっと優しくなりました。娘の顔はラウルにそっくりでしたが、今度はまともな体に収まっていたのです。

彼女の歌ったボレロ

雨の降る今、豪雨のせいで煙に巻かれたような窓から街の様子を眺めている今、街が垂直の靄に包まれた今、雨の下でラ・エストレージャのことを思い出すのは、雨が街を消すことはあっても、記憶まで消すことはできないからで、彼女の絶頂期、そして、光が消えたあの時を今僕はまざまざと思い出している。検閲がなくなって芸能部から政治部へ飛ばされた今では、僕も彼女の言う「ナイトクルブ」からとんと足が遠のき、逮捕者、テロ、暴動、見せしめの殺人——死人に時代の流れを止める力があるとでもいうのか——、そんな記事を書きながら、時には徹夜、といっても悲しい徹夜をすることがある。

どのくらいの期間だろうか、僕はラ・エストレージャとまったく顔を合わすこともなく、ある日彼女がカプリでデビューするという新聞広告を見るまで、消息すらまったく知らなかった。あの巨体でどうやってそんな飛躍を成し遂げたのか、いまだもって不思議だ。アメリカ人プロデューサーがラス・ベガスだかバー・セレステだかゼロ通りと二十三番通りの角だかでその声を聞いて契約したとか、そんな話を聞いたこともあるが、ともかく広告でラ・エストレージャの名前を見たときには、しばし自分の目を疑って何度か読み返し、ようやく確信が持てると、心から嬉しくなってきた。そうか、ついにラ・エストレージャがやったか、僕は思って、あの揺るぎない確信はダテではなかったのだ、と考えると少し恐ろしい気もした。というのも、自分の運命を固く信じ込む人たち、運や偶然、そして運命までも否定して自分自身に絶対的確信を持ち、まっしぐらにゴールへと突き進んでいく人を見ていると、いつも僕は畏怖のようなものを覚えるし、その意味で、今や彼女は文字通りの単なる大物ではなく、本物の超大物となったのだ。ラ・エストレージャこそキューバ音楽界のルターであり、読み書きのできない彼女は、五線譜の聖書たる音楽を手に堂々と予定説の道を歩んでいたのだ。

その夜、僕は初演を見るため新聞社を抜け出した。聞くところによると、リハーサルに臨む彼女は大変緊張していたらしく、最初こそ品行方正だったものの、一、二度大事な時に欠席して罰金を取られたばかりか、ショーのメンバーから外されそうにすらなったが、それまで彼女に注ぎ込まれたお金に免じてなんとか許されたという。しかも、相変わらず彼女は伴奏を拒否したが、契約書には、興行主の要求を遵守するという規定が明記されていたほか、譜面とアレンジを尊重するという特別条項まであり、文面が読み上げられたとき、譜面やアレンジなどという言葉の意味すらわからなかった彼女は、そんなことは意にも介さぬまま、その場で署名代わりの十字を自分の手で書いたらしい。結局彼女は伴奏を受け入れるほかなくなってしまった。この話をしてくれたのはカプリのボンゴ奏者、しかもあの日のバンドメンバーの一員だったエリボーであり、その前にちょっとしたいきさつがあって、あのまま何もなければ僕だってこんな話のすべてを握りつぶしてしまうところだったのだが、ことの弁明のために新聞社を訪れたあいつは、僕のラ・エストレージャへの関心を察してすべて話してくれたのだ。あれは僕がヒルトンからピガルへ向かってN通りを歩いていたときのこと、公園脇の松の下、医療静養所の高いビルの前にエリボーがいて、セント・ジョンのアメリカ人ピアニストと話し込んでいたので、僕はあいつに近寄っていった。いや、話し込んでいるというより、ほとんど言い争いをしていたらしく、僕が二人に挨拶すると、アメリカ人は妙な顔をし、エリボーは僕の腕を取って訊いてきた、おい、お前英語できるか？　少しなら、と僕が答えるとあいつは、なあ、この友人がちょっと大変なんだよ、と言ってアメリカ人に引き合わせ、そんな妙な状況下で僕を紹介すると、こちらの方が面倒みてくれるから、と英語で言って僕のほうを向き直り、車あるだろ、と訊くので、ああ、車ならあるよ、と言うと彼は、頼むよ、医者へ連れていってやってくれ、僕が、どうしたんだ、彼は、痛みがひどくてとても座って演奏できる状態じゃないから注射してもらいたいと言ってるんだよ、三十分後にショーがあるってのに、アメリカ人の顔を見ると確かに苦痛で歪んでいたので、どこが悪いんだ？　と訊くとエリボーは、何でもないよ、ちょっとした痛みさ、頼むよ、いい奴なんだ、もう最初のショーが終わるし、すぐに俺の出番なんだよ、なあ、いいだろう、と言ってアメリカ人に向かって説明を終えると、じゃあな、と言って立ち去ってしまった。

二人で車へ乗り込み、通りを走り始めたのはいいが、僕は周りの景色などそっちのけで、昼間だってヘロイン中毒患者に注射してくれる医者を見つけるのは難しいのに、こんな夜中にどこへ行ったものだろうと思いあぐねるあまり、何度も窪みに足を取られたり、急ハンドルを切ったりして、アメリカ人に呻き声——一度など大きな悲鳴——を上げさせることになった。どこが悪いのかなんとか聞き出そうとすると、肛門が痛いと言うので、一瞬これはまたゲイかと思ったが、どうやらただの痔らしく、それなら救急センターへ行こうと提案してみたものの、彼は痛み止めの注射だけで大丈夫だと言い張ってきかず、相変わらずカーブのごとに身を捩じらせて泣くこの男の様子を見るにつけ、すでに『黄金の腕』を見ていた僕は、どこが痛いのか確信するに至ったのだ。すぐにパセオ・ビルに知人の医者が住んでいたことを思い出し、彼を叩き起こすことになった。テロの犠牲者か、爆弾を投げ損ねたテロリストか、あるいは軍部諜報局のお尋ね者だろうと思い込んだ彼は、一瞬恐怖に震えたが、僕は政治に無関心でそんな活動には手を染めていないし、焦点距離二・五メートル以内で革命家を見たこともない、と説明すると彼は、わかった、それなら診療所へ回ってくれ、すぐに追いつくから、と言って僕に住所を渡した。診療所へ着くと、アメリカ人は気絶していて、彼を起こして敷地内へ通し、入口に座らせて医者の到着を待とうと思っていたその時、幸か不幸か当直の警官が通りかかった。警官は近づいてきて、どうしたのかと訊ねてきたので、僕は友人のピアニストが痛みに苦しんでいるんです、と説明した。何の病気かと訊かれた僕は、痔だと答えたが、警官は、痔、と繰り返し、僕もそうです、痔です、と答えると、どうやら彼は僕よりもっと疑り深い男だったらしく、怪しげな仕草を見せながら、おい、そっちのほうの奴じゃないのか、と訊いてきた。とんでもない、彼はミュージシャンですよ、と僕が言っていると、アメリカ人はようやく目を覚ましたので、警官には、彼を中へ案内するんです、そして、アメリカ人には、なあ、もっとちゃんと歩いてくれよ、隣の警官が疑いの目で見てるからさ、と言ったのだが、警官はその言葉を多少は理解したらしく、中まで同行すると言ってきかず、今でもよく覚えているのは、鉄の柵を開けて敷地へ入るとき沈黙のなかに響き渡った軋む音、庭の小さな棕櫚を照らす月光、そして、アメリカ人と警察官と僕、奇妙な三人組があのエル・ベダードのテラスに並んで腰掛けた冷たい籐椅子。やがて医者が到着し、門の電気を点けた瞬間に、警官とその横の僕たち二人、半ば気を失ったアメリカ人と恐怖に怯える僕、三人の男を見た彼は、ユダの唇を感じ、肩越しにローマのごろつきたちを見たときのキリストならこんな顔をしただろうという顔をした。僕たちに続いて警官も中へ入り、診療台の上にアメリカ人ピアニストを寝かせた医者は、僕にも警官にも待合室で待っているよう言ったが、警官はその場に残ると言い張り、その後医者に呼ばれて診察室へ戻ったときに見た彼の満足げな表情から察するかぎり、どうやら厳戒態勢で尻の穴を捜索したようだ。アメリカ人は眠っていたが、医者によれば男の容態は相当悪く、今は注射で眠らせているものの、痔は狭窄状態にあり、大至急手術が必要だと言う。事の進展に一番驚いたのは僕だった。偶然買った宝くじが当たったようなものだ。僕がもう一度、この男が誰で、どういういきさつでここへ連れてきたのか説明すると、医者は、あとは自分がこの近くの病院へ連れていくからもう帰っていい、あとは任せてくれ、と言ってくれたので、僕は門のところで礼を言って医者と別れ、警官は仕事へ戻った。

カプリは常連客で一杯、金曜日でしかも初演とあって、いつもより混んでいるようだったが、僕はいい席に座ることができた。イレニータと一緒に行くことになったのは、彼女はたとえ嫌いな相手であれ名声に近づく道を求めていたからであり、そんなわけで二人並んでテーブルに着き、ラ・エストレージャがステージという音楽界の頂点を極める瞬間を待ち始めたのだが、それまでの間、僕は周りに目をやって、サテンのドレスを着た女性たち、トランクスを履いていそうな男たち、そして造花の花束に目の色を変えて喜びそうな老婆たちの様子を眺めていた。やがて太鼓が鳴り渡り、選ばれし観客を前にしてしたり顔の司会者が、世紀の発見、リタ・モンタネール以来の天才歌手、エラ・フィッジェラルドやカティーナ・ラニエリ、リベルタッド・ラマルケといった世界の超一流シンガーに比肩する唯一のキューバ人シンガー、誰の口にも合うが消化不良を起こすこと請け合いのサラダとでも評すべき歌手を紹介した。すぐに照明は消え、背景をなす藤色の垂れ幕に白いスポットライトが当たると、襞の間から赤黒い手が差し出されて入口の裂け目を探し、さらに腕のような形で太腿が突き出された後、そのまま姿を見せたラ・エストレージャは、マイクを手に持っていたのだが、それがあまりに小さすぎて、脂ぎった指の間で金属の指と化して見えなくなっていた。ようやく全身を舞台に現した彼女は、「さすらいの夜」を歌いながら前進し、音楽カフェでも模ったつもりなのか、舞台に置いてあった丸く黒い小テーブルと小さな椅子へ近づいていったが、銀の長ドレスに邪魔されて足取りは重く、ポンパドゥール夫人ですらやり過ぎだと言いそうな髪型に束ねた剛毛を揺らしている。座った瞬間にテーブルと椅子もろとも崩れ落ちそうになったが、ラ・エストレージャは無頓着に歌い続け、時にオーケストラを黙らせるほど信じられない声量でホール全体を満たしたので、僕もしばらくはその奇妙な化粧、醜さを通り越してグロテスクになったその顔には気づかなかった。全体に紫がかり、大きな唇はスカーレットの赤、ラス・ベガスの照明なら見えないような眉は、剃られた上に薄いまっすぐの線で描かれている。アレックス・バイエルはこの偉大なる瞬間を二重に楽しんでいることだろうと思いつつ、連帯感と好奇心と憐憫の情に駆られて僕は最後までショーを見ていた。割れんばかりの拍手をする人もいたが、どうやらそれはサクラだけ、半分は彼女の友人、残りの半分はクラブ関係者や雇われ観客と只見客といったところで、ショーは明らかに失敗だった。

終了後、二人で彼女に挨拶に行ったが、縁を飾る銀の星マークをひけらかした楽屋には、当然ながらイレニータは入れてもらえなかった。見慣れた光景のなか、僕は最後まで残ってラ・エストレージャに会いにいった。楽屋へ入ってみると、そこは花だらけ、そしてサン・ミシェルの海千山千の常連客たちから送られてきたガラクタだらけ、その中で彼女は、二人のムラートに髪と衣装を直させていた。挨拶もそこそこに、とってもよかった、素晴らしかったよ、と言うと、彼女は手を差し出してきたが、法王にでもなったつもりなのか、それは左手、僕に手を握られると彼女は横顔で微笑んだものの、まったく何も何も言わなかった。黙ったまま横向きに微笑み、鏡を見ながら二人の小間使いを顎で使うその姿には、あの声、手、その巨体と同じくらいバカでかい虚栄心が見えていた。僕はさっさと退散することにして、またいつか今度、疲れていないときに、もっとリラックスできるときに会いにくるよ、とだけ言い残すと、彼女は同じ横向きの微笑みで対談を締めくくった。カプリでの公演を終えた彼女は、その後セント・ジョンに舞台を移し、ギター伴奏だけで歌って本当の大成功を収めたおかげで、スタジオ録音——僕もそのレコードを買って聴いた——まで実現したばかりか、サン・フアン、カラカス、メキシコ・シティと海外公演に乗り出して大評判を取った。だが、主治医の忠告に逆らってメキシコへ行ったのが運の尽き、高地の空気は心臓に致命的ダメージを与えかねない、という所見を無視してメキシコ・シティへ赴いた彼女は、豪華な夕食を平らげた翌朝消化不良を起こし、即座に医師を呼んだものの、心臓発作を起こして三日間集中治療室に入れられた後、四日目に亡くなった。メキシコの興行主側とキューバ人スタッフの間で、ラ・エストレージャの遺体搬送にかかる費用をめぐってひと悶着あったらしく、当初は普通の荷物と同じように飛行機に乗せようとしたものの、棺桶は通常料金ではなく特別料金になると航空会社に言われた彼らは、マイアミへロブスターを空輸する要領で遺体を氷詰めにしてキューバまで運ぼうとしたのだが、忠実な小間使いたちはこの侮辱に声を荒げて抗議し、結局彼女は出国できぬままメキシコに埋葬されたという。この事件の真偽は定かでないが、確かなのは彼女が死んでしまったことであり、時が経てば彼女のことなど覚えている者は誰もいなくなるだろうし、僕が会ったとき生きていた彼女、あの巨体、あのすさまじい活力、あの唯一無二の化け物が後に残したものといえば、あの骸骨の国メキシコにある何百、何千、何万という本物・偽物の死体と同じく、すでに朽ち果てた骨ばかりなのだ。彼女の遺した三百ポンドの肉体すべてがウジ虫たちの饗宴に捧げられ、ラ・エストレージャの名前も忘却というなれの果てに追いやられつつある今、僕の手元にあるのは凡庸なレコード一枚、その猥雑で悪趣味なジャケットには、世界で最も醜い女が、目をつぶって肝臓のように大きな唇を開けたまま、その口のすぐ先までマイク棒を近づけて歌う姿がカラーで描かれている。彼女と親しくしていた者にとって、そこに描かれた女は別人、絶対に絶対にラ・エストレージャではないし、ひどい録音から聞こえてくる美しい声はあの彼女の素晴らしい声とは似ても似つかぬものなのだが、それでも残ったのはこれだけ、半年か一年もすれば、あの写真、あの口、あの性器のようなマイク棒をネタにしたジョークもウケなくなり、二年もすれば人の口の端に上ることすらなくなるだろう。まったく恐ろしい、忘却ほど僕が忌み嫌うものはない。

それでも、僕にできることなど何もないし、また人生は続いてゆく。少し前、僕が異動になる前のことだったが、再開したラス・ベガスへ足を運んでみると、ショーやショーショーが相変わらず続いているのはもちろん、同じような顔ぶれが毎晩夜明け、朝まで居座るなか、新顔のかわいらしい黒人娘二人組が伴奏なしで歌っているのを見て、ラ・エストレージャ、彼女の起こした音楽革命、そして彼女のスタイルのことを思わずにはいられなかった。人よりも声よりも持続するのはスタイルであり、ラ・エストレージャのスタイルを継承したこの二人組、ラス・カペッラスは、歌も上手く、人気もあるようで、僕は批評家で親友のリネ・レアルとともに二人を連れ出し、家まで送ることにしたが、その途中、ちょうどアグアドゥルセ通りの角で赤信号に引っ掛かって停車すると、いかにも農夫という感じのみすぼらしい青年が随分熱心にギターを爪弾いていたので、リネは僕に車を駐車させ、五月雨の降るなか、青年のいるバー兼倉庫へ行ってみようと言い出した。青年にラス・カペッラスを紹介し、二人は大の音楽好きでシャワー中に歌を歌うのだが、まだ伴奏つきで歌ったことがない、と説明すると、純朴で控え目、しかもいかにも善良な青年が、歌ってみてください、どうぞ恥ずかしがらず、僕が伴奏します、間違ってもなんとか僕が合わせますから、と言うので、ラス・カペッラスはギターに従って歌い始め、青年もなんとか歌声にうまく合わせた。二人の美女の歌声はいつになく美しく、リネ・レアルと僕は拍手し、店員と店主、それに、たまたま居合わせた人たちも拍手したが、外では五月雨がすでに豪雨となりかかっており、僕らが慌てて車へ戻るのを見ながらギターの青年は後ろから声を掛けてきた、恥ずかしがらなくていいですよ、お二人とも大変お上手だし、必ず成功しますよ。車に乗り込んだ僕たちは、二人の家へ道を急ぎ、家の前まで着くと、そのまま雨が止むまで車の中で待つことにしたが、雨が止んでも相変わらず談笑を続け、やがて和やかな沈黙に支配されると、今度は外からドアを叩くような音が聞こえてきたので、ラス・カペッラスは、母が注意をひこうとしているのかとも思ったが、娘の一人によれば、呑気な母親だということだし、皆不思議に思って、じっとそのままノックの音に聞き耳を立てていた。全員車から降りて、二人の娘が家へ入ってみると、母はすでに寝ており、他に住人はおらず、さらには、辺り一帯がすでに眠っているような様子だったから、ますます僕らは不思議に思ってあれこれ詮索し、ラス・カペッラスは、死者の亡霊などという話まで持ち出す始末、リネはブストロユウレイとかなんとか言葉遊びを始めたが、僕は早く寝たいからと言って帰ることにして、リネとともにハバナの中心街へ戻る道すがら、僕は黙ったままラ・エストレージャのことを考えていた。中心街のラ・ランパへ着いて、コーヒーを飲んで一休みしていると、そこで「エルナンドの隠れ家」から出てきたイレニータとその名もない女友達に出くわしたので、すでにショーもショーも終わってジュークボックスから音楽が流れ出るばかりだったラス・ベガスへ二人を誘い、三十分ほど音楽を聞きながら酒を飲んで談笑した後、夜明け前に二人を海辺のホテルへ連れ込んだ。

第十回

先生、またお肉が食べられません。以前ビフテキが食べられなかったのは、かつて故郷の町で、屠殺場に入るのを嫌がって地面に蹄を立て、角を突いてドアのところで踏ん張っていた牛を見たからです。その牛は、結局そのまま通りで屠殺人にナイフを打ち込まれ、その血が雨水のように側溝を流れていったのです。あの時とは違うんです、料理婦には黒くなるまで十分肉を焼くよう言いつけています。それなのに、先生、噛んでも噛んでも噛んでも噛んでも噛んでも、また噛んでも、それでもやっぱり飲み込めないんです。喉を通らないんですよ。お話ししたことがありましたっけ、先生、若い頃、男の人とデートするときには、胃を空にしていかないと途中で吐いてしまうほどだったんです。

バッハ騒ぎ

一

ブストロフェドンがいなくて残念かもしれないとふと思ったのは、僕たち二人が時速六十、八十、百キロで、アルメンダレス川、クエの言う西インドのガンジスから海岸通りをぶっ飛ばしながら、左手に壁、そして、海の境目を覆うかさぶたのような青い曲線、二重の水平線を見ていたからだ。ブストロフェドンがいないかもしれないのが残念だと思ったのは、コンクリートと太陽の地平線を通して、海の境目、海に縞模様を刻む緑青藍紫黒の縞を見せてやれなかったからだ。ブストロフェドンが今ここ、ラ・チョレーラの小城からベダード・テニスクラブの破風へ向けて海岸通りをトラベリングしながら滑るクエの車に、僕とアルセニオ・クエと一緒に乗っていないのが返す返すも残念だ。そのままずっと海岸通りの左側を走り続けた車は、やがて角を曲がり（いつまでも真っ直ぐ進むわけにはいかない）、右手に四角い箱のようなリビエラ・ホテル、隣接する青い石鹸のような建物、縞模様の卵、遊技場のドームを見ながら、時として殺人的に危険なラウンドアバウトを抜けると、正面にガソリンスタンドが現れる。暗く殺伐とした夜の海岸通りを走った後には、このサービスステーションが光のオアシスとなり、背景はやはり海、そして、美しい空がまた縞模様のドーム、宇宙を包む卵、無限に広がる青い石鹸となる。

クエと車に乗っていると、あいつに合わせて話し、考え、連想せねばならないのだが、今あいつは黙っているので、ゆっくり海、そして、場違いな防波堤の先を進んで湾内へと入ってくるマイアミ発のフェリーを見ていたところ、その背後で水平に広がる雲が天然の原爆雲のように見えてきて、その移動性キノコが塩辛い貪欲な湾流を飲み込みそうに見える。午後の太陽は、三十階建てのフォクサ・ビルの窓一つひとつに種を見出し、あの卑猥な塊をエル・ドラードに変える気なのか、人の住む巨大な奥歯に金の詰め物でもしているように見える。決まった地点へ一定の速度で近づいていくとき生まれるあの快感、映画の秘儀とでも言うべきあの感覚に身を委ねながら景色を眺め、バックミュージックのように流れ出るメロディに浸っていると、アルセニオ・クエのいかにも俳優らしい声がこれを補足し、同時に崩壊させる。

「どうだい、時速六十キロで聴くバッハは?」彼が言う。

「何だって?」

「バッハだよ、ヨハン・セバスティアン・バッハ、暴露人アンナ・マグダレーナのバロック的強姦主人にして、その調和のとれた息子エマニュエルの対位法的父、ボンの盲人、レパントのつんぼ、魔法の片腕、囚われの精神すべてのバイブルとでも言うべき「フーガの技法」の作曲者じゃないか」彼は言う。「自分の作った音楽が、熱帯のハバナ、それも海岸通りを時速六十五キロで走る車の中で聴かれていると知ったら、老バッハは何と言って笑うだろうな? それとも恐れをなすかな? 一体何が怖いのだろう? 通奏低音が鳴り渡るテンポかな? 組み合わされた音波がカバーする空間、距離だろうか?」

「さあ、そんなこと考えたこともないな」本当に、今も昔も未来にも、そんなこと一度も考えたことはない。

「俺はある」彼は続ける。「あの音楽、あの繊細にして濃厚な協奏曲は」ドラマチックでキザなセリフの合間に沈黙を置いて音楽を際立たせている。「十七世紀のワイマール、しかもドイツ宮殿のバロック的音楽ホールで、ろうそくの明かりのもと、物理的、そして歴史的静寂のなかで鑑賞されるために作られたものだと俺は思う。永遠のための、つまり、高貴な人間のためだけの音楽だ」

車の下でアスファルトの平面となった海岸通りが、硝石に蝕まれた家並みと尽きることのない堤防の間を長く伸びていく上で、ところどころ雲が散らばる間からとめどなく太陽の光が降り注ぎ、まるでイカロスを海へ突き落そうとでもしているようだ。（どうして僕はこう人真似をするのだろう？　いつも他人が乗り移ってしまう。言葉は体を表す、といっても今の僕の体には隣の男が乗り移っている。）セツ・メイの隙間からバッハを聴いていた僕は、ブストロフェドンが生きていればどんな言葉遊びをしただろうかと考えてみた。バッハ、バッハ騒ぎ、バッハロー、大バッハツ（そういえば爆発でもあったみたいにこの海岸通りには穴ぼこが多いな）、この町はバッハナ、いやハッバナ、キューバに近いバッハマ、バッハスの神、あいつならバッハのバリエーションで辞書でも作れただろう。

「バッハは」クエは言う。「ハバナの男と同じように、葉巻も吸えば酒も飲み、女と寝て、散歩もした。コーヒーや葉巻にカンタータを捧げたことは知っているだろう」なんだ、僕に訊いているのか？「葉巻を詠った詩なら、俺は丸暗記している。『葉巻に火をつけるときはいつも／暇を潰すために一服する／座って葉巻をふかせば／私の心は悲しく優しい灰色に包まれる／それはつまり／煙に巻かれていい気分になること』ここで引用、というか朗唱をやめた。「どうだい、この調べは？　まるで民謡風じゃないか、ちくちょう！」ここでまた間を置き、音楽に聞き入ると同時に、僕にも音楽を聴かせた。「この素早いリピエーノを聞いてみたまえ、シルベストレ君、この海岸通りではキューバ風にすら聞こえるが、それでいて相変わらずバッハであってバッハでない。物理学者はどう説明をつけるんだろうな。スピードがフェルマータの役割を果たすのか？　アルベルト・シュヴァイツァーなら何と言うことだろう？」

なんだ、こいつはスワヒリ語でも喋ってんのか、僕は思った。

クエは運転しながら頭を振ってメロディを口ずさみ、閉じた拳を前に出してフォルテを、手を下向きに開いてピアニッシモを表しては目に見えない空想の音階を下っていたが、その姿はどう見ても演説を手話に訳す通訳だった。僕は『ジョニー・ベリンダ』のことを思い出し、正直者の顔にあらゆるメロドラマチックな常套句を盛り込んだルー・エイヤースが黙ったままジェーン・ワイマンと会話していたあのシーンで、同じく無口なチャールズ・ビックフォードとアグネス・ムーアヘッドの賞賛だか無視だかを浴びていたことを思い出した。

「バッハがレの調性を巧みに利用し、主題に沿いながらも、絶妙のタイミングでその模倣から予期せぬ変奏を生み出して聴く者を驚かせる、この手法がわかるか？　これぞ完全な自由を得た奴隷とでも言うべきだろう。なあ、シルベストレ君、僕に言わせればオッフェンバックよりはるかにいい。いまここ、here、hier、ici、陽気なパリでなく、悲しいハバナにぴったりじゃないか」

クエには妙なこだわりがあり、いつも空間に時間を求める。度重なる僕たちのドライブも、果てしない旅、海岸通りに沿って無限に続く一つの探求なのであり、今も、そして、昼夜を問わずいつでも、マセオ公園とラ・プンタの間にある家並みの古ぼけた景色を走り抜けるときは同じなのだ。海岸通りを作るため人が海を埋め立てた部分と同じく、こうした地区も防波堤のように風が吹けば硝石をかぶり、奪われた海岸を取り戻してもう一度岸辺を作り直そうとでもするかのように人工的な陸地へと打ちつける波に飛沫をかけられる。やがて公園に差しかかるとトンネルが始まり、さらにココナッツやアーモンドもどきや葡萄もどきの間から空が覗く向こうには子ヤギの放牧場もあって、陽に晒された草が緑色から萎れた黄色に変色しているが、そこから舞い上がる砂埃が光に煌いて壁のように見える。そして港近くのバー——「ニュー・パストーレス」、

「トゥー・ブラザーズ」、「ドン・キホーテ」――では、笑い転げる売春婦たちの間でギリシア人水夫たちが腕を取り合って踊り狂い、その向こう、修道院もあるサン・フランシスコ教会は、その正面にある旧商品取引所、旧税関とともに、何度も名を変えた広場を囲んで様々な歴史的時代を偲ばせる。バナナもろともハバナがイギリス人に占領された時代には、あるいはその時代を模した版画によれば、この広場もヴェニスのように魅惑的な場所だったらしい。パウラ通りの並木の端あたりにはバーが入口を並べ、ハバナという街では、海の散歩道は波止場から始まる、あるいは見方を変えれば、そこで終わるのだということがよくわかる。僕たちも、湾の緩やかなカーブに沿ってドライブしては、グアナバコアやレグラ、そこにあるバーへよく立ち寄ったものだが、三十分ごとに出港する遊覧船を尻目に、テキーラも出ない「メキシコ」や、パイルに支えらて海に突き出た「パイロット」に座って反対側から眺めるハバナはまるで異国だった。海岸通りを逆に辿って五番街やマリアナオ・ビーチへ戻ると、そのままマリエルへ行ったり、湾のトンネルに潜り込んでみたり、そうでなければ、マタンサスで食事をしてもいいし、バラデロへ足を伸ばして深夜か夜明けにハバナへ戻るのも悪くない。談笑、いつまでも談笑しながら、噂話、ジョーク、哲学、美学、倫理学、何でもこいだ。要は仕事などしていないふりをすること、ハバナでは、キューバでは、仕事をしないことこそ優雅な生活の証であり、クエも僕もそんな生活を望み、追い求め、努力したのだ。そして時間について話す時間はいつもたっぷりあった。クエが時間と空間の話をしながら、時間の許すかぎりこうした空間を巡っていたのは、当時の僕には単なる気晴らしとしか思えなかったが、今思えばあれは、何か違うこと、別の何かを求めてやっていたのだ。空間を巡っている間は、いつも避けていること、つまり、時間の外にある別空間を巡ること、簡単に言えば思い出に浸ることから自由になれたのだ。僕は、生きること自体より思い出すことのほうが好きだし、また、後で思い出すことができさえすれば決して失われることがない、こう自信を持ちながら生きること**時間があるにちがいない、これこそ現在における最も不可思議な事態であり、現在における最も不可思議な事態として時間が存在するのならば、時間こそ現在を最も不可思議にする要素だ**、そして、思い出しながら、つまりrecordarしながら、同じ出来事をもう一度生きることが好きだから、録音する（レコードやテープ）という言葉が英語のようにrecordという言葉であってくれればいい、それこそ本来の姿ではないか、と思うほどだが、アルセニオ・クエは正反対なのだ。バッハやオッフェンバック、それにフォイエルバッハまで持ち出して、堂々と剽窃する芸術としてのバロック、オーストリアとパリの融合、音楽の森では、どうあがいてもナイチンゲールどころか夜泣き虫にすらなれないこの男、疎外の理念を神々の創造に適応した時代遅れのヘーゲル主義者的称揚をほざくクエは、思い出していたのではなく、まったく逆に、丸暗記をしていたのだ。

「わかるかな、シルベストレ君？　バッハとは足し算でありながら掛け算にも見える、自乗のような作曲家なのだ」

その時（そう、ちょうどこの時だった）、車もラジオもクエも皆押し黙り、音楽は途切れた。クエとそっくりな声のアナウンサーが喋り始め、

「お送りした曲は協奏曲ニ長調、作品ナンバー11の3、作曲アントニオ・ヴィヴァルディ（間）、バイオリン、アイザック・スターン、ビオラ、アレグザンダー・シュナイダー……」

僕は大声で笑い、アルセニオも笑っていたと思う。

「おいおい」僕は言った。「熱帯の付け焼刃学問というやつだな。わかるかな、アルセニオ君」あいつの話し方を真似ながらも、優しい調子ではなく大いに皮肉を込めてやった。すると彼は僕のほうを見向きもせずに

言った。

「突き詰めれば同じことさ。バッハはいつもヴィヴァルディをパクッていたし、それにヴィヴァルディだけじゃなくて」また知識をひけらかしていつものように僕を煙に巻くつもりらしい。「マルチェッロ」はっきりマルチェルロと発音した。「マンフレディーニ、ヴェラチーニ、さらにはエヴァリスト・フェリチェ・ダル＝アバコまで真似していたんだ。だから足し算と言っただろうが」

「引き算、減法と言ったほうが正確じゃないのか?」

彼は笑った。幸いクエは自分が笑い物になるより自分で笑うのを選ぶ男だ**この時間は偉大なる作曲家たち、この番組は**彼はラジオを消した。

「だがお前の言うことも一理ある」歩み寄るように僕は言った。身寄りのない僕は歩み寄りが得意なのだ。「バッハはまさに音楽の父だが、ヴィヴァルディは時としてアンナ・マグダレーナにウィンクをしているからな」

「ビバ・ヴィヴァルディ」クエは笑いながら言った。

「ブストロフェドンがこのタイム・マシーンに乗っていれば、キバルディ、イバルディ、ビビルディとか言って、夜まで言葉遊びを続けたところだな」

「それでは、時速六十キロで聴くヴィヴァルディはどうだい?」

「速度が落ちたな」

「アルビノーニなら八十キロ、フレスコバルディなら百キロ、チマローザなら五十キロ、モンテヴェルディなら百二十キロ、ジェズアルドなら最高速度」ここで、落ち着くためというより、もっと気分を高めるために間を取った。「かまいはしない、俺の理論は戯言ではないし、今だってジェット機で聴くパレストリーナのことを思いついたところだ」
「音響学的奇跡だな」

二

コンバーチブルは海岸通りの長いカーブを車線に沿って進み、クエはハンドルのようにエンジンの一部と化して運転に集中していた。他人にはわからない、つまり（死や排便と同じく）僕とは分かち合えない感覚だとあいつがよく言っていたのは、運転とはある種宗教的な体験だったせいもあるが、僕は車を運転したことがなかったからだろう。車と道路と自分、スピードと空間と乗り物が一つに溶け合うと、移動という行為が着衣のようになって、真新しい麻のシャツでも身に着けたような心地よい感触、さらには、セックスのような深い肉体的快楽を味わいながら、同時に重力のしがらみを逃れて体一つで空を飛んでいるような気分に囚われることがあるという。こうなると肉体は消え去り、自分、クエ自身がスピードとなるのだ。僕は、弓と矢、旗手と的の喩え話をして、さらには、禅の本まで貸してやったのだが、彼は、禅が求めるのは永遠、それに対して自分の言っているのは瞬間の問題だと言い張ってきかず、反論しても無駄な努力だった。ラ・プンタで赤信号に引っ掛かって、ようやく彼は恍惚の状態を抜け出した。

湾の下にトンネルを掘ってからというもの、すっかり廃墟となった殉教者公園（別名恋人公園）の残骸を眺めていると、まるで刑務所か処刑場のように見えて、博物館同様、もはやすべては過去の遺物でしかなかった。突如僕は、午後のぎらついた太陽のもと、わざわざアーモンドの木の下に座って日向ぼっこをする彼女の姿を見た。クエに伝えると、

「だからなんだよ？」あいつは言った。「ただの気狂いだよ」

「わかってるよ、でも十年前と同じようにまだここにいるとは驚きじゃないか」

「ずっとこのままいるんだろうな」

「なあ」僕は言った。「十年前、いや、十年じゃないな、八年、七年ぐらい前……」

「五年か、もしかして昨日か？」冗談だと思ったクエが横槍を入れた。

「いや、真面目な話だよ。数年前初めて会ったときは、あの女、ずっと休みなく話し続けていた。まさにハイドパーク風の一人集会だよ。すぐ近くに座っていたが、俺のことなんかまるで眼中にないらしく、そのまずっと喋り続けていて、内容があまりに象徴的で衝撃だったもんだから、近くに住む高校時代からの友人マティアス・モンテス・ウイドブロの家へ行ってな、何も訳を話さずに――あいつも作家志望だったから、横取りされちゃかなわない――紙と鉛筆を借りたんだよ。戻ってその演説の断片を書き留めると、どのみちそれが最初に聞いていた演説と瓜二つさ、だって、あるところまでくると、自動ピアノのテープのように、また同じことを繰り返し始めるんだ。三回目にもまた筆記して、句読点以外書き忘れたところが何もないことを確認すると、俺は立ち上がってそのまま帰った。その時もまだ話し続けていたよ」

「その紙、どこにあるんだ？」

「さあな。どこかにあるはずだが」

「なんだ、お前がもう小説に使ったのかと思ったよ」

「いや、一度なくして、その後見つかったんだけど、その時にはもうあまり面白いとは思わなかった。ただびっくりしたのは、文字が大きくなってたことだ」

「何だって？」

「そうなんだ、古いボールペンで、ざらざらの紙に書いたもんだから、文字が膨張して読みにくくなってたんだよ」

「詩的正義だな」こう言いながらクエは発車し、ベンチに座った気狂い女を眺めながらゆっくり公園に沿って走ったので、僕もその姿をじっくり見ることができた。

「あの女じゃなかった」僕は言った。

「何？」

「あの女じゃない、別の女だった」

絶対か？　とでも言うようにクエは僕を睨んだ。

「間違いない。違う女だ。あの女もムラートだったが、もっと中国風だった」

「こっちもムラート女だぞ」

「だが色がもっと黒い。あの女じゃない」

「そうか」

「ああ、間違いない。下りて見てきてもいい」

「そこまですることはない。どうせ俺は見たこともない女だ」

「絶対あの女じゃない」

「それじゃ、気狂いでもないかもな」

「かもな。涼みに来たただの貧しい女かもしれん」

「あるいは日向ぼっこか」

「あるいは海風を浴びたかったか」

「こういう偶然は面白いな」クエは言った。

その場を走り去った後、円形劇場に差し掛かるあたりでクエは、ルセーロへ行って何か飲もうと言った。

「ここに来るのは随分久しぶりだ」彼は言った。

「俺もだ。どんな場所だかもすっかり忘れていたよ。ビールを飲んで何かつまもう」

「面白いな」クエは言った。「世界の中心は移っていく」

「何だって？」

「少し前まではここが昼も夜もハバナの中心だっただろう。海岸通りのこのあたり、円形劇場やフエルサ公園、プラド公園、ミシオネス通りぐらいまでがな」

「ハバナはまたセシリア・バルデスの時代に戻るのかな」

「いや、そうじゃない。とにかく、ここが文句なしの中心だったんだ。その前はカテドラル広場、旧広場や市庁舎あたり、やがてプラドへ移って、その後はガリアーノ、サン・ラファエル、ネプトゥーノ、今じゃラ・ランパだ。このさすらいの中心街は今後どこへ行くのかな、面白いことに、街や太陽と同じく、いつも東から西へ移動してるな」

「バティスタは湾の向こう側へ行こうとしている」

「だが、もう未来はないさ。今にわかるよ」

「誰？　バティスタのことか？」

彼は僕を見て微笑んだ。

「嫌なのか？」

「俺が？　そんなわけないだろ」

「俺は政治の話は御免だ。これを政実さとでも言うのかな」

「だが、お前の本心はわかってる」

「お互いにな」

「俺も同意見だ」僕は言った。「この街が湾を超えることはない」

「そのとおり。カサブランカやレグラの衰退を見ればわかる」

僕はカサブランカやレグラ、ラ・カバーニャやモーロのほうを眺めた。最後にクエを見ると、彼は何気なくビールを飲み、時に横顔を見せながらあらゆるポーズを取るその姿は俳優そのものだった。

三

しばらく僕たちは、クエのお気に入りテーマである都会について話していたが、人が街を作るのではなく、街が人を作るのだと言い張る彼は、この話題になると、まるで建物が人でもあるかのように考古学的ノスタルジーを漂わせながら持論を展開し、降誕祭に大きな希望を込めて新たに建てられた家が、そこに住まう人とともに成長して、やがては衰え、ついには忘れ去られ、倒壊し、廃墟となった後、同じ地にまた新たな建物が作られて、また新たなサイクルが始まる、というプロセスをよく語っていた。確かに、そんな建築サーガは素敵じゃないか。『魔の山』の冒頭でも、クエの言う「生への自信に溢れた激情」とともにハンス・カストルプがサナトリウムに登場し、健康に不安のない高慢さを見せつけるようにして白い地獄で陽気な休暇を過ごす——数日後に彼は自分も結核を患っていることを知らされる——シーンがあるが、それをクエに指摘すると、「嬉しいよ、そういう類似関係は大好きだ」と彼は言った。「それこそ人生の象徴かもしれない。純粋で健全な人生を信じる穢れを知らぬ若者は、見下したような態度で人生へ突入するが、やがて思い知らされるのは、自分もまた病人にすぎないという事実、汚らわしいものの数々、腐りきった人生。ドリアン・グレイとその肖像だ」

子供のころ僕はこの公園によく来た。すぐそこでも、もっと向こうでも遊んでいたし、壁に腰掛けて、今はパイロット船が横切るこの湾へ出入りする軍艦を眺めていたこともあれば、その先に見える古城——といっても、今では古い城壁の見張り小屋の廃墟にすぎない——あたりで、ある日弟に自転車の乗り方を教えてやったこともある。あの時は、後ろからあまりに強く押しすぎたせいで、弟は吹っ飛んでベンチにぶち当たり、ハンドルが胸に突き刺さって血を吐きながら気絶した後、三十分か、実はおそらく十分ぐらいの間、死んだようにそのまま横たわっていた。あの時は責任を感じたし、その一年か二年後、弟が結核にかかったときも、あれはずっと自分のせいだと思っていた。それでクエにその話をした。いや、「した」ではなく、「する」と書くべきだろうか。


「お前はハバナの出身じゃないよな、シルベストレ?」

「ああ、俺は田舎の生まれだ」

「どこだ?」

「ビラナだ」

「ほお、俺はサマスの生まれなんだ」

「近いな」

「ああ、まさに目と鼻の先だ」

「距離にして三十六キロ、二級、三級国道のカーブが百六個」

「夏休みによくビラナへ行った」

「そうなのか?」

「顔を合わせていたかもな」

「いつ頃の話だ?」

「戦争中だったたな。四四年か四五年だろう」

「ああ、それならもう俺はハバナにいた。まあ、休みには金さえあればビラナへ戻っていたがな。だが家は貧乏だったからな」

ウェイターが海老フライの追加を運んできたので会話は中断し、僕はなんだか陽気になってきた。そのまま飲んでいると、視界に黒い染みが現れるのに気づいた。うるさいハエか、ニコチン中毒のせいで見える染みか、それともつまらない映画の見すぎで実生活にまで黒い点が入り込んできたのか。刑事上、いやちがった、形而上の悪だろうか。網膜に宇宙的火傷を負ったのだろうか。あるいは自分にだけ火星人が見えるのか。別に心配ではないが、これこそ実はフェイドアウトの始まりで、やがて目のスクリーンが暗黒に包まれるのではないかと思えることがある。確かに人間いつかは光を失うものだが、僕の言っているのは盲目であって死ではない。映画を見慣れたこの目にブラックアウトは致命的だ。あとは記憶を見続けるしかあるまい。

「お前、記憶力はいいか?」

僕はほとんど飛び上がりそうになった。クエは時々人の心を見透かすような言動を取ることがある。俳優には珍しい。シャイロック・ホームズとでもいったところだ。

「ああ、かなりいけるほうだ」僕は言った。

「どのくらいだ?」

「相当なもんだよ。驚異的レベルだろう。何でも覚えているし、いつ思い出したかすら思い出すことができる」

「フネスと名前を変えたらどうだ」

僕は笑った。港のほうへ目をやりながら、海と記憶の間には間違いなく何か関係があると思いついた。どちらも広く深く永遠であるばかりか、絶えることなく連なる同じ波としてやってくる。今このテラスに座ってビールを飲みながら、夕暮れとともに海からくる一陣の熱風を頬に浴びていると、同じような午後の風の記憶が連打のように僕の心へ打ち寄せてきたが、これこそまさに全体的記憶であり、一、二秒のうちに、生涯に過ごしたすべての午後を思い出したのだ（もちろん数えたりはしないぞ、読者殿）。公園に座って本を読みながら目を上げて感じた午後、木造の家に寄りかかって木々の間を流れる風を感じていた午後、黄色い汁で両手を汚しながらビーチでマンゴーを食べていた午後、窓際の席で英語の授業を聞いていた午後、叔父の家を訪ね、下ろしたての重い靴をぶらぶらさせながら揺り椅子に揺られていた午後、つまり、今と同じ、塩辛く温かいそよ風の吹いていたあらゆる午後を一度に思い出したのだ。僕は自分が記憶の海岸通りになったのではないかとまで思った。

「なんでそんなことを訊くんだ？」

「何でもない。大したことじゃない」

「隠すなよ。俺も同じことを考えていたかもしれない」

これが僕の最大の欠点であり、ついいつも他人と同じことを考えようとしてしまうのだ。アルセニオは僕を見た。時々彼の視線はやぶにらみのようになったが、それが短所でなく長所になるのが不思議だった。コダックによれば、俳優の内側には常に女優が潜んでいるという。「ア」の形に口を開けた数秒後、彼の声が聞こえてきた。マーロン・ブランド風だ。

「なあ、女性についての記憶はどうだ？」

「どの女性のことだ？」僕は驚いた。どうせ未来は変わらないのに、また何か預言でも持ち出すのだろうか？

「どんな女性でもいいが、一度は恋したことのある女性としておこう。お前、本気で恋したことあるか?」

誰にも負けないぐらいあるぞ、と答えるべきところだった。だが、何人か思い出そうとしたものの、誰も思い浮かばず、降参するしかないと思っていたところで、女性じゃなくて、女でいいんだと思いついた。そして金髪の髪、高い額、明るく黄色い瞳、厚く長い唇、二つに割れた顎、長い脚、サンダルを履いた足、その歩き方が頭に思い浮かび、公園で彼女を待っていた日のことを思い出すと、歯並びの美しい微笑みに満ちた笑顔がまざまざと甦ってきた。その姿をそのままクエに伝えることにした。

「本当に恋していたのか?」

「そうだ。そうだと思う」

猛烈に、人生で一番というくらい、自分を見失っては取り戻すほど激しく、と答えるべきところだったが、僕は黙っていた。

「本当の恋じゃないな」

「何だって?」

「お前は本気で恋したことがない。そんな女はいない。お前が今慌ててでっち上げただけだ」

口から泡を吹いて怒ってもいい場面だったが、なぜか僕は声を荒げる気にもならなかった。

「なんでそんなことを言う?」

「俺にはわかるんだ」

「かなり本気で恋してたんだぜ」

「ああ、確かにそう思い込んで、勝手に想像していたかもしれん。だが、本当の恋じゃない」

「そうか?」

「そうだ」

彼は一つ間を置いてビールを飲み、唇に残った泡と汗粒をハンカチで拭った。演技でもしているような仕草だった。

四

あの背中（というか、そこに見えているし、触れてみることすらできそうだから、この背中と言ったほうがいいのだろうか）、その／この／あの背中、はかなくむなしい恋だった女性、女の背中はもう戻ってはこないのだろうか？　戻ってはこないだろう。その必要もない。他の背中なら戻ってくるかもしれないが、あの瞬間（あの剥き出しの背中。体にぴったり貼りついたサテンのナイトドレスは、スペインやこの国の踊り子がよく着るガウンのように下側が開き、そこから果てしなく長い脚、しかも一度見たら二度と忘れられないほど完璧な脚が突き出している一方、正面の胸元は広く開き、胸の谷間からそのまま続くような首が長く伸びている。あの顔、金髪／サラサラ／縛られていない髪、ゆっくりと煙草をふかしながら喋る厚い唇に浮んだ臆病な、それでいて狡賢い微笑み、大きくて歯並びのいい、ほとんど食べられそうな歯を見せながら時に大声で笑うこれまた大きな口、そしてあの目、目、とても描写できない目、あの晩の彼女の目、永遠の視線、笑

い声は描写不可能だ）は戻ってはこないだからこそ美しい瞬間があり、美しい思い出がある。何のきっかけもなく、まったく暴力的にこのイメージに襲われた僕は、不意の記憶に囚われて昔のことを思い出すより、こうした制御不可能な暴力的記憶、マドレーヌも紅茶も懐かしの香りもまったく同じ躓き方も必要とせず、夜いきなり押しかけてきて強盗のように現在という窓を打ち破る邪悪な記憶のほうが好ましいのではないかと思った。この種の記憶が引き起こす眩暈は特別なものだ。垂直落下とでもいうのか、危険すぎる移動の感覚は、急降下に伴う諸平面の接近（実際の垂直落下による現実の平面と、想像上の水平落下による現実の平面と記憶の平面）を生み出し、それによって、空間と同じく、時間にも引力があることがわかる。プルーストとアイザック・ニュートンの結婚だ。

五

「そうだよ」クエはまだ喋っていた。「本当に、本当に恋していたのであれば、何も覚えていないはずだし、唇の形なんて思い浮かぶはずはないさ。口は覚えていても目は覚えていないとか、色は覚えていても形は覚えていないとか、そんなことになるはずで、髪も額も目も唇も顎も脚も足も靴も公園もみんな覚えているなんて、そんなことはありえない。絶対ないね。つまり、お前が嘘を言っているか、本当に恋してはいなかったか、そのどちらかだ。どっちだ？」

こんな記憶のディーラーのような口ぶりにはもううんざりだ。なんで僕が選ばなきゃいけないんだ？　すると、『黄金』のラストシーンを思い出した、

金帽子のベドーヤ　兵曹長、帽子を拾ってもよろしいですか？

兵曹長　　取りなさい。

（オフボイスで、「整列、構え、発射」の声、そして一斉射撃の音が聞こえてくる。）だってな、本気で恋していれば、その声だけを必死で思い出そうとするもんだよ、声……、記憶のエクトプラズム――「記憶のエクトプラズム」、エリボーも同じ言葉を使っていたな。誰の言葉だろう？　クエか？　セッセ・エリボーか？　エドガー・アラン・カルデックか？――に停止した女の目がいまだに思い浮かぶなんてありえない、たとえお前を見つめる瞳を覚えていたとしても、他は想像さ、本当だよ。近づいてくる唇やキスの感触を覚えていると思っても、実際は唇を見たわけでもキスを感じたわけでもなく、レフリーのような鼻が間に挟まっているわけだし、しかも、その鼻だってその時の鼻じゃなくて、別の鼻、横顔の時に見える鼻か、最初彼女を見たときの鼻なんだ（続く）。

相変わらずクエが喋り続ける間、僕はいつもの癖で相手の顔を上下左右に見回し始め、するとその頭の上、ココナッツの木の後ろにある小屋の向こうに鳩の群れが見えたように思ったが、どうやらそれは幻影、錯覚、目の白い染みだった。空はヴァレリーの白い鳩の歩く静かな屋根どころか、落ち着きのない天井となったらしく、太陽の白い光を鏡のように反射して目を焼き付けるほど鋭く青い光を放ち、ベリーニの空のように無垢な青を保つ空の下へ、水銀のようなどぎつい輝きを注ぎ込む。擬人法の愛好家（ブストロフェドンなら八方擬人とでも言うだろう）なら、「海が笑う」と言った愚かなゴーリキーに対抗して、「空は残酷」とでも言う

ところだ。とんでもない、海が笑ったりはしない。海は我々を囲み、包み、海岸の石の角を取って滑らかにするごとく、我々を洗い清め、そして我々がすでにケベードの塵となった後も、宇宙と同じく平然としてそのまま残っている。地球でただ一つ永遠なものであり、永遠であるにもかかわらず、時間と同じく、測ることができる。海はもう一つの時間、目に見える時間、もう一つの時計である。海と空は砂時計の両側なのだ。永遠なる水時計、形而上学的水時計なのだ。海から、というより海岸通りのあたりからフェリーが進み出て、港の狭い運河に差しかかり、行き交う車に逆らって通りを進むように見えるその船体に「ファオン」という名前が見える。時間の海から流れてくる空気に乗って、オンエアで喋っているようなアルセニオ・クエの声が聞こえてくる。

「女性の全体を見るのではなくて、断片を見るだけなんだ」

思わず僕は、セリア・マルガリータ・メナの死体、殺人鬼ランドルー、そして様々なバラバラ死体のことを思い浮かべた。息が切れて彼の話が終わると、僕は言った。

「なあ、あの花形写真家コダックの言うとおりだよ、俳優の内側には常に女優が潜んでいるな」

クエはこの言葉の意味を理解し、女っぽさをあてつけられたわけではなく、自分の秘密が少なくとも部分的に見透かされていたことを悟って、口をつぐんだ。その顔があまりに真剣だったので、こっちまで悲しくなり、最悪の瞬間に最高のセリフを言う、もしくは、最高の瞬間に最悪のセリフを言う自分の悪い癖を呪った。これが僕なりのタイミングの取り方なのだ。彼はビールへ戻り、このやろう、話にならねえな、とかそんなことすら言わずにじっと黙ったまま、コップを黄色く見せている黄色い液体を見つめていた。味も匂いもビール、だが、時間と午後と記憶によって生ぬるくなったビールだ。彼はウェイターを呼んだ。

「よく冷えたのをもう二杯頼むよ」

クエの顔を見るとそこには、カリクラテス／レオがアッシャに出会って彼女、つまりSheだと知ったときのような輝きがまだ残っている。

「余計なことを言ったな、すまん」僕は言って、本気で反省した。

「かまわんさ、姦通したとしても、もう昔の話だし、相手の女はもう亡くなっているからな」彼はこう言って微笑んだ。マーロウ（フィリップではなくクリストファー）か教養か、そのどちらかに救われた格好だ。教養だか無教養だかで女が一人犠牲になった話を思い出した。『二重生活』で、シェリー・ウィンタースがロナルド・コールマンと寝る前に、「明かりを消して」と言うのだが、哀れな老ロナルドはもはや廃人も同然、ブロードウェイでオセローを何度も演じ続けたせいで発狂し、現実と映画の区別もつかなくなっていたので、コールマンとオセローがここで入れ替わり、「明かりを消して、電気も消そう。だがこの明かりをつけることができるのはウェスティングハウスとエジソンのおかげだ」と言うや否や、どんなプロメテウス的明かりに憑りつかれたのだろうか、不幸な娼婦もどきシェリーに飛びかかって首を絞めた（「いったい何してるの、あんた変態じゃないのオゥオゥオゥ」）。単なる無知なウェイトレスで、デスデモーナよりもっと無垢だった彼女は、オセローやイアーゴーやシェイクスピアのことなど知る由もなく、そのまま殺されたのだ。これこそ文学の完全犯罪。

六

二人は気分を変えてサン・ラザロ通りを走り始めた。この道は好きじゃない。まさに見かけ倒しの通りであり、出だしこそパリかマドリッドかバルセロナのような街の通りに見えるものの、次第に平凡化してただの田舎道となり、マセオ公園に差しかかるあたりからは、ハバナで最もうらぶれた醜い大通りとなって続く。昼間は猛烈に太陽を照り返し、夜には暗く危険な香りを漂わせるこの通りで、心が休まる場所といえば、プラド公園やベネフィシエンシア広場、それに大学の階段道ぐらいしかない。サン・ラザロ通りで一つだけ僕が好きなのは、最初の数ブロックで海の景色に驚かされることだ。バデオ方面にハバナを横切る車で運良く助手席に乗っていると、道の進行に任せて頭を右へ向けるだけで、脇道、岸壁、その奥に一瞬だけ海が見える。弁証法的驚きとでも言おうか、驚くような話ではないのに驚き、別に驚きではないのだが、やはり海に不意を突かれる。少し前にクエが経験したバッハ——ヴィヴァルディ——バッハと似た経験だろう。そのうえ、建設大臣の気紛れで岸壁をもっと高くしようという風潮が何度も繰り返し起こり、その都度もう海が見えなくなって空の鏡に映して見るしかなくなるのではないか、そんな期待とも不安とも知れぬ空気がいつも漂っている。

「何探してんだ?」クエが僕に訊いた。

「海だよ」

「何だって?」

「海だってば、兄さん、難聴気味だな」

「ああ、すまん、ウメという名の女かと思った」

「記憶に値する女は一人もいないな。今のところ海が一番だ」

二人で笑った。お互い以心伝心なのだ。この後クエは役者の記憶をひけらかし、運転しながら、呪文でも唱えるように様々な引用を次から次へと口ずさみ続けることだろう。

「『そして今、空腹も満たされて物憂げになった鳥のような八月が、退廃と死の月へ向かってゆっくり羽ばたきながら青白い夏を抜けていく一方……』」

ほら始まった。

「『大きく邪悪な……』」

フォークナーの一節だが、あいつは僕がフォークナーを崇拝していることを知っていて、こうした悪ふざけであてつけているのだ。

「それにしてもたかが『蚊』の描写に仰々しいよな。もう少しで、昼夜ぶっ続けで働くこの吸血鬼たちは、とでもいいそうじゃないか」

僕は笑った。いや、微笑んだ。

「そりゃ」僕は言った。「なんてったって処女長編だからな」

「そうなのか？　知らなかったな。それならもっと最近の作にするか？　例えば『村』とか。『人は年をとると冬から時間を数え、事件に日付をつけるものだが、その冬に先行する秋にこの事件は起こった』、どうだい？」

「それは翻訳がひどすぎるんだよ」

「あのな、お前こそ……」

「……それにあれほど悲劇的な、ドラマチックな事件なら……」

「……この文章をフォークナーが英語に訳したらもっとひどくなるんじゃないか」

「いいか、シェイクスピアと同じく、フォークナーは詩人で、別世界の人間だから、シラミでもとるように彼の文学を読むことはできないんだ。シェイクスピアにだって、ラジオ・レロフの言う「格調高いフレーズ」はあるだろうが」

「わかってるよ、それぐらい」クエは言った。「俺にとって忘れ難いシーン、何度見ても面白いシーンは、（ミニン・ブホネス扮する）不幸なオフィーリアの墓を前にしたハムレットが激高して飛び込むシーンだよ、墓が一瞬ミンダナオ墓地に見えた後、人にものを頼むすべを知らない（バイエル扮する）ハムレットは、罪を悔いたレアティーズを叱りつけるのだが、それに対して、それまで恭しい態度でいたレアティーズが、高慢なハムレットの襟首を掴まえるんだ。するとハム・スター・ハムレットは（アストラナ・マリン訳では）こう言うわけだ、『頼むからその指を放してくれ』、それも落ち着いた態度でな」

「それは何の喩え話なんだ？」

「喩え話なんかじゃないよ、単なる会話じゃないか。エリザベス朝時代の弁護士じゃあるまいし」

クエは幌を下ろしてポケットからサングラスを取り出すと、昼夜を問わずかけ、昼夜を問わず外しては、表情豊かな目と写真うつりのいい視線を見せつけるあの黒いガラスのマント、控え目なのか露出狂なのか定かでないあの小道具を目の上にかぶせた。

「『そして祝福を受けた太陽自身が焔色のタフタを着た熱く美しい女性となり』、ここはお前がロウソク、いやちがった、朗読したほうがいいな」

「なぜ？」

「お前のような王子が俺のような幇間に言った言葉だからな。もっとも、幇間といっても、俺とお前を足したよりも有能な顧問役だがな」

「ホーカンだかコカンだかコモンだか知らんが、もっとわかりやすく喋ってくれ」

「『かわいい小鳩よ、それならば、お前が王となりし暁には、我らのような夜の紳士を昼顔の盗人と呼ぶような真似はやめさせてくれ』偉大な男だよ、このフォルスタッフってのは、もう一方がハル王子。『ヘンリー四世』、第一幕、第二場」

クエは（良くも悪しくも）途轍もない記憶力でいろんなセリフを覚えていたが、彼の英語にはカリブ的というよりヒンドゥー的な訛りがあり、そのせいか僕は、『雨の到来』のボス、ジョセフ・シルドクラウトのことを思い出した。

「お前、作家になれそうだな」出し抜けに僕は言った。

「翻訳家になれるとは思わないか？」

「いや、作家のほうが向いてると思う。その気になればいけるんじゃないか」

「実は俺もそう思ったことがある」こう言って彼は黙った。そして通りを指差すと、また口を開いた。

「見ろよ」

「何だ？」

「あの看板だよ」指でもっと正確に示しながらスピードを落とした。

それは建設省のスローガンであり、**バティスタ大統領の公共事業計画、１９５７―１９６６、これぞ男の仕事！**　とあったので、僕はそのまま読み上げた。

「バティスタ大統領の公共事業計画、千九百五十七年から千九百六十六年まで、これぞ男の仕事。それがどうかしたのか？」

「年号だよ」

「ああ、二つあるな。それで？」

「どちらも四つの数字を足すと22になる。俺の誕生日は22日、俺の両方の姓の文字数も22」キューバ人なら「ニユウニ」と発音するところだが、彼はきちんと「ニジュウニ」と発音していた。「末尾の数字66も、俺の数字と同じく、完璧な数字だ」

「何を証明しようとしているんだ？」

「文字を知れば知るほど、数字が好きになる」

「なんだい」と言いながら、心の中では、ふざけんな、このネズミ講野郎め、と思ったが、落ち着いて続けた。「カバラ主義か」

「ピタゴラス的エリキサ、これぞ文学的痙攣、あるいは東部で言う文学的ひきつけの特効薬だ」

「お前、本当に数字を信仰してるのか？」

「俺が信じるのはほとんど数字だけだ。2足す2はいつも4、これが5になった日には俺も裸足で逃げ出すよ」

「だがお前は数学が苦手だったじゃないか？」

「数学は数字ではなく、数字の利用法だ。少し宝くじに似てるな。こちらは数字の搾取とでも言うべきかな。ピタゴラスの定理なんて実は、ソラマメを食うなとか、白い鶏を殺すなとか、指輪に神の像を彫るなとか、剣で火を消すなとか、そんな忠告ほどの価値もない。残り三つもいずれ劣らず重要だぞ、心臓を食うな、祖国を離れた者は二度と戻るな、太陽に向かって立ち小便するな」

僕は笑った。すると通りがマセオ公園とベネフィセンシア広場に向かって開けたが、これはもちろん僕が笑ったせいではない。クエはハンドルから手を離し、両腕を伸ばして叫んだ。

「タラッサ！　タラッサ！」

クエはさらに冗談を続け、今度はワルツの「波乗り」を口ずさみながらマセオ公園を三周した。

「見ろ、見ろ、クエノフォン！　海は好きか？」

「夢の話をしてもいいか？」

あいつは僕の返事なんか待ちもしなかった。

七

アルセニオ・クエの夢

海岸通りに座って海を見ている。街のほうを向いて岸壁に座っているので、海には背中を向けているが、

それでも海を見ている。海岸通りに座って海を見ている。（夢には繰り返しもあるし、妙なことも起こる。）太陽は隠れているか、それほど強くない。いずれにしても、程よい明るさ。気分がいい。間違いなく一人でいる。隣に女性がいるが、顔を見ることができさえすれば、きっと美しいにちがいない。僕と一緒にいるか、あるいは僕の仲間みたいだ。かつては美しく、人目を惹いたものの、今ではそれを失った女性と一緒にいることで、緊張も欲望もなく、静かな気分に浸っている。ナイトドレスを着ているようだが、別に僕は驚かない。妙な女性だとも思わない。海岸通りはもはや海に近くはない。長く白い砂浜が広がっている。日光浴をする人がいる。砂の上で泳ぐ人や船を漕ぐ人がいる。岸壁のふもとの白く光るセメント盤の上で遊ぶ子供がいる。日差しが強くなり、もっと強くなり、今や強すぎるので、この突然の光に僕たちは焼かれ、押しつぶされ、打ちのめされたようになる。何かが危険を知らせ、不確かな知らせがすぐに現実となる。砂浜――白い砂ばかりか、もはや青ではなく白くなった海も、そして、大地ばかりか水も持ち上がる――が広がり、どんどん盛り上がる。日差しが強すぎて女の黒服が燃え上がり、見えない顔は突如白、黒、灰色と色を変える。僕は岸壁を飛び降りて、砂浜かその残骸に降り立つと、恐怖のせいで女への愛情も女と一緒にいられる喜びも忘れて、灰の平原となったその地を駆け出す。みんな走り出すが、女だけはそのまま岸壁の上で静かに燃えている。みんな走り走り走り走り、今や大きな日傘となった砂浜へ急ぐ。影に入れば助かる。まだ走り（転ぶ子供もいれば、疲れたのか、しゃがみ込む子供もいるが、母たちですら、一瞬後ろを振り返るだけで、そんなことを気にもせず走り続けている）、白砂と白海、そして白空の日傘まであと一歩のところまでくる。日傘の影は白い光とともに消え、するとそれまで見えていた柱が実は日傘ではなくキノコであり、殺人的な光から僕たちを守ってくれるどころか、それ自体が危険な光であることがわかる。夢では、時すでに遅し、もはやど

うにでもなれ、という雰囲気。僕は走り続ける。

八

「それは現代の科学的見地から見たロト神話の、あるいはその危険性の解釈だな」僕はこう言いながら、自分の言葉が嫌味たらしく響くのを感じる。

「そうかもしれん。いずれにしても、俺は、意識下からも先祖代々の畏怖からも、海を嫌ってるんだ。海も自然も宇宙の深淵も俺は好きじゃない。ホームズの言うとおり、スペースはコンパクトなほうが集中力も高まるってもんだ」

「ボエティウスは囚人だったな。哲学の慰めならぬ閉所恐怖症の慰めか」

「そうでもないぞ、アカデミアの庭とかプラトンの話でも持ち出せば、俺の話には合わないだろう。だが、少なくとも屋外実験室なんて存在しないだろう。俺も老後はもちろん国立図書館の読書室で過ごしたいよ」

「ピタゴラスからブラヴァツキー夫人まで、読書三昧の日々か」

「いや、夢解釈に謎解き遊び、それに数遊びさ」

「エリファス・レヴィが何と言うだろうな?」

車はようやく海岸通りへ出て、街から遠ざかった雲が、海と水平線の間に白、灰色、ところどころバラ色の囲いを作っているのが見えた。クエはスピードに酔っていた。

「キューバ文学には海が出てこないよな？　キューバ人はサルトルの言う島国根性に貫かれてるってのに」

「別に不思議じゃないさ。マセオの銅像だって海と波にケツを向けてるだろう。岸壁に腰掛ける人たちだって、夢のなかの俺と同じように海へ背を向けて、アスファルトと鉄筋コンクリートと車でできたこの景色をじっと見つめてるじゃないか」

「だがな、マルティですら、海より山を流れる小川のほうがいいと言ってるのは変だと思わないか」

「どうすれば正常なレトリックになるんだ？」

「わからん。だが、いつか俺は海について書いてみるよ」

「バカなことを。お前は泳げすらしないじゃないか」

「そんなことは関係ない。そんなことを言い出したら、詩人になれるのはエスター・ウィリアムズだけだ」

「見ろ、ようやく俺と数字の関係がわかってきたようじゃないか」

サン・ラザロの塔の向こう、カレニョ・ビル周辺で遠く／黒く／風通しのいい門が並ぶほうへ目をやると、お城風ホテルあたりでは、下でメルセデス・ベンキ商会がクエの好きそうな旅行グッズを売り、上のほうには、マリトルネスが経営する金持ち御用達の売春宿がある。電話でまず常連客の照会を受けてから予約を入れるこの宿では、身分相応にあらゆる種類の快楽が用意され、僕は特に興味を惹かれたわけではないのだが、ある日行ってみると、延々と続く退屈な仕事のせいか、すっかり黙りこくった片腕の美しい少女と知り合ったのを覚えている。太陽が優しい影を残すなか、門の並びに視線を走らせ続けていると、ミチオ駐車場（道ではない）のあたりでついにアルセニオ・クエのネメシス、天罰を見つけた。垂直に伸びる派手な旗に宝くじの番号を掲げた売り子が、片手で宝くじの券を見せながら、その声こそ聞こえなかったが、あらゆる幸福の可能性を触れ歩いていたのだ。その売り子を指差しながら僕は言った。

「哲学の悲しい末路だな」

九

空間は空間にあるのか？　アルセニオ・クエはどうやらこれを証明したいらしく、ホームズを持ち出して僕に反論したのも、振り子の反動のように今こうして海岸通りを逆方向に走っているのも、そのためではないかと思われる。彼は運転に集中しているし、彼のおどけた横顔に景色が遮られることもないし、僕は、眩い空や、遠く低く見える雲、幻想の島のように固そうに見えて実は柔らかい雲を眺め、さらに、窓と岸壁の向こう側に広がる海へと目をやった。同じ映画の第二部へ移るかのように、またチョレーラに差し掛かったが、今度はクエはトンネルを避けて迂回し、二十三番通りまで上ったところの信号で止まると、ボタンを押して、舞台装置の空のように動く幌を開けた。僕はヴェルダン映画館を思い出した。車に乗って進む僕たち二人を空気が包み、締めつけ、蓋をした。この新しい自由の足枷となるのは空気だけ。橋の上から見るアルメンダレス川は、密生した木立と木の堤防の間でぎらつく太陽を泥っぽい水面に映し、まるでコンラッドの描写のようだった。車はメンドサ通りを下り、少し後で右へ折れて河岸通りを進んだ。そこにあった看板には「**子供と石を投げることを禁ず**」とあり、それを見たクエは、作者はきっとロルカに匹敵する詩人か、孤児院の院長にちがいないと論じたて、その先のビア・ブランカに、今度は、「**ガンセドのみ**」とあって、これはガンセド通り方向にのみ通行可能という意味なのだが、これに対してもクエは、同名企業の市場独占工作の一環だと言い張った。別の夜には、ビルトモレで「**子供多し、スピード落とせ**」という看板を見て、「子供」を「美女」に変えようとしていたし、カンタラナの高速道路で「**おいしいモーロ絶品のネグロへようこそ**」という看板を見たときには、これは明らかにアンドレ・ジードへの呼びかけだと言い出した(彼はアン・レ・ジーと発音したので、そんな名前の中国人作家がいたっけ、と訊き返してしまった)。その後も看板の話が続いて、かつてビーチで見つけた「**砂浜で馬厳禁**」という、なんともシュールな掲示のことを思い出した。グアナボにまで『海へのライダー』が現れるのだろうか? また、雑誌『貼り紙(カルテレス)』編集部の壁には、元来「**落書き厳禁**」という貼り紙があったのだが、アルフレド・T・キロスは、期せずして「**貼り紙厳禁**」の貼り紙に換えて大爆笑を取り、以後この習慣が根付いたという。またリネア通りにある豪邸の門には、「**捨て犬禁止**」という謎めいた掲示があったが、これは、そこに住む知る人ぞ知る億万長者の老婆がこの家を犬の保護施設にしていたためであり、子犬を持て余した人たちは、門越しに投げ入れてしまえば未来安泰を保証してやれたのだ。また、バー「エル・レコド」の看板にあった「**犬ＯＫ**」に「**駄**」という文字を書き加えようとし、売りに出ていた空き地にあった「**売地　応相談**」という看板を見れば、さっそく「**地**」を「**女**」に変えようとした。メキシコだったかで、聖職者の車に駐停車禁止を伝える掲示「**絶対に停止を禁ず**」の話を持ち出したのもやはり似非哲学者クエだった。別に意外なことをするわけでもないのに、いつも斬新な行為で人を驚かせる、それがアルセニオ・クエなのだ。海のような男だ。

七番通りへ出て、九番通り（クエはいつも気取って英語風に「キューバン通り」と発音したが、どう聞いても「吸盤通り」としか聞こえなかった）から一番通りへ入ると、クエが再びサン・ラザロ通りへ車を進めてくれたおかげで、またもや僕は海を見ることができたが、今度は、カリフォルニア風の家並みや突き出したバルコニー、大邸宅やホテル、ブランキータ劇場（かの有名な上院議員ビリアト・ソラウン・イ・スルエタは、世界で最も大きな劇場を作ろうとして人々に訊いた。「今一番大きな劇場はどれだ？」「ラジオ・シティが一番大きくて、六千席あります」と聞いた彼は、これより二十席多いブランキータ劇場を作らせた）や公有・私有の保養地（**チップ歓迎**）、それに岸辺まで草の生い茂る空き地を通して断片的にしか見ることができなかった。通りの最後まで行き着くと、五番通りのほうへ曲がり、三番通りを下ってトンネル脇の道へ入ったかと思えば、菜園通りへ突っ込んで変化に富む菜園の間を時速百キロで走り抜けたが、そこでようやくクエがなぜこうして車を飛ばし続けているのかわかった。

クエは、その名のとおり、そして、俗に言われるように「距離を食いたい」わけではなく（キューバ人は何でも食うが、面白いことに、食うのは食べ物や空間だけではない。女を食うと言えばその女と寝ることだし、糞喰らえと言えば悪態だし、綱を食うと言えば飢えや貧乏生活に耐えること、火食い男と言えば本物のダンディ、誰かの手から食べさせてもらうと言えば敵に頭を下げること、何かものすごいことのできる男のことを大食いと言う。クエは毎日一体何を食えと命令しているのだろう？）、距離という観念自体を乗り越えたいのであり、実は彼の意図は、すべてを丸暗記しようとする僕の挑戦や、すべての女に同じヴァギナ（こんな言葉を使っていたわけではないが）がついていてほしいというコダックの願望、あるいは、動く音の上に立ち上がりたいというエリボーの希望、言葉そのものになりたいという故ブストロフェドンの願いと似たようなものなのだ。僕らはみんな全体主義者であり、完全知から来る幸せ、最初と最後を結びつける永遠性を求めているのだ。しかしクエは（クエだけでなく、おそらく今や永遠となったブストロフェドンを除く僕たちみんな）間違っていた。時間は逆戻りできず、距離は永遠で超越不可能なのだ。だから僕は彼に訊いた。

「で、どこへ行くんだ？」

「わからん」彼は言った。「リクエストにお応えしよう」

「どこも思いつかん」

「マリアナオ・ビーチへ行くか」

僕は嬉しくなった。一瞬マリエルへ行こうと言い出すのではないかと思った。そのうち僕らも青い龍か白い虎か黒い亀に出くわすかもしれない。クエにも自分の最後のチュレがあることだろう。十二番通りで赤信号に急停止した。僕は両手で体を支えた。

「空気は鷲を生む、ゲーテ作」クエは言った。「信号はブレーキを生む、ワシ作」

十

車はそのまま、生い茂る木陰（通りで二つに分かれたこの公園の名前は忘れてしまった。月桂樹や月桂樹モドキ、ジャカランダ、花盛りのホウオウボク、そして遠くにイチジクの木。さらに向こうに群がっている木々は、罰当りな鏡で何重にも反射した一本のぼんやりした木のように見える）の下を走り続け、海辺に近い松林に差しかかると、貝がぱっくり開いたときのような、鼻を突く塩の匂いが感じられて、コダックの言うとおり、海は性器、ヴァギナだと思われてきた。ラス・プラジータス、コニー・アイランド、ルンバ・パリス、パンチン、ペドロの飲み屋（夜になるとこの店は、「黒真珠」ことチョリが弾き語りで自虐的ギャクを繰り出して大喝采を浴びる「音楽の牡蠣」となった。黒真珠は、世界一脚光を浴びるに値する道化師だったが、キューバでは逆光なのか、気の毒にもほとんど無名だった）といったナイトスポットや、バー、カフェ、揚げ物売りの屋台などが左右に現れ、港通りも見えてくると、いよいよ繁華街の始まりが感じられる。ビルトモレ通りに入ると、五番街のナツメヤシに代わって、キューバの国樹ダイオウヤシが膨れた腹と白髪を見せつけ、ここで僕は、このサンタフェ・トレイルもいよいよ終点に近づいてきたことを悟った。すぐに（クエがアクセルを踏んだので）ビジャヌエバ・キャンパスを過ぎて、ある夜大事件のあったピキン・チキン（またはピッキング・チッキング）も、ゴルフ場も通り過ぎると、投錨地に停泊するヨット、そして湾の奥、水平線の向こうで海岸通りの岸壁のように連なる白く太く固い雲の筋が見えた。

「バーロベントへ行ったことがあるか？」

「あの造成地ならお前と行ったじゃないか……」

「バー・ロベントだよ」クエが言った。

ハイマニータスは市民海水浴場だが、サンタフェ高速道路から見えるのは、低くて薄汚いコンクリートの建物と救命小屋、そして怪しげなバーだけだ。近くを流れる川の周りにマングローブの林が広がり、そこに淀む青くも黒くも緑でもなく灰色の水が太陽の下で波立つのは、すぐそこの海から、横向きの煙突のような川を伝って潮風が吹きこんでくるからだ。

「覚えていないな」と言ったことを覚えている。「そんな名前なのか?」

「いや、正確にはラ・オデュッセイアだ」

「主人がホメロスというわけか。アエネイスという名前のバーはないのか?」

「驚くなよ、バーの名前がラオデュッセイア、しかもそれが主人ファンの姓なんだ。彼の名はファン・ラオデュッセイアだ」

「詩は驚きから生まれる」

「想像を絶する場所だ。もうすぐわかるさ」

右へ折れてまだアスファルトも黒々とした新しい通りへ入ると、愛を語るフィッジェラルドのフラッパーのような、獲物を追いかける太古の恐竜の首のような、あるいは、我々の奇妙な文明をこっそり観察する火星人のような、そんな高く撓んだコンクリート製の街灯が道路に覆いかぶさっていた。突き当りには、ホテルなのか、出来かけのホテルなのか、とにかく四角い建物がある。左へ曲がるとまた海に沿って走り始め、金持ちのヴェニスとも言うべきこの運河地区では、資産家が車をカート・ポートに、ボートをヨット・ポートに収めて、ありとあらゆる逃走手段を準備万端に整えているようだ。クエのような男にはこれこそ楽園なのだろう。計画(あるいはその実現)は単なるでっち上げ、それでもこの国では自然がすべてを美しく繕ってくれる。旅行者は正しい。この国はいろんな意味で想像を絶する場所なのだ。バーへ着いてみると、それは平行して走る運河の一つに掛けられた木橋の上に建つ小屋であり、目の前にある人口潟の表面に太陽が照り返して、砂金の鉱脈のような金の粒が舞っているようだった。キューバ版ゴールド・コーストだろうか。入り組んだ湾と海岸の松が小さなジャングルを作っている。五本の棕櫚には大きな葉のつる草が絡みつき、うち一つではつる草が枯れ、一本だけ何も纏わず丸裸な木があった。

「ここが救いの地だ」クエは言った。何を掬うんだ、と僕は一瞬思った。

「バックしてくれ」僕は頼んだ。

「なぜ?」

「いいから戻ってくれ」

「ハバナへか?」

「いや、二十メートルか三十メートルバックするだけでいい。ぐるっと回るんじゃなくて、バックだ」

「バックだと?」

彼はそうしてくれたが、猛烈なスピードで、唸りを上げて一気に五十メートルぐらいバックした。

「今度はゆっくり進んでくれ」

その間僕は片目をつぶった。運河、投錨地、平行に広がる海がゆっくりと動き、最後にバーと潟と木立が平面的に近づいてきた。数分前立体的に見た色や事物を覚えてはいたが、風景を揺らす光の加減ですべてがまるで映画のように見える。レイモンド・チャンドラーの小説に出てくるフィリップ・マーロウのような気分だ。いや、チャンドラーの小説の映画版に出てくるウェスト・モンゴメリーの気分、と言ったほうがいいだろう。いやいや、一九四六年九月七日アルカサル劇場で見た『湖中の女』の忘れ難きベストショットで、モンゴメリー/マーロウ/チャンドラーの視点から景色を捉えたカメラになった気分、と言ったほうがもっと的確だろう。僕はそうクエに言った。どうしても言いたかったのだ。

「お前、頭がおかしいんじゃないのか」彼は車から降りながら言った。「完璧にいかれてるな」歩き始めた。「映画の見過ぎだよ」これが最終診断だった。

吸殻を踏みつけながらスイカズラ棚の下をくぐり、草ではなく海草の芝生地帯の横を抜けて、僕たちはバーへ入った。中は暗く、奥のほうにぼんやりと立方体の水が見えたが、すぐにそれが水槽だとわかった。その後方にドアがあり、そこからいまだ翳らぬ太陽が鋭い光を投げかけていた。僕らの背後で女性の声がして、耳ある者は聞きなさい、この言葉に反応して姿の見えない男女の集団が剥き出しの声で笑った。バーテンだかオーナーだかにクエが声をかけると、久しく会っていなかったような、あるいは今家まで送ったばかりのような、優しい驚きを顔に浮かべて彼は僕たちを迎え入れた。クエが彼について説明してくれたが、僕は水槽の小さなエイがエイキュウにぐるぐる回っている姿にすっかり魅了され、何も聞いてはいなかった。ビショップという種類だそうだ。クエの話では、いつもそこに一匹だけいるのだが、すぐ死んでしまうので常に入れ替えねばならず、前回いたエイと同じエイかどうか見分けられるような英知はないという。

僕たちは飲み始めた。クエは、砂糖抜き、ライムたっぷりのダイキリを注文した。俳優食だな、僕は言った。違うよ、彼は答えた、巨匠の真似だ、本来ならお前がすべきことじゃないか。僕はモヒートを頼み、キューバの象徴とも言うべきこの飲み物を両手で掴んで眺めながら楽しい物思いに浸った。水、植物、(黒)砂糖、ラム酒、人工的冷却、すべてがコップのなかで混ざっている。七(百万)人の飲み物。クエに言ってみようか?また彼の蘊蓄が始まることだろう。ラングストン・ヒューズによれば、両手を縛られた男のほうが自由な男より恐怖感を与えるのは、いつ縛りが解けてもおかしくないからだという。クエの蘊蓄にもそんなところがあるが、僕は臆病者ではないし、思い切って言ってみることにする。クエはウェイターだか友人だかを呼んで飲み物のお代わりを頼む（いつもどおり、たとえ空になっていても、グラスはそのまま下げないでくれと付け加えた）と、果たして縛りを解かれ、いや、それどころか自制心を失って、生と人間と永遠にまつわる言葉遊びを次から次へと繰り出した。会話をそのまま書くのでは読者も退屈であろうし、むしろここにアルセニオ・クエ全集、学説彙纂をそのまま書きとめることにしよう。価値があるか定かではないが、少なくともクエが最も忌み嫌うもの、つまり時間を潰す役には立つことだろう。

十一

葉巻服用者の告白

ド・クエンシー

阿片についての引用

六本指修道士（リュウ・ユー・ビ、淫王朝時代）
「阿片とは中国人の信仰である。」
マルスク（マルクスはヘーゲルを読んだのか、と彼は僕に訊いた。もちろん、グルーチョのほう。グルーチョ・マルクスであって、グルーチョ・ヘーゲルではない）
「労働は人民の阿片である。」

グレゴリラ・キャビア
「映画は観客の阿片である。」
生まれながらの召使（珍王朝時代）
「阿片とは盲人の映画である。」
クリストファー・マーロウ（サルトルの四世紀前）
ファウルシトル（こう言って、すぐに真面目な顔で訂正した）、いや、ファウストゥス　お前はどこだ？
メフィストフェラサス、いや、もとい、メフィストフェレス　地獄だ。
ファウストゥス　では、なぜ地獄の外にいる？
メフィストフェレス　ここが地獄なのだ！

ファースト・ファウストの日

ジキル博士とハイド氏の奇妙な事件には、知的解釈（ボルヘス）、大衆的解釈（ヴィクター・フレミング）、錯綜的解釈（ジャン・ルノワール）など、様々な解釈がある。文学、映画、テレビ、まさに現代文化そのものと言えるだろう。他にも私の知らない解釈があるだろうが、いずれにせよ、どの解釈——魔術的、精神分析的、理知的——も大元の謎を明かすには至っていないようだ（間、アルセニウス・ウォルフガング・クエーテが二杯目のグラスを手に、言葉にドラマを込める）。スティーヴンソンの中編小説。覚えておけ、シルベストレはファウスト神話の別バージョンなのだ。

芸術と弟子たち
「月も太陽も
地表を覆う砂漠も海も
無限の空間を流れる空気も風も
永遠ではない
芸術だけ、芸術だけだ！」
ラク・マジ・キバール
『シクシク教聖典』

クエヴァフィ
「野蛮人がいなければ我々はどうなることだろう？
彼らこそ解決なのだ。」

マンズ・ポートレット
「コンドームとは男性の使う機械的バリアである。」
エリザベス・パーカー、M.D.
女の七時代

ウヤムーヤのゴーストライターであるヘリックツ・サマニエゴはこれを読んだら何と言うだろう？
いつも夜遅くイタリア語訛りで耳元に囁かれる質問は、「ヴィットリオ・カンポーロが実在するのか」だ。

風呂に入るイギリス人

エウレカ型湯船（シャンクス株式会社、スコットランド、バーンヘッド、カネイ・ビーチのシラクサ・ホテルを参照のこと）があれば、アルキメデスの創造生活は随分楽になっていたことだろう（それとも、これもまたイギリス人配管工たち一流のユーモアの証なのだろうか？）

無とは永遠の別名である

無ほど存在するものはない。無はいつも潜在的にそこにある。存在は自己主張せねばならない。存在は無から生まれ、自らの存在を示そうとし、再び無のなかに消える。

我々は無に生きているのではないが、無は我々のなかに生きている。

無は存在と対立するものではない。存在とは姿を変えた無だ。

楽園のミューズ、あるいはクエを縛る縄を切る刃

新大陸を発見したヨーロッパ人は、キューバのマナティを見てセイレンだと思った。乳房、人間のような顔、交尾の仕方がこの論拠となった。だが彼らは、植物界に見られるもっとキューバ的要素には目も留めなかった。

女性的体幹と緑髪の樹幹を持つ棕櫚はキューバのメドゥーサだ。

火のついた煙草（暗がりにいるあの外国人たちが好んで買っていく高級葉巻）は不死鳥なのだ。消えて死んだと思っても、灰のなかから火の命が顔を出す。

バナナは熱帯のヒドラだ。果物の房の形をした頭を切り落としても、また新たな頭が生えてくる。木がいつも命を新たにする。

ティー・カンタータ、コーヒー・ノクターン、マテ茶のフーガ

コーヒーは性的刺激物、そして茶は知的刺激物。マテ茶は、一九五五年にニューヨークのルンペン街で夜明けにできた苦く原始的なカス。(俺の話は少しはお前とも関わっているんだ、シルベストレ。俺は科学者の言うことなんか信じないし、だから、個人的な、一見無縁な例を引くんだ。)

十二番通りと二十三番通りの交差点にあるカフェ、海岸通りから流れてくる夜明け前の空気に五感を晒して、スピード(スピードに酒と同じ効果があるのは、形而下の行動を形而上学的経験に変えるからだ。スピードは時間を空間に変える——この僕、シルベストレが、映画は空間を時間に変える、と答えると、クエは答えた、それも形而上学的経験かもしれん)、朝のオーラに横から正面から打たれ、空腹は耐えがたく、体は疲れているが、眠れぬ夜のせいで幸せなほど頭は冴え、夜を後に残して新たな一日へと進む、夜、夜は囁きと静かな音楽に満ちる、そんな時にブラック・コーヒー——三センターボの普通のコーヒー——を飲んでいると、夜勤を終える前の瘠せ男がひょろ長い影となり、夜遊びしていた男たちや夜明け前から働く労働者、疲れきって休む男たちや聖なる露と精なる露に濡れた娼婦たち、そんな夜行性生物、コロン霊園の扉に群れ集まったそんな人間たちを驚かせる、チャイコフスキー、プロコフィエフ、ストラヴィンスキー(音楽狂のあいつはヴェーベルンとかシェーンベルクとかそんな名前も出すだろうし、そうだ、いけない、エドガー・ヴァレーズを忘れていた!)、ひょろ長男には発音できないそんな名前が二十三番通りと十二番通りの角(23足す12は35、3足す5は8、そして2足す3足す1足す2もやはり8、ご存知のとおり、8は言葉遊びで死人(ちょうど8画)を意味するから、この角にはいつも死人がつきまとうわけだ。サパタ通りと十二番通りにある霊園から一ブロック以上も離れているのに、この角はハバナ庶民にとって墓場にも等しい)で、ボロボロの携帯蓄音機からひび割れた音を響かせる、そんななか、カップ半分の黒く芳しい液体を飲むと、エリボーに会いたい、あいつと一緒にいる女優たちに会いたい、NかMかM&MかM&Aか、奴らの家へ行って、偉大なるステージの夢から目を覚まさせ、寝ぼけ眼の体にこの冴えきった体を重ねたい、常夏の朝の鋭い暑さのもと、セックスしたい、せっかくしたい、かくかくしたい、してえ、して。

それにひきかえ茶は、働き、考え、何かをする意欲を起こさせる。あくまで知的分野の話だが。

肺葉の刺激とか、血流の関係とか、骨相学者が頭蓋表皮下還流などと呼ぶ現象か、腹腔神経の震えとか、その種の科学的説明は可能だろうが、そんなことは知りたくも見たくもないし、仮説など知ったことではない。余計なことは言わないでくれ、シルベストレ、いいな。

マセドニオ・フェルナンデスにもボルヘスにもビオイ・カサーレスにも申し訳ない——ヴィクトモシナイ・オカンポには喜ばしいことだろうか？——が、マテ茶は文化を作ったりはしない。

ゴッド・スピード

ジェット機に座ったままパレストリーナを聴くという話を聞いて、お前は俺をバカにしていたな。ああ、そうさ、それに我が副操縦士はビトリア神父だ。だが、スピードが文学に及ぼす影響を考えたことはあるだろう。それなら一つ考えてみてくれ。ロンドンからパリへ着いた飛行機が、パリからロンドンへ戻るときには、出発時間の五分前に目的地へ到着する。やがて時速五千、六千キロで旅行できる時代が来て、仮に人の思考速度が移動速度より遅くなったら、一体この世界はどうなるだろうか？　それでも人はパスカルの言う考える葦であり続けるだろうか？　ただでさえちょくちょくお前は、俺がスピードを出し過ぎると言っているんだぜ。

なぜ書かないか

よくお前は俺がなぜ書かないのか訊くよな。俺には物語感が欠落しているんだ。なにせ次の日のことを考えるだけで丸一日かかるんだから。スタンダールじゃないが、自分の作品が2058年（合計すると15あるいは33、いずれにしてもその合計は6、偶数だがひっくり返すと奇数の9）まで読まれるだろう、なんて俺にはとても言えないね。明日では遅すぎる（ドマニ・エ・トロッポ・タルディ）。

それに俺は、プルースト（「プルッ」としか聞こえない）もジェイムス・ジョイス（彼の発音ではどう聞いてもシェイム・チョイスだ）もカフカ（この名前だけはきちんと発音している）も別に評価していない。この三位一体を崇めることなしに二十世紀の小説は書けないのだろう？　二十一世紀に俺が何か書ければ話は別だが。コンブレーよりベイ・シティが好きで何が悪い？　ああ、悪いかもしれんな。お前はどうなんだ。チャンドラー・シンドロームとでも名付けるつもりか？

ラウラ・シートンと言えば？

権力は男を堕落させる。精力は女を堕胎させる。

リビングの哲学

俺は秩序のない仮住まい、混沌に生きている。このカオスこそ生の究極的シンボルなのだ。**誰が俺の腹話術師なのだろう？**

タイム・キラー

マルフィ公爵夫人は、感冒だって人を殺すと言って死刑執行人を許した。ヒトラーを憎んだところで意味はない。彼が殺した人の大半はどのみち今頃死んでいるのだから。それより、国連に乗り込んででも告訴すべき大虐殺の犯人は「時間」だろう。

象徴的あるいは致命的カオスの例

ヘリオ&ガバルスの寓話。俺はジョン・ホワイトことファアン・ブランコ、JB、ジョヴァンニ・ビアンキのペンネームで「悲しい歌」を作曲した例の男と妙な競争をしたことがある。ある日の夜八時、俺たちはあいつの家からパセオ通りとサパタ通りの角まで下りてきた。ファアンはチョコシェイクを、俺はトマトジュースを頼んだ。続けて彼はグアナバナアイスクリーム、アルセニオ・クエはイチゴクリーム。JBはパイナップルジュースとV―8、俺はハンバーガー。固形食の時代が来たと見てとったJBはステーキとパンを注文、俺はライスプリン。生きる時間、死ぬ時間、前菜の時間、デザートの時間が入り交ざる。ファアン・ブランコがパン入りプリンを噛み、俺はチーズバーガーに触手を伸ばす。J&Bはデザートにケーキを追加。（これでメニューは終わり、一巻の終わり、ちくちょう！）そしてシベリアのように冷えた牛乳一リットルをシバリス人のように贅沢に飲んで終了。それを見て俺は、手でちょっと失礼と合図し、髪の毛まで真っ青になってトイレへ駆け込んだ。当然俺の負け。牛と引き換えに王国をやるぞ。戻ってみると、ファアン、ショーン、ヨハネス、ジョン、ジョアン、勢揃いでセゴビアアルカゼルツァーを飲んでいる。しかし、一リットル缶は空になっている。プラチナかイリジウムで型を取って、秤博物館にでも保存したらどうだろう。吐けるヨアネスよ汝を敬す。SPQIB。

俺たち二人は再び彼のマンションへ上った。あたりは音楽学校の女学生だらけ、第九をなんともう三度も聴きにきているのだ。ある日、音楽ニンフの一人が「鎖に繋がれた巨人」とか言ったというベートーヴェンの交響曲第九番だ。そんなに驚くことはないさ、シルバートレイ君、別の女の子は「ボンの盲人」と呼んでいたんだから。宵にはまだ早く、良い子にはもう遅かったのか、別のリビドー的（どうやら互いに堕落させ合っているらしい）娘が現れて俺をバルコニーへと導くので、俺は手ぐすね引いて待ち構えたんだ。だが、そこで立証されたのは、またもやあのおぞましき相対性理論さ。娘は光の点を指さして、金星、明けの明星よ、と言ったのだ。夕暮れ時だったのはまだ許せるし、エロス的期待感が裏切られたのも仕方がないが、よく光を見ると、単にどこかの家の屋上のみすぼらしい電球だったんだ。俺はがっかりしたが、何も言わなかった。ブレヒトの言うとおり、真実を万人に伝えるべきではない。

この大食い競争の夜、俺たちは深夜にまた出掛け、あれだけ食ったのにまだ食べたんだ。音楽マニアの娘たちは、ルートヒッシの引き裂かれた魂とヴィクターの高給エンジニアが醸し出す心の糧を得た後に食事なんてとんでもない、と言い張るので、俺たちは、当然だよ、という顔をしながら、ゲップをこらえてメロディーを口ずさんでいた。

オスカー・ワイルダーネス

「不思議な花と繊細な香りの地がある……。そこではすべてが完全であり、毒を持つ。」

666の行進

また数字に戻り、666の行進を始めた。アルセニオ・クエは自分と同じくらい、あるいは自分よりも数字が好きなのだ。

3は1とほとんど同じくらい偉大な数字であり、2を除けば最初の素数、つまり1と自分自身にしか割り切れない。（クエは「自分自身」と言った。）

5と2は違うように見えてそっくりだ、面白いと思わないか？（僕は何も言わなかったし、彼もなぜ面白いのか言わなかった。）

8もまた神秘を解く鍵だ。ゼロ二つで作られているし、完全に閉じた最初の数字だ。2という大ステップから派生し、4の倍数でもあり、極めて幾何学的、ピタゴラス的な数字だ。直立し、キューバの言葉遊びでは死人を意味する。64は大いなる死者、はっぱろくじゅう死、わかるな。（パッパと僕は頷いた。）古代ではポセイドンに捧げられた数字だ。それと深く関わるのはお前の好きなネプチューン、キューバでは、目抜き通りも銅像も街灯もふんだんにある町の名だ。それに、ハバナのネプチューン通りは「中央」公園から始まっている。

8は疲れて休んで横になれば、終わりのない無限となる。（というかその記号だな、無限の意味がわかる奴はいない、僕は言ったが、聞こえなかったようだ。）宇宙すなわち、死の床だ。

五は（すまん、クエ、「5」と書くべきだな）中国の数字伝説では魔法の数字だ。五感や五臓を考えたのは中国人だ。

9もまた不思議な行動を取る数字だ。もちろん3の二乗であり、3とは最初の奇数、もちろん1はあるが、これはあくまで単位、基盤、母体にすぎない。（ゼロは？　僕は訊いた。）それはアラビア数字の決まりごとだ、彼は答えた、数字ではない。（でも世界の無限を表すじゃないか、僕は言った、我々はゼロに始まりゼロに終わる。すると彼は微笑んだ。指でゼロを作ると、それはＯＫ、万事順調、特になし、のサインだ。）9の倍数は18、二乗は81、ちょうどひっくり返った数字になる。それぞれの数字を足すとやはり9、元へ戻るわけだ。

奇数偶数に較べて、素数は面白いと思わないか？（考えたこともなかったな。）そう、規則性がないし、幾つあるかもわからない。決してわからないだろうな。素数を見つけることができるのは、偉大な数学者か偉大な魔術師だけだ。

（アルセニオ・クエはそのどちらかのつもりなのか？）

本当の完全数字を教えてやろう。（立ち止まって僕のほうを見た。）おかしなことに、お前が今使っているのも含め、ほとんどのタイプライターでは、数字の記号は3の上にある。これこそが数字だとでもいわんばかりだ。そこでこんな正方形ができる。

仰々しく紙ナプキンを手に取り、僕の胸ポケットからペンを取り出して、数字を書き始めた。

4　9　2

（ここで手を止める。足し算でもするのかと僕は思った。）

4　9　2
3　5　7

（また手を止めて僕を見る。二列目はすべて素数だ、と言った。）

4 9 2

3 5 7

8

（こいつがお前みたいな酔っ払いじゃないといいがな、僕は言った。あるいは、エリボーの言うとおり、些細なことからまた無限との格闘を始めるかもしれない。）

4 9 2

3 5 7

8 1

（お前にとっての安定だな、微笑みながら彼は言った、もちろん俺の安定でもある。）

4 9 2

3 5 7

8 1 6

（この数字版が大発明でもあるかのように、勝ち誇った目で紙を見つめた。）

どうだ。これこそ魔方陣だ。円と同じくらいの価値がある。僕を見つめながら質問を待っているようだった。

(なぜだ?)タテ、ヨコ、ナナメ、どう足しても、どの列も合計が15になる。そして、1足す5は6、つまり最後の数字、5引く1は4、最初の数字だ。

わかるか、ここにゼロは入りようがない。歴史的に見ても、この正方形はアラビア数字より前からあったということさ。かつては文字を数字に使っていたんだからね。これこそ生命の正方形だと思うな。

(お前は遅れてきたユークリッド主義者だな、と言いかかったが、いや、早すぎたピタゴラス主義者だ、と言い返されそうなのでやめておいた。)

わかったら無、つまりゼロのことは忘れろ。

運まかせの文学

(ここで僕は批判し——僕はいつもそういう役回りなのだ。たとえ鏡に映る自分の姿であっても、目の前にあるものに反応せずにはいられない——、数字の話でお茶を濁そうとする彼の姿勢を咎めたが、すると彼は答えの代わりにこんな詩を朗読した。)

私が信じるのは不確実なことだけ
明瞭なことは私にとっては不明瞭
確実なことには疑問しか湧かない

偶然に知識を求め
すべてを得たら負けてすごすご逃げ出すのみ

フランソワ・ヴィヨン
「ブロワ・コンクールのバラード」

(それは文学だな、ここで僕はこう言ったのかな?)

いや、文学とは今後書かれるかもしれない次のような傑作のことだ。ページごと、行ごと、単語ごと、一字ごと、もう一度『赤と黒』を書き直さねばなるまい。さらに言えば、原文の句読点を注意深く避けながら、まったく同じ位置に句読点を重ねなければいけない。原文の点の位置を変えることなくｉの字の上に(.ｊもだな、僕は言った)ｉの点を重ねねばならない。これを達成して、寸分違わぬまったく違う本を書くことができれば、それこそ傑作と呼びうるだろう。この本を書いて(ピエール・メナールだな、僕が口を挟んだ。アルセニオは顔色一つ変えず、お前もそう思ったか、と言った)、スタンダールと(ボルヘス的間)サインすれば、それこそ完全な傑作だ。

(優しい色で書いた青写真だな。)

いや、計画性などまったくない。俺に言わせれば、唯一可能な文学は運まかせの文学だけだ。(音楽と同じか? 僕は訊いた。)いや、譜面などはない。使うのは辞書だけだ。(ここで僕はブストロフェドンのことを考えたかもしれない。彼はすぐに訂正した。)というか、でたらめに並んだ言葉のリスト、ゼノンとアビセンナと手を携える——両極端は惹きつけ合うというし、これは別に難しいことじゃない——ばかりか、両者がポタージュかリボルバーか月か、そんなものの近くをさまよう、そういうリストを使う文学だ。読者には、本と一緒に、タイトルを付けるための言葉遊びセットとさいころを二つ渡すことにする。その三つを使って、各自自分の本を作るわけだ。たとえば、さいころを振って1と3が出れば、第一語と第三語、あるいは第四語、あるいは第十三番目の言葉でもいいし、その全部でもいいから、それをでたらめに並べていけば偶発性が高まる、いや、見方を変えれば偶発性がまったくなくなると言えるかもしれない。リストに入れる単語の並び方もでたらめにするか、あるいは、ここにもさいころを使ってもいい。そうすれば本物の詩が出来上がるし、詩人は本物の創造者、まさしく吟遊詩人に戻ることだろう。だから俺の言う運まかせの文学は単なる比喩じゃないんだ。運まかせの文学、即ち賽は投げられた、わかるか？

（ウン、ウン、僕は答えた、ウンチクセキブンガクとでも呼んだらどうだ？）

それじゃブストロフェドンと変わらない。

（あいつも同じようなことを言っていたぞ。）

そうなのか？　どんな文学だ？　俺も知っているのか？

（彼は心配したのか、単に興味を持ったのか、どっちだろう？　本当に似てるよ。ブストロフェドンは二つか三つの単語だけで一冊の本が書けると考えていて、確か一つの言葉だけで一ページを書いたはずだ。）

それなら、すでに一九四六年にチャノ・ポソがやってるじゃないか。（本当に？）

グアラチャの名曲「ブレン・ブレン・ブレン」を忘れたのか？　あの歌詞はこうだ。

譜面

ブレン、ブレン、ブレン、ブレン、ブレン、ブレン、ブレン、ブレン、ブレン、ブレン、ブレン、ブレン、
ブレン、ブレン、ブレン、ブレン、ブレン、ブレン、ブレン、ブレン、ブレン、ブレン、ブレン、ブレン、
ブレン、ブレン、ブレン、ブレン、ブレン、ブレン、ブレン、ブレン、ブレン、ブレン、ブレン、ブレン、
ブレン、ブレン、ブレン、ブレン、ブレン、ブレン、ブレン、ブレン、ブレン、ブレン、ブレン、ブレン、
ブレン、ブレン、ブレン、ブレン、ブレン、ブレン、ブレン、ブレン、ブレン、ブレン、ブレン、ブレン、
ブレン、ブレン、ブレン、ブレン、ブレン、ブレン、ブレン、ブレン、ブレン、ブレン、ブレン、ブレン、
ブレン、ブレン、ブレン、ブレン、ブレン、ブレン、ブレン、ブレン、ブレン、ブレン、ブレン、ブレン、
ブレン、ブレン、ブレン、ブレン、ブレン、ブレン、ブレン、ブレン、ブレン、ブレン、ブレン、ブレン、
ブレン、ブレン、ブレン、ブレン、ブレン、ブレン、ブレン、ブレン、ブレン、ブレン、ブレン、ブレン、
ブレン、ブレン、ブレン、ブレン、ブレン、ブレン、ブレン、ブレン、ブレン、ブレン、ブレン、ブレン、
ブレン、ブレン、ブレン、ブレン、ブレン、ブレン、ブレン、ブレン、ブレン、ブレン、ブレン、ブレン、
ブレン、ブレン、ブレン、ブレン、ブレン、ブレン、ブレン、ブレン、ブレン、ブレン、ブレン、ブレン、
ブレン、ブレン、ブレン、ブレン、ブレン、ブレン、ブレン、ブレン、ブレン、ブレン、ブレン、ブレン、
ブレン、ブレン、ブレン、ブレン、ブレン、ブレン、ブレン、ブレン、ブレン、ブレン、ブレン、ブレン、
ブレン、ブレン、ブレン、ブレン、ブレン、ブレン、ブレン、ブレン、ブレン、ブレン、ブレン、ブレン、
ブレン、ブレン、ブレン、ブレン、ブレン、ブレン、ブレン、ブレン、ブレン、ブレン、ブレン、ブレン、
ブレン、ブレン、ブレン、ブレン、ブレン、ブレン、ブレン、ブレン、ブレン、ブレン、ブレン、ブレン、

フラン・ラモン・ヒメネスの妻セノビア・カンプルビーがこれを見たら何と言うだろうな？
ウルデリカ・マニャスならどうだろう？
ブリヒディータ・フリアス、お前の言うブリーフハイタ・フリスルは何と言うだろう？
「君と僕は一緒、土でも、煙でも、塵でも、影でも、無でも」

象を殺す、原住民流

アフリカには、象のように大きな動物が泳いで渡らねばならないほど深い川は少ないので、歩いて朝浅瀬を渡る群れを目撃することがよくある。たいてい水位は（象の）膝あたりだが、時には背がすっぽり隠れてしまうほど深い瀬もある。そんな時には底に足をついて、呼吸用潜望鏡のように鼻だけ水面から出した状態で進んでいくことになる。

そこで原住民ハンターは、川を渡る象の弱点を突くわけだ。槍の先に重しをつけ、カヌーからシュノーケルめがけて撃つ。重みに耐えかねて鼻は沈み、象は溺死する。

八時間後（もちろん時計で計るのではなく、アフリカ時間）、腹にガスが溜まって象の体は水面へ浮きあがり、ハンターたちは、銛を打ち込まれた鯨のような獲物を苦もなく引き上げる。

（もちろんこれは引用だ。あの形而上学者チャーリー・マッカーシーはいったいどこでこれを見つけたのだろう？）

ポピュヒラリティ

形而上学という言葉が人気なのは何にでも使えるからだ、と言った奴がいる。

パスカルマ

&人は誰もが持つ美徳を自分だけが持つ美徳だと誤解する。倫理的迷信。

&権力者に媚びているわけではない、と誰かが言うとき、それは、権力者に媚びるべきではない、という意味である。誰もが強者に媚び、弱者の媚びを受け入れる。媚びられるのは嫌だ、と言う人でもこれは同じだ。こうした太古からの主人と奴隷の関係、これこそヘーゲル唯一の偉大な発見であり(その場限りの僕の、そして、シルベストレの笑顔)、このあまりに深い真理を突きつけられた我々は、同じ人物が「知られていないことより知られていることのほうが多い」と言っていたことすら忘れてしまったほどだ。

&フランス人は明晰さを美徳だと言うが、実際にはそれは悪癖であり、本来混沌でしかない生活を理想化してしまうだけだ。少なくとも、俺の人生(そこそこよく知っている唯一の人生)は混沌そのものだ。

生活には合理的な秩序があると考える者もいるが、俺は生活が不条理ででたらめなものだと考えるほうだ。芸術は(宗教、科学、哲学とともに)、カオスの闇に光と秩序を与える試みだ。言葉でそれができると考えているお前はな、シルベストレ、幸せ者だよ。

&芸術が生活を真似るほど嘆かわしいことはない。生活が芸術を真似ることこそ、ウラシアの歌った「ハッピー・ハッピー」なのだ。

唯一永遠なのは永遠だけ

&死とは出発点に帰ること、サイクルを全うすること、完全未来、つまり過去、つまり永遠へと戻っていくことだ。お望みなら、「現在、そして過去」とかいうT・S・エリオット(チエアサリオと聞こえた)のあの言葉を付け加えてもいいし、「歴史が記憶を作る」という、お前の好きなガートルード・スタインの言葉でもいい。

&人生とは別の形で死を続けることだ（あるいはその逆だ、僕は言った。）

&人生とは、反対側の括弧を待つ括弧にすぎない。最期に来る瞬間（お前なら最後にイク瞬間と言うところだな、シルベストレェーツ君）を引き延ばすには、その間に様々な括弧、例えば、創造、遊び、勉強、そして最も偉大な括弧、いや格好でセックスを挟むしかない。（お前もイクほうが好きみたいだな、僕がここでこう口を挟むと、彼は笑った。）これこそ人生の書き方なのだ。

&死はすべてを平らにする。神の作ったブルドーザーとでも言うべきだろう。

&目に見えぬ虎、とビルマ人は言う。俺に言わせれば、目に見えぬ虎ではなく、目に見えぬ車だ。目に見えぬ俺のコンバーチブル。いつか俺は、時速百キロで衝突するか、轢かれるか、自分から飛び込むかして、永遠という通りに到達するのさ。

毛深男と禿げ女の話を知っているか？　キューバ版『サマラの約束』だよ。通りを歩いていた毛深男が、禿げ女の姿をした死神に気づいて、こっそりその話し声に耳を傾けると、今日の標的は毛深男だという。毛深男は慌てて床屋へ駆け込み、つるつるにしてもらった後、喜びに頭を光らせて出てきた。禿げ女の死神は懸命に毛深男を探したが見つからず、いい加減うんざりしていたところでつるつる男の姿を認め、仕方ない、毛深男が見つからないなら、この禿げ男で我慢しよう、と言って男を連れ去った。

教訓、人間はすべて死すべき存在である、しかし、他の人間より死すべき人間が存在する。

&フロイトは、いま一人のユダヤ人ソロモンの知恵を考慮に入れなかった。生死の狭間にある人間にとって、セックスだけが生きる誘因なのではない。もう一つ、虚栄心という誘因がある。生（とりわけ特別な生、つまり歴史）は、性のピストンより、虚栄心の歯車によって動いてきたと言うべきだろう。

＆「私は私であり、私の環境である」、オルテガ（ホセ・オルテガ・イ・ガセットのほうで、ドミンゴ・オルテガではない）は言った。（便秘持ちなら、「私は私であり、私の浣腸である」とでも言うところだな、僕は言った。）

＆神は、善人より悪人の数が多いときに悪人を守るわけではない。悪人一人で善人数人分に匹敵するだけのことだ。

＆いつも最後に悪人は勝つ。最初に負けたのはアベルだった。

＆処刑する側になるよりされる側になるほうがいい。

＆いつも演劇のたとえ話をするリネは、悪は作者になれない、悪人たちは、第一幕では素晴らしく、第二幕では上出来、だが、第三幕で必ず失敗する、と言う。これこそ人生の「ボーイ・ミーツ・ガール／ボーイ・ルーズィズ・ガール／ボーイ・ファインズ・ガールだ。四幕も五幕もあるシェイクスピアの劇なら悪人は雲散霧消するしかない。だが、一幕しかない人生の場合はどうなるんだ？

＆悪癖のほうが美徳よりわかりやすい。エイハブ船長のほうがビリー・バッドより実世界にいそうな感じがする。

＆善は悪を恐れ、悪は善を嘲笑う。

＆地獄には善意が敷き詰められているのかもしれないが、残りの部分（地形、建築、装飾）はすべて悪意によって作られている。さらに言えば、地獄は単なる建築物ではない。（ダンテの地獄篇は工学的マニュアルだ、シルベストレ。）

＆悪は善の最後の避難場所だ。（その逆も然り、酔っ払いの低い声が聞こえてきた。）

&悪とは別の形で善を続けることだ。（その逆もヒック！）

まだ続くのか？

（わからない、誰にもわからない。ここで僕はソクエラテスのプラトン役にうんざりして賽を、いや、匙を投げてしまった。）

十二

僕は水槽を眺めていた。小魚が他にもいるようだったがよく見えず、亡霊のごとく執拗に回り続けるエイだけが、石の間に隠れたスポットライトの光を受けて病的に白い顔を照らされ、淀んだ水の暗がりにいったん消えた後、また姿を現した。いくら魚とはいえ、あんな狭い所に閉じ込めておくのは残酷なような気がした。クエリネンによればビショップエイだというが、いずれにせよ、サメと同じく、たとえ大きな池であったとしても、こんな幽閉の身では、一か月もしないうちに遊泳を拒否して底へ沈み、溺死するのではないかと思った。魚の溺死、これぞ自然の不条理だろう。サメもエイも魚じゃない、クエが教えてくれた。エイという魚類についての情報、エイの存在、さらには無残にも死の水槽に押し込まれたエイには、実は感謝すべきなのだろう。というのも、そのおかげで僕はアルセニーチェの存在を忘れ、ドラキュラ伯爵、忘れ難きベラ・ルゴシ、ビショップの大マントをはためかせ、青白いエキゾチックな顔でまばゆい光と影の間を執拗に旅しようとしていたあの名俳優のこと、さらには、キャロル・ボーランド、『吸血鬼の印』でロマンチックな蜘蛛の巣の後ろに控えた老ベラ（ベロを出したベラ、ブストロフェドンならこう言っていることだろう）とともに、バロック風の階段を下りてゴシック風の落ち着いた窓へ至り、アール・ヌーヴォー風のソファーで眠り込んだ標的の姿をロマン主義風カーテンの間から覗き見たあの女優のことを思い出したからだ。様式の交錯には目もくれず（外見は派手でもドラキュラは内装のデコレーションには無関心だ）ドラキュラは眠る首へ飛びつく。何とも美味しそうな肉、歩く血液バンク、シャラントン劇場の特等席にぶくぶくの体を据えて肝臓の薔薇と血を貪るサド侯爵がよだれを垂らしそうな愛と憎悪のシーン。そしてビショップエイが海水のカテドラルをもう一周すると、その姿に重なるのは、永遠なる十字架の魔除けに怯える吸血鬼、二重に不死身のルゴシであり、そのショットを思い出すと次に見えてくるのは、午後の家族喧嘩で突如冒涜的な怒りの発作に囚われてお守りの十字架を叩き壊して踏みつけたうえ、中庭へ投げ捨てた若き日の叔父の姿、深夜、『吸血鬼』を見て映画館から帰ってきた叔父は、カンテラを手にしたマッド・ドクターのように血眼で中庭をうろつき、改宗したせむしのディオゲネスのような格好で、菜園のようになった地表に手を伸ばして十字架を探し回った挙句、見つかるまで決して床に就こうとはしなかった。僕はベッドから様子を見ていたが、結局何事もなかったか、あるいは、仮にあったとしても、田舎町の月のない夜のこと、あたりはどうせ真っ暗で何も見えなかったことだろう。だが、トリカブトの花咲く満月の夜ともなれば、狼男が現れて恐怖を引き起こし、月明かりに照らされたギャラリーの長廊下を歩きながら、柱の影が顔に降りかかるごとに、その姿がどんどん人間から狼へ近づいていく。（コマ割りによる変身術が発明される前は、これが実に見事な撮影法だった。後になると、簡単にロン・チェイニー・ジュニアを狼男に変身させることができるようになった。）やがて流れ矢のように必死の形相で庭を駆け抜けた後、花壇を乗り越えて荒野へ出ると、青白い木々に囲まれた危険なスペースが月明かりに照らされて浮かび上がり、そこに居合わせたニナ・フォックを襲って殺してしまう。いや、その前に強姦したのかな？その後は？　罪は犯せても愛することはできず、すごすご帰っていったのだろうか？　子供にはそこまでわからない。大人なら、こうした神話はインポテンツの生み出す夢想であり、キングコング以来、怪物たちはいずれも乙女をさらうものの、その後どうしたものかわからず、溜め息の連呼に愛の炎を燃やし尽くすしかない、そんなことを考えるのだろうか。子供、僕そっくりのあの子は、座ったまま甘美な拷問を味わい、じっと動かなくなったニナ・フォックの白く美しい体を見つめるだけだ。いや、ニナ・フォックじゃない、ニナも狼だ、狼女、狼娘、イヌ・ニノ・フォックス。同じように、小さくて程よくかわいらしいシモーヌ・シモンは豹女、女豹は、トム、いや、ビル、いやちがう、ジムの温水プールの横をぶらぶら歩いていたかと思えば、ガウンを縁に置いて見えない姿で扉板をバタバタさせた後、ロッカーの間をすり抜けたその姿が、僕の脳裏に野生の猫のように黒く焼きついている。ケン・スミスを虜にしたあの目から火を、そして、牙と野獣的荒息の目立つ口から涎を垂らしながらケン・スミスにキスしているうちに、体に沿って愛撫していたマニキュアの手が鉤爪となり、愛と情欲に燃えた男の心と体を引き裂く。あんなきれいな女性が豹に豹変するとは何とも残念、犯罪にも等しいが、『キャット・ピープルの呪い』に出ていた哀れなメキシコ人女優などは、ただ哀れなばかりか、一寸先も見えぬ闇夜に買い物に行かされ、人気のない通りを恐る恐るひとり歩いて、ようやく家まであとわずかというところで、後ろから忍び寄る足音に気づいた。必死で足を速めて、走る走る走る、飛ぶように家へ駆け込んでノックノックノックノック（野球の練習ではない）、だが、まるで悪夢のように誰も開けてはくれない、足音は次第に黒く邪悪で野蛮な姿を取り始め、やがて獣となって娘を八つ裂きにする。その間不当にも決して開くことのなかった扉には爪痕だけが残り、恐怖の血が素知らぬ顔で隙間から家のなかへ流れ込む一方、夜の邪な怪物は黒い闇とシナリオに守られて逃げ去ってゆく。一九四四年七月二一日、僕がアクトゥアリダデス映画館でこの映画を見たあの日、あの回、七、八人の客がバラバラに座って鑑賞していたように思うが、無意識のうちに僕たちは次第に一つのグループとなってまとまり始め、映画の半ばごろには、見開いた目、鳥肌の立った手、すり減った神経を結集して一丸となり、映画の作りだす偽物の甘美な恐怖に浸ったものだった。そういえば、一九四七年一月三日にラジオシーネ(別に死ななくてもいいが)で『遊星よりの物体X』を見たときにも同じことが起こったのだが、あの時僕が、観客、固唾を飲んで一つになった集団が感じたのは別種の恐怖であり、今思い返してみるとあれは原始的恐怖ではなく、もっと現代的な、ほとんど政治的恐怖だった。科学者、パイロット、観客、僕たち、みんなが一様に冒険者と化して、空から降って氷の間にはまりこみ、そのまま氷の水槽に飾られたようになった物体が一体全体何なのか、縁まで身を乗り出して確かめようとしていたのだ。中にあったのは、丸い皿のような物体、そう、それだ、**宇宙船**だったのだ。まさに異星人!

まだ明るい時間で本当によかった。

十三

僕たちは相変わらず飲んでいた。ついさっきクエはトイレに立ったが、テーブルには空になった六つのグラスが並び、七杯目も半分なくなっている。そう、マジート・トリニダッドの時だ！　いつだったか、ジェッシ・フェルナンデスと一緒に、あのサンテリアの妖術師の住む集合住宅の部屋を訪ね、写真を撮らせてもらったことがあったが、あの時は、暗がりで秘密の儀式に参加させられて、巻貝を投げつけられた。真昼なのに薄闇に包まれた彼の部屋で、小さなろうそく一本で子安貝を照らす光景は、アフロキューバ版オルフェウス的儀礼とでもいったところ、マジートは、すでにキューバ化したアフリカ伝説にしたがって、お土産代りに三つのアドバイス、彼の言う部族の秘跡を授けてくれるという。三つのアドバイス。記者さん（キューバに作家は存在しない。ある日、国立図書館から本を借りようとして用紙に記入し、職業の欄に「作家」と書いて提出したら、受付の女性に、こんな職業は存在しません、ときっぱり言われたことがあった。）、そう、彼は記者さんと言ったのだ、自分のペンを他人に使わせてはいけませんぞ（僕はタイプライターでしか文章は書きません）、ならばその機械も使わせてはならん、櫛にも気をつけなさい、飲みかけのコップを置いて席を立つような真似もやめなさい。そう、確かにこう言われた。にもかかわらず、今僕の目の前には、半分残った、あるいは半分空のコップが置かれたまま、しかも、アルセニオ・クエが戻ってこない。数字の妖術、足し算とアラビア数字の魔法以外は信じない彼は、今さっきトイレに行く前にも１９６６と言って、その数字をすべて足し、その後も足し算を繰り返して、最後には彼が絶対的数字と呼ぶ7となった。ＡＲＳＥＮＩＯ、彼の名前は七文字なのだ。ある時は引き伸ばされて22になり、またある時は縮んで7になる、こんなのは数字じゃない、アコーデオンだ、と僕が言ったら、返事代わりに彼はトイレへ立った。

議論に議論を重ねて僕たちは六杯目を飲み干し、会話は再びひとりでにクエがテーマと呼ぶテーマ、セックスでも音楽でも先の未完成学説彙纂でもないテーマへと移っていった。言葉はこの問い、唯一の問い、僕の問いを避けているようだったが、テーマはめぐりめぐって落ち着くべきところに落ち着いたのだ。だが、執拗に訊いてきたのはクエのほうだった。

「ならば俺は何者なんだ？　一介の平凡な読者か？　訳者、つまり厄者か？」

会話交通整理に出てきた警官のような手つきで彼は僕を制した。

「細部の議論はやめよう、それに、いろんな名前を挙げるのはやめてくれ、まったく、そんな話は、サルバドール・ブエノとかアンデルソン・インベルトとかルイス・アルベルト・サンチェスとかに任せておけばいい、お前も所詮は我らがアメリカのラテン主義者、生半可文筆家の一人だ。だが、このアルセニオ・クエに言わせれば、キューバ人作家、そのすべてはな――キューバ人らしく、ラム酒に濡れた口から出るSの音が空回りしていた――、まあ、お前は例外かもしれん、目の前にいるからこんなことを言うわけじゃなくて――目の後ろにはいないな、僕は言った――、ただなあんとなくそう思うんだよ――ありがとう、僕は言った――。いいよ、だがな、ちょっとまて、そんな括弧入りのネタ、小休止、音楽的に言えば四部休符はどうでもいい。お前の世代に属する作家はみんなフォークナーやヘミングウェイやドス・パソスの猿真似だけだ、進んでいる奴らですら、あの哀れなスコット、サリンジャー、スタイロン、この頭文字が同じ3Sを読んでるぐらいだろう――三人の作品はSで始まるのか、僕は訊いたが、聞こえなかったようだ――、ボルヘスの劣悪な猿真似をする奴もいるし、サルトルやパヴェーゼをわけもわからずとにかく読んでる奴もいる、ナボコフとなれば、わかりもしなければ何も感じないまま読んでいる奴が多い。別の世代の話をしたければ、ヘミングウェイとフォークナーの順序を変えて、ハクスリー、マン、異端児のロレンスを付け加えるだけでいい、この国を象徴するエリート作家の話をしたければ、もっとガラクタを増やして、ヘルマン・ヘッセ、ああ、恐ろしい、それにギラルデス――グイラルデスとは言わなかった――、ピオ・バロハ、アソリン、ウナムーノ、オルテガ、そしておそらくゴーリキー。新「プラトン国家」時代、つまり作家なき地にこの国は向かいつつあるのかな。あとはいったい何がある？　ぽつぽつと名前が浮かぶくらいだ……」

「名前を挙げるなと言ったのはお前だぞ」

「時には必要だ」彼が息を継いだのはこの短い文を言ったときだけだ。「お前の世代なら、真っ先に浮かぶ名前はおそらくレネ・ホルダンだな。映画批評では軽薄な趣味が目立ち過ぎるし、五番街だの入浴者だかニューヨーカーだかに囚われすぎだがな。もう少し前の世代なら、文章は拙いが、モンテネグロとかいうのがいたな。あいつの『女なき男』とか、リノ・ノバスの短編はなかなかだ。リノは翻訳家としては敏腕だな」

「リノが？　冗談じゃない！　あいつの訳した『老人と海』を読んだか？　最初のページだけで大きな誤訳が少なくとも三つあるんだぞ。あまりにひどくてそれ以上間違い探しをする気もなくなったよ。あら探しなんて時間の無駄だしな。怖いもの見たさに最後のページだけは見たんだよ、そしたら、サンティアゴの記憶にあるアフリカのライオンがシーライオンに変わってたんだぜ！　ひでえ話だろうが」

「いいからちょっと聞けよ。少数野党の国会議員みたいな口調はやめろ。その話は俺も知っているし、あいつがゴスの本を訳したときなんて、vesselという言葉を船と訳さずにコップと訳したもんだから、アルジェ港の入り口にベルベル人海賊を待ち受けて、二百個コップが並んでるんだぞ」

「航海史に残る盛大な乾杯だな」

「そうだ。とはいえ、リノが大衆言葉を使い始めた先駆者だったことは忘れてはならない。敏腕翻訳家と言ったのはあくまで皮肉だが、まあ、フォークナーやヘミングウェイをうまくスペイン語で焼き直したとは言えるだろう」

「キューバ語だな」

「まあいい、キューバ語ということにしておこう。時間軸に逆らって辿っていくと、リノとモンテネグロ、そしてカリオンの幾つかの作品を除けば、はっきり言ってめぼしい存在は誰もいない。ピニェラか？　劇作家は省こう。当然だろう、得体の知れない奴らばかりなんだから」

「それじゃ、アレホは？」遊び心と会話の流れにつられて僕は訊ねた。

「カルペンティエールのことか？」

「他にいるのか？」

「いるとも、アントニオ・アレホ、俺の友人で、画家だよ」

「カルペンティエールもいるだろう。リングに咲くバイオレット、あるいはラン、アレホ・カルペンティエールはどうだ？」

「あれは詩人エレディアに逆らってスペイン語で書いた最後のフランス人小説家だ」彼はエレ・ディアーと発音した。

僕は笑った。

「おかしいか？　キューバらしい話だな。真実を言うときにはウィットのオブラートに包まないと受け入れてもらえない」

彼は黙り込み、ピリオドでも飲み込むようにダイキリを一気に飲み干した。ピリオドは飲めるだろうか？ビロードなら飲みようがない。僕は終わりに始まりを結びつけて会話を活気づけることにした。

「で、お前はどうするんだ？」

「ああ、わからんな。でも、心配はいらん。何とかなるさ。作家にだけは絶対ならないな」

「仕事の話だよ」

「それはまた別の話だ。当面は、お前風の語彙を使えば、金銭的惰性という経済的物理学の現象にしたがって生きていくさ。俺の金はロシュ限界だってインシュ限界だって超えるさ。いいか、悪貨は良貨を駆逐する。銀は気圧と金属疲労に耐えられないが、銅は銀よりもニッケルよりも耐久性がある。俺なら銅貨だけで世界一周でもしてやるさ」

僕は思わず微笑んだ。酒のせいでどうやら本来のクエに戻りつつあるらしい。コダックにエリボー、それにブストロフェドンを少し混ぜたような俗語で話すようになってきた。

「お前の意図はわかってる」彼は言った。「俺が何を目指すのか知りたいんだろう」

「キャリアの話だけじゃなくてな」

「好きなように解釈するがいいさ、わかってる。だが、本日最後から二番目の引用をさせてくれ。きっとお前も覚えているだろう」これは問いではなく、断定だった。「『死が悲劇的なのは、人生を運命に変えるからだ』」

「それは有名だ」嘲るような調子で僕は言った。この状況で知らなかったとは言えない。

「実はキャリアなんてないんだよ、シルベストレ。あるのは惰性だけ。惰性と慣性、そのどちらかだ。あとは配合の問題さ。それが人生なんだ。死は運命ではないが、死は俺たちの人生を運命に変える。つまり、究極的には運命だということだ。違うか？」

僕は首を縦に振ったが、少し横にずれた。別に強く賛成したわけではなく、単に酒のせいだ。

「八極か九極か十極かはともかく、これが真実なんだ。この偉大なる哲学に従えば、いいか、死、あるいはマルロー風の英雄的な死は単なる運命ではないだろう、違うか？」

ここで彼は間を置いて、ウェイターだかオーナーだかに、もう一杯頼む、と声をかけた。

「面白いな、写真てのは、正確に写しているはずなのに現実を変化させるんだな」

最初はドイツ語でも話しているのかと思ったが、文の終わり頃になって、店の奥へと彼の目線をジグザクに辿っていった先の壁に大きな写真があるのを発見し、ようやく視覚と聴覚が噛み合った。ブドウの谷畑、じゃない、谷ブドウの畑、でもない、そうだ、ブドウ畑の谷だ。

「前景にはバルコニーがあるだろう。まあ、前景・後景というのも、コダックその他ダゲールの前傾者・後継者が作り出した取り決めにすぎんがな。ともかく、バルコニーと棕櫚、そして小山と遠い雲、そして背景の空、すべてが同じ一つの現実に溶け合っている。本物の谷に対応する写真の世界だが、まったく違う現実、というか非現実を作り出しているじゃないか。お前の好きな言葉で言えば、一つのメタ現実だ。わかるだろう、写真だって形而上学的現象、現象学的現像になりうるんだよ」

僕は彼の学説彙纂について考え、形而上学という言葉の人気について考え、コダックがいればこの話に首を縦に振って頷いていただろうと考えた。コダック、ブストロに言わせればゴタク。あいつがいればブロマイドも露出オーバーでブストロメイドにしたことだろう。剽軽玉(ひょうきん)にもリンボがあるのだろうか？　それとも、文字通り地獄でキンタマを抜かれるのだろうか？　あるいは軽々と空へ飛んでいくのだろうか？　表六玉と仲良くやっていくのだろうか？　あるいはロシュ限界を超えた向こう、地上から突き出たシュロまでも粉々にするような場所へ行くのだろうか？　だが、ブストロフェドンはシュロでもシロでもクロでもない。いや、それともロシュ限界を超えると霊魂もシロクロになるのだろうか？　死後の世界にはカラー写真はないのだろうか？　今はそれほどでもなくなったが、かつては僕もよく、霊界、つまり魂や幽霊の住む世界について考えたものだった。物理学と天文学の進歩でこの世界の謎を解き明かすことができるのだろうか？　科学と霊界は無縁ではない。アリストテレヤ、アルキミストライキ、レイモンド・ララバイ、ウッテヤール・ゴ・ヒャクダン等々。だが、霊界魔界という摩訶不思議な現象は今でも僕には謎だ。かつて『貼り紙』に天体物理学のニュースが掲載されたおかげで、僕は、霊界、ネヴァーランド、レテの国がどこにあるのかわかったような気になったことがある。光の速度や相対性について触れたその記事によれば、地表に近い位置にマグマが気化する層があり、そこでは光が限界速度を超えるという。光が光を超えるというのだから、これが物理学によって発見された霊界でなくてなんであろう。あの記事と時速八十キロで走るクエの車内で少し前に起こった些細な事件が僕の頭のなかで重なった。ちょうど僕が、フロントガラスを眺めながらあの記事のことを思い出していたときか、その少し前のこと、クエは、音速に較べればこの車なんて亀の歩みだな、と言ったので、僕は、光速に較べれば俺たちは直立不動だよ、と言ったのだが、この言葉が彼はいたく気に入ったようだった。そこでふと思いついたのは、光速を超えて進む粒子にとって、普通の光の速度で進む粒子たちは亀の歩みにしか見えないだろう、ということであり、これをさらに進めて考えれば、光の速度を超えて進む粒子ですら止まっているようにしか見えないほど速く進む粒子だってあるかもしれない。こんなふうに次から次へと考えを進めていくうちに僕は、虚空へと落ちていくような眩暈を感じ、通常の落下速度よりも速い速度で落ちているような気分に囚われた。まさにその瞬間（決してこの瞬間を忘れることはあるまい。そのために帰宅してすぐこれをメモしておいたのだから)、僕はフロントガラスの水泡を見たのだ。ページの向こう側にいる読者の皆さんはご存知だろうか、車のフロントガラスは、同じ厚さの二枚のガラス板から出来ていて、その間に目に見えないプラスチックの薄板が挟まっている。セルロース質が入っていても、ガラスの透明性が損なわれることはない。三枚の板は、完成品の安全基準の十倍の力で圧縮されて一つのガラス板になる。この作業の際に、外見上も実際上も均一な表面の一部分にほんの少し空気——息、呼吸、クレオパトラの吐息の何万分の一——が入り、それが気泡となって僕の目に見えたらしい。当然のように僕は、ラヴクラフトのこと、彼の描く類人猿のこと、気化したマグマのこと、光の速度のことをまた考えた。実は天空とは亡霊に満ちていて、虚空という大泡のなかで、最後の息とともに吐き出された泡がそこらじゅうを舞っているのではないか? 光の粒子はこうした葬列のなかで光速を超えるのではないか? この話を信じる根拠はないが、いろいろ考えてみるには十分すぎる題材だろう。最後の仮説を立てよう。マグマは人間の霊魂で出来ており、虚空、宇宙的天空は、形而上学的ロシュ限界によって隅々へと飛ばされた古の魂を並べ直す。我らがブストロフェドン、ボストロフェドンはこの宇宙的天空にいるのだろうか? この仮説の重い部分、つまり、スペクトル(いい言葉だ)、ハイパースペクトルに、気体となったユリウス・カエル・クエが見えて、彼女、クレオパトロンの見えない鼻を探っている。ますますプラトニックになったプラトンは、影ではなく、コソクラテスの泡たちとイデーを交わしている。ジャンヌ・ダルクは鬼火に焼かれて青白い煙となっている。豪華なレトリックに包まれたシェイクスピアはかつての姿をとどめ、セルバンテスは空気の片腕にそっと導かれ、その横のゴンゴラは気体となり、ベラスケスは重みのない手で絵を黒く塗り、ケベードは愛する塵となる。もっとこちら側、境界のこちら側に見えるのは一体だれだ? 飛行機でも影の鳥でもなく、スーパーブストロフェドンであり、自ら光を放ちながら飛ぶ彼は、僕の耳に、僕の望遠鏡に話しかける、来てくれ、来てくれ、いつになったら来てくれるんだ、そして意地悪な仕草をしながら超音波のような囁き声で、見る物はたくさんあるぞ、アレフより、それどころか映画よりいい、そう言われて時のトランポリンを踏み台にしてジャンプしようとしていたまさにその時、地上から響いてきたクエの声が僕を俗世界へ連れ戻した。

「違うか？」

「写真は不動だからな、だから不思議な感覚を引き起こすんだよ」

彼は耳ざわりな音を立てた。そういえば、耳に触る音とはどういう音だ？　触覚と聴覚を融合する慣用句というわけか。耳にタコとイカができる。他に耳に関する面白い言い回しはないか？　壁に耳ありジョージにメアリー。寝耳にミミズ。馬の耳に粘着物。動物シリーズも面白い。豚に禁酒、猫にこんばんは。鳶が高を括る。カエルの子は帰る。カエルの面に証言。腐ってもクイタイ。これはことわざ革命ができそうだ。金言持ちを処刑台へ！　箴言革命。格言か、しからずんば死を！　世界を揺るがした父ちゃん母ちゃん。諸君、このピラミッドから二千人の力士が君たちを眺めている！　ヨーロッパにとりつく亡霊、それすなわちサルトル、スターリン。犯罪よ、お前の名のもとにどれほどの自由放埒が繰り返されたことか。尿酸趣味者にあらずんば人にあらず。止まれ！　構え！　ファー。すべての権力をそっちへと。違うか？　違うか？　ああ、そうだ。

「**違うか**？　おい、このやろう、写真の話じゃないよ、人生の話だ」

バーの奥から甲高い指笛の音が聞こえてきた。

「ふてえ野郎だな」コエがクエを、いや、クエがコエを荒げた。

「細身でもふてえ野郎とはこれいかに」絶対平和主義者の僕は、誰に対してというわけでもなく声を大きくして言った。

「人生の話だ、ご老体」

「それはいいが、落ち着いて話そう、モン・ヴュー」

明らかなアルコールの長江、ん？「長考」か？　いや、「兆候」だ。なぜかフランス語の電流が入り込む。ワンペア足すツーペアは何アンペア？　トロワ・アンペール。スペイン系フランス人科学者の名前みたいだ。元の姓はアンペレス、ダランペールを慕った先祖のグラン・ペールは象に跨ってピレネール、いや、ピレネーを越え、後にパリで死去、ペール・ムーンの下、ベールを被った葬列が行進。

「この国じゃうっかりしたことは何も言えない」

「叫ばなければ大丈夫だ」

「ばかやろう、問題は形式ではなく内容だ、発言の内容」

「政治の話はやめようと言っていたじゃないか」

彼は微笑んだ、笑った、真面目になった。ワンツースリーのタイミングだ。しばらく彼は黙っていた。指笛効果だろうか？

「見てろよ、解決策があるんだ」

見ていたが解決策は見えなかった。見えるのはモヒート一杯とダイキリが七杯。六杯は空で、一杯だけいっぱいだった。

「二つ解決策があるな」

「いやいや」クエは言った。「一つだけだ」

「アルコールのせいで一つしか見えないだけだろう」

「最初から一つだけだ。俺の問題には一つしか解決策はない」

「何なんだ?」

アルコールの長波に乗って彼は僕に顔を近づけ、耳元で囁いた。

「シエラへ行くんだ」

「まだ夜には早いし、夜明けには遅すぎる。この時間は開いてない」

「違うよ、シエラ・マエストラのことだよ」

「キャンプならもっと近場がいくらでもあるじゃないか」

「ばかやろう、山へ潜るんだよ、ゲリラに合流するんだ」

「何だと? チェッ、お前酔ってるな」

「そう、チェだよ」

「何言ってんだ、お前」

「チェ・ゲバラに合流するんだよ、確かに酔ってはいるがな、パンチョ・ビジャだって酔っ払いだっただろうが。そんなにキョロキョロするなよ、ここまでパンチョ・ビジャがやってくるわけじゃあるまいし。俺は本気だ。山へ行く」

彼が出ていこうとするので、僕は袖を掴んだ。

「待てよ、勘定を払わないと」

彼はいらいらと僕の手を払いのけた。

「すぐ戻る。便所、はばかりながらはばかりへ行くんだ」

「それはゲリラじゃなくてゲリだ。お前、頭がおかしいんじゃないか。国際師団でも作るつもりか」

「ウン、コクサイ場所へ行ってくる」

「冗談はもういいよ、シエラとかゲリラとか、兵卒にでもなるつもりか？」

「ケイソツと言うべきかな」

「そうやって茶化しているがいいさ、今にロナルド・コールマンみたいになるぞ。まずボー・ジュスト、次はオセロー、そして映画に死す、飼い殺しになって完全死さ」

『深い死、根源的な死、死んだ死。死者。死、恐ろしく、最終的に、決定的に死んだ死』まるでゴンゴラ風に詠んだニコラス・ギジェンだ。思わず、ギジェン・バンギラ、ギジェン・コソンゴ、ニコラス・マジョンベ、ニコラス・ギジェン・ランドリアン、と続けてしまう。

『水の間のなんたる謎！』

「なぞもなぞなぞもあるか！　ニコラス・ギジェンなんぞギジェンシャだ」

「俺は誰なんだ、一体全体？　名前は？　姓が一体で、名前が全体か？」

「しょうもない謎だな。しょうもないと言えば、小便が漏れそうだ。放尿してくる」

「お前は糖尿気味だな」

再びシエラ・マエストラのように高い椅子から降りようとしたが、その前に僕のほうを見ながら唇を震わせて長い音を出したので、てっきり飲み物の追加かと思いきや、よく見ると水平にした人さし指を垂直の唇にあてていた。いや、逆か？　水平の唇に垂直の人さし指か？

「ススススス。33―33」

「またカバラか？」

1足す1は2、同時に11、2かける11は22、3かける11なら33、それに33を足せば66、完璧な数字だ、どうせこんな話になるのだろう。アルセニオストラダムスめ。だが、聞こえてくるのは乾いた音だけだった。

「ススススス。33―33。ＳＩＭのスパイだ」

別に怪しい人間の姿は見えない。相変わらずクエない奴だ。確かに、ウェイターが着替えを済ませ、普段着で外へ、運河のほうへ出ていった。

「ヴェニスの証人か？」

「間違いなくスパイだ。奴らの変装術は巧みすぎる。ゲシュタポで訓練を受けた後、ブレヒトの劇場で修業を積んでるからな。変装どころか、分身だってやりかねない。ドップルガンガーにもなれる」

僕は笑った。

「おいおい、杞憂だよ、スパイなんかいないから、カバラでも楽しんでろよ」

「シッ、壁に耳ありジョージにメアリーだ」

「うまいこと言うな」

「ボロを出すなよ、バレないようにな」

「俺はカメレオンのようにカムフラージュが得意だ」

「それは俺のセリフだ。本物の俳優なんだからな、ごまかしのプロさ。俺がスタンダールだったら、一九六六年ごろからベストセラーになるところだ。66は俺のラッキーナンバーだからな」

やはり！　なぜ一九六六年にあれほどこだわっているのかだんだんわかって……。ところであいつ随分長いトイレだな。様子を見てこよう。すると彼は、いつもよくやっているように、鏡で自分の顔を見ていた。一度など、コップに顔を映しているところを見たこともある。しかも僕の持っているコップにだ。鏡もコップも、トイレと同じく、自分専用というわけではないから問題はない。だが、このナルクエッソスは鏡を曇らせてしまいかねない。そう僕が言ってやると、彼はソクラテスを持ち出して反論してきた。ホセ・マルティに劣らず、ソクラテスもありとあらゆる話をした男だ。クエによれば、鏡をよく見て己を知れ、というのはソクラテスの言葉だという。万事好調ならそれを確かめられる、不調なら改善しようと考える。僕みたいに手のつけようのない悪に憑りつかれている場合はどうする？　ソクラテスにはわからない。クエにわかるはずがない。調べてほしいものだ。僕も小便しよう。ナルクエッソスも放物線状に放尿しているが、そのまま僕に話しかける。あのな、俺は好調不調を見分けるために鏡を見てるんじゃなくて、自分の存在を確認するために見てるんだよ、自分の姿が変わっていないかどうか、面の皮の下に他人が入り込んでいないかどうか、確かめてるんだ。面が割れたら化けの皮が剝がれて違う人間になるのか、僕は言った、面白いじゃないか。俺は存在するのか、変わっていないか、そう、変わっていない。クエの声のこだまか？　エコー、エクオー、エクエ・オー、エクエならヨルバ語の神か。透明のマーガレットで水銀の花びら占い。知ってる、知らない、知ってる、知ってる。お前はそこにいるのか、僕が訊く。ああ、いることはいるが、存在してるかわからない。だが、吐いた自分がいることはわかっている、と言ってトイレの一角を指さす。だが吐いたのは俺だろうか。また指差している。僕は彼の姿を上から下まで眺める。彼なのだろうか？　いずれにしても身なりは崩れていない。ブストロフェドンが鏡を見れば、身もちは崩れていない、とでも言うところだ。そう言えばドラキュラはどうだろう？　ドラキュラは自分の存在をどうやって確かめるのだろう？　吸血鬼は鏡に映らない。老ベラはどうしてあんなにきれいに髪を真ん中から分けられるのだろう？　そんなことを考えているうちに吐き気がしてくる。吐いてもいいのかな？　クエはいいと言う、吐く権利はあるが、問題は吐くものがあるかどうかだ。僕は便器の前に身を屈めるが、これがまたくさい。かつて僕は、ハバナ旧市街の有名なバー「フロリディータ」へ行って、アフロディーテになった気分で氷の上に小便したことがある。そこでヘミングウェイは泥酔して「ネコンダ」という話だったが、シカゴかアフリカから連れてきたネコが一緒だったかどうかは定かでない。トイレのバーの掃除係、いや、バーのトイレの掃除係、あれ、どっちだ？　とにかくトイレバの掃除係をしていた黒人によれば、氷を張っているのは握手を、いや、悪臭を避けるためであり、小便も大便もクソ暑いときほど強く発酵するのだという。ヘミングウェイに影響されてか、この男もマチョ剥き出しのぞんざいな話し方だった。そこで僕も氷の上にマーキングしたわけだ。今僕が面と向かっている便器は、白、黄土色、黄色の縦長容器で、ギターのように見えて、実は風が吹くと音を立てるガット弦のハープだった。吐けない。指を突っ込んでみる。吐けない。指を抜く。吐けない。また指を突っ込む。吐けない。指を抜く。吐くものが何もないのだろうか？　サルトル風嘔吐というやつか。形而上学、便器上学。僕は腰を上げて、屈んだまま鏡を見る。鏡越しに僕を見ている奴は僕だろうか？　それとも僕のアルター・エゴか？　ウォルター・エゴット。屈みの国のアリシオ・ガルシトラルか？　この渋い顔を見たらアリス・フェイは何と言うだろう？　アリス・イン・ワンダーランド、アリス・イン・ツーダーランド、アリス・イン・サンダーランド、アリス・イン・ヨンダーランド、アリス・イン・ゴホッ……

「お前、自分の状況がわかってるか？」トイレから出ようにも出口の見つからないアルセニオ・ノメクエに僕は話しかけた。

「何だよ？」

「お前は伸び縮み、上り下り、駆け回りに疲れているし、どこへ行ってもウサギたちに命令されるのにうんざりなんだ」

「何のウサギだ？」

彼は僕の両足の間に目をやった。

「ウサギだよ。話もすれば時計も見るし、仕切りもすれば命令もするウサギじゃないか。現代のウサギだよ」

「狂人の登場にはまだ早すぎるし、神々の登場にはもう遅すぎる。なんだ、おい、シルベストレ、ふざけるなよ」

「ふざけてなんかいない、本気で言っているんだ」

「いったい何の話をしているんだ？」

「アリスに聞いた話だ」

「おい、チャチャチャのタイトルなら『アデラに聞いた話』だぞ」

「アリスだよ。まったくの別人だ」

しかしバスター・クエトンは土壇場でいつも才能を発揮する。すぐに出口を発見すると、ドタンバタンとドアを開けた。扉板に男女のイニシャル（G／M）を包むハートマークが描かれている。キューピッドの矢まである。

「こんなところにまでGMのCMがあるとはな」先手を打つように僕が言った。

「いや」ヒップでうまく扉を打ちつけながらクエは言った。「愛は糞尿を超えて、だよ」

十四

今話そうか、それとも後にしようか？　この話でゲリラ熱を忘れてくれるかもしれない。ひょっとしてもう忘れているのだろうか？　何かのノロイーゼ、いや、ノイローゼだろう。あやふやな計画、その実行。英語で言えばアドル・ブラインド、いや、ブレインドだったかな？　ちくちょう！　クエの野郎、本当にシエラへ行く気だろうか？　脳にクエン酸でも入れてやるか。ショクエンスイで十分か。よし、チェックはクエへ、略してチェックエ。それじゃバーの「シエラ」へ行ってみるとするか。外へ出ると、海、内海がまた鏡のように見える。覗き込みでもしたらこのナルクエッソスは落っこちかねない。岸壁から静かな水面に向かって平べったい石を投げている子供がいる。石は水を切って滑空し、また水面に当たって跳ね上がったかと思えば、また水面を滑るように飛びあがり、これを二、三度繰り返した後、鏡を割って永久に姿を消す。船着き場では、ダヴィンチなら普遍的と呼ぶであろう光の下、影のない漁師が船から魚を出している。そのなかに一匹、見るもおぞましい巨大な魚、海の怪物のように尾鰭の付いた魚があって、モーターボートの上から異臭を放っている。何だろうか。クエもバーから出てきた。何かぶつぶつ独り言を言っている。

「どうした？」

「俺は誰だ？　ジェスターか？　ポア・プレイヤーか？」

貧乏な祈り手？

「どうしたんだよ？」

「何でもない。カッシニの言うとおり、カッシュのコカッツだ。マルクもフランもドルもポンドもキロもない。どうするか」

「何だって？」

「すっからかんだよ。アイム・ブローク、ブッデン・ブローク。カプット、フィニ、シニ。ケツの毛もないのに、バーテンのケチ野郎、ツケもしてくれねえんだ。ツケあがりやがって、まったく」

「ケツに火がついて、向こうもカツカツだろうからな」

「金あるか？」

「少しだけなら」

「相変わらずだな」

「ああ、相変わらずだ」

「まあいい。貧乏暇なしか。時が解決してくれるだろう」

「何だ、お前はスーサーか、それともスース・セイヤーか？」

「たぶん（キサス）、たぶん（キサス）、たぶん（キサス）、オスワルド・ファレスの伴奏に合わせて」

僕は船着き場のほうへ歩き始める。

「アルセニオ、この魚は何と言うんだ？」

「知るわけねえだろ。博物学者じゃあるまいし」

ラクラクの博物学者、ウィリアム・ヘンリー・クエドソン、それすなわち彼。

「この活きのいい魚の名前は何ですか」僕は漁師に訊いた。

「どこがイキノイイ魚だ」クエが口を挟んだ。「どう見ても死んでるじゃないか。イカレタお前も、死ねば死体となって朽ち果てるだけだ」

漁師は僕らを見つめている。『タイガー・シャーク』のマイク・マスカレナ船長のようだ。

「サバだね」

「二匹いればサバサバするのに」クエが言う。

漁師はじっとクエを見ている。いや、マイクではない。荒っぽくもないし、サメを捕っているわけでもない。だいたいここは太平洋じゃない。

「気にしないでください」僕は言う。「酔っぱらってるだけですから」

「酔っぱらってるだけじゃない。酔っ払いなんだよ、俺は。暗がりで鏡を見たらよくわかった」

漁師は餌入れ、銛、糸、竿を片づけている。クエはじっと魚を見ている。

「すべてわかった。これは野獣だ。ひっくり返してみれば、反対側に６６６とあるにちがいない。裏向きの野獣、表の模様が裏についている貴重な個体だ」

僕は彼の腕を支え、躓いて海か魚の間に落ちないよう歩かせる。

「どう思う、シルベストレ？」

「俺がどう思うと思う?」カンティンフラスの真似をして言う。「この生薬666は性病の特効薬、魔法の銀の弾、ちがうか? 昼寝している間に胸に杭を打ち込まれるわけだ」

「タチの悪い酔っ払いだな、あんちゃん」相変わらずメキシコ風スペイン語で僕は言った。

「メキシコで酔っ払いと言えば……」

「パンチョ・ビジャ」

「ちがう、お前と同じ名前のシルベストレ・レブエルタスだよ。あいつの曲を見ろ」

「見られるわけないだろ、聞くだけだ」

「見よ、聞け、触れよ、センセマヤー」

足で波止場の板を蹴ってリズムを取りながら、クエはギジェンの詩「蛇を殺すための歌」のクエウタを口ずさみ始めた。

「エリボーがいればリズムを刻んでくれるところだがな」僕は言った。

「無様なデュオになるだろうな。俺だけでも十分無様なのに」

そのとおりだと思ったが、口には出さなかった。僕だってたまには口を慎むことがある。彼が踊りをやめてくれたので、僕は嬉しくなった。

「なあ、シルベストレ、自分の運命があの魚になって永久に死んじまうことだとわかっていれば、完璧を捨てて、別の生き方をしようと思うんじゃねえか?」

「ドリアン・グレイの魚像か」こう言った瞬間、しくじったと思った。僕はいつもこんなふうだ。口は災いのもと、一瞬は黙ることができても、すぐに口がすべってしまう。サソリと蛙、天才と凡人の間を振り子のように揺れ動いているのだ。

彼は踵を返して遠ざかっていった。このまま戻ることになるのだろうか。この入り江、人工的な海、小さな湾がフィニッシュテールなのだろうか？　だがそうではなかった。クエは波止場の反対側まで歩き、そこで石投げの少年と話を始めた。二人はずいぶんくっついていて、クエが少年を撫でているか、耳元に冗談を言っているように見えた。デマゴーグだ。独裁者と母と公人は、いつも子供と動物には寛大なふりをする。クエも、人目（魚の目ではなく）があればサメだって撫でかねない男だ。あの気色悪い魚だって、もう少しで撫でるところだったじゃないか。二人の姿はぼやけていた。あっという間に日が翳っていたのだ。光が光の速度で影のほうへ動いていく。夕暮れ、ユウクレ、ウクレレ。僕はハバナの街を眺めた。虹のようなものが見える。二時？　いや、もっと遅いだろう。虹ではなく雲だ、最後の陽を浴びた雲の尻尾だ。この波止場から海は見えず、見えるのは湾の緑、青、汚い灰色、ほとんど黒くなった鏡の表面だけだ。だがハバナの街は、人工的な光でも太陽の光でもなく、自分自身の光で輝いて見える。光を発する蜃気楼、迫りくる夜に抵抗するような光の町、それがハバナだ。クエが手招きするので行ってみる。僕に石を見せ、この娘にもらったと言うので、僕は初めて、海に石を投げていた少年が実は半ズボンを履いた少女だったことに気づいた。少女はこちらを見ながら遠ざかっていったが、その間もクエにウィンクでもしそうなぐらいにっこりした笑顔を見せ、クエはクエで猫撫で声でありがとうと繰り返している。暗がりから、アンヘリータ、早く来なさい、と言う声が聞こえてきた。僕はどういうわけか嬉しいような悲しいような気分になったが、すぐにその理由がわかった。僕は人種差別主義者で、少年は嫌いだが、少女は好きなのだ。あの娘と話をして、そのかわいらしさをもっと味わっておけばよかった。今、娘は別の影とともに歩いている。お父さんだろう。

「見ろ、何か書いてある」

よく見えなかった。読書家の常、僕も近視で、黄昏時にはなおさら字が読めない。

「何も見えない」

「そのうち盲人になるぞ、お前。記憶以外の映画を見られなくなるぞ」僕は彼を見た。「すまん、冗談だ、許してくれ」すぐにこう言ってすまなそうな顔をした。僕の肩に手をかけ、「お前は俺のタイプじゃないからキスはしないがな」

大した男だ！

「最低の男だな、お前は」僕は言った。

彼は笑った。この急場凌ぎのキューバ的表現の意味が彼にはよくわかっていた。黄昏時には特に効果的だ。この台詞を言ったのはグラウ・サン・マルティン。「親愛なる、心から敬愛する友たちよ、キューバとは愛なのだ、云々」大統領という地位にありながら、その政治的ライバルにこんな優しい言葉を向けた。ライバルとはもちろんバティスタのこと。この独裁者は時より多くの人を殺すのだろうか？

クエと僕は棕櫚の間を進み、僕は光り輝く街、地平線上に見える約束の地、象牙の塔のように白いセメント造りの高層ビルに溢れるハバナを指差した。守護聖人クリストフォルスに守られた白い街。モロッコの街よりも、港の反対側にある漁村よりも、ハバナこそ「カサブランカ」と呼ばれるにふさわしい。アルセニオにもそう言ってみた。

「白い墓地だよ、シルベストレ。ニュー・エルサレムどころか、ソモラかゴドムといったところだ」

そんなことはない。

「俺はハバナを愛してる。美味く美しく白く眠る街だ」

「愛してなんかいない。確かに今ではお前の街だ。だが、白くも赤くもバラ色でもない。生ぬるい街、生ぬるい男たちの街。お前もそうだよ、シルベストレ。熱くも寒くもない。愛することのできない男だと前からわかっていたが、お前は憎むこともできないだろう。なにせ作家なんだからな。生ぬるい傍観者。吐き気がするほどだが、もうすべて吐いちまったから吐くわけにもいかん。それにお前は親友だ、ちくしょうめ」

「精神的側面も考えてみろ。俺は今や、パガニーニの魔法のヴァイオリン、打ち出の小槌、金、銭、マネーを持ってるのは俺なんだ。何と言おうがこれは鍵、キーだ」

「お前には信念というものがないのか?」冗談めかして彼は言った。「何か神聖なものはないのか? オナーはないのか」

『大物は信念に欠け』と僕が引用すると、彼は僕に『小物は激しい情熱に溢れる』と続ける暇も与えず、さっさと訂正した。

「俺なら、獣は信条に欠け、言葉は控えめな狂気に溢れる、と言うだろうな。なんだい、セカンド・カミングが好きだったとはな」

「もちろん好きだ」イェーツのことだと思って僕は言った。「偉大な詩だよ。物事は崩れ落ち、中心は……」

「勝ったな、俺ならサードだ」

「何だ、野球の話か?」

「サード・カミング、俺なら一晩に三発は平気だ」

あくまで比喩的表現だが、ここで彼は車のほうへ駆け出した。僕の故郷の町ではこう言う暴走の瞬間を「比喩も寄せつけない」と言うのだが、これは国全体で通用するのだろうか？

十五

薄紫色に空気が立ち昇り、すべてが紫、バイオレット、マゼンダ、マリンブルー、そして黒といった色調を帯びてくるなか、アーサー・ゴードン・クエはライトを点け、黒い帯となって公園や庭や家並みを打ちつける風を正面から切り裂くようにシックな車が疾駆すると、紫外線の筋がくっきりと反射しながら車の脇を流れ去ったと思ったのも束の間、背後で夜の闇に紛れてすべてが消えた。太陽は海へと沈んでいったわけではないし、東へ進んでいた僕たちにとって夕暮れは、これまた黒くなった雲の筋とともに水平線上を揺れ動く青白い光にすぎなかったが、ビルトモーレの木立をくぐり、サンタフェ・トレイルを抜けると、車は西へ六十キロ、八十キロ、百キロ、ぐんぐんスピードを上げてハバナの街へとひた走っていた。貪欲なクエの足は、アクセルを踏み込むごとに車を高速道路からコースアウトさせんばかりで、フリーフォールでも追い求めているようだった。まるで水平の崖を走り続けているような気分だ。

「今、自分が何をしてるかわかっているか？」僕は訊いた。

「戻ってるんだよ」

「そんな話じゃない。道をメビウスの輪に変えようとしているだろう」

「よくわからん。俺は高校中退だからな、もっとわかりやすく説明してくれ」

「メビウスの輪は知ってるだろう」

「メイビー、ウッス」

「ならわかるだろう、お前はこのまま走り続けてハバナじゃなく四次元へ辿りつこうとしているんだ。ブリック・ブラッドフォードになった気分で、目の前に続く通りが、単なるサークル、時の軌道、時の駒であってくれればいいと願っているだろう」

「そりゃ包括的文化というやつだな。メビウスの輪からキングス・フィーチャーズ・シンジケートまでカバーするわけか」

ビジャヌエバの聖トマス寺院の尖塔形ファサードは一瞬目に入っただけで、この旧カトリック大学校舎も夜に紛れて白灰色緑色の染みでしかなかった。

「落ちつけよ、しまいに人をひくぞ」

「こんなけだるい午後にこんなところをうろうろしてる奴なんかいないさ」

「飛ばしすぎだよ」

「悪いか？　悪いとすれば、それは俺がタカではないからだ。タカがどうやって交尾するか知ってるか？たかがタカ、されどタカ、目もくらむような高さまで飛び上がって抱き合い、耐えがたいほどの高揚感に囚われた状態で、唇を突き合わせたまま真っ逆さまに墜落する」詩の朗読でもしているような調子だ。「抱擁の後、タカは素早く飛翔して、孤独で誇り高い姿を見せつける。俺がタカならば、愛の狩人になるところだ」

「だいぶ酔ってるな」

「眩暈に酔ってる」

「アモンティリャードの樽に浸かったぐらい酔ってるじゃないか。おっと、これ以上文学を持ち出してはぐらかすなよ、エドガー・アラン・クエ君」

彼は声の調子を変えた。

「そんなつもりはない。だが、ひとつ言ってやろう、俺は酔っているときのほうが運転がうまいんだ」

まんざら冗談でもないらしく、クエがスピードを落とすと、ナウティコ・クラブの横にある二重信号が車の慣性に導かれでもするようにタイミングよく赤から青に変わった。

僕は彼に微笑んだ。

「気持ちが信号にまで通じたらしいな」

クエは頷いた。

「物理的狂乱のタンデム車へようこそ」

手にしっかりと綱を握った制服姿の三人の男に連れられて犬の群れが通りを横切っていたので、クエはゆっくりとブレーキをかけた。

「ドッグレースのグレイハウンドだな。いいか、俺は奴らと違うぞ、見えない骨を追いかけて走るわけじゃないからな」

「女の尻なら追いかけるだろうか」

「俺はストイックだ。まあ、どっちにせよ、俺みたいな犬に賭ける奴はいないだろうな」

「お前の飼い主なら賭けるかもしれん」

「そんなのはヘボなチェスプレーヤーと変わらん。そういえば、チェスは偶然にはまったく支配されないゲームだ。ボトウィニックには対戦相手もいないから賭けも成立しない」

「霊媒師でも呼んでカパブランカを蘇らせることができれば、俺は全財産を賭けてもいいな」

「自分の神話に賭けるわけか。大したもんだ」

幽霊とのチェス対戦を思い浮かべて微笑んでいるうちに、我らが大先輩、あのチェス名人の姿がまざまざと頭に甦ってきた。カパブランカは理論的というよりは直観的策士であり、どうしようもない女たらしでもあったが、チェスをするために生まれてきたような男で、メルツェルの発明と違ってロボットでも科学者でもなく、イカサマも使わず、勝っても負けてもいつも笑顔だった。まさにアーチスト、ジャズのような即興の能力と禅のような穏やかさを備えた根っからのチェス（ト）プレーヤーであり、どれほどポーンヘッドの弟子に対してもルークの高みから惜しみなく色褪せることのない指導を与えていた。

『よく覚えているのは下手の横好きという感じの友人でね、そいつは毎日午後チェスクラブへ指しに行っていたんだ。ライバルのなかにいつも彼を負かす男がいて、まさに目の上のタンコブのような存在だったらしい。ある日私に電話してきて事情を説明し、アドバイスを求めてきた。私は、本を読んで勉強すればすぐに上達するはずだと答えた。すると彼は、「わかった、そうするが、当面あいつがカクカクシカジカのことをしてきたらどうすればいいんだ?」と言って、相手の戦法について、特にどのあたりがいやらしいか説明を始める。私は、どうやったら難局を乗り切ることができるか説明して、幾つか一般的な指示を与えたけれど、本を読んでそこに示された戦法を試してみることが重要だと、また繰り返した……。数日後彼に会うと、なんとも嬉しそうな顔をしている。私を見るなり寄ってきて、「君のアドバイスどおりにやったら、本当にうまくいったよ、昨日は例のライバルに二回も勝ったからね」とかなんとか言ってたよ』最後の授業で師はこんなふうに話していたらしい。本だけで本当にそんなにポーンポーンうまくいくのかは疑問だが、彼のチェス哲学は、禅やアーケード装飾とどこかで繋がっているように思う。死神が僕の命を賭けてチェスのゲームをしたいと言い出したなら、僕の願いはただ一つ、対戦相手をカパブランカにすることだ。映画のタイトルのような名前をしたこの禅的賢者こそ我らの守り神であり、凡庸なフセヴォロト、映画バカどもが偉大なるプドフキンなどと呼ぶあの監督唯一の名作、彼が生涯でただ一度だけまっとうな映画道を歩んだ『チェス・フィーヴァー』の主人公たるにふさわしい気品ある人物、まさに黒いナイトだった。実生活ではカパブランカは乗馬が苦手だったが、軽やかな彼の手を離れて雪のように白い盤面に下り立つ黒のナイトは、単なる象徴ではなかったのだ。

車は軽やかにヨットクラブのロータリーを通り抜け、再び五番通りに入ると、コニー・アイランドの照明やバーのネオンサイン、点灯したばかりの街灯、反対側車線を走ってくる慌ただしいヘッドライトなどが重なり、光の渦に目が眩んだような、というか、ライトに銃撃されたような松の木が二本現れて、その下を僕らは通過した。カントリークラブの薄暗いロータリーの角を曲がる頃には、クエは再び運転に没頭している様子だった。習性というやつで、これには修正がきかない。スピード狂め、と僕は呟いたが、聞こえなかったようだ。それとも僕が口に出して言わなかったのだろうか？　スピードと生温かい空気、海と木の匂いに包まれたまま僕たちは通りと夜を駆け抜けていった。心地よい習性だ。クエは前を向いたまま、二重、三重の酩酊に耽りながら僕に話しかけた。

「ブストロフェドンの言葉遊びを覚えているか?」

「回文か? 忘れやしないよ。忘れたくもない」

「面白いことに、最高のやつ、最も簡単でいて難しく、最も恐るべき内容を備えた一文を最後まで思いつかなかったようだな。ワタシシタワ」

頭のなかで字を並べ、ひっくり返してみてから僕は言った。

「灯台下暗し、そんなこともあるだろう。別に不思議じゃないがな」

「俺には特別な意味があるように思えるがな」彼は言った。

街は今や量子力学的夜だった。両脇を素早く流れ去っていく街灯の光を浴びて、店の軒先やバス待ちの人で溢れる歩道が黄色く浮かび上がり、まだらの青白い木々は暗いファサードに溶け込んで幹や枝を失っている。上方から青白い光ができるだけ広いスペースを照らそうとしているのだが、実際には物や人の姿を病的なほどおかしな形に歪めるばかり、一度橄欖石の窓枠の向こうにちらりと見えた家族団欒の光景が、これが自分たちと無関係な世界の常なのか、平和で静かな光景に見える。

「ブストロフェドンは俺の友達でもお前の友達でもあった」僕は、冗談じゃない! と言いそうになった。

「粗野な男だったし、欠点もあった」このやろう、まだ根に持ってるのか、故人を恨むとは、まさに遺恨だな。

「言葉に執着しすぎるあまり、言葉といえばいつも書き言葉で、自分以外の誰にもそれを話したりすべきではないかのように思っていたふしがある。だからあいつは、言葉を言葉として扱うのではなく文字として扱い、アナグラムや言葉遊び、スケッチなどに終始していた。俺が扱うのは音だ。少なくとも俺が学び得たのは音の仕事だけだ」

いつものように彼はここで劇的な間を置いたので、僕はその横顔を眺め、計器盤の琥珀色の光に弱々しく照らされたその口元がかすかに震えているのを確認して、これはこのまま話し続けるにちがいないと確信した。

「何か喋ってくれ」

「なぜ?」

「頼む」

言葉に合わせて頼むような仕草をした。

「わかった」と言ったものの、なんだかバカにされている気分だった。音の罠に嵌められたわけだ。ありもしないマイクを思い浮かべ、アーアーアー、ただ今マイクのテスト中、と言ってやろうかと思った。「ちょっと待ってくれ」少し黙った後でようやく僕は言った。「かあさんは回文じゃないが、ママは回文だ」

このところ口悪しく言われている故人へのオマージュだ。

クエの口から馴染みのある声で異様な音が出てきた。

「ダンブイカハママ、ガイナャジンブイカハンサアカ」

「何だそれは?」僕は微笑みを浮かべて訊いた。

「お前のいったセリフをひっくり返したんだよ」

少し驚いて僕は笑った。

「録音作業をしているうちに覚えた技さ」

「よくそんなことができるな」

「簡単さ、逆から書くのと同じ。くだらないことを何時間も録音したり、難しい会話、言いにくいか、少なくとも聞き取りにくい会話ばかり使ってラジオ番組を作っていれば、自然と身につく。俺だって、沈黙の会話とか、赤ずきんちゃんより突飛な人物の繰り広げる田舎物語や都会の悲劇を何べんもやってきたし、いつも人間離れした素直さで役をこなしてきたからな。そのせいで、自分の声がどれほど耳触りのいい声かもわかっているし、自分には狼役なんかできないこともわかった。まったく無駄な時間を過ごしたよ。噴水の小便小僧みたいに声を出し続けて、得たのはこんな特技だけだ」

もう一度やってくれと僕は頼んだ。クエのやろう、まったく腐ってもクエだ。

「どうだい?」

「大したもんだ」

「そういうことじゃない」まるで僕がファンで、サインでも求めているようにお世辞の言葉を退けながらクエは言った。「何に聞こえるか、だよ」

「何にと言われても、わからんな」

「もう一度聞いてみてくれ」と言って、また逆から文を読んだ。

僕には何と言ったらいいのかわからなかった。

「ロシア語に聞こえないか?」

「かもしれん」

「カイナイコキニゴアシロ?」

「さあな、古典ギリシア語のような気もする」

「お前になんでそんなことがわかるんだ?」

「おいおい、秘密の言葉じゃあるまいし、哲学をやってる友人には古典ギリシア語を話す奴だっているぞ」

キューバ訛りのな、と付け加えようとしたが、クエの真面目な顔を見てやめておいた。

「絶対ロシア語だ。俺は耳がいい。スタジオで録音して聞いてみればわかる、スペイン語を反対から喋るとロシア語になるんだ。面白いと思わないか?」

思わなかった。今は面白いと思うが、あの時は面白いと思わなかった。それより驚いたのは、彼の声に酒の痕が微塵も感じられなかったことだ。運転も同じだった。時への言及とか、小便小僧の喩えとかにも、もっと驚いてもいいところだったが、彼の言語的アクロバットに圧倒されていたせいで、漠然とではあれ、アルセニオ・クエが初めて時間の貴重さに触れたことにすら気づかなかったのだ。

十六

僕らは大通りからハバナへ入った。十二番通りとの交差点の信号は青で、真言宗ならぬ信号宗だった僕らはしっかり信号を守ってリセウムの前を通り過ぎた。トロッチャの建物は見えず、入り組んだ庭も、昔の豪勢な保養所(前世紀の終わり頃までこの建物は、旧市街の外にあるベダード、つまり「立ち入り禁止」という名の農園にあった。音楽を動く建築と考えるル・クエルビジェにとっては建物の移動も音楽となるのだろうか?)も確認できなかったが、いずれにしても、今日この建物は廃墟と化した哀れな迷宮跡にすぎない。植民地時代の劇場はすでにホテルとは呼べないようなホテルとなり、ほとんど崩れかけのしがない宿屋でしかないが、忘れ難きそのうらぶれた姿を見ると、無感覚でいることはできない。パセオの交差点で信号に引っかかった。

「本気で言ってるのか?」

「何の話だ?」

「ロシア語がスペイン語の裏返しだという話だよ」

「本気も本気さ」

「おいおい!」僕は叫んだ。「俺たちは共鳴管のようだな。ブストロフェドンの説では、キリル文字(あいつはキレル文字とかキリツ文字とか言っていたがな)はローマ字の反転で、鏡に映せばロシア語は普通に読めるということだったが、お前の考えもそれに似ているわけか」

「ブストロフェドンはいつも冗談ばかり言っていた」

「冗談など存在しない。すべて本気だ」

「あるいはすべてが冗談か。あいつにとっては人生そのものが冗談だった。神のような男かもしれんな。人間に関するもので、あいつにとって神聖なものは何もなかった」

「つまり世界に真面目なものは何もない。真面目なものがなければ冗談も成立しない。アリストテレス的三段論法だな」

再び発車した。ジェイムス・ディーン・クエは口を何か叫ぶような形にした。

「このやろう」彼は言った。「このタイムマシーンで詭弁家たちの時代へ連れていっても、お前なら十分生きていけそうだな」

「お前に言われたくないな。未来がどうなるか知りたければ、この四輪馬車を止めて牛を一頭殺し、肝臓を取り出してみればいい。そうすれば俺たちがサルディスへ行くのか海へ戻るのかわかるってもんだ」彼は微笑んでいた。「なあ、二人で先ソクラテス問答でもやってラジオ番組を作るか？　ダイモンとフィティアスになれるぜ」

「誰が誰をやるんだ？」

「お前に任せる」

「お前が俺に命を預けるとは思えない」

「こうしてお前の運転する車の一番危険な席に座っているじゃないか」

クエは笑ったが、アクセルは踏みっぱなしだった。

「それに、お望みならいつでも交代するぞ」

彼は理解しなかったか、理解しようとしなかった。頭の固い男には言葉だけでは通じない。数字、データを揃えねばならない。残念だ。この言葉を口に出してもいいところだったが、まあいい、自己満足しておこう。マスターベンショー法だ。解決とはかゆいケツ。賢者の解決は従者のかゆいケツでしかない。何言ってケツカル。タマ隠してシリ隠さず。穴あれば入れたい。ことわざのアカ狩りが必要だな。赤線地帯。ひょっとして信号を発明したのは娼婦だろうか？　いや、発明者の記念碑がパリにある。『陽はまた昇る』に出てくる。血はタマ昇る。いや、小説で唯一昇るのは太陽だけだ。血はタマをめぐる、されど竿を昇らず。哀れなジェイク・バーンズの竿を血は昇らない。まだ月のほうがよかったかもしれない。重力が少しは小さい。愛の空砲を撃ち過ぎたのが原因だろうか？　ショパンのシフィリースか？　ネオナニズムの理論によれば、男が一生に発射できる回数は決まっており、ボレロの歌詞のごとく、君のためにいつどこでどうしても、限界を超えればそこで赤玉が出て終わりなのだという。若い頃五十回発射すれば、老いてからの発射能力が五十発下がる。だからタマは大事に使う必要がある。少年よ、性のことが気になるのか。気にならない人間などいない。オールド・ハック・スリか？　やはり、エッセイは得意分野ではなかったようだな。随筆、エッセイ、エセー。ハスラー・ハスリー君の書いたのは似非エッセイだ。まだ生きてるかって。ああ、生きているとも。多くの夏を経て白痴は、いや白鳥は死す。しかし、あの作家、すっかり音沙汰ないな。ちくしょうめ、だからいつも、三叉の矛とトリトンで海へ出る老人が戻ってくる。そういえばいつもトリオ、おまけにトリを飾ろうとするな。キューバ文学を語るといつもヘミングウェイの名前が上がる。パリのエッフェル塔みたいなものだ。見える、見えない、見える。エッフェル塔を見たくなければエッフェル塔へ行け。では、ヘミングウェイを読みたくなければ？　いや、もういい、黙っていよう、閉じた口にハエは入らぬ、口は吾輩のもの、吾輩はカモ、沈黙は禁句。さらば、ネプチューン。カルメロ亭では客が食事と懐メロを楽しみ、アウディトリウム劇場はアウディともガウディとも関係なく光り輝いている。シッ。＄33－33？　いやいや、音楽の始まるところで言葉は終わる、ハイネッヒ。ハイン・ヒトラーレ。コンサートがあるようだ。ヴィバッハカルディかな？エンナ・フィリッピがハープと格闘し、レントより遅くワルツしながら、序奏とアレグロを奏でる。もう性的話題はたくさんかもな。ラヴェルの野郎め、中性的だし、レベルも低い。左手のため？　僕は黄金の右手だ。そういえば、イダ・ルービンシュタインはテーブルの上で踊ったとか。だから？　イダという名前。イダテンなのか、キダテがいいのか？　ハープニング・イン・ザ・ダーク。否。イナ？　いや、えーと、えーとな、エドナがザルツブルグにいたいと駄々をこね、サルツェードがハープの波を作る。ハープを弾く人はハープ弾き、ハーピスト、幸せそうだな、いや、それはハッピエストか。スペイン語ならアルパ、hがいるんだっけ、いらないんだっけ？　男が弾くとhがつくのかな。ハープを弾く男性はアルペジオ、女性はアルパカ？　エンナが天上の音を奏でている。そういえばハーポ・マルクスはハープを弾いたっけ？　エドナ・ハーパンスは？　あれはパーヴァンスか。パーヴァンス・エトナ火山の噴火。クライバーは？　ピアニストならエーリヒ・クラビーアのほうがいい。バッハなら平均利潤率ヒクイーヤ、ベートーベンはハンマークライーナ、モーツァルトならアンタ・クライネ・ナントムジーヒ。アイン・フェスト・ブルク、神はわがやぐらぐら。アイン・フェスト・ブランデンブルク、ブランデーブクブク。こりゃだめだ。来たれ、甘い汁よ。これもだめ、無へと帰ろう。チェリビダッケだっけ、セリビダッケだっけ？　いや、チェロヒクダッケのほうがかっこいい名前だな。セリミルダケ、セキスルダケで、ダイ・ドレイ楽章、いや、もとい、第三楽章のテンポが変わり、クエビダッケも首ったけ。（彼によれば）ザルツェドブルクでチリまみれの岳父、いや楽譜が発見され、アルデボルやクライバーはもちろん、シルビア&ブルーノ・ワルターも間違っていたこと、あらゆる手段を駆使してワルターにベートーベンの演奏、ワルサシタインもクロイチェロもやらせまいとしたアドルヒューラー・ヒドラーが実は正しかったことが証明（英語で言えばデモンストレート、デーモン・ストレート・アッパー・ジャブ）されたという。そういえば「告別」はアデュー。カルペンティエールの主人公にとってはフランス語に勝るものはない。音楽マニアなら本望だろうが、コンサートホールで死ぬことになるあの密告者も、屋根裏に隠れて音楽を聴きながら同じことを考えていた。英雄の退屈凌ぎに書かれたあの小説『ツイサッキ』が、セリビダッケの奏でるエロイノだかエロイカだかトロイカだかに合わせて読むよう設定されていたのは、読者に速読練習でもさせるつもりだったのだろうか？　速読術。ソクド・クウ・ジュツ。速度を落として僕らは大統領大路（大統領王子？）へ入った。どいつもこいつも役立たずだが、大統領が去っても、後に続くのは所詮ヴァイス・プレジデント、つまり悪徳大統領だ。

するとき、彼女が歩道を歩いていた。まさに垂涎の的。クエにそう話しかけた。

「誰のことだ？」彼は言った。「アルマ・マーラー・グロピウス・ウェルフェルのことか？」

「スパーム・ホエール、スパーマセッティ、俺のスパームが刺激されそうだ」

「ホエールじゃない、ホウェアだ」

「エストリボール、スターボード、右舷方向を見よ！」

キャプテン・クエラージュは右を見た。

「すげえ。しかし、酔いすぎて乱視になったのかな。女が二人いるように見えるが」

「現に二人いるんだよ。確かに俺の言い方も悪かったが、俺が知っているのは一方だけだ。コダックの知り合いだよ」

「オシリアイか」

「微妙な発音だな。お尻合いか、お尻愛か、どっちだ？」

「それにしても大した視力だな」

「大した眼鏡だよ」

「ベンジャミン・フランクリン・ルーズヴェルトに感謝すべきだな。男にはまったく反応しないのに、女を見るときは千里眼だ。随分都合よくできた遠近両用じゃないか」

「あいつは男女両用、両刀遣いだ。すごいムラート女だぞ」

「本当に知り合いなのか?」

「ああ、コダックに紹介してもらった」

「いつものゴタク付きでか?」

二人の女は交差点に差し掛かっていた。確かにあの女だ。何という名前だっけ? もう一人は友達だろう。女ともだち、あれはアント・オニオンニか。ラドクリフ・ホールには『さびしさの泉』があるが、僕にはあの二人が快楽の泉に見える。デュオでもトリオでもカルテットでもいい。そういえば、三部作がトリロジー、四部作がテトラロジー、五部作がペンタロジー(こんな言葉あるのか?)。六作書いてやっとセクソロジーになるわけか。二作だけならバイオロジー? フロイトによれば、子供と原始女性はどんな性体験も受け入れる素養があるという。フロイトは「未開女性」とは言わなかった。そんな経験がなかったのだろう。しかし、目の前の彼女は超発展途上女性だ。誰かに手ほどきされたのだろうか、それとも、自然にああなったのだろうか? 自然などない。すべてはヒストリーだ。いや、ヒステリー。ヒステリー、いや、失礼、ヒストリーとは中心のあるカオスである。フロイトも言ったとおり、男は女の口からあらゆる快楽を享受するが、歯ブラシの共有には抵抗がある。ジュリエット? どうしたの、ロミー・ダーリン? また僕のフレンチ・レターを使ったのかい? ジキスムント、いや、ジークムント・フロイトは間違っていた。僕は歯ブラシ果つるところまで行ってみせる。ブラシも掃くを恐れるところ。くそ、十五番通りのほうへ二人は曲がっていくぞ。残念ながらここハバナでは五十二番ではないのだ、バードランドよ。バードランド・ラッセル、ラッセルズも考えるを恐れるところ。このままでは見失ってしまう。曲がるんだ、クエ。

「後をつけろ」

ラジオドラマでは二枚目俳優のクエは、一瞬怪訝そうな顔をして僕のほうを見たが、すぐにクエプテン・エイハブの役回りでモービッド・ディックを追って舵を取り、急カーブを曲がったコンバーチブルは、ビナクルもログもゴグもマゴグのログもマグログログも積んだまま交通の海峡へ入り込んだ。マゼラン・クエ。マゼランはマザラン、それにマガラン、マガレナイ。そうだ、女の名前はマガレーナだ！　間違いない。マドレーヌに勝るすばらしい連想記憶術だ。記憶の産業革命を起こせる。アルセニオ・セバスティアン・クエボットはスピードを落とし、停泊体勢に入ると、右手の角に怒りの錨を下ろした。深さ五ブラサ、三ブラサ、ブラブラするな。甲板へ出ろ、銛構え！

「名前はマガレネエ、いや、マガレーナだった」

「俺に任せろ！」なんだ、僕は居残りか。居座りスマイルのイスマエルとでも呼んでくれ。クエは急にハッチを上げ、パイロットランプに照らして自分の顔をバックミラーに映した。そして例のとおり髪を撫でつけた。本当にいつも髪型を気にする奴だ。少しはユル・ブリンナーを見習えよ。そして一人で行ってしまった。勇気なのか、性欲がそうさせるのか。鬼に金棒、クエに欲棒。

「生け捕りにするんだぞ、フランク・バックエ」

僕の側のバックミラーに映るクエは左側の歩道を進み、鏡世界の通りを歩いてくる女性二人組へ近づいていく。九、八、七、六、五、四、三、二、一、バン！　両性の衝突、略して性衝突。ビッグバン、宇宙最初の日、地球最後の日、恥丘最後の日。クエは二人に話しかける。何と言ってやがるんだろう？　クエジモドとエスメラルダの物語を考えてみよう。はじめまして、メス・エランダです。クエジモドはエスメラルダに手——その他諸々——を出そうとする。打つ手なし。あんたブ男ね。生まれつきだよ、ごめん。でも、オデュッセウスを迎えたあの人よりもっと醜いわ、何て名前だっけ？　ポリフェチだね。何のフェチ？　クエジモドは熟慮に熟慮を重ね、歩きながらどうやってエスメラルダを押し倒すか考える。考えに考えに考える。ひらめいた（ヒラメなどいないが）。そうだ、ロートル・ダメ寺院の土産物だと偽って、ガーゴイルとか絵葉書とかそんなガラクタでも売らせるか。そうすれば先駆者だ。いつもパイオニアは一番大きなパイにありつく。やがて彼はゴシック風屋根の下のむさくるしい部屋を捨ててピガルへ行く。最もかわいい女性を雇って、当時の最高級レストラン「トゥール・ド・ネスル」へ連れていき（十八世紀、不吉な世紀だ。当時生まれた人間はすでにみんな死んでいる）、世に知れたフォン・タンブラー派の画家に頼んで細密画を描いてもらう。次の日、リヴ・ゴシュで売られているありとあらゆる新聞とタブロイドに、固い乳首を震わせた彼の写真が出る。編集長はテオフラスト・ルノドー。クエジモドの噂が広まる。パリ中が気安く彼に「クエジ」と呼びかける。アメリカかぶれの市民はモディと呼ぶ。ジェイルで一日過ごすと、「バスティル入りにされた」などと言う奴らのことで、時代の最先端をいっているつもりなのか、他にも「ハイドロハニーを飲んだ」とか「カントリーダンスを踊った」などと言う。何とおぞましいフラングレ！　グレたフランスだ。プランタジネットが行ったり来たりしたせいだ。フラングリッシュを処刑せよ！　ジャンヌ・ダルクをジーン・オブ・アーチと言ったりする。けしからん。クエジモドは地元を徘徊し続け、次に選んだのが「クレイジー・ホース・サルーン」、上品に言えば、エクウス・インサヌスの店。何とおぞましいフラテン語！　書かれたものは書かれたまま。ラブレウス。ヴァエ・ヴァティス。オヴィディウスが追放されたのは「詩と過ち」、つまりカルメンとエロル。

ファクシミリ版はあらゆる羊皮紙に複製される。当時の大衆のほとんどと同じく、エスメラルダも字が（痔という字も）読めず（だからいつも新聞が余り、音も立てず失敗し、日刊紙がパリに登場するまで五世紀の時間を要したわけだ）、大衆のほとんどと同じく、挿絵だけを見始める。クエジモドはカルメンとエロル、美女と慈悲心とともにある。このクエジモドって男、どうしたのかしら？　エスメラルダは（挿絵を見始めながら）考え始める。二人はシャンゼリゼへ、グランダルメへ、サン・ジェルマン・ド・プレへと散歩を続け、噂の怖さについて話し続ける。怖さの噂を続ける。気を惹かれたエスメラルダは、もっと近くからクエジモドを見ようとする。なんて怖い顔。もっと近くから。もっと怖い。もっともっと近くから。エスメラルダは、男と話していて緊張すると相手のボタンをいじる癖がある。クエジモドは、実生活でも詩のなかでも大男だ。エスメラルダが近寄ってボタンをいじり始める。だがクエジモドは、ジプシーのふりをするムラート女には目もくれない。そんな必要もない。女ならこのあたりにごまんといるし（五万はいないが）、服装もオシャレだ。何たるメチエ、目の知恵。クエは中世風にズボンの前をとめる。何と言っているのだろう？　こんなに暗くては誰かもわかるまい。確かに、声でわかるかもしれない。「愛しい君よ、心の底から精一杯愛しているよ」ちくしょう、ドラマの美声を披露しているわけか。それにヘラクレスの心。喋り、喋り、そして歩く。うまい。経験だな。話している。トランペットが鳴る、ラッパが鳴る。智天使ケルビムの行列でも現れそうだ。ペテン師を囲む智天使。僕はドアを開けて車を下りてみる。あたりが暗くてよかった。自分までちょっとカジモドになった気分だ。色っぽい声を出してみよう。カムフラージュなら得意だ。愛のカメレオン。愛のカメラ・オン。

「こんばんは」

アルセニオが紹介し始めた。旧友、親友、知己、竹馬の友、チクビの友、時と物を超えた友情。キューバに愛あれ、枝は軋めども鳥は鳴き、友情の水がキューバへと流れる。女性こそは王様、失礼、女王様。シルベストレ、ベバさんにマガレーナさん——ベバ、こちらはシルベストレ・ミョウジナシさん。はじめまして。どうぞよろしく。こちらこそ4649、ヨロシク。笑い。いい感じだ。僕がこんな冗談を言ったのか？　そうだ、だってクエは礼儀正しくコンバーチブルのドアを高らかに開け、東風に乗せて感動とロマンスをお届け／美女あるところ、性欲あるところ、純潔及ばぬところ、さすらいのやり手カマクエは行く／未開の暗黒大陸アフリカの奥地、そのジャングルの深みより、ターザンクエの叫び声、肉食にして強姦輪姦獣姦青姦熱燗なんでもござれ、ターザンの従兄にして、一夫多妻制支持者クエターザンの雄叫びが聞こえる。この男。誰の声だ？　この男ったら、こんな屋根のない車に私たちが乗るとでも思ってんのかしら。マガレーナじゃない。こんなの嫌よ。吹きっ晒しじゃない。髪をセットしたばかりなんだから。違う女だ。なんて名前だっけ？慌てない、慌てない、押さないで。僕の記憶には誰もが気後れするほどさ。そう、ベバだ。万歳、ビバ、ベバ！ピパ、ペパ、ペッパー、ペプシ。一息入れてコカコーラ。ファバーダにナロンマークのチョリソは必需品なんて太くて長いの。あのポルノまがいのＣＭにはウケたな。チョリソといえばミーニョ、ソーセージといえばミーア、奥さん、バックから入れましょうか、いや、失礼、バッグに入れましょうか。マチョニナル・エアラインズならニューヨーク——ハバナはわずか四時間、快適な昇天へ。お嬢さん、手はおきれいですか？レヴロンのマニキュアならこんなに素敵。あなたの手も不要、恋人の手も不要、すべてペレス商会にお任せを。そういえば、高校時代にはみんなで音楽にのせてパロディをやったことがあったな。奥さん、家出？／ケツの毛でもむしってな／やったことありますよ／そう、いいもんだろう。みにくいアナルの毛。何言ってんの、美容院へ行ったのはあんたじゃない、私は一緒に行っただけよ。マガレーナの声だ。マガレーナは前へマガレナイで後ろへ回り、僕の横に座る。ナイスだ。僕のモノは君のもの、君のムネは僕のもの。またマゼラン海峡の荒波を通過するときにはカタチチに触れるかも。オッパイは性交のもと。リョウチチでもいい。女性による流行の支配によって世界のホモ化が進行している――もちろんホモジェナイズ、つまり画一化の意味。勘違いをしないように――というが、天が二つに分けてくれたものは両方楽しまないと。目に胸に尻。流行にそれを一つにされてはかなわない。クエがボインを、いや、ボタンを押す。場所はヴェルダン映画館、バックミュージックまで聞こえてくる。ダニエル・アンフィセットロフだ。いや、バクエレイニコフか？　それともエーリッヒ・ウォルフガング・コーンゴルドだろうか？　クエのやろう、ラジオをつけたな。コマーシャルが流れる。「技術とは経験を積んだ賜物です」技術とは経験を積んだタマタマです。これも愛の序曲か。「ドライバーの皆さん（音楽の合間に割り込むコエがクエそっくりの発情した猫撫で声で語り始める）、どうかこの番組にダイヤルを合わせてください。言葉は空気へと散らばって消えますが、音楽は色褪せることもありません。続いての曲は、キューバ・ベネガスのロマンチックな歌声とともに、カシーノ・ソックスの提供で、ピロト&ベラ作曲のボレロ「待ちわびた出会い」」、プチート・レコードからの一曲です」プチート？　プチッとくる名前だな。それにしてもなんてこったい。キューバ・ベネガスが今やボレロの女神、ロマンチックな歌声か。かつては単なるボロボロの女、ヒステリックな喘ぎ声だったのに。ムカシノ・セックスの提供でピロートーク。シロートとヘラヘラの間違った出会い。ピロシキとベリヤ、ボレロのスタハノフ派。アルセニアト・クエポートはカポートを閉じ、我々を乗せたまま愛と狂気と死の夜へと乗り出していく。トリツカンとイイヨルデの物語はいかに？　次回の放送をお楽しみに。

キューバのラジオならここでドラマが終了になるところだが、カリブ海のレスボスにおけるロビンソン・クエソーとシルベスター・フライデイの冒険はまだ続く。

特に迷信を気にするわけでもなくクエは十六番通りを避け、単にクラブ21が好きという個人的理由から二十一番通りを抜けて、大通りを海へ向かって下りていった。リネア通りで赤信号に引っかかったので、マガレーナの美しい顔を眺めていると、薄汚いタングステン電球のせいで、その色がシナモン色から薬莢のような薄い色へと変わっていくのがわかったが、彼女の鼻を横切るように暗い影、シミがあるのがわかったのはその時だった。マガレーナは僕の視線に気づいたようだったので、僕は話しかけた。

「いつかの晩コダックに紹介してもらったよね」

「この人もそう言ってた」クエを指さしたその爪を見ると、ケバケバしいネオンサインが爆発して頭上から青金石か玉髄か緑玉髄の光（こんな言葉でも使わないとそのおぞましさは表現できまい）が降り注いでいなければ、おそらく落ち着いた赤色だと思われる色で塗られていた。

「名前はアルセニオ・クエ、苦もなくアメリカ英語から翻訳をやってのける屈強の英語主義者さ。光をライト、発展をディヴェロップ、バカをフール、機会をチャンス、管理をコントロールと言う男だ。恐ろしいエスパングリッシュだね。リノの話はいつかまたの機会、いや、チャンスにノバスとしよう」

「ああ」ベバとかいう名前のもう一人の女が言った。「そうかもね、だってあんたテレビの俳優さんでしょ。何度も見たことあるわ」

娘という歳ではない女だが、黒人の先祖が、入り組んだ熱帯の川に迷い込んでその血を残していったような感じがする。ムラート女と呼べなくもないが、キューバ人かブラジル人か、あるいは、クリスマスを前にしたフォークナーにしか見分けられないほどわずかな混血だ。梳いたばかりの髪は黒く長く、大きな丸い目は化粧で際立ち、口は官能を通り越していわゆる「退廃」にすら見える。こんな見方はエリート階級の知恵だろうか。光のもとで際立つ形が、三次元空間のなかに位置を占めるのみならず、道徳的観念すら伴うとでも言わんばかりだ。ダビンチのエチカか、大ピンチのエッチか。筆のひとタッチは道徳の問題、顔は心を映す鏡。ロンブローゾによれば鼻ペチャは犯罪者。ああ時よ、ああ性癖よ。エトセトラ、などなど、謎謎。スタイルもいいにちがいないが、今は胸から上しか見えないし、頭は薄闇に包まれている。クエが鏡を見ている。自分を見ているのではなく、後ろにいるマガレーナの様子を探っているのだ。ペアを変えようとでも言いたいのだろうか？　スワッピングなら僕はごめんだ。いや、それより本当に乗り換えようか。僕のほうが得するかもしれない。ちくちょう、ババアは嫌いだ。ゲロンチョン恐怖症。二十五の女がババア？　気でも狂ったのか？　異常だ。官能的・性的倒錯。書き出しのハンバート・ハンバートみたいになるぞ。あるいはハンガー・ハンバート。ハンブル・ハンバード、ハンバカ・ハンバート。そういえば、ハンパーディンク、いや、あれはフンパーディンクか。「ヘンゼルとグレーテル」だな。エンゲルスがグレてる。コンバート・ハンバートでも面白い。ちくちょう、まだ宦官のほうがましだ。カンガンになるのはカンタンだ。中国ならカンリョウにもなれる。ちょっとまて。お前にはオナー（ニー）がないのか？　国は？　ローヤリティは牢屋入り、牢屋入りのローヤルゼリー。マガレーナはそれほど幼くないし、もう一方だってそんな年増じゃない。とりあえず一人ずつだ。近くの獲物に集中。二女を追うものは一女をも得ず。よく見ろ。悪くない。それどころか上物だ。最初に目をつけたのは誰だ？　僕だ、ボク。十九に三十六、二十四に三十八。カバラみたいだな。だがこれは統計学だ。キューバン・ボディス、キューバン・ボーイ、キューバン・ボディ、吸盤・墓地、九番・

ポチ。ボディ・バイ・フィッシャー。ランプラー社のマガレナッシュをラ・ランパで乱発。アンバー・モーターズ、セピア・モーターズ、セクシャル・モーターズ、三分・モターズ、ゼネラル・モーテルズ。T型ファック。エトセクスラ。

「え、何だって?」

「まるでウワノソラのようね」

「友よ、空より下へおりて、この非現実へと戻れ」ヨハン・セバスティアン・バックエの平均律発声だ。「イシドロ・ロペスの音楽に乗って」

「申し訳ありません、聞こえませんでした」

「どうした、シルベストレ君、ここでは敬語はよすんだ。右にも左にも、前にも後ろにも、ベバにもマガレーナにも敬語はいらない」

みんな笑った。こいつは本当にレディに取り入るのがうまい。僕も名前をフレディに変えようか。僕は完璧主義(字もカンペキだろう)だが、自分の操縦もうまい。フォン・ツエッペリンとでも呼んでくれ。ちょっと努力すれば空の高みからボロ小屋へ降り立つことができる。それがトムおじさんの小屋でもかまわない。人気取りの努力。庶民、大衆の足下に(相手が女性なら足の間に)跪くんだ。跪いて人の善意にすがるんだ。人気取り、ポピュリズムだ、そう、ポピュリストになろう。フォンもツエッペリンもツッパリンもいらない、シルベ・スターレツ・カンガンになるんだ。

「何か言ったのかい、ベバ?」

これは僕の声だ。とてもカンガンの声には聞こえない。僕はカストラートではない。ピピン短躯王ぐらいかもしれないが、僕の声は悪くないし、物真似も得意だ。今は優しくご機嫌を取るような声を試している。

「何してるの、って訊いたのよ」

「メキキさ」

「はあ？」、二人揃ってアカペラのデュオのように声を上げた。メチチとでも聞こえたのだろうか？

「美女に挟まれてるからね」

笑い声。クエも笑う。

「お上手だこと」

「そうじゃなくて、仕事は何って意味よ。あんたも俳優なの？」

「僕はさっ」

ここでクエが販売員のように割り込んできた。

「彼は新聞記者だよ。『貼り紙』のね。覚えてないかな、アルフレド・テルモ・キレスとか、貼り紙禁止の冗談とか、アンドレスの表紙とか？　まあ、君たちは若すぎるかな」

微笑。

「ホントに口のうまいこと」ベバが言った。「でもザッシはそこらじゅうで売ってるし、別に古いハナシでもないでしょ」

いけるな。ユーモアが通じる。モア・ユーモアで攻めようか。

「でも私たちはよくビヨウインで見かけるわよね、ベバ」病院？　美容院？

「女の特権だな」クエが言った。「僕たちには入れない聖域だからね」

「そう、大奥、奥の奥にボナ・デアの神秘が隠れている、なんかそんな気がする場所だ」クエは怨念のこもった人文主義者のような顔で僕を見たが、その後で言った。

「僕らは床屋で読むしかない」

「あるいは歯医者」

クエは鏡越しに嬉しそうな顔で僕を見た。これが僕の感情教育だ。ウィルヘルマイスターとでも呼んでくれ。

「それで、何のシゴトをしてるわけ?」

「お忍びで働いてるよ」

マガレーナとベバが一緒に発した「え?」のデシベルより激しい力を込めてクエが僕を見ているのがわかったが、奴の視線は無視することにした。僕は杞憂なき反抗者なのだ。

「冗談だよ。謙遜しているだけさ」

「ケンソン・ボーヒーズです、はじめまして。十三日にはどうぞご注意を」

二人の女性には何のことかわからないようだった。クエのことは眼中にもなかった。

「**こいつは**」クエが言った。「キューバ最初の新聞記者の一人だ。といっても、上陸したコロンブスにインタビューしたわけじゃない。確かにインディオの顔をしてるけどね」

二人とも笑った。ラディオの経験がものをいう。

「コロンブスと言えば」クエは言った。「このカラベル船をどちらへ向けようか?」

「カラベル船でトラベルかい」僕はマガレーナのほうを見ながら言った。微笑み。二人は黙っている。特に希望はない。成り行きまかせ。何でもいいわ、歌でも踊りでも。エックスワイゼットセトラ。

「クラブとかバーとかキャバレーとかはどうだい?」

「あたしはムリ」べバが言った。

「彼女はムリ」クエが言った。

「私たち、いつも二人一緒なの」

「では、シャム双生児さん、どちらへ行こうか?」

クエの声にとても音楽的とは言えない疲れのトーンが感じられた。悪い兆候だ。取引所はパニック。エロス株は暴落か。

「さあね」べバが言った。「どこかいいトコないの?」

まずいぞ。いつもの悪循環だ。「女を捕まえて、撫でまわして、何が欲しいか訊いてごらん、それが悪循環の始まり」イヨネスクエの言葉。「始まりと終わりを区別できない幸せな動物」クエトンのアルクマイオン。「すべての女が同じ一つの頭を持っていればいいのに(メイド・ヘッド?)」クエリギュラ。また話し声が聞こえる。

「それじゃ、清潔で暗い場所にするか。ジョニーズならどうだい?」

「ジョニーズなら悪くないわね。でしょ、べバ?」

べバは少し考えた。僕たち一人ひとりを眺めまわし、横顔遊びを始めた。クエの横顔をじっと見ながら、自分の横顔の完璧な(今度こそカンペキだ)ラインを見せつけている。素敵な口だ。素面男の妻となったエヴァ・ガードナー、あるいは、エヴァ・ガードナシ。口が開く。そして「彼、いい男じゃない」クエのことを三人称で示しながらこう言う。ハバナではよく耳にする気取った、気負った話し方だ。国民の知恵袋。ブロマイドにできそう。口が閉じる。ベバ・ガードナー、君は口を開けないほうがいい。「暗闇でならね」クエは言った。自分の容姿のことだ。彼は微笑んだ。なんて美しい（ベバのほうだ）。クエは再び後ろに目をやり、海岸通りで信号に引っかかった隙（空間の継続性という自然の摂理を一時中止する慣習的時間）を利用してマガレーナに話しかけた。

「前にどこかで会ったっけ？」

「テレビではあなたの顔をよく見てるし、ラジオでもその声はよく聞くわ」

「どこかで会わなかったかな、直接？」

「どうかしら。コダックの家か、ラ・ランパのあたりかな」

「その前には？」

「その前って？」素気ない調子にかすかな疑惑の念が感じられるような気がする。

「もっと若い頃だよ。三、四年前、つまり君が十四か十五の頃さ」

「記憶にないわ」

貧乏暇なし、美人記憶なし。結構なことだ。ベバの突っ込みも見事。「あんた、色男はいいけど、ココロを決めなさい、あたしと彼女、どっちがいいわけ？」「もちろん君だよ」間髪を入れずクエが言った。「君以外にはいない。少女の頃の彼女を見たことがあるような気がしただけさ。でも僕には少女趣味はないし、熟女のほうが好きだな。性熟した女性」「あら、それなら」ベバは言った。「ハナシは変わるわね。いいことじゃない」マガレーナは笑った。クエも笑った。僕も礼儀上つられて笑ったが、クエが成熟ではなく「性熟」と言ったことにベバが気づいているのか考えてみずにはいられなかった。誰も答えてはくれないだろうし、僕にもわからない。「行くの、行かないの?」クエが言うと、ベバは「行く」と言い、マガレーナは喜びで飛び上がりそうになりながら僕のほうを見た。脈あり。僕は頭のなかで両手を揉み合わせた。これが、できそうでなかなかできない。クエの視線は期待外れだった。心のなかの両手に鳥肌が立った。

「シルバー・スター」

「Yeah?」

確かに彼の声は頼もしかったが、疑いか迷いのような調子が感じられたのも事実だった。

「Sheriff Silver Starr, We're running outa gas.」

今度はテキサス風のアクセントを気取って、ウェスタンの判事にでもなったつもりのようだ。あるいは警部補か?

「Gas? You mean gasoline?」

「Horses all right. Trouble in July. I mean the silver, Starr. Long o'women but a little this side of short on moola or mazuma. Remember? A nasty by-product of work. We need some fiducia, pronto!」

「I have some, I've already told you. About five pesos.」

「Are you loco? That won't get us not even to the frontera.」

「Where can we get some more?」

「Banks closed now. Only banks left are river banks, because park bancos are called benches in English. Holdup impossible.」

「What about Códac?」

「No good bum. Next.」

「The TV Channel?」

「Nothing doing. They've got plenty o' nuttin for me.」

「I mean your loan shark.」

「Nope. He's sharky with a pnife, and a wife. Not on talking terms.」

アイ・ラフト、じゃなかった、僕は笑った。

「Johnny White, then?」

「Outa town. Left on a posse. He's a deputy sheriff now.」

「And Rine?」

彼は一瞬黙ったが、頭を動かして頷いた。

「Righto! Good. Ol' Rine. It's a cinch. Thanks, Chief. You're a genius.」

まず左へ、そして右へ曲がって海岸通りへ入ると、車は反対方向へ進み始めた。この一連の動きは、こんなふうに言葉で描写するよりもはるかに速く終わる。遠心力と求心力に翻弄され、コリオリの力と、おそらくは月の満ち欠けに伴う潮位の変化にも影響された女二人は、気持ちが悪いと船長に文句を言い始めた。

「イッタイ何のつもり？　殺す気なの？」

「こんな運転なら下りたほうがいいかもね、ベバ」

アルセニオは車を落ち着かせた。

「それにさ」ベバは言った。「こんなふうに字幕もなしでエイゴばかり話されたんじゃ」

みんなで笑った。アルセニオが片手をベバのほうへ伸ばすと、その姿が闇のなかに消えた。もちろんベバではなく、手のことだ。ベバなら、怒ったふりをするその顔がまた美しい。

「実はね、友人に急ぎの言伝があったのを今思い出したんだ。仕事の話さ」

「この人、ワスレナグサかギンナンでも食べてんのね」

クエと僕は笑った。

「そうするよ。明日には必要になるかもしれない」

ベバとマガレーナが笑った。このくらいの冗談なら通じるようだ。

「それにね、ベバちゃん」クエがスイッチを入れたその甘い声は、フェリックス・ピタ・ロドリゲス、通称フェリピタ作のおそろしく甘ったるい悪趣味なラジオドラマにちなんで、僕たち友人仲間にはフアン・モネダス風美声と呼ばれていた。「精神的側面のことも考えてみてよ。こいつ、シルベストレと話していたのは、どれほど君が素敵かってことなんだけど、どうも僕はシャイな性格をしてるもんだから、面と向かっては言えないわけさ。頭のなかで詩を思いついたけど、後ろの席の男はプロの批評家だからクソミソにけなされるかもしれないし、他の人になんて言われるかわからないから、この無邪気な口に出して言うのは憚られるんだ」自分のことを言われているとすぐに悟ったマガレーナは、あら、私のことなら気にしなくていいわよ、私は詩が好きだし、アンヘル・ブエサも大好きよ！「美しい人よ、君のためではなく、今は姿が見えないが、やがて姿を現す草木のために、僕は待つ、いつの日にか、こんな感じかな。同業者でもあり、最愛の友であるシルベストレ君に言っていたのは、僕の心は君を想って高鳴り、君の鼓動と響き合うことだけを求めている、ってことさ。そんなことを考えていたせいで、お嬢様方には不愉快な、そしてこの素晴らしい車にはそぐわない脱線をしてしまったわけさ」

ベバはうっとり聞き惚れているようだった。

「あら、ステキ」

「その詩とやらを読んでみろよ、チェクエ」僕は言った。

「そうよ、アルセニオ・クエさん」熱気につられて熱を込めてマガレーナも言った。

「そうそう、早く読んでちょうだいよ、あたしは詩人もグアヒロ歌手もダイスキなのよ」

ハンドルの前にクエの片手が現れた。すでにベバの太腿の上に乗せていたのだ。クエイツは感動した様子で話し始めた。

「心の友、ベバよ、言葉ではとても言い表せない忘れ難き感情で僕の心を満たし、僕は財布の脇、胸のこの位置に君の姿をとどめておこう。間。情熱の旋律。イントロ。主旋律。ベバよ（罪深きアルセニオ・クエの唇で揺れるバ行の音はリチャード・バートンズを彷彿とさせた）、心と内臓から出てきた僕の詩を捧げよう。ゴングの音を頼む、夜の音響担当者さん。僕と最愛の人を結びつける自由詩。ソフトなドラムの連打。優しい響き。そしてファンファーレ」（エズラ・パウンドクエーキの横顔が上がり、トレモロの声が車内を満たす。アルセニオ・クエの声を聞きながら、ご婦人方の表情も見ていないと。ボロ車最大のショーが始まる。）


君の名がベバ・マルティネスでなく、バベルであったなら

あ

ああ
ああ、君が言ってくれさえしたら、
君の口から言ってくれれば
ギャク、キャク、ギャグ、
逆症療法支持者の僕たちには、簡単に言えるように思えること。
レスビア、君がその声で言ってくれれば、
祝福を受けていると知っていれば、農夫たちはどれほど幸せになれるだろう、
ホラティウスのように
(いや、ウェルギリウスだったかな?
キリギリスか?)
あるいは
「もっと光を」だけでもいい、
簡単な言葉だし
誰でも暗闇にいれば
出てくる言葉。
(ゲーテも同じ)
ベバ、君が言ってくれたら、
言ってくれたら、

ベバ、
ババじゃない、ベバ、
言っておくれ、
タラッサ！　タラッサ！
クセノフォンとともにギリシア風に
あるいはヴァレリーのように堂々めぐりして
最後のアにはっきりとアクセントを
置きながら。
せめて、
攻めて、ではなく、せめて
サン
ジョン
ペルス
とともに
「穴場に死す」と言ってくれれば。
君が言ってくれれば、
「意識すれば誰もがこうして臆病になる」と
呟き粒焼きしてくれれば、

さあ、サー・ローレンスやサー・ジョンのように
ローレンス・オリヴィエ、ギールグッドその他のように。
あるいは、陰気な表情のままの声を出したアスタ・ニールセンのように、
言ってくれたら
僕のシーツにくるまれたレスビア、
愛を込めて、
君が言ってくれたら、レスビア、あるいはベバ、
あるいはレスビカ・ベバ、
言ってくれ、
「肉は寂しく、本はすべて読んでしまった」
嘘でも構わない、本当は本なんて
カバーと背表紙しか知らなくてもかまわない、
背伸びじゃなくて背表紙
そして忘れてしまったタイトル
失われたタイトルを求めて
牛縄で絞めた書記を求めて
(そうだ!
きっと素晴らしいだろう!

ベバ、君がフランス語で、
livres と言わずに levre と言ってくれたら！
そうしたら君は君でなくなる
僕も僕でなくなる
君も
僕も。
君、
あるいは、肉と言わずヌクと言ってくれれば、
マルチニークのようなフランス語でもいい、
そうすれば僕は幸せなナポ
レオンとなって、ジョゼフィーヌとなった君を頂くのに。）
ベビータ、言っておくれ、
それでも恥丘は動いてる、と
ガリレオが言い訳でもするように
異端審問官に言ったように、
浮気からでなく
醜い老娼婦と結婚しかねなかった男のように。
言ってくれ、ベバ、ベビー、

レスベバ、
発音が悪くてもかまわない、
生きているように元気な軽い君の舌から発されれば、
少しばかりのギリシア語も、不十分なラテン語も、
まったく知らないアラム語も、みんな生きた言葉になる。
あるいは四萬四千回かそれ以上君が繰り返してくれれば、
あるいはただ１４４回、
最初の数字、
漢字で書いた
四萬四千はさておき、もう一つの数字１４４、
この定数には秘かな運命が隠れている。
僕のコロロと一緒に繰り返してくれれば、
（イダイナル・ランパ）
あるいは単なる控え目な導師
彼から呟きの言葉を学んでくれれば、
オム・マ・ニ、パド・メ・フム
効果なし、
もちろん。

ムドラーを僕にしてくれれば
中指をまっすぐ立てて、
薬指ともう一本の指、そう人さし指、
二本の指、四本の指、残りすべては
寝かせておく。
君がやってくれれば、
もう僕は僕ではない、
僕は吟遊詩人、
単なる遊び人じゃない。
しかしこれは難しい。
難しすぎる。
もっと簡単な、単純な言葉を
君、のたまふことあらば、
僕がその言葉を君と一緒に言うことができれば、
そして僕たちとともに世界が、
ロシア語のマールィ・ミールが
こんな言葉を言えたなら。
イエート・ミエースト・スヴォボードノ

スヴォボードノ！

ああ、君がベバではなく、バベル・マルティネスだったら！

アルセニウス・クエトゥルスはここで黙り、沈黙が車内に広がると、マーキュリーがペガサスになった。僕は拍手しそうになったが、ベバ（あるいはレスビア）の声に当惑の響きが感じられたのでやめておいた。というか、早口でこんなことを言ったのだ。

「でもねえ、アンタ、あたしの姓はマルティネスじゃないわよ」

「ああ、違った？」クエは真顔で訊いた。

「違うわ。それにアナベルなんて名前は好きじゃないし」

「バベルだよ」

「どっちでも同じだわ」

マガレーナが口を挟んだ。

「それに変てこりんな詩ね。はっきり言って何もわかんなかったわ」

何をなすべきか？　仮に、鏡越しでなく、本当にロシア語を理解できたとしても、チェルヌイシェフスキーはもちろん、レーニンにも出せなかったこの問いの答えが、僕らに出せるはずはなかった。だがここで助け舟、いや、助け車を出してくれたのはヘンリー・フォードだった。クエはアクセルをめいっぱい踏み込んだ。シェ・リネ、リネズ、カ・リネ、ドン・リヌへ向かって。

十七

「こんばんは、お嬢様方」車へ戻って運転席に座り直しながらクエはこう言った。「お嬢様方などという呼び方をお許しくだされ、なにせ、まだお二人のことをよく存じ上げないので」

アドレナリン、ゼロ。赤血球、ゼロ。マルクス反応、ナシ。ユーモアセンス、ナシ。

「リネはいたか?」

「イエップ」

クエはゲーリー・クーパーを真似て発車しながら、被ってもいないステットソンの角度を直した。白ずくめの紳士、救世主になったつもりなのだ。サルバドール・クエだ。

「今日でちょうど一年会っていないかな」『真昼の決闘』でカティ・フラドが使ったタンピコ訛りの太い声を真似ながら僕は言った。

「合点だぜ」ゲーリー・クエパーがテキサス訛りで言った。聴衆に合わせてスペイン語で西部劇を演じているわけだ。自己批判の賜物だ。

「リネに何か言われたか?」

「口は開いた」

「大きく?」

「でかく」

「どのくらい大きく?」

「バカでかく」クエが言った。

「ブストロフェドンなら、リネザウルスとでも言うところだ」

「リネってダレなの?」ベバが訊いた。

「自然が生んだ驚異さ」

「いや、歴史が生んだ驚異だ」

「だから、男? 女? いったい何者?」

「クセモノ」僕は言った。

「チビ友だよ」クエが言った。

「チビトモ?」マガレーナが訊いた。「新聞記者のコダックさんのことじゃないの?」

「イェップ」

「そいつさ」僕は言った。

「私、見たことあるけど、チビじゃなかったわ。このくらいよ」

「そう、ちび**じゃなかった**」

「どういうこと?」

「まだ防縮加工される前のことだね」クエは言った。

「何それ?」

「早い話が縮んだんだよ」僕は言った。「マッシュルームを食べて、ワライダケを食べて、びっくりキノコを食べて小便したら、あら、びっくり、縮んじゃったんだ」

「今や世界一大きな小人だよ」

「嘘ばっかり！」マガレーナが言った。「そんな話私たちが信じるとでも思ってるわけ？」

「僕らが信じているんだから君たちも信じてくれなきゃ」クエが言った。

「女性が男性より賢いわけじゃないからね」僕は言った。

「僕は、女性は嫌いじゃないが」僕は言った。

「僕も同じだ」僕は言った。「しかも、親友にはコミュニストと女性がいる」

二人の女は笑った。やっとみんなで笑うことができた。

「真面目なハナシ、いったいダレなの？」ベバが訊いた。

「友人の発明家さ」クエが言った。「これは本当の話だよ」

「かつてはフリュネという名前だったんだけど、発音しにくいのでフリネとなり、それでは不利だというのでリネになったわけだ」

「そう、アメリカ人にはユー・リネと呼ばれて有利になった」

「だけどね、偉大な発明家なんだよ」クエの声を遮るようにこう言って、言葉遊びをこのあたりで切り上げようとした。

「素敵でしょう！」ラジオの話し方になってクエが言った。

「またデタラメでしょう！」マガレーナが言った。「キューバに発明家なんていないもの」

「少しはいるんだよ」僕は言った。

「外人ばっかりじゃない」マガレーナは言った。

「おぞましや」クエは言った。「祖国を軽んじる者は未熟児を産む」

「愛国心は子宮に宿る、というわけか」僕は言った。

「この国に必要なのはナショナリズムだ」大衆を鼓舞するような調子で彼は言った。「日本を見ろ」外を指さしていた。「いや、もう見えないか。どうやら歴史の水平線の彼方に消えたらしい」

「それに」僕は言った。「リネは外国人だし」

「ホント?」ベバが訊いた。「どこの人?」

スノビズムは精神に打ち克つ。万国共通だ。

「というより国籍不祥だな」クエは言った。「完全な異邦人だ」

「そう」僕は言った。「グアテマラ発リベリア船籍ユナイテッド・フルーツ所有の船で旅行中に公海上で生まれた」

「父はサンマリノに帰化したアンドラ人、母はパキスタンのパスポートを持つリトアニア人」

「あら、ずいぶんややこしい話ね」マガレーナは言った。

「発明家の人生はややこしいものさ」僕は言った。

「才能は惜しみなくすべてを耐える」クエが言った。

「耐えられないこと以外はね」僕は言った。

「ホンキにしちゃダメよ」ベバが口を挟んだ。「からかってるだけなんだから」

この台詞、どこかで聞いたことがある。偉人の言葉だろうか? 仲間内、不幸な少数者だけに通じる金言。

「本当だよ」真面目な声になってクエが言った。「彼は天才的発明家、シャリンの発明以来、最大の発明を行った男だ」

冗談がわかったことを見せつけたいのか、ベバとマガレーナは大げさに笑ったが、どうやらシャリン違いのようだ。シャシンと聞こえたのだろうか、それともシャッキンとでも聞こえたのだろうか?

「本当だよ」クエは言った。

「本当に本当だよ」僕は言った。

「偉大なる発明家、胃大なる発明家にして医大出の発明家」

「それじゃ、何を発明したの?」

「発明されていないあらゆるものさ」

「他は意味がないといって発明しない」

「今にその功績を認められる日が来るさ」クエが言った。「猫も杓子もオタマジャクシも彼の名を名乗り始めることだろう」

「たとえば、カチュール・マンデスのように」

「あるいは、ニュートン・メディニージャ先生のように。物理を習ったあの先生はニュートンの生まれ変わりだろうか」

「あるいはビルヒリオ・ピニェラ」

「そしてかつてのロドリゲス、今のラ・エストレージャ」

「エラスミート・トーレスはどうだ?　マソーラ精神病院にいるらしいじゃないか」

「精神科の医者になったのか？」

「いや、患者のほうだよ。きっと狂気について生々しい資料を得て出てくることだろう。立派な研究ができるかもしれん」

「きっとそうだろう。それはともかく、グラウ大統領をもじって言えば、袖の下のリネというやつだ」

「そろそろゴタクはやめて、そのリネさんとやらが何を発明したのか言ってちょうだい」

「慌てないで、お嬢さん、今カタログを作って差し上げよう」

ハンドルを握ったままクエは、国王の書簡でも読み上げるような様子で、ありもしない羊皮紙を解いて見せた。

「第一に、水分を取り除いた水。この画期的な薬は、アラブ世界で深刻さを増す渇水の問題を瞬く間に解決する。科学の限界を超え、国連事務総長をうならせた発明だ」

「しかも使い方はまったく簡単」

「そう、乾水薬をポケットに入れて、砂漠へ下っていくだけでいい」

「あるいは上ってもかまわない。ラクダのギアをトップに入れてね」

「歩いても歩いても歩いても、オアシスやパイプラインはもちろん、その蜃気楼すら見えない。そこでこの薬の登場さ。一錠コップに入れて、水に混ぜれば、瞬く間にコップ一杯の水に早変わり、ベドゥイン二人がこの薬で救われる。これで帝国主義の脅しに屈することもない！」

二人ともクスリとも笑わない。理解できなかったようだ。発明品の話を本気にしているのだろうか？　またシャリンの話に戻るか？　まあいい、続けよう。キリスト教だって共産主義だって、キューバのキュービスムだって、始めは理解されなかったじゃないか。必要なのはピカソやアポリネールのような才能だ。リネだってもう少し鈍くなればアホ・リネールになれるかもしれない。

「現在、この乾水薬を改良して病原菌対策に使おうとしているらしい。ウィルスも居留守を使う時代になるかもしれない」

「その間、別の品も発明している。たとえば、刃も柄もないナイナイナイフ」

「そして強風に吹かれても消えないロウソク」

「それは明るい話題だ」

「しかも簡単」

「どんな仕組みなの？」

「ロウソクに赤字で印刷してあるんだよ、点火厳禁って」

「当初は赤く染めて黒字でダイナマイトと書く予定だったんだけど、それじゃあまりにバロック趣味だからということで、取りやめになったんだ。それに、自殺志願者や鉱山労働者に使われたら危険だからね」

「テロリストに使われたら大変だ」

テロリとも笑わない。

「もう一つすごい発明は、都市用コンドーム」

笑い声のようなものが聞こえた。

「大きなナイロン袋を膨らませて都市を覆うんだ」

「後にこの発明は、リネの生涯における不妊期の代表作とされることだろう」

「熱帯の街や砂漠の街を太陽から守り、北欧の街を強風と寒さから守る」

「だが大気汚染はひどくなる一方だな」

「その一方で」クエは続けた。「地域ごとに雨の量を調節することができる。袋には細かくファスナー網がめぐらされているから、上に溜まった水を必要に応じて降らせていくわけだ。だから天気予報も簡単だ、今日はエル・ベダードで雨が降るでしょう、と予告して、あとは袋を調節するだけだ。エル・ベダードに夕立ちを頼むぞ」

女性たちの顔に落胆の色。だが僕たちはもう止まらなかった。

「ゴムを使ったもう一つ重要な発明は、ゴムで舗装した通りだな。車には人の好みに応じてアスファルトかコンクリートのタイヤを取りつける。これぞ発想の転換、これで運転中の癲癇も防げる」

「しかも自動車会社はゴムを節約できる」

「だがこの発明にはたった一つ、些末ではあるが不便な欠陥がある。つまり、通りがパンクする可能性があるんだ。だから、ラジオの交通情報が重要になる。ラジオ・レロフが道路交通情報をお伝えします、五番通りは本日未明パンクにより通行止めとなっております、現在空気入れの作業中ですので、三番通り、七番通りをご利用ください。ピッ、ピッ、ピッ、チーン、ただ今また新たな発明が完成しました」

二人の女は黙ったままだ。

「移動する都市という発明もある。人が旅行する代わりに、街のほうから来てくれるんだ。駅へ着くと……」

「複数で旅行するときはどうなるんだ?」

「同じことだ。旅客は皆平等さ。駅は万人にやってくる。何人でもプラットホームに立って待っていればいい。駅員に、すみません、マタンサはいつ到着ですか？　と訊けば、時刻表通りならもうすぐです、と返ってくる。後ろから、カマグエイは？　と訊かれれば、駅員は、カマグエイ、少々到着が遅れているようですね、と答える。やがてアナウンスの放送が聞こえ、お待たせいたしました、間もなく三番線にピナール・デル・リオの到着です、ご利用のお客様、荷物をしっかりと持ち、白線の内側からジャンプして街に飛び移りください、お乗り遅れのないようご支度ねがいます」

無。無。無。

「もっと小規模な、地味な発明もある」

「地味だが有用だ」

「ガソリンを使わず、重力だけで走る車。いつも道を下り坂にしておくだけでいい。これにはシェルも貝の開いた口がふさがるまい」

ム。ム。ム。

「同じ系統の公共事業的発明に、動く歩道がある」

「スピードが三段階」

「そう、延々と続く三つの歩道のうち、外側は急いでいる人専用（街ごとの特徴、経済状態、地形によってスピードは決まる）、真ん中は、散歩する人や約束に遅れて着きたい人、それに旅行者用、そして内側は最も遅く、ショーウィンドーを見て歩きたい人や友人と会話しながら歩きたい人、あるいは女性に声をかけたい男などが利用する」

「この内側の歩道にはところどころ椅子が設置されていて、老人や体の不自由な人、戦争での負傷者、それに妊娠中の女性が優先的に使えることになっている」

ムムム。

「そして音楽を書きとめるタイプライター」

「モーツァルトにこの機械があれば」

「音楽書記とか、ステレオ速記者とか、メロディ速記者とかが必要だね」

「チャイコフスキーなら膝に秘書を座らせるかもしれない」

「この機械を改良したのが、我々みんなを音楽識字者に変えるシステムだ」

「この発明は革新的すぎて、すでにすべての音楽学校で導入が禁止されている。ジュネーヴでこれに関する国際条約まで結ばれたし。セクソフォーンやコンドルバスと同じ運命をたどったわけだね」

「リネの先祖は中国カンタン省の出身だから、彼の発明はいつも仕組みが簡単なんだ。音楽の種類によって、ただ紙に（五線譜の入った紙すら必要ない）タラララーとかタラレリーとか、ウンパパパーとかニニニニニーとか書きつけて、あとは脇に「速く」とか「ゆっくり」とか「激しく」とか、あるいは、鼻声アレグロ、スカートスタッカート、ラッパズボン風、そんなことを書いておけばいい。別に伝統的な音楽記号なんか知らなくても問題はない。たとえば、パパパパパアアア・パパパピーが、リネ方式で表記されたベートーベンの交響曲第五番の冒頭部。ソルフェージュはもちろんタラレオと言う。あと何年かすればリネはツェルニーと並んで音楽史に名を残すだろう」

無、無、無、存在は無。では最後のトライだ。

「そして最後の画期的発明は、究極の武装解除装置、原爆・水爆やコバルト爆弾のアンチテーゼだ」

「お二人さん、普通爆弾とはバラバラになる。だがリネのアンチ爆弾は組み立てるのだ」

「爆弾が落ちると自動的にアンチ爆弾が作動し、バラバラになるのと同じスピード、同じ威力で部品を合体するから、鉄の塊となった複製爆弾がまた空から落ちてくる。建物の破壊にも、道路の破壊にも、動物の殺傷にも使える」

「重い瓦と同じだね」

「次の日の新聞には、こんな戦時速報が載るだろう。我らが英雄的市民の頭上から投下された敵軍の原子爆弾により、身元不明の牛が不幸な犠牲者となる。こうした無慈悲な殺戮行為は断じて許すわけにはいかない。我が軍は、勝利へ向けて戦略的退却を実施中。総司令官ジェネラル・コンフュージョン」

沈黙は金、完全な沈黙はプラチナ。黒板に掛かった時計のチクタクに似た音だけが聞こえ、まるでロールスロイスの宣伝のようだ。誰も何も言わない。アルセニオ・クエだけが肥満体の男をよけるために急ブレーキを踏み、組織的に騒音を出した。通行人の巨体は驚いた拍子に軽々と浮きあがり、車道から歩道へ飛び移った後、夢遊病の綱渡り師のようにクルクル回ったり脚を交差させたりジャンプしたりしながらその縁を歩いていた。イグアスの滝のような長い一続きの笑い声が響き渡ったが、その音はアルゼンチン的というよりキューバ的だった。恐怖のポルカを踊る象男を後方に見ながら二人の女は腹をよじらせて笑い、大げさな身振りで何ブロックか先まで笑いが止まらなかった。

微風と微笑を浴びながら僕たちは車をジョニーズ、あるいはジョニー（どちらでもいいのだが、いずれにしてもキューバ人の発音は不正確だ）へ向けた。中へ入ると冷蔵庫のように冷房が利いて涼しく、アレクサンダーにダイオウ、いや、ダイキリ、マンハッタンにラムコーク、通称自由なキューバ（クーバ・リブレ）、それぞれ飲み物を手にしたところで、僕たちはウィットをきかせて女たちを虜にしてやろうと頑張ってみた。女たちがユーモアのセンスに欠けていることは明らかだったし、僕らの飛ばす冗談など二人には単なる雑音でしかなかったのだろうが、それでも何とか笑わせようとして、下ネタも辞さずに次から次へとジョークを繰り出し続けたのは、アルセニオと僕にとってそれが楽しくて仕方がなかったからだろう。あるいは、エチルアルコールとなった酒がユーモア腺にまだ残っていたのかもしれない。あるいは、あまりに簡単に女をナンパできた安易な幸福感に浸り過ぎていたのかもしれないし、攻撃は最大の防御という僕の信念に則って、軽々とモラルの重力を撥ね退けた喜びが続いていたのかもしれない。少なくとも僕はこんなふうに感じていたと思うが、アルセニオ・クエが同じことを感じていたかどうかはわからない。ともあれ、僕たち二人は同時に、女性陣のために、二人だけのために、ギャラガーとシーンに、アボットとコステロに、カトゥーカとドン・ハイメに、ギャラステロ／アボットシーン・ガリーニョ&ピデロ・カトゥチビリ／ハイメクンニチビリ・アホステロ・ギャラシーン・ガリニェロになることにしたのだ。そして手始めに、すでに死傷した我らが師匠マエストロフェドン、マスターフェドン、マスターベーションの名手ブストロフェドンに遅ればせながらオマージュを捧げることにした。

「ねえ、このシルベストレは一度公園で裸になったことがあるんだよ」

上々の滑り出しだ。経験がものをいう。裸と聞いただけで女性は興味を持つ。たとえそれが僕の裸であっても。

「おいおい、クエ、そんなクエナイ話はやめてくれ」わざとらしく恥ずかしそうな声を出す。

女はもっと興味をひかれる。

「クエル話だわ、クエ、続けて」

さらに興味が募る。

「話して、話して」

「それでは」

「どうにでもしてクエ」

「その時公園に居合わせたのは（笑）こいつとエリボーと……。ブストロフェドン（笑）とエリボーと俺だ……」

「クエ」

「そこにいたのは（笑）こいつとエリボーと……」

「おい、どうせ話すならちゃんと話せよ」

「（笑）こいつと、そうだな（笑）、エリボーはいなかった」

「いたはずがないじゃないか」

「ああ、確かにいなかったな。（笑）ブストロフェドンとこいつと……。ブストロフェドンはいたっけ？」

「知らないよ、俺の話じゃなくてお前の話だからな」

「いや、お前の話だよ」

「お前のだ」

「俺の話だが、お前についての話だ。だからお前の話じゃないか」

「わかった、そうしておこう。話に戻ると、(笑) この男 (笑笑) と僕とコダックがいたんだ。いや、コダックじゃなかったな。エリボーか。エリボーだっけ?」

「エリボーじゃない」

「そう、確かエリボーはいなかった。それならこいつと (笑) コダックと……」

「コダックはいなかった」

「そうだっけ?」

「そうだよ」

「おい、お前が話せよ、お前のほうがよく覚えているんだから」

「まあな、俺の記憶は変貌自在さ。結局 (笑)、こいつとブストロフェドンと俺の四人がいて……」

「それじゃ三人しかいないぞ」

「三人?」

「そう、三人だよ。数えてみろ、お前とブストロフェドンと俺」

「それじゃ全部で二人だな、ブストロフェドンはいなかったから」

「いなかったっけ?」

「記憶力のいい俺が覚えていないんだ、いなかったにきまってる。お前、覚えているか?」

「知らないよ、俺はその場にいなかったんだから」

「そういえばそうだな。それじゃ、公園にいたのは (笑) 全部で (笑) 何人だ? コダックと俺と……。俺はいたっけ？」

「お前はメモリー王じゃないか、忘れたのか？　ミスター・メモリー、メモリー・オマモリじゃないか」

「ああ、確かにいた。そう、いた。いや、いなかったのかな。いたはずだぞ。違うか？　いなかったとしたら、俺はどこにいるんだ？　助けてくれ！　誰か助けてくれ！　公園で裸のまま俺が行方不明だ！　誰か救助を！」

男二人だけの笑い。笑うのはいつも男二人だけ。女二人は、これこそ交響曲「驚愕」のブストロフェドン版、決して始まらない話であることにすら気づかなかったようだ。仕方がないので別の出し物に移ることにした。誰のために？　スープがお嫌いな方のためには、形而上馬のスープを三杯、どうぞ、ロシナンテ殿、私は遠慮しておきます。

「それでは歌でも歌っていいかな？」

これはブストロフェドンがとあるインチキ聖職者から盗んだ秘法であり、アルセニオ・クエはこれを見事に完成させて自分のものとしたのだ。泥棒の泥棒。僕がその相手役、ストレートマン、弟分を務めようと勇み立つと、マガレーナかベバか、あるいはその両方が、邪魔くさい、とでも言わんばかりに「ああ！」と声を上げたので、間髪を入れず演技に入った。紳士淑女の皆様、レイディズ・アンド・ジェントルメン、ようこそおいでくださいました、We are glad to introduce（クエが指で卑猥な仕草をした。奴のムドラーだ）to present, 今宵一回限りの催し、ワンス・アンド・オンリー、偉大なる！　To the Great! アルセニオ・クエ！　アーセニー・オエー！　ファンファーレ。拍手をお願いします。二重のファンファーレとテーマ曲。世界に名を轟かせる歌手にして、スッカラ・カン座の公演では支配人に見捨てられ、カモネギー・ホールで歌ったときには観客にカモにされたアーチスト、一度乙女のお招きに与って二度と呼ばれなくなった名士の登場です……

女たちは何かを噛み殺すような音を出し続けている。退屈と倦怠のおくびだ。形而上馬のスープにも限度がある。僕は愛国心で幕開けを早めようとして、声が裏返るたびに「自由なキューバ万歳！」と叫んでごまかしていたテノール歌手の真似をしてみた。

「キューバのアーチストにご協力ねがいまあああす！」

クエは音を立てて喉を鳴らした。ミミミ、ドレミー。僕は塩の小瓶をマイク代わりに掴んで近づいた。

「本日のナンバーは？」

「リクエストにこたえて、三つの言葉を歌います」

「素敵なタイトルですね」僕は言った。

「タイトルじゃありません」クエが言った。

「別の曲ですか？」

「いえ、同じ曲です」

「タイトルは？」

「僕が歩いていると死んだロバさんに出くわしたが土踏まずでは踏まず体の上を跨ぎ越した、です」

「曲名にしてはちょっと長くありませんか？」

「いえ、曲名でもありませんし、ちょっと長くもありません。ただ、かなり長い名前です」

「曲名でないなら何なのですか？」

「タイトルの曲名です」

「それではタイトルは何なのですか？」

「タイトルは覚えていませんが、名前はわかります」

「それでは名前は？」

「皇女です」

「ああ、あの曲ですか。いい曲ですね」

「いえ、曲名ではありません。女友達の名前です」

「女友達？　その方に捧げる歌なのですね？」

「いえ、その曲のお友達なのです」

「ファンなのですか？」

「いえ、ファンではありません、むしろ疑り深い女性で、何なのか、ではなく、誰なのか、と訊かれれば、その曲の友達としか言えません」

「それで結局曲名は？」

「今言います」

「何を言うのですか？」

「三つの言葉です」

「それが曲名なのですね！」

「いえ、曲名ではなくタイトルです。曲はこのタイトルの下にあります」

「何が下にあるのですか？」

「サブタイトルです」

「さらにその下には？」

「サブサブタイトルです」

「いい加減にしてください、曲名は？」

「私の名前はアルセニオです」

「**曲名は？**」

こちら

と

あちら

「それは別のタイトルですね」

「いえ、曲名です」

「曲名？　ただの三つの言葉じゃないですか？」

「そう、三つの言葉です」

「ちくしょう、全然歌わないじゃないか！」

「その歌を歌うとは言っていません。ちくちょうなんて曲は聞いたこともありません。それに私は、三つの言葉を今言います、と言っただけで、歌うとは言ってませんよ」

「いずれにしても美しい音楽ですね」

「いえ、音楽なんかじゃありません。それは別です」

ここで僕らはやめた。二人ともくすりとも笑わなければ、ぴくりとも動かなかった。もう抗議の声すら上げようとしない。存在においても無においても死んでいたのだ。

ゲームは終わったが、終えたのは僕たち二人だけだった。女たちにとっては、ゲームは始まってすらおらず、参加していたのはアルセニオ・クエと僕だけだったのだ。夜のバーのなかで、二人の盲いた目は夜を見つめていた。神が存在しないとすれば、神を創造して二人を創造してもらうしかない。自分の声が半分真面目に、半分冗談に響いていた。

十八

僕たち二人が無言で（ジュゴンのように無言、よくブストロフェドンが言っていた台詞だ）目くばせし、別に女たちを笑わせる必要などないことを理解したのはその時だったと思う。僕たちは何者だ？　道化師なのか、コメディアンなのか？　それともごく普通の平凡な人間なのか？　女を口説くほうが簡単じゃないか？　女たちもそれを望んでいるのだ。大胆で経験豊富なクエは、早速囁き始め、反対側で僕はマガレーナに外へ出ようと持ちかけた。

「どこへ?」

「外だよ。二人で月でも見ようよ」

月すら出ていない新月の夜だったが、愛なんてそんな常套句だけで上等だ。

「でも、ベバが」

「ベバ抜きでもするかい?」

僕も懲りない男だ。

「ベバが嫌がるかもしれないもの。わかるでしょう」

「気にすることないさ」

「少しだけならいいけど」

「だいぶ経つと?」

「いろいろ言い出すかもしれないし」

「それで?」

「それでって何よ! 面倒見てもらってるんだから」

予想通りだ。だが、そうは言わず、タイロン・クエ風に興味津々の顔をして見せた。

「ベバと旦那さんに随分お世話になっているの」

「説明なんかしなくていいよ」

「説明じゃなくて、事情をわかってほしいのよ」

「君には君の人生がある」

上等の常套句だ。

「他人の意見に左右されず、自分の道を歩まないと」

愛が勝つか、自己愛が勝つか。

「今日できる楽しみを明日に伸ばすな」

エピクロス風エピグラフ。

クエ理論がそうをこうした、いや、功を奏した。両性間の戦いにおいても、使用禁止兵器は虚栄心だけ、僕のキューバ風カルペ・ディエムを聞いて彼女はこんなふうに考えている様子だった、というか、少なくとも考えているような表情をしていた。それだけでも十分な表情なのだが、そのまま彼女は流し目で偽善慈善家ベバのほうを気にした。彼女はマックスファクターの粉に覆われて暗い片隅に忘れ去られたままだ。勝った。ピンダロスの祝福。

「わかったわ」

外へ出ると、涼しくて気持ちがいい。どうりでオープンカフェが流行るわけだ。見上げると、赤と青と緑の光で「ジョニーズ・ドリーム」と書かれた看板が見え、その字がついたり消えたりしている。妙な配色だ。ネオ・ライト時代。周りを明るく照らすわけでもない看板の影で僕は躓いたが、バランス感覚よりダンス感覚に導かれて僕は踊るようなステップを踏んだ。

「一瞬目が眩んでしまったよ」自分の行為を説明する必要でもあるかのように僕は言った。僕はいつも説明をする。言葉で。

「中はとても暗いものね」

「そこがクラブの悪いところだね」

マガレーナは不思議そうな顔をした。クラブという言葉のせいだろうか？

「そう？」

「ああ、僕はダンスも好きじゃない。だって、ダンスって音楽だろう。なのに、男と女がしっかり抱き合って暗闇で踊るんだからね」

彼女は無言。

「その何が悪いの、ってちゃんと訊いてくれないと」僕が言った。

「何も悪くないわ。私は別にダンスは嫌いじゃないし」

「そうじゃない。その何が悪いの？　こう僕に訊いて」

「その何が悪いの」

「音楽だよ」

だめだ。微笑んですらくれない。

「アボット&コステロの古いジョークなんだけどね」

「誰なの、それ？」

「アメリカ大使だよ。姓が二つあるんだ。オルテガ・イ・ガセットみたいに」

「ああ、そう」

やめとけ、純真な心をからかうのは。

「いやいや、これも冗談だよ、アメリカ映画のコメディアン二人組だよ」

「聞いたことないわ」

「僕が小さい頃は有名だったんだ。亡霊対アボット&コステロとか、フランケンシュタイン対アボット&コステロ、狼男対アボット&コステロとかね、面白かったよ」

微妙な表情に、微かな優しさが感じられる。

「君はまだ小さかったのかな」

「生まれてもいないかも」

「生まれてもいなかったかもね。つまり、もっと後で生まれたのかもね」

「そう、一九四〇年頃」

「生まれた年を知らないの?」

「正確には」

「よく怖くないね」

「なぜ?」

「クエに聞かせたいな。何でもないよ、でも生まれたのは確かだね」

「だからここにいるんじゃない」

「状況証拠だね。一緒にベッドにいれば、絶対的証拠になる。コイト・エルゴ・スム」

もちろん彼女にはわからない。聞こえすらしなかったようだ。あまりに大胆な自分の攻撃に驚く暇すらなかった。臆病者がトランポリンに上がったような状態だ。

「ラテン語さ。つまり、歩いて考える、だから君は存在している、こういうことさ」

大バカ者め！

「君は考えているから、ここにいる、そして温かい星空のもとで僕と歩いている」

そんなふうに話し続けていると、今に原初的言語へ戻るしかなくなるだろう。君ジェーン、僕ターザン、以上。

「あなたたちは本当に面倒ね。何でもややこしくするんだから」

「おっしゃるとおり。まったくそのとおり」

「それに、次から次へとよく言葉がでてくること」

「またまたおっしゃるとおり。君にかかっちゃデカルトもイチコロだな」

僕はスペイン語風にデ・カルタと発音した。

「ええ、それは知ってるわ」

ここで僕は驚いて飛び上がってもいいぐらいだった。ある晩マンボ・クラブを訪れたアルセニオ・クエも、売春婦とテーブルとその上に置かれたハンドバッグと翼つき音楽の間で飛び上がったことがあったが、あれに匹敵するぐらいの驚きだ。アラス・デ・カシーノ、つまり「カジノの翼」という芸名の歌手が当時大人気で、その声に惚れ込んだ女性ＤＪが、五枚あるその歌手のレコードを延々とかけ続けるものだから、僕は、曲の終りばかりか次の曲のイントロまですっかり覚え込んでしまって、しまいには全体が同じ一つの長い曲のように思えるまでになった。クエはいつもの気取った態度で美人の売春婦に「お嬢さん」と声をかけ、僕のことをクソノフォンと紹介した後、自分のことをクエロスと名乗ると、これから二人で性なる戦い、我らのアナバサガシにのぞむところです、と冗談を飛ばした。すると、別のテーブルに一人でいたやや年配の娼婦（マンボの世界では三十の女性は老婆なのだ。ローバは一日にしてならず）が、甘い目を輝かせて優しくクエに問いかけ、ダリウス・コドマヌスを相手に？　と言った後、滔々とアナバシスについて語り始めたので、その博識に舌を巻いた娼婦たち一万人が、まるで海へと退却するように引き下がった。聞いてみると彼女は師範学校の卒業生であり、歴史と経済の荒波に飲まれ続けた挙句（アリシアと名乗っていたが、本名はビルヒニア・ウブリスとかウブリアだとか言っていた）少し前に娼婦稼業についたのだそうで、ほとんどの同僚が幼少から仕事を覚えるこの業界では異色の存在だった。ここでアルセノルド・トインビー・クエ、いや、ダリウス・クエマヌスは持ち前の気取りを発揮し、すでにオッパイを出そうとしていた美人娼婦をオッポリ出して、この古代史の教師、ウリブスだかブスウリだかと一夜を過ごしたのだ。いったい彼女と何を話したのだろう？僕はここで驚きから立ち直った。その間わずか二秒。相対性理論は記憶にも適用可能だ。

「カードを使うゲームでしょ。やったことあるわ。ベバに教えてもらったの。トランプもやったことある」

とんだ勘違いだ。確かに、暇な女はカルタやトランプが好きだ。トラップにはまったか。

「そう、それだよ」

閑話休題。緩急が大事だ。元の話に戻そう。ミルチャ・エリアーデとバアモンデをくっつけよう。

「踊りは嫌いなの？」

「あんまり好きじゃないわ」

「そうなの？　好きそうな顔をしてるけどね」

くそ、これは一種の人種差別だ。観相学的偏見。

踊りは顔じゃなくて脚よ、とでも言ってくれてかまわない。

「そう？　小さい頃は大好きだったけど、今はそうでもないわ」

「君は今でも小さい」

マガレーナは笑った。やっと笑った。

「変な人たちね」

「誰が？」

「あなたとお友達よ。クエさんだっけ？」

「なぜそんなことを言うの？」

「だってそうじゃない、二人とも変なことばかり言うし、変なことばかりするし。二人とも同じくらい変人だわ。それにずっと話しっぱなし。言葉が多すぎるわ」

乙女の隠れ蓑を着た文芸評論家なのか？　ミミアリ・マッカーシーだろうか？

「そうかもしれない」

「そう、そうよ」

反応する前に彼女が言葉を付け足した。

「でも、あなた一人だとそうでもないわね」

よかった。だが単なるお世辞かもしれない。

「ありがとう」

「いいえ」

僕をじっと見つめるその目が薄闇に輝いて見え、激しく燃えているように感じられた。

「あなた、素敵よ」

「そう？」

「そう、本当よ」

彼女はこちらを見ながら僕の正面に立ち、しばらくじっと僕の目を見た後、肩と首と頭を同時に持ち上げて口を開けたので、その猫のような仕草を見て僕は、女性の愛は猫的なのだろうかと思った。ダンスの決めポーズのような動作を一体どこで覚えたのだろう？　訊く相手は誰もいない。二人きりだ。僕は彼女の手を取ったが、彼女は僕の手を逃れ、その拍子に自分でも気づかぬまま手の甲を引っ掻いた。

「あっちへ行きましょう」

頭は後ろにある川べり、その闇に隠れた部分を指していた。恥じらいだろうか？　川の向こう側では海岸通りの街灯が輝き、チョレラの後方で流れ星が海のほうへ落ちていった。歩きながら僕は彼女の手を探った。暗くて見えなかったが、彼女は僕の手を強く握り返し、ほとんど爪を肉に食い込ませた。僕は彼女を引き寄せてキスし、その肉感的な息、夏の夜より暖かい蒸気、オーラを感じていると、そのほとんど川のような空気の流れが荒野をキスで香りで愛の音できつくとも優しい香水の匂いで（僕はブランド品には疎いが、微かにチャンネルだかヘルメスだかの香りがしていた）満たし、溢れさせているような気がしてくる。マガレーナは強く荒々しく僕の口にかぶりつき、舌で唇をこじ開けて、粘膜、舌、歯茎を外側へ内側へと貪るその様子がまるで何かを追い求めてでもいるようだったので、一瞬魂でも取られるのではないかと思ったが、すぐに彼女はすでに鉤爪と化した手で僕の首を引き寄せた。そこでシモーヌ・シモンのことを思い出したのがなぜだかはわからない、いや、わかっている、暗闇のせいだ、僕はキスにキスで応え、二人のキスが一つに重なったのを感じて、ドラキュラのように首へ攻撃対象を移すと、彼女の「いい、いい、いい」という叫び声が聞こえてきたので、ブラウスの胸元を開いた。胸あて下着、スペイン語でソステン、フランス語でスーティアン・ゴルジ、つまりブラジャーをつけていないのを見て、ラジャー、一気にたたみかけることに決め、愛撫を受けながらキス連射の角度を下へ向けた。今や爪を畳んで慣れた手つきで愛の突破口を求める彼女は、ネットもメイデンフォーム・ブラもかけずに綱渡りをしているような気分を味わっていることだろう。内心ほくそえんだ僕は舌をあらわな(洗っているはずだが)胸へ這わせ、ついに白眉へ、つまり乳首へと到達すると、今度は同じ道をゆっくり逆戻りしてマイホーム、マイマウスへと戻り、そこでまたキスを新たにした。彼女の口もようやく口寂しい状態から解放され、やっと満足

と、彼女は突如体を離した。僕の後ろを見ていたので、誰か来たのか、暗闇でも彼女は目が見えるのか、染みか点か線でも見えるのか、色々考えたが、やはり彼女は暗い影となったまま じっと同じ一点を見続けている。それで僕はてっきりベバが来たのだと思ったが、ベバはもちろんのこと、誰もそこにはいなかった。ノーワン、ペルソンヌ、ナディエ、ネッスーノ、ナダ、ナジャ。

「どうしたの？」

相変わらず僕の後ろを見ているので、僕は素早く一回転したが、僕の後ろには誰もおらず、何もなく、ただ夜、暗闇、影が見えるだけだ。僕は恐怖、少なくとも寒気を感じた。川べりの空気は暑かったというのに。

「どうしたんだい？」

その時でも今でも未来にも僕には見えないであろう何かに囚われて、彼女はトランス状態にあった。川べりの火星人。船でやってくるのか？　バカ、火星人だって暗闇じゃ目が見えないだろうが。彼女の姿さえほ

とんど見えないのに。僕は何も見えないまま彼女の肩を揺すった。それでもトランス状態から出てこない。ビンタでもしてやろうかと考えた。手探りのビンタ。女を殴るのは簡単だ。少なくとも映画では、いつも女はビンタで正気に戻る。でも殴り返されたらどうしよう？　相手がいつも善良なキリスト教徒とは限らない。手探りで殴り合いをするのも面倒だし、やめておくことにした。もう一度肩を掴んで揺すってみた。

「どうしたの？」

マガレーナは僕の手を逃れると同時に躓いて、僕らのすぐ横にあった何かの小山の上に倒れた。トンネル工事の後に残った土だろうか。土、泥。川はすぐ近くだ。川の流れが彼女の呼吸に向かって襲いかかってくるような感じがする。もちろんまったく不条理なイメージだが、もはや論理はなくなっている。冷や汗のように毛穴から論理が抜け出していく瞬間があるものだ（僕だけかな）。彼女を抱え上げたが、まだ目の焦点が定まっていない。暗闇に慣れれば、驚くほど多くのことが見えてくるものだ。彼女の目に僕は映っていないのだろうが、ありもしないものを探すような目つきではなくなっている。

「どうしたの？」

やっと僕を見た。なんだろう？

「どうしたの？」

「何でもない」

彼女は両手で顔を覆って泣き始めた。どうせ暗闇で見えないのだから表情を隠す必要はないはずなのだが。それとも目を守っているつもりだろうか。僕は彼女の両手を取った。

「なんなんだい？」

目を閉じて唇を引き締めたその顔は、闇夜のなかで必死にしかめつらをしているようだった。我ながらすごい視力だ。猫の目を借りたようだ。いや、このフクロウ眼鏡のおかげか。そういえばオフクロもフクロウのような顔をしていた。

「いったいどうしたってんだ、ちくしょうめ」

悪態には何か神秘的な力があるのだろうか？　どうやら魔除けの効果はあるらしく、彼女は機関銃で堰を切ったように一気にまくしたて始め、僕やクエも顔負けなほど暴力的な荒々しさで言葉を吐き出した。

「いやよ、いや、いやなの、いや、行きたくなんかない、帰りたくない」

「どこへ？　どこへ帰りたくないの？　ジョニーズが嫌なの？」

「ベバの家よ。ベバのところはイヤ、あの女、私をぶったり閉じ込めたりして、誰とも話させてくれないの、本当に誰とも、お願い、もう帰りたくない、帰るのはイヤ、ベバは私を暗い部屋に閉じ込めて、水も食事も何もくれないの、ドアを開けるのは私をぶつときだけ、私を窓に叩きつけたり、ベッドの脚に縛り付けて思いきり殴ったり、何日も飲まず食わずにさせたりするの、ねえ、私痩せてるでしょ、イヤ、イヤ、絶対嫌だ、あんなとこに戻りたくない、ちくしょう、帰りたくない、あの女は恥知らず、夫婦で私をなぶりものにするのよ、あんなこと絶対許せない、イヤ、イヤ、絶対にあそこへは戻らない、あなたと一緒にいさせて、ねえ、いいでしょ、私はもう絶対戻らない、ねえ、お願い」

彼女はしばらく呆けたような目で僕を見ていたが、いきなり僕から体を引きはがすと、川のほうへ駆け出した。と思う。僕は彼女に追いついてその体を抑えつけた。僕は体が丈夫ではないし、おまけに太っているから、彼女を抑えつけながらも息が切れていたが、彼女とて体が強いわけではなかった。正気に戻ってどうやら落ち着いたらしいマガレーナは、また僕の肩越しに何かを見つめ始め（僕は背が低いから簡単なことだろう）、どうやら何かを探しているようだった。そして探しているものを見つけた。暗闇のなかで。

「やってくるわ」彼女が言った。火星人か、ちくしょうめ。いや、クエとベバか？　火星人は一人だ。ベバだけだ。「そこでナニしてんの？」と叫んでいる。

「何でもないわ」

「どうかしたの？」

「何でもないよ」僕が口を挟んだ。「ちょっと散歩していて、暗かったものだから、マガレーナが躓いたんだ。でも何ともないよ」

ベバはもっと近づいて彼女を／二人を／僕を見つめた。女豹がもう一匹。暗闇でも目が見えそうだ。ゴルゴンそのものだ。

「また作り話でもしてたんじゃない？　この子はメロドラマニアだからね」

なんとなんと。メロドラマニアか。なかなかいい命名だ。意外な能力だな。

「何も言ってないわよ、本当に。大した話はしてないわ。訊いてみればいいじゃない」

俺に訊けだと？　偽証をさせるつもりか？　ちくしょうめ。どうしよう？　言うべきか、言わざるべきか。

「何やってんだい？」

クエだ。救世主の登場。クエー。あの声が、永遠なる友の声が聞こえる。

「何でもない、マガレーナが転んだんだ」

「フランス語なら、焦るでない、ワセリンがある、というところだな」

暗闇で黙りこくった二人の女は完全に気配を消していた。シェイクエスピアはすべてを冗談に変える気でいるようだ。

「刀を鞘に収めよ、夜露や川の水で錆びさせてはならん、城へ戻るとしようではないか」

四人はクラブへ戻った。「ジョニーの夢」だと？　くそ。冷房のない悪夢じゃないか。真夏の夜の夢には程遠い。僕の脇を通るとき彼女は小声で、お願い、帰りたくないの、助けて、と呟いたが、そのままベバ・マルティネスだかアマゾネスだかの横についた。女性らしく二人揃ってトイレに入ったので、その隙に僕はクエに事の次第を話した。

「おいおい、これはえらい夜になりそうだな」彼は言った。「お気の毒さま。いや、幸運というべきかな。気の触れた女を引き当てたわけだ。もう一方の女、叔母は叔母に違いないさ、お前は信じないかもしれないけど、そう考えるのが最も理に適っているじゃないか。一般庶民なんて単純なものさ、バロックは文化とともに現れるものだからな。本当に叔母じゃないなら、叔母だなんて言いやしないよ。お前たちが外にいる間に、その叔母が俺にすべて話してくれたんだ。二人で出ていくのを見て、お前のことを心配し始めてな。どうやらあの娘は人に危害を及ぼしたこともあるほど危険な狂人で、治療を受けていたらしい。電気ショックとか、そんな過激な療法だよ。幸いマソーラ病院ではないそうだけど、ガリガルシア病院さ。カリガリ・ガルシア博士の診療所とかお前なら言いそうだな。一度か二度入院したこともあるらしい。家から逃げては、すでにお前が外で目撃しただろう芝居をぶつんだとよ。衝撃の事実、作家の卵には貴重な体験じゃないか。まあ、作家にとっての面白い体験は、一般人にとっては耐えがたいかもしれんがな」

「言っといてやるが、もう一人の女は叔母でもなんでもない。凶暴なレズビアンで、娘を恐怖の虜にしているんだ」
恐怖の虜だと！　くそったれ！　性犯罪担当の刑事でも呼んでくるか？

「お前、マガレーナを誰だと思ってんだ？　聖なるイフィゲネイアや、浅黒の処女じゃあるまいし。まあ、確かにそう言えなくはないだろう、女は誰でもそんなところがあるからな。だがな、お前のチクビの友エリボーがアルトゥーロ・デ・コルドバを真似てよく言っているとおり、そんなことはどうでもええじゃないか。俺とお前は何者だ？　道徳家になったつもりか？　お前がいつも言っているじゃないか、道徳なんて過半数の株を持つ株主に押しつけられた取り決めにすぎない。もちろん、モチロン、オブコース、ビアンシュール、ナトゥルリッヒ、その叔母だか叔母もどきだかよそのオバサンだかがレズビアンで、部屋へ戻ってベッドに入れば、三十分か一時間、あるいは二時間、やりたい放題になるのかもしれないけど、あれは間違いなくまっとうな人間だし、やっていない時間にはごく普通の女なんだよ、その女が、姪だか養女だか居候だかにどれほど手を焼かされているか俺に話してくれたんだ。俺にはわかる、あれは嘘をつくような女じゃない」

なんてことだ。僕が外にいるうちにこの男は刀の抜けた鞘のようになってしまったのか。突如現れたボディ・スナッチャーズに大きな鞘を被されて本物のクエはさらわれ、今僕と話している男はそのファクシミリ版、ゾンビ、火星から来たドッペルゲンガーなのだろうか。僕がそう言うと、彼は笑った。

「冗談じゃないぞ」僕は言った。「真面目な話だよ。臍を見せてくれ、お前はクエのロボットじゃないのか？」

彼はまた笑った。

「ロボットだって臍ぐらいついているさ」

「それじゃ、ほくろとか、生まれつきの痣とか、傷とかはどうだ？　反対向きについているんじゃないか？」

「それならドッペルゲンガーじゃなくて鏡に映る像だろう。言葉で言えば、アルセニオクエじゃなくてエクオニセルアだ」

「冗談じゃないんだよ、あの娘はものすごく深刻な問題を抱えているんだ」

「そりゃそうかもしれんが、お前だって精神科医でもないし。もしなりたいなら他の奴と話すんだな。精神分析ほどタチの悪いものはない」

「イヨネスコは算術だと言っているぞ」

「同じことだ、精神分析も算術も文学も、みんなタチが悪い」

「それなら、酒も車もセックスもみんな同じ、ロクな結果にならない。ラジオだってそうだ」クエは、俺にそんな話をするのかとでも言わんばかりの表情をした。「水だって、ミルクコーヒーだってそうだ、みんなタチが悪い」

「悪いことは言わない、立ち入り禁止の庭へ入ったり、善の木や悪の木を食べたりするほどタチの悪いことはない」

「木を食べる？」

「木の実だよ、上げ足を取りやがって、この木違いめ！　そんなことを言うのなら丸ごと引用してやろう」僕はやめてくれと合図したが、時すでに遅かった。『楽園のいかなる木の実を食べてもいいが、善悪の知恵の木の実だけは食べてはならぬ』」

「それならじっとしているよりほかはない。石になることだな」

「いいか、問題は身近に迫った具体的な危険なんだ。この世界のことなら俺のほうがお前より千倍もよく知っている。あの小娘のことは忘れろ。叔母だか叔母もどきだかに任せておけ、そういう役回りの女なんだから。お前には関係のない話だ」

「シィッ、来るぞ！」

戻ってくる二人の女はすっかり身なりを正している。いや、ベバは最初から何も乱れてはいなかったから、マガレーナだけだ。マガレーナはすっかり別人だった。というか、同じ元の女、前と同じ姿だった。

「もう帰るわ」叔母だかベバ・マルティネスだかバベルだかがこじれた言葉で言った。「もう遅いもの」

何たるレトリック。Gimme the gist of it, Ma'am, the gift to is, the key o'it, the code. クエは頷いて勘定を頼み、リネの金で払った。我々はハバナへ戻り、エルナン・クエルテスが「どちらまでお送りしましょうか、お嬢様方」と訊くと、叔母のほうが「さっき出会ったところまで行ってくれれば、そこから家はすぐ近くよ」と答えたので、彼は「了解」、しかもエンリョナシ・クエルテスは「お嬢さんは本当に素敵だ、気に入っちゃったな、ぜひ電話してよ」と言って、ジングルのように何度も電話番号を繰り返し復唱して叔母もどきに覚えさせたが、彼女は「約束はしないけど、きっと電話するわ」と答え、その間に車がプレシデンテ通りに入ると、十五番通りとの角で二人の女を下ろし、みんな気分よく別れた。マガレーナは僕の手を握ることも指の間にメモを滑らせることも電話番号を教えることもなく車を下り、記憶に残る爪痕以外、僕の体を引っ掻くこともしなかった。人生なんてそんなものだ。運のいい人はどこにでもいる。何かに救われてドラキュラ城へ迷い込まずにすむし、ロクなことにならないと本能的にわかっているのか、ラン・スロットだ、アマディス・ド・ゴールだ、白痴の騎士だ、そんな騎士道小説を読み耽ったりもしない。受身の姿勢で映画館へ通うだけで十分、そこにいる本物の乙女はロクかナナかハチか、とにかく座席へと導いてくれる案内人だけだ。確かにスイスあたりなら、何度も当地に亡命したロシア人作家が、タチの悪い乙女だっていると言ってうそぶいているかもしれない。ならどうすればいい？　キム・ノヴァックで我慢するか？　マスターベーションほどタチの悪い（一見タチはいいが）ものはないだろう。子供の頃はよく言われた、オナニーをすると結核になるとか、脳の機能が低下するとか、いざというときタチが悪くなるとか。ちくちょうめ、人生なんてタチの悪いものだ。

十九

どうも空気が悪い、クエはこう言いながら車を止めて屋根を開けた。その後十二番通りを辿り、リネアを横切った後、またもやメビウスの輪にでも囚われているように海岸通りへ戻った。

「ブストロフェドンがいればな」僕は言った。

「相変わらず狂人や死者やゴーストが好きだな。ゴーストライターのやりすぎじゃないか」

「お前、ゴースト、つまりお化けの正体を知ってるか？」

クエは僕を地獄かどこかへ突き落そうとでもするような顔で睨みつけ、絶対的不可能を意味する身振りをした。僕のほうが上手だ。

「お化けとは、死んでも戻ってくる、あるいは、この世を離れない者たちだ。スゲエじゃないか、死にきれない死者、つまり不死身だ。スゲエってのはつまり、途方もない、想像を絶する、偉大な、という意味さ。まあ、カマグエイやアルゼンチンでなら別の意味もあるかもしれんが」

「お前の言うこともわからんではないが、その前に俺の言うことを聞いてくれ。前にも言ったと思うが、俺にとって死者とはもはや人、人間ではなく、死体であり、物であり、いや、物というよりガラクタだ、だって、腐ってどんどん醜くなる以外にはまったく無用の長物なんだからな」

どういうわけか、この話題になってクエはムズムズする気持ちを抑えられないようだ。

「いい加減にブストロフェドンをすっかり葬り去ってくれよ、なんだか臭ってきそうだ」

「偉大なる死者の値段を知っているか?」

クエには何のことかわからなかった。僕は丸暗記していたリストを読み上げた。

杉の板三枚	$3・00
黄蝋五ポンド	$1・00
金メッキした釘	$0・45
針金二パック	$0・40
ろうそく二パック	$0・15
棺桶製作者への謝礼	$2・00
合計	$7・00

「七ペソ?」

「七ペソ、昔風に言えば七ドゥーロかな。あと、墓掘り人夫への報酬を入れても、せいぜい十、十一」

「それがブストロフェドンの埋葬費か?」

「いや、ホセ・マルティの埋葬費だよ。悲しい現実だろ?」

クエは何も言わなかった。僕も彼も、別にマルティが好きだったわけではない。僕は一時マルティを崇めていた時期があったが、彼を聖人に仕立てようとする奴らの戯言や、何かと言えば彼を引用する愚か者たちの多さに嫌気がさして、ついには○を見ただけでも吐き気がするようになった。マルテの手記を読むほうがずっといい。ともかく、マルティもブストロフェドンも死んでしまったというのは悲しい現実であり、死の悲しさとは、死者すべてを一つの長い影、つまり永遠と呼ばれるものに変えてしまうことだ。生は我々を分け、引き離し、個別化するのに対して、死は我々を一つの大きな死に統合する。ちくしょう、こんなふうに考えていると、しまいには貧乏くさいパスカルになってしまうぞ。パスカル、スペイン語風に言えばパスクアル。どうしたことか、ネプチューン交差点の街灯のところで車がカーブしたはずみに、疑問に思っていたこと、質問、偉大なる問いを別の機会まで言わずにおくことになってしまった。明後日できることを明日に伸ばすな。不条理なカルペ・ディエム。**すべては延期なり**。短気は損気、人生は延期。シルベストレ・パスクアル。糞をくらわば皿までだ。

「さて」僕は言った。「ようやく無への遠征、エスタシオン（これはフランス語からの直訳だが、外国語の濫用をとやかく言われる覚えはない）、地獄への滞在、メエルストロム、文化融合、相互浸透、相互感染（その他何でも好きな言葉を挙げてくれ）も終えたことだし、たわいもない悪夢でも楽しむとするかな」

「もう映画には遅いし、サヨナラにはまだ早すぎる」

「本物のたわいもない悪夢を見たいんだよ、もう夜の白昼夢はたくさんだ。家へ帰って大いなる眠りを貪ることにするよ。子宮への帰還、母体への旅さ。そのほうが快適で安全だ。時との戦いじゃないが、前進より後退のほうが気持ちがいい。王女の口を借りて賢人が言ったとおり、そうすれば過去も未来も思い出して、記憶が豊かになる。記憶はキオスクでは買えない」

「まあ、待ちたまえ、ワトソン君、リネの口を借りて別の賢人が言ってたじゃないか、慌てる乞食は貰いが少ない。あるいは、マルクスの言うとおり、空気はまだ昨夜のまま。神とアフラ・マズダ（アッシリアの光の神じゃないぞ）のおかげで、まだ見るものはいろいろある。何か食おうじゃないか」

「腹は減ってない」

「目の前に料理があれば腹は空く、トリマルキオンならこう言うところだ。まだ借り物の弾薬庫に弾が残っているし、せっかくリネ殿に金を借りたんだ、使わなければもったいない。レサマ・リマを元気づけ、ピニェラを震え上がらせるぐらい豪華な食事ができるさ。ネルヴァルのデスディチャードじゃないが、滅んだ塔に住むアキタニアの王に俺がなってやる」

「もう詩にもアキタよ」

「じゃあ付き合ってくれるだけでいい。水でも飲めば、今夜の衝撃の事実も忘れられるさ。レテの水にライム、氷、そして砂糖、これこそ記憶喪失牛乳と呼ばれる秘薬だ。その後で家まで送ってやる。眠りから覚めれば、また新たな一日が始まる。明日が来るのだ、アスキュルトス君」

「ダンケ、どうもご親切に。てっきりメトロだかサブウェイだかチューブだかスブテの入口に置き去りにされて、タジザジのまま帰る運命かと思っていたがな。この国に地下鉄がなくてよかったよ。文明国じゃ、富める者も貧しき者も同じ乗り物で寒さを共有するわけだ」

「いいからもう少し一緒にいてくれ」

「いや、もう家へ帰りたい」

「今夜の話を書くんじゃないのか？」

「何言ってんだ、もう随分長い間マス以外何もかいちゃいない」

「それじゃ、明日の朝テンセント・ストアが開いたらすぐにヌスバウムのブレスレットをプレゼントさせてくれ。某雑誌によれば、作家がスランプを抜け出すために開発された最も優れた発明品らしいじゃないか」

「このやろう、誰がその記事をお前に見せたと思ってんだ？」

「お前だ、お前、シルベストレ一世、先頭を走る男、アダムより前に楽園から追放された男、クリストファー・コロンダブスより先にキューバ（・ベネガス）を見出した航海士、最初の宇宙飛行士、学ぶ前からすべてを教える師、単数、トップバナナ、プロティノスのト・ヘン（何と変？）、アダム、ノンパレイユ、旧約聖書、イチバン、ナンバー・ワン、ヌメロ・ウノ、ミゲル・デ・ウノウーノ。拍手！　そして俺は二番、陽の陰、イーではなくリャン、大いなる第二歩、師の弟子、複数、ナンバー・ツー、ニノ・チカ、セカンドバナナ、ヌメロ・ドス・パソス。死を前に君に敬礼、だが俺は一人で死ぬのは嫌だ。聡明なるコダックの言うとおり、仲のいい双子、サン・コスメとサン・ダミアン、良き友であり続けようじゃないか。一緒に来てくれ」

　仕方がない。僕も褒め言葉には弱い。それに、いつものごとく、クエはスピードを落とす気配すら見せなかった。僕だって車から飛び降りるほどの勇気はない。

「わかったよ。でも、少しスピードを落としてくれ」

「ダー、ダーリン、シルベスターリン」

僕らは夜明け前の空気を吸い込み、そのままクエの車でエル・ベダードへ戻ってきた。僕は水平線を指さした。

「デュボワ・ノワールと俺の会話をユニバーサル・ピクチャーズが映画化してくれれば、この風景を冒頭に持ってくるところだ」

水平線上では嵐になっているようだった。僕はクエに、車を止めてよく見てみようと言った。一見の価値はありそうだし、別に道を急ぐわけでもない。シラアの嫌いなリネにもこのアラシは面白いかもしれない。一分間に五十回、百回と稲妻が光っていたが、雷鳴は聞こえず、車の流れが止まったときに、かろうじて静かな響きが感じられるぐらいだった。バチでティンパニーを叩く音が遠くから届くような感じだな、エクエトル・ベルリオーズが言った。（僕は笑ったが、何がおかしかったのかは言わなかった。）稲妻は赤い玉、水銀のような矢、白い光線、白青に光り狂う眩い根となって海から空へ、空から海へと飛び回り、二、三秒間空全体を照らしてはまた暗闇に戻るかと思えば、一本の光の筋が水平線と平行に走った後、海面に光の泡を残して消えていった。穏やかに凪いだ海は平然と嵐を受け止め、この近くで港の灯りを反射する海とまったく変わらぬ顔を見せている。今度は左側にも黒雲の塊が現れ、その稲妻が空と海を両方映す鏡のように見えた。よく見るとあちこちに嵐を引き起こす雲がある。水平線上に五つも嵐が起こっているのだ。

「忘れ去られていた七月四日を盛大に祝っているのかな」クエは言った。

「オリエンテ気流のせいだ」

「何だと？」

「オリエンテ気流だよ」

「最近はハリケーンだけじゃなくて嵐にも名前をつけるのか？　名づけ病にも困ったもんだな。しまいには雲一つひとつにまで名前がつくんじゃないか」

僕は笑った。

「違うよ、海岸に沿って東から流れてくる気流のことだ。最後はメキシコ湾流と混ざるんだよ」

「そんな情報、どこで手に入れるんだ？」

「新聞を読まないのか？」

「見出しだけだ。俺の内側には文盲か老眼が宿ってるらしい。お前やコダックなら、女が宿ってるとでも言いかねないな」

「少し前、この「電気的気象現象」に関するミジャス技師の記事が出ていたんだよ。コルベット艦の艦長だったらしい」

「海軍魂だな」

もうしばらく二人は、空と海をフランケンシュタイン博士の研究室の壁紙に変えるようなこの嵐を見守っていた。

「どうだい？」

「俺らがいたところから流れてくるわけか」

「ジョニーズ・ドリームのことか？」

「ばかやろう、オリエンテ州のことだよ」

「コルベット艦の艦長にして、地上では測候所の所長となったカルロス・ミジャス技師は、我らが故郷のオリエンテについて論じたわけではなく、もっと抽象的・原初的放屁の薔薇、俗に言う風について論じていたんだよ。地図の上ではちょうどアイオロスの右耳の上にあたる」

クエは車を発車させ、今度は落ち着いた宇宙飛行士のスピードで進み始めた。

「きっと昔は」クエが言った。「地獄が空気を捕まえに出てくるとでも思われていたんだろうな。お前、昔のことにも詳しいだろう」

「ウルカヌスやヘファイトスがいたし、オリュンポスの炉やジュピターの怒りもある」

「いや、そんな昔じゃない。時の海岸通りを遡りすぎだよ。中世の話をしてくれ」

「本で読んだことないのか、中世は暗黒の時代なんだよ。稲妻を光として利用することすら思いつかなかった。真夜中のトンネルで石炭を燃やすような生活さ。きっとまた神の怒りとかなんとか説明をつけていたんじゃないか。いずれにせよ、たいした問題じゃなかったんだろう。そういえば、熱帯地域に中世は訪れなかったな」

「インディオは?」

「我々の赤肌は、地上の草原や空の草原を愛するだけだ、神々の打ち上げ花火になんか関心はない」

「神々の打ち上げ花火だと? インディオがそんな言葉を使うのかよ? デタラメ言いやがって」

「チェロキー・インディアン、嘘つかない」

「そんなに教養があったのか?」

「ムジュン人の話を知らないのか？」

「知らないよ、何だそれは？　部族の名前か？」

「部族のなかの一階層だ。まさに草原のサムライだろうな。勇猛果敢な戦士であり、武器の扱いも馬術も巧みなため、奴らは平時に部族の掟を犯すことまで許されていた」

「だが、道徳も必要だろう？」

「そこが面白いところだ。真面目な話だぞ。ムジュン人というのは厄介な奴らで、おまけに悪ふざけがひどいときてるから、何でも人の裏をかきたがるんだ。同じムジュン人の連中にも、誰にも挨拶をしないし、何を頼りにしたものかもわかっていない。例えば、ある時寒さに耐えられなくなった老女がムジュン人に助けを求め、暖かい毛皮を貸してくださいと頼んだんだが、その男は、お年寄りへのしかるべき礼儀も意に介さず、返事もしなかったそうだ。小屋へ戻った老女は現代の風潮に憤懣やる方なく、礼儀なんてありゃしない、昔はよかった、このままじゃ我らインディオは一体どうなるのだ、ああ、かつてのサカリツキ・オウシ酋長がいてくれたら、こんなことにはならなかったのに、なんてぶつぶつ言っていたんだが、起こってしまったことは仕方がない。やがて時が過ぎ、部落の上空を禿頭の鷲が通り過ぎていった。ある夜明け、老女が起き出していくと、小屋の前に人の皮が置かれていた。苦虫と苦瓜をいっぺんに噛み潰したような顔をして老女は老人会に訴え、集まった老老男女は処罰を決定した。罰されたのは老女のほうさ。歳のせいで口頭での叱責だけだったけどね。あんたは分別がなさすぎる（インディオの言葉で同じような内容を言ったんだろうな）、婆さん、悪いのはあんた、あんただけだ、ムジュン人に何を頼んだって無駄なことぐらい最初からわかってるじゃないか、皮を剥がれた哀れな男の怨念は、あんたとあんたの子孫に重くのしかかるだろう。これがインディオの判決さ」

「面白い。ペリー・メイソンはこの話を知ってるのか？」

「丸暗記してるさ。メイソンだってムジュン人だ。フィリップ・マーロウもシャーロック・ホームズも同じだ。偉大な架空の登場人物はみんなそうだ。ドン・キホーテは初期ムジュン人の模範例だ」

「俺やお前はどうだ？」

自惚れるなよ、と言いそうになった。

「俺たちは架空の登場人物じゃない」

「お前が今夜の冒険談を小説にすればいい」

「同じことだ、俺は単なる代書人、筆記者、神の速記者にすぎない。お前を創造できるわけじゃない」

「そんなことを訊いているんじゃない。俺が訊きたいのは、俺とお前が将来ムジュン人になるかならないかだ」

「最終章までそれはわからない」

「ホールデン・コールフィールドはムジュン人なのか？」

「もちろん」

「ジェイク・バーンズは？」

「時にムジュン人になる。キャントウェル大佐は善良なるムジュン人だ。ヘミングウェイもそうだ」

「そうか」

「一度ヘミングウェイにインタビューしたことがあるが、彼はチカソー族の血をひいているそうだ。いや、オジブワ族だったかな？」

「チカソー族にもムジュン人がいたのか？」

「かもしれん。広い草原、何があるかわからん」

「過去の草原をたどれば、ガルガンチュアはムジュン人だったのか？」

「いや、パンタグリュエルもちがうな。ラブレーはムジュン人だ」

「で、ジュリアン・ソレルは」

クエの話し方では、「で」と固有名詞の間に「……」があって、軽い疑いの気持ちか不安感、あるいは、言葉に詰まった感じか、恐る恐るの調子が込められていたような気がするが、どうだったのだろう？　実際には何も聞こえなかったのだろうが、少なくともクエの口元には古めかしい微笑みがあった。

「それはない。ソレルはフランス人だ。お前にも経験があるだろうが、フランス人は気が狂うほど理性的だから、何としてもアンチ・ムジュン人になろうとする。ジャリですらムジュン人ではなかった。おそらくボードレールが最後だろう。ブルトンはムジュン人になろうと躍起になっていたが、実際にはムジュン人には程遠い似非ムジュン人だった。イギリスに生まれていれば、ベールも友人のロード・バイロンのようなムジュン人になっていたかもしれない」

「アルフォンス・アレーは？」

「ああ、アレーはレアーなケースだ」

「すべてお前の勝手な判断だな」

「この話を始めたのは誰だ？」

「わかったよ。お前の価値観を信用しよう。しかし、バットもグローブもボールもみんなお前が持っているような感じだな」

僕は微笑んだ。モダンな微笑みだろうか?

「シェリーはどうだ?」

「旦那は違うが、妻のメアリーはそうだ。メアリー・シェリーこそ、『フランケンシュタイン』に出てくるフランケンシュタイン博士を生んだ女フランケンシュタインだ」

「エリボーはどうだ?」

「随分話が飛んだな。いくら訊いてもお前がムジュン人になるわけじゃないぞ。せいぜい質問の癲癇を起こすぐらいだ」

クエは微笑んだ。彼にはわかっていた。上部に処方箋と書いた予言を渡したようなものだった。

「違うと思う。エリボーは高飛車で、自己満足している」

「アスキュルトスは?」

そこまで話を飛ばすなら、僕ももっと飛んでやろう。

「ムジュン人だ。エンコルピオスも、ギトンもそうだ。トリマルキオンは違う」

「ジュリアス・シーザーは?」

「もちろん! 彼は現代人だ。ここにいれば苦もなく俺たちと話ができるだろう。スペイン語だってすぐに覚えるさ。ラテン語訛りのスペイン語はどんな感じだろうな?」

今度はクエの口元に、初期ギリシア彫刻のような古めかしい微笑みがはっきりと現れた。夜のせいかもしれないし、横顔しか見えなかったから余計はっきり見えたのかもしれない。

「カリギュラは?」

「あれが最も偉大なムジュン人だろう」

パセオを一回りして僕らが差し掛かった通りは、時とともに公園となった天然のテラスを横切って上る通りであり、僕にとっては、この通りと平行に走るプレシデンテ通りといつも紛らわしい。二十三番通りを下ってラ・ランパへ出ると、M通りを折れてハバナ・ヒルトンをぐるりと半周し、二十五番通りを上ってL通りを二十一番通りまで走った。

「見ろよ」クエが僕に言った。「ローマ皇帝の話をしていたかと思えば」

僕はてっきりガイウス・ユリウス・カエサルが金のカリガを履いてラ・ランパを歩いているのかと思った。現代人なのだから別に違和感もないだろう。ヒトラーやスターリンと同族だ。ラ・ランパの雰囲気はきっと気に入るだろうし、風景にも溶け込むだろう。宰相に任命された馬のほうがミスマッチかもしれないぐらいだ。だが、僕の目に映ったのはカエサルでも宰相でもなかった。

「ほら、SSリボーだ」クエは言った。「体が傾いてる。アルコールと仔山羊の皮をしこたま詰め込んだらしいな」

通りの反対側、正面の歩道を彼は指差していた。

「ソンのサン・テクジュペリか?」

「ウィ、ムッシュー」

その部外者のような横顔をまず後ろから、次に前からよく見てみた。

「エリボーじゃないぞ」

「違ったか?」

クエはブレーキをかけながら目を凝らした。

「確かに違うな。しかしよく似てるな。誰にでもドッペルゲンガーがいるというのはどうやら本当らしいな。お前の言葉を借りれば、火星直輸入のロボットか。この国じゃなんでも外国製だからな」

「そんなに似てないよ」

「つまり、瓜二つの定義も相対的なわけか。すべては視点の問題、こういう結論だな」

僕は決めた。僕はいつも相手に勝手に話させておくのが得意だが、今度はこちらから仕掛けて衝撃の事実を告白させてやろう。

「なあ、ビビアンとやったのか?」

「ビビアン・リーとか?」

「真面目な話だよ」

「なんだ、ブランチ・デュボワ役でのあの素晴らしい演技が真面目じゃないと言うのか?」

「真面目に真面目な話をしてるんだよ」

「つまり、ビビアン・スミス＝コロナ・イ・アルバレス・デル・レアルのことを言ってるのか?」

「そうだ」

その間車は二十一番通りを折れ、順風満帆でナショナルのほうへ舵を切った。キャプテン・クエッド。果てなき船路をこのまま黙っているつもりか? 車はホテルの庭、植物の生い茂るロビーへと入っていった。

「どこで飯食うか?」

「俺は腹が減っていない」

「モンセニョールでいいか?」

「どこだっていいよ。透明ボディガードだとでも思ってくれ」

クエは一礼した。

「それじゃ、クラブ21へ行こう。車はここに止めておけばいい。やはり旅は道連れがあったほうが心強い」

道連れというより巻き添えだ、僕は思った。そのまま駐車場へ入り、光の下に車を止めた。キーを取りに戻りながらクエは空を見上げた。

「雨が降るかな、テルテル君?」

「大丈夫だよ。黒雲はまだ海の上だ」

「そうか。前線からの報告を読むほうが戦場にいるよりいい訓練になると言うしな。行くか」

「キコウについて書かれた報告はない」

クエは首を傾げて僕を見つめ、クエリー・グラント風に眉をひそめた。

「奇行じゃなくて気候だぞ」僕は言った。

クエは入り口で金を払った。

「ラモンがいるんじゃないか?」

「どのラモンだ?」

「一人しかいないだろうが、ラモン・ガルシアだよ」

「いや、俺も本名はラモン・スアレスなんだ」

「それは知らなかった。それじゃ、もう一人のラモンはいないかな?」

「出張中のはずだ。何か用でもあるのか?」

ガルシアへの手紙、思わずこう言いかけた。

「いや、ちょっと顔が見たかっただけだ。会ったら、アルセニオ・クエがよろしく言っていたと伝えてくれ」

「わかった。会ったらそう伝えるよ。会えなければ伝言を残しておく」

「そこまでしなくていいよ、ちょっと思い出しただけだ」

「会ったら伝える」

「サンキュー」

「ユア・ウェルカム、ナショナルカム」

ウェルカム、ナショナルが口をきけば、こんなふうに言いそうな感じだ。棕櫚の下を歩いていると、ホテルの泉で永遠の水を杯に受けるニンフの像が目に入り、暗闇のなかでサーチライトに照らされて裸足で爪先立ちしたその姿が、ほとんどナルシシズムと紙一重の、自己陶酔に浸ったような仕草を際立たせていた。あたかも、バスルームの鏡に自分の裸体を映していた少女が、他人を詮索するお節介な視線に不意を突かれたようで、なんだか卑猥な姿に見えた。

「きれいだな。こんなにいつまでも水を飲まされたら気が狂いそうだがな。喜べ、シルベストレ、ピグマリオンとコンディヤックは放し飼いになってないぞ。この女は、女の例に違わずいかれてるな。しかも、俺にいわせりゃ潔癖症だ。She's spoiling her flavour.」

イギリス風の発音を気取っても、せいぜいジャマイカ訛りにしかならない。

「いかれてない女だって一人や二人はいるさ」

「More power to you. だが、黙って領地に籠ってるほうがいい。心からの忠告だ」

誰も忠告なんか頼んでねえぞ。寂しいオールドミスみたいになってきたな、こいつも。

「ウォータリング・リリーだな」永遠に水も滴る美女を僕がまだ眺めているのに気づいてクエは言った。僕は黙っていたが、実は泉の周りを回りながら僕は片目を閉じていた。

カプリ・カジノの前でアルセニオはクチナシ売りの片端に挨拶し、花を一本買いがてら彼と言葉を交わしたが、僕は耳を傾けることすらしなかった。

「襟にクチナシをさすのか?」

「このジャケットは襟なしだ」

「花はどうするんだ?」

「人助けに買ったんだよ」

「罪滅ぼしか」

「ジェイク・バーンズやエイハブ船長が相手でも同じことをするさ。それに折よくニンフのお出ましだ」

すると夜のシルクハットからウサギが飛び出し、目の前に現れたのはバニーガールではなくコーラスガール、クエラスガールだ。確かにビジョビジョのニンフ像にそっくり。

「クエさん、まあ、嬉しい!」

「元気かい、お嬢さん? セイレンのように美しい君には、この花がよく似合う。そしてお友達を紹介しよう。シルベストレ・ノチェブエナ君だ。こちらはイレニータ・ターニレイ」

「相変わらずカッコいいわね。それにしても素敵なお名前！　はじめまして」そしてアクセサリーのように歯を見せつけた。

「夜の騎士、つまり、ナイトのナイトだ」

「はじめまして、お嬢さん」

「素敵、二人、そっくりね」

「ダレがクエでダレがレダかわからないだろう？」

女は笑った。マガレーナやベバとは人種が違うようだ。

「でも、両方とも素敵」

「片方ずつにしといてね」クエが言った。

キスと笑顔とチャオに紛れて彼女は姿を消し、ラス・ベガスへ遊びに来てね、という言葉だけが残った。

そのうちね、クエは言って、僕のほうを向いた。

「どうだい？」

「地獄の地形を知り尽くしているな」

「これこそスペイン語で、いや、キューバ語でランパだ」

クラブ21の門のところで僕は言った。

「あの娘のことが頭から離れない」

「イレニータのことか？」

クエのよくやる目つきで僕は彼を見つめた。

「まさか像のことじゃあるまいな。よせよ、シルベストレ、そんな叶わぬ愛は」

「ばかやろう」

「言っとくが、あの花売りは男だぞ」

「違うよ、このやろう、マガレーナだよ。さっきからずっとあの娘のことを考えていた。魔法にかかったみたいだ。まさに、マガ・レーナ、魔法使いレーナだ」

クエは立ち止まり、井戸にでも落ちそうになったかのように、張り出し屋根の柱に掴まった。

「もう一度言ってくれ」

その声の調子に僕はびっくりした。

「マガ・レーナ、魔法使いレーナ、だよ」

「もう一度頼む。名前とタイトルだけ」

「マガ・レーナ、魔法使いレーナ」

「俺にはわかっていた!」

彼は後方へ飛びあがり、手のひらで額をぴしゃりと叩いた。

「何なんだよ?」

彼は何も、まったく何も言わぬままレストランへ入った。

二十

アルセニオ・クエは、チキングリル、フライドポテト、りんごのコンポート、レタスサラダを注文した。僕はハンバーガーにピューレ、そして牛乳を注文した。食べながら鶏肉の話をする彼の姿はおぞましく、僕はまたバルロベントへ連れ戻されたような気分になった。

「俺は思うんだ」クエは言った。「テーブルとベッドの間には（密接な）関係があって、セックスと食事には同じフェティシズムがあるんじゃないか。若い頃、というか、もっと若い頃、つまり思春期」シュシュンキと聞こえた。「俺は鶏の胸肉が好きで、いつも注文していたんだ。そしたらある日、女友達の一人に、男は胸肉好き、女は腿肉好き、と言われた。どうやらその女は、毎日昼食時になると自分の理論を確かめていたらしい。家が下宿屋で、よく鶏肉を出していたみたいだ」

「手羽先や首や砂肝は誰が食うんだ?」

もちろん僕は大好きだ。いつも僕は話の腰を折る。そういえば鶏に腰はあるのかな?

「わからん。貧乏人が食うんじゃないか」

「いや、俺に言わせれば三人の候補がいるな。スティーヴ・キャニオン、ドラキュラ伯爵、オスカー・ワイルド、この順だ」

クエは笑ったが、そのまま眉をしかめて渋い顔をした。随分アクロバチックに顔を動かせるものだ。

「事実だとしたら面白い指摘だと俺は思ったね。その女友達（お前も知っている女だから名前は伏せておく）

はなかなか文学的、というかキザな奴だったから、同じ頃ヴァージニア・ウルフでも読んでいたのかもしれない。しかし、今あの会話を思い出すと悲しくなるのは、もはや俺は腿肉のほうが好きなんだ」

「歳とともに女性化するのか?」

「もっと事態は深刻だろう。生の現実を前に、理論が音を立てて崩れたわけだからな」

今度は僕が笑う番のようだから、単純に喜んで笑った。皆殺しの天使にユーモアセンスは必要ない。誰にもそんなものは必要ない。実はユーモアだってタチが悪い。

「実を言うと、俺も今では胸肉より腿肉のほうが好きなんだ。で、腿肉のほうが好きになった今、女性を見るときはいつも脚に目がいく。少し前、まさに夢のような宴会に招かれた夢を見て、そこで俺に振舞われたのが、茹でいもを添えたシド・チャリシーの脚だよ」

「その茹でいもには何か意味があるのか?」

「わからん。だが、お前が名を明かさない金髪の女友達が提起したクレイジーな理論は確かに一理あるかもしれん」ここでクエは驚いて僕を見つめ、すぐに笑顔を見せたので、僕は思わず、簡単なことだよ、クエトソン君、と言いそうになったが、無視して言葉を続けた。「俺も昔は胸肉が好きだったが、あの頃俺が好きだった流行りの女優といえば、ジェーン・ラッセルにキャスリン・グレイソン、それが少し後になって、マリリン・モンロー、ジェイン・マンスフィールド、それにサブリーナ!」

「おい、そんな女優の夢を見たことがあるのか? 俺にもその夢を回してくれよ」

「夢の貸し借りか」

僕はデザートに気をとられたようなふりをしてここで話をやめた。そしてフリン、いや、プリンとコーヒーを注文した。クエもストロベリー・ショートケーキとコーヒーを頼んだが、デザートは失敗だった。ストロベリー・ショートカットがいけないというわけではなく、僕などがスタニスラフスキー・システムを真似して、彼や他の俳優にはお似合いの間の取り方を試してみたのがいけなかった。ちょうどその時にウェイターが現れ、何か食後酒はいかがですか、と訊いてきたのだ。僕は断った。

「コアントローリーは?」

「はい?」

「だから、コアントローは?」

「ございます、グラスをお持ちしましょうか?」

「コアントロー入りでだよ」

「もちろんです」

「ならば最初からそう言ってくれないと。グラスだけ持ってこられてもね」

「コアントローのことをお訊ねでしたから」

「コアントローという名の友人かもしれないじゃないか」

「いや、しかし」

「もういいよ、ただの冗談だよ。それじゃ、リモンチェロにしよう。ヴィオロンチェロじゃなくてリモンチェロだよ」

「わかりました」

僕には笑えなかった。そんな時間もなかった。何の話をしていたか思い出す時間もなかった。

「ジェイ・ギャツビーはムジュン人か？」

反射的に僕は答えた。

「ギャツビーもディック・ディーヴァーもモンロー・スターも違う。スコット・フィツジェラルドだって違う。それどころか、まったくわかりやすい奴らだ。フォークナーだって違う。面白いことに、フォークナーの登場人物で真にムジュン人といえるのは、黒人、しかもジョー・クリスマスやルーカス・ボーシャンのようなプライドの高い黒人か、貧乏か成り上がりの白人だけだ。サートリスや、他のガチガチの貴族階級もみんなムジュン人じゃない」

「エイハブは？」

「違うな、ビリー・バッドだって程遠い」

「アメリカ文学におけるムジュン人は混血、もしくは混血のように振舞う者だけ、ということか」

「どこからそんな結論がでてくるんだ？　俺はそんなこと言ってないぞ。混血のように振舞う者、ってのは一体どういうことだい？　それこそ行動主義と人種的偏見の混血みたいだぞ」

「おいおい、シルベストレ、文学の話に社会学を持ち込むなよ。ヘミングウェイがムジュン人で、インディオとのハーフだと言ったのはお前じゃないか」

「そんなことは言ってない。ヘミングウェイがインディオとのハーフだと言ったわけじゃなくて、俺のインタビューに答えて、インディオの血を引いている、と言っただけだ。それにインディオとのハーフってのは何だい。半分は色白、髭面に眼鏡、もう半分は髭無し、色黒、黒髪、鷲目というわけかい？　アーネストは帽子にツイードジャケットの白人、ヘミン・ウェイ酋長はトマホークと長パイプを手に羽を身に纏ったインディアンというのか?」

僕は弱き者たちとウェイター、とりわけ弱きウェイターを助けるペリー・メイソンだ。クエの取った「勘弁してくれよ」という仕草はいかにも俳優らしかった。

「どうしろと言うんだ? お前と泣けばいいのか? ワニでも食ってほしいのか? 小鳩のスープでも飲めばいいのか?」

「いや、アムレド王子、これは『デンマーク人の偉業』じゃない。いいか、ムジュン人の理念は社会学の本に由来するんだ」

「だから何なんだ? これは文学の話だろう」

彼の言い分を認めたくはなかったし、ブストロフェドンが存在の概念に興味をひかれていたのと同じように僕が社会学に興味を持っていることなど話したくもなかった。矛盾の起源をインディオに求めることができるかもしれない、なんて話もご免だ。

「文学の遊びさ」

「そのどこが悪い」

「もちろん文学さ」

「それはよかった。一瞬悪いのは遊びのほうだと言い出すかと思ったよ。続けるか?」

「もちろん。メルヴィルは偉大なるムジュン人だったし、マーク・トウェインもそうだが、ハック・フィンやトム・ソーヤは違う。もっと人格がはっきりすれば、ハックの父親はムジュン人だと言えるかもしれない。ジムはいつも奴隷、つまりアンチムジュン人だ。だからトムもハックもムジュン人ではないと言える。もしそうなら、ジムとの接触には一瞬たりとも耐えられなかっただろうからな」

「ちょっとハックリ、いや、びっくりすることを言ってもいいか。(メキシコ訛りで)お前の言うムジュン理論はポスト・アインシュタイン物理学のテーゼじゃないのか?」

「そうだ、エドワード・フォーチュン・テラー風にアレンジしたがな。なぜそんなことを訊くんだ?」

「何でもない、オブリガード、続けてくれ」

「アメリカ人で最もムジュンした男が誰かわかるか?」

「地雷を踏みたくないからやめておくよ」

「エズラ・パウンドだ」

「本当か?」

僕は彼を見た。手で船を、コップを作ってそのまま手、両手を口へ持っていくと、その中に息を吹きかけ、すぐに息を吸い込んだ。インディオ風の儀式だ。

「どうした?」

「俺の息が嫌じゃないか?」

「いや」

「臭くないか?」

窓に近づくときのように、あるいは、夢うつつで眼鏡を忘れたまま鏡の前で髭を剃るときのように、僕はクエの顔めがけて人間蒸気を吐き出した。

「いや、別に何ともない。俺が臭そうな顔でもしたのか?」

「いや、俺の問題だ。なぜだかコウ・シュウ・アクに囚われた気がしたんだ。帝国主義に反対した中国の伝説的英雄の親戚だ」

「俺と同じ、食べ物と飲み物と会話の臭いだけだ。しかも風向きも悪くない」

「風向きにかかわらず悪臭を放つ口もある」

「横顔でも臭い場合があるな」

二人で笑った。

「続けてくれ」

「ドミノや野球より面白いな」

「ああ、ユニフォームもいらない。お前のおやじさんなんてドミノのときもユニフォームを着るんじゃないか?」

「ドミノはやらない。ゲームとは無縁だ」

「娯楽なしか?」

「極楽にいるからな」

冗談だとわかっているから、クエは陽気に笑った。父の残した灰に誓って、という冗談も僕の得意技で、すぐ後で「タバコの」と付け加える。もちろん父はまだ生きているし、タバコも酒もゲームもやらない。ストイック? ストに行ったことは一度もない。ストイックなのは目の前の男だ。ストイッ・クエ。

「それで、遺産は?」

「たっぷりあるよ」

「羨ましいな」

「ああ、おやじは胃腸が弱かったからな。次へ行こう」

「テーマはお前に任せる」

「ケベード、別名ス・ケベードはどうだい？　ドン・ファンならぬドン・パコか？」

「最初の問題は、いつものとおりボルヘスによってすでに解決済みだ。ケベードは作家ではなく文学だ、と言っている。人間ではなく人類であり、当時のスペインの歴史だ。ムジュンに満ちた当時の歴史にあっては、別にムジュン人ではなかった」

「では、セルバンテスもロペもムジュン人ではないのか？」

「ロペはムジュン人には程遠い。まさにウィットのフェリックス・フェニックス、最もフェリス、つまり幸せな天才で、カルピオ・ディエムの発明者、シェイクスピアの正反対だ」

「そしてマーロウの正反対」

「マーロウこそ俺たちみんなの父だ」

「お前はムジュン人か？」

「口先だけだ」

「誰が？　マーロウか、お前か？」

「俺の話し方だよ」

「気をつけろ、話し方は書き方と繋がっている。お前の修辞学が絵になったり鳥になったりいろんな落書きになったりして紙に残るかもしれない」

「なんだ、拙い文学の原因が修辞学にあるとでも言うのか？　それでは人が転ぶのを物理学のせいにするのと同じだ」

クエは空中でページをめくる仕草をした。

「お前が直接会ったことのあるムジュン人には誰がいるんだ？」

「お前」

「真面目に話してんだよ」

「俺もだ」

「お前もか？」

「俺もだ」

「つまりお前もムジュン人なのか？」

「お前もだ」

「真面目に話してんだってば」

「俺もだ。お前は最初のムジュン人の要件を満たしている」

「そうか？」

虚栄心。これが人を迷わせる。しかも、すでに迷っている者をもっと迷わせる。ああ、ソロモンよ！

「ああ、そうだ。お前はインディオか、インディオのハーフ、いや、失礼、インディオの血を引いている」

「それに黒人の血も中国人の血も、おそらくは白人の血も引いているだろう」

クエは笑った。そして笑いながら頭を振って否定した。こんな仕草がどうしてできるのだろう？

「お前はマヤ人だ。鏡を見てみろ」

「いや、俺はアステクエ、あるいはキョウテクエだ」

笑わない。笑うタイミングなのに、間抜け面して真面目くさっている。

「見ろ、今の態度が何よりの証拠だ。インディオの血は関係ない。ムジュン人でなければ今のような振舞いはできない」

「本当か？」

腹を立てているようだ。

「本当だ」

「『芸術の一ジャンルとしての矛盾』とか、そんな本でも書いたらどうだ？」

「本当のことを言えば、俺もお前もムジュン人じゃない。お前の友達イレニータの言うとおり、俺たち二人はキュウリ二つだ」

「同一人物か？　二人で一人、二人で一つの矛盾」

特に何の意図もなく僕はテーブルの上にナプキンを放り投げた。だが、意味を持たずにはいない仕草というものがあるもので、白いテーブルクロスの上に白いナプキンが落ちた瞬間、二人ともリングにタオルが投げ入れられたと見てとった。リングのタオルでゴング。ゲームは終わったのだ。

「いつか雪辱戦をさせてくれ」

「十五ラウンド戦ったのに、まだ足りないのか？」

「いや、これはテクニカル・ノックアウトだ」

「わかった、スメリング・グッド、スクメリン・グット。明日か、またいつかな。次のシーズンか、二月三〇日にな」

「今すぐがいい。そのほうが上達が速い」

わかったよ、アルセニオ・ギャツビー、リングネームはグレート・クエ、そこまで言うのなら。

「いや、今度は俺に勉強させてくれ。もう一つ面白いゲームがあるんだ。お前のほうが上手なはずだ」

「よしきた」

「まず俺がお前に夢の話をする。覚えているか、さっき夢の話をしていたじゃないか？」

「胸の話もしたな」

「胸も夢も両方だ」

「天使よ、胸を夢見よ、トマス・ウルフの小説のタイトルになりそうだ」

「夢も文学の一つだ」

僕は固まった。会話の途中でピタリと言葉が途絶え、体が微動だにしなくなる瞬間、声とジェスチャーが不動になる瞬間をご存じだろうか？

「例の謎めいた女友達、お前の女友達と同じくらい影があって、同時に存在感のあるあの女の夢を話してもいいか？　なかなか面白いんだ。お前の夢に似てるぞ」

「俺の夢？　夢の話をしたのはお前じゃないか？」

「今日の午後お前が話した夢だよ」

「今日の午後？」

「海岸通りでさ、マセオ公園を何度も通りながらさ」

クエは思い出した。思い出したくなかったようだ。

「お前なら現代版聖書的夢とでも言いそうな夢だな」

「いいから、まあ、我らが女友達の夢の話を聞けよ」

女友達の夢

彼女は夢を見ながら眠っていた。夢の夜のなかでも夜だったことを覚えている。夢だとわかっているのだが、夢のなかの夢は他の人が見ている夢だ。夢のなかではすべてが、黒、真っ黒だ。夢のなかで夢から目が覚めたが、その夢現実のなかでもすべては真っ黒。彼女は怯える。明かりをつけようとするが、手がスイッチに届かない。腕がもっと伸びれば。だが、そんなことは夢のなかでしか起こらないし、もうすでに目は覚めている。本当に目が覚めているのだろうか？　腕がゆっくり、本当にゆっくりと、ゆ、っ、く、り、と伸びて部屋を横切り（夢現実のなかですべては真っ黒だが、真っ黒い部屋のなかでそれが感じられる）、電気のスイッチのほうへ進んでいく一方、夢のなかで誰かの声が、9、8、7、6と数を逆に数え始め、ちょうどゼロに達したところで手がスイッチに届き、信じられないほど白い、身の毛もよだつほど恐ろしく白い光が灯る。物音はしないが、どこかで爆発があったような気がする。怖ろしくなって飛び起きてみると、腕は元に戻っている。伸びた腕も実は夢の夢だったのかもしれない。だが怖い。わけもわからずバルコニーへ出てみる。恐ろしい光景。ハバナ中、つまり世界中が燃えている。すべての建物が崩れ落ち、すべてが破壊されている。

火事の、爆発の焔（ここで彼女は本当に終末的爆発があったことを確信する。終末的爆発、夢のなかでこの言葉を考えていたことを思い出す）が、真昼の光のように辺りを照らし出す。廃墟のなかから騎士が出てくる。灰色の馬に乗った白人女性だ。彼女のいる建物は奇跡的に無事で、燃え尽きた鉄筋の間に突き出たバルコニーの下で女性騎士は馬を止め、微笑みながら見上げる。一糸纏わぬ姿で、長い髪をたなびかせている。ゴダイバ夫人だろうか？　いや、違う。女騎士、その色白女性はマリリン・モンローなのだ。（目が覚める。）


「どうだい？」

「夢を解釈して内面を告白させ、狂人の治療をするのはお前の仕事だ。俺は関係ない」

「でも面白いだろう」

「かもしれん」

「さらに面白いことに、その友達、俺の女友達は、何度も同じ夢を見るんだけど、時には自分が白い馬に乗って現れることもあるんだ」

クエは何も言わない。

「この夢にはいろんな要素があるんだよ、アルセニオ・クエ君、いつかリディア・カブレラが俺たちに話してくれた夢だってそうだったじゃないか、覚えてないか？　お前の新車で彼女の家を訪ねて、コヤスガイのお守りを貰ったあの日さ、お前は、黒人の魔術なんか信じないと言って、後で俺にあのお守りを押しつけたじゃないか。地平線上に赤く太陽が昇って、空も大地も血の色に染まる、その太陽がバティスタの顔をしていた、そんな夢を何年も見続けている、って話してただろう。あの数日後に三月一〇日のクーデターがあった。

あの夢もこの夢と似ている気がする。何かの予兆かもしれん」

相変わらず黙っている。

「夢にはいろんな要素があるもんだよ、アルセニオ・クエ君」

「この大地と空の間には、君の知ったかぶり以上の要素があるもんだよ、シルベストレ君」

僕は笑っただろうか？　そんな気がする。

「何が知りたい？」

僕は真面目な顔に戻った。クエは青白い顔をして、骸骨が蝋の皮を被ったように見えた。まさにしゃれこうべだ。というより魚の頭か。

「俺か？」

「そう、お前だよ」

「夢についてか？」

「何でもいいよ。随分前、何時間も前から俺に何か言いたそうじゃないか。口まで言葉が出かかっているような感じだ。似非エリボーが現れたとき、確かビビアンについて俺に何か訊かなかったか？」

「似非エリボーを見たのは俺じゃない」

「夢を見たのもお前じゃない」

「そう、俺じゃない。言ったとおりだ」

その時ホールで喧騒が沸き起こり、人々はテーブルやカウンターの椅子を離れて出口へと急いだ。クエは歓声を上げ、同じ方向へ向かった。何だ、何だ、と言いながら僕は立ち上がった。

「なんでもないよ、ちくしょうめ、お前は大した気象予報士だな、見ろ」

見ると、雨が降っていた。しかも嵐のように激しい雨だった。まるでイグアスの滝だ。波打つナイアガラ、竪琴の音を調えよ、といえばエレディアの詩だ。

「俺のせいじゃない。俺はグンガ・ディンでもトラロックでもない」

「車の屋根が開けっ放しじゃねえか、ちくちょう！」

「駐車場の奴らがなんとかしてくれるさ」

「バカだな。俺が行かなきゃだめだよ」

だがクエはテーブルに戻り、落ち着き払ってコーヒーを飲み始めた。

「行かないのか？」

「今さら無駄だよ、どうせ車はもうバートレットの墓同然だろうからな。雨が止んでからにするよ」クエは通りのほうを見た。「止めばの話だがな。もう少しゆっくりしていこう」

僕も座ることにした。どうせ僕の車じゃない。

「雨のことはもういい」彼は話し出した。「話してやろう、聞けよ」

そしてすべてを、ほとんどすべてを話してくれた。内容はこの本の五十一ページに書いてある。危険な銃声のところでクエは話を止めて間を置いた。

「ケガはなかったのか？」

「あったよ、あの日俺は死んだんだ。実は俺は自分の亡霊にすぎない。ちょっと待ってくれ」

彼はコーヒーと葉巻を頼んだ。お前は？　それじゃ「ロミオ&ジュリエット」を二本。こいつにはロミオ、俺にはジュリエットを。どうやら僕のことを煙たがってはいないらしい。僕はロミオを受理した。煙に巻かれたままクエはようやく物語の結末を話し出した。

空からもう一人、雲を纏った強力な天使が降りてきて、雷鳴のような声で話し始めた。その声はよく聞き取れなかった。再び空から俺に話しかける声が聞こえたが、天使の頭と同じく、雲にでも包まれているような声だった。やがて空が晴れ、まず中心に火の消えたような太陽が見え、次に同じ場所にランプが一つ、二つ、三つ現れた。最後に一つだけランプが残り、その円錐形の筒が白い天井からぶら下がっていた。天使は手にピストルのような本を持っている。聖アントニウスだろうか？　いや、ピストルのような本ではない、本ではなく、単なるピストルが顔の前で揺れている。本だと思ったのは、ピストルという言葉を聞くたびに俺が本に手を伸ばすからだ。

空腹のせいだろうか、俺は男の言葉を聞きつけた。

「行くぞ」

どこへ行くのだろう？　食堂か？　泉のニンフのいるベッドか？　また空腹のまま表へ放り出されるのか？　話をしているのは人であって神ではないのだ。

「行くぞ、行くぞ」声は繰り返した。「お前はいい役者だ。作家ではなく、芸術家を目指せ」

俺は（これも空腹のせいだろう）、作家のほうがいい役者だ、自分で対話が書けるのだから、と説明したかったが、言葉が出てこなかった。「行くぞ、行くぞ」驚きと金の男が言った。恐怖心から出てくるような声だったが、恐怖ではなかった。

「行くぞ。立て。お前に仕事を頼みたい」

俺は立ち上がった。苦労して俺一人で立ち上がった。俺一人で。

「それでいい。始めていいか」

俺はまだ何も話せなかった。天使を見つめ、黙ったまま、本を食べさせてくれてありがとう、と伝えた。

男には自分の声で言った。

「いつ？」

「いつ何だ？」

「いつ仕事が始まるのですか？」

「ああ」彼は笑った。「そうだったな。明日テレビ局に寄ってくれ」

舞い上がってもいなければ落ちてもこない想像の埃を体から払い、俺はラザロの表情をして出ていった。出る前にもう一度だけ天使を見つめ、再び礼を言った。理由はわかっているはずだ。本を食べなかったことを俺は悔やんだ。どんなに苦くとも、アンブロシアか、少なくともマジパンの味がしただろうから。


「どうだ？」

「事実だとすれば信じられない話だな」

「すべて真実だ」

「**ちくしょうめ！**」

「お前がこれ以上下品な言葉を使ったり、仰々しい仕草をしたりしなくてすむように、この続きはやめておくことにする」

「おい、銃弾はどうしたんだ？　どうして助かったんだよ？　傷はなかったのか？」

「銃弾は当たらなかった。相手の腕が悪かったと言いたいところだが、そうじゃない。空砲だったんだよ。善良なるサマリア人は俺を脅かして楽しんでいただけだったんだ。後にすべてを説明して、給料を上げてくれたうえ、ついに二枚目の役をくれた。俺を戒めようとしてやったことらしいが、自分のほうが怯えて戒められる羽目になったんだ。わかるか、詩的正義だ。俺はカンダウレス王の宮廷に詩人、トルバドゥールとして出廷したようなものだからな」

「何で死んだ気になったんだ？」

「空腹か、恐怖か、単なる妄想か、わからんな」

当時の妄想なのか今の妄想なのか、クエは明らかにしなかった。

「あるいはその三つが合わさった結果か」

「で、マガレーナは？　同じ女なのか？　間違いないか？」

「お前の質問はいつも三つ重なる」

「三は魔法の数字、ターザンなら言うところだ」

「同じにちがいない。少し年老いて、生活苦が重なったせいかやつれているし、落ちぶれてこそいなくとも、今や気が触れているがな。鼻にシミができているせいで最初わからなかっただけだ」

「癌だと言ってたぞ」

「そんなわけあるかよ。ヒステリーだよ」

「紅斑性発疹的皮膚結核かもしれん」

「ふざけるな、なんだその不治の病みたいな病名は。とにかく、最初はわからなかったが、その後ずっと見てたからな」

「ああ、気に入ったのかと思ってたよ。お前に取られたらどうしようかと心配だった。叔母だか叔母もどきだかは俺のタイプじゃなかったからな、悪い女じゃないが」

「あの娘が気に入る？　俺はムラート娘なんかひっかけたことは一度もない」

「わからんぞ。あの娘はきれいだからな」

「昔は本当にきれいだったが、それでも俺のタイプじゃなかった。まだ十五にもなってなかっただろうな」

「ちくしょうめ」

クエはまたコーヒーを注文した。このままずっと起きているつもりだろうか？　紅茶にしたらどうだい？　僕は訊いてみたが、無視された。それとも質問のように聞こえなかったのだろうか？　ここの紅茶は濃くてまずい。チェスタートンによれば、紅茶も含め、オリエントから来る産物は何でも、強すぎると毒になる。この国のオリエンテ人もそうかもな。クエは微笑んだが、何も言わなかった。今度は間違いなく僕が賽を仕掛けた。だが、目下のところクエは、自分の物語というゲーム以外にはどんなゲームにも関心がないらしい。

「お前が下品な言葉を使わなくていいように、と俺が言ったのは、美しい女の描写を省略するという意味ではなくて、その逆、男の話をしないためさ。語るに忍びない話ってのがあるだろう。あの運命の日、少なくとも俺には時間が止まってしまった。あの後、夢の淵よりもっと深い穴にはまり込んだが、あの狂気から抜け出すために、俺はありとあらゆる辛酸を嘗めた。そしてやっとここまでたどり着いたんだ、シルベストレ！

今だって大したことはないがな。信じられないような話さ、だからしたくないんだ。お前は吐きたければ吐け。俺は、せっかくうまい鶏肉も食ったし、吐くのはご免だ。わが師ニーチェによれば、本当に重要なことは、皮肉な言葉か、子供の言葉でしか語ることができないそうじゃないか。俺はぶつぶつ言うのは苦手だ」

わざと皮肉屋を気取っているばかりか、自己憐憫とでもいうのか、憐みの心、アルセニオ・クエによるエク・オニセルア（彼は自分の倒錯したアルター・エゴ、ゴエータルアをこう呼ぶ）への同情が見て取れる。アセニオエ・クル、アオク・ニセルエ、ニセクエ・アオル。次は何を言ってくれることかと僕は待っていたが、クエは黙ったままだ。

「で、ビビアンは？」

クエは黒いサングラスを取り出して掛けた。

「夜にサングラスを掛けてどうするんだ。別に照明もまぶしくはないし。おい」

テーブルは灰だらけだが、これはクエが無造作に葉巻を吸っているせいだろう。突如黒い点が現れ、僕は最初眼の大きなハエかと思ったが、すぐに蝶だと思い直した。その虫が袖に止まったので、指で払いのけると粉々になった。煤だったのだが、こんな夜に煤が舞っているのは不思議だった。普通工場は夜には停止しているが、製糖工場やプエンテス・グランデスの製紙工場（僕のセイシ工場もそうだ）のように、昼夜ぶっ続けで操業する工場も確かにある。黒い雪のようにもっと多くの煤が舞い上がり、上着に、シャツに、テーブルに落ちたり、床を転がったりしている。

「蝶かと思ったよ」

「俺の故郷じゃ、タタグアって呼ぶな」

「俺の故郷でもそうだ。ハバナじゃアレビージャと言うがな。俺の故郷では縁起が悪いと言われてる」

「サマスでは逆だ、縁起がいいと言われてるぞ」

「後で何が起こるかによって変わってくるな」

「かもしれん」

信者同士の懐疑主義がクエの気に障ったようだ。僕は生と死と幸運の断片を求めて手を伸ばしたが、スススっと手の間を抜けて床に落ちた。

「煤だな」

「純粋な炭素の羽だ。結晶すればダイアモンドになる」

クエは舌と唇と口でチッと音を鳴らした。

「俺の祖母は車輪さえあればT型フォードになるぞ、ちくしょうめ！」サングラスをつけたり外したりしながらクエは言った。「雨と風で煙突が壊れて、それで煙と煤がキッチンへ逆流してるんだ」

確かにそのとおりで、僕は彼の洞察力に驚いた。キッチンや壊れた煙突、そこに建物の外で降り注ぐ豪雨を結びつけて煤の出所を突きとめることなど僕には思いもよらない。手も口も早いクエはすぐにウェイターを呼び、テーブルを拭かせたうえで、半開きになっていたキッチンのドアを閉めさせた。

「さすが」彼は言った。「クラブ21のサービスは抜群」

ラジオの宣伝そのままの口調だ。決まり文句を繰り返すオウムのようだ。

「手が汚れた」こう言って立ち上がると、トイレに入った。僕もトイレに入ったが、偶然の一致ではないような気がした。

二十一

僕がトイレに入って偶然の一致ではない気がしたのは、正しいドアを示すためにⅰ間違ったドアを開けるべからず、これは建築のモラルだ。正面、入口。ここに入る者はすべての曖昧さを捨てよ、入口は狭きドアだけだ）手の込んだ帽子が描かれていたことだ。山高帽。僕が来ることを予期していたのだろうか？　二枚扉の向こうで激しく音を立てて小便をしていたクエに訊いてみた。トイレに入ったら、手を洗うのは小便の前か、それとも後か？　冷静に衛生を考えれば先に手を洗うべきだろう。ワイアット・アープセニオ・クエは、素早く両手をピストルの形にした。

「ここは紳士以外立ち入り禁止だ」

あいつは左利きだったかな？　覚えていないが、そっちがその気なら僕はワイルド・ビル・ヒッチコックになってやる。ＯＫ便所の決闘だ。

「紳士ではないかもしれないが、笑いなら負けない」僕はフルオートで六発笑った。描く、盲目で、容赦ない僕の笑いが、いかにして的に命中するのかは僕にも説明できない。「それに、紳士以外禁止じゃみんな失禁しちまう」

ワイアットのように膀胱炎になってはかなわないし、決闘で血尿になってもかなわない。

クエが両手を上げて出てきたので、てっきり降参かと思ったら、単に手を洗って鏡の前に立ちながらまた髪型を整えているだけだった。八・二の分け目にこだわりがあるらしい。実生活では違うが、鏡のなかのクエは左利きだ。

「それで、お前は何も信じないのか?」

「そんなことはない、いろんなこと、ほとんどすべてを信じてるさ。だが数字だけは信用しない」

「それは算数が苦手だからだろう」

それは事実だ。僕は足し算もろくにできない。

「数学なんて宝くじと変わらないとお前は言ってたじゃないか」

「数学はそうだが、算数と数学は別だ。ピタゴラスの定理以前、古代エジプト以前の数字には魔法の力があった」

「運命の女神が首からさげる宝石とか、幸運の女神の胆石とか、そんなものを数えてみたいわけか? 俺は興味ないな」

クエは鏡を見ながら、深夜になって一層彫りの深くなった目の周りや、青白い頬、そして割れた顎を触っていた。自己崇拝の作業中。

「これが俺の顔か?」

やはり。ナルシシズム。トロイのヘレネーの男版、トロいアエネイス。口のヘラネーオス、自分の顔をアガメるムノー男め。

「これが、二十二にして人生の荒野へ分け入り、荒野を抜けても金持ちになれなかった男の顔か? ベンおじさん、といってもワイルドライスの銘柄じゃなくて、ウィリー・ローマンの兄だぞ、俺は彼と反対の生き方をしてしまった」

「それじゃ今度はセールスマンを目指せよ」

「いつも俺は危険な生き方をしてきた」

「そうか」

「そう、危険な人生だ」

哀れな貧しいニーチェ。このクエを見よ。

「みんな同じだよ、アルセーニオ・ルパン君、人生とは危険なものだ。みんな危険な人生を生きている」

「確かに誰もが死と背中合わせだ」

「誰もが生とお腹合わせだ。なんとしても生き続けるしかない」

僕のほうを見ながらクエは鏡越しに人さし指を突き出したが、それが右手なのか左手なのかわからなかった。

「俺はムジュン人か？　映画のか、文学のか、それとも実生活のか？　連載漫画のように最終章まで待たないと結末はわからないのか？　仮面の正体、とか、邪悪なキッドの逆襲とか、そんなタイトルか？」

クエはクランクを回すような仕草をした。

「お前は映画を信じるか」

「信じるというほどでもないが、映画とともに育った」

今度は鏡に字を書くような仕草をした。

「文学はどうだ？」

「いつもタイプ書きだ」

タイプを打つような仕草をしたが、作家の真似というより、タイピストのパロディにしか見えない。

「書くのが好きなのか、書いたものが好きなのか、どっちだ?」

「書く人が好きだ」

「我らが師ユーゴーがいいのか?」

「融合など信じてはいない」

「でも文学は信じるんだな?」

「もちろん」

「どっちなんだ?」

「だから信じるよ、当然だ。過去も現在も未来も」

「それじゃ文字と数字はどこが違うんだ?」

「言っておくがな、人類の歴史に最も大きな影響を与えた二人の男は、どちらも一文字も書き残しはしなかったし、読みもしなかった」

鏡越しに僕はクエを見た。

「おいおい、クエ、今さらそんな常套句をまた持ち出すのか。キリストにソクラテスだろう。いつもの二人組だな。文学と言えば文学、もう一つの歴史だよ。仮にお前の言い分を認めるとしてもだな、プラトンやパウロがいなければソクラテスとキリストは今頃存在しないだろう?」

その時まるで答えのように年配の男がトイレに入ってきた。

「Que sais-je? C'est a toa de me dire, mon vieux.」

男は小便をしながら僕らのほうを見た。ギリシア語かアルメニア語でも話していると思ったのか、あっけにとられたような顔をしている。何者だろう？ 早すぎた預言者か、それとも遅すぎたプラトン主義者か？ あるいは肉体的必要に迫られたプロティノスか？

「Moi? Je n'ai rien a te dire. C'etait moi qui a posé la question.」

男は小便をやめ、僕らのほうを振り向いた。まだモノをしまってもいない。両手を高く掲げると、突如話し始め、驚くべき言葉を発した。楽園のこちら側でまさかこんなことを言われようとは。

「Il faut vous casser la langue. A vous deux!」

ネメシスのたたりだ。糞ったれ、男はフランス人だったのだ。しかも酔っ払いのフランス人。ショ・ヴァン・ルージュ、ワインで顔の赤い排外主義者。クエは僕より早くショックから立ち直り、男に詰め寄って、何だと、この野郎、誰のことだ、と叫んだ後、同じ台詞の別ヴァージョンのように、a qui vieux con a qui dismoi と言いながら相手の腕を取って便器のほうへ押しやった。なぜか便所で年取って老人となった男は、驚いてぶつぶつ声を出し、mais monsieur mais voyons と言いながら浅瀬で溺れた男のような表情をしていた。僕はとっさに思いついてクエを後ろから羽交い締めにした。どうもまだ酔っているらしい。相手の舌を切ろうと息巻いていた哀れなフランス人は舌を巻き、騒々しい男のトライアングルを逃れると、一、二回よろめいた後、舌打ちしてトアレを出ていった。その時も首からネクタイを二本下げていたように思う。クエにそう話すと、トイレから直接墓場まで連行されるような気がしてきた。二人は笑い転げていた。

トイレを出てみると、もう男の姿はない。クエは追いかけるのかと思ったが、ガラス扉から外を眺めただけだった。

「くそっ、まだ雨降ってんのか」

そして笑いながら言った、あの野郎、est sorti même sous la pluie, he went away singing in the rain. 雨に唄いながらずらかりやがった。また二人で笑った。テーブルへ戻る途中クエは、さながら髭剃りたてのアーカディンといったような冷酷な表情をしながら見事にオーソン・ウェルズを真似て、肩で僕に問いかけてきた。

「どうだい、俺のアノクタラサンミャクサンボタイは？」

彼の死と復活、形而上学的再生、と言いたいのだ。キューバが僕の友人たちだけなら、キューバは知的な国になるだろう。危険なフランス語や微妙な英語を使いこなすのはもちろん、伝統的スペイン語にも精通しているし、少しならサンスクリット語もできる。今度は客のなかから菩薩が現れて僕らを黙らせようとするのではないかと少し心配になった。僕は眠い目をこすってクエを見た。

「まだ半分死んだようだな」

「That's what you think. それでお前は何者だ？　幽霊か？」

「まずお前が答えろ」

「何に？」

「ビビアンのことだよ」

「何だっけ？」

「とぼけるなよ」

「フネスはお前だ、俺じゃない」

「ビビアンとやったのか、やってないのか、どっちだ？」

少なくとも見かけ上は素直に答えたようだ。

「やった」

「おい、もうそのサングラスはしまえよ、ここじゃ誰からも顔を隠す必要なんかないよ」

事実を言っているだけだ。食堂にいるのは僕たち二人だけ、二、三人の客がこちらに背を向けてカウンター席に座り、歌手と伴奏のピアニストは雨で中断された演奏をまだ再開していない。

「で、処女だったのか?」

「おいおい、そんな細かいとこまで見てないよ。しかも、随分昔の話だ」

「遠い昔、はるかな国、か。しかも娘はお前にとってもはや死んだも同然、お前は井戸に毒を入れて回ってるわけか。マーロウだな。といっても、クリストファーのほうだが。お前の引用はもう知り尽くした。指折って数えてもいい」

「そんなこと俺は言ってない」

恥入ったような話し方だ。ビビアンのせいでも、アルセニオ・クエその他の異名でない誰のせいでもあるまい。ティティンの話し方を真似て、それはイヤ、痛いから、とでも言い出しそうだった。

「エリボーより先にやったのか?」

「知らん。いつエリボーは彼女とやったんだ?」

「彼女とはやってない」

「それなら絶対俺のほうが先だ」

「とぼけるな、わかってるだろう」

「わかっているとも」

「誰よりも先にやったのか？」

「そんなこと訊かないよ。俺はそんな男じゃない」

「お前ほどの老犬でもか？」

「オールド・ハンドと言ってくれ。そのほうが上品だ」

「気取るんじゃない。誰よりも先にビビアンとやったのか？」

「かもしれん。だが、本当に俺は知らない。彼女は子供の頃からバレエ学校に通っていた。それに二人とも酔っていたからな」

「それじゃ彼女がエリ坊に嘘を言ったのか？」

「かもしれん。あの男の言うことが本当ならそういうことだ。ああ、そうだろう、ちくちょう、女が嘘をついたんだろう、女はみんな同じだ」

これに続く台詞はまさに驚愕であり、自分がこの耳で聞いていなければ嘘だと思うところだ。無関心を装った者ですら驚くようなことばかり起こる夜だ。

「『Allzulange war im Weibe ein Sklave und ein Tyrann versteckt』」引用自体よりも、どこかの俳優でも真似たようなクエの完璧なドイツ語に驚かされた。クエルト・ユルゲンスだ。「『Oder, besten Falles, Kühe』、フリードリッヒ・ニーチェ、『ツラトゥストラはかく語りき』」思わず僕は、このやろう、と言いそうになった。「これは碑文でも建てたいほどの名言だ、女性のなかには長年にわたって奴隷と暴君が隠れていた、だからせいぜい牛レベルなのだ。どうだい、牛か、山羊か、所詮は畜生さ、劣った人種なんだ」

「みんながみんなそうじゃない。お前の母さんは牛じゃない」

「ふざけるなよ、シルベストレ、月並みな感情や常套句やキザなことばかり言いやがって。おふくろへの悪口だったとしても俺は別に怒らんよ。お前はおふくろを知らない。俺だってバス運転手じゃない。だがな、このまままつまんねえ尋問を続けるようなら本気で怒るぞ。ああ、ビビアンとはやったよ、それも俺が最初の相手さ、ああ、そうさ、あいつがエリボーに嘘を言ったんだ、わかったか」

「お前にエリ坊を紹介したあの晩、もうすでにビビアンとやったことがあったんだな?」

「そうだ。そうだと思う。そう、そうだ」

「シビラの彼氏だったときにやったのか?」

「いい加減にしろ! お前が一番よく知ってるだろ、俺はシビラの彼氏なんかじゃなかったし、誰の彼氏だったこともない、枯れ死にしそうなそんな言葉は大嫌いだし、恋人関係なんてごめんだよ、あの夜お前がビビアンを連れ出したように、俺もシビラを連れ出しただけだ。俺のほうがお前より運がよかったのかもしれんが、それは俺のせいじゃない」

そうか? 僕の嫉妬だろうか? ビビアンへの愛、これで記憶のジクソーパズルは完成なのだろうか?

「つまり、俺が彼女の尻軽さを論じて、お前がエリ坊の前で新品のタイプライターという理論を持ち出したあの夜、お前は内心俺のことをバカにしていたんだな」

「勘弁してくれよ、本気にしたのか、お前は? エリボーをからかっただけじゃないか。あんな哀れで純真なボンゴ奏者に本当のことを言うには忍びないないからな」

「お前が彼女とやった、という事実か」

「ふざけるなよ！　利用されてるだけだって話だ。あの女の振舞いは、俺に焼餅を焼かせようとしてのことなんだ。ビビアン・スミス・コロナがあいつみたいなムラートと寝るわけねえだろ、良家の子女なのに」

「哀れなアルセニオ・ヨットクエ、お前も良家の子息なのか？」

以上、第三幕終わり。素早く幕が下りる。

クエは立ち上がって勘定を頼んだ。

「お前が気にしてるのはバカにされたことだけ、いいか、この台詞がエピローグだ」

そうだろうか？　ビビアン・スミスへの愛と言われるぐらいなら、バカにされた腹いせ、と言われるほうがましだろう。だが、このままおめおめと引き下がるのも癪だ。アルセニオは本当にクエない奴だ。僕が一番よくわかっている。

「まあ、座れよ」

「もう一言も喋らん」

「聞いてるだけでいい。俺が喋るからな。これで最後だ」

「本当だな？」

クエは座った。勘定を払うと、黒とシルバーのフィルターに差した煙草に火をつけた。チェーンスモーカーだから、一晩中吸い続けて、部屋を、ホールを、食堂を、宇宙全体を煙に巻くことだろう。煙が目にしみる。どう切り出したものだろう？　数日前から昼夜ずっと言いたかったこと、それをようやく言う時が来たのだ。クエのことは知り尽くしている。こうして座ってはいるが、それは僕と言葉のチェスを楽しみたいだけだ。

「早くしろよ、ピッチャーが投げないと打ちようがない」

やはり。野球なんて頭を使わないチェスだからな。

「夢の女性の名前を教えてやろう。ラウラだ」

僕はクエが飛び上がるものと思っていた。何週間も前から、朝、昼、午後、夜寝るまでこの瞬間を待ち続けていたのだ。もはや待つどころではない。クエの顔が目の前にあるのだから。

「さっきの夢を見たのは彼女だ」

「だから何だ?」

僕はまたもやバカにされたような気分になった。

「あの夢を見たのは彼女だ」

「もう聞いたよ。それで?」

僕は黙った。慣用句か常套句か、文か単語でもいい、どこかに言葉がないか必死で考えてみた。野球でもチェスでもない、まるでクロスワードだ。

「少し前に知り合ったんだ。一か月か二か月になるかな。仲良くしてる。おそらく、いや、おそらくじゃない、彼女と結婚するつもりだ」

「誰と?」

わかっているくせに訊いてくる。だがここは合わせておこう。

「ラウラだよ」

きょとんとした顔をしている。

「ラウラ、ラウラ・エレナ、ラウラ・エレナ・ディアさ」

「聞いたことのない名前だな」

「ラウラ・ディアだよ」

「ディアスか?」

「そう」

「いや、お前はディアと言ったじゃないか」

僕の顔は赤くなったのだろうか? 知りようがない。クエの顔は鏡じゃない。せいぜい反面鏡面だ。

「うるさい、こんな時間に発声練習なんかご免だ」

「発声じゃない、発音の問題だ」

「ふざけやがって」

「怒ったのか?」

「俺が? 怒るわけないだろ。すっとしたよ。秘密のない男になった気分だ。しかし、お前、何て顔してんだよ」

「仕方がない、不意の雨だったからな」

「俺がラウラと結婚すると言っているのに、お前のその顔は何だよ」

「何だと?」

「その顔だよ」

「結婚すると言われたって、別に決まった顔の表情があるわけじゃないだろう。まだ結婚したわけじゃないし。こうやって横顔になったほうがいいか?」

「名前に聞き覚えはないのか？」

「ありふれた名前だからな。電話帳をめくれば十人ぐらいラウラ・ディアスが出てくるだろう」

「だから俺の言っているラウラ・ディアスだよ」

「お前の許婚だろ」

「ふざけるなよ」

「それじゃ、恋人としておくか」

「そういう意味じゃないよ、アルセニオ、わざわざこうやって座って話してるんだ、よくそんな無反応でいられるな」

「確かに、最初お前をここまで引っ張ってきたのは俺だ。だがもう後悔してるよ」

そうか？　確かに彼が食い下がったのは事実だ。

「それで今お前は、もうすぐ結婚する、と言う。俺も嬉しいよ。呼ばれれば結婚式にも顔を出す。プレゼントも考えよう、何か実用的なものを。他に何が欲しい？　証人になってもいい、教会で挙式なら代父になってやってもいい。ただ、サン・フアン・デ・レトラン教会はご免だぞ、お前も知っているとおり、俺は大嫌いだからな、なにせ、鐘塔がなくって、その代わりに鐘の音のレコードをスピーカーで流すんだぜ、あの教会は。ラジオじゃあるまいし。それ以上は何もしてやれない。あとはなんとかしてくれ」

僕は微笑んだのだろうか？　そう、微笑んだ。そして笑った。

「わかった、あとは何とかする」

「待てよ、いつその女を紹介してくれるんだ？」

「ふざけやがって。おい、煙草をくれよ」

「お前、煙草吸うのか？　今夜はいろいろ新発見と秘密の音楽に満ちているな。てっきりお前はデザートとコーヒーの後で貰った葉巻か、パイプ以外は一切吸わないもんだと思っていたよ」

僕はクエを見た。肩から視線を上げてその顔を見た。ワンシーン。エキストラが動く。雨が止んだようだ。レストランに人が入ってくる。出ていく人もいる。扉の前にウェイターがおがくずを撒く。

一九三七年のある晩、父は僕を連れて映画へ出かけ、町にあった大きなカフェ「エル・スイソ」に立ち寄った。ゆらゆら揺れるブラインドを付けたドアの向こうに大理石のテーブルが並び、バーの上に見える裸のオダリスクを描き出したポスターには**ポラール・ビール、庶民のビール、確かな味わい！**　と書かれている。ガラスケースには、いつも買ってやると言われるだけでまだ食べたことのないケーキや、眠れる美女のようなメレンゲがあり、その上に色とりどりの飴を入れた瓶が見える。その夜、ポーチの床に濡れたおがくずで黒っぽい線が引かれていた。その筋は廊下の奥まで続き、熱っぽく語り合う客たちの間を這っているようだった。オリエンテ州のあのカフェで、あの日起こった出来事は完全にウェスタンのドラマだった。ある男がライバルを挑発し、決闘を申し入れたのだ。昨日の友は今日の敵、二人はかつて親しい仲間同士だった者の間にしか生まれようのない激しい憎念でいがみ合っていたのである。「お前なんかところかまわず殺してやる」一人がこう言うと、もう少し慎重で用心深かったもう一人の男は、忍耐と勇気と信念を内に秘めて覚悟を決めた。その夜、第一の男は、カウンターに座って酒を飲む相手を見つけると、ブラインドを開けるや否や、店に入る前から叫び声を上げ、「こっちを向け、チョロ、くらえ」と言って発砲した。チョロという名の男は胸に衝撃を感じ、トタン張りのカウンターに崩れ落ちながらも、銃を抜いて応戦した。最初に発砲した男は額に銃弾を受けて倒れた。チョロがくらった銃弾は、左胸、ちょうど心臓の上に当たったのだが、ジャケットの下にいつもの習慣で銀のサングラス・ケースを入れていたために命拾いしたのだ。おがくずの筋は、今や死者となった決闘者の恨みに満ちた流血を衛生上の問題として優しく包み隠していたのだ。父は悲痛な面持ちで、僕は興奮してそのまま歩き続け、二人は映画館に到着した。見たのは、その日封切りだったケン・メイナードの古い映画、カウボーイ・シリーズの一作だった。この血なまぐさいドラマの美学的教訓は、黒ずくめで大胆不敵のメイナード、謎めいた悪漢クロタローと、つつましく美しい色白の娘は本物であり、まだ生きている、ということだった。それにひきかえ、チョロとその相手(両方とも父の友人だった)、床を流れた血、派手だが無様な決闘は夢と記憶の靄に包まれている。いつかこの話を短編小説にしようと思っているのだが、その前にこうしてアルセニオ・クエに話してみたわけだ。

「ボルヘスみたいだな」クエは言った。「悪玉と善玉の話だな」

わかっていない。わかりはすまい。道徳的寓話として語ったわけではないし、ただ鮮明な思い出の話をしたかったから話しただけで、ノスタルジーの産物にすぎない、それがクエにはわからないのだ。過去に恨みはない。理解できないならそれでいい。

「チョロは何を飲んでいたんだ?」

「そこまで知るかよ」僕は言った。

「リキュールか?」

「知らないと言ってるだろう」

「わかってないな」

クエはウェイターを呼んだ。

「何にいたしましょう?」

「チョロの飲み物を二つ」

「はい?」

見ると、別のウェイターだった。

「リキュールを二つ」

「コントローですか、ベネデクチンですか、マリブリザーですか?」

本当に別のウェイターなのか?

「どれでもいいよ」

ウェイターは去っていった。やはり別人だ。どこから来たのだろう? 奥の工場か? 山高帽から出てきたのか?

「死んだほうの名前は?」

「覚えてない」

慌てて訂正した。

「いや、聞いたこともない。と、思う」

戻ってきたウェイターは、モデルニスモの詩人なら琥珀色とでも呼びそうな色のリキュールを二杯持ってきた。

「チョロの幸運と射撃の腕に乾杯」クエは自分の杯を持ち上げて言った。別に笑えなかったが、それでも彼が少し理解に近づいたような気がして乾杯を受けることにした。

「友情に」と言って僕は一息に飲み干した。

僕は金でも払おうとするように、あるいは、すっかり遅くなったと言わんばかりに金を探るように大げさな身振りでポケットに手を突っ込んだが、すると指に紙幣の新しい感触があった。いや、新しい紙幣の感触というべきだろうか。その驚きが顔に出たかどうかはわからない。僕はすべての紙幣を取り出してみた。一ペソの旧札が三枚、強欲な手に撫でまわされてすでに黒っぽい皺だらけ、マルティの肖像もすでに丸だけとなり、さらに、クエなら甘い紙幣とでも呼びそうな紙が二枚。よく見ると折り畳んだ白い紙であり、一瞬僕はマガレーナが手紙を忍ばせていったのかと思った。だが、それなら二枚あるのはおかしい。ベバの伝言？　バベルのメモ？　ガルシアの手紙？　広げてみた。くそったれ。

「何だったんだ？」クエが訊いた。

「何でもない」何でもあるのだがこう言ってみた。

「秘密の手紙か」

僕はテーブルに紙を放り投げた。クエが読んだが、すぐにまたテーブルに放り投げた。僕は拾って丸め、灰皿に捨てた。

「くそったれ」僕は言った。

「ああ、大した記憶力だな」インディオ・ベドーヤを真似てクエが言った。「冷房のせいだな」

僕はまた紙を取り出して、大理石の上に引き伸ばした。アルセニオ・クエは最後のモヒカン族ではないだろうし、まだ世界には物好きもいるかもしれない。

出版不可

シルベストレ、リネの翻訳は最悪だ。これ以外の表現を使おうと思えばあとは悪態しかない。リネの文章を土台にして、完全に書き直してほしい。英語版も送るので、リネがいかにお前の言うメタフレーズをやったか見てくれ。寝てる時間はないぞ、今週用の短編はまだ一つもないから、このままいくと、カルドーソ（あのへぼチェーホフ）か、名もないピタの短編を載せるしかなくなっちまう。（リネにはいずれにせよ翻訳料が支払われる。なんでいつまでもロランド・R・ペレスなんて変てこなペンネームを使ってるんだろうな？）

GCI

追伸　締め切りに間に合うよう解題も書いてくれ。先週なんて、編集長が口からファブ（我らがスポンサーの合成洗剤）を吐いてたんだ。ワングエメールに渡してくれ。

12ポイント、黒

解題
アメリカの短編小説家
ウィリアム・キャンベル、一九一九年ケンタッキー州バーボンの生まれ、有名な缶詰スープ会社一族とはまったく無縁。作家になるまで様々な職業に従事。現在はニューオーリンズ在住、ルイジアナ州バトン・ルージュ大学でスペイン文学を講義。これまでに発表した二冊の小説（*All-Ice Alice* 及び *Map of the Soutby a Federal Spy*）は大成功を収めており、アメリカの主要雑誌に短編小説や記事を寄稿している。また、『スポーツ・イラストレイティッド』誌の特派員として、近頃行われた第二回ハバナ・ラリーを取材した。これも含めたハバナ滞在経験をもとに書かれたのがこの素晴らしい短編であり、原版は『ボー・サブルール』誌に掲載された。興味深い自伝的情報を付記しておくと、作者キャンベルはまだ四十歳、独身主義であり、酒も煙草もやらない。この長いタイトルの短い物語はキューバの文学ファンには二重、三重に興味深いものであり、『貼り紙』誌はその初訳スペイン語版をここに掲載する。じっくりお楽しみあれ。

「くそったれ」僕は言った。

「明日じゃだめなのか？」

「朝一で届けないと」

「もう翻訳は終わってるんだろう」

「だといいがな」

「どういう意味だ？」

「リネの翻訳をもとに、形容詞の位置を入れ替えるぐらいのことしかやってない」

「前後にか、左右にか、どっちだ？」

僕は微笑んだ。テーブルから紙を取り上げ、再び丸めて食堂の隅へ投げ捨てた。

「どうにでもなれ」

「なんとかなるさ」

僕は紙幣を一枚テーブルの上に置いた。

「何だ、それは？」クエが訊いた。

「一ペソだよ」

「それぐらいわかってるよ、ばかやろう、それで何をしたいんだ？」

「勘定だよ」僕は言った。

クエは役者らしく無理に笑ってみせた。

「まだ記憶に囚われているようだな」

「何だって？」

「チョロに入れ込みすぎだよ。ウェイターの言うことが聞こえなかったのか？」

「いや」

「店のおごりだってよ」

「聞いてなかった」

「それとも、いつもリアルなリネ・レアルの翻訳だか本厄だかコンニャクだかコニャックだかのことでも考えてたのか？」

「雨は止んだな」これだけ僕は答えた。そのまま僕らは店を出た。

二十二

今夜はこれ以上雨は降るまい。

「時はブリヤ・サヴァランに味方したようだな」ウォーク、トーク、ストークを一度にこなしながらクエが言った。「今日、新しい星の発見より新しい料理の発見のほうが価値がある。（空を指差しながら）星の数は多すぎる」

空には雲一つなく、星空の下、僕らはナショナルまで歩いた。

「空気入れを買っておけばよかったな。今度はボートで一回りしてみよう」

僕は黙っていた。すべてが暗闇と沈黙に包まれ、アル中の銅像ですら雨に酔って黙りこくっている。クエも何も喋らず、二人の足音だけが歴史的な音で響き渡っていた。天空の沈黙が一光分以上続いた。車まで着くと、というか、駐車場の電灯のおかげで着く前から見えていたが、誰かが車に覆いをかけて窓を閉めてくれていた。

「ちゃんと閉まってる」車に乗り込みながらクエは言った。「カラカラだ」

僕は相変わらず身の危険を承知で助手席に座った。発車してすぐ車は門のところで止まり、車を降りたクエは当直の男を起こしてチップを差し出したが、男は受け取ろうとしなかった。まだ別のラモンのままだったのだ。友達の友達は友達さ、彼は言った。クエは礼を言って別れを告げた。マタシタ、の音を残して僕らは走り去った。五分ほど走った後でクエはようやく僕を降ろそうとした。実のところナショナルから僕の家まではわずが四ブロックしかないのだが、アルセニオ・アインシュタイン・クエの相対性理論によれば、二つの場所を結びつける最も近いルートは海岸通りというワープなのだ。

「疲れて死にそうだ」クエは背伸びをしながら言った。

「リンネルの死衣でも用意しようか?」

「リネと寝るためか?」

「一度リンネしたほうがいいんじゃないか、お前」

「今夜のところはこれ以上死にたくないな。お前の好きなマルクスの言うとおり、無くなるよりは錆びついたほうがいい」

「そんなことを考えて孤独を紛らわせているがいいさ」

「帰れば老人がいるよ」

「老人と膿、か」

「某老人によれば、本当の無は感じることも考えることもできない。伝達などできるはずもない」

「ひでえ! あの老人こそ偉大なるムジュン人じゃないか」

クエはサイドブレーキを引き上げて、惰性に任せて僕のほうへ半ば向き直った。外的空間に生きるクエにとっては、重力も摩擦もコリオリの力も内部の衝動を弱めたりはしない。

「お前は間違ってる」

イングリッド・ベルガモのことが僕の頭に浮かび、あの哀れな娘がこれまた哀れなブストロフェドンと話をするとき、「お前は怖い」というセリフを褒め言葉だと受け取っていたことを思い出した。そういえば、イングリッドを石頭のカーリー、昨夜の女、いつも家で頭をカールさせたイレニータをラリー、トラピスト会修道女のような髪型をした間抜け面のエディス・カベルをモーに見立てれば、あのトリオは「カーリー、ラリー、モー」の三ばか大将そのままだ。哀れな女たち、男たち。みんな哀れだ。ここにいる我々二人も哀れなものだ。ブストロフェドンがいれば俺たちも三バカトリオになるのに。いや、いないほうがいいのかな。どうせわかりはしないさ。何のスケッチもないし。あるのは音の響きだけ。怒りすらもついてこないかもしれない。

「そうか？　あの第三千年紀の聖アウグスティヌス、シャン・プー・サルトルがムジュン人じゃないと言うのか？」

「違うよ、俺もお前も違う」

「ワーズ・ワーズ・ワース」

「生涯初めて取り返しのつかない間違いを犯すことになるな、それも完全に自分のせいで。他の間違いは向こうから勝手にやってくる」

「足があるのか？」

「真面目な話だ。完全に、恐ろしいほど完全に真面目な話だぞ」

「真面目に俺は疲れてるんだよ、アルセニオ、今さら俺たちの話を真面目に聞く奴なんているもんか」

「俺たち自身は真面目に聞いてるじゃないか。空中ブランコに乗る曲芸師と同じさ。空中で二回、三回宙返りしながら、こんなこと真面目にやってるのか、なんでこんな無駄な曲芸をやってるんだ、もっと真面目な仕事をしなくていいのか、なんて自問自答する曲芸師がいるかよ。仲間まで巻き添えにして落っこっちまうだけだろうが」

「間違いも遅かれ早かれ落ちていく。ニュートンの第一法則だな。リンゴも、自信のない曲芸師も、重力には逆らえない」

「いいか、俺はちゃんと言ってやったからな。このまま結婚したらお前の人生は終わりだ。少なくとも今の人生はな。まあ、別の運命を辿りたいなら、一度死ぬのも悪くあるまい。言いたいことはわかるな?」

「よくわかるよ」

僕はその気になればシルベストレ・シニカルになることができる。クエは「エ」の口をしたまま眉をひそめ、手を動かしながら斜めに僕を見ていた。

「友人としてのチュウコクだ」

中国? いや、忠告か。忠告耳に逆らうというのは本当らしい。良薬クエに苦し。

「船上の晩餐だかシンポジウムだかにプラチナ・ブロンドのジーン・ハーロウが立ち入りを禁止されて、彼女とともに七つの狂海へと乗り出す決意を固めたクラーク・ゲーブルが言った台詞を思い出すよ。首に縄を掛けられた囚人の言葉を引用して、彼は言ったんだ、この教訓は生涯忘れないよ、とね。俺も同じ気分だ、お前の忠告、苦しいときに思い出して糧とするよ」

彼はサイドブレーキを下ろし、僕は車の外へ出た。

「航海に後悔先に立たず」

「なんだ、真面目な忠告じゃなかったのか」

「いつも真面目にふざけてる」

「空中ブランコに乗った大胆な青年になってやるさ」

彼はサイドブレーキを下ろし、僕は車の外へ出た。

「I'll be seeing you, アベシンヤ」

僕は横幅でも測るようにぐるりと車の後ろを回り、クエの横まで来ると、彼は、ヨハン・セバスティアンではなく、フアン・セバスティアン、マゼランの乗組員だったかのカノになりすまして、le vent du Bonheur te souffle au cu, please end well your trip around the underworld, and sleep well, bitter prince and marry then, sweet wag と言った後、フランス語や英語はもちろん、スペイン語もまともに理解できない近隣住民のことを気遣ってか、大声で次のように翻訳をつけた。

「オケツ殿、クソをありがとう！」

僕も、なんだい、小便臭いことを言うなよ、と大声で返事した。E・M・フォースター氏は間違っていた。彼はロンドンは全世界であり、テムズ川は七つの海であり、彼の友人が全人類だと考えていたが、そうではないのだ。友を裏切ったとしても缶詰のように友情を保つことができるとわかっている者が、一人の友人を守るために母国や父国（祖国はどっちだ？）を裏切ったりなどするだろうか？　アルセニオ・デル・モンテよ、僕たちは真の友達だ、キューバ人は皆友達、僕もシルベストレ・リビーズとなる。

彼はサイドブレーキを下ろし、僕は車の外へ出た。

「誰が隠れムジュン人かわかったら手紙で教えてくれ」遠ざかる車のエンジンから吐き出されたクエクエクエという音に負けない大きな声でクエは言った。「ポストに投函してくれればいい」袋小路に反響してその声が増幅され、バラバラになり、「マタシタ」がかろうじて聞こえた。

車が走り去って沈黙だけがあとに残るなか、両側を花盛りのナツメヤシに挟まれた階段を上っていった僕は、狼男も女豹も恐れることなく、暗く沈黙した廊下をそのまま通り抜け、沈黙したエレベーターに乗り込むと、いったん電気のスイッチを入れた後また消して暗い沈黙に包まれたまま階を上がり、相変わらず沈黙のまま自分の部屋へ入って沈黙したままシャツを脱ぎ、沈黙のまま靴を脱ぎ、沈黙のままバスルームへ入って小便し、もっと沈黙のまま歯を磨き、沈黙のまま注意深く入れ歯を外してヴェッセル、つまりコップに入れ、沈黙のままこの偽物の歯を薬箱の後ろに隠し、沈黙のままキッチンへ入って沈黙の水を飲み、沈黙のまま三杯、沈黙もう三杯、それでもまだ喉が渇いているが、もうお腹はパンパンで、手のひらで軽く太鼓腹を叩き、沈黙のままバルコニーへ出たが、見えたのは、沈黙の明かりに照らされた大窓と**カバジェロス**沈黙**葬儀店**のネオンだけ、名前はカバジェロ、つまり紳士だが、もちろん沈黙した淑女の埋葬も引き受ける、沈黙のまま沈黙のブラインドを閉め、沈黙のまま寝室へ入って、沈黙のまま服を脱いで、沈黙のまま窓を開けると、外から沈黙した夜の最後の沈黙が入り込み、これこそ草木も眠る丑三つ時、沈黙の夜、沈黙のなかで上の階のバルコニーの沈黙から沈黙したまま滴り落ちてくる沈黙の水の音が聞こえてくる、沈黙のまま世界平和のパイプをふかし、バッハと同じように、沈黙したまま消えゆく葉巻が沈黙の煙以上の何かとなって浮かびあがる様子を精神的沈黙のなかで見つめていた——明かりに照らされた窓の沈黙した隙間から僕は、すべてが丸く沈黙に消えていく様子を見た見た見た、ヘヴィサイドの向こう側、空に広がる暗い大平原があり、その向こう向こうもっともっと向こう、向こうがこっちになり、方向が失われ、上も下も東も西も北も南も右も左もなくなる場所なき場所、無空間、ネヴァーランド、僕はこの目で見た、貪るウジ虫、観念の知恵、再び星、少ししかない星。砂浜の七粒の砂、別の砂浜の砂一粒にしかならない小さな砂浜、入り江か池か水たまりが七つの海の一つとなり、それが大海の泡に包まれる場所では、星は名前を失って実態も失う。マンモスコスモス。僕の記憶のなかで、ブストロフェドンは亡霊のサインとともに赤色へ、バラ色へとまっしぐらに膨張していくのだろうか、一光年は空間を有限な時間に変えるのだろうか、時間を無限の空間に変えるのだろうか、あるいは単なる速度なのだろうか、パスカル的め**君の母が見える君に昨日言うだろうその井戸は底なしだから覗いちゃだめ今夜君は再び訊くだろうなぜ底なしなの彼女の分身は答えるだろう地球の反対側に繋がってるのよ君は知りたがるだろう地球の反対側には何があるの別の君の母が言うだろう底なし井戸ってのはねお前**まいのほうが、僕の体に火星人が入り込んでいると考えるより恐ろしい、血のヴェッセルに吸血鬼を乗せるとか、正体不明の黴菌を抱えるとか、そんなことより恐ろしいのは、実は火星人どころか、その向こう側にもこちら側にも何も存在しないこと、夢よりも目が覚めている状態のほうが恐い、あるいはその逆、そのうちに僕は眠りに落ち、夜はもちろん、昼もずっと、そして次の日の夜もまだ眠り続けて、目が覚めたのは翌朝の夜明け前、あたりは再び沈黙、僕は黒く眠った沼の生き物に戻り、サングラスもパイプも振り捨て、唇に灰が落ち、彼はサイドブレーキを下ろし、僕は車の外へ出た、再び昏睡の長い廊下へ入り込み、その時だった、僕の口をついて言葉が出てきた、それは少女の名前だったと思う(僕には曙光のキーがわからなかった)、再び僕は眠りに落ち、73ページのシーライオンをスエニョ、ドリーム、夢に見ながら眠り続けた。シーライオン。トド。とどめなく夢は続く。Traditori.

第十一回

実は主人と本当に険悪な雰囲気になったんです。夫は寝ていたんですが、私が泣き始めて、それで主人を起こしてしまったんです。そんなつもりはなかったんですけど、主人は目を覚ましてしまって。夫が眠ってからもうだいぶ経っていたんですが、私と同郷のかわいそうなお友達のことを考えていたら眠れなくなってしまったんです。先生は覚えていらっしゃるかしら、リカルドの両親の家で見た料理婦のこと？　それが彼女だったのか、彼女の妹だったのか、それとも単によく似ただけの娘だったのか、私にはよくわかりません。とにかくその娘は貧しく哀れな孤児なんです。歳は私と同じくらい、パン屋に引き取られて、店で寝泊まりしていたのですが、本当に働き者でした。痩せ細っていて、背骨の曲がった姿は見るも無残、おまけに恥ずかしがりやで、私ともう一人の遊び仲間の女の子としか口を利けなかったほどです。パン屋の主人は結婚したばかりで、奥様は結婚前からその娘を引き受けていたのですが、新婚生活が始まっていたある日、とんでもない騒動が持ち上がりました。夜、店のほうから上がる物音を聞きつけて奥様が起き出してみると、なんと主人は娘の眠る簡易ベッドに裸で上って、ペチコートを脱がせて娘を抑えつけたまま、今にも犯さんばかり、あるいは、すでに犯した後だったのです。喋ったら殺すぞ、と脅すだけでは飽き足らず、主人は娘の口にパンを突っ込んで声が出ないようにしていて、まさにその現場を奥様に押さえられたわけです。町中が大騒動になり、人々がリンチを求めるなか、パン屋の主人は地区の警官二人に連行されました。主人が泣き続ける横で奥様と娘さん（遊び仲間の女の子というのは、寡だった主人の娘なのです。同じ家の別の部屋で暮らしていました）がまくしたて、娘が「あんたなんかもうお父さんじゃない」と叫ぶかと思えば、奥様のほうは、「死んでしまえばいいのに」と言って罵っていました。主人には懲役十年が言い渡され、奥様と娘さんは他の町へ引っ越しましたが、哀れな私のお友達は別の家族に引き取られ、その家が同じ町で、私の家から十ブロックほどのところだったので、よく遊びに行きました。随分長い間、男の子たちは彼女をいじめて、大人達まで一緒になって、あいつは男にお触りされて犯された女だ（もちろん「犯された」と言っていたわけではなく、他の言葉を使っていました、おわかりでしょう）なんて言っていたんです。彼女はいつも泣かされ、私はそういう人たちを罵ったり、石まで投げてやったりして、彼女には「そんなの嘘よ、ただ冗談で言ってるだけよ」と言って慰めていたのですが、彼女は泣きやまず、「冗談なんかじゃない、冗談なんかじゃない」と繰り返して、縮こまっていくばかりです。その後、二人はハバナへ出てきました。

この話はうちの主人にもしました。何度も話したことがあるんですけれど、主人は怒って、それはお友達に起こった話じゃなくて、お前に起こった話だろう、とか言い出すんです。本当のことを言うと、先生、これが私に起こった話なのか、私のお友達に起こった話なのか、それとも私の作り話なのか、もう自分でもわからないんですよ。作り話ではないと思います。でも、時々実は自分がお友達なのではないかと思えてくることがあるんです。

エピローグ

澄んだ空気澄んだ空気が好きだから私はここにいるの私にしかめつらしかめつらしかめつらをさせるように考案された香水が好き気が狂いそう　しかめつらきつい香水が好き　何のつもりかしら？　私があいつのくさい尻でも嗅ぐと思ったのかしら　澄んだ空気が最高　大自然の澄んだ空気　太陽が好ききつい香水　きつすぎてしかめつらしかめつらしかめつら彼は尻を私の顔に押しつけ　こんなに水がたくさんあるのに人の顔に尻を押しつけてくるなんて紳士だというのになんて汚らわしい不道徳な人かしら

今私はドイツ人と一緒　猿があなたを罰する猿人の肉何で私の手をどけるの　きっと食べるつもりよ　きっと料理して食べるつもりよ　この猿が私につきまとう　つきまとうのよ道徳的原則を教えてちょうだい　私はプロテスタントだから反抗する　蛮行には反対　ボアの粉ワニの粉蛙の粉あなたは気が狂って狂って狂って　道徳的原則を教えて　道徳的原則　宗教　なぜ教えてくれないの　私はトランプ占いなんかしないし魔女でも霊媒師でもない　家族はみんなプロテスタント　誤解なさってるわ　なんでそんな決まりいやらしい決まりを押しつけてくるの　人種を混同してる　宗教を混同してる　すべてを混同してる　霊媒師や交霊術者の道徳的原則じゃなくてキリスト教徒の道徳的原則　空気はあなたのものじゃない　ここはあなたの家じゃない　あなたの分厚い唇はどこにでも口を出す　その臭いは脳細胞を腐らせる　もう耐えられない　探り探り探り　ナイフを持った猿が来て探りを入れる　私のはらわたを引き出す　内臓がどんな色なのか調べる　これ以上は無理。

訳者あとがき

寺尾隆吉

EGM　『TTT』の英語訳やフランス語訳には積極的に協力したそうですね。どういういきさつがあったんです？

GCI　フランス語訳の場合は、訳者と出版社から要請があったんです、〔中略〕しかも『TTT』のような作品の場合、翻訳とは実のところ書き直しのことですから、自分にとっても面白いんです。ポルトガル語訳やイタリア語訳の場合は、自分にわからない言葉なので、そうはいきませんでしたが、イタリア語訳には幾何学的精神で少しだけ協力しました。

EGM　例えば日本語を勉強して、日本語訳に協力するなんていうのはどうです？

GCI　日本語訳への協力!?　冗談じゃない、小さな辞書一つでイタリア語訳に協力するのだって大変な作業だったのに。今後『TTT』の翻訳に口を出すのは御免です、スウェーデン語訳だろうが、ドイツ語訳だろうが、歌にもあるとおり、私には及び知らぬところで進むことになるでしょう。

インタビュアーはガブリエル・ガルシア・マルケスの弟エリヒオ・ガルシア・マルケスであり、一九七九年一二月三一日に行われたインタビューで、ギジェルモ・カブレラ・インファンテと交わしたこのような対話が彼の名著『作家の素顔——九人のラテンアメリカ作家に関するルポルタージュ』(一九八二年)に収録されている。その『TTT』の日本語訳がここにとうとう完成した。拙訳に仰々しい言葉を使うのもおこがましいが、一九六七年に初版が発表されて以来、半世紀近くを経てようやく出版されたことを考えれば、待望の邦訳と言ってもいいだろう。原題の *Tres tristes tigres* は、直訳すれば「三頭の寂しい虎」だが、これはキューバのみならず、スペイン語圏各地に知られた有名な早口言葉の冒頭部分であり、直訳のタイトルを邦訳につけても意味がないので、カブレラ・インファンテも好んだ通称TTTをメインに掲げてインパクトを持たせ、語呂合わせで「トラのトリオのトラウマトロジー」という副題をつけてみた。

"*Traduttore, traditore*"、同じように語呂合わせを利用したこのイタリア語の有名な諺の意味は「翻訳家は裏切り者」、『TTT』の発表後にジェイムズ・ジョイス『ダブリナーズ』のスペイン語訳を担当することになるカブレラ・インファンテも、この言葉の意味がよくわかっていた。『TTT』のように、スペイン語(カブレラ・インファンテによれば「キューバ語」)の限界に挑戦し、語呂合わせや駄洒落、言葉遊びやギャグを連発する作品を外国語に翻訳するとなれば、内容を忠実に訳しても読者にその面白さを伝えることはできない。それどころか、そんなことを試みれば、本作に収録されたキャンベル氏の杖をめぐる物語の第二番目の翻訳のように、何の役にも立たない脚注と意味不明の直訳を連発するおぞましい翻訳になってしまうことは目に見えている。それがわかっていたからこそカブレラ・インファンテは、英語訳者やフランス語訳者に最大限の自由を許し、本人自ら積極的に、スペイン語の原文にはまったく存在しない言葉遊びや駄洒落を訳文に取り込んだ。実際に私も、ドナルド・ガードナーとスザンヌ・ジル・レヴィンによる英語訳(一九七一年)を通読したが、アクロバチックともいえる意訳に貫かれているのはもちろん、原文とまったく対応しない部分が頻繁に現れるのを見て最初は少々驚いた。だが、カブレラ・インファンテ自身が称賛したこの英訳のおかげで踏ん切りがつき、どうせこの翻訳不可能な作品を邦訳するなら、許されるかぎり作者を裏切ってやろうと心が決まった。往々にして読書の邪魔にしかならない注は一切排除し、どうしても日本語化できないユーモアの翻訳を諦める代わりに、原文にはなくてもその趣旨に適う日本語ならではの言葉遊びや語呂合わせをどんどん取り込んで完成したのがこの訳文である。これまでの翻訳でも私は「直訳」などという理念に囚われたことは一度もないが、こと本書に関するかぎり、学術論文執筆の参照にはまったく向かない代物であることを予めお断りしておく。

『TTT』は、『百年の孤独』と同じ一九六七年にスペインで出版されて以来、現在までスペイン語圏全般で読み継がれてきた名作であるが、作者カブレラ・インファンテは、今でこそガルシア・マルケスと肩を並べる大御所と評価されているものの、生前は決して恵まれた境遇にはなかった。『TTT』にしても、その前身となった『熱帯の夜明けの景観』は、すでに一九六四年にセイス・バラル社の主催する第三回ビブリオテカ・ブレベ賞(一九六二年の第一回受賞作は、マリオ・バルガス・ジョサ『都会と犬ども』、六四年の審査にはバルガス・ジョサも参加)を受賞し、翌年には出版が予定されていたものの、キューバへの一時帰国やスペイン政府の亡命受け入れ拒否といった事態が重なって最終稿の提出が遅れた挙げ句、検閲によって作者の意志と無関係に二十二カ所もの部分を削除された形でようやく出版された。『TTT』の完全版が出版されるのは、すでにカブレラ・インファンテが老齢に差し掛かっていた一九九〇年のことである(カラカス、ビブリオテカ・アヤクーチョ)。

また、最初こそキューバ革命に同調し、有力新聞『革命』の文芸欄『革命の月曜日』の編集長を務めていたものの、弟の制作した短編映画『P.M.』がカストロ政権の検閲にかかり、その後「月曜日」にも圧力が及ぶに至って革命政府と一線を画したカブレラ・インファンテは、次第にラテンアメリカの作家や知識人から白い目で見られるようになった。そして、「ラテンアメリカ文学のブーム」が盛り上がりつつあった一九六四年、カストロ政府への反対姿勢を明らかにすると、彼は「進歩主義的」知識人たちの批判の矢面に立たされ始め、文筆活動なども大幅に制限されることになった。スペイン政府から亡命の申請を拒否されたカブレラ・インファンテは、一九六六年からパスポートもないままロンドンへ移り住んだが、当時すぐ近くに居を構えていた盟友バルガス・ジョサが回想しているとおり、長期間に亘って彼の生活は非常に厳しく、最愛の妻ミリアム・ゴメスと娘二人とともに、ほとんどその日暮らしで飢えを凌ぐような状態だった。

批評界では「ラテンアメリカ文学のブーム」の立役者とされることもあるカブレラ・インファンテだが、バルガス・ジョサを除いて、「ブーム」に関わった作家たちはほぼ一様に彼に冷淡な態度を取った。カストロ体制を支持していたガルシア・マルケスやフリオ・コルタサルが彼を避けていたのは当然かもしれないが、ラテンアメリカの同朋には常に極めて好意的だったフエンテスも、数多くの文学批評を残しながら、彼の作品に触れることはほとんどなかったし、ホセ・ドノソにしてもそれは同じだった。カブレラ・インファンテのほうでも、ラテンアメリカ文学を「ボルヘスとその他」に分類し、大きな影響を受けた師としてホルヘ・ルイス・ボルヘスを称賛しながらも、ノーベル文学賞作家ミゲル・アンヘル・アストゥリアスには軽蔑を露わにし、バルガス・ジョサを含む「ブーム」の世代に対してもほとんど賛辞を述べることがなかった。一九八二年、アルフレド・マック・アダムのインタビューに答えたカブレラ・インファンテは、独特のユーモアを込めてこんなことを言っている。

ＡＭＡ　同世代のラテンアメリカ作家に何か負っていることはありますか?

GCI ありませんね、借金すらしたことはありませんから。私にとっては、ボルヘスとその他がいるだけです。同世代の作家たちは皆、沈黙したその他大勢でしかありません。彼らの書いたものに耳を傾けることなどありませんし。

AMA しかし、あなたは一九六〇年代に起こったブームの一角を担ったのですよ！

GCI 糞喰らえですよ、そんな残響だけ残して消え去るようなブームはね！ ただ、カルロス・フエンテスに一つ借りがあることは認めます。

AMA 何ですか？ テーマ的なことですか？ フエンテスは映画への関心が強かったようですが……。

GCI カルロスとは、メキシコ・シティで一九五九年に初めて会いました。バルバチャノ・ポンセ制作会社でのことで、手を震わせて微笑みながら試写室を横切ってくる彼の姿がいきなり視界に入ってきたんです。マヌエル・バルバチャノとともにその場に居合わせたのはルイス・ブニュエルで、当時彼は『忘れられし人々』(忘れられていい映画ですけどね)を唯一の頼みに名声への足掛かりを掴もうとしていたんです。バルバチャノ社のために『ナザレア人』を完成した直後のことで、あの映画のいくつかの場面を一緒に見ていたんです。一人で自分の映画を見るのは退屈ですから、我々が付き合っていたわけです。するといきなりドアが開いて、カルロスが小さな金属製の機械を持って入ってきたんですよ。最初は武器かと思ったんですが、何とそれで顔を擦っているではありませんか！ 彼が顎の皮を引っ張りながら両目を一回りさせると、微笑が顰め面に変わりました。カルロスのあの顔を見ているほうが、『ナザレア人』を見ているよりはるかに面白かったですね。実は、髭を剃っていたんですよ。携帯髭剃り機というのをその時生まれて初めて見て、その後早速買いに行きました。キューバへ戻ってからも、あの機械を使うたびに、「この姿をカルロスが見たら」と考えたものです。これがカルロス・フエンテスへの借りです。

AMA　「借り」ですか?

GCI　そうですね。知り合った当時は髭を剃る必要すらなかったコルタサルへの「借り」と較べればはるかに大きな「借り」ですよ。あの頃のバルガス・ジョサはもみあげを伸ばしていて、剃刀で顔剃りをしていたし、一九六一年にハバナで知り合った頃のガルシア・マルケスは口髭を伸ばしていました。ブーム一味のなかで、たった一人本物の紳士だったホセ・ドノソとは、一九七〇年にロンドンで初めて会いましたが、時すでに遅しというやつです。彼は見たこともないほど髭を長く伸ばしていましたし、私は私でヤギ髭を蓄えていましたから。まさに髭ブームですね!

また、カストロ政府の広告塔となったアレホ・カルペンティエールにしても、カブレラ・インファンテのほうでは、直接会って好感を抱いたと回想しているが、この諧謔的作家を相当煙たく思って避けていたらしい(『TTT』を読めば当然という気はするが)。ちなみに、生涯ハバナの生まれだと言い張っていたカルペンティエールの、ローザンヌ生まれの出生証明を新聞社にすっぱ抜いたのはカブレラ・インファンテだった。

だが、こうした直接的・間接的なサボタージュにもかかわらず、出版当初から『TTT』に惜しみない賛辞を寄せたバルガス・ジョサや批評家エミール・ロドリゲス・モネガルらの後押しもあって、一九七九年に長編小説『亡き王子のためのハバナ』で成功を収めて以降、カブレラ・インファンテはラテンアメリカ文学における重要作家の一人として世界的認識を受けることになった。一九九七年にセルバンテス賞を受賞し、二〇〇五年に他界したものの、近年も未発表原稿の出版が相次ぐなど、ユーモアとウィットに富む彼の作品は現在まで幅広い読者を獲得している。

読者から「発見の楽しみ」を奪うのは気が引けるので、あまり詳しいことは書きたくないが、読書の手引きとして、作者カブレラ・インファンテの発言を中心に、簡単に『TTT』の背景と構造について触れておこう。作中に一九五八年八月一一日という日付が出てくるとおり、舞台となったのは、フィデル・カストロとチェ・ゲバラがバティスタ独裁政権を打倒して全権を掌握する直前のハバナ、それも、作者によれば、ラ・ランパと呼ばれる通り、さらに言えば、その通りのエル・ベダードと呼ばれる三ブロックほどの「夜も眠らぬ」歓楽街である。革命前はエル・ベダードの常連だったカブレラ・インファンテは、一九六一年夏にこの作品に着手し、「月曜日」の編集部から追われた後、文化担当官という名のもと、ベルギーのブリュッセルに放逐されていた一九六二年から六四年まで執筆を続けて第一稿を完成した。一九六五年、母の葬式のためキューバへ一時帰国した際に、かつてのエル・ベダードが跡形もなく消え去ってしまったことを痛感した彼は、亡命を求めてマドリッドへ降り立った後、ノスタルジーを込めて草稿に修正・加筆し、一九六六年春に『TTT』を完成した。バーやキャバレー、ダンスホールが立ち並び、外国人観光客や知識人からポン引きや娼婦まで、様々な人種が出入りする歓楽街へのオマージュといえば、一見軽薄な試みのように思われるかもしれないし、軽妙な会話や言葉遊び、様々なギャグを繰り出すこの作品の表層的部分だけに目を奪われて、この本を単なる悪ふざけと断罪する批評家が今も後を絶たないようだが、『TTT』はそんな安易な見方で片付けられるような作品ではないことをここで今一度強調しておきたい。共産主義者の家庭に生まれ、一時は革命政府に協力したカブレラ・インファンテに、こうした歓楽街が、多くの極貧労働者によって購われた特権階級の遊び場であった事実が看過されていたはずはない。読者としてはむしろ、それを承知のうえで革命に反旗を翻し、軽薄とされる歓楽街にオマージュを捧げずにはいられなかった彼の複雑な胸中を作品から推し量ってみるべきだろう。

エル・ベダードを中心とする歓楽街で活躍したキューバ人歌手が実名・偽名で多数登場するとともに、この本（カブレラ・インファンテは『TTT』を小説と呼ぶことを嫌い、単に「本」と言っていた）には、ハリウッド映画を中心に、様々な映画作品への言及があるが、これは、作中にも登場する雑誌『貼り紙（Carteles）』において、作者が映画批評を担当していた（登場人物の一人シルベストレも同じく映画批評家）ことと大きく関係している。とはいえ、映画や音楽、それに芸能情報も含めた大衆娯楽はあくまで表現上の手段にすぎず、こればかりに目を奪われていると、作品の本質を見失うことになる。自分の全作品の主人公は言葉であるとカブレラ・インファンテは断言しているが、『TTT』ももちろんその例外ではなく、この作品の本質は「キューバ語」の持つ可能性の追求にある。言語実験に際して彼が手本としたのは、シェイクスピアに始まり、ルイス・キャロル、ローレンス・スターンを経て、ジェイムズ・ジョイス、ウラジミール・ナボコフへと至る、ユーモアと言葉遊びに富む英語文学だった。また、敬愛する作家としてカブレラ・インファンテは、アーネスト・ヘミングウェイ、ウィリアム・フォークナー、マーク・トウェイン、フランツ・カフカといった名前を挙げているほか、『TTT』の下敷きになった小説の一つに、レイモンド・チャンドラーの『ロング・グッドバイ』があったことを明かしている。

作品自体についても、少々種明かしをしておこう。「序」は、現在も残るハバナ随一のキャバレー「トロピカーナ」における司会者の挨拶であり、注意深い読者は、ここで紹介される人物の多くが作品内で重要な役割を果たしていることにお気づきになっただろう。十二のセクションから成る「新参者たち」は、様々な語りの寄せ集めであり、「キューバ語」による作者の言語実験の一端をここに垣間見ることができる。七回に分けてカメラマン「コダック」によって語られる「彼女の歌ったボレロ」は、「黒鯨」のような巨体から見事な歌声を繰り出す「ラ・エストレージャ」をめぐる回想だが、このモデルとなったのは、カブレラ・インファンテがこよなく愛した伝説のボレロ歌手「フレディ」こと、フレデスビンダ・ガルシア・バルデスである。また、十一回にわたる精神科医の診察を受ける女性の正体は、作品の結末で俄かに重要性を帯びるラウラ・ディアスであることを、カブレラ・インファンテ自身があるインタビューで明かしている。「セッセ・エリボー」というタイトルは、アバクアの神で、「母なる自然」を意味するセセリボーに、作中人物の一人、パーカッション奏者の「エリボー」を引っ掛けたものであり、この部分はそのエリボーによって語られている。「鏡の家」では、小説の後半で主人公となるシルベストレとアルセニオのコンビが本格的に小説に登場するが、この部分の語り手は俳優アルセニオ・クエである。「ビジターたち」は、原文は英語で書かれていたとされる物語の二ヴァージョンであり、前半がシルベストレの翻訳、後半がリネ・レアルの翻訳という設定になっている。コダックによって語られる「ジグソーパズル」では、異常な言語能力を備えた架空の奇人、カブレラ・インファンテによれば「唯一無二の存在」ブストロフェドンが紹介される。それに続く「トロツキーの死」は、ブストロフェドンが行ったとされる著名キューバ人作家の文体的パロディであるが、残念ながら邦訳されている作家が少なく、ビルヒリオ・ピニェラやリノ・ノバスに対応する部分などは、翻訳では十分に面白さを伝えられないのがなんとももどかしい。また、「いくつかの新事実」も、コダックの語るブストロフェドンの思い出であり、ウィットに富む駄洒落が連発されている。「バッハ騒ぎ」の原題 Bachata は、キューバのスペイン語でお祭り騒ぎのことだが、綴りに Bach が含まれていることもあり、冒頭の逸話にちなんでこのような訳となった。シルベストレの視点から、クエとの軽妙な対話を中心に、夜のハバナを探険する二人の物語が進んでいく。「エピローグ」は、カブレラ・インファンテの実体験を基にした狂女のモノローグだが、本文中にその出所が示されていることに、注意深い読者なら苦もなく気づいたことだろう。

構成が複雑なうえ、日本の読者には馴染みの薄い俳優や歌手、政治家などの名前が頻出するため、確かに『TTT』は読みにくい本なのかもしれないが、ここに記した情報や付録を活用しながらじっくり読んでいただければ、面白い発見が多々あり、笑い転げる瞬間に出くわすこともあるだろう。間違いなく『TTT』は何度も繰り返して読むに値する本であり、表面的な読書では汲みつくすことのできない魅力を備えている。カブレラ・インファンテもこの本への愛着を生涯表明し続け、「見捨てることのできない本」、「何度でも蘇ってくる文学作品」と形容したうえで、自分の作品のなかで「一番のお気に入り」であると断言している。

翻訳にあたって底本としたのは、初めてノーカットで出版された一九九〇年のビブリオテカ・アヤクーチョ版であり、二〇〇八年のセイス・バラル社による普及版の他、二〇一〇年に発表されたカテドラ社の批評版（ニビア・モンテネグロ、エンリコ・マリオ・サンティ編）を参照した。また、ラテンアメリカ文学の英語訳は、ほとんどの場合信用できないので私は基本的に参照しないことにしているが、すでに述べたとおり、今回ばかりは英訳からも大いに得るものがあった。日本学術振興会特別研究員で、キューバ現代小説を専攻する山辺弦君には、付録の作成をお願いしたほか、「キューバ語」の専門的辞書など、様々な資料提供を受けた。今回も訳文の朗読を担当したのは東京大学大学院の浜田和範君だが、本作においては言葉遊びの作成に並々ならぬ協力を受けた。その他、いつものようにスペイン語の難解な部分の解読に付き合ってくれた東京大学准教授のグレゴリー・サンブラーノ氏、ラテンアメリカ文学の良き理解者として、いつも陰ながら「セルバンテス賞コレクション」を支えてくださっている現代企画室の太田昌国さん、その他この翻訳に関わったすべての方々にこの場を借りてお礼を申し上げる。今回は、翻訳出版に際する版権契約に、カブレラ・インファンテの未亡人ミリアム・ゴメスの強い希望で、「翻訳者を寺尾隆吉とすること」という条項が入り、それが最初途轍もないプレッシャーになったが、何とか乗り切ることができたのは周りからの温かい声援があったからだと思っている。改めて皆さんに感謝の意を表したい。

二〇一三年八月一一日、おそらくハバナより暑い記録的猛暑の東京にて

番売れたとはびっくりだ》。

1998（69歳） バルセロナでマルティに関する講演。キューバに関する人物たちの評伝、『読まれる人生』出版。

1999（70歳） 様々な都市についてのエッセイ集『都市の本』出版。「ほとんど全ての短編を集めた本」である『全ては鏡でできている』出版。アンソロジー『インファンテリア』出版。

2000（71歳） 『煙に巻かれて』のスペイン語版が出版される。

2001（72歳） 『チャチャチャを踊る罪』の英訳版、*Guilty of Dancing the Chachachá* 出版。

2005（75歳） 2月21日、他界。死因はブドウ球菌感染症による敗血症。アンディ・ガルシアが初監督・主演にて『ロスト・シティ』を映画化、公開する。

2008 多く遺された未発表の遺稿の中から、小説『気まぐれニンフ』が死後出版される。

2010 小説『神聖な体』出版。

2012 未発表原稿を含む『カブレラ・インファンテ全集』の刊行が開始される。第一巻は『映画時評』。

2013 小説『スパイが描く地図』出版

ス』誌に追悼記事を寄稿する。

1987（58歳） オクラホマ大学を訪問。亡命作家シンポジウムのためにウィーンを訪れる。

1988（59歳） カタルーニャ文化保護会の会員として、妻ミリアム・ゴメスとともにバルセロナへ。ドイツで講演旅行。イタリア旅行。マイアミ映画祭、バルセロナ映画祭で講演。ブラジルで講演旅行。

1990（61歳） ベネズエラの「ビブリオテカ・アヤクーチョ」から、はじめて検閲による削除のないスペイン語版の『TTT』が出版される。《いまやこの本（リブロ）は世界中で自由の身（リブレ）となったが、キューバではいまだに禁じられている。しかし新しい世代の作家たちは本を複製し模倣している。1967年にスペインで出版されて以来、トラたちの縞模様は別物になったり色褪せたりなどしていないのだ。》

キューバ出身の俳優アンディ・ガルシアに請われ、映画台本『ロスト・シティ』を執筆。ハリウッドを訪問。

1991（62歳） 映画評論集『二十世紀的商売』の英訳版 *A Twentieth Century Job* 出版。この本が好評を得たことで、のちにテルライド映画祭やマイアミ映画祭でのゲストディレクターも努めることになる。翌年、世界中を訪問しつつ『ロスト・シティ』の台本を書き直す。

1992（63歳） 政治的エッセイ集『我が罪キューバ』の初版が出版される。フロリダ国際大学より名誉博士号を授与される。

1993（64歳） 『平和のときも戦いのときも』の英語版、*Writes of Passage* 出版。

1994（65歳） 『我が罪キューバ』の英訳版（*Mea Cuba*）。クリント・イーストウッドやカトリーヌ・ドヌーヴとともに、カンヌ国際映画祭で審査員を務める。グランプリ受賞作はクエンティン・タランティーノ監督『パルプ・フィクション』。

1995（66歳） 中編『チャチャチャを踊る罪』出版。キューバの国民詩人ホセ・マルティ没後百年に際しマドリード、パリで講演。

1996（67歳） 音楽エッセイ集『我が究極の音楽』出版。『亡き王子のためのハバナ』や『TTT』からの断片を再構成した『彼女の歌ったボレロ』出版。

1997（68歳） スペイン語圏のノーベル文学賞と評されるセルバンテス賞を受賞。映画評論集『映画か鰯か』を出版、4ヶ月で6版を重ね、《この本が一

1976（47 歳）《レイモン・クノーに敬意を表した題名》の『文体怨習』を執筆、出版。

1977（48 歳） 1962 年ハバナのベージャス・アルテスで行った、映画についての講演原稿を取り戻す。これを元に翌年、映画評論集『夜ごとのアルカディア』を出版（1978）。愛猫オッフェンバッハの死。

1978（49 歳） 1962 年以来の講演のためイェール大学を訪問。ニューヨークを訪問。『熱帯の夜明けの景観』英訳版（*View of Dawn in the Tropics*）。

1979（50 歳）『亡き王子のためのハバナ』出版。イギリス市民権を獲得。

1980（51 歳） ウエスト・ヴァージニア大学で講義を担当、アメリカ合衆国各地で講演会を行う。『亡き王子のためのハバナ』のプロモーションのためメキシコシティ、ボゴタ、カラカスを歴訪。

キューバでマリエル港集団亡命事件が起こる。亡命してきた作家レイナルド・アレナスと知り合い、「パディージャ事件」の中心人物であった詩人エベルト・パディージャと再会。亡命者としての彼らの姿に、自分自身のあり得た運命を重ね合わせる。

1983（54 歳）『亡き王子のためのハバナ』の「文字通りの（リテラル）、というより文学的な（リテラリア）英語訳」、『インファンテズ・インフェルノ』の執筆完了。唯一の英語による著書『煙に巻かれて』の執筆を開始。それまでにも映画の台本や雑誌記事、短編などを英語で執筆したことがあったものの、《この本は、他の言語という混乱の深みへ旅する大きな試みである》。

1984（55 歳）『インファンテズ・インフェルノ』出版。

1985（56 歳）『煙に巻かれて』がイギリスで出版され、好評を博す。*Times Literary Supplement* 誌の編集者は、《コンラッドとナボコフへのキューバからの応答》と評。同年、そのナボコフが 7 年間を過ごした Wellesley College で教鞭を執るが、《誰もナボコフがどこに住んでいたか知らなかった。コンラッドのことは話題にしなかった、俳優のウィリアム・コンラッドだと勘違いされるだろうから》。

1986（57 歳） オーストラリアを訪問。ロサンゼルス訪問、UCLA で講演「To kill a Foreign Name」。『煙に巻かれて』のスペイン語訳に着手するも、《散文のワインである地口（パン）がうまく旅立てずに》断念。6 月、アルゼンチンの作家ホルヘ・ルイス・ボルヘスが他界、6 月 16 日付けの『エル・パイー無二の親友となるシャム猫のオッフェンバッハを飼い始め、《それに比べたら大したことではないが、この年の初めに『TTT』が出版された》。

1968（39歳）　8月、雑誌『第一面』に掲載されたインタヴューで、はじめて公にキューバ革命政府に対する批判を展開する。以降その著作や発言において、カブレラ・インファンテはカストロ政権の強烈な批判者であり続けることになる。

1969（40歳）　自ら《重要な映画》と呼ぶ *Vanishing Point* の台本を執筆。カルベー・カセイが移住先のローマで自殺したとの報を受け大きなショックを受ける。

1970（41歳）　ハリウッドを訪問。ロケ地を探してアメリカ南西部を旅行する。ハリウッド映画の台本を書きかなりの収入を得るとともに、グッゲンハイム奨学金を獲得。*Vanishing Point* の公開。映画台本をこれ以上書かないことにし、小説『神聖な体』の執筆に専念する。この本は生涯書き継がれ、死後出版されることとなる。

1971（42歳）　『TTT』の英訳版、*Three Trapped Tigers* が出版される。カブレラ・インファンテ自身が翻訳者と連携しながら深く翻訳の過程に関わり、《実質的に英語で書き直した本》。フランス語版は最優秀外国文学賞を受ける。
この年キューバ国内で、詩人のエベルト・パディージャが逮捕され、釈放後自らの「反革命的」な態度を公開の場で自己批判してスキャンダルとなる。キューバの抑圧的な文化政策の頂点として知られるこの「パディージャ事件」は、国内外の知識人による激しい批判を巻き起こした。

1972（43歳）　映画監督ジョセフ・ロージーに誘われ、再び映画界に。マルコム・ロウリーの『火山の下』に基づく台本を執筆（結局この台本は映画化されず。公開作はジョン・ハストン監督、1984年）。台本執筆のプレッシャーや登場人物への同一化から精神に異常をきたし、精神病院へ。『熱帯の夜明けの景観』の旧原稿を取り戻すことに成功し、これを完成させる作業に入る。ジョイス『ダブリン市民』をスペイン語に翻訳する。

1974（45歳）　鬱状態と闘いながら、『熱帯の夜明けの景観』を完成、同年に出版される。1967年の『TTT』以来の著作。『新世界』誌に掲載されたエッセイや記事を中心に収録した著作『O（オ）』の執筆。

1975（46歳）　家を出て《ひどい結婚》をした娘のアナが孫を産む。『O』出版、《これを「ゼロ」と読んで譲らない人もいた》。

化担当官に任命されるも、カブレラ・インファンテにとっては《シベリア送り》にも等しい左遷だった。激しい郷愁に苛まれながらも、この地でのちに『TTT』へとつながるテクスト群を本格的に書き始める。

1963（34歳）『平和のときも戦いのときも』が各国で出版。国際文学賞の候補となる。『二十世紀的商売』出版。

1964（35歳） 最初の長編小説（このときはまだ『TTT』ではなく、『熱帯の夜明けの景観』というタイトルだった）が、《キューバ語で書かれているにもかかわらず、スペイン語小説に与えられる最も権威ある賞》「ビブリオテカ・ブレベ賞」を受賞。

1965（36歳） 上記作品がフォルメントール賞の候補になるなど、1963年以降、国外で主要な文学賞に選出・ノミネートされたことで名声が高まる。突然他界した母親ソリアの葬儀に参加するため、6月3日にキューバへ帰国。すっかり変貌を遂げ「亡霊」となってしまったハバナの街や、かつての友人が精神的に追い詰められているのを見て大きな失望を抱き、早く国外に戻りたいと願う。四ヶ月にわたって当局による足止めを食らうも、10月3日、永遠に祖国を後にする。

妻ミリアム・ゴメスおよび二人の娘とともにマドリードへ移住。当時のスペインはフランコ独裁政権下にあり、カブレラ・インファンテに検閲の手がのびる。この不条理がかえって作品を根本的に書き直す動機となり、同年『TTT』の原稿が完成する。

1966（37歳） 政府からスペイン国内での居住を禁じられる。かつて『革命の月曜日』で反フランコの亡命作家特集を組んでいた事実や、キューバ政府との確執がその理由だった。

友人の誘いで映画台本を書くためにロンドンを訪問。当時、若者文化が花開いた「スウィンギング・ロンドン」時代の真っ盛りであったこの街にカブレラ・インファンテはすっかり魅了され、移住を決める。

1967（38歳） Trevovir Roadの住居での極貧生活が始まり、『新世界』誌への寄稿料や、友人の亡命キューバ人作家カルベー・カセイなどの援助によりなんとか生計を立てる。映画*Wonderwall*の台本を書き、同年映画化されるも、《ジョージ・ハリソン担当の音楽だけが救い》の凡庸な出来。しかしその報酬でサウス・ケンジントンのGloucester Roadに転居することが可能になった。

いたカブレラ・インファンテは、政府公式の半官半民新聞となった『革命』の編集者、国立文化委員会の会長、映画研究所の役員など短期間で要職を歴任。その後、『革命』の週間文芸版『革命の月曜日』を創立。この雑誌は、詩人ホセ・マルティの「文化は自由をもたらす」という言葉をモットーに、高級文化と大衆文化の垣根を取り除くことを標榜し、海外文化の紹介や前衛的形式などキューバ文化史に残る進歩的なものだった。カストロに同行してアメリカやカナダ、南米を訪問。

1960（31歳）『革命の月曜日』を通じて、サルトル、サロート、サガン、リロイ・ジョーンズやライト・ミルズといった作家たちをキューバに招聘。新聞記者代表団としてヨーロッパを巡行する。マルタとの離婚。この年を境に映画評論の仕事を辞める。初の著作『平和のときも戦いのときも』が出版される。

1961（32歳） 特派員としてピッグス湾事件を報じる。政府はキューバ革命を公式に共産主義革命として定義。この年、弟サバ・カブレラ・インファンテがオルランド・ヒメネス・レアルとともに制作し、ハバナのナイトライフを捉えた短編映画『P.M.』が検閲により上映禁止・フィルム没収の措置を受ける。これに対し、すでに『P.M.』をテレビで放映していた『革命の月曜日』のメンバーを中心に、200名以上の作家や芸術家が抗議の署名を送る。6月30日、カストロは「革命の中では全てが許容される。革命の外では何も認めない」とする「知識人への言葉」を宣言、この曖昧な基準は60、70年代を通じて硬直化するキューバの文化政策を規定し続けた。1961年11月6日を最後に、『革命の月曜日』は「紙不足」という不可解な理由により廃刊。この『P.M.』事件を機に、カブレラ・インファンテと革命政府の間には決定的な軋轢が生じ、以降彼は国内で厳しい監視と冷遇を受けることになる。半ば『P.M.』の意図を継ぐようにして、「彼女が歌ったボレロ」を執筆開始、これがのちに小説『TTT』（*Tres tristes tigres*）へと発展していく。『革命の月曜日』廃刊により無職となるも、この年に結婚したミリアム・ゴメスの女優としての収入が家計を支える。

1962（33歳） 国内亡命とも呼べる周縁化の時期が始まる。映画時評をまとめつつも、フィクション性を持たせた著作『二十世紀的商売』の出版を準備。《この本は、共産主義の中で批評家が生き延びるためには、虚構の存在となる他に道は何もないことを示そうとしたもの》。ベルギーのキューバ大使館の文

1950（21歳） 国立ジャーナリズム学校に入学。

1951（22歳） ベダード地区へ転居。友人と文芸サークル「われらの時代」を設立、しかしすぐに共産党員の隠れ蓑となり距離を取る。映画サークル「シネマテカ・デ・クーバ」も創立。最初の妻マルタ・カルボとの出会い。

1952（23歳） 3月10日、バティスタがクーデターにより再び大統領に就任、アメリカ資本の傀儡政権として独裁の道を歩むことになる（第二期、1952－1959年）。10月19日付けの『ボエミア』に短編「鉛と過ちのバラード」が掲載されるも、英語の猥褻表現が問題視され、カブレラ・インファンテは逮捕・拘留を受ける。この後ジャーナリズム学校を中退。また、本名で記事や短編を発表することを禁じられる。

1953（24歳） 前述の措置を受け、二つの苗字（Cabrera Infante）の最初の音節を組み合わせたカイン（G. Caín）というペンネームを使い始める。同年、マルタと結婚。7月26日、フィデル・カストロ率いる130名が武装蜂起し、モンカダ兵営を襲撃。鎮圧されるものの、キューバ革命の発端となる。

1954（25歳） 前述のアントニオ・オルテガの誘いにより、彼が編集長を務める雑誌『貼り紙』誌上で映画批評コラムを書き始める。長女アナ誕生。

1955（26歳） はじめてキューバ国外に出る。ニューヨークを訪問。

1956（27歳） 政治的理由から、政府により「シネマテカ・デ・クーバ」が閉鎖される。盟友カルロス・フランキが､独裁者バティスタを批判する新聞『革命』を創刊、地下出版する。12月、メキシコに亡命していたカストロが「グランマ号」でキューバに帰国、以降「7月26日運動」と称する革命運動を率いる。

1957（28歳） バティスタ政権下で友人、知人たちが逮捕、投獄される中、地下新聞への寄稿を行う。

1958（29歳） テネシー・ウィリアムズ作『地獄のオルフェ』でデビューした女優で、後に伴侶となるミリアム・ゴメスと知り合う。妻マルタとの間に次女カロラ誕生。この当時､政府の検閲や監視は厳しさを増していた。短編集『平和のときも戦いのときも』の大部分を執筆。独裁者バティスタとのゲリラ戦において攻勢を強める革命軍に武器を密送したり、共産主義者たちとの会合を画策したりといった活動を行う。12月31日、バティスタが国外に逃亡。

1959（30歳） キューバ革命が成就する。当初、この革命を熱狂的に支持してインファンテは一時口がきけなくなり、弟とともに祖父母・曾祖父母のもとに引き取られる。翌年両親が釈放されるも、父親は元の職を追われたため簿記係として生計を立て、家族はさらなる貧困生活を余儀なくされる。

1940（11歳） 妹が生まれるも、敗血症により夭折。この年、新憲法に基づく総選挙の結果、軍人のフルヘンシオ・バティスタがキューバ大統領に就任（第一期、1940 – 1944）。

1941（12歳） バティスタの就任により共産党員などへの風当たりが軟化し、家族は首都ハバナへ移住。《幸福な幼年期を終え、不幸な青年期が始まった》。当時のハバナは、第二次世界大戦中の連合国側との連携により経済が好況で、繁栄を謳歌していた。ハバナの街は人口が増え拡大した一方で、旧市街の空洞化・貧困化が進み、カブレラ・インファンテの家族は経済的に厳しい都市生活に直面していくこととなる。

1942（13歳） 父親の勧めで、この年から4年間、夜間学校で週五日英語を学び始める。

1943（14歳） 高等学校に入学。《怠惰な学生と、下手の横好きな野球選手が僕の中に共存していた》。

1946（17歳） ある教師の影響で文学熱に侵され、旺盛な読書。英語教師の資格を取得。父親が1940年の創立以来携わってきた共産党の機関誌『今日』で時折翻訳の仕事を担当。ニコラス・ギジェン、カルロス・モンテネグロ、リノ・ノバス・カルボといった作家たち、そして後に作家となる親友カルロス・フランキと出会う。

1947（18歳） 『ボエミア』誌に掲載されたグアテマラのノーベル賞作家ミゲル・アンヘル・アストゥリアスの『大統領閣下』の断章を親友のカルロス・フランキとともに読み、《これが作家だというなら、僕だって作家になれる》という思いを抱く。試しに書いた初の短編「思い出の海」は《きわめて凡庸な出来》だったが、文学賞を取り『ボエミア』に掲載される。

1948（19歳） 文学に対する熱意が固まった《すさまじく決定的な年》。医学部に入るもすぐに中退し、前述の賞の審査を務めた『ボエミア』の編集長アントニオ・オルテガの秘書官として働き始める。

1949（20歳） 文学誌『新世代』を創立。いくつかの雑誌の校閲と、『ボエミア』の編集を務める。

Ⅱ. 年表

ギジェルモ・カブレラ・インファンテ（1924年4月22日–2005年2月21日）

＊年表作成にあたって主たる参考文献としたのは、カブレラ・インファンテ自身による年譜（"Cronología a la manera de Laurence Sterne...O no", in Guillermo Cabrera Infante, *Infantería*, Nivia Montenegro and Enrico Mario Santí (eds.), México: Fondo de Cultura Económica, 1999, 31-48.）、および Raymond D. Souza による伝記、*Guillermo Cabrera Infante: Two Islands, Many Worlds*, TX: University of Texas Press, 1996. である。これらの記述に、他の複数の資料による情報を補足して、本年表は作成されている。

＊特に前者の資料は、年譜でありながらカブレラ・インファンテ本人による主観的記述やユニークな表現が多く含まれるため、原文独自の記述を援用する場合にはできるだけ《　》を付すことによってこれを示した。なおその場合も、表記の関係上、語順などの細かい点に関しては厳密に原文通りに採用しなかった場合もあることを、あらかじめお断りしておきたい。

＊作品の出版情報については、改稿や再録などが多いため、英語版・スペイン語版ともに主要なものの初版年を記述するだけに留めた。

1929（0歳）　4月22日、《レーニンが生まれたのと同じ日》に、キューバ東部のオリエンテ州ヒバラの貧しい中流家庭に生まれる。新聞記者の父ギジェルモ・カブレラ、母ソリア・インファンテはともに、当時の独裁者マチャードに抗して地方共産党を組織した活動家だった。生後29日ではじめて母親と映画を見に行く。

1932（3歳）　反対派を封じるため、マチャードの命令によりヒバラが爆撃される。父親は抵抗運動に加担。

1933（4歳）　弟サバ誕生。《一年の第四の月、私の4歳の誕生日の4日前に》弟が生まれたことで、《数字には単なる算数以上の何かがあることを教えられた》。

1936（7歳）　秘密集会を開き政治活動を続けていた両親が逮捕され、州南部サンティアゴ・デ・クーバの監獄に送られる。事件のショックでカブレラ・

3　その他

グアヒロ：キューバのスペイン語で「農民」を意味する。

軍部課報局：バティスタ政権下の秘密警察組織。

サンテリーア：カリブ地域に広く見られる民間信仰。

CMQ：ラジオセントロ。1948年に開局され、劇場などを備えていた。

シエラ・マエストラ：キューバ南東部に広がる山脈。独裁者バティスタに対して蜂起したフィデル・カストロ率いるキューバ革命軍が1957年から1959年にかけて本拠とし、ゲリラ戦を繰り広げたことで知られる。

シンキージョ：キューバ音楽に見られる五つ打ちのリズムパターン。

スミス・コロナ：アメリカ合衆国のタイプライターのメーカー。

ティナンパ：メキシコのソチミルコ湖での舟遊びに使われるボートのこと。

トロピカーナ：キューバで最も有名なキャバレー。1939年創立。

ニャニギスモ：黒人文化にルーツを持つキューバの民間信仰。

フィーリン：50年代後半に流行したキューバの大衆音楽。ボレロの流れを継ぎながらジャズの影響を受けたモダンなスタイルが特徴。

メホラル：キューバのアスピリン薬の商標。

ラ・エストレージャ：1958年当時、同名のチョコレートがキューバ国内で売られていた。

ロミオとジュリエット：キューバ葉巻の銘柄。

は彼女の主要なインフォーマントの一人。

リネ・レアル（1930–2000）：キューバの劇批評家。カブレラ・インファンテの旧友であり、ともに雑誌『新世代』に携わった。

リノ・ノバス：リノ・ノバス・カルボ（1903–1983）。スペイン生まれのキューバ作家。ヘミングウェイやフォークナーの翻訳でも知られ、キューバ革命後はアメリカに亡命した。代表作に短編集『九番目の月』（1942）。

リベルタッド・ラマルケ：アルゼンチンのタンゴ歌手、女優。

ルイス・アルベルト・サンチェス（1900–1994）：ペルーの文学研究者。

レネ・ホルダン：キューバの映画評論家。『貼り紙』や『革命の月曜日』で活躍。

ロッドニー：ロドリゴ・ネイラ。トロピカーナの振り付け師。

ロメウ：アントニオ・マリア・ロメウ（1876–1955）はキューバの作曲家兼ピアニスト。作曲したダンソンは500曲以上と伝えられる。

ロメロ・デ・トーレス：フリオ・ロメロ・デ・トーレス（1874–1930）。スペインの画家。女性像を多く描いたが、その作品にはしばしば同性愛的な暗示が見て取れる。

2　出版物名・曲名等

「午前三時のワルツ」：エンリケ・モラ作のワルツ。

『新世代』：カブレラ・インファンテが創刊に携わった雑誌。

「ずるい女」：エンリケ・ホリン作、50年代の有名なチャチャチャのナンバー。

『世界』：ハバナの新聞。1960年廃刊。

『貼り紙』：ハバナの雑誌。20年代創刊、1960年に廃刊。一時期カブレラ・インファンテが編集書記および映画批評を担当していた。

「墓地の上のバチ」：マリア・テレサ・ベラ作のボレロに「墓地の上のルンバ」がある。

『ボエミア』：ハバナで多数の読者数を誇った雑誌。独裁者フルヘンシオ・バティスタ大統領（第一期 1940–1944、第二期 1952–1959）に対して批判的な姿勢を取っていた。

ペペ・ロドリゲス・フェオ：ホセ・ロドリゲス・フェオ（1920–1993）。レサマ・リマとともに『オリヘネス』誌に参加していたが、袂を分かちピニェーラとともに『シクロン』誌を創刊した。

ホセ・マルティ（1853–1895）：キューバ文学史上最大の詩人。近代ラテンアメリカ文学の祖の一人であるとともに、第二次キューバ独立戦争で戦死した愛国の士でもあった。「バラの小靴」は有名な詩の一つ。

ホセ・レサマ・リマ（1910–1976）：20 世紀キューバを代表する詩人。難解な作風と博識で知られ、『オリヘネス』（Orígenes、「起源」）と称する文学誌とその一派のリーダー的存在だった。代表作に詩集『ナルシスの死』（1937）、小説『パラディソ』（1966）など。

ホルヘ・ネグレテ（1911–1953）：メキシコ映画界往年のスター、歌手。

マジート・トリニダッド：黒人民間信仰サンテリアの呪術師としてハバナで名を馳せた。

マセオ：アントニオ・マセオ・グラハレス（1845–1896）。キューバ独立戦争の英雄。海岸通りに面し彼の名前を冠したマセオ公園には、記念の銅像が建っている。

マティアス・モンテス・ウイドブロ（1931–）：キューバの作家、劇作家。雑誌『新世代』時代からカブレラ・インファンテと旧知の仲。

マリトルネス：『ドン・キホーテ』に登場する旅籠の女中の名前。

マルティーヌ・キャロル：フランスの女優。50 年代にハバナを訪れた。雑誌『貼り紙』誌上でカブレラ・インファンテは彼女にインタヴューをおこなっている。

ミジャス：カルロス・ミジャス。キューバの気象予報士。1958 年の時点で国立天文台の所長だった。

ムヒカ：ホセ・フランシスコ・グアダルーペ・ムヒカ（1896–1974）。40 年代を代表するメキシコの俳優・歌手。

ラセリエ：ロランド・ラセリエ（1923–1998）はキューバの歌手。帽子をかぶった姿でも知られていた。

リタ・モンタネール（1900–1958）：キューバの歌手、女優。

リディア・カブレラ（1899–1991）：キューバの詩人、作家、黒人文化研究家。文化人類学的アプローチによるアフロキューバ文化への深い造詣を有し、それに基づく独自の文学作品を発表した。代表作に『山』（1954）など。「バロー」

ニコラス・ギジェン・ランドリアン（1938–2003）：キューバの画家、映画監督。詩人ニコラス・ギジェンの甥で、同じ名前と第一姓を持つ。

バティスタ：フルヘンシオ・バティスタ（1901–1973）。キューバの軍人政治家。1940年から44年まで大統領職を務めた後、1952年3月10日、軍事クーデターにより二度目の大統領職に就いた（1952–1959年）が、キューバ革命で追放された。

バレト：ギジェルモ・バレト（1929–1991）。トロピカーナの有名な打楽器奏者。

ピオ・バロハ（1872–1956）：スペインの作家。代表作『知恵の木』（1911）。

ビリアト・ソラウン：ビリアト・グティエレスは、50年代を代表するキューバの実業家。

ビルヒリオ・ピニェラ（1912–1979）：20世紀キューバを代表する劇作家、詩人、小説家。ラテンアメリカにおける不条理劇の先駆者。雑誌『シクロン』における過激な文学活動でも知られ、革命以前には長くブエノスアイレスに暮らした。代表作に戯曲『エレクトラ・ガリゴー』（1959）、小説『圧力とダイヤモンド』（1967）など。

ピロト＆ベラ：ヒラルド・ピロト（1929–1967）とアルベルト・ベラ（1929–1996）。コンビでボレロを作曲し、50年代に流行。

フアン・ブランコ（1919–2008）：様々な音楽形式を実践したキューバの前衛作曲家。法学を学び、バティスタによる検閲裁判を受けた際のカブレラ・インファンテの法的代理人でもあった。

フアン・ラモン・ヒメネス（1881–1958）：スペインの詩人。

フェリックス・ピタ・ロドリゲス（1909–2000）：キューバの詩人、作家。

フェローベ：フランシスコ・フェローベ（1923–2013）。キューバの大衆音楽作曲家。「マンゴー・マンゲー」は50年代の代表曲。

フラネミリオ：フランク・エミリオ・フリン（1921–2001）。盲目の作曲家兼ピアニスト。

フランク・ドミンゲス（1927–）：キューバのピアニスト、作曲家。キューバ・フィーリンの代表的アーティスト。

ペドロ・フンコ（1916–1939）：キューバの作曲家。結核により23歳の若さで夭折。

ベニー・モレ（1919–1963）：キューバを代表する歌手、作曲家。50年代に有名なオーケストラを率いていた。

詩人。代表作に、『大悪党　ブスコンの生涯』（1626）、『夢』（1627）など。「塵は塵でも恋する塵」という詩句が有名。

コステラネッツ：アンドレ・コステラネッツ（1901–1980）。人気楽団の指揮者。

サビーノ・ペニャルベール：キューバ人ベーシスト。

サブレ・マロキン：ホセ・サブレ・マロキン（1909–1995）。メキシコの作曲家。

サマニエゴ：フェリックス・マリア・サマニエゴ（1745–1801）。スペインの寓話作家。

サルバドール・ブエノ（1917–2006）：キューバの文芸批評家。

ジェッシ・フェルナンデス（1925–1986）：写真家、画家。スペイン語版『ライフ』誌で活躍、のちに旧友カブレラ・インファンテが率いる文化誌『革命の月曜日』にも加わった。

シリロ・ビジャベルデ（1812–1894）：キューバの作家。代表作に小説『セシリア・バルデス、あるいは天使の丘』（1882）。

シルベストレ・レブエルタス（1899–1940）：メキシコの作曲家兼指揮者。メキシコ音楽の普及に尽力したが、晩年は貧困に陥り酒浸りの生活を送った。レブエルタス家の兄弟からは画家のフェルミンや、作家のホセなど重要な文化人が出ている。

セリア・マルガリータ・メナ：1940年代のハバナで起きた猟奇的殺人事件の被害者。

ダメラ：ペレス・ダメラ大佐は、50年代キューバ軍の将官。

チャノ・ポソ：ルシアーノ《チャノ》ポソ（1915–1948）。キューバの打楽器奏者、作曲家。代表曲に「ブレン、ブレン、ブレン」がある。

チャポティン：フェリックス・チャポティン。キューバの音楽家。

ティト・リビドー：ティト・リビオはローマの歴史家だが、本文中では「ティトン」と渾名されていたキューバの映画監督トマス・グティエレス・アレアを指す。

ティンタン：本名ヘルマン・バルデス。メキシコの歌手、喜劇俳優。

ニコ・サキート：キューバのギタリスト、ソン奏者。

ニコラス・ギジェン（1899–1998）：20世紀ラテンアメリカを代表する黒人詩人。「ソン」の詩人として知られ、キューバでは国民的詩人の地位を占める。代表作に『ソンゴロ・コソンゴ』（1931）、『完全なるソン』（1947）など。

作に「ナイアガラ」がある。

エレナ・ブルケ（1928–2002）：キューバ・フィーリンのボレロ歌手として50年代後半および60年代に活躍。

オカンポ：ビクトリア・オカンポ（1859–1979）。アルゼンチンの作家。雑誌『スール』を主宰したり、文学サロンを開くなどして当時のアルゼンチン文壇に君臨した。

オスワルド・ファレス（1903–1985）：キューバの作曲家。名曲「キサス、キサス、キサス」の作曲者として知られる。

オルテガ：ホセ・オルテガ・イ・ガセット（1883–1955）はスペインの哲学者。主著に『大衆の反逆』（1929）など。ドミンゴ・オルテガ（1906–1988）はスペインの有名な闘牛士。

カトゥーカとドン・ハイメ：舞台・ラジオ喜劇の登場人物の名前。

ガルデル：カルロス・ガルデル（1890–1935）。アルゼンチンの伝説的なタンゴ歌手、俳優。

カルドーソ：オネリコ・ホルヘ・カルドーソ（1914–1986）。キューバ作家。農村を描いた短編で知られる。

カルロス・モンテネグロ（1900–1981）：キューバの小説家。共産党員でもあり、カブレラ・インファンテ自身やその父と親交があった。代表作は『女なき男』など。「ラジウィルの犬」は劇作品、「六か月に及ぶ死闘」は短編集。

カパブランカ：ホセ・ラウル・カパブランカ（1888–1942）。キューバのチェス世界チャンピオン。数々の国際大会で優勝を収めた。

カリオン：ミゲル・デ・カリオン（1875–1929）。キューバの作家。

グイラルデス：リカルド・グイラルデス（1886–1927）はアルゼンチンの小説家。アルゼンチン近代小説の祖。代表作に『ドン・セグンド・ソンブラ』（1926）がある。

グラウ・サン・マルティン：ラモン・グラウ・サン・マルティン（1887–1969）。軍人、キューバ大統領（1944–1948）。バティスタとともに1933年のクーデターを主導するも、のちに政敵となる。

クルベロ：バティスタ軍のカンディド・クルベロ大佐。1958年、シエラ・マエストラの革命軍対策を担当。

ケベード：フランシスコ・デ・ケベード（1580–1645）。スペイン黄金世紀の作家、

付録

作成・山辺弦

I. 参考資料

＊キューバやラテンアメリカに関する事項や人名で、簡単に調べられないものを以下にまとめておく。

1　人名

アグスティン・ララ（1897–1970）：メキシコの作曲家。「さすらいの夜」は彼が作曲したボレロの曲名。

アソリン：本名ホセ・マルティネス・ルイス（1873–1967）。スペインの作家。

アナ・グロリオサ：アナ・グロリアとロランドという二人組のダンサー。キャバレーなどで数々のショーに出演している。

アリシア・アロンソ（1920–）：キューバの著名なバレリーナ、振り付け師。

アルトゥーロ・デ・コルドバ：40 年代〜 50 年代に活躍したメキシコの映画俳優。

アレホ・カルペンティエール（1904–1980）：キューバの小説家、音楽評論家。20 世紀ラテンアメリカ文学を代表する作家の一人。本文中に現れる「著作」は、1946 年発表の『キューバ音楽』と考えられる。

アンデルソン・インベルト：エンリケ・アンデルソン・インベルト（1910–2000）。アルゼンチンの作家・批評家。

アントニオ・アレホ（1917– ？）：キューバの画家。カブレラ・インファンテの友人。

アントン・アルファット（1935–）：キューバの劇作家、詩人。ピニェラの愛弟子で、旧知の仲だったカブレラ・インファンテとも『革命の月曜日』でともに仕事をしている。代表作に戯曲『テーベ攻めの七将』（1968）など。

アンヘル・ブエサ：ホセ・アンヘル・ブエサ（1910–1982）。キューバの詩人。

インディオ・ベドーヤ：アルフォンソ・ベドーヤ。メキシコの俳優。1948 年の映画『シエラ・マドレの宝』への言及。

インナシオ・ピニェロ：イグナシオ・ピニェロ（1888–1969）。キューバの作曲家。

ウナムーノ：ミゲル・デ・ウナムーノ（1864–1936）。スペインの作家、哲学者。主著に『生の悲劇的感情』（1912）など。

ウルデリカ・マニャス：1930 年代に活躍したキューバの写真家。

エレディア：ホセ・マリア・エレディア（1803–1839）。キューバの詩人。代表

【著者紹介】

ギジェルモ・カブレラ・インファンテ Guillermo Cabrera Infante（1929–2005）

1929年キューバ東部ヒバラの生まれ。1940年代後半から『ボエミア』、『貼り紙』などの雑誌に協力し、翻訳や映画評論を寄稿。キューバ革命成立後、雑誌『革命の月曜日』の編集長となる。1960年に短編集『平和のときも戦いのときも』を発表。その後革命政府と対立し、1962年ベルギーへ出国。1963年映画論集『二十世紀的商売』を発表。1965年、一時帰国の後、永久にキューバを去る決意を固め、マドリードを経てロンドンに移り住む。1967年『TTT』を発表し、大成功を収める。1979年発表の長編第二作『亡き王子のためのハバナ』のほか、『文体怨集』（1976）、『我が罪キューバ』（1992）、『映画か鰯か』（1997）、『読まれる人生』（1998）といった興味深い評論集を残している。また、1985年には葉巻にまつわるエッセイ『煙に巻かれて』を英語で執筆した。1997年セルバンテス賞受賞。2005年ロンドンで没。

【翻訳者紹介】

寺尾隆吉（てらお・りゅうきち）

1971年名古屋生まれ。東京大学大学院総合文化研究科博士課程修了（学術博士）。メキシコのコレヒオ・デ・メヒコ大学院大学、コロンビアのカロ・イ・クエルボ研究所とアンデス大学、ベネズエラのロス・アンデス大学メリダ校など6年間にわたって、ラテンアメリカ各地で文学研究に従事。政治過程と文学創作の関係が中心テーマ。現在、フェリス女学院大学国際交流学部准教授。

著書："Literaturas al margen"（ベネズエラ、メリダ、2003）、"La novelística de la violencia en América Latina : entre ficción y testimonio"（ベネズエラ、メリダ、2005）、『フィクションと証言の間で――現代ラテンアメリカにおける政治・社会動乱と小説創作』（松籟社、京都、2007）。訳書：エルネスト・サバト『作家とその亡霊たち』（現代企画室、東京、2009）、オラシオ・カステジャーノス・モヤ『崩壊』（同、2009）、マリオ・バルガス・ジョサ『嘘から出たまこと』（同、2010）、フアン・ヘルマン『価値ある痛み』（同、2010）、フアン・カルロス・オネッティ『屍集めのフンタ』（同、2011）、カルロス・フエンテス『澄みわたる大地』（同、2012）。

TTT　トラのトリオのトラウマトロジー

発　行　2014年2月21日初版第1刷 1200部
定　価　3600円＋税
著　者　ギジェルモ・カブレラ・インファンテ
訳　者　寺尾隆吉
装　丁　本永惠子デザイン室
発行者　北川フラム
発行所　現代企画室
東京都渋谷区桜丘町15-8-204
Tel. 03-3461-5082 Fax 03-3461-5083
e-mail: gendai@jca.apc.org
http://www.jca.apc.org/gendai/
印刷所　中央精版印刷株式会社

ISBN978-4-7738-1405-7 C0097 Y3600E

セルバンテス賞コレクション

①作家とその亡霊たち　エルネスト・サバト著　寺尾隆吉訳　二五〇〇円
②嘘から出たまこと　マリオ・バルガス・ジョサ著　寺尾隆吉訳　二八〇〇円
③メモリアス——ある幻想小説家の、リアルな肖像　アドルフォ・ビオイ＝カサーレス著　大西　亮訳　二五〇〇円
④価値ある痛み　フアン・ヘルマン著　寺尾隆吉訳　二〇〇〇円
⑤屍集めのフンタ　フアン・カルロス・オネッティ著　寺尾隆吉訳　二八〇〇円
⑥仔羊の頭　フランシスコ・アヤラ著　松本健二／丸田千花子訳　二五〇〇円
⑦愛のパレード　セルヒオ・ピトル著　大西　亮訳　二八〇〇円
⑧ロリータ・クラブでラヴソング　フアン・マルセー著　稲本健二訳　二八〇〇円
⑨澄みわたる大地　カルロス・フエンテス著　寺尾隆吉訳　三二〇〇円
⑩北西の祭典　アナ・マリア・マトゥテ著　大西　亮訳　二二〇〇円
⑪アントニオ・ガモネダ詩集（アンソロジー）　アントニオ・ガモネダ著　稲本健二訳　二八〇〇円
⑫ペルソナ・ノン・グラータ　ホルヘ・エドワーズ著　松本健二訳　三二〇〇円

税抜表示　以下続刊（二〇一四年二月現在）